GOLDMANN

D1994108

Catherine Cookson, in der nordenglischen Hafenstadt South Shields geboren und aus ärmlichen Verhältnissen stammend, hat mit ihren Büchern unzähligen Menschen Lebensmut gemacht. Das erklärt ihren Welterfolg. Sie schrieb bisher 65 Romane, die in ein Dutzend Sprachen übersetzt und in einer Gesamtauflage von 85 Millionen Exemplaren veröffentlicht wurden. Damit ist sie die erfolgreichste englische Schriftstellerin der Gegenwart.

Außer dem vorliegenden Band sind von Catherine Cookson als Goldmann-Taschenbücher erschienen:

Die einzige Tochter. Roman (8935)
Der erste Sohn. Roman (8886)
Der falsche Vater. Roman (8918)
Ein Freund fürs Leben. Roman (9157)
Jahre der Sehnsucht. Roman (9407)
Nur eine Frau. Roman (9100)
Der Spieler. Roman (8967)
Die Straße der Hoffnung. Roman (9427)

CATHERINE COOKSON

Ein schwerer Weg

Roman

Aus dem Englischen
von Erni Friedmann

GOLDMANN VERLAG

Ungekürzte Ausgabe
Titel der Originalausgabe: The Round Tower

Umschlagbild: Die Docks von Hull bei Nacht.
Ölgemälde von John Atkinson Grimshaw (Ausschnitt)

Der Goldmann Verlag
ist ein Unternehmen der Verlagsgruppe Bertelsmann

Made in Germany · 1. Auflage · 1/90
© 1968 der Originalausgabe bei Catherine Cookson
© 1980 für die deutsche Ausgabe
beim Franz Schneekluth Verlag, München
Lizenzausgabe mit Genehmigung
des Franz Schneekluth Verlags
Umschlagentwurf: Design Team München
Umschlagfoto: Christie's / Artothek, Planegg
Druck: Elsnerdruck, Berlin
Verlagsnummer: 9540
MV · Herstellung: Ludwig Weidenbeck
ISBN 3-442-09540-9

ERSTER TEIL

Brampton Hill und Ryder's Row

I

Die vier Arbeiter, die aus dem kleinen Fenster der Werkstatt auf die uniformierten Klosterschülerinnen hinuntergrinsten, die die Wegabkürzung zwischen dem Gelände der Maschinenfabrik Affleck & Tate und dem Sportplatz benützten, bildeten eine dicht ineinander verkeilte Gruppe.

»Da is' ja heute 'ne Neue dabei! Die Kleine hab' ich noch nie gesehn.«

»Das ist doch die Tochter vom obersten Boß.«

»Ziehst mich wohl auf, Mann!«

»Wo denkste hin. Sie ist es tatsächlich. Normalerweise wird sie mit dem Bentley vom Kloster abgeholt.«

»Deshalb existieren wir für sie überhaupt nicht.«

»Wetten, daß sie heraufschielt, wenn wir weder was sagen noch pfeifen, wenn sie direkt an uns vorbeikommt?«

»Also bitte, was hab' ich gesagt!«

Als eines der vier Mädchen zu den Männern emporlugte, schrie der Größte von ihnen: »Wie werdet ihr erst aussehen, wenn ihr ausgewachsen seid, wo ihr jetzt schon der reinste Zucker seid, frag ich euch? Laßt es mich wissen, wenn's soweit ist, dann komm ich hinunter und vernasch euch mit Haut und Haar.« Als eines der Mädchen eine unwillige Kopfbewegung machte, rief der Mann nur noch lauter: »Wie wär's vorerst mal mit 'nem bißchen Privatunterricht, hm?«

»Kümmert euch nicht um Privatunterricht, seht lieber zu, daß ihr euer Soll erfüllt!« donnerte es hinter ihnen. Sofort zogen die Männer die Köpfe aus dem Fenster zu-

rück, und drei trabten wortlos an ihre Werkbänke, während sich der vierte, der die größte Lippe riskiert hatte, sich mit den schmierigen Händen durchs fette Haar fuhr und gleichgültig knurrte: »Ach was, Wichtigtuer.«
»Keine Unverschämtheiten, Taggart! Bei mir brauchst du nicht den Kessen zu spielen. Geh gefälligst an deinen Platz zurück, ehe ich dir Beine mache.«
Als der Arbeiter murrend gehorchte, höhnte er im Vorbeigehen: »In Ordnung, Chef?« Und fügte, zur Seite blikkend, hinzu: »Oder muß man zu dir schon Mr. Cotton sagen!«
Angus Cotton fluchte leise vor sich hin, trat ans Fenster und schloß es. Sein Blick fiel auf die gesenkten Köpfe der zehn Arbeiter, über die er die Aufsicht hatte. Dann ging er ans Ende der Werkstatt, beugte sich über die Arbeitsplatte, auf der ein großer Bogen Papier, Reißschiene und Zirkel lagen, und fing zähneknirschend zu rechnen und zu zeichnen an.
Ungefähr fünf Minuten später trug er die Faustskizze zur Werkbank rechter Hand, vor der ein älterer Mann stand. »Kennst du dich darauf aus, Danny?« fragte er. »Oder muß ich es erst ins Zeichenbüro bringen, damit sie's aufmöbeln?«
Danny Fuller besah sich den Entwurf, dann zuckte er nur die Achseln und meinte: »Ich werd's versuchen.« Seine lässige Antwort besagte, daß seiner Hände Arbeit genauso exakt sein würde wie eine der Maschinen. Während er die Skizze studierte, fügte er halblaut hinzu: »Es wird Schwierigkeiten geben, wenn du diesem Großmaul nicht den Marsch bläst. Tag für Tag reißen sie ihre Witze über die Mädels. Wenn die daheim ausplappern, was unsere Jungs ihnen beim Vorbeigehen so zurufen, gibt's Stunk. Taggart fliegt noch eines Tages, sag' ich dir. Ich an deiner Stelle würd' mich um die Mittagszeit nie aus der Werkstatt herausrühren, denn die treiben's immer ärger, wenn die jungen Dinger da unten vorbeikommen. Das war ja noch gar nichts heute!«
»Ich kann mir nicht denken, daß diese Tausendschön-

chen noch nie was von dem gehört haben, was unsere Jungs so von sich geben.«
»Vergiß nicht, daß sie in die Klosterschule gehen, mein Lieber.«
Angus Cotton blickte den Alten belustigt an. »Und du glaubst, das einen dergleichen heutzutage vor irgendwas beschützt? Die werden doch allesamt vom Fernsehen erzogen!«
»Ich glaub' kaum, daß sie daheim viel fernsehen dürfen.«
Angus stieß den Alten an und sagte: »Weißt du, was ich denke? Daß du fünfzig Jahre zurück bist, Danny. Ich wette mit dir um was du willst: Wenn du den Mädels einmal zuhören könntest, wenn sie sich unbelauscht glauben, würden dir deine letzten drei Haare zu Berge stehen.« Er grinste ihm zu, ehe er an seinen Arbeitsplatz zurückkehrte.
Aber während er arbeitete, dachte er: Er hat völlig recht, was Taggart anlangt. Dem muß man, wenn's nicht anders geht, den Mund zunähen; falls er ihn noch weiter aufreißt, ist es aus mit unserem Frieden... Dennoch war ihm klar, daß die Jungs immer wieder ihre Unverschämtheiten vom Stapel lassen würden, wenn unten Mädchen vorbeikamen, und daß die Mädchen das genau wußten, ja es darauf anlegten. Sonst würden sie die Wegabkürzung ja gar nicht erst einschlagen.
Es war eine halbe Stunde später, als Mr. Wilton durch die Werkstatt stapfte und in ungemütlichem Ton rief: »Cotton! He, Cotton!«
»Tja, Sie wünschen?« Angus kroch unter seiner Maschine hervor, richtete sich auf, wischte sich die Hände an einem Lappen ab und blickte dem Mann, der ihn gerufen hatte, ins wutverzerrte Gesicht. Mr. Wiltons Gesicht war meistens wutverzerrt, das war allgemein bekannt. Mr. Jonathan Ratcliffe mochte der Direktor sein; er jedoch war sein Stellvertreter, wenn es um Arbeiter oder Angestellte ging. Also hatte sich alles nach ihm zu richten. Aber Angus ließ weder bei Mr. Wilton noch bei sonst

jemandem auch nur den geringsten Zweifel darüber aufkommen, daß er nicht einzuschüchtern war. Also wiederholte er daher nur ziemlich aggressiv: »Sie wünschen?«

Mr. Wilton bereitete es offensichtlich Schwierigkeiten, die richtigen Worte zu finden. »Was ist hier oben los?« Er schüttelte den Kopf, schluckte heftig und fügte hinzu: »Sie können diese Lümmel nicht unter Kontrolle halten, wie?«

»Diese was...?« Angus sträubte sich dagegen, dieses Wort zu wiederholen. Es gab nur einen Lümmel unter ihnen, aber dennoch verwahrte er sich strikt dagegen, daß er oder einer seiner Kollegen als solcher bezeichnet wurde. Er sagte förmlich: »Ich weiß nicht, wovon Sie sprechen.«

»Sie werden es nur zu bald wissen, mein Lieber. Wenn nämlich der Chef persönlich mit Ihnen abrechnen wird. Er ist wütend, weil er innerhalb von zehn Minuten von zwei Seiten angerufen wurde. Eltern von Klosterschülerinnen haben energisch dagegen protestiert, daß ihren Töchtern jedesmal Zoten nachgerufen werden, wenn sie die Abkürzung benutzen.«

»Von Zoten ist mir nichts bekannt«, sagte Angus. »Witze von mir aus. Witze reißen die Jungs manchmal.«

»Witze? Sie scheinen nicht zu wissen, wovon Sie reden, Mann! Es handelt sich um Klosterschülerinnen. Und falls Sie's immer noch nicht kapiert haben: eine davon ist zufällig die Tochter von Mr. Ratcliffe.«

Angus spürte, wie er erstarrte. Er hatte Van gar nicht bemerkt von hier oben; jedenfalls war er nicht sicher gewesen. Schließlich schlug sie nie diesen Weg ein.

»Besser, Sie gehen gleich hinüber. Und zwar schleunigst. Er will mit Ihnen sprechen. Wenn es nach mir ginge, müßte hier einmal tüchtig durchgegriffen werden.«

Angus sah Mr. Wilton kühl an. Er mochte Wilton ebensowenig wie Ratcliffe. Nur daß er eben mit Wilton öfter zu tun hatte. Betont langsam schlüpfte er aus dem Arbeitsmantel, hängte ihn an den Nagel, sah dem blassen Mann mit den verkniffenen Zügen ruhig ins Gesicht und sagte: »Es gibt heutzutage eine Menge Arbeitsplätze, wo durchgegriffen gehörte, Mr. Wilton. Das sollten Sie nicht vergessen.«

Danny Fuller kicherte sogleich hinter seiner Werkbank los, aber die beiden Männer reagierten gar nicht darauf, sondern gingen rasch nach unten, überquerten den Parkplatz und betraten das Hauptgebäude, in dem sich die Büros befanden.

Angus fuhr mit dem Lift in das dritte Stockwerk, betrat den holzgetäfelten Gang und machte vor der Tür mit der Aufschrift ›Jonathan Ratcliffe‹ halt. Er nahm sich jedoch nicht die Mühe, anzuklopfen, weil er genau wußte, daß er ja doch erst an der Sekretärin vorbeizugehen hatte, ehe er ins ›Allerheiligste‹ gelangte.

Miß Morley sah auf. Sie fragte den stämmigen Arbeiter mit dem zottigen Haar erst gar nicht, was er wollte; sie wußte es. »Warten Sie einen Moment«, befahl sie hoheitsvoll.

Als sie auf die Tür zum Chefbüro zuging, kam jedoch Mr. Wilton ins Zimmer gekeucht und sagte sofort: »Das erledige ich selbst.« Damit verschwand er wieselflink hinter der Tür. Miß Morley wandte sich indigniert um, wobei sie Angus Cotton mit einem durchbohrenden Blick bedachte, der klar und deutlich zum Ausdruck brachte, was sie von ihm und seinesgleichen hielt: Gräßliches Pack, alle miteinander…

Angus hatte gerade eine passende Bemerkung auf der Zunge, als die Tür aufgerissen wurde und Mr. Wilton scharfen Tones sagte: »Kommen Sie 'rein, Cotton.«

Angus wartete einige Sekunden, ehe er gemessenen Schrittes an Mr. Wilton vorbeiging, wobei er ihn scharf fixierte, ehe er seine Aufmerksamkeit auf den Mann hinter dem am äußersten Ende des langgestreckten Raumes befindlichen Schreibtisch richtete.

Obwohl es erst das zweitemal war, daß Angus das Büro seines Chefs betrat, war er überzeugt davon, mehr über

diesen Mann zu wissen als irgendein anderer der tausend Angestellten der Firma.
Er war acht Jahre alt gewesen, als seine Mutter als Zugehfrau im Hause der Ratcliffes zu arbeiten begonnen hatte. Das war alles gewesen, was die Ratcliffes sich damals leisten konnten, denn wenn Jonathan Ratcliffe auch technischer Zeichner war und aufgrund seiner Entwürfe gut verdiente, stellten er und seine Frau derart große Ansprüche, daß immer Ebbe in der Kasse herrschte. Aber, wie seine Mutter zu sagen pflegte, sie wußten genau, was sie taten, von allem Anfang an. Denn die Gäste, die sie bewirteten, waren stets einflußreiche Leute. Und das machte sich bezahlt, na und ob! Denn heute gehörte Mr. Ratcliffe zu denjenigen, die den Ton in der Stadt angaben. Alles, was man braucht, um weiterzukommen, war und ist ein bißchen Hirn, ein bißchen Einfluß und eine anständige Portion Glück. Nicht zu reden von dem Talent, die richtigen Leute für sich einzunehmen. Diese Fähigkeit, andere für sich, seine Tüchtigkeit, seine Familie und seine Ansichten zu gewinnen, hatte Ratcliffe zum Posten des Direktors verholfen. Einfach über Mr. Bretts Kopf hinweg. Wenn einer hinter diesem Schreibtisch sitzen sollte, dann hätte es Mr. Brett sein müssen. Jedermann wußte das. Aber Mr. Brett befand sich heute noch im Zeichenbüro.
»Erinnern Sie sich an das letztemal, als Sie in mein Büro kamen, Cotton?«
Weder der Ton noch die Worte ließen Angus so zusammenzucken, wie dies beabsichtigt war.
»Ich erinnere mich daran, Sir.«
»Damals haben Sie die harte Arbeit in der Einser-Werkstatt erledigt. Und da wären Sie noch heute, wenn ich Ihnen nicht, Ihrer Mutter zuliebe, unter die Arme gegriffen und Sie in die Dreier-Werkstatt versetzt, ja Sie dort sogar zum Vorarbeiter gemacht hätte.«
Angus holte tief Atem, so daß sich sein mächtiger Brustkorb unter dem Arbeitszeug bedrohlich wölbte, ehe er sagte: »Sie haben mich in die Dreier-Werkstatt versetzt,

Sir, weil Mr. Brett, der einige meiner Zeichnungen gesehen hatte, fairerweise der Meinung war, daß man mir eine Chance geben sollte und mich deshalb Ihnen empfohlen hatte.«

Jonathan Ratcliffe ließ die Faust auf die Schreibunterlage fallen, warf den Kopf leicht zurück und sagte leise: »Mr. Bretts Empfehlung hätte kaum gezählt, wenn ich nicht ein Wort für Sie eingelegt hätte, das verstehen Sie doch. Und lassen Sie sich ein für allemal gesagt sein, daß ich von mehreren Seiten kritisiert wurde, weil ich andere Empfehlungen übergangen und Sie befördert habe. Solche Möglichkeiten ergeben sich für Arbeiter aus der Einser-Werkstatt nicht oft. Jedenfalls nicht in Ihrem Alter und bei derart geringen Erfahrungen.«

»Haben Sie mich nur deshalb holen lassen, um mir das zu sagen? Dann kann ich Ihnen sofort die richtige Antwort darauf geben: Erstens bin ich ein guter Arbeiter, ein sehr guter Arbeiter sogar, laut Mr. Brett...«

»Schweigen Sie! Wie können Sie es wagen, in einem derartigen Ton mit mir zu sprechen! Sie vergessen, wo Sie sind, Cotton. Sie nützen nur die Stellung Ihrer Mutter in meinem Haus aus. Aber da Sie mich schon fragen: Nein, ich habe Sie nicht deshalb kommen lassen, um Sie daran zu erinnern, weshalb Sie befördert wurden, sondern um Ihnen zu sagen, daß Sie meiner Meinung nach – egal, was Mr. Brett behaupten mag – absolut keine so vorbildliche Arbeit in der Dreier-Werkstatt leisten, weil Sie es nicht verstehen, Ihre Männer im Zaum zu halten. Es muß sich schon ganz schön was zusammengebraut haben, wenn Eltern einmal nach dem Telefonhörer greifen, um sich bei mir zu beklagen, daß ihre Töchter jedesmal, wenn sie hier vorbeikommen, von Fabrikarbeitern mit unanständigen Zurufen bedacht werden. Und Sie lassen das einfach zu.«

»Ich lasse nichts dergleichen zu, Sir.«

»Sie waren dabei.«

»Ich war *was*??«

»Eines der Mädchen hat es behauptet. Und Sie sogar ge-

nau beschrieben: Groß, breitschultrig, blondes Zottelhaar...«
»Nun, dann ist sie eine verdammte Lügnerin, das ist alles, was ich dazu sagen kann.«
»Wollen Sie sich gefälligst einer gemäßigteren Sprache bedienen, Cotton. Sie vergessen, glaube ich, wer Sie sind und wo Sie sich befinden.«
»Ich vergesse weder das eine noch das andere, Sir. Dennoch sage ich, daß sie, wenn sie das behauptet, lügt. Ich stand am Zeichentisch, als ich die Jungs rufen und lachen hörte. Da bin ich hingegangen, habe der Sache ein Ende gemacht und das Fenster geschlossen... Was soll übrigens der ganze Wirbel, Sir? Sie wissen doch genau, daß die Mädels, wenn sie diese Abkürzung benützen, den Arbeitern immer Gelegenheit geben, sie aufzuziehen. Und das ist vielleicht sogar ihre Absicht.«
»Das sind keine Mädels, Cotton, es sind Klosterschülerinnen, junge Damen.«
»Puh!« Angus warf den Kopf in den Nacken; der geringschätzige Ton, mit dem er dieses ›Puh‹ ausstieß, machte Jonathan Ratcliffe noch wütender. Im Moment hegte er nur einen einzigen Wunsch: Diesen Kerl auf immer loszuwerden und einfach seine Kündigung auszusprechen. Aber es gab zwei simple Gründe, weshalb er diesen Wunsch nicht in die Tat umsetzen konnte: Einer war die Gewerkschaft, der zweite, noch schwerwiegendere, seine Mutter. Wenn er den jungen Cotton feuern würde, würden sie Emily verlieren. Und jetzt, wo sie das Geld besaßen, auch vier Dienstboten einzustellen – selbst bei den Löhnen, die derzeit verlangt wurden –, war es ganz unmöglich, ohne Emily zurechtzukommen. Mochte das Personal in seinem Haus auch noch so oft wechseln – Emily war beständig und treu. Und blieb. Selbst wenn ihre ungehobelten Manieren eine große Geduldsprobe für seine Frau darstellten, genau wie das aufbegehrende Benehmen ihres Sohnes für ihn, durfte nichts geschehen, was Emily Grund geben würde, zu kündigen. Das wäre eine Katastrophe. Besonders jetzt, so knapp vor Susans

Hochzeit und dem jeden Tag erwarteten Eintreffen der Braintrees.
Er strengte sich sehr an, seinen Ton etwas zu mildern, aber er konnte den Kerl nicht ausstehen und ärgerte sich darüber, sagen zu müssen: »Nun, diesmal will ich es noch einmal durchgehen lassen – was die Eltern sicherlich nicht tun werden, das kann ich Ihnen versichern! Aber sollte es noch einmal vorkommen« – er maß Angus von unten her mit einem wütenden Blick –, »werde ich gezwungen sein, strengste Maßnahmen zu ergreifen. Übrigens: Wer waren die Männer, die sich dies zuschulden kommen ließen?«
»Kommt es darauf an?«
»Natürlich kommt es darauf an.« Abermals fuhr er auf Angus los.
»Roland, Weekes, Naylor... und Taggart.«
»Ich werde Mr. Wilton veranlassen, mit ihnen zu reden. Aber«, sein Zeigefinger unterstrich drohend jedes seiner Worte, »ich mache nach wie vor Sie dafür verantwortlich, Cotton. Vergessen Sie das nicht. Dafür werden Sie nämlich bezahlt: für die Verantwortung. Das ist im Moment alles. Sie können gehen.«
Ratcliffe sah zu, wie sich die mächtige Gestalt langsam umwandte, und als sich die Tür hinter ihm geschlossen hatte, biß er sich auf die Lippen und murmelte: »Unverschämter Kerl, wirklich!«

Jonathan Ratcliffe verließ sein Büro um achtzehn Uhr. Miß Morley arbeitete noch; genau wie Mr. Wilton. Aber die Werkstätten waren wie ausgestorben. Es standen nur noch drei Wagen auf dem Parkplatz, und irritiert bemerkte er, wie ein Mann den Kopf in die Motorhaube seines Volkswagens steckte. Während er seine Garage aufsperrte, fragte er: »Was nicht in Ordnung, Arthur?«
Arthur Brett richtete sich auf und lächelte grimmig. »Es ist diese Woche schon das drittemal, daß er streikt. Ich werde in der Werkstatt anrufen müssen, damit sie ihn abholen.«

Es blieb Jonathan Ratcliffe nichts anderes übrig, als zu sagen: »Nun, steigen Sie ein.«
Als er mit dem Bentley durchs Tor fuhr, das der Portier für ihn aufgerissen hatte, meinte er beiläufig: »Sie sollten sich einen neuen zulegen.«
»Ja, ja – das weiß ich.«
»Können Sie nicht, oder wollen Sie nicht?« Er warf dem Mann, mit dem er seit achtzehn Jahren in enger Nachbarschaft wohnte, rasch einen Blick zu. Jedesmal, wenn er ihm begegnete, fühlte er sich unbehaglich, obwohl dazu, wie er sich immer wieder einzureden versuchte, absolut kein Anlaß bestand. Gut, er hatte ihn überflügelt – aber war es vielleicht sein Fehler, daß er tüchtiger war? Manche Menschen waren nun mal dazu bestimmt, voranzukommen, und andere wieder, auf ihrem Platz zu verharren. Arthur Brett gehörte eben zu letzteren: weil er keinen Schwung, keine Initiative besaß, weil er schwerfällig und altmodisch war. Auch hatte er von Jugend an niemals um etwas kämpfen müssen. Er hatte von jeher seinen wohlbestückten Teller vorgefunden. Es war nicht gut, wenn man es in der Jugend allzu leicht hatte, nicht, wenn man vorwärtskommen wollte.
Als er an der Kreuzung anhalten mußte, sagte er, vor sich hinstarrend: »Ich hatte Unannehmlichkeiten mit Cotton.«
»Sie meinen Angus?«
»Wen sonst? Soviel mir bekannt ist, führen wir nur einen Cotton in unseren Lohnlisten.«
»Was hat er angestellt?«
»Vom Werkstattfenster aus den Klosterschülerinnen Zoten hinterhergeschrien.«
»Angus? Das kann ich nicht glauben. Er ist ein ziemlich rauher Bursche, aber nicht von der Sorte, dafür würde ich meine Hand ins Feuer legen.«
»Er ist Ihr Augapfel, nicht wahr, Arthur?«
»Er ist keineswegs mein Augapfel, aber er hat Ideen. Wenn der eine Chance bekommt, wird er es noch zu etwas bringen. Schade, daß er nicht weiterlernen konnte.

Denn dumm ist er nicht. Der ist alles andere als dumm.«
Die letzten Worte waren immer leiser geworden, und dann herrschte Schweigen zwischen den beiden Männern, bis sie am Kai angelangt, rund um den Park und hinauf nach Brampton Hill gefahren waren. Da sagte Jonathan Ratcliffe: »Das Malheur ist, daß er diese Kerle nicht im Zaum halten kann. Anscheinend treiben die es alle Tage so.«
»Dafür können Sie schließlich nicht ihn verantwortlich machen.«
»Finden Sie?« Jonathan riskierte einen kurzen Seitenblick. »Und ob ich das kann. Wenn seine Leute am Fenster herumlungern, arbeiten sie nicht, oder? Ich werde der Sache ein für allemal einen Riegel vorschieben.«
Hinter der von Wald gesäumten Fahrbahn blieb der Wagen nach einer scharfen Rechtskurve am Ende einer Lärchenallee stehen. Arthur Brett stieg aus und sagte: »Danke, Jonathan.« Nach dem Aussteigen beugte er sich nochmals herunter und sagte durchs Wagenfenster mit einem schlauen Lächeln: »Was immer Sie mit Angus machen – es wird sich auf Emily auswirken. Ich glaube kaum, daß Jane entzückt wäre, wenn Emily ginge, oder?«
Als Antwort hierauf gab Jonathan lautstark Gas, fuhr an den letzten Lärchen, dann an den Blautannen vorbei, die seinen Grund abgrenzten, durch das imposante Eisentor die langweilig rosafarbene Auffahrt hinauf, die zu seinem ebenso imposanten Haus führte.
›Bower Place‹, wie er seinen Besitz genannt hatte, bildete für ihn sowohl eine Quelle des Vergnügens als auch des Ärgers. Des Vergnügens, weil er es selbst entworfen hatte, weil es sich in einer der besten Lagen der ganzen Stadt befand und weil sein Wert innerhalb der letzten fünf Jahre enorm gestiegen war. 1949 hatte er dem alten Brett für die zwei Morgen Land fünfhundert Pfund bezahlt, und die Errichtung des Hauses hatte ihn gut und gern viertausend Pfund gekostet. Jetzt würde er es keineswegs unter zwanzigtausend hergeben, nach allem, was er im

Lauf der Zeit hineingesteckt hatte. Und hätte sein Grundstück einen Zugang zum Fluß auch noch gehabt, wäre es garantiert fünftausend mehr wert.
Das war es, was ihn unentwegt ärgerte: daß Arthur Brett von seiner riesigen Flußuferfront nicht einen Meter verkaufen wollte. Er war genauso dickköpfig wie sein Alter früher. Dabei besaß er keinen roten Heller, denn es kostete ihn sein gesamtes Gehalt, den Besitz in Schuß zu halten. Dennoch dachte er nicht im Traum daran, sich von seinen sechs Morgen Land zu trennen. Reine Bosheit, weiter nichts. Arthur war eifersüchtig auf ihn, weil er die Position bekleidete, die, wie er meinte, eigentlich ihm zugestanden hätte.
Manchmal kochte Jonathan Ratcliffe derart vor Zorn, daß er schon daran dachte, sein Grundstück dem nächstbesten Spekulanten zu verkaufen, der dann, dem Zug der Zeit folgend, mit Sicherheit einen zwanzigstöckigen Häuserblock darauf errichten lassen würde. Dann säße Brett schön in der Klemme. Er war dazu imstande, o ja, er, Jonathan Ratcliffe, war ohne weiteres dazu imstande. Er stellte sich vor, wie der Gemeinderat daraufhin einen Teil von Bretts Gelände konfiszieren und Gemeindebauten darauf errichten lassen würde. Was wollte der schließlich mit sechs Morgen Land? Er rührte keinen Finger. Auf seinem Grundstück sah es aus wie im tiefsten Dschungel.
Ratcliffe betrat sein Haus, marschierte quer durch die Halle, legte seinen Hut auf die vergoldete Marmorkleiderablage, wonach er den Salon betrat, in dem seine Frau und seine beiden Töchter saßen. Sie blickten ihm allesamt entgegen, und seine Frau fragte sogleich: »Nun, was hast du deshalb unternommen?«
»Ich habe mit ihm gesprochen.«
»Mit wem?«
»Mit Cotton natürlich.«
Sie erhob sich. »Also war er es?«
»Er behauptet natürlich das Gegenteil. Angeblich wären es ein paar Jungs aus der Werkstatt gewesen. Aber

schließlich ist er für sie verantwortlich. Was ist genaugenommen geschehen?« Damit wandte er sich an seine jüngere Tochter, die mit hochgezogenen Beinen auf der Couch hockte.

»Nichts, soweit es mich betrifft.«

»Nichts, soweit es dich betrifft?« Er runzelte die Stirn. »Das ist ja etwas ganz Neues. Die übrigen drei waren betroffen – jedenfalls ihre Eltern. Ich nehme an, daß das, was deine Schulkolleginnen schockierte, dich nicht schockiert hat, wie?«

»Ich habe nichts gehört, Vater.«

»Du bist doch mit den andern gegangen, oder?«

»Ja natürlich.«

»Und da hast du nichts gehört?«

»Ich war in Gedanken und habe nicht einmal bemerkt, daß die Jungs am Fenster standen.«

»Jungs, Jungs! Es waren Männer, die euch Zoten nachgerufen haben! Und da behauptest du, nichts gehört zu haben?«

Das Mädchen verzog das Gesicht und schloß die Augen. Worauf ihre Mutter in scharfem Ton sagte: »Vanessa! Benimm dich gefälligst nicht so verstockt! Dein Vater redet mit dir.«

Vanessa Ratcliffe stand auf und sah ihren Vater an. Sie war beinahe so groß wie er und gute acht Zentimeter größer als ihre Mutter. Ihr schimmerndes kastanienbraunes Haar fiel vorn glatt auf die Schultern nieder und war hinten zu einem Knoten hochgesteckt. Ihre Augen waren braun, groß und rund, die Haut über den etwas betonten Backenknochen seidigglatt, die Wimpern außergewöhnlich dicht. Obzwar ihr Gesicht längliche und schmale Form hatte, waren ihre Lippen von einladender Fülle. Ihr noch nicht völlig entwickelter Körper wirkte ein bißchen eckig und flach. Was ihr Äußeres betraf, glich sie weder Vater noch Mutter, am wenigsten jedoch ihrer älteren Schwester Susan, die ein richtiges Ebenbild ihrer Mutter war. Mit Ray, ihrem zehnjährigen Bruder, der ein paar Minuten vorher aus dem Zimmer geschickt

worden war, hatte sie wenigstens eines gemeinsam: die Haarfarbe.
Vanessa war sechzehn Jahre alt und befand sich mitten in dem rastlosen ›Himmelhoch-jauchzend-zu-Tode-betrübt‹-Zustand eines Teenagers. Seit Wochen war sie gereizt und fühlte sich sowohl von ihrer Familie als auch von ihren Schulfreundinnen, ja von jedermann angeödet und unverstanden. Überdies machte sie gerade die Erfahrung rasch wechselnder körperlicher wie gefühlsmäßiger Veränderungen, die sie gleichermaßen erschreckten als auch neugierig machten. Sie wußte natürlich, worum es ging, konnte aber nichts dagegen tun. Sie sprachen wohl in der Schule darüber, aber das half nicht nur keine Spur, sondern verschlimmerte alles höchstens irgendwie.
»Ich habe dich etwas gefragt.«
»Ich habe dir bereits gesagt, Vater, daß ich mich nicht erinnere, etwas gehört zu haben, außer daß die Jungs... die Männer etwas gerufen und dann gelacht haben. Aber«, sie zuckte die Achseln, »die rufen ja immer etwas herunter. Das ist genau der Grund, weshalb die Mädels dort vorbeigehen. Sie müßten ja nicht. Sie könnten genausogut einen anderen Weg nehmen.«
»Willst du tatsächlich behaupten, daß sie nur deshalb die Abkürzung benützen, weil...«
»Allerdings, Vater. Lucy Fulton zum Beispiel geht Tag für Tag dort vorbei, bloß um sie herauszufordern.«
Jonathan Ratcliffe schluckte heftig, dann sagte er: »Nun, die Fultons haben mich nicht angerufen. Aber Mrs. Herring hat es getan und die Mutter von Kathy Young. War es das erstemal, daß sie diesen Weg benützt haben?«
»Ich habe keine Ahnung, weil ich für gewöhnlich allein heimgehe. Jedenfalls verstehe ich nicht, weshalb die beiden deshalb ein solches Getue machen. Du solltest sie einmal reden hören, wenn sie unter sich sind.«
»Halt den Mund!« Jonathan Ratcliffe sah aus, als würde er in der nächsten Sekunde platzen. »Wohin soll das noch führen? Seit ihr laufen könnt, geht ihr in die Klosterschule, und da kommst du daher und behauptest einfach,

daß sie...« Seine Entrüstung gestattete es ihm nicht, fortzufahren.

»So reden sie nun mal. Und schließlich« – sie lachte leise – »sind wir keine Kinder mehr, Vater. Ich bin sechzehneinhalb, und Kathy Young ist sogar schon siebzehn...«

»Schweig! Und wenn du sechsundzwanzigeinhalb wärst, würde ich von dir nicht erwarten, den Zoten dieses Werkstättenpacks seelenruhig zuzuhören. Das Malheur bei dir ist, mein Kind, daß du absolut kein Gefühl für Anstand hast. In diesem Punkt scheint das Kloster bedauerlicherweise völlig versagt zu haben. Bist du dir denn nicht bewußt, daß wir zu den führenden Familien der Stadt gehören? Was werden die Leute denken, wenn du ein derartiges Benehmen auf die leichte Schulter nimmst? Andere Mädchen... Wohin gehst du?«

»Nach oben. Ich habe noch Hausaufgaben zu machen.«

»Schön. Das ist noch lange kein Grund, derart herausfordernd dreinzusehen. Und untersteh dich ja nicht, die Tür hinter dir zuzuschlagen!«

Als die Tür überhaupt nicht geschlossen wurde, eilte Jane Ratcliffe wie ein aufgescheuchtes Huhn durch den Salon und tat es für ihre widerspenstige Tochter. Wieder an den Kaminplatz zurückgekehrt, sah sie ihren Mann mitleidheischend an und sagte mit affektierter Stimme: »Jetzt wirst du wohl verstehen, was ich mit ihr durchzumachen habe. Sie wird mit jedem Tag schwieriger. Mit Susan war das nie so.« Sie betrachtete ihre ältere Tochter. »Aber Vanessa wird immer schlimmer.«

»Das ist eine Phase, Mutter – das geht wieder vorbei.« Susan lächelte ihrer Mutter verständnisvoll zu. Sie empfand keine besondere Vorliebe für ihre Schwester – im Grunde genommen hatten sie sich immer in den Haaren gelegen –, aber seit ihrer Verlobung war sie ihr gegenüber freundlicher gestimmt. Sie wußte, was mit Vanessa los war: sie litt ja unter denselben Zuständen. Bald würde sie jedoch davon erlöst sein; nur mehr vier Monate, dann war sie verheiratet. Sie wünschte, es würde sich nur mehr um vier Wochen handeln... oder vier Tage... oder gar vier Minuten. Ja, vier Minuten. Oh, sie wußte genau, was los war mit Vanessa. Und wenn ihre Mutter nur eine Spur von Verständnis besessen hätte, dann hätte auch sie es gewußt. Aber Sex war eine Sache, die in diesem Haus als tabu galt. Ihre Mutter hätte ihnen am liebsten eingeredet, daß Babys durch Küsse entstünden. »Wohlgemerkt, Susan: Sollte je ein Junge versuchen, dich zu küssen, mußt du die Lippen fest geschlossen halten.« Das war die Art von Aufklärung, die sie erhalten hatte. Wenn sie einmal Kinder haben sollte, würde sie ihnen den ganzen Klimbim erklären, sowie sie zehn waren, jawohl. Dieses Alter war absolut nicht zu früh, man brauchte sich ja nur Ray anzusehen. Der kleine Teufel bedurfte garantiert keiner Aufklärung mehr. Man konnte ihm seine Kenntnisse förmlich ansehen. Es würde keine fünf, sechs Jahre mehr dauern, bis ihr Vater erfahren würde, was wirkliche Schwierigkeiten waren, davon war sie überzeugt. Aber sie kam wenigstens hier heraus, und sie war weiß Gott dankbar dafür. Keine zwei Kirchgänge mehr am Sonntag. Brians Familie mochte adelig und mit Titeln versehen sein, aber eines ließ sich getrost annehmen: daß sie so gottlos war, wie man eben nur sein konnte.

Als sie ihre Mutter zu ihrem Vater sagen hörte: »Ich habe es Emily gesagt«, erhob sich Susan. Sie ertrug es einfach nicht, noch länger dazusitzen und abermals das Thema Emily über sich ergehen zu lassen.

»Hältst du das für klug?« fragte Jonathan Ratcliffe und sah seine Frau unter zusammengekniffenen Brauen an.

»Allerdings. Weißt du, sie war am Telefon, als Marvis Herring anrief, und natürlich hat sie die Ohren gespitzt, wie immer. Und als Marvis mir sagte, daß ihre Rona behauptet hätte, Angus Cotton sei einer dieser Frechlinge gewesen, da habe ich ohne nachzudenken seinen Namen wiederholt. Ich habe gefragt: ›Angus Cotton? Sind Sie auch sicher?‹ Und Emily stand in der Küchentür, nichts als Augen und Ohren, du kennst sie ja. Also mußte ich es

ihr einfach sagen. Ich glaube aber, wie ich erwähnte, tatsächlich, daß es das beste war. Wenigstens hat sie es von unserer Seite aus gehört. Und wenn sie heimkommt und Angus sich lautstark darüber beklagt, daß du ihm den Kopf gewaschen hast, wird sie wenigstens den Grund wissen. Mein Gott...«, sie spitzte nervös die Lippen, »... es ist alles riesig lästig. Weshalb müssen wir uns mit solchen Dingen herumschlagen, ausgerechnet jetzt, wo ich mit dem Wochenendbesuch den Kopf so voll habe. Übrigens, du hast doch Angus nicht tatsächlich heruntergemacht, oder?«
Jonathan Ratcliffe zog die Schultern hoch, was seine tiefe Verärgerung ausdrückte. Das war auch seiner Stimme zu entnehmen, als er sie anfuhr: »Ich habe nur mit ihm geredet, meine Liebe, Aber nicht in dem Ton, wie ich es gerne getan hätte. Die Vorstellung, daß ich mich auf immer und ewig mit den Unmanieren dieses Flegels werde abfinden müssen, nur weil wir ohne seine Mutter nicht zurechtkommen, ist wirklich... Hör mal, Jane.« Er redete nun mit erhobenem Zeigefinger auf sie ein. »Ich bin überzeugt davon, daß du in einer der Stellenvermittlungen jemanden finden würdest, wenn du dich nur entsprechend umsehen wolltest.«
»Rede keinen Unsinn, Jonathan.« Jane Ratcliffe machte sich so groß, wie ihre ein Meter sechzig es zuließen. »Du weißt genau, daß ich noch gut und gern zwei Kräfte im Haushalt brauchen würde und sie um keinen Preis der Welt bekommen kann.«
»Nun, du solltest eben Irenes Beispiel folgen.« Er deutete mit einer Kopfbewegung nach Bretts Haus hinüber. »Nimm dir ein Au-pair-Mädchen.«
Jane Ratcliffe heftete ihren Blick indigniert auf die Terrasse und ließ eine eindrucksvolle Minute verstreichen, ehe sie sagte: »Darüber haben wir schon hundertmal gesprochen. Ich wünsche nie mehr, weitere Fremde im Haus zu haben. Ich will darüber nichts mehr hören, und ich finde es, milde ausgedrückt, sehr taktlos von dir, daß du immer wieder darauf zu sprechen kommst.«

Himmelherrgott noch mal... hätte Jonathan Ratcliffe beinahe laut geschimpft, aber seine streng religiöse Erziehung bewahrte ihn davor. Innerlich konnte er lästern und fluchen, soviel er wollte: aber nicht einmal das zimperliche Getue seiner Frau und ihre engherzigen Ansichten bezüglich hübscher Schwedinnen würden ihn dazu verleiten, den Namen Gottes zu mißbrauchen. Also drehte er sich auf dem Absatz um und verließ den Salon, ohne ein weiteres Wort zu verlieren.
Als er das oberste Treppenende erreichte, sah er seine jüngere Tochter aus ihrem Zimmer kommen. Sie hatte ihn natürlich gleichfalls sofort gesehen, tat aber so, als hätte sie es nicht. In der Art, wie sie ins Badezimmer ging, lag etwas Trotziges. Sie war von Kopf bis Fuß eine einzige Herausforderung. Es überraschte ihn daher gar nicht, in sich plötzlich den brennenden Wunsch zu verspüren, nach der Pferdepeitsche zu greifen und sie tüchtig zu züchtigen. Vor fünfzig Jahren noch hätte er so etwas ohne weiteres tun können. Er erinnerte sich, daß ihm seine Mutter erzählt hatte, wie ihr Vater sie ausgepeitscht hatte, nur weil sie die Todsünde begangen hatte, einfach ins Theater zu gehen. Dabei war es völlig egal, ob es sich um Stücke wie ›Onkel Toms Hütte‹ oder ›Peterchens Mondfahrt‹ handelte: sie hatte ihn vorher nicht um Erlaubnis gebeten und trug das Zeichen seines Zorns für den Rest ihres Lebens als Narbe an ihrem Nacken. Er hatte mit der Handlungsweise seines Großvaters hundertprozentig übereingestimmt. Ein Mann mußte seinen Prinzipien treu bleiben und der Herr im Haus sein. Das mochte altmodisch klingen, aber er dankte Gott dafür, daß dies noch in vielen Familien Geltung hatte.
Als die Badezimmertür heftig geschlossen wurde, dachte er, während er sein Zimmer betrat: An einem der nächsten Tage kommst du dran, junge Dame, jawohl! Aber als er dann seinen Rock auszog, erinnerte er sich, wie sie vorhin gesagt hatte, daß sie sechzehneinhalb sei. Bald würde sie also über das Alter, in dem er sie noch züchtigen konnte, hinaus sein. Nun, man würde ja sehen...

2

Wenn man vom Bahndamm auf die Ryder's Row hinunterblickte, hätte man meinen können, ein Modelleisenbahn-Enthusiast habe die Szenerie gestaltet: den kompletten Bahnhof mit den Gleisanlagen, den Geräte- und Wagenschuppen, den Waschanlagen und den Reparaturwerkstätten. Und gleich dahinter das kurze Gäßchen mit den windschiefen Häusern. Über allem jedoch die Autobahn, die von Fellburn nach Newcastle führte.

Im Verlauf der Jahre waren die Bewohner der Gasse gegen das Gerassel, Getöse und Gestampfe der Züge, gegen das Gezische des Dampfs und die Hunderte von Dieselloks immun geworden. Einige von ihnen waren inmitten dieses andauernden Gelärmes zur Welt gekommen – und dazu gehörte auch Emily Cotton.

Die Cottons hatten sich immer glücklich geschätzt, daß sie im letzten Haus der kleinen Straße wohnten, weil ihr Hinterhof dadurch zweimal so groß war wie der der andern, und weil sowohl die Gespräche der Nachbarn als auch ihr eigener lautstarker Wortwechsel auf diese Weise wenigstens nur durch eine Mauer drang.

Samstagmorgens fiel ihre Unterhaltung stets am lautesten und durchdringendsten aus, denn da waren sie allesamt daheim: Mutter Emily, Sohn Angus und Tochter Rose.

An diesem Samstagmorgen ging der Wortwechsel zwischen Angus und Rosie vergleichsweise leise vor sich. Obwohl keiner von beiden es offen zugeben wollte, kam ihnen das Haus wie ausgestorben vor, wenn ihre Mutter nicht daheim war. Dann fehlte einfach die richtige Atmosphäre. Hier und da sagten sie wohl: »Du meine Güte, ist es nicht richtig friedlich ohne sie«; aber dann sahen sie auf die Uhr und wünschten die Stunde herbei, wo Emily zur Tür hereinplatzen würde.

»Sie ist heute ziemlich spät dran, findest du nicht?« Angus steckte den Kopf in die enge Spülküche, in der Rosie eben zwei Suppenkonserven in einen Topf goß.

»Wetten, daß sie auf dem Heimweg beim Basar vorbeigeht? Den kann sie um nichts in der Welt auslassen.«

»Samstag vormittag auch noch bei denen arbeiten. Und am Sonntag danach werden sie sie erst recht brauchen. Warum, zum Teufel, gibt sie's nicht auf! Es besteht keine Notwendigkeit mehr dafür, daß sie in ihrer Stellung bleibt. Sie hat in ihrem Leben schon genug gearbeitet.«

»Sag ihr das ja nicht«, sagte Rosie und schob sich die schwarze Mähne zurück. »Sie kratzt dir glatt die Augen aus.«

»Sehen wir der Wahrheit doch einmal ins Gesicht. Sie kann nicht alles machen. Schau dir nur unsere Behausung an. Wie in einem Schweinestall sieht es hier aus. Sie hat genug, wenn sie heimkommt, das ist klar. Aber jetzt brauchen wir doch das Geld nicht mehr. Ich muß wirklich einmal mit ihr darüber reden.«

»Sei nicht albern, Angus. Denk doch nur einmal nach. Du weißt genau, daß Ratcliffe dich unter irgendeinem Vorwand abschieben würde, wenn Mama droben wegginge.«

»Ich weiß nichts dergleichen.« Angus reckte angriffslustig das Kinn in die Luft. »Auf den Versuch möchte ich es ja gerade ankommen lassen. Was glaubst du, wie mir zumute ist bei der Vorstellung, daß ich alles nur ihr zu verdanken habe... zumindest ist es das, was alle miteinander denken. Aber laß es dir ein für allemal gesagt sein: Ich habe den Job aufgrund meiner Leistungen bekommen. Ausschließlich aufgrund meiner Leistungen, wohlgemerkt!«

»Schön, deshalb brauchst du dir nicht gleich die Kehle heiser zu schreien, ich höre ausgezeichnet.«

Das Rumsen der rangierenden Waggons war eine Zeitlang das einzig hörbare Geräusch, bis Rosie sagte: »Da ist sie.«

Als die Hintertür aufging, pfiff gerade eine Lokomotive vorbei, als wollte sie Emily Cotton gebührend ankündigen. Emily kam verkehrt zur Tür herein, diese mit ihrem festen Hinterteil schwungvoll aufdrückend, und ließ einen Packen Kleidungsstücke aus ihren Armen auf den Tisch fallen.

»Oh, Mam, paß doch auf das Brot auf!« Rosie zog den Laib unter dem Textilberg hervor, dann musterte sie die diversen Stücke. Sie hob eine Jacke hoch und sagte: »Die ist in Ordnung. Was hast du dafür bezahlt?«

»Drei Pence, was sagst du? Da...« – sie wandte sich an Angus: »Ich hab' dir ein paar Hemden gekauft. Die taugen sehr gut für deine Arbeit.« Damit warf sie ihrem Sohn zwei Wäschestücke zu, die er auffing, ohne sie anzusehen, gleich auf einen Stuhl legte und sagte: »Ich hab' dir doch schon hundertmal erklärt, Mam, daß ich keine getragenen Sachen mag.«

»Du warst einmal verdammt froh, was Getragenes zu kriegen, laß dir das flüstern, mein Lieber.«

»Nun, heute bin ich es nicht mehr, Mam. Also kauf so was erst gar nicht für mich.«

»Heiliger Bimbam!« Emily Cotton ließ sich in einen Stuhl fallen, zog einen Fuß langsam zum Knie hinauf, massierte heftig ihre geschwollenen Knöchel und brummte: »Wenn ich nicht vom Regen in die Traufe komme. Den größten Teil meines Lebens verbring ich mit verdammten Emporkömmlingen. Die da droben müssen sich dauernd den Nacken massieren, so hoch recken sie pausenlos ihre Nasen. Und wenn ich heimkomme, erklärt mir mein eigener Sohn, daß er zu fein geworden ist, die Hemden eines andern zu tragen. Laß dir gesagt sein, du Großmaul« – sie machte eine drohende Handbewegung –, »Hemden von einer derartigen Qualität kannst du dir im Leben nicht kaufen, kapiert?«

Angus sah seine Mutter sekundenlang schweigend an,

dann legte er ihr den Arm um die Schulter und raunte ihr exaltiert ins Ohr: »Meine liebe Mrs. Cotton, in diesem Punkt irren Sie gewaltig. Ich werde morgen in die Stadt gehen und mir sechs – wohlgemerkt sechs – der allerfeinsten Seidenhemden kaufen, nur um sie zur Arbeit anzuziehen. Die andern sollen die Augen aufreißen, verdammt noch mal.«
Als Rosie in schallendes Gelächter ausbrach, packte Emily ihren Sohn am Schopf, beutelte ihn nicht ausgesprochen sanft, grinste und sagte: »Tjaja, das kenn' ich. Du wirst und du meinst und du machst und du tust. Aber bis dahin ziehst du diese Hemden zur Arbeit an, verstanden? Oder es setzt was!«
Nun kugelten sich alle drei förmlich vor Lachen. Bis Emily energisch aufschnupfte und schrie: »Alles, was recht ist, so kommen wir nicht weiter! Fürs Albern werden wir nicht bezahlt. Seht zu, daß das Zeug vom Tisch verschwindet und daß wir was zu essen kriegen. Was gibt's denn?«
Rosie hob den Kleiderpacken hoch, warf ihn auf den Lehnstuhl und sagte: »Suppe und Fisch mit Pommes frites. Die werden jetzt natürlich schon völlig weich sein. Ich hab sie bereits vor einer Stunde geholt. Und dann gibt's Reispudding. Übrigens, Mam, was hast du für alles zusammen bezahlt?«
»Viereinhalb.«
»Schwindle nicht! Da sind doch gut drei Kleider und zwei, drei Hemden dabei.«
»Ich sag dir, ich hab' viereinhalb gezahlt und keinen Penny mehr. Und ich hab' weder was geklaut noch den Preis gedrückt.«
»Sicher hattest du keine Möglichkeit dazu. Wer stand denn am Verkaufspult?« Angus sah seine Mutter grinsend an.
»Die alte Kuh Flanagan. Wenn die in der Nähe ist, kann man wahrlich weder klauen noch was 'runterhandeln. Obwohl ich genau gesehen habe, wie Alice Brownlon etwas in ihre Handtasche gestopft hat. Na ja, die ist ja auch

wirklich zu unverschämt. Habt ihr gehört, daß man Millie Taylor gestern schon wieder im Supermarkt erwischt hat? Die kriegt ihr Fett weg, das garantier' ich euch. Geschieht ihr recht. So habgierig darf man eben nicht sein.«

»Vergessen Sie das nur ja nicht, wenn es Sie wieder mal in den Fingern juckt, Mrs. Cotton«, sagte Angus und wollte schon aus der Küche gehen. Da warf ihm Emily mit Schwung einen alten Teewärmer an den Kopf und schrie: »Hat man schon so was gehört. Spricht man so mit seiner Mutter, Rotzlümmel?«

Als sie sich ein paar Minuten später an den kleinen rechteckigen Küchentisch setzten, meinte Rosie lachend: »Weißt du, Mam, ich hab' mich oft gefragt, wie du's fertigbringst, bei denen oben nichts zu klauen.«

»Das hast du dich gefragt – was soll man dazu sagen?« Emily sprach nun richtig ›fein‹: »Mein liebes Kind, man muß wissen, wie man sich wo zu betragen hat. Ich passe meine Sprache immer der jeweiligen Gesellschaft an, in der ich mich befinde, und ich schwöre dir, daß kein Mensch sich kultivierter benehmen kann als ich, wenn ich's drauf anlege.«

Als Angus sich langsam mit der Hand übers Gesicht strich, veränderte sich ihre Stimme jedoch schlagartig, und sie kläffte ihn an: »Und wenn du dich über deine alte Mutter lustig machst, dann schmeiss' ich dich eigenhändig zur Tür hinaus.«

»Wer macht sich lustig?« Dabei funkelten seine braunen Augen nur so vor gutmütigem Spott. »Natürlich kannst du dich benehmen, das wissen wir. Sonst wärst du bei denen droben nicht altgeworden. Aber eines hätte mich doch interessiert, Mam: Ob und was deine angestammte Ausdrucksweise bei denen ausrichten würde?«

Sie prusteten allesamt in ihre Suppenteller. Nachdem das Gelächter wieder abgeflaut war, fragte Angus: »Hast du noch etwas wegen der gestrigen Sache gehört?«

»Nicht viel«, sagte Emily. »Sie hat mir nur mitgeteilt,

daß der gnädige Herr über die ganze Angelegenheit sehr verärgert war.«

»So, so«, sagte Angus nur.

»Heute früh war sie jedenfalls honigsüß zu mir. Sie hat gesäuselt, daß ihr Mann ja nicht dich dafür verantwortlich mache, sondern die schrecklich gewöhnlichen Kerle, mit denen du arbeitest.«

»Und was hast du darauf erwidert?«

»Nichts. Ich habe schön fein den Mund gehalten. Das macht sich bei ihr stets bezahlt. Ihr könnt euch drauf verlassen: Ich versteh sie schon richtig zu behandeln. Man verbringt nicht achtzehn Jahre lang fünf Tage pro Woche mit jemandem, ohne ihn in- und auswendig zu kennen. Ich bin bedeutend mehr mit ihr beisammen gewesen als mit einem von euch.« Sie nickte den beiden zu. »Das klingt merkwürdig, nicht?«

»Und dabei kannst du sie trotzdem nicht leiden, was?«

Emily sah ihren Sohn an und sagte langsam: »Ich hab' nichts gegen sie. Auf gewisse Art verstehe ich sie sogar. Sie ist richtig aufgeblasen, aber das hat sie nur von ihm. Denn er ist ein widerlich scheinheiliger, frömmlerischer, großmäuliger Tropf. Dazu verschlagen und berechnend obendrein. Und seine Susan gerät ihm voll und ganz nach. Deshalb werde ich auch aus dem Grund heilfroh sein, wenn die Hochzeit vorbei ist, weil ich sie dann los bin.«

»Hast du ihren Zukünftigen schon häufiger zu Gesicht gekriegt?« fragte Rosie neugierig.

»Diese Woche war er zweimal oben. Er ist gar nicht so ohne... Ich werde dir mal was sagen: er besitzt nicht einmal ein Viertel von dem, was die haben. Wenn er auch einen Lord und einen Admiral zum Onkel hat. Deshalb benimmt er sich genauso wie jeder andere. ›Hallo, Emily‹, sagt er immer. ›Wie geht's denn so?‹«

»Tut er garantiert nicht. Du hältst uns nur zum besten.« Rosie schlug spielerisch auf ihre Mutter los.

»Bestimmt nicht. Und fang nicht auch du noch an, auf mich loszugehen. Er kam in die Küche, als ich das Essen zubereitete und hat gefragt: ›Hallo, Emily. Wie geht's denn so? Was panschen Sie uns denn heute wieder zusammen?‹«

»Tatsächlich?«

»Tatsächlich. Aber natürlich hat er das nur scherzhaft gemeint. Denn dann hat er losgelegt, was ich für eine ausgezeichnete Köchin sei. Und das ist mehr, als die da droben mir in all den Jahren gesagt haben. Von meiner eigenen Familie ganz zu schweigen.«

»Was weiß denn deine Familie von deinen Kochkünsten, frag ich dich? Wir kennen sie doch bloß vom Hörensagen«, hänselte Angus seine Mutter in der Erwartung, daß sie darüber lachen oder ihm abermals eins auswischen würde. Aber sie ließ die Gabel plötzlich auf den Teller sinken, blickte darauf nieder und sagte ungelenk: »Es tut mir leid, daß ich dich vernachlässigt habe.«

Seine Miene drückte blanke Bestürzung aus.

»Himmel, Mrs. Cotton!« rief er und stieß den Stuhl zurück. »Kommen Sie uns ja nicht auf die sanfte Tour. Im Ernst, Mam, du weißt genau, daß ich dich bloß aufgezogen habe. Wenn du uns zum Wochenende nichts kochst, liegt es nur an uns, weil wir's nicht zulassen. Stimmt's, Rosie?«

»Natürlich, Mam. Weißt du, was?« Rosie legte die Hand liebevoll auf den dicken Arm der Mutter. »Du bist müde, das ist es. Klar, daß er dich nur aufgezogen hat, der kann's ja nie lassen. Du und uns vernachlässigen! Meinst du, wir wüßten nicht, wo wir wären, wenn du nicht dein Leben lang arbeiten gegangen wärst? Wenn es uns nie an was gefehlt hat, dann verdanken wir das allein dir.«

Emily ließ den Kopf sinken und preßte die Lider fest zu, als sie die Tränen hochsteigen spürte; dennoch liefen sie ihr langsam über die Wangen. Weil sie sich über ein derart ungewohntes Benehmen ihrer Mutter Sorgen machten, umarmten Angus und Rosie sie fest und drückten sie an sich.

»Paß auf«, sagte Angus. »Was du brauchst, ist ein richtiger Urlaub. Eine Pause... aber eine ausgiebige.«

»Ich brauche keinen Urlaub«, sagte Emily ruhig.
»Schön, dann brauchst du zumindest eine Abwechslung, Mam.« Rosie strich über das grell und schlecht auf tiefschwarz gefärbte Haar ihrer Mutter. »Wie wär's, wenn wir heute abend in den Klub gingen? Du bist seit Wochen nicht mehr dort gewesen. Das ist doch eine gute Idee, oder?« Sie sah zu Angus auf. »Stan wird vorbeikommen, weil wir ursprünglich ins Kino wollten. Aber es ist ihm sicher egal, wo wir hingehen, solange wir uns nur gut unterhalten. Was meinst du, Angus?«
»Ich bin dabei. Wird bestimmt ein netter Abend werden. Wir zwei werden eine Sohle aufs Parkett legen, daß den andern der Mund sperrangelweit offenstehen wird, wetten?« Er lächelte seiner Mutter verschmitzt zu, sie zwinkerte rasch, schnupfte auf, lächelte schließlich und meinte: »Tja, ein Tänzchen würde mir bestimmt guttun, selbst wenn ich die Beine sonst kaum noch hochkriege.« Sie sah auf ihre angeschwollenen Füße nieder. »Auf alle Fälle geh ich jetzt einmal nach oben und lager sie ein bißchen hoch, dann wird's schon klappen.« Sie erhob sich etwas mühsam; Rosie begleitete sie bis zur Treppe und blickte ihr nach, bis sie verschwunden war. Dann kehrte sie in die Küche zurück und sagte zu Angus: »Komisch. So habe ich sie noch nie gesehen.«
»Sie ist müde«, sagte Angus leise. »Müde und verbraucht, das ist es.«
»Aber sie ist doch noch nicht alt«, sagte Rosie traurig. »Eben erst über fünfzig.«
»Nun, in den letzten zwanzig Jahren hat sie so viel geleistet, daß sie sich ebensogut wie achtzig vorkommen könnte. Mich wundert, daß sie nicht schon früher zusammengeklappt ist.«
»Und ich hab' mir immer eingebildet, sie sei stark wie ein Pferd.«
»Auch Pferde werden alt und müde, weißt du das nicht? Geh nach oben und sieh nach, wie es ihr geht, Rosie.«
Als Rosie das Zimmer ihrer Mutter betrat, lag Emily im Bett. Ihre bestrumpften Beine wiesen deutlich vorsprin-

gende Höcker entzündeter Ballen auf. Ihr Bauch glich einem ausbuchtenden Hügel, den das Gürtelband noch dazu hervorpreßte, und ihr massiges Gesicht hob sich vom tiefschwarzen Haar besonders blaß ab.

»Geht's dir wieder besser, Mam?«

»O ja, Kind, viel besser. Ich bin nur etwas müde.«

Rosie setzte sich ans Bett. »Macht dir irgend etwas Sorgen, Mam?«

»Tja...« Emily starrte ihre Tochter eine volle Minute an, ehe sie antwortete: »Etwas macht mir allerdings Sorgen.«

»Was denn, Mam?«

»Angus.«

»Angus? Aber warum denn nur? Er ist großartig beisammen, wirklich tüchtig und hat eine feste Anstellung.«

»Ja, er ist gut beisammen und tüchtig, das weiß ich schon. Aber das mit dem Festangestelltsein, das ist nicht so sicher. Weißt du, was?« Emily zog sich hoch, stützte den Ellbogen auf den Polster, beugte sich zu ihrer Tochter hinüber und flüsterte: »Wenn ich dort oben morgen fortginge, würde er Angus rascher an die Luft befördern, als du denkst.«

»Mr. Ratcliffe? Das kann er gar nicht, Mam. Dazu müßte er einen Grund haben. Wenn er ihn wegen nichts und wieder nichts entlassen würde, geriete die ganze Fabrik außer Rand und Band, alle, wie sie dasind. Du erinnerst dich doch, wie sie's vergangenes Jahr getrieben haben wegen John Petrick. Drei Wochen lang haben sie gestreikt, und dann mußte er doch wieder eingestellt werden. Sie können Angus nichts anhaben.«

»Es gibt Mittel und Wege, Kind. Und ich wette mit dir, um was du willst, daß sie die Schuld an der gestrigen Geschichte glatt ihm in die Schuhe geschoben hätten, wenn sie nicht fürchten würden, mich dann zu verlieren.«

»Nun, ich kann verstehen, daß sie davor Manschetten haben, Mam. Denn so jemanden kriegen sie nicht alle Tage.« Rosie tätschelte die Hand ihrer Mutter, und Emily sagte fest, aber ohne die geringste Spur von Anma-

ßung: »Das weiß ich, und sie wissen es, und die Gnädige weiß es ganz genau: Wenn es nicht wegen Angus gewesen wäre, ich wäre schon vor einigen Jahren gegangen.« Sie senkte plötzlich die Stimme und sagte: »Ich bin müde, Rosie.« Dann warf sie rasch ein: »Nicht daß ich mich schlecht fühle oder krank. Ich bin bloß müde. Müde, Kind, müde, für anderer Leute Familien zu arbeiten. Ich möchte in meinem eigenen Haus bleiben und es in Ordnung halten können und gute Mahlzeiten für euch bereit haben, wenn ihr heimkommt... Ach, ich weiß, du wirst nicht mehr lange daheim bleiben, Kind, du wirst heiraten. Und auch Angus wird über kurz oder lang jemanden nach seinem Geschmack finden, falls er nicht doch May nimmt. Und dann werd' ich mir wahrscheinlich dringend wünschen, Arbeit zu haben. Aber die kann ich immer kriegen, das macht mir kein Kopfzerbrechen. Bis es jedoch soweit ist, da hätte ich gern eine Zeitlang für mich. Nicht nur ein, zwei Wochen Urlaub – sie hat mir so was versprochen, nach der Hochzeit, weißt du –, nein, einen Monat oder ein, zwei Jahre.«
»Oh, Mam!« Rosie war nun ehrlich besorgt und legte den Kopf auf die Schulter ihrer Mutter, und ihre Stimme klang gebrochen, als sie abermals sagte: »Oh, Mam...«
»Reg dich doch nicht auf, Kind. Und wehe«, sie schob die Tochter energisch von sich, »wenn du Angus ein Wort davon verrätst.«
»Ich bin doch nicht verrückt! Aber ich sag' dir was: Der kann überall arbeiten. Es gibt Dutzende Firmen, wo er morgen anfangen könnte, schlimmstenfalls Montag.« Sie lachte kurz auf.
»Das weiß ich. Aber nicht mit den Aussichten, die er bei Affleck hat. Mr. Brett hat ihn nun mal unter seine Fittiche genommen und wird es weiter tun, wie ich ihn kenne. Ich möchte es erleben, daß aus ihm was wird, Kind. Nicht nur ein Arbeiter, wie unsere Väter und Großväter es waren. Ich möchte sehen, wie unser Angus richtiggehend Karriere macht. Das Zeug dazu hat er, man muß ihm bloß eine Chance geben. Du weißt ganz gut, daß er

nur von der Schule abging, weil er mir bei der Betreuung von Vater helfen mußte, wo der doch so lange krank dagelegen hatte. Weißt du«, sie setzte sich mit einem Ruck auf und fing, neben ihrer Tochter sitzend, an, ihre ebenfalls verschwollenen Finger zu massieren: »Was man vor allem braucht, um weiterzukommen, sind die richtigen Schulen, nicht eine übermäßig große Portion Hirn. Ratcliffe besitzt meiner Meinung davon nicht mehr als eine Laus, aber er hat die richtigen Schulen besucht. Und sieh nur, wie weit es ihn gebracht hat. Sowie der das Abitur abgelegt hatte, hat er den nötigen Stupser von Freunden erhalten, und nun ist er oben angelangt. Jawohl, die richtigen Schulen sind Grundbedingung, um nach oben zu kommen. Angus hat sie nicht, jedenfalls nicht die nötigen. Also muß er auf andere Weise vorankommen.«
»Aber was kann er denn deiner Meinung nach viel erreichen, Mam? Er hat die Aufsicht über eine ganze Werkstatt. Viel mehr ist bei Affleck nicht drin.«
Emily sah ihre Tochter mit einem abschätzenden Blick an und sagte leise, aber mit Nachdruck: »Er könnte ins Zeichenbüro kommen, das ist es. Deshalb besucht er ja die Abendschule. Er hat natürlich keine Ahnung, daß ich es weiß. Hast du etwas davon gewußt?«
»Abendschule? Nein, Mam. Unser Angus?«
»Genau, unser Angus.«
»Aber er ist doch schon vierundzwanzig.«
»Vierundzwanzig oder nicht, er geht jedenfalls hin. Laß dir jedoch um Himmels willen nichts davon anmerken, daß du es weißt, sonst hört er noch damit auf. Du kennst ihn ja. Wenn er haben will, daß wir's wissen, wird er's uns schon berichten. Jetzt geh schön nach unten und sag ihm, daß ich in Ordnung bin, sonst kommt er noch herauf.«
Als Rosie wieder in die Küche kam, fragte Angus: »Wie geht es ihr?« Und Rosie erwiderte: »Sie fühlt sich schon wieder in Ordnung. Jetzt macht sie ein Nickerchen.«
»Sie ist nicht in Ordnung, sag ich dir. Und ich weiß auch, warum sie droben nicht weggehen will. Weil sie glaubt,

daß es sich schädlich auf mich auswirken würde. Da ist sie aber auf dem Holzweg. Er kann mir gar nichts anhaben, und das weiß er auch. Weißt du was?« Er drehte sich zu Rosie herum. »Ratcliffe hat mich als kleinen Jungen schon nicht ausstehen können.«

»Aber weshalb?«

»Ich glaube, ich kenne den Grund.« Er trat ans Fenster und blickte in den engen Hinterhof. Dann fuhr er nachdenklich fort: »Er war es, der mich aufgefordert hat, nicht mehr mit Van zu spielen. Ich erinnere mich genau an den Tag. Es war gleich nach Vaters Tod. Du warst bei Tante Mary untergebracht, und mir hatte Mam gesagt, ich sollte nach der Schule hinaufkommen, dann würde sie mir etwas zu essen zustecken. Sie hatte besonders lange zu tun, weil sie ein großes Dinner gaben, obwohl sie nicht einmal die Rechnung beim Gemischtwarenhändler bezahlen konnten. Jedenfalls hielt ich mich an diesem Tag dicht hinterm Haus auf, als Van auf mich zugelaufen kam. Sie war damals ungefähr fünf. Zufällig stand ein Schubkarren an der Mauer, der Gärtner hatte ihn dort vergessen, glaube ich. Da setzte ich sie hinein und rollte sie immer schneller hin und her, hinauf und hinunter. Sie lachte und schrie vor Vergnügen. Das muß Ratcliffe gehört haben, denn er brüllte mich derart an, daß ich ihn vor Schrecken beinahe über den Haufen gefahren hätte. Er schickte Van kurzerhand hinein, und dann setzte er dieselbe Miene auf, die er auch jetzt manchmal aufsetzt, wenn er mich ansieht, und die unmißverständlich zum Ausdruck bringt, wofür er mich hält: für Abschaum, an dem man sich bloß die Hände schmutzig macht. Aber nicht einmal da hat er Mam auch nur ein Sterbenswort gesagt, er wollte es sich garantiert nicht mit ihr verscherzen. Nur spielen durfte ich von jenem Tag an nicht mehr mit Van. Niemals mehr. Deshalb habe ich mir ja diese Theorie wegen ihm zurechtgelegt, weißt du: Mir kann er getrost zeigen, daß er mich nicht mag, da kommt schon gar nichts dabei heraus. Aber wenn er es Mam zeigen würde, würde sie gehen, und da er das weiß, haßt er nicht nur mich, sondern auch sie und alles, was mit uns in Zusammenhang steht.«

»Geh, das bildest du dir doch nur ein: Mam hassen. Die halten doch weiß Gott was von ihr.«

»Ja, weil sie sie wie einen Bissen Brot brauchen, das ist es. So jemanden bekommt man heutzutage gar nicht mehr. Wer würde denn jetzt noch tagtäglich von acht bis fünf für fünf Pfund wöchentlich schuften und einfach alles machen? Putzen, räumen, bügeln, kochen und servieren auch noch, wenn sie eins von ihren hochfeinen verdammten Dinners geben? Sie halten was von ihr – daß ich nicht lache! Wenn sie morgen sterben würde, käme nicht ein einziger von ihnen zu ihrem Begräbnis.«

»Du bist ungerecht, Angus.«

»O nein, ich hab' sie nur allesamt durchschaut, vor allem ihn. Er würde ihr am liebsten einen Fußtritt versetzen, und weißt du, warum? Weil sie die einzige ist, die keinen Kotau vor ihm macht. Und weil sie immer und überall das letzte Wort hat. Mag sie's noch so ›kultiviert‹ vorbringen!«

Die Geschwister mußten lachen, bis Rosie sagte: »Ich möchte wirklich wissen, was sie sagen würden, wenn Mam einmal alles liegen- und stehenließe.«

»Da möcht' ich gern dabeisein, das gäbe einen fürchterlichen Krach!«

Sie grinsten sich verständnisinnig an. Dann fragte Rosie ihn: »Weshalb bist du heute eigentlich nicht beim Match, wenn du schon Zeit hast? Tut dir die Rückseite noch immer weh?«

»Ich bin ausgetreten.« Angus tanzte wie ein Boxer um den Tisch herum.

»Du bist ausgetreten?« rief sie ungläubig.

»Mhm.«

»Spinnst du? Du hast dich doch weiß Gott wie abgestrampelt, um überhaupt hineinzukommen. So was ist doch eine Ehre, oder?«

Er hörte unvermittelt mit dem Tänzeln auf und wiederholte: »Eine Ehre? Was soll daran eine Ehre sein?«

»Nun, daß du mit Callow, dem Anwalt, gespielt hast und dem jungen Brownlow aus der Wirtschaftsprüfungskanzlei und so.«
»Der Teufel soll sie holen! Wer sind schon Callow und Brownlow, frag ich dich! Vergiß nicht, daß Ted Robson der Star ist, und er ist ein ganz gewöhnlicher Maurer. Und was macht Andy Thompson, wie? Bierkutscher ist er. Wenn die von den Krawattenheinis abhängen würden, hätten sie überhaupt kein Team, ehrlich!«
»Nun, sie haben jedenfalls eins«, beharrte Rosie. »Nicht jedermann wird eingeladen, dem Rugby-Team beizutreten. Du mußt wirklich verrückt sein, daß du dort nicht weitermachen willst.«
»Bin ich eben verrückt.«
»Weiß Mam davon?«
»Nein.«
»Wann ist es passiert?«
»Vor zwei Wochen, wenn du's genau wissen willst.«
»Wie du dir die Hinterseite angeschlagen hast?«
»So ist es. Da hab' ich mich gefragt, was das alles soll. Warum soll ich mich jede Woche halb totschlagen lassen? Ich hab' mir bei denen schon die Rippen angeknackst, meine Schienbeine sind so gut wie draufgegangen, letztes Jahr hätte ich mir bei einem besonders wilden Spiel beinahe den Hals gebrochen. Also hab' ich mir gesagt: Was such ich da eigentlich? Überhaupt bei all diesen Saufgelagen. So was kann man schon nicht mehr Trinken nennen. Nicht, daß ich was gegen einen Drink hätte, das weißt du ja. Aber dabei bleibt es nie. Und was ihnen alles einfällt, wenn sie besoffen sind, wie sie sich da aufführen – du würdest es nicht für möglich halten. Ich hab' erst mitgemacht, wollte kein Miesepeter sein, weißt du, aber eines Abends war ich zufällig stocknüchtern, als ich zu ihnen stieß. Sie hatten schon stundenlang gebechert, und da hat es mir auf einmal den Magen umgedreht. Stell dir vor, sie hatten Bill Webster eine Serviette umgebunden, das war alles, was er anhatte. Und da saß er mitten auf dem Boden, lutschte an seinem Dau-

men und sabberte, und Alec Turner spielte die Mutter und legte ihn trocken. Ich sag' dir Rosie, beinahe hätte ich mich übergeben.«

»Ach, das war doch alles nur Spaß, Angus.«

»Unter Spaß versteh ich was anderes!« Er schüttelte heftig den Kopf.

»Soll ich dir was verraten, Angus?« Sie spitzte die Lippen und grinste. »Ich bin der Meinung, daß du gerade mal eine schlimme Phase durchmachst. Da es sich nicht mehr um Pubertätserscheinungen handeln kann, ist es nur möglich, daß sich auf diese Weise bei dir vorzeitig die Wechseljahre ankündigen. Eigentlich sollte ich die arme May warnen.«

Abermals sauste der alte Teewärmer durch die Luft, und Rosie wich lachend und geschickt in die Spülküche aus. Auch Angus lachte schallend, als er ins Vorderzimmer ging, das ihm gehörte.

Es maß knapp zehn Quadratmeter, enthielt ein neues Klappbett, eine alte Kommode, einen Hängekasten, einen kleinen Tisch in der Ecke, nahe beim Fenster, und einen kleinen Gasofen vor dem Kamin. Ein blau-weißes Linoleum in Schachbrettmuster bedeckte den Fußboden, an den Fenstern hingen blaue Kattunvorhänge. Der Raum war einfach, nett und sauber. Denn egal, in welchem Zustand sich das übrige Haus befinden mochte: Emily sorgte auf jeden Fall stets für das Zimmer ihres Sohnes.

Vorzeitige Wechseljahre... Er grinste vor sich hin, machte eine ruckartige Kopfbewegung, als wollte er dagegen aufbegehren, zog sich dann jedoch einen Stuhl zum Tisch hin, auf dem sich mehrere Bücher und etwas Zeichenpapier befanden, fing aber nicht an zu arbeiten. Statt dessen legte er die Ellbogen auf die Platte, stützte das Kinn in die Hand und starrte auf die kahle Mauer des gegenüberliegenden Eisenbahnschuppens. Nun, Rosie hatte schon recht: Irgend etwas stimmte bei ihm nicht. Er hätte nicht sagen können, was, aber eines stand fest: In seinem Innern herrschte ein einziges großes

Durcheinander, das wußte er immerhin. Wäre es nicht wegen seiner Mutter gewesen, er hätte noch am selben Tag seine Sachen gepackt und wäre auf und davongegangen. Ratcliffe, Afflecks und so weiter – die würden ihn alle gern haben können... Und was war mit May? Ach, May und alles, was damit zusammenhing, gleichfalls.

3

Als sie aus der Haustür traten, fing es an zu regnen, und Rosie stöhnte: »Du meine Güte! Meine Haare werden wieder in Strähnen herunterhängen, bis wir im Klub sind. Weshalb, zum Teufel, können wir keinen Wagen haben, Angus? Außer uns hat jeder einen in unserer Straße.«

»Ganz recht, sieh sie dir nur an.« Er deutete mit dem Daumen auf eine abenteuerlich aussehende Klapperkiste, an der sie gerade vorbeigingen. »Ich werde mir dann einen Wagen zulegen, wenn ich mir einen anständigen leisten kann, nicht so einen Haufen Schrott.«

»Du wirst dir gefälligst überhaupt kein Auto kaufen«, sagte Emily. »Erinnere dich nur an Sammy Cullen und Weihnachten. Ich wette, daß er dort, wo er sich heute aufhält, nichts mehr wünscht, als niemals ein Auto zu Gesicht bekommen zu haben.«

»Seines war in einem verheerenden Zustand, Mam«, wandte Rosie ein. »Man kann heute bei Hallows schon für ein paar Hunderter einen fast neuen Wagen kriegen.«

»Hör sie dir an!« rief Angus aus. »Ein paar Hunderter! Warum überredest du nicht Stan dazu, sich in Schulden zu stürzen und dir einen schicken Fahruntersatz zu kaufen?«

»Mach ich auch. Und er wird es bestimmt tun. Falls er nächste Woche beim Talentwettbewerb den ersten Preis gewinnt.«

Angus lachte nur spöttisch auf, dann knuffte er seine Mutter in die Seite und meinte: »Warum beteiligst du

dich nicht an so was, Mam? Wo du doch schon von Kindesbeinen an nur so drauflosgereimt hast!«
Sie stieß ihn glatt in den Rinnstein und schrie: »Du wirst gleich eine Ohrfeige kriegen, wenn du nicht damit aufhörst, dich über deine alte Mutter lustig zu machen. Ich sag' dir was: Zu meiner Zeit hat man eben Gedichtemachen gelernt. In der Sonntagsschule, jawohl.«
»Aber Mam! In die hätt' man so was wie dich doch nie im Leben 'reingelassen!«
Lachend warteten die drei auf den Bus. Als sie auf der Hauptstraße ausstiegen, redeten und lachten sie immer noch durcheinander und schwiegen erst ein paar Meter vom Klubeingang entfernt, weil Angus plötzlich mit wichtiger Miene sagte: »Geht nur hinein, ich besorg mir erst noch etwas Tabak.«
»Tabak, du?« Rosie hatte ihren Bruder am Arm gepackt.
»Du hast ganz richtig gehört: Tabak, jawohl. Ich habe mich entschlossen, von nun an Pfeife zu rauchen. Es heißt, das sei gesünder für die Lunge.«
Ihr Gekreisch übertönte mit Leichtigkeit das Getöse des Verkehrs. Als sie sich trennten, versuchte Angus, eine ernste Miene aufzusetzen, ehe er den Laden betrat.
Carson's Laden war groß und ansehnlich, der beste der ganzen Stadt. Drinnen herrschte dichtes Gedränge, so daß Angus das junge Mädchen erst bemerkte, als sie einen Schritt zurücktrat, um einen älteren Herrn vorbeizulassen. Dann sagte er: »Ja, hallo, Van.« Beinahe hätte er ›Miß Van‹ gesagt. Es war einfach eine Gewohnheit, dieses ›Miß‹. Manchmal sagte er es, dann ließ er es wieder bleiben.
»Oh, hallo, Angus!« Ihr vorher ernstes Gesicht hellte sich auf.
Er beugte sich zu ihr hinunter. »Hast du am Ende zu rauchen begonnen?«
»Wo denkst du hin.« Sie lächelte ihn voll an. »Montag hat Vater Geburtstag, das ist alles.«
Er betrachtete sie von oben bis unten, dann flüsterte er

ihr zu: »Ohne deine Schuluniform hätte ich dich beinahe nicht erkannt. Seit Jahren ist es schließlich auch das erstemal, daß ich dich in Zivil sehe. Darin siehst du ganz anders aus, weißt du?«
Sie reckte sich zu ihm empor und flüsterte zurück: »Soll ich dir was verraten? Ich fühl' mich auch anders ohne diese Klamotten.«
Sie kicherten gemeinsam, dann rückten sie nach und erledigten ihre Einkäufe. Sie verlangte eine Schachtel Zigarren, für die sie dreißig Shilling bezahlte. Als sie sich vom Ladentisch umwandte, sagte er: »Auf bald, Van.« Und sie nickte ihm zu und antwortete: »Ja, auf bald, Angus.«
Als er eine Minute später auf die Straße trat, stand sie unter dem Schutzdach des Ladens, drehte sich um sagte: »Was für ein Wetter! Ich warte hier, bis der Bus einbiegt, dann stürz' ich mich auf die andere Seite.«
Er versuchte, ihr bei dem schwachen Licht ins Gesicht zu spähen, und meinte: »In so einem Moment wünschte ich wirklich, daß ich einen Wagen hätte. Wir haben vorhin darüber gesprochen, als wir aus dem Haus gingen, meine Mutter und Rosie, weißt du? Sie sagten, ich solle mir einen zulegen.«
»Sie sind auch hier?«
»Ja, im Klub drüben. Wir wollen uns heute mal ein bißchen amüsieren.« Er grinste übers ganze Gesicht.
Sie sah ihn an, ohne zu lächeln, und sagte: »Ihr genießt wenigstens euer Leben, stimmt's? Ich meine, Emily, Rosie und du, ihr habt was davon!«
»Ach, weißt du, nicht mehr als die andern. Das Leben kann manchmal ganz schön öde sein.« Seiner Meinung nach sprach er mit einem jungen Mädchen, das alles hatte, das ihn jedoch trotzdem irgendwie dauerte. Leid hatte sie ihm immer schon getan, merkwürdig... Dann fuhr er fort: »Jetzt fängt doch bald deine Ausgehzeit an, nicht? Der Ball der Stadt und der Grafschaftsball und was weiß ich noch alles.«
»Außer der Tanzveranstaltung unserer Schule gibt's vor-

läufig noch gar nichts für mich, Angus. Aber vielleicht werde ich im Herbst damit beginnen.«

»Nun, das ist doch etwas, worauf man sich freuen kann...« Dann fuhr er sich verlegen mit dem Finger in den Kragen, als wäre er nahe am Ersticken, und meinte: »Übrigens, Van, ich wollte ohnehin gern etwas klarstellen.« Er rieb sich das Kinn. »Es handelt sich um den gestrigen Vorfall. Du weißt, daß ich es nicht zugelassen hätte, wenn ich etwas gegen die Jungs ausrichten könnte, aber die...«

Ihre behandschuhten Finger schlugen leicht auf seinen Arm. »Ich bitte dich, Angus, denk nicht mehr daran. Was die für einen Wirbel machen, unglaublich! Dabei fordern sie es ja mit voller Absicht heraus. Glaubst du, das weiß ich nicht?«

»Stimmt. Aber dennoch sollten die Kerle ihre Zungen im Zaum halten... Ich wußte gar nicht, daß du auch diesen Weg einschlägst.«

»Tu ich für gewöhnlich auch nicht, aber gestern wollte ich eine Freundin begleiten, und die benützt offensichtlich immer diese Abkürzung. Wahrscheinlich macht ihr eine solche Herausforderung Spaß, genau wie den andern.«

Er stand da und blickte sie an. In gewisser Hinsicht war sie verständig, diese Van. Das hatte er schon immer gewußt. Anders als die übrigen, sowohl innerlich als auch, was ihr Äußeres betraf. Sie verwandelte sich in letzter Zeit mit Riesenschritten in ein ganz reizendes junges Ding, und dabei würde sie gewiß noch hübscher werden. Mit verwirrender Plötzlichkeit spürte er über dem Herzen einen merkwürdigen Druck und hatte das Gefühl, irgendwie vom Leben abgeschnitten zu sein; er fühlte sich leer, beinahe verloren. Das übermannte ihn derart, daß er den am Randstein vorfahrenden Wagen gar nicht bemerkte. Als der Fahrer ausstieg und auf den Laden zuging, rief Vanessa: »Oh, hallo, Brett«, und der Mann antwortete in überraschtem Ton: »Ja, Vanessa!« Dann sah er Angus an und fügte hinzu: »Hallo, Angus.« Es schien in seinen Augen nichts besonderes zu sein, daß Angus Cotton aus der Werkstatt mit der Tochter des Direktors in der Ladentür stand und sich mit ihr unterhielt. Angus war jedoch etwas verwirrt.

»Tag, Mr. Brett«, sagte er, fügte aber gleich erklärend hinzu: »Van... Miß Van ist vom Regen überrascht worden und wartet hier auf den Bus.«

»Wirklich? Wie gut, daß ich vorbeigekommen bin. Ich brauche keine Minute, Vanessa. Steig ein, Irene sitzt drinnen.«

»Oh, danke, das ist fein. Wiedersehen, Angus.« Sie lächelte ihn an.

»Wiedersehen, Van.« Abermals standen sie einen Moment lang allein nebeneinander. »Auf bald.«

»Ja, auf bald, Angus.«

Als sie in den Fond des Wagens einstieg, begrüßte sie Irene Brett. Diese drehte sich auf ihrem Sitz um und erwiderte: »Hallo, Vanessa. Schauerlicher Abend, was?« Nach einer kurzen Pause fügte sie hinzu: »War das nicht Emilys Sohn, mit dem du gesprochen hast?«

»Ja, Irene. Ich bin ihm vor einer Minute im Laden begegnet.«

Für Vanessa war die Frau, die sie seit ihrer Kindheit kannte, immer Irene Brett gewesen, nicht Tante Irene. Susan hatte stets Tante zu ihr gesagt, sie selbst hatte sich jedoch dickköpfig geweigert, die Nachbarn ›Onkel‹ und ›Tante‹ zu nennen. Ja, sie hatte ihre Eltern damit in Erstaunen versetzt, daß sie sogar so weit ging, Arthur Brett mit dem Familiennamen anzusprechen. Als man sie nach dem Grund fragte, behauptete sie, sie möge den Namen Arthur nicht, ihr gefiele Brett besser, und so war es eben dabei geblieben.

Diese Vertrautheit hatte Irene Brett seit jeher geärgert. Während sie nun dasaß und auf die regenverschmierte Windschutzscheibe blickte, war sie schlecht gelaunt darüber, nichts ausfindig machen zu können, das sie Vanessa anlasten konnte. Sie hatte Vanessa stets als unergründlich-zurückhaltenden Mädchentyp betrachtet, der verschlagen war und es hinter der Unschuldsmiene faustdick hinter den Ohren hatte. Nicht eine Sekunde glaubte Irene ihr, daß sie Angus Cotton rein zufällig getroffen hatte. Dies war nicht das erstemal, daß sie beiden ertappte: erst vor vierzehn Tagen hatte sie sie vor der Technischen Hochschule beisammenstehen sehen. Was hatte Vanessa dort verloren? Die Technische Hochschule lag meilenweit von der Klosterschule wie von Brampton Hill entfernt. Sie spürte seit langem, daß Jonathan und Jane eines Tages Schwierigkeiten mit der da bekommen würden. Unmöglich, daß sie deren Leben ebenso planen konnten, wie etwa das Susans'. Die mußten schon zufrieden sein, wenigstens eine Tochter in eine Adelsfamilie hineingeschmuggelt zu haben. Wie Irene sie kannte, wären sie eher gestorben, als daß sie in ihren diesbezüglichen Bemühungen nachgelassen hätten.

Diese Gedanken, die den zweitwichtigsten Mißstand ihres Lebens betrafen, nahmen derart Gestalt an, daß sie kein Wort mehr an Vanessa richtete, bis ihr Mann den Wagenschlag öffnete, sich hinters Lenkrad setzte und über die Schulter zurückrief: »Ich sehe dich nicht oft in der Stadt, Vanessa.«

»Nein, ich komme selten herunter. Aber Vater hat Geburtstag, da habe ich ihm ein Geschenk besorgt.«

»Geburtstag?«

»Ja, er wird am Montag fünfzig.«

»Fünfzig, so, so. Tja, die Zeit bleibt nicht stehen…«

Es wurde kein Wort mehr gewechselt, bis der Wagen auf Brampton Hill einbog. Da sagte Vanessa: »Setz mich gleich an eurem Zaun ab, Brett, das genügt.«

»Nein, ich bring dich schon vor die Haustür.«

»Bitte, nicht. Es ist bequemer so.«

»Schön, wie du willst.«

Als sie ausstieg, sagte sie: »Danke fürs Mitnehmen, Brett. Gute Nacht, Irene.«

Die beiden sagten gleichzeitig: »Gute Nacht, Vanessa.«

Ein paar Minuten später betraten sie ihre holzgetäfelte Halle. Während Irene Brett Hut und Mantel ablegte, bemerkte sie beiläufig: »Nun, was hältst du davon?«

»Wovon?«

»Daß sie sich mit diesem Angus Cotton unterhalten hat.«

Er hatte seine Frau bisher nicht angesehen; jetzt aber drehte er sich um, blickte sie an und sagte dann: »Angus Cotton und Vanessa? Nun, weshalb sollten sie sich nicht miteinander unterhalten? Sie kennen sich von klein auf. Ich erinnere mich noch gut daran, wie sie zusammen gespielt haben.«

Sie warf ärgerlich den Kopf zurück, schloß indigniert die Augen und ging in den altmodisch wirkenden Salon voraus. »Deine Arglosigkeit macht mich noch rasend. Es muß gut zehn Jahre her sein, seit Jonathan diesen Spielen Einhalt geboten hat. Aber an so etwas erinnerst du dich natürlich nicht.«

Als er schweigend nachkam, sagte sie: »Ich habe die beiden erst vor einigen Tagen vor der Technischen Hochschule beisammenstehen sehen. Und das war nicht das einzigemal.«

Arthur Brett betrachtete seine Frau eingehend. Es gab Zeiten, wo er die Augen zusammenkneifen mußte, um sie überhaupt richtig wahrnehmen zu können und um sich selbst erst einmal in Erinnerung zu bringen, daß er seit fünfundzwanzig Jahren mit dieser Frau lebte, daß sie nicht einfach eine Fremde war. Er fragte ruhig: »Worauf willst du nun schon wieder hinaus?«

»Was heißt, worauf *ich* hinauswill? Ich habe bloß eine Feststellung getroffen. Was glaubst du, was Jonathan dazu sagen würde, wenn er wüßte, daß die beiden sich mitten auf der Hauptstraße miteinander unterhalten haben!«

»Keine Ahnung, interessiert mich auch, offen gestanden, herzlich wenig. Aber es käme mir äußerst sonderbar vor, wenn die beiden, wenn sie sich schon begegnen, einfach aneinander vorbeigehen würden. Und ob Jonathan ihnen seinerzeit verboten hat, miteinander zu spielen oder nicht, so kann ich mich doch daran erinnern, sie oft miteinander im Garten gesehen zu haben.«

»Nun, dann bist du der einzige gewesen, der so etwas gesehen hat. Wenn Jonathan oder Jane davon gewußt hätten, würden sie dem bestimmt einen Riegel vorgeschoben haben. Und ich finde auch, daß man die jetzige Sache unterbinden sollte, wenn man es nicht auf Konsequenzen ankommen lassen will... Dieser grobschlächtige Kerl! Ich finde, man sollte zumindest Jane davon informieren.«

»Und ich finde«, antwortete er mit einer für ihn ganz ungewöhnlichen Härte, »du solltest dich um deine eigenen Angelegenheiten kümmern und nicht wieder mal versuchen, Jane über Vanessa eins auszuwischen.«

»Eins auszuwischen? Wovon redest du überhaupt?«

»Davon, daß du alles andere als erfreut darüber bist, daß es Jane gelungen ist, Susan in die Braintree-Familie einzuschleusen. Aber da du dagegen nicht viel unternehmen kannst, möchtest du ihr wenigstens in bezug auf Vanessa Angst einjagen. Stimmt doch, oder?«

»Wie kannst du es wagen, mir etwas Derartiges zu unterstellen! Du tust ja gerade so, als wäre ich eine der niederträchtigsten Unheilstifterinnen, die es nur...«

»Ich tue gar nichts«, unterbrach er sie energisch. »Ich sehe dich nur so, wie du bist, Irene.« Damit wandte er sich endgültig von ihr ab. Sie zischte ihm empört nach: »Du darfst mich nicht einfach so stehenlassen, Arthur... So hör mir doch gefälligst zu, wenn ich mit dir rede!«

An der Salontür angelangt, drehte er sich um und sagte völlig ruhig: »Ich werde dir nicht zuhören, Irene. Zum Glück bin ich weder ein Mitglied eines deiner zahlreichen Komitees, noch sitze ich als Missetäter vor dir auf der Anklagebank. Es gibt Dinge, zu denen du mich einfach um keinen Preis mehr zwingen kannst, Irene. Und dazu gehört unter anderem, dir zuzuhören.«

Als die Tür ins Schloß gefallen war, preßte sie beide Hände fest auf ihre schmalen Lippen. Sie konnte verstehen, weshalb Frauen zu Mörderinnen wurden. Er verfügte längst nicht mehr über den gesunden Mutterwitz von einst, aber in bezug auf das, was er seine Prinzipien nannte, war er unerbittlich. Allmächtiger, warum mußte sie von allen Menschen ausgerechnet mit ihm zusammenleben! Sie wußte die Antwort hierauf, aber sie weigerte sich seit langem, darüber nachzudenken.

Irene ging auf die Couch zu und setzte sich. Sie lehnte sich nicht an, sondern hielt ihren mageren Körper kerzengerade aufrecht. Sie hatte eine gute Figur und achtete auch darauf, genauso wie auf ihren Teint und auf ihr Haar. Man bezeichnete sie allgemein als tüchtige, elegante Frau. Aber kein Mensch hätte jemals gesagt, sie sei hübsch oder sähe gut aus oder sei gar... charmant. Nein, klug, gescheit und tüchtig, so nannte man sie. Sie war eine richtige Komitee-Leiterin und verstand es, sich überall durchzusetzen, zumindest außerhalb der eigenen vier Wände und der eigenen Familie.

Nach einer Weile ließ sie die Hände in den Schoß sinken, und ihre Blicke schweiften langsam durch den Salon. Sie haßte diesen Raum beinahe, dieses ganze Haus, ebenso wie seinen Besitzer. Das Haus war seit Jahren nicht mehr renoviert worden, weder innen noch außen, dabei hätten sie nur zwei bis drei Morgen Land zu verkaufen brauchen, und alles hätte wieder instandgesetzt werden können. Selbst wenn man Arthur dazu hätte überreden können, etwas von diesen monströsen Möbeln zu verkaufen, wäre es noch ein langer und mühsamer Weg gewesen, das Haus neu einzurichten und hübscher, ja wohnlicher zu gestalten.

Auf dem Treppenabsatz stand ein Queen-Ann-Schreibtisch, für den man ihm einmal dreihundert Pfund geboten hatte, und in dem finstersten Winkel des Salons, in den ohnehin niemals Tageslicht drang, war ein antiker Abstelltisch, der sicher einen anständigen Liebhaberpreis eingebracht hätte. In Colins Schlafzimmer befand sich eine sehr alte Mahagonikommode, die bei Sotheby ein kleines Vermögen eintragen mochte. Im ganzen Haus standen verstreut echte französische Stühle herum, die sie auch schon nicht mehr sehen konnte. Die Tapeten waren fadenscheinig und die Möbelbezüge verschlissen. Aber er erlaubte ihr nicht einmal, frische Überzüge drüberzumachen. Praktisch in allen Räumen der Zwölfzimmervilla gab es einige Möbelstücke, von denen jedes mindestens über hundert Pfund eingebracht hätte. Aber weil sein Großvater 1892 dieses Haus für seine Braut Stück um Stück eingerichtet hatte, mußte es bis ans Lebensende so bleiben. Sie wußte, daß er zu diesem Zweck sogar ein Testament aufgesetzt hatte, demzufolge auch nach seinem Tod keine Möbel verkauft werden durften. Die einzige Ausnahme bildeten gewisse Stücke, die er den drei Jungen vermacht hatte, jedoch mit der Bitte, es sich zweimal zu überlegen, ehe sie sich davon trennen würden. Er hatte sogar gewagt, ihr das haarklein mitzuteilen.

Es war natürlich nichts als Bosheit, jawohl, Bosheit – und alles nur, weil sie seine widerlichen Bedürfnisse nicht befriedigte! Wenn er je wieder in ihr Zimmer kommen sollte, würde sie ihm mit allen zehn Fingernägeln das Gesicht zerkratzen. Erst vergangene Woche hatte er den Versuch gewagt, mit ihr zu schlafen. Warum? Weshalb? Wo er sich doch aus ihr genauso wenig machte wie sie aus ihm. Sie hatte ihn seit Jahren mit der Ausrede abgewehrt, daß sie keine Kinder mehr wolle und nichts sicher sei... Und es war auch nichts sicher. Michael, ihr jüngster Sohn, war erst sechs Jahre alt. Die Vorstellung, nun, da sie die Vierzig überschritten hatte, noch einmal schwanger zu werden, machte sie unerbittlich. Die Scham hatte sie schon damals umgebracht. Sie war kaum imstande gewesen, den Jungens ins Gesicht zu sehen... Jungens? Colin war beinahe ein Mann gewesen: achtzehn. Und Paul dreizehn.

Und vergangene Nacht hatte er es wiederum versucht. Obwohl er genau wußte, was sie ihm gegenüber empfand. Abermals mußte sie sich die Frage stellen: Warum?

Oben in seinem Zimmer stellte sich Arthur Brett dieselbe Frage. Warum wollte man sich, wenn die Liebe einmal tot war – so tot, daß man vergessen hatte, wann sie gestorben war – mit dem Körper des andern vereinen? Warum wünschte man, die Arme um ihn zu schlingen, Mund auf Mund zu pressen, den andern in Besitz zu nehmen, in ihn einzudringen, und wenn es mit Gewalt sein mußte, wenn man doch voraussagen konnte, daß es keinerlei Resonanz geben würde? Es hatte in all den Ehejahren keinerlei Resonanz gegeben. Der Geschlechtsakt hatte für sie stets nur im Erleidenmüssen bestanden und ihn somit gedemütigt. Nicht einmal, tausendmal, wenn er sie angefleht hatte, ihm wenn schon nicht Befriedigung, so doch wenigstens Erleichterung zu verschaffen. Warum hatte er das getan? Weshalb war er nicht nach Bog's End hinuntergegangen? Dort hätte er alles bekommen, was er so dringend benötigte. Ohne nachdenken zu müssen, hätte er sofort acht bis zehn Namen von Geschäftskollegen heruntersagen können, die regelmäßig in Bog's End ein und aus gingen. Er hätte Will Hobson nur ein Wort zu sagen brauchen, und ein Termin wäre für ihn fixiert worden. Oft und oft hatte er sich vorgenommen, es zu tun. Wenn er frühmorgens aus dem Haus ging, war er hundertmal fest entschlossen gewesen, zuallererst zu Will zu gehen und seiner Qual ein Ende zu bereiten. Er suchte Will dann zwar auf, aber Bog's End erwähnte er dabei niemals. Warum? Weshalb?
Vielleicht war es deshalb, weil er sich in jenem Moment daran erinnern würde, daß er – wenn sein Großvater nicht eine derartige Vorliebe für ein üppiges Leben und sein Vater nicht sowenig Geschäftsgeist besessen hätten – heute Will Hobsons Arbeitgeber sein könnte, weil die Firma Affleck & Tate einmal den Bretts gehört hatte. Seine Großmutter war eine Affleck gewesen, die den Betrieb in die Ehe eingebracht hatte. Bedeutend kleiner als heute, zugegeben, aber es war eine florierende Firma gewesen, die sie seinem Vorfahren Arthur Brett übergeben hatte. Der war ein gutaussehender, liebevol-

ler, zärtlicher, sorgloser Mensch gewesen, mit einer ausgeprägten Vorliebe für wertvolle Möbel, gutes Essen, edlen Wein, große Gesellschaften und rassige Pferde. All dies leistete er sich bis in die dreißiger Jahre, als er, weintrinkend, völlig unvermutet bei Tisch starb; er segnete das Zeitliche mitten in dem Toast, den er auf seine weißhaarige, immer noch schöne Frau ausbrachte. Es war alles sehr romantisch gewesen.
Er konnte sich an die Nacht, in der sein Großvater starb, erinnern, als wenn es gestern gewesen wäre. Es war ein wunderbarer Sommerabend, und er hatte gerade Internatsferien. Er saß rechterhand von seiner Großmutter und betrachtete ihr Profil, während ihre Blicke liebevoll auf der mächtigen Gestalt ihres noch immer gutaussehenden Gemahls ruhten. Als er urplötzlich quer über die Tafel fiel, stieß sie einen dünnen, hohen Schrei aus. Und dann wurde sie ganz still. Drei Tage darauf war sie tot. Sein Vater hatte gesagt, es war, als müsse es so sein. Sie hatten ihr Leben gemeinsam genossen, und einer konnte ohne den andern einfach nicht existieren.
Und sein Vater hatte beinahe dasselbe Leben geführt. Erst mit siebzehn entdeckte Arthur, daß Affleck & Tate nicht mehr ihnen gehörte, daß die Aktien nach und nach verkauft worden waren und daß alles, was von dem großen Vermögen der Afflecks übriggeblieben war, in Haus und Grund bestand. Und natürlich in den wertvollen Möbeln, von denen sein Vater sich um keinen Preis getrennt hätte, um wenigstens etwas von dem damaligen Ansehen, das die Familie in der Stadt genossen hatte, zu retten.
Er war neunzehn, als er die ein Jahr ältere Irene Bailey kennenlernte, und hielt es überhaupt nicht für notwendig, ihr die finanzielle Lage seiner Eltern zu erklären. Schließlich war sie nur die Tochter eines kleinen Volksschullehrers, und er verliebte sich in sie, weil sie munter und hübsch war und er sie bewunderte. Denn obwohl sie es sich nicht hatte leisten können, eine Hochschule zu besuchen, hatte sie auf die ihr eigene emsige Art ihre All-

gemeinbildung auf der Abendschule äußerst beachtlich vervollkommnet. Jedenfalls verstand sie es glänzend, diesen Eindruck zu erwecken, denn es gab kaum ein Thema, über das man sich nicht auf Anhieb mit ihr unterhalten konnte. Bei ihr genügten rein oberflächliche Kenntnisse über irgendeine Sache, und schon drehte und wendete sie es so, als wäre sie seit langem bestens damit vertraut.
Er wußte, daß seine Aufmerksamkeit ihr schmeichelte und daß sie von dem großen Haus und dem Umstand, daß er der einzige Sohn der Bretts war, die Affleck & Tate besaßen – wie sie glaubte – sehr beeindruckt war.
Bevor sie heirateten, sagte er ihr beiläufig, daß die Firma nicht mehr ihnen gehöre, sondern daß er dort nur mehr angestellt sei, und er nahm an, daß das zum damaligen Zeitpunkt von keinerlei Bedeutung für sie war. Erst langsam sah er ein, daß sie ihn nur deshalb geheiratet hatte, weil sie fest davon überzeugt war, etwas aus ihm machen zu können, ihm wieder zu der Position, die sein Großvater innegehabt hatte, zu verhelfen, wenn schon nicht, was die Fabrik anlangte, so doch in gesellschaftlicher Beziehung.
Aber es war nicht sein Naturell, sich hinaufzuboxen; seine ureigenste Bestimmung wäre gewesen, der Direktor von Affleck & Tate zu sein, das lag ihm gewissermaßen im Blut. Doch waren alle seine diesbezüglichen Pläne von dem Moment an zum Scheitern verurteilt, als ein gewisser Jonathan Ratcliffe, mit dem er zufälligerweise und ganz oberflächlich befreundet war und den er, wie er meinte, protegierte, zum erstenmal das Zeichenbüro betrat. Im Nu hatte er es verstanden, sich überall lieb Kind zu machen; durch welche Methoden, hatte er nie herausgebracht, weil er viel zu stolz dazu war, diesbezüglich Erkundigungen einzuziehen. Natürlich wurde geklatscht darüber, daß er sich von ihm einfach hatte ausnützen lassen. Aber derlei Reaktionen gab es schließlich immer, wenn einer versuchte, höherzuklettern, er nahm das gar nicht ernst. Bis Jonathan eines Tages vom

Zeichenbüro ins Hauptgebäude versetzt wurde, wo er sofort Assistent des Vizedirektors geworden war. Wenn er dann trotzdem noch fünf weitere Jahre darauf warten mußte, zum Direktor ernannt zu werden, lag das, wie man fairerweise zugeben mußte, nur daran, daß weder Rowland, der Vizedirektor, noch Bowden, der damalige Direktor, früher das Zeitliche segneten.
Das Leben war schon recht merkwürdig. Er trat ans Fenster und konnte durch die kahlen Bäume Jonathans Haus drüben ausmachen. Es war hell erleuchtet. Sie gaben also wieder einmal eine Gesellschaft. Wahrscheinlich zu Ehren der Familie von Susans Verlobten. Bei Jonathan fanden häufig große Empfänge statt, das war ein Zeichen seiner Macht. Sie als Nachbarn wurden selten dazu eingeladen; das hätte Jonathan nur verlegen gemacht. Brett wußte genau, daß er Jonathan durch seine bloße Anwesenheit allein reizte, weil er immer noch Dinge besaß, auf die der andere es abgesehen hatte. Vor allem die herrliche Flußfront in ihrer ganzen Breite. Und das riesige Grundstück, o ja, das hatte es ihm angetan.
Er wandte sich vom Fenster ab, verließ sein Zimmer und überquerte den Flur, als sein ältester Sohn Colin die Treppe heraufkam. Sie wechselten einen flüchtigen Blick, und Brett las in den Augen seines Sohnes die Frage: Habt ihr beiden wieder mal gestritten?
Arthur Brett wußte, daß sein Ältester ihn mit den Augen seiner Frau betrachtete. Das hob nicht gerade seine Moral. Zum Glück hatte er noch Paul. Der war ganz anders; gewissermaßen sein Ebenbild: ruhig, in sich gekehrt, völlig natürlich und in gewisser Weise gescheit. Aber was nützte es, in gewisser Weise gescheit zu sein – man mußte es auf allen Gebieten sein. Er zweifelte nicht daran, daß Paul ebensowenig Ehrgeiz besaß wie er selbst. Am liebsten würde er wohl genauso ziellos durch das Leben wandern, wie sie abends ziellos durch Wald und Flur zu wandern pflegten, über den Fluß blickten, miteinander redeten oder schwiegen und manchmal lachten. Paul war der einzige wirkliche Kamerad, den er im Leben ge-

habt hatte. Irene hatte sich rechtzeitig Colins versichert und tat nun dasselbe bei Michael, aber bei Paul konnte sie nichts ausrichten: Paul würde immer zu ihm halten.

Irene hatte sich nicht eine Minute dagegen gesträubt, als Paul aufs College wollte. Der Umstand, daß das Ebenbild ihres Gatten die meiste Zeit außer Haus sein würde, war ihr nur lieb. Seine Ferien waren für sie das Schlimmste, während sie für Arthur Brett das einzige bedeuteten, wofür er lebte. Dieses Jahr würden sie besonders kurz ausfallen, weil Paul eine große Fußwanderung machen wollte. Er hatte seinen Vater aufgefordert, mitzukommen und wenn sie zu zweit gewesen wären, hätte er sich riesig gern beteiligt. Aber sich einer Vierergruppe überschwenglicher Jugendlicher anzuschließen, kam für ihn gar nicht in Frage.

Nach dem Bad ging er direkt zu Bett. Das beeinträchtigte den üblichen Tagesablauf durchaus nicht, weil er nach der Teezeit noch höchst selten etwas aß. Später, wenn sich alle zurückgezogen hatten, würde er vielleicht noch in die Küche hinuntergehen, sich ein warmes Getränk zubereiten und sich an den Ofen setzen. Er saß gern beim Ofen. Schon als kleiner Junge hatte er viel in der Küche gesessen; damals war es ein anderer Ofen gewesen. Der alte war eines Tages explodiert, und die Köchin, eine große, kräftige, betagte Irin, war dabei in Ohnmacht gefallen. Da sie noch nie zuvor in ihrem Leben die Besinnung verloren hatte, war daher das erste, was sie fragte, als sie wieder zu sich kam: »O Gott, bin ich im Himmel angelangt?« Damals hatten sie Tränen gelacht. Früher wurde überhaupt viel in ihrem Haus gelacht. Jedermann war verträglich gewesen. Während seiner Jugend hatte es innerhalb der Verwandtschaft keinerlei Schwierigkeiten gegeben. Seine Eltern hatten stets in Eintracht mit den Großeltern im selben Haus gelebt, und er hatte seine Braut heimgebracht, weil er wollte, daß auch sie sich in die Hausgemeinschaft einordne. Aber von da ab hatte das Lachen aufgehört.

Gegen zehn Uhr hörte er Irene die Treppe heraufkommen und in ihr Zimmer gehen. Sie sah nicht mehr zu ihm herein. Das hatte seit langem aufgehört. Er lag eine Zeitlang mit dem aufgeschlagenen Buch auf dem Schoß und starrte vor sich hin, während er sich vielerlei Fragen stellte, auf die es keine Antworten gab. Als es elf schlug, löschte er das Licht, erhob sich und zog die Vorhänge zurück. Es überraschte ihn, daß der Mond hell vom Himmel schien. Der Regen hatte aufgehört, und sein verwilderter Garten sah ebenso wie der Waldstreifen da drüben wie verzaubert aus. Er schlüpfte in seinen Schlafrock und setzte sich aufs breite Fenstersims, indem er die Knie unters Kinn hochzog. Das konnte er immer noch, weil er keinerlei Bauchansatz hatte.

Nichts regte sich draußen, nicht der leiseste Hauch: es war bereits März, aber der Frühling ließ diesmal noch auf sich warten. Er hatte sich immer gewünscht, Gedichte schreiben zu können. In seinem Innern mußte eine ganze Menge Poesie eingesperrt sein. Er konnte in Gedichtformen denken, war aber nicht imstande, Gedichte zu Papier zu bringen. Er beneidete Menschen, die schreiben konnten. Es mußte eine große Erleichterung bedeuten, seinen Gefühlen Ausdruck verleihen und sie sich dadurch immer wieder in Erinnerung bringen zu können. Außerdem mußte es ausgesprochen befriedigend sein, sich Luft verschaffen, sich entspannen zu können. Aus diesem Grunde vermißte er Paul so sehr. Paul verstand das glänzend.

Als er auf die Baumwipfel starrte, wurde sein Blick einer Bewegung gewahr: Da drüben huschte etwas über die Lichtung. Auf seinem Grundstück gab es keine Lichtung, da wuchs alles wild durcheinander. Um Ordnung zu halten, hätte man einen Gärtner anstellen müssen, aber er wollte aus dem einfachen Grund keinen haben, weil er es haßte, irgend etwas zurechtzustutzen, und wenn es Unkraut war. Jede Art des Tötens war ihm aus tiefster Seele zuwider, aber diesen Grund hätte er niemals für die Vernachlässigung seines Gartens angegeben.

Er sagte bloß, daß er eben von Natur aus faul sei und keine gärtnerischen Ambitionen habe.
Der Schatten drüben huschte abermals über einen mondbeschienenen, freiliegenden Platz, dann näherte er sich dem Tor, das den Ratcliffes Zugang zum Fluß gestattete. Er hatte es errichten lassen, als Jonathan mit dem Bauen begonnen hatte. Kurz bevor die Gestalt da drüben erneut im Gehölz untertauchte, erkannte er Vanessa. Was machte sie zu dieser nächtlichen Stunde im Freien? Er drehte sich um und sah auf die Uhr. Es war zehn Minuten vor Mitternacht. Er ließ seinen Blick über das Nachbarhaus wandern: dort waren bereits sämtliche Lichter gelöscht.
Als er Vanessa innerhalb der nächsten fünf Minuten nicht wieder zurückkommen sah, erinnerte er sich an das, was Irene am Abend gesagt hatte, und murmelte halblaut: »Nein, o nein!«
Es war ein Unterschied, ob sie sich mitten auf der Hauptstraße und am hellichten Tag mit Angus Cotton unterhielt oder ob sie sich heimlich und um diese Zeit mit ihm traf. Das Maschengitter, das sein Grundstück gegen die Straße hin abgrenzte, war an mehreren Stellen von den Kindern niedergetreten, die immer wieder hereinkrochen, um sich Haselnüsse und Glockenblumen zu holen. Angus hätte mit Leichtigkeit diesen Weg einschlagen und auf diese Weise zum Gartenhaus am Fluß gelangen können.
Du lieber Gott, nein! Er mochte Angus. Er war ein guter, anständiger Bursche. Und er verfügte auch in gewisser Hinsicht über Talent und Verstand. Aber etwas mit Vanessa anzufangen! Rasch schlüpfte er in die Hose. Eines stand fest. Wenn etwas daran war, würde Jonathan ihn dafür verantwortlich machen, daß der Junge sich Flausen in den Kopf gesetzt hatte. Diese Redewendung hatte er bereits mehrmals angewandt.
Er zog den Rock an, nahm die Schuhe in die Hand, öffnete leise die Tür, überquerte den Treppenabsatz und benützte die Personaltreppe, die direkt in die Küche führte,

wo man dann durch die Seitentür das Haus verlassen konnte.
Die Nachtluft ließ ihn frösteln. Als er den Seitenpfad einschlug, der um den einstigen Rosengarten herumführte, fragte er sich, was er den beiden sagen würde. Vielleicht, daß er einen Spaziergang gemacht habe, weil er nicht schlafen konnte. Genau! Er hatte nicht schlafen können und war etwas Luft schnappen gegangen. Dann würde er Angus beiseite nehmen und ihm seine Meinung sagen. Wahrhaftig, das würde er. Die Sache mußte auf alle Fälle ein Ende haben. Nicht nur, weil Jonathan ihm die Schuld in die Schuhe schieben würde, sondern weil sich ein Mädchen wie Vanessa eben nicht mit einem Jungen wie Angus einlassen durfte. Egal, wie brav und anständig er auch sein mochte, es würde einfach zu nichts führen. Er las heute noch gern die alten Märchen von Prinzessinnen und armen Hirten, aber das geschah nur, um jenen Teil in ihm zu befriedigen, der für immer jung geblieben war. Im Leben jedoch konnte das Los der Prinzessin und des armen Hirten nur unglücklich sein.
Der Pfad war vernachlässigt, mit den Blättern aus dem vergangenen Jahr übersät. Als er den dunklen Waldteil betrat, achtete er sorgsam darauf, weder die Windröschen noch die eben hervorsprießenden gelben und weißen Narzissen zu zertreten. In längstens einer Woche würde dies hier ein Meer von Weiß und Gold mit blauen Tupfen mittendrin sein, und er würde wieder die Vorstellung haben, der Himmel sei auf den Waldboden herabgefallen. Er wandte sich nun scharf nach rechts zu der kleinen Tür, die ihm Zutritt zum richtigen Wald verschaffte. Sie stand offen, das heißt, sie war aufgestoßen worden. Er beließ es dabei und ging rasch zum Fluß hinunter, auf das Gartenhaus zu.
Am Steg blieb er einen Moment stehen und blickte auf das vom Mond taghell beschienene Gartenhaus. Er spitzte die Ohren, konnte aber keinerlei Stimmen hören. Mein Gott, war das peinlich! Aber vielleicht hielt sie sich gar nicht dort auf, vielleicht war sie umgekehrt. Nein,

unmöglich, dann hätte sie die Eisentür geschlossen. Das tat sie immer, damit Michaels junger Hund nicht wiederum in Jonathans Garten geraten und Verwüstungen in den schnurgerade bepflanzten Beeten anrichten konnte. Nein, sie mußte noch immer hier sein, und zwar da drinnen. Nun – er zuckte die Achseln –, er konnte nicht gut die ganze Nacht über im Freien bleiben; besser, er brachte es hinter sich. Seine Füße machten keinen Laut auf dem grasbewachsenen Ufer, als er sich dem hölzernen Gartenhaus näherte, dessen Veranda ebenso verfallen war wie das Strohdach. Als er die drei Stufen, die zur Veranda führten, erklommen hatte, stellte er überrascht fest, daß sie offenstand. Vanessa war da, saß auf der schmalen Leiste und hielt die Hand fest gegen die Wange gepreßt.

»Vanessa!«

»Mein Gott, Brett!« Sie fuhr zusammen und schloß die Augen. »Hast du mich erschreckt!« Sie schluckte heftig, als sie nun zu ihm aufblickte. »Ich... ich wäre beinahe in Ohnmacht gefallen.«

Da er mit seiner hochaufgerichteten Gestalt das Mondlicht verdeckte, nahm er nur das jettartige Funkeln ihrer Augen wahr. »Was, um alles in der Welt, tust du denn hier, ganz allein?«

»Ach, nun ja...« Sie stand auf, ließ den Kopf sinken und wiederholte: »Hast du mich eben erschreckt, Brett.«

»Du zitterst ja.« Er hatte ihren Arm ergriffen. »Setz dich. Ich... ich wollte dich nicht erschrecken. Aber warum bist du um diese Zeit hier draußen?«

»Oh, ich komme oft hierher. Ich hoffe, du hast nichts dagegen, Brett.«

»Natürlich habe ich nichts dagegen. Aber warum?«

»Weil ich irgendwie unruhig bin. Ich kann einfach nicht schlafen. Heute ist es dieses Jahr erst das zweitemal, daß ich hier bin. Es ist noch ein bißchen kalt.« Sie zog die Schultern bis ans Kinn hoch. »Vergangenen Sommer habe ich damit angefangen, hier herunterzukommen. Ich hätte natürlich auch in unserem Garten sitzen können, aber es wäre nicht dasselbe gewesen. Ich wollte auf den Fluß blicken. Hast du wirklich nichts dagegen?«

»Sei nicht kindisch.« Er wandte den Kopf ab, dann sah er sie jedoch wieder an und fragte: »Du... du bist doch nicht in irgendwelchen Schwierigkeiten, oder?«

»Nein, nein, natürlich nicht, Brett. Schwierigkeiten... in welchen Schwierigkeiten sollte ich denn sein?« Darauf folgte ein verlegenes Schweigen. Vanessa war sechzehneinhalb, wie sie ihrem Vater gesagt hatte, und sie wußte natürlich, in welchen Schwierigkeiten sie sich befinden hätte können. Cecilia Tomache hatte im Vorjahr wegen derartiger Schwierigkeiten die Schule verlassen müssen; aber die war gut über siebzehn. Also sagte sie ein bißchen schnippisch: »Jetzt ist es an mir, zu fragen, warum *du* um diese Zeit hier draußen bist, hm?«

»Das läßt sich leicht beantworten. Ich habe dich in den Garten kommen sehen und will dir offen gestehen, daß ich neugierig war, was du vorhattest.«

»Oh, Brett, doch nicht wirklich!«

»Doch, doch, junge Dame, tatsächlich.«

Sie lachten nun beide leise. »Mit wem hast du denn gedacht, mich zu überraschen?«

»Nun ja...« Es würde nicht klug sein, ihr die Wahrheit zu sagen. Also strich er sich das Kinn, gab vor, gründlich zu überlegen, und sagte schließich: »Da ich kommen sehe, daß Susan eines Tages die künftige Lady Braintree sein könnte, dachte ich mir, daß du dich zumindest mit einem Grafen triffst.« Er nickte ihr zu. »Ja, einem Grafen, einem italienischen. Aber nach gründlicher Überlegung sage ich mir: Nein, italienische Grafen gehen zwölf auf ein Dutzend, und für dich muß es schon jemand Besonderes sein. Ein Prinz vielleicht... Fragt sich nur, wo sich heiratsfähige Prinzen finden lassen? Viele sind ja nicht mehr übriggeblieben. Also, wir wollen mal sehen...«

»Ach, Brett, bist du aber ulkig!« Sie versetzte ihm einen leichten Stoß. »Ich werde mich eines Tages sicher für jemanden entscheiden, der weniger ist als ein Prinz.«

»Steig nur ja nicht zu tief hinab, kleine Dame.« Er

schwenkte seinen Zeigefinger. »Such dir unbedingt einen Adeligen. Zumindest einen vornehmen jungen Mann.«

Das Mondlicht schimmerte jetzt in ihren Augen, so daß er den Ausdruck darin sehen konnte, als sie sagte: »An wen denkst du dabei, wenn du sagst, ich soll mir einen Adeligen, zumindest aber einen vornehmen jungen Mann suchen? An mich oder an meine Eltern?«

Das war eine ernüchternde Frage, und als er antwortete, schwang ein zärtlich-neckender Ton in seiner Stimme: »Ich habe dabei am allerwenigsten an sie gedacht, sondern bloß Spaß gemacht. Wenn der richtige Zeitpunkt da sein wird, wirst du's wissen, egal ob vornehm oder nicht.«

Egal, ob vornehm oder nicht, hatte er zu ihr gesagt. Dennoch hatte er sich noch vor wenigen Minuten Sorgen darüber gemacht, daß sie ihre Unschuld und Frische einem Kerl wie Angus Cotton schenken könnte. Die Menschen sagen eben nie, was sie denken. Er bildete in dem Punkt keine Ausnahme.

Vanessa blickte nun auf das mondbeschienene Wasser hinunter, als sie sagte: »Ich möchte schon einmal heiraten, Brett, aber ich... ich möchte nicht so hineinmanövriert werden, wie Susan. Brian ist jung, aber selbst wenn er so alt wie Vater wäre, glaube ich, daß man sie dazu ermutigt hätte, und sie hätte die Ermutigung auch selbst gewünscht. Sie ist genau so scharf auf Adel und Titel wie meine Eltern.« Mit einer heftigen Bewegung kehrte sie ihm ihr Gesicht zu: »Die Menschen machen mich ganz krank, Brett.«

»Mich auch, Vanessa.« Er seufzte lächelnd.

»Ja, das kann ich mir vorstellen, Brett, so wie sie dich allesamt in die Ecke gedrückt haben, nicht?«

Er riß die Augen weit auf. Dann fragte er: »Wie kommst du auf so etwas?«

»Ach«, sagte sie mit einem Kopfschütteln, »Vater, Mutter und auch andere nennen dich doch so, weißt du das nicht? Einen Eckensteher. Natürlich ist nur Vaters

Schuldkomplex daran schuld. Er fühlt sich dir gegenüber keine Minute lang wohl in seiner Haut. Deshalb ist er so aufbrausend.«
»Unsinn, Vanessa. Du meine Güte, Kind, was für krause Gedanken dir doch durch den Kopf zu gehen scheinen.«
»Aber gar nicht, Brett. Ich habe mir nichts davon zusammengereimt, falls du das damit andeuten willst. Außerdem bin ich kein Kind mehr. Ich bin beinahe siebzehn und sehr erfahren.« Sie nickte ihm ernsthaft zu, als wolle sie diese Bemerkung unterstreichen. Da warf er den Kopf in den Nacken und lachte laut heraus, hielt aber sofort inne und flüsterte: »Du meine Güte, man könnte uns von der Straße hören! Wenn die Polizeistreife vorbeikommt, wären die mit Windeseile hier drinnen. Was glaubst du, was die denken würden, wenn sie uns um diese Zeit hier beisammenfänden, wie?«
»Das Allerschlimmste, Brett.«
»Aber Vanessa!« Seine Stimme klang erstaunt, er lachte jedoch noch immer.
»Ich habe dir doch gesagt, daß ich sehr erfahren bin.«
Er sah sie mit schräggelegtem Kopf an. »Du bist wirklich süß, Van. So habe ich dich genannt, als du noch ganz klein warst, aber dein Vater mochte es nicht. ›Vanessa heißt sie‹, sagte er, ›also muß man sie auch Vanessa nennen...‹ Komm, es wird besser sein, wir gehen jetzt ins Haus.« Er stand auf, streckte die Hand aus und zog sie hoch. Als sie über die Veranda gingen, meinte sie: »Paul wird jetzt bald daheim sein, nicht wahr? Dann wirst du dich besser fühlen, stimmt's, Brett?«
Er blieb unvermittelt stehen und starrte sie an. »Wie kommst du darauf, Vanessa?«
»Oh, ich weiß nicht recht, irgendwie siehst du unglücklich drein, wenn er nicht da ist, traurig, verloren, was weiß ich. Wenn er daheim ist, bist du ganz anders. Erinnerst du dich noch an die Weihnachtsparty? Da habt ihr beide wie Zwillinge ausgesehen.«
»Oh, meine Liebe, das ist das schönste Kompliment, das

man mir in meinem ganzen Leben gemacht hat. Danke.« Er machte eine richtige Verbeugung.
»Ich meine es wirklich.« Sie wandte sich von ihm ab, ging die Stufen hinunter und betrat die grasige Böschung, wobei sie über die Schulter zu ihm bemerkte: »Ich habe Paul gern. Lieber jedenfalls als sämtliche anderen Bekannten. Außer dir natürlich.« Sie lachte laut heraus, während sie ihm einen schelmischen Blick zuwarf.
Auch er mußte lachen, als er sagte: »Ich fühle mich ganz außerordentlich geehrt, gnädiges Fräulein, ganz außerordentlich.« Und fügte hinzu: »Ganz im Ernst.«
»Ich freue mich auf sein Kommen. Mit ihm amüsiere ich mich immer gut.«
»Du magst ihn eben.«
»Ja, o ja. Hättest du es gern, wenn Paul und ich heiraten würden, Brett?«
»Vanessa, was ist nur heute nacht in dich gefahren? Es muß der Mond sein.«
»Ja, ich glaube, der Mond macht einen so naseweis, nicht? Für gewöhnlich bin ich gar nicht so, oder? Sie sagen immer, ich rede zu wenig, ich sei reserviert. ›Mürrisch‹ nennt Vater es. Aber mit dir konnte ich immer gut reden. Da kann ich naseweis sein, soviel ich will, ich weiß genau, daß du mir's nicht übelnimmst.«
Abermals lachten sie, diesmal ruhig und leise.
»Also wie steht's damit: Hättest du gern, daß wir beide ein Paar werden?«
»Wenn du mich so fragst, Vanessa: ja. Es würde mich richtig glücklich machen. Aber das hängt ausschließlich von dir und Paul ab.«
»So ist es. Und Paul weiß nicht einmal, daß ich existiere.«
»Unsinn. Paul hat dich sehr gern. Das weiß ich.«
»Ja, wie man die Kleine von nebenan gern hat.«
»Weißt du«, meinte er nachdenklich, »bis zum vergangenen Sommer, ja sogar bis Weihnachten oder von mir aus bis gestern noch hatte es tatsächlich den Anschein, als wärst du nichts weiter als die Kleine von nebenan.

Aber nun bist du es nicht mehr.« Als sie auf ihn losgehen wollte, flüsterte er rasch: »Sei leise, Van, sonst wecken wir noch das ganze Haus.« Und dann sprachen sie kein Wort mehr, bis sie an der kleinen Pforte angelangt waren. Dort blickte sie zu ihm auf und murmelte: »Jetzt fühle ich mich besser, als ich mich seit Wochen gefühlt habe. Wir hatten heute abend eine Gesellschaft, das war wieder einmal entsetzlich langweilig.«

»Und du hast daran teilgenommen?«

»Natürlich. Weißt du denn nicht, daß ich eine junge Dame bin, die man in die Gesellschaft einführen muß?« Dann wurde sie wieder ernst und sagte: »Manchmal komme ich mir vor wie eine der Gestalten aus Jane Austens Romanen: In unserem Haus geht es genauso zu. Mutter spricht von nichts anderem als von unserer Perfektion. Ich bitte dich, in unserem Zeitalter! So, als wären wir noch richtige Schulkinder. Dabei heiraten Mädchen in meinem Alter tagtäglich. Höchstens kehren sie dann wieder an die Schule zurück. Im Fernsehen hat man erst unlängst darüber debattiert. Aber sie lebt noch immer weit hinterm Mond, ich würde nicht einmal sagen, in ihrer, sondern in der Jugendzeit ihrer Mutter, wirklich! Es gibt keinerlei Spaß oder Unterhaltung, Brett. Als ich heute auf der Hauptstraße Angus getroffen habe, hat er mir erzählt, daß sie alle miteinander in den Klub gingen. Seine Schwester und Emily und ein paar Freunde. Sicher waren sie ausgelassen und haben gelacht und gesungen und getanzt. Es machte mich ganz traurig, daß ich nie bei so etwas dabeisein kann. Irgendwie kam ich mir vor wie auf einem Abstellgleis. Nicht daß ich mir brennend wünschen würde, den Klubrummel mitzumachen. Aber viele Mädchen aus meiner Schule, noch dazu jüngere als ich, gehen Samstagabend wenigstens tanzen. Im Golfklub gibt es auch allmonatlich eine ganz wunderbare Tanzveranstaltung. Und was gestattet man mir? Daß ich an der Gesellschaft größtenteils Erwachsener teilnehmen darf, um mich zu ›perfektionieren‹. Wofür sollen wir denn perfekt werden, frag ich dich? Etwa zum Heiraten?

Um zu heiraten, braucht man doch nicht perfekt zu sein. Ich glaube, daß das rein automatisch kommt, stimmt's?«

»Nun ja«, sagte er nur verblüfft; die Entwicklung, die ihr Gespräch genommen hatte, machte ihn verlegen.

»Ich weiß schon, wofür ich perfekt zu werden habe: Um mir jemanden aus dem Braintree- oder einem ähnlichen Klüngel zu angeln. Mir kann man nichts vormachen, und diese Vorstellung genügt völlig, um mich wütend zu machen.«

»Reg dich nicht auf, meine Liebe«, sagte er freundlich. »Ich weiß, wie dir zumute ist, wirklich. Und wenn Paul heimkommt, dann werdet ihr gemeinsam eine Tanzveranstaltung besuchen, das verspreche ich dir. Wir werden das schon irgendwie arrangieren.«

Sie seufzte aus Herzensgrund auf. »Daraus wird bestimmt nichts, dafür wird schon Vater sorgen. Auch möchte ich nicht, daß Paul nur deshalb mit mir ausgeht, weil er ein gehorsamer Sohn ist.«

»Rede keinen Unsinn, Van. Er wird entzückt sein, dich ausführen zu dürfen, du bist nämlich eine überaus attraktive junge Dame, mußt du wissen. Das heißt, wenn du nicht allzu finster dreinsiehst. Ich getraue mich sogar zu prophezeien, daß du einen ziemlichen Aufruhr in der Männerwelt verursachen wirst, wenn du noch um ein kleines bißchen älter bist.«

»Glaubst du wirklich, Brett?« fragte sie mit begieriger Stimme. »Du willst mich damit nicht nur beschwichtigen?«

»Nein, das ist absolut kein Beschwichtigungsversuch, sondern, wie gesagt, eine Prophezeiung. Und alle meine Prophezeiungen gehen in Erfüllung.« Damit schob er sie durch die kleine Tür. »Wie kommst du denn jetzt ins Haus?«

»Über die Feuerleiter in den ersten Stock. Und wenn ich erst einmal dort gelandet bin und vielleicht zufällig einem von ihnen begegnen sollte, dann komme ich eben gerade aus dem Badezimmer.«

»Du bist mir eine schöne Range.«
»Und wie bist du herausgeschlichen?«
»Über die Hintertreppe.« Abermals schob er sie ein Stückchen voran. »Geh jetzt schön, schlaf gut. Bis morgen.«
Sie machte ein paar Schritte, dann drehte sie sich rasch zu ihm um, stellte sich auf die Zehenspitzen und küßte ihn aufs Kinn, indem sie sagte: »Du bist der netteste Mann, den ich kenne, der allernetteste.«
Er stand vollkommen reglos da und wartete, bis sie ihr Elternhaus erreicht hatte und er annehmen konnte, daß sie die Feuerleiter hochgeklettert war. Dann ging er langsam durch den Wald zurück und hielt den Kopf tief auf die Brust gesenkt. Als er in sein Zimmer kam, machte er Licht und besah sich im Spiegel. Dann hob er die Hand, als wolle er sie an das Gesicht schmiegen, das sie geküßt hatte.
Im Einschlafen mußte er noch denken: Und dabei bin ich hinübergegangen, um Angus Cotton die Leviten zu lesen…

ZWEITER TEIL

Vanessa

1

Nur mit Hilfe des Gepäckträgers gelang es Vanessa, den Zug zu erklimmen. Sie stolperte über die Füße der Reisenden zweiter Klasse, entschuldigte sich, und ging den Gang entlang bis zur ersten Klasse. Aber noch ehe sie dieselbe erreicht hatte, veranlaßte sie der Anblick eines der Reisenden, stehenzubleiben. Sie sagte: »Hallo, Angus.«

»Oh, hallo.« Er erhob sich so hastig von seinem Zweite-Klasse-Sitz, daß seine Zeitung zu Boden glitt. Nachdem er sie aufgehoben und auf ihren Platz gelegt hatte, sagte er: »Komisch, dich hier zu treffen.«

»Mhm«, gab sie nur lächelnd zurück.

»Suchst du einen Platz?« Er blickte sie fragend an.

Sie zögerte nur einen winzigen Moment, und er reckte angriffslustig das Kinn in die Luft und meinte: »Ach, du gehst ja bestimmt in die erste Klasse weiter. Entschuldige.«

»Sei nicht albern.« Sie betrat sein Abteil und setzte sich. Sofort ließ er sich ihr gegenüber nieder und meinte: »Du bist heute gar nicht in der Schule? Das ist eine dumme Frage, aber...«

»Ich war beim Zahnarzt.«

»In Newcastle?« Angus zog die dichten, semmelblonden, schöngezeichneten Brauen fragend in die Höhe. »Ich dachte, wir hätten in Fellburn mehr als genug davon.«

»Ich mußte zu einem Spezialisten, weil ich eine Extrabehandlung brauche.« Sie bleckte die Zähne und deutete auf eine Zahnlücke.

»Du meine Güte, kriegst du etwa zum zweitenmal

Milchzähne?« fragte er grinsend. Dann sagte er in begütigendem Ton: »Das wird wohl schon ein Weisheitszahn sein.«
Sie lachte: »Weisheit und ich, ausgerechnet! Übrigens, wenn wir schon beim Fragen sind: Weshalb bist denn du heute nicht bei deiner Arbeit?«
»Oh.« Er lehnte sich zurück. »Ich war auf einem Begräbnis.«
»Einem Begräbnis?«
»Ja, ein Onkel, weißt du. Wir haben ihn zehn Jahre oder noch länger nicht mehr gesehen, aber meine Mutter meinte, daß es« – er äffte sie nach – »nicht schicklich sei, ihn einbuddeln zu lassen, ohne daß ein Familienmitglied dabei wäre.«
»Aber warum ist dann nicht sie...?« Sie brach ab. »Ach ja, natürlich. Die Gesellschaft heute abend.«
Er nickte ihr vielsagend zu und wiederholte: »Eben, die Gesellschaft.«
»Aber wenn sie meine Mutter gefragt hätte, hätte es sich doch sicher ermöglichen lassen.«
Er starrte sie bloß an. Wozu hätte er ihr sagen sollen, daß seine Mutter die ihre ohnehin gefragt, jedoch die Antwort erhalten hatte, daß das aber schon sehr ungelegen käme und ob sie nicht einfach Rosie zum Begräbnis schicken könnte. Aber der lebenslustigen jungen Rosie war nichts so verhaßt wie Beerdigungen. Also mußte Angus eben einen freien Tag bekommen. Das versprach sie, bei ihrem Mann durchzusetzen. Nun, und hier war er.
Sein Schweigen und sein geradeaus gerichteter Blick verrieten Vanessa die näheren Umstände ohne weiteres, und sie dachte: Ach, diese Mutter! – Dann, mehr um nur etwas zu sagen, fragte sie naiv: »Aber wie kommen sie denn ohne dich in der Werkstatt zurecht?«
Sein Gelächter übertönte das Geratter des Zugs, und er antwortete, indem er sich die Tränen aus den Augen wischte: »Es ist natürlich merkwürdig, aber ich kann mir überhaupt nicht vorstellen, wie die Firma bestehen

konnte, ehe ich in die Werkstatt eingetreten bin.« Er beugte sich nach vorn, stützte den Ellbogen aufs Knie und brachte sein Gesicht auf gleiche Höhe mit dem ihren: »Soll ich dir was verraten? Ich gehe jede Wette ein, daß die Jungs heute zweimal so viel gearbeitet haben wie sonst. Weil nämlich ein sogenannter ›Freund‹ darunter ist, der es einfach nicht erwarten kann, mir morgen unter die Nase zu reiben: ›Was sagst du jetzt, Angus? Wir haben um keinen Deut weniger zusammengebracht als sonst.‹ Womit er in Wahrheit natürlich nur meint: Ich versteh's eben bedeutend besser als du, die Jungs in Schwung zu bringen.«

»Das muß ein schrecklicher Kerl sein!«

»Im Grunde genommen ist er nur ehrgeizig. Es ist schon komisch, wozu einen Ehrgeiz verleiten kann. Zu richtiggehendem Haß zum Beispiel, denn ich kann ihn nicht riechen. Oder zu doppelt so großen Anstrengungen. Was glaubst du, weshalb ich die Abendschule besuche? Doch nur, um es diesem Widerling zu zeigen.«

»Du besuchst eine Abendschule, Angus?»

»Mhm. An der Technischen Hochschule. Wo wir uns letztens getroffen haben, du weißt schon.«

»Oh, ich dachte, du wärst eben auch zufällig gerade daran vorbeigegangen weiter nichts.«

Vanessas Blicke, die auf ihm ruhten, bekundeten lebhaftes Interesse; ihr Lächeln war einfach süß. Sie war schlank und groß und schön. Er starrte sie an. Wer hätte gedacht, daß sie sich so phantastisch entwickeln würde? Und dabei konnte man bei ihr bestimmt noch mehr erwarten. In einigen Jahren würde sie ein Bild von einer Frau sein. Die konnte jeden kriegen... jeden. Du meine Güte, sah sie reizend aus. Und sie war es auch. Vor allem hatte sie ein ungemein einnehmendes Wesen. Wie seine Mutter immer zu sagen pflegte: sie war von Kind auf gleich richtig nett gewesen. Wenn man sich so vorstellte, wie er früher den Arm um sie zu legen, sie hochzuheben oder im Schubkarren durch den Garten zu kutschieren pflegte... Sicher hatte sie dies alles längst vergessen.

Aber er würde sich stets erinnern. Wenn er in einer anderen Umgebung aufgewachsen wäre, dann hätte er vielleicht ein Mädchen wie sie gehabt, ein schönes, unberührtes. Wahrhaftig, sie sah ehrlich unberührt aus, nicht wie die mit jedem herumtändelnden Dinger aus dem Klub. Nicht wie May zum Beispiel... War schon eine merkwürdige Sache, die Geschichte mit May. Er hatte immer gedacht, daß er sie liebe. Bis zu jenem Abend, an dem sie ihm gestanden hatte, daß sie vor ihm schon mit zwei anderen Jungs was gehabt hätte. Sie hatte gesagt, sie habe das Gefühl, es ihm sagen zu müssen, weil sie ihn liebe. Er selbst war öfter mit ihr beisammen gewesen, als er sich erinnern konnte, richtig beisammen natürlich. Allerdings hatte er auch vorgehabt, sie zu heiraten, also war das etwas ganz anderes. Aber von dem Moment an konnte er einfach nicht mehr. Er war davongestoben wie ein aufgescheuchtes Kaninchen oder – was bei seinem Umfang ein passenderer Vergleich war – wie ein verstörter Büffel. Er wußte, daß sein Benehmen alles andere als vernünftig war, wo er doch selbst... Aber bei einem Mann war das etwas anderes. Ein Junge mußte solche Erlebnisse haben; das war genauso notwendig wie der Morgenkaffee oder die abendliche Pulle Bier. Bei einem Mädchen jedoch... nun, es war eben anders. Dabei hatte er diese Geschichte hundertmal in Gedanken durchgekaut. Denn wenn alle Mädchen ihre Unschuld immerzu bewahren wollten, dann hätten die Jungs einen harten Stand. Zum Glück gab es immer Mädchen, die es darauf anlegten, größtenteils sicher wegen der Bezahlung... May hatte allerdings nichts dafür haben wollen, das mußte er gerechterweise zugeben. Das einzige, was sie wollte, war er. Er fühlte sich in bezug auf sie hundsmiserabel, aber so war es nun mal. Er hatte eben diesen Tick und konnte nichts dagegen tun. Wenn er jemals heiraten würde, dann würde er sich genau dessen versichern, der Erste zu sein, aber bei den heutigen Moralbegriffen würde seine Auserwählte dann entweder kaum den Kinderschuhen entwachsen sein dürfen oder verdammt häßlich sein müssen, so daß vor ihm noch nie einer sein Glück bei ihr versucht hatte. Er lachte insgeheim und da er dabei die Lippen verzog, fragte Vanessa: »Worüber amüsierst du dich so, Angus?«

»Oh!« Er setzte sich gerade. »Ich mußte bloß an etwas denken.« Er lehnte sich wieder an. »Was wirst du anfangen, wenn du mit der Schule fertig bist?«

Auch sie lehnte sich zurück, drehte sich zum Fenster, blickte auf die grüne Landschaft hinaus und sagte dann träumerisch: »Ich weiß nicht. Manchmal denke ich mir das eine aus, dann das andere – ich weiß es einfach nicht.«

»Was will denn deine Familie, daß du wirst?«

»Ach, die.« Sie machte ein langes Gesicht, ihre braunen Augen wurden groß, und sie seufzte: »Eine Gräfin oder eine Herzogin oder gar die Königin höchstpersönlich.«

Sie lachten beide, und er meinte: »Du hast sie ganz richtig eingeschätzt, Vanessa.«

Ihre Miene wurde plötzlich ernst. Ja, sie hatte ihre Familie richtig eingeschätzt, aber sie wußte, daß es unrecht war, mit Angus Cotton darüber zu sprechen, vor allem, ihn dazu zu veranlassen, über sie zu lachen. Bei Brett war das etwas anderes; bei Angus gehörte es sich jedoch nicht. Schließlich war seine Mutter ihre Haushälterin.

Mein Gott, hör auf, sagte da eine innere Stimme. Du redest und denkst schon wie Susan. Was ist denn groß dabei? Wo er doch recht hat! Nicht nur ich habe sie richtig eingeschätzt, sondern eben auch er und vor allem Emily uns. Die wissen genauso viel über uns wie wir selbst, mehr sogar, da sie doch bloße Zuschauer und nicht beteiligt sind. Vanessa hatte Emily gern, sehr sogar, aber nicht auf die Art wie ihre Mutter. Die sagte nur immer: »Was würde ich, um Himmels willen, ohne Emily anfangen!« Aber sie dachte dabei nicht an Emily, sondern an ihrer aller Bequemlichkeit und wie schwierig es heutzutage war, Personal zu bekommen. Emily war eine einfache Frau; sie redete einfach und sie handelte einfach. Aber sie hatte etwas äußerst Liebenswertes an sich. Sie war die einzige,

die Vanessa jemals umarmt und gestreichelt hatte. Heimlich. In der Küche. Sie konnte sich an kein einziges Mal erinnern, wo ihre Mutter dergleichen getan hätte. Und Angus glich ganz seiner Mutter. Auch er war, was man in ihren Kreisen als gewöhnlich bezeichnete; aber das Gewinnende an ihm war seine Herzenswärme. Die war durch und durch echt. Und deshalb mochte sie ihn. Wenn sie so nachdachte, gab es eigentlich nur zwei Männer in ihrem Leben, mit denen sie so reden konnte, wie ihr ums Herz war, ohne jedes Wort auf die Goldwaage legen zu müssen. Auf gewisse Weise schienen die beiden einander zu ähneln. Und dennoch waren sie so weit von einander entfernt wie die beiden Pole; Brett mit seiner leisen, kultivierten Art zu sprechen und Angus mit seinem breiten Dialekt und seinem entsetzlichen Mangel an Grammatikkenntnissen.
Sie sagte nun ernst: »Emilys Füße sind arg geschwollen.«
»Ganz recht, ich habe es bemerkt.« Sein Ton paßte zu seinem zynischen Blick.
»Sie sollte sich ausruhen, wenn sie heimkommt.«
Er starrte sie einen Moment an, ehe er rasch erwiderte: »Sie hat außer eurem Haushalt noch einen zu versorgen, weißt du. Abends kommen Rosie und ich hungrig wie die Wölfe heim und wollen was zu essen haben.«
»Oh, tut mir leid, wirklich, Angus. Daran habe ich nicht gedacht.«
»Ist schon in Ordnung. Aber ich weiß, daß du recht hast: Sie sollte sich mehr ausruhen. Ich sag' dir ohne Umschweife, daß ich ihr schon seit langem in den Ohren liege, bei euch zu kündigen.«
Instinktiv schlug sie sich mit der Hand auf den Mund und sah bestürzt drein. »Nein, Angus! Unser Haus wäre nicht mehr dasselbe ohne sie. Und meine Mutter, die würde die Wände hochklettern. Die Leute, die wir in den vergangenen Jahren der Reihe nach gehabt haben, stunden- oder aushilfsweise, Au-pair-Mädchen oder Bedienerinnen oder was auch immer...«, sie verzog das Gesicht,

»einfach schrecklich! Dabei war ja Emily immer da. Aber ohne sie würde meine Mutter glatt durchdrehen. Sie weiß genau, daß die Arbeit für sie allein zu schwer ist, Angus. Und sie versucht immerzu, Hilfe zu kriegen. Sie hat den Mädchen sogar Fabrikslöhne angeboten, aber sie wollen einfach nicht in den Haushalt gehen.«

»Kannst du's ihnen verübeln?« Die Frage war leise gestellt.

»Was? Oh, nun ja, ich glaube nicht.«

»Hast du jemals Haushaltsarbeit geleistet?«

»Ich räume gelegentlich mein Zimmer auf.«

Er sah sie wieder an, ohne etwas zu sagen; dann lachte er gutmütig und meinte: »Und weshalb solltest du schließlich Hausarbeit leisten, wo du doch eine Gräfin, eine Herzogin oder die Königin höchstpersönlich werden wirst?«

»Ach, Angus, du machst dich über mich lustig.«

»Keineswegs. Ich kann mir sogar sehr gut vorstellen, daß so etwas Ähnliches aus dir wird.«

»Ich nicht. Susan vielleicht, aber ich nicht. Außerdem würde ich mich zu Tode langweilen.«

»Du doch nicht! Warte nur, bis es richtig losgeht, dann wirst du dein Leben genießen, wenn schon nicht als Königin, dann doch als Ballkönigin und meistbewunderte Dame der allerersten Gesellschaft.«

Abermals lachte sie aus vollem Hals. »Du bist wirklich ein Trost, Angus. Das warst du schon immer, weißt du. Ich bin so froh, daß ich dich getroffen habe. Ich war heute ganz schwermütig.« Sie zeigte auf den plombierten Zahn. »Das da hat mir tagelang allen Schwung genommen. Was sagst du, wir sind schon da! Ist die Zeit nicht wie im Flug vergangen?«

Er stand auf. »Ja, das war die rascheste halbe Stunde, die mir seit langem untergekommen ist. Ich wollte, die Zeit verginge bei der Arbeit auch so schnell.«

Als der Zug hielt, stieg er zuerst aus und half ihr galant über die hohen Stufen auf den Bahnsteig. Während sie gemeinsam durch die Sperre gingen, sagte ein junger

Mann aus einer auf dem Bahnsteig stehenden Gruppe plötzlich: »Hallo, Vanessa.«
Sie drehte den Kopf und antwortete mit hoher Stimme: »Oh, hallo, Colin. Du fährst in die Stadt?«
»Ja.«
»Ich komme eben von dort.«
Er nickte ihr zu, warf einen flüchtigen Blick auf Angus Cotton, nickte abermals und sagte: »Wiedersehen.«
»Wiedersehen, Colin. Auf bald.«
»Das war Colin Brett.« Sie sah Angus an, als sie in die Halle traten, und er antwortete: »Ich weiß.«
»Nanu!« Sie zögerte. »Ich dachte, du kennst ihn nicht. Er arbeitet nicht in der Fabrik, sondern als Buchhalter bei Forrester.«
Was sie nicht sagte! Buchhalter bei Forrester war er? Nach dem Blick zu schließen, den er ihm zugeworfen hatte, hätte man meinen können, er sei Gott weiß wer. Angus kannte Colin Brett recht gut; sie waren gleich alt. Ein-, zweimal hatten sie zusammen gespielt, wenn er ins Haus hinaufgegangen war, aber Colin gehörte nicht zu der Sorte, die sich an so etwas erinnern würde. O nein, er war ja Buchhalter bei Forrester. Höchstwahrscheinlich außerdem Mitglied des Klubs der Konservativen und des Golfklubs. Wäre er Mitglied des Rugbyklubs gewesen, hätte er wohl in den Ankleideräumen mit ihm gesprochen oder sogar ein Glas Bier nachher in der Kneipe mit ihm getrunken; aber auf der Straße würde er ihn kaum gekannt haben, vor allem dann nicht, wenn er in Gesellschaft einer seiner Angebeteten gewesen wäre. Das war eben das Zeitalter sozialer Gleichberechtigung, nicht wahr?
»Ich nehme den Bus da«, sagte er unvermittelt. »War nett, dich zu sehen.«
»Ganz meiner Meinung, Angus. Ich werde Emily erzählen, daß ich mit dir heimgefahren bin.«
»Mach das.« Er nickte ihr kurz zu, drehte sich auf dem Absatz um und lief über die Straße zur Bushaltestelle. Sie ging in einiger Entfernung hinter ihm her und wunderte

sich über die plötzliche Änderung seines Verhaltens. Auch sie mußte zum Bus. Nicht zu demselben wie er, aber zur daneben befindlichen Haltestelle. Er hätte ebenso mit ihr über die Straße gehen können, wie er mit ihr durch die Bahnhofshalle gegangen war. Aber mit einemmal hatte er grimmig dreingesehen, genau wie Emily, wenn ihr etwas über die Leber gelaufen war. Hatte sie etwas getan oder gesagt, ihn irgendwie verärgert? Himmel noch mal – die Menschen waren wirklich gräßlich, alle miteinander. Auf keinen war mehr Verlaß.
Beim Einsteigen in ihren Bus, sah sie ihn auf dem gegenüberliegenden Trottoir stehen und mit einem Mädchen sprechen. Es war eine mittelgroße Blondine mit einem auffallend kurzen Rock und einem kurzen Zottelpelz, einer Imitation natürlich. Sie sah richtig gewöhnlich aus.
Als sie im Bus Platz nahm, verfestigte sich ihre Meinung noch. Das Mädchen sah gewöhnlich aus, billig: offensichtlich der Typ, auf den Angus scharf war. Wie es hieß, mochten Männer ja meistens Blondinen.
Während der Bus den Platz überquerte, überkam sie schockartig die Erkenntnis, daß Angus ja ein Mann war. Kein Schuljunge mehr, kein junger Kerl mehr, sondern ein großer, breitschultriger, ungehobelter, kratzbürstiger Mann. Und dennoch hatte sie im Zug mit ihm geplaudert, als wären sie gleichaltrig. Irgendwie mußte sie denken, daß sie nie mehr auf diese Weise mit ihm reden würde.

Als Vanessa das Haus betrat, kam es ihr wie ausgestorben vor, so still war es. Sie warf einen Blick in den Salon – kein Mensch da... Im Eßzimmer war der Tisch bereits fürs Dinner gedeckt. Acht Gedecke. Das war das zweitemal, daß die Braintrees innerhalb der letzten drei Wochen zu Besuch kamen. Die Tafel sah hübsch aus: alles Gold und Silber, wobei das Gold von den Märzenbechern stammte, deren Köpfe ihre Mutter in der Mitte des Tisches malerisch arrangiert hatte. In ihren Kindertagen

pflegte Vanessa sich zu verkriechen, wenn sie sah, wie ihre Mutter die armen Blumen köpfte, nur um ein dekoratives Arrangement zusammenzubekommen. Mutter verstand sich jedoch darauf, das mußte sie zugeben.
Als sie in die Küche kam, stand Emily vor dem Backofen.
»Oh, hallo, Kind. Schon zurück? Hat's weh getan?« fragte sie.
»Nein, gar nicht. Er ist allerdings noch nicht fertig. Ich muß nächste Woche wieder hin. Rat übrigens einmal, mit wem ich heimgefahren bin?«
»Mit dem Bürgermeister«, sagte Emily prompt, machte den Backofen zu und erkundigte sich: »Möchtest du eine Tasse Tee?«
»Ja bitte, Emily, wenn einer fertig ist... Wo ist denn Mutter?« Ihre Stimme war bei dieser Frage leiser geworden.
Und Emily antwortete ebenso: »Oben. Sie hat sich vor der Schlacht hingelegt, sie ist schon ganz durcheinander.«
Als Emily zwei Tassen aus dem Küchenschrank herausnahm, besah sich Vanessa die Hinterseite ihrer Beine. Sie waren ganz formlos; die Knöchel ebenso breit wie die Waden.
»Was schaust du denn? Ach, meine Füße. Ja, die machen mir heute wieder mal zu schaffen; ich hab' das Gefühl, sie platzen noch in der nächsten Minute.« Sie stellte die Tassen auf den Tisch. »Wenn ich heimkomme, werde ich gleich ein Fußbad machen und mich kurz hinlegen, dann ist es besser.«
»Nachdem du das Essen für Angus und Rosie fertig hast, nicht?«
»Was sagst du da?« Emily legte den Kopf schief und kniff die Augen zusammen.
»Ich bin mit Angus heimgefahren.«
»Ach so, deshalb...« Emily schenkte für sie beide Tee ein. »Und er hat dir wohl gesagt, welch arme Haut ich sei, weil ich daheim noch mal für meine Familie kochen müsse, was?«
»Nein, nein, jedenfalls nicht auf die Art. Aber er hat er-

zählt, daß er dich dazu überreden möchte, bei uns zu kündigen.«

»Ja ja, das sagt er immer wieder. Und das hörst du natürlich nicht gern. Aber ich sag' dir eins«, sie drehte sich rasch zu Vanessa um, »schreck nur ja nicht deine Mutter damit. Die weiß ohnehin im Augenblick nicht mehr, wo ihr der Kopf steht. Da darfst du nicht auch noch damit daherkommen, daß die gute Emily Hals über Kopf davonlaufen könnte. Übrigens« – sie lehnte sich an den Herd, und ein zufriedenes Lächeln huschte über ihr grobflächiges Gesicht – »die, die sich heute vormittag vorstellen kam, weißt du, die hat bloß einen einzigen Blick da hereingeworfen und schon war sie beim Tempel draußen, als ob ihr der Teufel selbst Beine gemacht hätte.«

»Die wird es wohl nicht einmal versuchen.«

»Den Eindruck hab' ich auch. Du hättest hören sollen, was sie gesagt hat. Und erst, was sie verlangt hat! Das Doppelte, wenn sie abends servieren soll. Ich sagte zu deiner Mutter, sie hätte sie am besten fragen sollen, ob sie das hier für eine Fabrik halte! Die wollen heutzutage einfach alle nichts mehr arbeiten, mein Fräuleinchen. So ist das nun mal.«

Als Emily sich abermals zum Backofen umwandte, ließ Vanessa wiederum die Blicke zu ihren Beinen schweifen, die in alten Lederpantoffeln steckten, die einmal ihrem Vater gehört hatten. Ihr Vater hatte bestimmt große Füße, aber obwohl die Pantoffel schon sehr ausgetreten waren, waren sie für Emilys Füße immer noch zu klein.

»Du solltest die Beine nachmittags hochlagern, Emily. Mutter hat es dir oft genug geraten.«

»Ja ja, ich hab's vorhin ohnehin getan. Bin gerade aufgestanden, eine Minute, bevor du heimgekommen bist. Ich habe seit halb drei keinen Handgriff mehr getan.«

»Wie machst du's denn heute abend?«

Emily schenkte Vanessa Tee nach und sagte: »Oh, ich geh auf eine Stunde so was nach Hause, dann komm ich wieder her.«

»Es würde mich nicht überraschen, wenn Angus das nicht zuließe.«
Emily drehte sich nun ganz herum und sah das einzige Mitglied des Hauses, für das sie etwas übrig hatte, prüfend an, ehe sie kurz entgegnete: »Seit wann sagt Angus Cotton mir, was ich zu tun habe? Es ist alles längst abgemacht. Susan bringt mich mit dem Wagen um halb sechs heim und holt mich eine Stunde später wieder ab. Und wehe, wenn Angus auch nur ein einziges Wort fallen läßt, dann kriegt er was zu hören. Und zwar etwas, was er nicht so bald vergessen wird! Nur, weil er den Männern in der Fabrik was anzuschaffen hat, hat er noch lange nicht *mir* was anzuschaffen. Das hab' ich ihm schon mehr als einmal gesagt.« Die Feststellung, daß ihr Sohn in der Fabrik sozusagen zu kommandieren hatte, brachte Emily mit unverhohlenem Stolz vor, ein Umstand, der Vanessa nicht entging.
»Willst du ein Stück Torte?« Emily sah Vanessa mit Verschwörermiene an. »Nußtorte.«
»O ja, Emily, bitte.«
Emily ging in die Speisekammer und kehrte mit einem großen Tortenstück zurück, das sie Vanessa auf einem Teller hinstellte, wobei sie sagte: »Mach rasch, ehe wir am Ende ›Besuch‹ bekommen.«
Es gehörte zur Hausordnung, daß ›die Kinder‹ nichts in der Küche bekamen und Emily hatte sich, was Susan und den kleinen Ray anlangte, auch stets streng daran gehalten. Vor allem dem kleinen Teufel konnte man überhaupt nichts durchgehenlassen. »Stell dir vor, Vanessa«, sagte sie jetzt, »vor dem Mittagessen hat es wegen Ray wieder einen großen Wirbel gegeben. Er ist die Regenrinne hochgeklettert und in der Nähe des Dachstübchens steckengeblieben. Wie er dorthingelangt ist, weiß kein Mensch. Hinauf konnte er jedenfalls, aber nicht mehr 'runter.« Sie schüttelte sich vor Lachen.
»Was geschah dann?« Auch Vanessa lachte, aber leise.
»Sie mußten in der Fabrik anrufen, wegen einer Extraleiter.«

»Ist nicht wahr!«
»Doch, wenn ich's dir sage. Sie kamen mit einem riesigen Kranwagen angefahren, zwei Mann hoch, verstehst du, und einer davon kletterte hinauf und holte ihn. Du hättest deinen Vater hören sollen!«
»Wo steckt Ray jetzt?«
»Auf seinem Zimmer. Werde ich froh sein, wenn die Feiertage vorbei sind. Da wird's wieder etwas friedlicher zugehen. Ich sag immer: Gott sei gepriesen für die Schulpflicht, jawohl.«
Vanessa preßte rasch die Hand auf den Mund, um nicht laut herauszuplatzen; dann stand sie auf, trug den Teller zum Ausguß und sagte: »Danke, Emily – die war großartig.«
»Laß nur, ich mach das schon.«
»Nein, nein, ich spül meinen Teller gleich selbst ab.«
»Laß es sein und verschwinde. Los.«
Unbeirrt spülte Vanessa jedoch den Teller gründlich unter heißem Wasser ab, dann drehte sie sich um, machte eine ungelenke Verneigung und sagte: »So.« Als hätte sie Emily bei einer wichtigen Hausarbeit geholfen.
Emily lachte nur. »Du bist schon immer dickköpfig gewesen, mein Fräuleinchen. Jetzt aber fort mit dir. Oder willst du etwa, daß deine Mutter dich hier erwischt. Geh schön.«
Als Vanessa leichtfüßig die Treppe hinauflief, mußte sie abermals an Emilys verschwollene Beine denken. Sie ging deshalb ins Badezimmer und füllte einen Plastikbeutel bis oben mit einem herrlich duftenden Markenbadesalz.
Damit eilte sie sofort wieder in die Küche hinunter, wo Emily sich eben hingesetzt hatte, legte den Beutel in ihren Schoß und sagte leise: »Das ist ein besonders gutes Badesalz. Nimm es für dein Fußbad. Es wird dir Linderung verschaffen.«
»Mein Gott, Kind, das ist aber wirklich aufmerksam von dir. So was... danke.«
Vanessa blieb einen Moment stehen und blickte in das

lächelnde Gesicht. Dann lief sie zur Tür hinaus und abermals die Treppe hoch. Ein niegekanntes Glücksgefühl machte sich in ihrem Innern breit. Es hatte etwas mit dem zu tun, was man in der Religionsstunde lernte: daß Güte ihren Lohn in sich trägt und so. Vanessa kam sich ungemein gut vor.

Das Dinner war vorbei. Emily hatte, die Füße in schwarze Schuhe gezwängt, im Salon den Kaffee serviert, und nun schickten sich Susan und Brian an, sie heimzubringen. Eben waren sie gemeinsam aus dem Zimmer gegangen, mit glücklichen, selbstzufriedenen Gesichtern. Vielleicht spürt auch Susan, dachte Vanessa, daß Wohltun Zinsen trägt. Das Gespräch zwischen ihrer Mutter, Mrs. Braintree und Susan hatte sich in der vergangenen Viertelstunde ausschließlich um Emily gedreht. Ihre Mutter hatte wiederholt, was sie immer sagte: daß sie nicht wüßte, was sie ohne Emily täte. Sie sprach von Emily, als sei diese ein alter Familienbestandteil, ohne natürlich diesen Ausdruck zu gebrauchen. Mrs. Braintree meinte, wie glücklich sich Mrs. Ratcliffe schätzen könne, einen so treuen Dienstboten zu besitzen, daß man sie sich aber sicherlich nur durch Verständnis und Freundlichkeit erhalten könnte. Susan warf scheinbar nachlässig ein, daß sie es sich zur Gewohnheit gemacht habe, Emily von daheim abzuholen und wieder nach Hause zu bringen. Und ihre Mutter ergänzte, daß eben alles eine Sache der Betrachtungsweise sei.
Die Braintrees hatten ihren jüngeren Sohn mitgenommen. Er war achtzehn und voller Pickel, hieß Alan und redete in großen Tönen über Autos. Eben stand er mit Vanessas Vater beisammen und machte in Konversation. Vanessa sah, wie ihre Mutter aufstand und lächelnd auf sie zukam. Sie lächelte auch noch, als sie sich über sie beugte und leise zu ihr sagte: »Was ist los mit dir, Vanessa? Bist du plötzlich stumm geworden? Warum unterhältst du dich nicht mit Alan, wie sich's gehört?«
»Weil ohnehin nur er zu reden wünscht. Da kann man

gar kein Wort einwerfen, selbst wenn man möchte«, antwortete Vanessa mit verdrossener Miene.
»Mach nicht schon wieder Schwierigkeiten, Kind. Dein Vater hat es bereits bemerkt. Du wirst in letzter Zeit wirklich immer unleidlicher. Willst du ihn am Ende erzürnen? Steh gefälligst auf und löse deinen Vater bei Alan ab.«
Als sie ihrer Mutter ins Gesicht blickte, hätte Vanessa um ein Haar gesagt: Es hat keinen Sinn, Zeit auf Alan zu verschwenden, der kriegt nie einen Titel, außer Brian stirbt. Tatsächlich sagte sie jedoch nur: »Ich möchte nach oben gehen.«
»Das wirst du nicht tun, meine Liebe, sondern schön hier bleiben, bis sie gehen.«
Als sie sich von Vanessa abwandte, lächelte sie wiederum.
Nach einiger Zeit stand Vanessa auf und schlenderte langsam zu Alan Braintree hinüber; aber der nahm gar keine Notiz von ihr, sondern fuhr fort, mit ihrem Vater über Autos zu reden. Sie waren das einzige, was ihn interessierte und worüber er überhaupt reden konnte. Außerdem wollte er gar nicht mit Vanessa Ratcliffe allein gelassen werden. Sie machte ihn verlegen. Sie war seiner Meinung nach eine von diesen übergescheiten Haubenstöcken, und es tat ihm leid um die Zeit, die er mit einer derart Neunmalklugen verbringen hätte müssen.
Eine halbe Stunde später setzten sie sich, kaum daß Susan und Brian wieder zurück waren, alle an den Bridgetisch. Das Spiel währte verhältnismäßig kurz, und die Gäste gingen um halb zwölf.
Punkt Mitternacht waren sämtliche Lichter im Haus erloschen, und fünf Minuten später kletterte Vanessa über die Feuerleiter in den Garten. Wieder schien der Mond, aber heute jagten Wolken über den Himmel, und es blies ein heftiger Wind.
Es war ungefähr vier Wochen her, seit Brett sie im Gartenhaus überrascht hatte, und sie war seither gut sechs-, siebenmal dort unten gewesen: zweimal sogar bei stock-

finsterer Nacht. Da hatte sie sich ein bißchen gefürchtet. Aber sie genoß den Nervenkitzel. Das erstemal, als sie nach jener merkwürdigen Begegnung wieder hinübergegangen war, hatte sie halb und halb erwartet, daß Brett abermals auftauchen werde, und seither hatte sie bei jeder sich bietenden Gelegenheit gehofft, daß sie ihn zu sehen bekommen würde. Er war wirklich nett, dieser Brett... Heute nacht erwartete sie jedoch nicht mehr, auf ihn zu stoßen: Es war zu spät – alles schlief.

Während des Dinners oder danach im Laufe des Bridgespiels hätte sie in jeder Sekunde einschlafen können; aber nun war sie hellwach. Nie zuvor hatte sie sich derart wach und ruhelos gefühlt. Richtig unglücklich. War es, weil Susan gücklich war? Empfand sie Eifersucht auf Susan? Ja, das mußte es wohl sein. Sie war nicht deshalb eifersüchtig, weil sie Brian bekam oder in die Familie der Braintrees einheiratete, sondern einfach, weil sie heiratete. Über sich selbst den Kopf schüttelnd, stapfte Vanessa durch die tiefe Dunkelheit. Man mußte zumindest sich selbst gegenüber ehrlich sein...

Vielleicht würde sie ihrer Schwester andere Gefühle entgegenbringen, wenn sie selbst einen Verehrer hätte. Aber die Jungs machten sich offensichtlich nichts aus ihr. Sie brauchte sich ja bloß Alan anzusehen. Nicht daß sie einen solchen Einfaltspinsel hätte haben wollen. Dennoch ärgerte es sie, daß sie auf ihn nicht die leiseste Wirkung auszuüben schien. Auf ihn nicht und auf die übrigen ebensowenig. Was stimmte nicht an ihr? Rona und Kathy hatten zum Beispiel Freunde, seit sie vierzehn waren. Natürlich hatten ihre Mütter keine Ahnung davon gehabt. Jetzt allerdings wußte Ronas Mutter Bescheid, und Kathy durfte Harold Blackett ins Elternhaus mitbringen. Dabei sahen weder Rona noch Kathy gut aus. Vanessa fand, daß sie bedeutend besser aussah als die beiden zusammen. Dabei war sie nicht eitel. Sie wußte genau, daß sie längst nicht so hübsch war wie Lucy Fulton – obwohl hübsch eigentlich gar nicht der richtige Ausdruck war: Lucy war einfach schön. Aber sie selbst brauchte sich

auch nicht zu verstecken: Sie hatte hübsches Haar und schöne Augen. Also, was stimmte nicht bei ihr? Wenn sie zu einer Party ging, war es genau dasselbe. Weihnachten zum Beispiel. Ringsum wurde geflirtet und geknutscht, aber ihr Tischnachbar hatte nur höflich Konversation mit ihr gemacht und läppisch an ihren Fingern herumgespielt. Irgend etwas mußte an ihr tatsächlich nicht in Ordnung sein, etwas, das die Jungens spürten.
Als sie weiterging, schlug ihr ein herabhängender Zweig heftig übers Gesicht, so daß sie zusammenzuckte. Als sie wieder aufsah, bemerkte sie eine Gestalt den mondbeschienenen Platz überqueren. Im ersten Moment drohte ihr vor Schreck das Herz stillzustehen, weil der Mann gar nicht aussah wie Brett, nicht so groß; dann erkannte sie, daß er mit tiefgesenktem Kopf dahinschritt. Ehe er sie noch entdeckte, rief sie leise: »Brett... bist du's?« Sie sah, daß er wie angewurzelt stehenblieb und in ihre Richtung blickte. Als sie ihn erreicht hatte, sagte sie: »Du hast mich diesmal wieder erschreckt. Ich dachte, es seist gar nicht du. Was würde geschehen, wenn es ein anderer wäre, hm?«
Er antwortete mit keiner Silbe, sondern starrte nur in ihr vom Mond beschienenes Gesicht.
»Was ist denn, Brett? Bist du krank?«
»Nein, nein – ich hatte nur entsetzliche Kopfschmerzen. Ich mußte einfach Luft schnappen. Aber... aber weshalb bist du diesmal im Freien? Es ist weit nach Mitternacht.«
»Ich konnte nicht schlafen.« Sie wandte sich von ihm ab und ging langsam auf den Fluß zu. »Ich war innerlich ganz durcheinander – ich weiß selbst nicht, warum.« Sie drehte sich wieder um, weil sie erwartete, ihn neben sich zu finden. Aber er stand noch immer an derselben Stelle. Also ging sie ein paar Schritte zurück und sagte ängstlich: »Irgendwas stimmt doch nicht, Brett. Was ist es denn? Was ist los? Du... Es ist doch nichts mit Paul passiert?«
»Nein, nein – dem geht es gut.«

»Hast du Nachricht von ihm?«
»Ja, gestern kam ein Brief.«
»Fühlt er sich wirklich wohl?«
»Ganz bestimmt. Er genießt sein Leben in vollen Zügen.«
»Er fehlt dir, stimmt's? Daß er schon am zweiten Ferientag auf und davon geht, das hast du bestimmt nicht erwartet.«
»O ja – doch.«
»O nein, nicht vor dem Sommer. Erinnere dich nur« – sie lachte leise. »Er hätte mich zu einer Tanzveranstaltung führen sollen. Das hast du mir versprochen!« Sie ergriff seinen Arm und schüttelte ihn heftig, als könne sie ihn damit von der Depression, welcher Art sie auch sein mochte, befreien. Denn selbst im fahlen Licht des Mondes konnte sie wahrnehmen, wie bleich er war. Er hatte nie viel Farbe, aber so blaß war er ihr noch nie vorgekommen.
»Komm«, redete sie auf ihn ein. »Wir bummeln jetzt zum Gartenhaus hinunter und unterhalten uns ein wenig, ja?«
»Nein, nein, nicht um diese Zeit. Am besten, du gehst wieder ins Bett. Was würde sein, wenn sie dich vermissen?« Seine Stimme klang ungemein förmlich.
»Die vermissen mich schon nicht.«
»Ich geh wieder hinein, Vanessa. Es ist spät.«
»Also schön«, sagte sie leicht beleidigt. »Dann geh eben hinein, und ich werde allein im Gartenhaus sitzen und grübeln.«
Abermals machte sie ein paar Schritte in Richtung Fluß, aber diesmal schloß er sich ihr an. Wieder hielt er den Kopf tief gesenkt und murmelte etwas, das sie durch den sausenden Wind nicht verstehen konnte. Aber sie fragte nicht, was er gesagt hatte. Plötzlich fühlte sie sich aufgeräumt, ja fröhlich. Es mußten der Wind und das Mondlicht sein sowie der Umstand, daß sie und Brett die einzigen Menschen in Fellburn waren, die um diese Stunde einen Spaziergang machten.

Als sie sich bei ihm einhängte, zwang sie ihn, stehenzubleiben und ihr sein Gesicht zuzuwenden. Aber er sagte nur in bittendem Ton: »Van, sei schön brav, komm zurück.«
»Wir sind ja schon da«, sagte sie und deutete auf die Lichtung vor dem Gartenhaus, zu dem sie ihn nun wieder heftig weiterzog.
Sie setzten sich wiederum auf die Stufen, Vanessa schlang die Hände um die Knie und sagte: »So.« Und sie hatte dasselbe Gefühl wie in dem Moment, als sie Emily das Badesalz geschenkt hatte. Sie kam sich gut vor. Sie spürte, daß das, was sie tat, gut für Brett war. Er fühlte sich einsam. Sie wußte, daß er mit Irene nicht gut zurechtkam. Das war aus Gesprächsfetzen ihrer Eltern leicht herauszuhören gewesen, auch aus Andeutungen ihrer Mutter Susan gegenüber.
»Was ist denn, Brett?« fragte sie nun. »Du machst dir Sorgen. Du kannst mir alles erzählen. Ist es wegen der Fabrik?«
Schon wollte er verneinen, aber dann überlegte er es sich rasch und erwiderte: »Ja.« Irgend etwas mußte er doch sagen. »Dein Vater hat mir die Chance einräumen wollen, nach Holland und Deutschland zu fahren. An Stelle von Mr. Cribber, der im Krankenhaus liegt, wie du weißt, und wahrscheinlich zwei, drei Monate dort bleiben muß. Er ist unser Repräsentant, und dein Vater wollte, daß ich diesen Job übernehme. Für einige Zeit natürlich nur...«
»Und wirst du's tun?«
»Nein, nein, ich habe bereits abgelehnt.«
»Aber warum denn, Brett? Du könntest es doch als eine Art Ferien betrachten.«
»Es sprechen mehrere Gründe dagegen. Hauptsächlich, daß ich wochenlang nicht hier sein könnte. Weißt du, ich war in meinem ganzen Leben noch keine drei Wochen von daheim fort, und selbst nach einer einzigen Woche sehne ich mich hierher zurück.«
»Du bist schon komisch, Brett...«

»Ja, das glaube ich auch.«
Sie sahen sich an, und dann sagte sie nachdenklich: »Aber ich kann dich verstehen. Ich verstehe, wie dir zumute ist. Es sind die Bäume und der Fluß und das Haus – das alles gehört eben zu dir. Ich kann es verstehen. Ich wünschte mir oft, daß wir auch ein bißchen Wald hätten... oh!« Sie legte die Hand rasch auf seinen Arm. »Ich meine damit nicht, daß du Vater etwas davon abtreten sollst. Im Gegenteil: Ich würde dir empfehlen, verkaufe nichts davon an Vater, ich würde auch daran festhalten, wenn dies hier mir gehören würde. Aber was ich immer schon gern gehabt hätte, wäre ein bunter Garten mit Bäumen drinnen. Unserer wirkt so überaus gepflegt – man hat das Gefühl, in einem öffentlichen Park zu sein. Es würde mich gar nicht wundern, jederzeit Frauen mit Kinderwagen ein- und ausgehen zu sehen.« Sie lachte, aber er stimmte nicht ein.
Dann fragte sie: »Machst du dir deshalb Sorgen, weil du den Job abgelehnt hast? Weil du Vater damit wahrscheinlich verärgert hast, meine ich? Er haßt es, Vorschläge zu machen und nicht sofort dafür Begeisterung zu ernten.«
»Ach, Vanessa!« Nun lachte er ein klein wenig.
»Ich weiß schon, daß ich das nicht sagen sollte, aber weißt du, ich kenne ihn eben. Das habe ich schon einmal zu dir gesagt, daß ich ihn kenne, nicht wahr?« Abermals schlang sie die Hände um die Knie, wiegte sich hin und her und fragte dann: »Warum ist Liebe eigentlich nicht etwas völlig Natürliches, so wie Haarewaschen oder Zähnekriegen. Ich meine: seine Eltern lieben. Man gehört ihnen, sie haben einen erzogen, und man sollte sie aus reiner Dankbarkeit dafür lieben, wenn schon aus keinem andern Grund. Das macht mir immerzu Kopfzerbrechen.« Sie saß nun ganz still. »Richtiges Kopfzerbrechen. Kannst du das verstehen, Brett? Ich liebe sie nicht, obwohl ich es versucht habe. So etwas muß einem doch Sorgen machen.«
Er nickte, dann sagte er mit belegter Stimme: »Man kann

eben nicht auf Kommando lieben, nicht einmal die Eltern.«
»Ich denke oft darüber nach, Brett – ich meine darüber, daß man die Menschen lieben soll. Ich... ich hab' sie nicht einmal gern. Es gibt so wenige Menschen, die ich wirklich mag. Ich habe mir eingebildet, daß ich Rona und Kathy und Lucy gern habe, aber ich tu's nicht mehr. Als ich vierzehn war, habe ich mir viel aus Kathy gemacht, weißt du, aber jetzt finde ich, daß sie dumm ist und daß es kindisch von mir war, soviel für sie übriggehabt zu haben. Und ich... ich kann, offen gesagt, Susan nicht leiden, Brett. Komisch, so etwas von seiner eigenen Schwester zu behaupten – aber ich mag sie nicht. Auch Ray nicht. Manchmal empfinde ich eine richtige Abneigung gegen ihn. Weißt du, die einzige in unserem Haus, die ich mag, ist Emily. Sie ist dick und sieht manchmal nicht besonders ordentlich aus, und vielleicht stimmt es sogar, daß sie gewöhnlich ist. Mutter sagt das zumindest immer. Und die andern eigentlich auch. Sie brauchen zwar ihre Arbeitskraft, aber hinter ihrem Rücken lästern sie. Aber ich mag sie trotzdem. Weshalb hab' ich sie nur lieber als Susan oder Mutter oder Vater?«
»Diese Frage kann ich dir auch nicht beantworten, Vanessa: vielleicht, weil sie natürlicher ist und nicht so viele Gesichter hat.«
»Gibt es Menschen, die du nicht leiden kannst, Brett?«
»Nein, eigentlich nicht. Es fällt mir schwer, jemanden nicht leiden zu können.«
»Nicht einmal Vater?«
»Nicht einmal Jonathan.«
»Wird es mit den Jahren leichter, die Menschen zu lieben?«
»In deinem Fall vielleicht.« Er lächelte ihr zärtlich zu. »Du wirst jemanden finden, der dir aufregend vorkommen, bei dem dir warm werden wird, den du um jeden Preis der Welt tagein, tagaus, jede Minute sehen möchtest. Ja, eines Tages wirst du auf diese Weise lieben, dann werden alle Schwierigkeiten beseitigt sein. Du machst

gerade eine schwierige Zeit durch: das geht uns allen so.«

Sie sagte: »Weißt du, ich habe mir heute gedacht, daß es nur zwei Männer gibt, mit denen ich reden kann. Angus und... und dich. Dich könnte ich lieben, Brett.«

Vanessa wußte nicht, weshalb sie das gesagt hatte, vielleicht weil er Trost benötigte. Als sie ihren Kopf an seine Schulter lehnte und ihre Hand durch seinen Arm schob, überraschte und erschreckte sie die Wirkung ihrer Handlungsweise einen Moment lang; sie spürte, wie er am ganzen Körper zitterte, und dann sah sie zu ihrer tiefsten Bestürzung, wie sein Kopf tief über seine Knie herabsank und er mit beiden Händen das Gesicht bedeckte.

»Brett, Brett! Was ist denn? Oh, Brett, nicht, nicht! Was habe ich denn getan oder gesagt?« Sie umschlang ihn mit beiden Armen, und als sie eine Hand auf die seine legte, spürte sie, wie sie von Tränen naß wurde. «Oh, Brett, Brett, lieber Brett.« Sie zog ihn an sich. Sein Kopf sank auf ihre Schulter, sein tränenfeuchtes Gesicht vergrub sich an ihrem Hals. Als sie ihn »Mein Gott, mein Gott!« murmeln hörte, als litte er Schmerzen, drückte sie ihn nur noch fester an sich, streichelte sein Haar, tätschelte seine Wangen und versuchte auf jede Art und Weise, ihn zu beruhigen und zu trösten. Ein paar Minuten darauf hielt sie sein tränennasses Gesicht in den Händen und sah ihm in die Augen; da wurde sie von Mitleid und Liebe verzehrt, der ersten Liebe, einer Liebe, die sich keinerlei Zukunft erhoffte, die sich selbst genug war und die sich aus Neugier und Verlangen zusammensetzte.

Als sie eng umschlungen nach hinten sanken, auf den Holzboden, und seine Hände über sie hinzugleiten begannen, hätte sie ihn nicht davon abhalten können, selbst wenn sie es gewollt hätte. Denn der sanfte Brett war wie vom Erdboden verschwunden, und ein fremder Mann erstickte sie mit seiner Zunge und drohte ihren Leib mitten auseinanderzureißen.

Ihre Neugier wurde befriedigt.

2

»Aus dir redet einzig und allein das Bier«, sagte Emily.
»Nein, Mam, es ist nicht das Bier. Ich hab mein übliches Quantum nicht überschritten: sechs Glas und keinen Tropfen mehr.«
»Mich kannst du nicht auf den Arm nehmen, du Spinner.«
»Weiß ich doch, würd' ich auch im Leben nie wagen.«
»Also dann red keinen solchen Unsinn. Diese Geschichte mit Fred Singleton kannst du schon wieder vergessen. Wenn's nach mir geht, wirst du in der Fabrik nicht kündigen, verstanden? In deinem Alter Werkstättenleiter sein und so einen Job mir nichts, dir nichts aufgeben wollen! Und aus welchem Grund? Um ein Einmann-, also von mir aus ein Zweimannunternehmen, zu gründen, im Transportunternehmen auch noch dazu, wo ringsum alles davon überschwemmt ist!«
»Ja, mit großen. Aber die können einfach nicht alle Arbeiten übernehmen, die so anfallen. Das ist es, was ich dir klarzumachen versuche. Die vielen Nebengeschäfte, die müssen sie wohl oder übel auslassen.«
»Angenommen, du hast recht damit, so wirst du doch dein sauer erspartes bißchen Geld nicht in dieses verdammte Hirngespinst hineinstecken, nur weil Fred Singleton sich das so ausgedacht hat.«
»Fred ist ein anständiger Kerl.«
»Weshalb hat er es dann nicht schon früher zu etwas gebracht?«
»Aus dem einfachen Grund, weil er nicht genug beisammen hatte, um allein anfangen zu können. Er hat

bloß einen einzigen Lieferwagen, und mit dem fährt er. Ja, wenn er zwei, drei Leute hätte...«

»... die er mit deinem Geld einstellen würde...«

»... na schön, würde er sie eben mit meinem Geld einstellen. Und im Handumdrehen würden wir wie die Maden im Speck sitzen – garantiert, Mam.«

»Weißt du, wie die meisten deiner Maden im Speck enden? Mit dem Konkurs, du Narr. Ach was, wir reden morgen früh weiter, wenn du wieder nüchtern bist.«

Angus stand da, hielt die Hand an die Stirn, die Augen geschlossen, als die Tür aufging, und Rosie, begleitet von Stan, eintrat. Noch ehe die beiden Zeit fanden, die Tür zu schließen, rief ihnen Emily schon zu: »Wollt Ihr das Neueste hören? Der da will seine paar Spargroschen Fred Singleton in den Rachen schmeißen, um mit ihm ein Transportunternehmen anzufangen. Ein Transportunternehmen, ich bitt' euch! Sowas Verrücktes hab' ich mein Lebtag noch nicht gehört!«

Rosie sah Angus an, wie er am Tischende saß, den Kopf in die Hand stützte, ein salbungsvolles Lächeln zur Schau trug und irgend etwas vor sich hinmurmelte, und sie lachte hell heraus. Angus wirkte immer komisch, wenn er einen über den Durst getrunken hatte; zum Glück war er nie aggressiv, wie viele andere. Da sie ihre Mutter ein bißchen aufziehen wollte, sagte sie: »Ich halte das für gar keine so schlechte Idee, wirklich, Mam. Hauptsache, er legt seine fünftausend bar auf den Tisch. Den Rest kann er ja in Raten zahlen.«

Angus schrie vor Lachen: »Ach, Rosie, Rosie! Das ist gut, das ist glänzend, herrje!«

»Ich finde das überhaupt nicht komisch.« Emily starrte Rosie aufgebracht an. »Der meint es ernst, der macht keinen Spaß. Er hat ja schon damit angefangen, bevor er aus dem Haus ging, da war er noch stocknüchtern.« Sie wandte sich, wie zur Unterstützung, nun an Stan: »Was hältst denn du davon, Stan? Du arbeitest in der Zementfabrik. Also solltest du am besten wissen, ob man bei die-

sen Zeiten ein Transportunternehmen aus dem Boden stampfen kann oder nicht.«
»Nun«, sagte Stan in seiner bedächtigen Art, setzte sich Angus gegenüber und sah Emily an: »Wenn einer ein paar Hunderter beisammen hat, kräftig wie ein Stier ist und sich nicht leicht aus der Ruhe bringen läßt, dann könnte es gelingen.«
»Siehst du, siehst du, Mam!« rief Angus und hob die Arme in Siegerpose hoch. »Ein paar Hunderter, kräftig wie ein Stier und gute Nerven, sagt er. Auf wen trifft das besser zu als auf mich?« Er stand auf, trommelte sich mit geballten Fäusten auf den mächtigen Brustkorb und brüllte: »Uah-uah-uah!«
Dieser Tarzanschrei war zuviel für Emily. Auch sie stimmte in das allgemeine Gelächter ein, bis ihr die Tränen über die Wangen liefen...
Aber am nächsten Morgen lachte sie nicht mehr, als Angus sie davon in Kenntnis setzte, daß er mit Fred Singleton ausfahren wolle. Sie ging jedoch nicht auf ihn los, sondern meinte beschwörend: »Schau, Junge: Es sind zwar nur dreihundertfünfundsiebzig Pfund, aber es dauert, bis so etwas zusammenkommt. Sei doch kein Narr, Junge.«
»Nun hör mir mal zu, Mam«, antwortete er ganz ruhig. »Ich bin alles andere als ein Narr. Ich verspreche dir, mich auf nichts einzulassen, wovon ich nicht überzeugt bin. Aus diesem Grund fahre ich ja einmal mit ihm auf Tour.«
»Wenn Fred Singleton von diesem Plan so felsenfest überzeugt ist, warum kauft er sich dann nicht selbst einen zweiten Wagen?«
Angus seufzte. »Ach, Mam, er hat nicht nur für seine Frau und sechs Kinder zu sorgen, sondern auch für seine verwitwete Mutter. Da geht jeder Penny drauf. Er hat mir aber gesagt, daß er manchmal pro Woche vierzig Pfund einnehmen kann – nicht immer, aber ziemlich oft. Wenn erst einmal ein paar Wagen unterwegs wären und die Aussicht auf Vergrößerung des Unternehmens besteht,

gäbe es keinen Grund, warum es nicht jede Woche vierzig sein sollten.«

»Solange die Bauwut eben anhält, Junge. Das dauert nicht ewig, laß dir das gesagt sein.«

»Hast du nicht gehört, wie Stan gestern erzählt hat, daß entlang des Flusses ein ganzer Stadtteil entstehen soll. Das bedeutet wiederum jahrelange Arbeit.«

»Wenn du doch nur nicht so verbohrt wärst, Angus! Ich will nicht, daß du in der Fabrik kündigst. Dort hast du einen verantwortungsvollen Posten. So etwas verschafft einem Ansehen. Ein Werkstättenleiter ist schon wer!«

»Mein Gott, Mam«, sagte er nun in ungeduldigem Ton. »Werkstättenleiter gehen zwei auf einen Penny. Und was das Ansehen anlangt, damit ist es schon seit Jahren vorbei. Du lebst in der Vergangenheit, Mam. Heutzutage gibt's so etwas wie Ansehen gar nicht mehr, die Leute spucken einem glatt ins Gesicht. Du solltest mal hören, wie Jim Taggart mit mir redet.«

»Komm mir nicht mit Taggart daher. Das ist doch reinster Abschaum, weiter nichts.«

»Nun, ringsum wimmelt's nur so vor derlei Abschaum, da ist es nicht schwer, eine sogenannte leitende Position zu haben. Jedenfalls liegt mir nun einmal dran, mein eigener Herr zu sein, Mam.«

»Und was ist mit deiner Abendschule, für die du so viel geschuftet hast?«

»Das dort Gelernte kann ich überall brauchen. Nichts im Leben ist umsonst.«

»Und was ist, wenn du heiraten willst und den letzten Spargroschen ausgegeben hast?«

»Heiraten, Mama! Wer redet denn davon?«

Sie marschierte zur Spülküche, und von dort schrie sie ihm zu: »May zum Beispiel. Sie war gestern abend hier, weil sie dich vergeblich im Klub gesucht hat.«

»Ach so.«

»Du spielst ihr gegenüber kein anständiges Spiel, Angus.«

»Das ist meine Angelegenheit, Mam.«

»Wenn auch! Deshalb sage ich trotzdem, daß du ihr gegenüber nicht fair bist. Jetzt kennt ihr euch mehr als drei Jahre. Du solltest längst verheiratet sein und ein Kind haben.«
»Himmel noch mal, Mam, du mußt dir langsam abgewöhnen, deine Nase in alles hineinzustecken! Ich werde heiraten, wenn ich so weit bin, basta: May oder eine andere. Aber erst dann, wenn ich es will. Früher nicht.«
Damit lief er aus dem Haus ohne auf Wiedersehen zu sagen, und wie wütend er war, erkannte sie daran, daß er die Haustür zuschlug. Emily eilte ins Vorderzimmer und sah ihm nach, als er das Gäßchen hinunterstürmte. Er sah gut aus, ihr Angus, er wußte, wie man sich anzog. Damit konnte er es mit jedem in der Stadt aufnehmen. Der modische Schnitt seines Mantels unterstrich seine breiten Schultern, und er trug sogar einen Velourshut. Wie zur Bekräftigung nickte sie stolz, dann wandte sie sich vom Fenster ab und rief laut aus: »Dieser halsstarrige Lauser!«

Angus fuhr mit Fred Singleton in dessen altem Wagen zu Morpeth, sah sich das zum Verkauf ausgeschriebene Lieferauto genau an, fand jedoch, daß der Preis den Wert der Karre um das Doppelte überstieg, so daß er mit Fred kehrtmachte, ohne etwas ausgehandelt zu haben.
Auf dem Heimweg legten sie eine Pause ein, tranken ein Bier miteinander und besprachen zum zwanzigstenmal die Lage. »Hals über Kopf lass' ich mich nicht auf so was ein, Fred. Ich habe, wie du weißt, einen guten, sicheren Posten und muß es mir auch wegen meiner Mutter überlegen. Aber schließlich hat die Sache ja Zeit.«
»Das stimmt nicht, Angus, das ist es ja. Es gibt andere, die sich, um anfangen zu können, sogar Geld ausleihen.«
»Warum tust du es nicht und kaufst dir eben noch einen Lieferwagen?«
»Weil ich, wie ich dir schon gesagt habe, unbedingt einen zweiten Mann brauche, einen anständigen, verläßlichen

Partner wie dich, der womöglich Verhandlungen führen und die Korrespondenz erledigen kann. Denn in diesen Dingen bin ich nicht besonders gut, das gebe ich offen zu. Wenn man alles schriftlich abmachen kann, kommt man besser voran. Bei mir hat es bisher nur mündliche Absprachen gegeben, verstehst du.«

Angus nickte, sagte aber dann: »Tut mir leid, Fred, aber im Moment lass' ich's bleiben. Nicht auf lange, nein, nicht auf lange, eine Woche ungefähr oder so. Ich muß mir's überlegen, weißt du.«

Als sie das Wirtshaus verließen, fing es an zu regnen, und nachdem sie ungefähr zwei Meilen außerhalb Fellburns waren und aufs Moorland hinausfuhren, sagte Angus plötzlich: »Bleib mal stehen, Fred – hier, ja?«

»Was ist denn?«

»Halt an. Bleib stehen.«

Fred tat wie geheißen. Angus drehte sich auf seinem Sitz herum und spähte durchs Heckfenster. Dann beugte er sich zu Fred und sagte: »Kurbel mal das Fenster herunter, ich möchte hinübersehen.«

Auf der anderen Straßenseite ging ein junges Ding mutterseelenallein dahin. Sie hatte den Kragen ihres Regenmantels aufgestellt, einen Schal um den Kopf geschlungen, die Hände tief in den Manteltaschen vergraben und die Schultern hochgezogen.

»Wer ist es denn? Jemand, den du kennst?«

»Mhm«, nickte Angus. »Ich möchte nur wissen, was sie ganz allein hier draußen tut, mitten im Regen. Wart eine Minute, ja?«

Fred grinste und meinte: »Okay, ich hab' Zeit.«

Angus stieg aus und eilte aufs Moor zu. Das Mädchen hatte ihm den Rücken zugewandt, aber es bestand kein Zeifel: Es war Vanessa. Er hätte ihre Gangart und Haltung aus Hunderten herauserkannt. Er rief sie jedoch nicht eher an, als bis er neben ihr angelangt war. Da drehte sie sich zu ihm hin und sah ihn an. Angus sagte: »Ich dachte mir, daß du es bist. Was treibst du nur hier in der Nässe? Bist du davongelaufen?«

Sie starrte ihn mit leicht geöffnetem Mund an; dann sagte sie nur: »Oh, hallo, Angus.«
»Bist du bei dem Wetter gern hier draußen? Ich meine, es gießt doch.«
»Das macht mir nichts. Ich wollte einen ordentlichen Spaziergang machen.«
»Sollen wir dich heimbringen?« Er deutete auf den auf der anderen Straßenseite parkenden Wagen. »Du hast noch gut zwei, drei Meilen bis nach Hause.«
Sie warf einen Blick auf den Wagen und meinte: »Nein, vielen Dank.«
Er stand etwas ratlos vor ihr, ehe er fragte: »Fehlt dir auch nichts, Vanessa?«
»Nein, mir fehlt gar nichts.«
»Du siehst aber direkt kränklich aus.«
»Ach, ich bin schon in Ordnung.«
»Hör mal«, meinte er, näher tretend: »Du sagst mir bestimmt nicht die Wahrheit, stimmt's? Was ist los mit dir?«
»Nichts, gar nichts.«
»Mam hat mir erzählt, daß du eine Erkältung hattest und eine Woche nicht in der Schule warst.«
»Ja, das stimmt. Aber jetzt ist es wieder besser.«
»Nun, das scheint mir aber überhaupt nicht so. Auch wird es nicht lange besser bleiben, wenn du bei dem Wetter durch die Gegend marschierst. Komm, steig ein.« Er streckte ihr die Hand entgegen, aber sie zuckte zurück und sagte: »Nein, nein, ich möchte lieber zu Fuß gehen.«
Angus betrachtete sie nochmals eingehend, dann meinte er: »Schön, wie du willst.« Damit wandte er sich unvermittelt von ihr ab und ging auf das Auto zu. Zu Fred, der sich gerade eine Zigarette angesteckt hatte, sagte er: »Bist du mir böse, wenn ich dich allein weiterfahren lasse? Ich habe das Gefühl, es wäre besser, wenn ich sie heimbrächte.«
»Tatsächlich? Nun, viel Spaß wirst du aber kaum haben, wo's so gießt.«

»Es handelt sich um nichts dergleichen, Mann! Sie ist die Tochter aus dem Haus, wo meine Mutter arbeitet. Die Kleine war erst vor kurzem krank, und wie mir scheint, ist sie's noch. Besser, ich kümmere mich um sie, weißt du.«

»Wie du willst. Aber du wirst dir die andere Sache überlegen, nicht wahr?«

»Bestimmt, das versprech' ich dir, Fred. Und dann geb' ich dir Bescheid, in ungefähr einer Woche, ja?«

»Abgemacht«, sagte Fred mit ziemlich niedergeschlagener Miene und fuhr dann davon. Angus drehte sich um und eilte wieder über die Straße. Er mußte jetzt laufen, um Vanessa einzuholen. Als er bei ihr angelangt war, fragte er: »Also, welches ist der kürzeste Weg zu dir heim?«

Sie blieb stehen und sah ihn abermals mit offenem Mund an. Dann senkte sie den Kopf, schüttelte ihn leicht und meinte: »Angus, ich bin wirklich ganz in Ordnung, glaub mir.«

»Wenn das so ist, dann möchte ich wissen, wie Leute aussehen, die nicht in Ordnung sind. Ich habe den Eindruck, daß du ins Bett gehörst. Du bist ganz blaß und fröstelst zudem.« Er legte die Hand auf ihren Arm. »Komm, red keinen Unsinn. Wenn du schon unbedingt zu Fuß gehen willst, dann frisch drauflos. Du hättest dir nicht einen Tag wie heute aussuchen sollen, um eine Fußwanderung zu machen.« Er redete auf sie ein. »Früher war es um diese Jahreszeit bedeutend freundlicher, findest du nicht? Ich mach dir einen Vorschlag: Gehen wir doch am Fluß entlang und über den Steig, da kürzen wir mindestens eine Meile ab und kommen genau bei Mr. Bretts Wald heraus.«

Als sie zusammenzuckte, dachte er, daß sie gestolpert sei, und streckte die Hand aus, um sie aufzufangen.

Eine Weile liefen sie schweigend nebeneinander her, bis ihn das zu befremden begann und er wieder zu sprechen anfing: »Meine Mutter hat mir gesagt, daß du mit Ende des Semesters die Schule verläßt...«

»Ja.«
»Ich dachte, du würdest sie bis zu deinem siebzehnten Geburtstag besuchen, also bis nächstes Jahr?«
»Ich bin im August siebzehn.« Das erstemal drehte sie sich um und sah ihn an. »In genau sechs Wochen und zwei Tagen werde ich siebzehn.«
Sowohl ihre Stimme als auch ihr ganzes Gehaben verdutzten Angus, aber er meinte leichthin: »Nun, man sieht es auf den ersten Blick, daß du dir's gewissermaßen auf die Stunde ausgerechnet hast.«
»Ja, auf die Stunde genau.«
Was war nur los mit ihr? Irgend etwas stimmte nicht. Er hatte sie seit dem Tag, an dem sie im Zug aus Newcastle zusammengetroffen waren und er sie unvermittelt stehengelassen hatte, weil er sich über den jungen Brett geärgert hatte, nicht mehr gesehen. War sie am Ende deshalb verärgert? Schon möglich. Was erwartete sie von ihm? Daß er einen Kniefall mache und sich weiß Gott wie dafür entschuldigte? Er räusperte sich und sagte: »Hab' dich schon längere Zeit nicht gesehen. Das letztemal im Zug, erinnerst du dich? Ich mußte dich auf dem Bahnhof ziemlich plötzlich stehenlassen – da war jemand, mit dem ich zu reden hatte.«
Sie blickte ihn einen Moment lang verständnislos an; dann erinnerte sie sich daran, wie er davongelaufen war und mit diesem gewöhnlich aussehenden Mädchen gesprochen hatte.
Gewöhnlich aussehend, gewöhnlich aussehend, gewöhnlich aussehend...
Die Worte wiederholten sich in ihrem Innern, wie dies häufiger in letzter Zeit zu geschehen pflegte. Meist waren es bedeutsame Worte, wie Konsequenzen, Vergeltung, Strafe, Sünde, Skandal, Tod, Selbstmord, Wasser... Ja, Wasser. Sie würde nie ins Wasser gehen, dazu war sie eine viel zu gute Schwimmerin. Und mit dem Gas war es auch nichts, wo ihr ganzer Haushalt daheim auf elektrisch umgestellt worden war. Blieben nur die Medikamente im Badezimmerschrank übrig... Wenn nur Brett

endlich zurückkäme. Wenn er es wüßte, würde er etwas unternehmen. Er würde sie von hier fortbringen. Daran zweifelte sie keine Minute.
Noch Tage, nachdem es geschehen war, konnte sie nicht an ihn denken, ohne das lebhafte Gefühl zu haben, sich auf der Stelle übergeben zu müssen. Immer und immer wieder spürte sie, wie er in sie eindrang, sah sie sein entblößtes Glied vor sich, während er völlig erledigt und erschöpft von ihr herunterrollte. Als sie endlich wieder ganz zu sich gekommen war, hatte sie zum erstenmal im Leben Ekel empfunden, Ekel vor sich selbst und vor ihm. Aber da war es zu spät, die Sache war nun einmal geschehen, ihr Körper war von diesem widerlich schleimigen Zeug besudelt.
Im großen und ganzen erinnerte sie sich an keine Details mehr, nur an sein Seufzen und Weinen. Abermals hatte er nämlich zu weinen begonnen und sie von Kopf bis Fuß dabei abgeküßt, bis sie sich gewaltsam von ihm losgemacht und in panischem Schrecken davongelaufen war. Diese Panik füllte sie immer noch ganz und gar aus. Erst die Gewißheit, daß er wieder da war, würde sie davon befreien.
Wenn es ihr nur gelang, ihre Gefühle bis dahin zu verbergen, dann wäre schon viel gewonnen. Er würde sich eben scheiden lassen, und sie würden heiraten. So regelte man derlei Angelegenheiten. Das wußte sie.
»Wie? Entschuldige, ich habe nicht aufgepaßt.«
»Ich habe gefragt, ob du dich für irgend etwas entschieden hast: einen Job oder so.«
»Nein. Das heißt, meine Eltern möchten, daß ich zu einer befreundeten Familie nach Frankreich gehe, um meine Französischkenntnisse zu verbessern.« Sie versuchte, das dazupassende Lächeln aufzusetzen, aber es funktionierte nicht recht.
Die beiden gingen den Fluß entlang, wie er es vorgeschlagen hatte, und dann half er ihr den Steig hinauf, bis sie eine Dreiviertelstunde später bei dem Wäldchen herauskamen. Sie hielt den Kopf tief gesenkt, als wollte sie es

nicht sehen. Als sie schon beinahe daran vorbei waren, schreckte eine Stimme sie auf.
»He, Vanessa, Vanessa!« rief sie, als käme sie direkt aus dem wolkenverhangenen Himmel über ihnen.
Vanessa sah in die Baumkrone empor; Angus folgte ihrem Blick und sagte: »Da hockt einer im Baum.«
Sie ging weiter. »Es ist Ray«, antwortete sie. »Und Michael Brett. Sie haben sich da droben häuslich eingerichtet.«
»Ach so. Ich bin, ehrlich gesagt, direkt erschrocken, als du scheinbar aus dem Nichts angerufen wurdest.« Er sah sie von der Seite an und wartete, daß sie etwas sagen würde; aber sie tat es nicht. Als sie am Ende des Heckenwegs angelangt waren, blieb er stehen und meinte: »Da ist die Wegkreuzung. Jetzt befolge meinen Rat, Vanessa, und geh gleich zu Bett. Du siehst aus, als ob eine Krankheit in dir stecken würde. War der Arzt bei dir?«
»Nein, nein, so schlimm war es gar nicht... Danke vielmals, Angus.«
Er erwiderte lächelnd: »Dafür, daß ich mich dir aufgedrängt habe? Aber meine Mutter hätte es mir nie verziehen, wenn ich dich ganz allein im Regen stehengelassen hätte. Du hast so verloren ausgesehen.« Er neigte den Kopf leicht zur Seite. »Wenn du weiterhin so unvernünftig bist, wirst du noch deine ganze Schönheit einbüßen, und das möchtest du doch sicher nicht, wie? Was würden denn dann die Herzöge und Grafen dazu sagen!«
Ohne ein weiteres Wort wandte sie sich rasch von ihm ab. Er blieb stehen und starrte ihr nach, bis sie verschwunden war. Dann machte er sich auf den Heimweg...
Emily ruhte sich gerade etwas aus und hatte die Beine hochgelagert, als er eintrat. Sie stellte die Tasse Tee ab und sagte: »Da bist du ja wieder. Nun, was war los?«
»Davon reden wir später.« Er ließ sich müde auf ihr Bett sinken und begann: »Stell dir vor, Mam, als Fred und ich am Moor vorbeifuhren, haben wir Van auf der anderen Straßenseite im Regen dahinstapfen sehen. Ich bin natür-

lich ausgestiegen, um sie zu fragen, ob wir sie nicht heimbringen sollen. Aber sie wollte nicht und war in einer derartigen Verfassung, daß ich Fred allein weiterfahren ließ und sie begleitet habe.«
»Sie ist hier?« fragte Emily und setzte sich kerzengerade auf.
»Nein, nein, reg dich nicht auf, Mam. Nach Hause zu ihr natürlich. Wir sind am Fluß entlanggegangen und dann über den Steig. Sie kam mir ganz durcheinander vor. Das arme Ding sieht schlecht aus.«
Emily legte sich wieder zurück, schloß einen Moment die Augen und meinte dann: »So ist sie ungefähr seit einer Woche schon. Die Gnädigste hat nicht mehr gewußt, was sie mit ihr anfangen soll. Ich übrigens auch nicht. Wir sind ein wenig aneinandergeraten, wegen nichts und wieder nichts, und dann war kein Wort mehr aus ihr herauszukriegen. Tagelang nicht. Ihre Mutter sagt, es seien die Nerven und die Angst vor den Prüfungen.«
»Angst vor den Prüfungen, meinst du? Das ist es also!«
»Ja, davon wird keiner verschont. Da wird ihnen übel, und sie verlieren alle Farbe und so weiter.«
»Du meine Güte!« Er schlug sich mit der geballten Faust auf die Stirn. »Und ich dachte schon, sie hätte so was wie die Auszehrung oder dergleichen. Wie dumm von mir. Aber sie hat den ganzen langen Weg kaum den Mund aufgemacht, und wenn sie's getan hat, war sie so verflixt dramatisch, als probten wir ein Stück miteinander. Ich hätte am liebsten herausgelacht, aber sie hat erbarmungswürdig schlecht ausgesehen.«
»Die nehmen es eben furchtbar ernst«, sagte Emily. »Ich erinnere mich noch genau, wie Miß Susan die Abschlußprüfungen machte. Da war sie auch ganz krank und konnte nicht schlafen. Während der Kleine vor jeder Schularbeit daheim und im Bett bleiben möchte. Also, jetzt erzähl mir lieber, was mit Singleton los war.«
»Die haben viel zuviel verlangt, weißt du. Ich habe ihnen gesagt, wenn sie auf die Hälfte heruntergehen, dann würde ich es mir überlegen, sonst nicht.«

»Was hat Fred gesagt?«
»Daß er ungefähr eine Woche warten will, solange kann ich mir's überlegen.«
»Dann überleg dir's, aber gründlich.«
Er stand auf und sagte mit der Hand an der Hosennaht: »Jawohl, Herr General.«
»Zisch ab!«
»Wo ist Rosie?«
»In ihrem Zimmer. Ich glaube, es ist noch Tee in der Kanne.«
»Ich werd' mich nicht mit euren Resten begnügen, sondern mir frischen aufbrühen.«
»Das ist nicht nötig. Wir haben eben erst welchen gemacht.«
Über die Schulter, sagte er, indem er zur Tür ging: »Sei nicht so knauserig. Man könnte wahrhaftig meinen, du kaufst ihn. Ich mach' mir gern frischen Tee. Besonders aus Ratcliffes Vorrat. Steht mir auch zu. Schließlich habe ich seine Tochter vor den Regenfluten gerettet. Klingt gut, nicht: vor den Fluten gerettet?«
»Verschwinde! Oder willst du mir am Ende noch Konkurrenz machen?«
»Wo denkst du hin. Wir wissen schon, daß du das schriftstellerische Talent ausschließlich für dich gepachtet hast!«
Damit verließ er ihr Zimmer. Emily schlürfte behaglich ihren Tee und dachte für sich: Gott sei Lob und Dank! Er ist wieder zu Vernunft gekommen. Um meinen Angus brauch ich mir wirklich keine Sorgen zu machen.

3

»Sie müssen den Verstand verloren haben. Also wirklich, Sie sind verrückt!«

»Das sind wir alle mehr oder minder, nicht wahr, Mrs. Ratcliffe.«

»Sie sind's aber wirklich. Oder...« Sie hielt sich im letzten Moment davor zurück, zu sagen: oder betrunken. Hatte Mrs. Carey letztens nicht eine derartige Andeutung nach einer seiner Visiten gemacht? Sie mußten schleunigst den Arzt wechseln; das hatte sie ohnehin schon längst vorgehabt.

Dr. Carr schien ihre Gedanken lesen zu können. Er knöpfte sich den Mantel zu und sagte: »Ob nun verrückt oder betrunken, Mrs. Ratcliffe: Ihre Tochter ist und bleibt schwanger.«

Da war abermals dieses Wort. Das erstemal hatte sie es nicht ganz mitbekommen. Schwanger... *schwanger!* O nein, nein!! So etwas konnte ihresgleichen einfach nicht zustoßen. Egal, ob er verrückt war oder nicht, *sie* würde es im nächsten Moment sein. In sechs Wochen sollte die Hochzeit stattfinden. Ihr Ansehen. Jonathan! Er würde wahnsinnig werden. Jonathan konnte solche Dinge schon gar nicht ertragen. Wenn so etwas der Tochter anderer Leute passierte, verurteilte er sie sofort. Und nun seine Tochter... Wo war es geschehen? Wie war es geschehen? Was hatten sie nur verbrochen, um so etwas zu verdienen! *Was?* Mitten in ihre konfusen Gedanken hinein hörte sie den Arzt sagen: »Kommen Sie, setzen Sie sich. Deshalb geht die Welt nicht unter. So etwas passiert alle Tage.«

Alle Tage, alle Tage... Plötzlich drehte sich alles um sie.

Dr. Carr ging zur Salontür und rief mit nicht gerade gedämpfter Stimme: »Emily! Emily!«

»Ja, Doktor. Was ist denn?« Emily kam sofort aus der Halle herbeigelaufen. Es gehörte zu den Spitzfindigkeiten der sozialen Gleichmacherei, daß Dr. Carr auch ihr Arzt war.

»Ihre Gnädige ist in Ohnmacht gefallen.«

»Du meine Güte. Wieso denn nur?« Sie stürzte zur Couch.

»Sie hat einen kleinen Schock erlitten.«

»Wegen... wegen Miß Van?« Sie öffnete Jane Ratcliff das enganliegende Kleid und sah den Arzt dabei neugierig an.

»Ja, wegen Miß Van.«

»Hat sie etwas erwischt? Eine Infektion oder so? Sie wird glatt verrückt, wenn vor der Hochzeit noch irgend etwas passiert.«

»Da kann ich ihr auch nicht helfen. Machen Sie ihr vor allem einmal eine Tasse Tee, aber rasch.«

Emily richtete sich auf und wollte schon aus dem Zimmer laufen, als sie sich abrupt umwandte, den Arzt ansah und stammelte: »Allmächtiger... Sie wollen doch damit nicht etwa andeuten...?«

»Doch, das will ich«, sagte er und nickte. »Und jetzt bereiten Sie ihr einen kräftigen Tee, ja?«

Nein, nein – wohin sollte das noch führen? Doch nicht Miß Van, Gott im Himmel! Emily ging in die Küche und mußte sich einen Moment am Tisch anklammern. Also das war, seit Wochen mit ihr los. Wer hätte aber auch einen solchen Verdacht schöpfen können! Prüfungsangst, sagten sie alle. Nein, so etwas. Unglaublich. Sie stellte den Teekessel geräuschvoll auf die Kochplatte. Aber schließlich hatte der Arzt sie soeben untersucht. Die Gnädige hatte darauf bestanden, daß er kam, weil Van nicht aufstehen und zur Schule gehen wollte. Sie blieb dabei, sie fühle sich nicht wohl. Und das würde, bei Gott, jetzt oft genug der Fall sein. Aber wer...? Wen kannte das Kind denn? Kind? Van war kein Kind mehr, sondern beinahe siebzehn. Sie selbst hatte eine Woche nach ihrem siebzehnten Geburtstag geheiratet. Aber in diesen Kreisen, in diesem Haus vor allem, war das etwas anderes. Die waren in diesem Alter tatsächlich noch Kinder. Ach, sagte Emily sich dann, heutzutage eben nicht mehr. Auf alle Fälle sollte Gott denjenigen, der ihr das angetan hatte, strafen, jawohl! Ausgerechnet Van mußte das passieren, der nettesten von allen. Immer passierte es den Netten. »Rasch!« murmelte sie und schob den Kessel ungeduldig auf der Platte hin und her.

Und der gnädige Herr...! Da wird abends die Hölle los sein! Sowie er Wind von der Sache bekam, würde man ihn festbinden müssen. Denn er war ein scheinheiliger Tropf, dieser Jonathan Ratcliffe. Er besuchte die allermodernste Kirche der Stadt und spendete die großzügigsten Beträge bei den namhaftesten Wohltätigkeitsveranstaltungen. Aber wenn ein armer Teufel an die Haustür kam und um ein Stück Brot bat – nun ja, heutzutage wohl nicht mehr, aber bis vor wenigen Jahren hatten sie's getan –, dann zeigte er ihnen, was er unter Wohltätigkeit verstand! Ach ja, heute abend würde in diesem Haus die Hölle los sein.

Als sie das Teetablett in den Salon trug, saß Jane Ratcliffe aufrecht da, wenn sie auch den Kopf leicht an die Lehne der Couch stützte. Während ihr Emily die Tasse an den Mund hielt, sagte Dr. Carr: »Ich finde, Ihr Mann sollte jetzt hier sein. Darf ich Ihr Telefon benützen?«

Als einzige Antwort hob Jane Ratcliffe die Augen – zu mehr war sie nicht fähig.

Es dauerte einige Minuten, um Jonathan Ratcliffes Sekretärin davon zu überzeugen, daß der Arzt nicht die Absicht hatte, eine Nachricht zu hinterlassen, sondern unbedingt mit dem Herrn Direktor persönlich sprechen mußte.

»Ja?« sagte Jonathan Ratcliffe endlich schroff und Dr. Carr übernahm seinen Tonfall, als er sagte: »Hier spricht

Dr. Carr. Ich fände es am besten, wenn Sie auf einen Sprung nach Hause kämen.«
»Nach Hause? Wozu, um alles in der Welt! Was ist los? Ist etwas geschehen?«
»Allerdings, Mr. Ratcliffe.« Und dann fügte er kurz angebunden hinzu: »Ihre Frau ist ohnmächtig geworden.«
»Meine Frau? Aber ich dachte, Sie würden wegen Vanessa vorbeikommen!«
»Bin ich ja auch. Und ich habe sie auch untersucht.«
»Was ist los mit ihr?«
»Ich glaube nicht, daß wir das am Telefon besprechen können. Es wird, wie gesagt, besser sein, Sie kommen heim. Ich kann nicht auf Sie warten, weil ich noch andere Visiten zu machen habe und bereits spät dran bin.« Damit legte er auf, kehrte in den Salon zurück und sagte ruhig: »Er wird bestimmt bald hier sein. Also: Immer mit der Ruhe. Ich lasse Ihnen auf alle Fälle ein paar Tabletten hier. Wenn Sie mich brauchen sollten, rufen Sie mich an.«
Jane Ratcliffe sagte kein Wort, sie bewegte nicht einmal den Kopf; offensichtlich stand sie unter Schockeinwirkung.
An der Haustür winkte Dr. Carr, als er nach seiner Arzttasche griff, Emily herbei und sagte leise: »Die da oben könnte gleichfalls eine Tasse Tee brauchen, Emily.«
»Aber ja, Doktor, natürlich – ich sorg schon dafür.«
Emily bekam jedoch keine Gelegenheit, ein Tablett hinaufzubringen, denn Jane Ratcliffe klammerte sich innerhalb der nächsten Viertelstunde mit starrem Gesicht an sie an, ohne auch nur ein Wort hervorzubringen. Das heißt, bis der gnädige Herr in den Salon kam. Da ließ sie Emily endlich los und wimmerte nur: »Ach, Jonathan.«
Emily eilte mit dem Teetablett aus dem Salon und blieb eine Minute in der Halle stehen, um zu überlegen, ob es noch möglich sein würde, der Kleinen eine Tasse hinaufzubringen, ehe die Katastrophe über sie hereinbrechen würde.

Ein paar Sekunden später trat sie, nachdem sie leise angeklopft hatte, in Vanessas Zimmer.
Vanessa saß im Schlafrock auf der Bettkante und war Emilys Meinung nach nichts als Augen. »Eine Tasse Tee wird dir gut tun, hm?« sagte sie nur.
»Emily...«
Emily warf einen Blick auf das zuckende Gesicht und sagte: »Ja, was ist denn, Kindchen?« Sie sprach jetzt nicht mit Miß Vanessa, sondern mit dem Kind, dem, wie vielen zuvor, etwas Schlimmes widerfahren war.
»Oh, Emily...«
»Aber, aber, reg dich nicht so auf. Trink erst mal. In einer Minute spätestens wird dein Vater heroben sein.«
Die Tasse klapperte so sehr, daß Emily sie festhalten mußte. »Komm schön, trink.«
Bevor Vanessa noch ausgetrunken hatte, erklangen Schritte auf dem Gang, und dann wurde die Tür aufgerissen.
Jonathan Ratcliffe trat beiseite, um Emily vorbei- und seine Frau einzulassen. Dann schloß er die Tür lautlos, was von der auferlegten Selbstbeherrschung zeugte. Aber als er auf seine Tochter niederblickte, die mit gesenktem Kopf auf der Bettkante saß, schwand alle Selbstbeherrschung dahin, und er raste beinahe auf sie zu.
»Sieh mich an!«
Ihr Kopf blieb gesenkt, bis er mit einer heftigen Bewegung ihr Kinn in die Höhe riß. Er sagte nicht: »Ist es wahr?«, sondern: »Du dreckige Schlampe, du!« Speichel drang ihm aus den Mundwinkeln. »Wer war es?«
Wie versteinert starrte sie in sein Gesicht. Das war es, wovor sie sich am meisten gefürchtet hatte: Daß er ihr derart Angst machen könnte, daß sie Brett verraten würde. Sie wußte, daß sie nichts unternehmen durfte, sondern auf Bretts Rückkehr warten mußte. Dann würde schon er sprechen. Er würde ihrem Vater die Stirn bieten. Diesmal bestimmt.
»Antworte mir, Mädchen.«
Als sie ihn weiterhin nur wortlos anstarrte, übermannte

ihn die Wut, und er schlug zwei-, dreimal so heftig auf sie ein, daß sie hintüber aufs Bett fiel.
Jane Ratcliffe klammerte sich weinend an ihren Mann an. »Jonathan! Jonathan, nicht! Das nicht.« Es gelang ihr tatsächlich, ihn zurückzuhalten. Sie fürchtete sich nun selbst vor den wilden Blicken, mit denen er seine Tochter maß. Und sie wandte alle ihre zur Verfügung stehende Kraft an, um ihn auf den Gang hinauszuzerren.
Am Treppengeländer blieb er stehen und bekämpfte starren Blicks den Wunsch, in das Zimmer seiner Tochter zurückzueilen, ihr die Kleider vom Leib zu reißen und sie derart zu verprügeln, bis sie um Gnade winselte. Ja, das hätte er tun sollen! Er funkelte seine Frau wütend an. Dann zog er ein Taschentuch hervor und wischte sich Schweiß und Speichel von Gesicht und Wangen ab.
»Was soll nun geschehen, Jonathan – was nur?« wimmerte Jane hilflos.
Sich immer noch den Mund abwischend, eilte er mit Riesenschritten nach unten, hielt sich, dort angelangt, das Taschentuch vor den Mund und brachte erstickt hervor: »Man muß es wegmachen lassen.«
»Wegmachen lassen? Aber, Jonathan, das ist doch gegen das Gesetz.«
»Sei nicht albern, Weib«, fuhr er sie an. »Nichts ist gegen das Gesetz, wenn man nur gut genug dafür bezahlt. Eines steht jedenfalls fest: In diesem Haus wird kein Kind zur Welt kommen. Überleg doch nur, was das bedeuten würde, vor allem, wenn die Braintrees Wind von der Sache bekämen: Das würde alles zerstören. Sie geben sich zwar ungeheuer modern und aufgeschlossen, aber in Wirklichkeit sind sie mehr als engstirnig. Denk doch bloß an gestern abend, wie er sich so darüber aufregte, daß man bestimmte Bereiche der Stadt gründlichst säubern müsse.« Er drehte sich um, blickte zu Vanessas Zimmer empor und fragte nun: »Wer? Wer war es? Das will ich wissen.« Als sein wütender Blick sie streifte, herrschte er sie nochmals an: »Wer denn nur? Hast du tatsächlich keine Ahnung?«

Sie schüttelte völlig verstört den Kopf. »Nicht die leiseste. Ich kann es mir einfach nicht vorstellen. Ich weiß es wirklich nicht.«
»Das solltest du aber, Frau. Es ist deine Pflicht, Bescheid zu wissen. Irgendwo muß es einen Mann oder einen Jungen geben, der... Aufgrund von Autosuggestion hat noch keine ein Kind bekommen.«
Als sie die Treppe nach unten gingen, kam Ray aus seinem Zimmer, sah noch, wie die Köpfe seiner Eltern verschwanden, warf einen Blick auf Vanessas Zimmertür und blieb stehen. Vanessa bekam ein Kind... Er wußte, wie man Kinder kriegte. Clive hatte es ihm in der Schule gesagt. Er hatte es ihm im Waschraum gezeigt, wie es gemacht wurde... Ray biß sich auf die Lippen: Vanessa bekam ein Kind. Er grinste, als er über die Hintertreppe zu Michaels Baumhaus lief. Michael mußte bereits von der Schule zurück sein. Er brauchte nur zu pfeifen. Dann würde er ihm sagen, daß Vanessa ein Baby bekam.

Emily stand am Küchentisch und sah Angus an, der mit dem Mantel in der Hand wie angewurzelt dastand. Er hatte ihn ausgezogen, aber nicht aufgehängt. Sie sagte: »Ich wollte es dir sagen, bevor Rosie heimkommt. Ich hab' ihm natürlich versprechen müssen, kein Wort darüber zu reden. Er hat mich ins Studio kommen und es mich schwören lassen. Sie wollen es wegmachen lassen, glaube ich... Sieh nicht so drein, Junge. Ich weiß schon, wie dir zumute ist. Auch ich hab' in meinem ganzen Leben keinen solchen Schock erlitten, ehrlich. Ich war am Boden zerstört.«
»Es kann nicht wahr sein«, stammelte Angus. »Van? Nein, nicht sie. Sie ist doch noch ein Kind und...«
»Ich werd' dir mal was sagen, mein Lieber. Heutzutage haben sie kaum die Krabbelstube verlassen, und schon sind sie schwanger, das weißt du genauso gut wie ich. Du brauchst nur drei Häuser weiterzugehen, da hast du's! Vierzehn ist sie erst alt.«
»Das weiß ich – das weiß ich alles, Mam«, sagte er

barsch. »Aber wer beurteilt die Welt schon nach Betty Halliday, oder? Wir sprechen von Vanessa Ratcliffe... Wie ist es passiert? Hat man sie vergewaltigt?«

»Ach, Junge!« Emily fuhr sich mit der Hand zur Stirn, und schüttelte ratlos den Kopf. »Du fragst mich, und die fragen sie, und kein Mensch kann ein einziges Wort aus ihr herauskriegen. Sie kennen keinen Jungen, der oft mit ihr beisammen gewesen wäre. Van – sie hat keinen Verehrer. Die einzigen Besuche, die sie hatte, waren die von Lucy Fulton, Kathy Young und dieser Rona. Die sind manchmal zum Tee gekommen, das war alles. Zumindest haben das alle gedacht. Du kannst dir nicht vorstellen, was für eine Aufregung es gegeben hat. Ich dachte schon, Susan würde glatt durchdrehen. Sie hat auf der Treppe noch so losgeschrien, daß man es bis in die Küche gehört hat. Die Gnädige mußte nach oben gehen und sie zum Schweigen bringen. Es ist verständlich, nicht wahr? Ein derartiger Skandal kann alle ihre Pläne über den Haufen werfen.« Emily seufzte und schloß: »Wir können da wirklich nichts unternehmen, Angus. Also geh und wasch dich, und wenn du fertig bist, wird das Essen auf dem Tisch stehen.«

Er schlurfte zur Spülküche und sagte: »Ich habe heute keinen Appetit. Alles, was ich im Moment möchte, ist eine Tasse Tee.«

»Du wirst essen, was auf den Tisch kommt. Wozu koche ich denn!« schnauzte ihn Emily an.

In der Spülküche streifte er sein Hemd ab und fing an, sich zu waschen, wobei er immer wieder innehielt und einfach die Wände anstarrte. Ihm war übel; er fühlte sich richtiggehend krank, wie manchmal am Sonntagmorgen, wenn er am Abend zuvor eins über den Durst getrunken hatte. Und er wußte genau, daß das nur der Anfang war. Wenn er erst im Bett liegen und Zeit zum Nachdenken haben würde, würde es noch schlimmer werden.

Während er sich abtrocknete, blickte er durchs Fenster in den Hinterhof und dachte nicht: Armes Ding, was für ein

Jammer! Sondern aggressiv: Weshalb mußte sie so etwas tun? Ausgerechnet sie, die für ihn immer so eine Art Symbol der Reinheit gewesen war, der Taufrische. Er hatte sie immer als eine Prinzessin gesehen, sie war ihm derart unnahbar erschienen, daß er, selbst wenn er nur an sie dachte, gewissermaßen zu ihr aufgeblickt hatte. *Sie* hatte – das erkannte er in diesem Moment in einer Mischung von Staunen und Selbstverachtung, weil er ein solcher Narr gewesen war – den Grund dafür abgegeben, weshalb seine Gefühle May gegenüber abgekühlt waren, als sie verlauten hatte lassen, daß er nicht der erste bei ihr gewesen sei. Oh, wie hirnverbrannt, wie verdammt hirnverbrannt er sich doch gebärdet hatte. Nicht, daß ihm diese Erkenntnis recht gewesen wäre, alles andere als das...

Als er wieder in die Küche kam, sagte er: »Sie kann ja überfallen worden sein oder so was in der Art.«

»Das glaub ich nicht, Junge«, entgegnete Emily in entschiedenem Ton. »Wenn das geschehen wäre, würde sie in einem Zustand heimgekommen sein, der jedermann aufgefallen wäre. Ein so junges Ding kann dergleichen unmöglich für sich behalten. Nein, wenn du mich fragst, so war es keine Vergewaltigung. Aber wer es auch gewesen sein mag, sie schweigt sich in dieser Hinsicht eisern aus. Herr, du meine Güte, wie sie ausgesehen hat, als sie auf der Bettkante saß und ich ihr den Tee hinaufbrachte! Bevor ihr Vater kam, meine ich. Wie die verkörperte verlorene Seele: nur angsterfüllte, riesiggroße Augen. Ich kann dir gar nicht beschreiben, was für ein elender Anblick. Und dabei haben sie den Arzt wegen Prüfungsangstzuständen kommen lassen. Das ist das einzig Komische daran.«

Angus ging wieder in die Spülküche und dachte: Komische Prüfungsangst... Deshalb war sie mitten im Regen ums Moor herumgestreift, und er hatte sie heimgebracht, als wenn sie ein kleines Kind gewesen wäre, das seinen Weg verloren hatte. Oh, sie mußte sich halbtot über ihn gelacht haben. Bei Gott, er war wohl der dümmste aller dummen Tröpfe! Er rief sich ins Gedächtnis zurück, wie ihm zumute gewesen war, wie er den großen Beschützer neben ihr gemimt hatte: stolz, demütig und dankbar, alles miteinander: Er war ihr immer dankbar dafür gewesen, daß sie mit ihm sprach. Und dabei – all die Zeit über, die sie neben ihm hergetrabt war – hatte sie schon Bescheid gewußt. Daß sie schwanger war. Weil sie was mit einem Kerl gehabt hatte...

Er fragte sich, wie oft sie es wohl getrieben haben mochte und mit wem. Wahrscheinlich mit einem Jungen aus der Sechsten, irgendeinem Widerling voller Pickel.

»Essen ist fertig.«

Finster trat er durch die Tür, blickte auf den Teller nieder, auf dem Koteletts lagen, die von Bratkartoffeln und Tomaten eingerahmt waren, und sagte: »Ich könnte jetzt keinen Bissen hinunterbringen, Mam.«

Emily starrte ihn einen Moment an, dann schüttelte sie den Kopf und meinte ruhig: »Schön, wir wollen nicht mehr darüber reden. Ich wärm' es dir eben später auf. Geh jetzt lieber auf ein Bier, dann wirst du dich besser fühlen.«

Ja, er würde sich umziehen und einen zur Brust nehmen. Aber besser würde er sich garantiert nicht fühlen; eher als ein noch ärgerer Narr. Denn Alkohol besaß die Macht, alles bloßzulegen, auch die geheimsten Träume: Wie er mit ihr spazierenzugehen pflegte und Konversation machte – mit ihr sprach er nicht so wie gewöhnlich, da machte er Konversation, nicht nur in richtigem Englisch, sondern auch in gewählten Ausdrücken – ganz frei und ungezwungen, ohne Hemmungen. Ja, in seinen Träumen, da verfügte er über ein sicheres Auftreten, das unbedingt Bewunderung auslösen mußte. Bei dem einzigen Menschen, von dem er immer hatte bewundert sein wollen: Vanessa.

Um elf kehrte er heim. Er hatte so schwer getankt, daß Emily ihn zu Bett bringen mußte. Und darüber war sie bestürzt, weil sie das bei Angus nicht kannte. Sie hatte gar nicht gewußt, daß ihm Vanessa so viel bedeutet hat-

te, daß es derart tief saß. Wenn sie auch von Kindesbeinen an die besten Freunde gewesen waren. Ach ja, es gab Dinge, von denen besaß man nicht die geringste Ahnung, nicht einmal, wenn es um die eigene Familie ging...
In der Küche fragte Rosie sie ganz verdattert: »Was hat ihn den mitten in der Woche zu einem solchen Rausch verleitet?« Und Emily erwiderte: »Die Geschichte mit Van. Sie sitzt in der Patsche.«
»Nein! Das ist doch die Höhe – ich werd' verrückt! Das soll er nur gefälligst May erzählen.«
»Aber Rosie«, beschwichtigte sie Emily. »Ein bißchen leid tun könnte die Kleine dir schon.«
»Sonst noch was? Wo sie doch alles und jedes hat. Da muß sie das natürlich auch noch haben: denn warten hat sie ja nie gelernt. Sie hat nur bekommen, was sie herausgefordert hat. Leid tun! Du verlangst ganz schön viel von mir, findest du nicht? Die ist mir schon immer auf die Nerven gegangen, und zwar ganz gehörig!«
Was Rosie damit ausdrücken wollte, war, daß sie genug Verstand besaß, um eifersüchtig auf die Überlegenheit des Ratcliffeklüngels zu sein, und daß sie es jetzt nur als gerechten Ausgleich dafür empfand, daß sie sich in Gegenwart dieser ›Prinzessin‹ immer besonders ungeschickt vorgekommen war. Daß Vanessa beinahe drei Jahre jünger als sie selbst war, änderte nichts an der Tatsache, daß sie sich aufgrund ihres Benehmens stets benachteiligt und ins Hintertreffen versetzt gefühlt hatte.

4

Seit Jahren war Irene Brett nicht mehr so glücklich und zufrieden gewesen. Sie konnte es gar nicht erwarten, nach nebenan zu gehen und ihren Nachbarn ihr Mitgefühl auszusprechen.
Immer wieder hatte sie ihren Sohn dazu veranlaßt, ihr zu berichten, was Ray ihm erzählt hatte, und sie brachte es sofort damit in Zusammenhang, daß Dr. Carr vorhin nebenan vorgefahren war. Sie hätte gewünscht, genügend Geduld aufbringen zu können, um bis übermorgen zu warten, bis Arthur wieder daheim sein würde. Nicht, daß er dasselbe empfinden würde wie sie, denn in gewisser Hinsicht hatte er Vanessa gern gehabt, er hatte immer ihre Partei ergriffen. Aber es würde ihm Befriedigung gewähren, daß über Jonathan ein solches Unglück hereingebrochen war. So verschieden sie und Arthur auch sein mochten, in diesem Punkt – dessen war sie gewiß – würden sie sich endlich wieder einmal gemeinsam über etwas freuen können. Man soll den Tag eben nicht vor dem Abend loben, das paßte ausgezeichnet auf ihre Nachbarn. Das würde sie Arthur ebenso vor Augen halten wie den Umstand, daß ihr Verdacht weiß Gott gerechtfertigt gewesen war. Beinahe hätte sie sagen können, daß sie einen solchen Ausgang erwartet hatte; bei aller Vorsicht und Zurückhaltung hatte sie immer schon gewußt, daß Vanessa ein ziemlich gewöhnliches Ding war, das es noch dazu faustdick hinter den Ohren hatte. Der Beweis dafür lag ja jetzt wohl auf der Hand...
Sie sah auf die Uhr: Es war sieben vorbei. Nun konnte sie nach nebenan gehen...

Susan öffnete ihr die Haustür, und ihr Gehaben verriet ihre ganze Verfassung auf der Stelle, als sie stammelte: »Oh, hallo, Tantchen«, aber gleich hinzufügte: »Mutter hat sich ein bißchen hingelegt.«
»Das ist doch selbstverständlich, Susan. Aber ich muß sie einfach sprechen.« Und damit schlüpfte sie in die Halle und sah Susan eindringlich an, die langsam die Haustür schloß. Dann beugte sie sich ihr scheinbar vertrauensselig zu und tuschelte: »Ich kann es natürlich nicht recht glauben, Kinder erzählen ja die unsinnigsten Geschichten. Aber wenn es nicht wahr sein sollte, dann muß deine Mutter wirklich endlich etwas in bezug auf Ray unternehmen.«
»Ray!« Susan fuhr zusammen. »Was... was hat er denn getan?«
»Es geht jetzt nicht darum, was er getan, sondern was er gesagt hat. Hör mal, Susan, ist deine Mutter im Salon, oder wo steckt sie?« Irene Brett drehte sich um, durchquerte die Halle, und Susan, die eine Sekunde gezögert hatte, eilte ihr nun nach, stieß die Tür auf und sagte: »Tante Irene ist da, Mutter.«
Jane Ratcliffe drehte sich unwillig um. Ihr Gesicht war überaus blaß, die Augen schimmerten rot, und beim Anblick Irene Bretts wandte sie sich heftig ab und sagte: »Oh, Irene, ich habe fürchterliche Kopfschmerzen.«
»Das ist auch kein Wunder, meine Liebe. Ich habe eben zu Susan gesagt, daß ich einfach herüberkommen mußte. Es handelt sich um Vanessa.«
Jane Ratcliffe sah aus, als wäre sie eingefroren. Ihr Körper krümmte sich, sie starrte Irene Brett mit offenem Mund an und wimmerte dann beinahe: »Vanessa?«
»Allerdings.« Irenes Stimme klang voller Mitgefühl. »Ray hat Michael etwas völlig Ausgefallenes erzählt, und ich bin der Meinung, daß du unbedingt mit ihm reden mußt.« Sie blickte nun von Jane zu Susan und fuhr mitleidslos fort: »Er hat gesagt... Nun, ich weiß wirklich nicht, wie ich mich ausdrücken soll, aber er hat jedenfalls gesagt, daß... daß sie ein Kind bekäme.« Ihre

Stimme erstarb, als stände sie unter dem Einfluß eines Schocks, und zum zweitenmal an jenem Tag wäre Jane Ratcliffe um ein Haar in Ohnmacht gefallen. Sie tastete mit der Hand nach der nächsten Stuhllehne und setzte sich. Dann sah sie zu ihrer Tochter auf, und Susan drehte sich um und ging zum Kamin.

»Du kannst dir ja denken, wie leid es mir tut, liebste Jane, wirklich. Was kann man dazu nur sagen? Wie schrecklich, daß so etwas passieren mußte. Ich... ich konnte es gar nicht glauben, aber für die Fürwitzigkeit solltest du ihn verprügeln und einsperren obendrein. Ich sage ja immer, daß es ein Jammer ist, daß man die Rute abgeschafft hat, jawohl, es ist einfach schändlich.«

Sowohl Susan als auch die Mutter starrten Irene nur an.

»Weißt du am Ende, wer... wer es war?« Susan platzte mit dieser Frage heraus, und Irene zog ungläubig die Augenbrauen hoch und sagte laut und derart überrascht, daß es fast echt klang: »Ihr etwa nicht?«

Susan warf ihrer Mutter einen Blick zu, und Jane Ratcliffe nahm all die ihr noch verbliebene Würde zusammen, setzte sich aufrecht und fragte: »Wer, glaubst du, hat Vanessa so etwas angetan...?« Sie stellte die Frage Irene so, als würde sie den Namen des Missetäters bereits kennen.

»Also«, Irene schüttelte den Kopf, als wäre sie verlegen, »es hat doch keinen Sinn, wie die Katze um den heißen Brei herumzuschleichen. Ich habe erst unlängst zu Arthur gesagt, wie oft ich die beiden beisammenstehen sah, und Michael hat sie vergangenen Sonntag miteinander gesehen. Als sie am Fluß entlanggingen, haben er und Ray sie beobachtet. Aus dem Baumhaus, weißt du. Sie scheinen sich wirklich gut zu verstehen.«

»Wen denn? Wer war denn bei ihr?«

»Angus natürlich, Emilys Angus. Hast du es nicht gewußt?«

Jane fuhr sich langsam mit der Hand an die Kehle. Sie sagte sich, daß sie nicht ohnmächtig werden dürfe, nicht

abermals. Sie hatte gemeint, daß etwas Schlimmeres gar nicht mehr eintreten könne, aber nun war es eingetreten, und die Konsequenzen waren einfach fürchterlich. Angus Cotton… Emilys Angus. *Nein!* Niemals hätte Vanessa sich von selbst mit Angus Cotton eingelassen; er mußte sie sich zu Willen gemacht haben – etwas anderes war gar nicht möglich. Er hatte einfach ihr Vertrauen ausgenützt. Ja, ja, das war es! Und sie fürchtete sich davor, etwas zu sagen,weil sie wußte, wie sie allesamt auf Emilys Dienste angewiesen waren… Emilys Dienste? O nein, unter diesen Umständen nicht. Das würde natürlich bedeuten, daß sie Emily verlöre. Das war gräßlich. Was würde Jonathan sagen? Und, was noch wichtiger war: Was würde er tun? Im Zorn konnte Jonathan entsetzlich sein. Oh, warum war dies nur alles über sie gekommen! Warum nur? Und Irene Brett stand da und lachte sich vor Schadenfreude ins Fäustchen. Jane Ratcliffe erhob sich und sagte: »Wenn du micht jetzt, bitte, entschuldigen würdest, Irene. Ich bin überzeugt davon, du verstehst…«
»Aber natürlich, Jane, natürlich verstehe ich. Und wenn es irgend etwas geben sollte, das ich für dich tun kann, dann weißt du ja, daß du nur…«
»Danke«, sagte Jane Ratcliffe mühsam. »Bring Irene zur Tür, Susan.« Sie sagte weder ›Tante Irene‹, noch bemühte sie sich mehr um einen freundschaftlichen Ton. Die Worte allein schon waren eine glatte Beleidigung. Und als solche waren sie auch gedacht. Das erkannte Irene Brett, selbstverständlich genau, aber sie behielt ihr verständnisinniges Lächeln bei, selbst noch an der Haustür, als sie zu Susan sagte, indem sie ihr die Hand tätschelte: »Leb wohl, Liebling. Ich würde mir an deiner Stelle meine Pläne durch nichts und niemanden vereiteln lassen.«
Als Susan wieder in den Salon kam, zischte sie: »Diese falsche Schlange!« Dann ging sie rasch auf ihre Mutter zu, blieb direkt vor ihr stehen und schrie: »Angus Cotton! Kein Wunder, daß sie keinen Ton herausgebracht

hat. Angus Cotton. Lieber Himmel, hältst du das für möglich, Mutter?«

Jane Ratcliffe hielt es absolut für möglich. Vanessa hatte diesen Angus immer schon gern gehabt. Jane wußte allerdings auch, daß sie diesen Gedankengängen niemals Ausdruck verleihen durfte. Sie blickte zu Susan auf und sagte: »Er muß sie dazu gezwungen haben.«

Susan meinte spöttisch: »Gezwungen! Sie ist kein Kind mehr.«

»In seinen Händen schon. Dieser Kerl verfügt über Bärenkräfte.«

Susan wandte sich ab und verzog vor Widerwillen ihr Gesicht, als sie hervorstieß: »Dieses Schwein. Groß, stark und gewalttätig, genau das ist er.« Dann wirbelte sie um die eigene Achse und fragte: »Was soll ich jetzt nur anfangen? Morgen weiß es garantiert die ganze Stadt. Ich könnte Ray glatt den Hals umdrehen.« Sie ballte die Fäuste und schloß: »Weshalb mußtet ihr auch vor dem Jungen reden!«

»Sei nicht albern«, sagte Jane Ratcliffe matt. »Als ob auch nur ein einziges Wort über unsere Lippen gekommen wäre, wenn wir geahnt hätten, daß er sich in der Nähe befindet. Er muß an der Tür gelauscht haben, als wir oben waren.« Sie griff sich mit der Hand an den Kopf und fügte hinzu: »Ich wage es mir gar nicht auszumalen, was geschehen wird, wenn dein Vater heimkommt.«

»Ich kann mir noch etwas viel Ärgeres ausmalen. Stell dir bloß vor, was geschehen wird, wenn du morgen früh Emily damit konfrontieren wirst. Hast du daran schon gedacht?«

Ja, in gewisser Weise hatte sie daran gedacht. Nicht daran, wie Emily hierauf reagieren würde, sondern daran, daß sie nun fortgehen würde. Das, was sie am meisten befürchtet hatte, stellte sich nun ein.

Emily stand eine volle Minute da, ohne ein Wort hervorzubringen. Dann überraschte sie ihre Herrin damit, daß sie sie richtiggehend anschrie: »Sie sind eine verdammte

Lügnerin. Und die andere auch. Alles, was Sie und diese feine Mrs. Brett sagen, sind nichts als Lügen.«
»Emily, Sie vergessen sich!« Jane Ratcliffes blasses, schmerzerfülltes Gesicht lief plötzlich rot an.
»Ich vergesse mich? Sie wagen es, meinen Angus zu beschuldigen, Miß Van, die für ihn immer noch ein Kind ist, geschwängert zu haben, und finden, daß ich mich vergesse?«
»Deshalb brauchen Sie noch lange keine Kraftausdrücke anzuwenden.«
»So, meinen Sie? Sie werden noch ganz etwas anderes zu hören bekommen, das schwör' ich Ihnen. Warten Sie bloß ab, bis Angus die Geschichte zu Ohren dringt. Jedenfalls will ich jetzt genau wissen, wer das behauptet hat! Hat die da drüben etwa gesagt, daß er es gewesen ist?«
»Das nicht, aber... nach allem zu schließen, was wir erfahren haben, kann es nur er sein. Sie ist in letzter Zeit mehrmals mit ihm gesehen worden.«
»Wo, wenn ich fragen darf?«
»Nun, man hat sie miteinander am Fluß gesehen und in der Stadt und... Emily! Vanessa kennt sonst niemanden. Sie hat keine Verehrer, das wissen Sie doch. Er ist der einzige, der...«
»Hört euch die an!« schrie Emily abermals und schlug sich mit der Faust auf die Stirn. »Sie reden sich noch um Kopf und Kragen, Frau!« Mit den unterwürfigen Manieren vergangener Jahre war es aus und vorbei. Ihre Gnädige war jetzt einfach eine Frau, die ihren Sohn beschuldigte, ein blutjunges Ding geschwängert zu haben. Sie hätte ebenso gut Mays Mutter sein können oder die irgendeines andern jungen Mädchens aus der Ryder's Row. »Insgesamt muß es so an die dreißigtausend Jungs in dieser Stadt geben« – sie warf die Arme in die Luft –, »und Sie flicken ihm nur deshalb etwas am Zeug, weil man die beiden miteinander reden gesehen hat. Er hat immer mit ihr geredet. Oder besser gesagt, sie mit ihm. Niemals ist sie so wie ihr andern auf der Straße an ihm vorbeigegan-

gen, als wäre er einfach Luft.« Sie blickte nun Susan an, die sich an der nächsten Stuhllehne anklammerte. »Lassen Sie sich eins gesagt sein: Ich kenne meinen Angus. Der wäre eher in ein Kloster eingedrungen und hätte eine Nonne vergewaltigt, als daß er dem Kind da droben was getan hätte.« Sie deutete mit dem Daumen zur Decke. »Aber bitte: Das ist dann eben das Ende vom Lied.« Sie riß sich die Schürze vom Leib. »Ich habe Sie und die ganze Bande jahrelang ertragen, aber damit ist's jetzt Schluß. Bevor ich gehe, hab' ich allerdings noch ein Wort mit Ihrer Tochter zu reden.«

»Das werden Sie nicht tun.«

»Und ob ich das werde. Den möchte ich sehen, der mich daran hindern könntc.« Emily starrte Jane Ratcliffe dreist ins Gesicht.

»Sie wird Ihnen nur dasselbe sagen, was sie bereits uns gesagt hat, daß er es nicht gewesen ist. Aber das behauptet sie nur, um nicht noch mehr Verwirrung zu stiften.«

»Noch mehr Verwirrung!« Emily reckte angriffslustig das Kinn in die Luft. »Das tun Sie schon selbst, wenn Sie solche Behauptungen aufstellen, ohne etwas Näheres zu wissen. Warten Sie nur, bis mein Angus davon hört, dann werden Sie schon sehen!«

Sie marschierte aus dem Zimmer und durchquerte mit Riesenschritten die Halle, als Jonathan Ratcliffe die Treppe herunterkam. Er blieb in günstiger Position auf der letzten Stufe stehen und sah mit offensichtlichem Widerwillen auf sie nieder. Emily blickte ihm furchtlos in die Augen und sagte: »Ich muß mit Ihrer Tochter sprechen.«

Er knirschte hörbar mit den Zähnen und zischte hervor: »Erst, nachdem ich mit Ihrem Sohn gesprochen habe. Und wenn Sie wissen, was für Sie beide gut ist, dann werden Sie diese Geschichte nicht überall ausposaunen.«

»Hach!« rief sie nur und verzog verächtlich die Mundwinkel. »Ich hab' ihr gerade gesagt« – sie deutete mit dem Kopf zur Salontür, in der Jane Ratcliffe stand –, »ich hab' ihr gerade gesagt, daß sie keine Ahnung hat, was passieren wird, wenn er Wind davon bekommt. Sie wollen mir Vorschriften machen, was? Daß ich nicht lache!«

»Nehmen Sie sich in acht, Emily«, warnte er in eiskaltem Ton. »Ich weiß schon, was ich zu tun habe, aber Ihr Sohn weiß es noch nicht. Er ist derjenige, um den Sie sich Sorgen machen sollten. Nun, ich nehme an, daß Sie jetzt unser Haus verlassen werden: also tun Sie es, und zwar so rasch wie möglich.«

Einen Moment lang war sie verdutzt über sein Gebaren. Sie blickte in sein spitzes, knochiges Gesicht, dann wanderten ihre Augen flink zu der Frau, für die sie jahrelang geschuftet hatte; sie verzog den Mund, zuckte die Achseln und verließ mit betonter Würde die Halle.

In der Küche angelangt, holte sie Hut und Mantel vom Haken, zwängte ihre angeschwollenen Füße in die Straßenschuhe, riß eine Lade auf und holte ihre zweite Schürze hervor, ging zum Schrank, nahm ein Stück Packpapier heraus und wickelte sie ein. Als sie das tat, fiel ihr Blick auf einen blinden Silbermilchkrug und eine ebensolche Zuckerdose. Sie lagen unter dem Packpapier mit anderem zum Saubermachen bestimmten Zeug, das ihre Gnädige vor Wochen zu diesem Zweck dort hineingelegt hatte. Mit einer raschen Bewegung griff Emily nach den beiden Gegenständen und barg sie in ihrer Schürze. Sie hatte für sie alle mehr gearbeitet, als dieses Zeug wert war; wenn das Silber auch nicht gerade massiv war, etwas würde es ihr schon einbringen. Sie beabsichtigte keineswegs, mit leeren Händen fortzugehen. Wenn es ihr nur rechtzeitig eingefallen wäre, hätte sie gut und gern einen vollen Wochenlohn als Ersatz für diese plötzliche Kündigung verlangen können. Aber sie hatte ihren Lohn erst am vergangenen Abend ausbezahlt bekommen.

Ohne einen Blick zurückzuwerfen, verließ sie das Wirkungsfeld so vieler Jahre, schlug die Hintertür zu, daß es knallte, und stürmte die Auffahrt hinan. An der Straße oben angelangt, mußte sie plötzlich stehenbleiben und sich einen Augenblick ans Geländer anlehnen, so sehr zitterte sie am ganzen Leib. Was sollte sie jetzt nur anfangen? Innerhalb der nächsten halben Stunde würde Mr. Ratcliffe garantiert ins Büro gehen und nach Angus schicken. Und wenn er es ihm auf dieselbe Weise auf den Kopf zusagte, wie seine Frau es bei ihr getan hatte, dann konnte nur Gott allein wissen, was passieren würde. Besser, sie versucht, ihn rechtzeitig zu warnen. Wenn sie auch nicht die leiseste Ahnung hatte, wie sie es ihm beibringen sollte...

Sie nahm den ersten Bus, und zwanzig Minuten später war sie am Fabriktor von Affleck & Tate angelangt, wo sie dem Portier sagte, daß sie ihren Sohn sprechen müsse.

»Angus Cotton, meinen Sie?« fragte der freundlich. »Passen Sie auf: Gehen Sie immer geradeaus, dann rechts um die Ecke, über den offenen Platz. Dort kann Ihnen jeder zeigen, wo seine Werkstatt ist.«

Nach weiteren sieben Minuten sah Emily ihn schon auf sich zukommen, und sie schluckte heftig und fing abermals zu zittern an.

»Was ist denn los?« Er ergriff ihren Arm. »Ist was mit Rosie?«

Sie schüttelte den Kopf. »Könnte ich mich irgendwo auf eine Minute hinsetzen?«

Er sah sich um, packte ein umgelegtes Holzfaß, stellte es mit einem Schwung auf, schob es an die Mauer ran und führte sie dann hin. »Was ist denn?« fragte er bereits ängstlich.

Sie sah ihm in das breite, markante Antlitz, in seine besorgten zärtlichen Augen, befeuchtete sich die Lippen, brachte jedoch kein Wort heraus. Denn sie wußte: Nun würde er seinen Job verlieren. So oder so würde Ratcliffe trachten, ihn schleunigst los zu werden; wenn schon – wegen der Gewerkschaft – nicht vollständig, auf ein Abstellgleis würde er geschoben werden – Ratcliffe hatte sicher schon lange damit spekuliert.

»Hör mal, Mam, was ist denn passiert? Warum bist du nicht bei der Arbeit?«
Sie ergriff seine Hände. »Paß auf, was ich dir zu sagen habe, schrei mich aber nicht an.« Sie blickte sich nach einigen vorbeikommenden Arbeitern um, dann fuhr sie fort: »Heute morgen bin ich hingegangen, wie gewöhnlich, weißt du. Und kaum hatte ich Hut und Mantel abgelegt, kam schon Susan in die Küche und sagte, ihre Mutter wünsche mich zu sprechen. Ich geh also hinein, ohne mir im Traum einfallen zu lassen, daß... und dann...«
Sie preßte seine Hände noch fester, schluckte abermals, schüttelte den Kopf und murmelte: »Angus, ich flehe dich an, verlier mir jetzt, um alles in der Welt, nicht die Nerven. Es ist nämlich: Sie...« – Emily mußte die Augen schließen, ehe sie es ihm zuflüstern konnte – »sie geben dir die Schuld an der Geschichte mit Vanessa.«
Als sich seine Hände in den ihren überhaupt nicht regten, kein Schrei, kein Fluch von seinen Lippen kam, öffnete sie die Augen, sah zu ihm auf und bemerkte, daß er es offensichtlich nicht begriffen hatte – oder wenn ja, hielt er es wohl für komisch. Er lächelte tatsächlich. Und dann entzog er ihr seine Hände, ging zur Mauer, lehnte den Unterarm dagegen, ließ den Kopf aufs Handgelenk sinken, und seine Schultern fingen zu zucken an. Aber er gab keinen Laut von sich. Schließlich drehte er sich um, sah sie an und sagte: »Sie glauben tatsächlich, ich hätte Van umgelegt?«
Sie nickte nur.
»Ich?« Seine Stimme war nun etwas lauter. Er deutete heftig mit dem Zeigefinger auf seine Brust. »Du lieber Gott. Das soll wohl ein Scherz sein, oder?«
»Wo denkst du hin, mit so was scherzt man nicht. Ich bin sofort hergefahren – denn wenn er kommt«, sie deutete hinauf, »dann wird er ganz bestimmt auch gleich nach dir schicken.«
»Hach!« Er kniff die semmelblonden Brauen zusammen. »Hach!« Es war der Ansatz zu einem schallenden Lachen, das aber nicht zustande kam. Er sah zur Vorder-

front der Fabrik hinüber; dann blickte er wieder Emily an und sagte: »Die müssen verdammt erpicht darauf sein, es jemandem anzuhängen, wenn sie sich ausgerechnet mich ausgesucht haben. Warum nur, frage ich mich?«
»Weil du der einzige bist, mit dem sie gesehen worden ist. Das haben sie jedenfalls gesagt.«
»Und was sagt sie?«
»Ich habe nicht mit ihr gesprochen. Sie haben es nicht zugelassen. Aber die Gnädige hat behauptet, daß sie es ihr auf den Kopf zugesagt hätten, sie jedoch geleugnet habe. Um nicht noch mehr Verwirrung zu stiften. Meint sie.«
»Um nicht noch mehr Verwirrung zu stiften. Rührend, Mam, was? Ich muß sagen, das Ganze ist so verdreht, so unwirklich...« Er schüttelte ungläubig den Kopf.
»Unwirklich – genau, Junge. Was wirst du ihm sagen, wenn er nach dir schickt?« Sie atmete erleichtert auf, weil er es bisher so ruhig aufgenommen hatte.
»Was ich sagen werde?« erwiderte er. »Überlaß das nur mir, Mam, überlaß das nur mir. Außerdem irrst du dich in einem Punkt ganz bestimmt. Wie ich Mr. Ratcliffe kenne, wird er nicht nach mir schicken. Er wird nicht wollen, daß man ringsum Bescheid weiß. Er wird es vertuschen und mich auf die eine oder andere Weise zum Schweigen bringen wollen. Du wirst schon sehen! Entweder flieg ich hier 'raus oder – ich krieg eine tolle Chance, paß nur auf.«
»Eine Chance?«
»Ganz recht, Mam. So machen die's, wenn sie wollen, daß einer den Mund hält.«
Sie stand auf, und einen Moment lang sahen die beiden sich an, ehe sie grimmig sagte: »Wie ich dich und deine Art zu reagieren kenne, wirst du fliegen und keine tolle Chance kriegen.«
»Stimmt, Mam. Trotzdem – warten wir's ab. Versuchen wird er's, du wirst sehen. Das heißt, wenn die betreffende junge Dame nicht in letzter Minute doch noch den richtigen Namen nennt und die Sache selbst in Ordnung

bringt.« Letzteres klang etwas bitter. Er streckte die Hand nach Emily aus und sagte grimmig: »Komm, ich bring dich zum Bus. Du fährst jetzt schön heim und beruhigst dich erst mal. Ein Gutes hat die Sache auf alle Fälle.« Seine Stimme wurde eine Spur freundlicher. »Jetzt kannst du dich um deinen eigenen Haushalt kümmern, und wenn wir heimkommen, wird das Essen auf dem Tisch stehen. Was die Dinge oft für einen Lauf nehmen, nicht? Ich mußte erst Va-ter« – er dehnte das Wort hörbar in die Länge – »werden, um Sie dazu zu kriegen, Ihren Posten endlich aufzugeben, Mrs. Cotton.«

Er brachte sie zum Bus und verabschiedete sich lächelnd. Aber als er das Fabrikgelände wieder betrat, lächelte er nicht mehr. Sein Unmut wallte nun auf. Zynische, bittere Gedanken machten sein Gesicht beinahe häßlich. Dabei mischte sich noch etwas unter seine Gefühle, das er sich zuerst nicht erklären konnte. Erst später erkannte er, daß er geschmeichelt darüber war, daß die Ratcliffes auch nur annehmen konnten, er hätte ihrer Tochter ein Kind gemacht...

Es wurde ein ungemütlicher Vormittag in der Werkstatt, für sämtliche Arbeiter. Selbst der alte Danny Fuller fragte, was in Angus gefahren sei. »Fauch mich nicht an, wenn du willst, daß ich dies oder jenes tue, Junge«, murrte er. »Sag einfach klar und deutlich, was du brauchst, dann wird es auch klappen.«

Gegen halb zwölf wurde er dann geholt.

»Sie werden im Chefbüro gewünscht«, krähte der Lehrbub.

Als Angus aber dann mit angespannter Miene oben anlangte, sah er sich Mr. Wilton gegenüber.

Mr. Ratcliffe, so sagte Mr. Wilton zu ihm, sei unpäßlich, brauche jedoch diese Unterlagen sofort und wünsche, daß er, Angus Cotton, sie ihm bringe. Weshalb, wußte Mr. Wilton nicht. Aber im großen und ganzen kam dies absolut nicht unerwartet. Brett hatte seit langem versucht, Cotton zu fördern; wahrscheinlich war das die nächste Station: obwohl er weder sein noch der Liebling

des Bosses war. Wilton mochte den Kerl ebenso wenig, wie die Vorstellung, daß er eine höhere Stelle einnehmen solle.
So händigte er Angus ohne weitere Bemerkung ein Kuvert aus, und Angus blickte darauf, und sagte nur: »Danke.« Dann drehte er sich auf dem Absatz um und verschwand.

Jane Ratcliffe öffnete ihm die Haustür, da Susan sich geweigert hatte, diese Aufgabe zu übernehmen. Ihn kaum eines Blickes würdigend, deutete sie Angus durch eine Kopfbewegung an, daß er eintreten solle. Dann ging sie ihm ins Arbeitszimmer ihres Mannes voraus.
Jonathan hatte sich einen auf Autorität bedachten Platz hinter dem in der Ecke des langgestreckten Zimmers stehenden, weitausladenden Schreibtisch ausgesucht. Durch das Fenster in seinem Rücken fiel das Licht voll auf den Besucherstuhl.
Aber Jonathan Ratcliffe forderte Angus erst gar nicht zum Sitzen auf. Er hingegen behielt Platz, umklammerte mit beiden Händen die Armstützen des Drehstuhls und starrte die hochaufragende Gestalt vor sich von unten her an. Es hatte in seinem Leben viele Menschen gegeben, die er nicht leiden konnte; manche hatte er sogar gehaßt. All dies war jedoch nichts im Vergleich mit dem Gefühl, das er dem ihm nun gegenüberstehenden Mann entgegenbrachte. Die letzte halbe Stunde hatte er hier gesessen, und seine Gedanken waren in die Vergangenheit zurückgewandert bis zu dem Tag, an dem er diesen Kerl zum erstenmal gesehen hatte: bereits von der ersten Minute an hatte er ihn nicht ausstehen können. Obwohl damals noch ein kleiner Junge, war etwas an Emily Cottons Sohn, das Jonathan Ratcliffe dazu veranlaßt hatte, bei seinem bloßen Anblick mit den Zähnen zu knirschen. Und mit den Jahren hatte sich sein Widerwille gegen ihn in zunehmendem Maße verstärkt. In seinen Augen war Angus Cotton ein freches, äußerst gewöhnliches Individuum; hinzu kam noch, daß er von beeindruckend

kräftiger Statur war, wohingegen er selbst wie ein dünnes, schwankendes Rohr im Winde wirkte, das ohne gewichtige Position auf keinen Menschen den geringsten Eindruck gemacht hätte.
Er blickte nun zu ihm auf. Dies also war der Mann, der es gewagt hatte, seine Tochter anzufassen. Ihre lautstarken Proteste hatte ihn nur noch mehr davon überzeugt, daß niemand anderer als dieser verhaßte Kerl es gewesen war, der sie in Sünde und Schande gestürzt hatte – und deshalb stand die Familie jetzt vor einer Katastrophe.
Schon bereitete er sich darauf vor, ihm ein einziges, hochnäsiges *»Nun?«* entgegenzuschleudern, als Angus ihm das mitgebrachte Kuvert auf die Schreibunterlage klatschte und in beißendem Ton fragte: »Das war's doch, was Sie so dringend gewünscht haben, nicht?«
Es verschaffte Angus so etwas wie ein Triumphgefühl, als er sah, wie sich Ratcliffes Kinnbacken anspannten, bis die Backenknochen weiß durch die Gesichtshaut schimmerten. Er war imstande, diesen Mann stets an der verwundbarsten Stelle zu treffen; das hatte er immer gewußt. Auch er hatte seine Erinnerungen an die Zeit, da er noch ein Junge war. Vielleicht stammte seine Entscheidung, sich niemals zu unterwerfen, von allem Anfang an aus seiner Reaktion darauf, wenn er seine Mutter ihrer Dienstherrschaft mit Devotheit begegnen hörte. Auch sie war absolut nicht zur Unterwürfigkeit geschaffen, aber ihr blieb nichts anderes übrig: sie mußten schließlich leben.
Ratcliffe ergriff das Kuvert und schob es mit verächtlicher Miene beiseite, indem er fauchte: »Sie kennen den wahren Grund, weshalb ich nach Ihnen geschickt habe.«
»Tja«, sagte Angus salopp. »Wie ich gehört habe, soll ich Ihrer Tochter ein Kind gemacht haben.«
»Sie dreckiger...!«
»Halten Sie sich zurück!« Die Lässigkeit war verschwunden. Angus beugte sich über den Schreibtisch, wobei er beide Hände flach auf die Tischplatte drückte.

»Ich warne Sie. Wehe, Sie versuchen, mich zu beschimpfen!«
Jonathan Ratcliffe mußte seinen Drehstuhl erst herumschwingen, ehe er aufstehen konnte. Als er dann auf den Beinen war, sagte er: »Sie haben das Vertrauen eines jungen, unschuldigen Mädchens aus guter Familie ausgenützt, Sie haben den Umstand ausgenützt, daß Ihre Mutter...«
»Ich werde den Umstand ausnützen«, unterbrach ihn Angus ohne weiteres, »daß wir beide allein sind, daß ich den Mund ohne Zeugen aufmachen kann, Mr. Ratcliffe...« Er spuckte den Namen förmlich aus. »Aber danach werde ich Sie vor Gericht bringen, darauf können Sie Gift nehmen. Wie würde Ihnen das gefallen, hm? Recht und Gerechtigkeit sind unparteiisch, heißt es immer. Nun, ich würde in diesem Fall schon dafür sorgen, daß es dabei bleibt.«
Eine Sekunde lang bekam es Jonathan Ratcliffe mit der Angst zu tun, und zwar in zweifacher Hinsicht. Erstens graute ihm davor, von diesem baumlangen Riesen körperlich angegriffen zu werden. Und zweitens hatte er Angst davor, einen Irrtum begangen zu haben. Aber letzterer Gedanke brachte ihn sofort wieder auf den springenden Punkt: Am Vorabend waren sie alle Menschen durchgegangen, die sie kannten: dabei stellte sich nur wiederum heraus, daß sie nicht einen einzigen Jungen namhaft machen hätten können, den sie innerhalb der letzten sechs Monate mehr als einmal zu Gesicht bekommen hatten. Sie hatten sämtliche Besuche und Gegenbesuche ihrer Tochter über Wochen zurückverfolgt. Aber es waren so wenige. Denn die meisten Abende war sie daheim gewesen und hatte ihre Aufgaben gemacht. Wenn sie ins Kino gegangen war, hatte sie sich in Begleitung von Kathy oder Rona befunden, und er selbst hatte sie mit dem Wagen abgeholt. Das gehörte zu seinen Bedingungen, weil es auf der Hauptstraße nachts von Strolchen nur so wimmelte. Der einzige Mensch, mit dem sie mehrmals gesehen worden war, war dieser Kerl hier. Jo-

nathan Ratcliffe hatte sich überwunden und war am frühen Morgen nach nebenan gegangen, um mit Irene Brett zu sprechen. Von ihr hatte er erfahren, daß sie die beiden in den letzten paar Wochen mindestens viermal beisammen gesehen hatte: an jenem Abend vor dem Eingang zum Tabakladen beispielsweise, als Arthur darauf bestanden hatte, Vanessa heimzubringen. Sie versäumte auch nicht, ihm von Colins Erlebnis zu berichten, als die beiden gemeinsam aus dem Zug aus Newcastle gestiegen waren.

Hierzu kam die Geschichte, die sein Sohn ihm nochmals erzählt hatte: wie Angus und Vanessa den Steig heraufgekommen waren und die beiden dann plaudernd an der Einfriedung gestanden hatten; sie hätten auf seinem Zuruf überhaupt nicht reagiert. Anschließend wäre Angus allerdings davongegangen.

Er sagte grimmig: »Drohen wird Ihnen nichts nützen, Cotton. Auch wenn wir uns vor Gericht wiedersehen sollten, können Sie sich heute schon ausmalen, wer der Angeklagte sein würde. Außerdem fällt es mir nicht schwer, mir Ihre Beweggründe für die ganze Geschichte zusammenzureimen.« Er beugte sich vor. »Sie wollten immer schon nach oben, um jeden Preis, nicht wahr? Sie waren entschlossen, ins Zeichenbüro zu gelangen, egal wie. Da Sie wegen Ihrer mehr als lückenhaften Bildung und dem krassen Mangel an Intelligenz auf normale Weise nicht dazu im...«

Angus' Arm zuckte hoch, seine geballte Faust glich einem riesigen Hammer, bedrohend und furchteinflößend; aber sei es, daß Ratcliffe sofort erbleichend an die Wand zurückstolperte, sei es, daß Angus in letzter Sekunde erkannte, was er zu tun beabsichtige – jedenfalls fiel seine Faust krachend auf den Eichentisch nieder, daß das Tintenfaß fast aus seinem Messinguntersatz gehoben wurde. Angus ließ den Kopf tief auf die Brust sinken und keuchte schwer. Dann hob er den Blick zu Jonathan Ratcliffe, der mit kreidebleichem Gesicht immer noch an der Wand lehnte. Heiser murmelte er: »Sie und Ihr verdammter Job den können Sie sich an den Hut stecken, hören Sie? Ich bin fertig damit. Von diesem Moment an ist er frei, ich will ihn gar nicht mehr. Und was meine Intelligenz anlangt, so hab ich im kleinen Finger mehr als Sie in Ihrem verdammten Geierschädel. Nicht nur die Fabrik, die ganze Stadt weiß doch genau, wie Sie auf den Direktorenstuhl gelangt sind: Indem Sie den armen Mr. Brett kaltblütig ausgetrickst haben. Mit allen Mitteln. Vor allem aber damit, daß Sie unentwegt den einflußreichsten Leuten hinten 'rein gekrochen sind. Damit Sie nur ja überall dreinzureden und mitzumischen haben. Wissen Sie, wie Ihre Spitznamen in der Fabrik und in der ganzen Umgebung lauten: ›Der Vereinsmeier vom Dienst‹, jawohl – ›der Protz‹ – ›der Emporkömmling‹. Denn jedermann weiß, daß Ihr Vater nicht besser war als wir alle. Was hatte er denn groß vorzuweisen: einen muffigen Krämerladen. Das war alles. Aber er hat jeden Groschen zusammengescharrt, damit Sie aufs richtige College konnten. Und was haben Sie dort gelernt? Sich bei den richtigen Leuten einzuschmeicheln. Die perfekte Kriecherseele, genau das sind Sie, sehr geehrter Mr. Ratcliffe!« Er tat so, als wolle er vor ihm ausspucken, richtete sich jedoch nur zu seiner vollen Größe auf und schloß: »Eine einzige Sache steht noch aus, bevor ich gehe, und Sie kriegen mich nicht aus dem Haus, bevor das erledigt ist. Sie werden Ihre Tochter hierherbringen und sie mir gegenüberstellen, und dann soll sie mir ins Gesicht sagen, ob ich es gewesen bin oder nicht.« Es entstand eine lange Pause. »Nun los, läuten Sie endlich.«

Und genau das tat Jonathan Ratcliffe auch. Er klingelte. Er bebte vor unterdrückter Wut und Demütigung. Und wünschte sich nur eines: Diesen Mann nie mehr sehen zu müssen. Was hätte er in diesem Moment dafür gegeben, daß ihre Rollen vertauscht wären, zumindest, was das Körperliche anlangte: daß er robust und stark wäre und Fäuste wie Hämmer besäße, um diesen Kerl zu Brei schlagen zu können. ›Kriecherseele‹ – wie konnte er es wagen?

Als die Tür sich öffnete, sagte er zu seiner Frau, ohne sie anzusehen und mit einer ihr völlig fremd erscheinenden Stimme: »Bring sie herunter.«
Während sie warteten, nahm Ratcliffe wieder hinter seinem Schreibtisch Platz, und Angus stand da und blickte auf die Tür. Als Vanessa schließlich eintrat, erkannte er sie kaum wieder. Nicht nur ihre Augen, ihr ganzes Gesicht war verschwollen, und über eine Wange erstreckte sich ein großer, dunkler Fleck, als ob sie geschlagen worden wäre. Sie sah noch jünger aus als an dem Abend, da er ihr am Moor im Regen begegnet war. Und die Angst war ihr vom Gesicht abzulesen.
Nach sekundenlangem Zögern kam sie direkt auf ihn zu, blieb vor ihm stehen, blickte zu ihm auf und stammelte: »Es... es tut mir leid, Angus. Ich habe es meinen Eltern gesagt, immer wieder – aber sie wollen mir einfach nicht glauben. Es... es tut mir ja so leid.«
Statt ihre Eltern damit zu überzeugen, bekräftigte sie sie nur noch mehr in ihrer Ansicht, daß dies der Mann war und daß sie es nur aus Angst ableugnete. Angst davor, was dann in der Fabrik mit ihm geschehen und wie Emily dadurch in Mitleidenschaft gezogen werden könnte. Denn sie wußten sehr gut, daß Vanessa Emily gern hatte.
Angus fragte sie in ruhigem, aber förmlichen Ton: »Hab' ich dich jemals angerührt?«
Die Antwort war, daß sie den Kopf senkte und langsam schüttelte.
»Hab' ich dir jemals einen unsittlichen Antrag gemacht oder etwas gesagt, was sich nicht gehört?«
Abermals schüttelte sie den Kopf.
»Sie behaupten, daß du ein Kind bekommst und ich der Vater sei.«
Ihr Kopf sank tiefer, und sie schüttelte ihn heftig.
»Wenn sie recht hätten, solltest du mich eigentlich heiraten, nicht?«
Er hatte niemals vorgehabt, etwas Derartiges zu sagen. Seine Worte schienen sie richtiggehend zu erschrecken,

denn sie hob mit einer ruckartigen Bewegung endlich den Kopf. »Aber... aber das wirst du nicht tun. Ich meine, du bist ja nicht...« Ihr Gesichtsausdruck machte ihn ganz krank; die bloße Vorstellung war schon ein Schock für sie gewesen!

Sie drehte sich nun eilends herum, sah von der Mutter zum Vater und sagte abermals: »Er ist es nicht. Er ist es nicht!« Sie bedeckte ihr Gesicht mit beiden Händen und wiegte sich verzweifelt hin und her.

Jonathan Ratcliffe schrie: »Das genügt!« Damit nickte er seiner Frau energisch zu; diese trat vor, ergriff den Arm ihrer Tochter und führte sie aus dem Zimmer.

Aber ehe Vanessa die Tür durchschritt, drehte sie sich noch einmal um, warf Angus über die Schulter einen Blick zu und sagte in flehendem Ton: »Es tut mir so leid, Angus – bitte, glaub mir das.«

Schon wollte er auf die Tür zueilen; statt dessen wandte er sich jedoch mit einem Achselzucken um und fragte Ratcliffe kurz und bündig: »Nun, jetzt werden Sie doch überzeugt sein.«

Jonathan Ratcliffe hätte am liebsten losgebrüllt: Keineswegs! Aber was er vor allem wünschte, war, diesen Mann loszuwerden, und so schwieg er.

Ein paar Sekunden, nachdem die Haustür hinter Angus ins Schloß gefallen war, kam Jane Ratcliffe ins Arbeitszimmer ihres Mannes und meinte, indem sie langsam auf ihn zuging: »Er wollte es wohl nicht zugeben?«

»Du sagst es. Aber ich bin jetzt mehr davon überzeugt als vorher. Hast du gesehen, wie sie sich aufgeführt hat? ›Es tut mir leid, Angus, es tut mir leid, Angus...‹ Ihr wird noch manches leid tun, das schwöre ich dir.« Er schluckte heftig, schob die auf seinem Schreibtisch liegenden Papiere nervös von einer Seite zur anderen und sagte: »Ich fahre jetzt nach Newcastle, um mit Muclington zu sprechen. Ich bin überzeugt davon, daß er es könnte, aber er wird nicht wollen. Für den Fall wird er mir aber sicher etwas für London arrangieren helfen. Du kannst verlauten lassen, daß sie zu Verwandten auf Besuch fährt, so etwas in der Art jedenfalls. Wenn sie zurückkommt und es keinerlei Anzeichen dafür gibt, daß sie schwanger ist, wird die Geschichte nur an Irene haftenbleiben, und sie wird als Lügnerin dastehen.«

»Die Leute werden aber trotzdem glauben, daß...«

»Ja, natürlich werden sie es glauben«, sagte er bitter. »Sie werden es annehmen und tuscheln und der Teufel weiß, was noch alles. Aber Hauptsache ist doch, daß sie kein Kind bekommt. Verstanden, Jane: Sie wird kein Kind bekommen!«

»Du meinst, Doktor Carr...?«

»Ich werde es mit ihm besprechen. Er kann gar nichts dagegen unternehmen. Sie wird eben eine Fehlgeburt haben. Jede Frau kann eine Fehlgeburt haben. Und wenn er es sich recht überlegt, wird er den Mund halten. Sonst steht er auf einmal ohne Praxis da. Wir sind nicht die einzigen, die seit langem der Ansicht sind, daß er nicht der richtige Mann ist, Vertragsarzt zu sein. Geh jetzt zu ihr hinauf und sag ihr, was wir für sie arrangieren werden und daß wir ihr keinerlei Unsinn durchgehen lassen werden. Sie hat jetzt nur eines zu tun: Sich zu fügen. Und zwar stillschweigend.«

Aber Vanessa willigte nicht ein und schwieg nicht. Sie sagte, sie wolle weder nach London gehen noch sich das Kind nehmen lassen.

Was sie denn tun wolle? fragte ihre Mutter.

Diese Frage konnte Vanessa vor dem kommenden Tag jedoch nicht beantworten. Dann würde nämlich Brett zurück sein, und wenn er erst wußte, was geschehen war, würde er schon alles ins rechte Lot bringen. Es würde zwar ringsum genug Aufregung geben, natürlich. Aber das könnte sie dann nicht mehr treffen. Morgen nacht würde sie, sowie die Lichter im Haus erloschen waren, ins Gartenhaus hinüberschleichen, um mit ihm zu sprechen. Informieren würde ihn Irene über die Vorfälle ja gewiß sofort, wenn er heimkam. Sie, Vanessa, würde dann ein paar Sachen zusammenpacken und dann würden sie miteinander fortgehen. Durch den Wald hinauf zur Hauptstraße. Hand in Hand. Das konnte sie ganz klar und deutlich vor sich sehen.

»Du wirst ihn nie mehr wiedersehen, hörst du, Vanessa?«

»Was... Meinst du Angus?«

Jane Ratcliffe biß sich auf die Lippen. Ihre Tochter war nicht dumm, weit entfernt davon. Sie war bedeutend aufgeweckter als Susan. Aber diese Antwort war doch zu kindisch. »Was dachtest du denn, wen ich meine! Mir gegenüber brauchst du dich absolut nicht so zu verstellen. Für deinen Zustand kann schließlich nur ein einziger verantwortlich sein... zumindest hoffe ich das.« Sie wagte gar nicht, diesen Gedanken auszuspinnen; schlimm genug, daß sie ihn ausgesprochen hatte. »Ich habe dich über alles Nötige informiert. Dein Vater wird die Sache so arrangieren, daß du nach London fährst, wo du in eine Privatklinik kommst. Wenn dann alles vorbei ist, wirst du zu Großtante Jean fahren und dort so lange bleiben, bis dein Vater entscheidet, wann deine Heimkehr als passend erscheint.«

»O nein, das werde ich nicht tun. Ich fahre nicht zu Tante Jean«, protestierte Vanessa bestürzt. »Ihr könnt mich nicht in dieser schottischen Einöde gefangenhalten, glaubt nur das nicht.«

Sie unterließ es jedoch, weiterzuprotestieren, weil sie sich sagte, daß sie auf keinen Fall zu Tante Jean gehen werde, komme was da wolle. Da würde sie lieber sterben. Vanessa erinnerte sich noch allzugenau an das auf einem einsamen Hügel gelegene Bauernhaus, in dem es außer Hunden, Ziegen und Hühnern keine Unterhaltung gab als Bibellesungen und Kirchenliedersingen. Aber dazu würde es ohnehin nicht kommen; also war es klüger, zu schweigen und sie allesamt glauben zu machen, sie werde sich in alles fügen. Sie nahm also achselzuckend vor dem Fenster Platz, und Jane Ratcliffe akzeptierte diese Haltung als Zusage und sagte in strengem Ton, jedoch mit erleichtertem Aufseufzen: »Na endlich! Komm uns nicht mehr länger mit Protesten, diese Zeiten sind endgültig vorbei, meine Liebe. Es ist alles längst geregelt.« Damit ging sie nach unten, um ihrem Mann Bescheid zu sagen.

Vanessa verbrachte den darauffolgenden Tag damit, ihr Zimmer sauberzumachen. Dann tat sie dasselbe mit Susans Zimmer. Da – wie ihre Mutter ihr immer zu verstehen gab – sie der Grund dafür war, daß die Familie auf Emilys Dienste verzichten mußte, würde sie lernen müssen, sich nützlich zu machen. Also nahm sie sich anschließend auch noch die beiden Badezimmer vor und aß ihre Mahlzeiten in der Küche. Weil ihr Vater es nicht ertragen konnte, mit ihr bei Tisch zu sitzen...

Gegen sechs Uhr abends wußte sie, daß Brett daheim war. Ray kam mit der Neuigkeit nach Hause. Sie hörte ihn rufen: »Hast du gewußt, daß Onkel Brett wieder da ist, Mami? Er hat Michael eine komplette Cowboyausrüstung mitgebracht!«

Dieser Abend war der längste, den sie in ihrem ganzen Leben durchgemacht hatte. Vanessa saß da und blickte zum Fenster hinaus, hinüber auf die Lärchen, durch die sie einen Teil des Hauses sehen konnte. Sie würde natürlich nicht erkennen können, ob und wann er zum Gartenhaus hinunterging; auf alle Fälle erst, wenn es dunkel war und alle andern im Bett lagen.

Sie selbst zog sich früh in ihr Zimmer zurück und täuschte Schlaf vor, als ihre Mutter noch einmal kurz bei ihr hereinsah. Vanessa spürte, wie sie dastand und zu ihrem Bett herüberstarrte, dann wurde die Tür leise zugedrückt. Sie wartete eine volle halbe Stunde, ehe sie über die Feuerleiter hinunterkletterte. Sie nahm ihr Gepäck nicht mit; vielleicht konnte er nicht sofort weg. Er würde am nächsten Tag erst auf die Bank gehen und Geld abheben müssen. Sie hatte an alles gedacht. Aber wenn sämtliche Vorsorgen getroffen waren, würde sie ihre Sachen mitnehmen und irgendwo im Wald verstecken.

Der Mond war noch nicht aufgegangen. Sie hatte jedoch eine Taschenlampe mit. Am ganzen Körper zitternd näherte sie sich dem Fluß. Sie fragte sich, wie er aussehen würde. Als sie sich ihn in den vergangenen Wochen ins Gedächtnis zurückgerufen hatte, schien er immer jünger zu werden, bis sie sich vorstellen konnte, daß er in ihrem Alter sei.

Noch ehe sie angelangt war, wußte sie, daß er im Gartenhaus wartete. Sie stand am Fuß der Treppe und ließ den Kegel der Taschenlampe durch die offene Tür gleiten. Und dort stand er auch. Sein Gesicht war braun gebrannt, denn er war in den vergangenen drei Wochen viel in der Sonne gewesen. aber es war eine merkwürdige Art von Bräune, sie machte ihn absolut nicht jugendlich oder gar jung. Nein, er sah alt aus, sehr alt... und verändert.

Sie flüsterte: »Brett...« Aber er antwortete nicht, sondern starrte nur ins Licht.

Vanessa konnte den Anblick seines verzerrt wirkenden Gesichtes nicht mehr länger ertragen, knipste die Taschenlampe aus und flehte: »Sag doch etwas. Sag etwas zu mir, Brett.«

Als Antwort streckte er den Arm aus, zog sie an sich, drückte die Lippen auf ihre Stirn und umschlang sie, bis sie in Tränen ausbrach. Dann führte er sie zu der Holzbank, auf der sie gemeinsam Platz nahmen. Er sagte nicht etwa: ›Komm, Liebling, wein doch nicht.‹ Nein, er brachte kein einziges Trostwort hervor, so daß sein Schweigen sie bald stutzig machte. Hastig befreite sie sich aus seiner Umarmung und spähte ihm in der Dunkelheit ins Gesicht. »Es war schrecklich, Brett«, sagte sie. Sie hörte, wie er schluckte, ehe er sprach. Und dann klangen seine Worte ganz alltäglich und paßten irgendwie gar nicht zu dieser Gelegenheit. »Ja«, sagte er, »das muß es gewesen sein.«

»Ich habe ihnen nichts verraten. Niemand weiß etwas, Brett.«

»Danke, meine Liebe.« Es war, als würde er sich bei einem Tischnachbarn für Brot oder Butter bedanken. Sein seltsames Benehmen brachte sie ganz aus dem Konzept, und sie rief laut aus: »Ich bekomme ein Kind, Brett!«

Sie hatte erwartet, daß er ›O Gott!‹ oder etwas in der Art sagen werde. Endlich ergriff er ihre Hand und sprach: »Es tut mir leid. Es tut mir unendlich leid, Vanessa. Du wirst nie ermessen können, wie leid es mir tut. Ich bin nicht deshalb so lange fortgeblieben, verstehst du? Sondern weil ich es nicht ertragen konnte, dich wiederzusehen. Ich wußte nicht, daß das geschehen war. Ich hielt es natürlich für möglich, aber ich habe den Gedanken daran gleich wieder beiseite geschoben. Die meisten... meisten Frauen empfangen nicht beim...« Er verstummte und schüttelte nur heftig den Kopf. Dann fuhr er fort: »Ich wollte wieder einen klaren Gedanken fassen können. Deshalb habe ich deinen Vater telefonisch gefragt, ob ich gleich meinen Urlaub anschließen könnte. Ich brauchte Zeit. Zeit und...« Beinahe hätte er hinzugefügt: ... Gelegenheit, um meine Begierden zu befriedigen, damit ich dich danach nicht mehr begehren würde! Und er hatte in den letzten drei Wochen in dieser Richtung tatsächlich nichts ausgelassen; kein Mann hätte mehr unternehmen können.

Vanessa sprudelte hervor: »Was werden wir nun tun, Brett?« Sie hatte das Gefühl, die Sache in Schwung bringen zu müssen, weil sie von ihm endlich hören wollte, daß er sie von hier wegbringen würde. Aber als er nach einer kurzen Pause tonlos wiederholte: »Tja, was können wir schon tun, Kind?«, schwieg sie wie vor den Kopf geschlagen. Und nun fragte er sie: »Was haben sie gesagt? Was wollen sie denn unternehmen?«

»Sie... sie wollen mich nach London schicken und es abtreiben lassen.«

»Nun... das ist bestimmt das Beste, meine Liebe.«

»Aber Brett!« Ihre Stimme war von Panik erfüllt. »Das kann ich nicht, und das will ich nicht. Ich will keinen solchen Eingriff über mich ergehen lassen. Letztens wurde es im Fernsehen gezeigt. Die Frauen und Mädchen sterben dabei.«

»Aber doch nur, wenn sie sich in die Hand irgendeiner unkundigen, verantwortungslosen Person in einem ob-

skuren Hinterzimmer begeben. Deine Eltern schicken dich ganz bestimmt in ein Sanatorium zu einem erstklassigen Arzt. Da wird alles ohne die geringste Komplikation erledigt. Und wenn du zurückkommst...«
Rasch entzog sie ihm ihre Hand. Sie sah ihn nicht mehr an, sondern starrte mit weitaufgerissenen Augen in die Nacht, und ihre Stimme klang wie die eines Kindes, dem man soeben eröffnet hatte, daß sein Herzenswunsch nicht erfüllt werden könnte. »Aber... aber ich dachte, du würdest mich von hier fortbringen, Brett. Daß wir gemeinsam von hier fortgingen. Du liebst Irene doch nicht – das hast du selbst gesagt! Du hast an jenem Abend gesagt, daß du sie seit Jahren nicht mehr liebst – daß sie kalt und hart sei – genau das waren deine Worte gewesen. Wenn du mich doch nur von hier wegnehmen könntest.« – ›Ach, könnt' ich doch mit dir auf und davon fliegen, meine Prinzessin‹, hatte er gesagt... – »Du könntest dich scheiden lassen und... wir könnten heiraten. Ich... ich möchte das Baby bekommen, wirklich, Brett. Ich weiß, daß ich gern Kinder hätte, aber nicht... wenn wir nicht verheiratet sind. Verheiratet müßten wir schon sein, Brett.« Ihre Stimme war ein einziges Flehen.
Als er über ihr Knie strich, zuckte sie zurück, doch ließ sie zu, daß er ihre Hände ergriff und an seine Brust drückte, während er sagte: »Ach, Vanessa, Liebling, wenn wir das nur könnten – wenn das nur ginge! Aber es geht nicht, Kind. Zu viele Dinge sprechen dagegen. Weißt du, es ist schwierig, ja beinahe unmöglich, in meinem Alter noch einmal von vorn anzufangen. Ich verfüge über kein Bargeld. Und irgendwie müßten wir doch leben. Außerdem kommt hinzu, daß Irene sich niemals scheiden lassen würde, nie und nimmer. Das weiß ich. Und da sind...« Er hielt unvermittelt inne. Es war einfach unmöglich, ihr zu sagen, daß er an Haus und Garten hing und nirgendwo anders leben wollte. Ganz zu schweigen davon, daß er den Gedanken, abermals eine Familie zu gründen, nicht ertragen konnte. Im Grunde mochte er Kinder nicht, was wahrscheinlich daher rührte, daß seine

eigenen Söhne – mit Ausnahme Pauls – niemals auf ihn eingegangen waren. Man bekommt nur das wieder, was man gibt: dessen war er sich bewußt. Als er hörte, wie sie mit größter Mühe ein Schluchzen unterdrückte, fragte er sich, ob es menschenfreundlicher gewesen wäre, zu lügen, ihr zu sagen, daß sie morgen oder später gemeinsam von hier weggehen würden. Aber letzten Endes hätte es für sie doch nur alles verschlimmert.

Fünf Minuten, nachdem er an diesem Nachmittag sein Haus betreten hatte, wußte er genau, was er tun würde. Als er Irene zuhörte, wie sie ihrem Ärger und ihrer Schadenfreude über Vanessas Unglück Ausdruck verlieh, wußte er, daß es nur einen Weg für ihn gab. Und nun, wo er die Hand dieses Kindes in der seinen hielt, stand seine Entscheidung fester als je zuvor. Wenn er nur den Mut gehabt hätte, sie von hier fortzunehmen. Aber der fehlte ihm eben. Er fürchtete sich davor, ganz neu anzufangen, den schwerwiegenden Verpflichtungen, die eine solche Entscheidung auslösen würde, die Stirn zu bieten. Und dennoch vermochte er gleichzeitig nicht auf sie zu verzichten. Er war ein schwacher Mensch, und er wußte es. Das Leben war ziemlich trostlos für ihn verlaufen bis zu der Nacht, in der er herunter gekommen war, um Angus Cotton die Leviten zu lesen; aber von da an war es die reinste Hölle gewesen.

Als sie ihre Hand aus der seinen zog, sagte er: »Alles wird in Ordnung kommen, Vanessa. Bestimmt. Es würde nicht klappen mit dir und mir. Innerhalb eines Jahres, ja innerhalb von ein paar Wochen schon würdest du es bedauern, dich an mich gebunden zu haben. Du bist so jung – du hast noch gar nicht angefangen zu leben. Ich habe dir ein großes Unrecht zugefügt, viel Kummer bereitet. Aber... aber tu, was sie dir raten, und alles wird wieder in Ordnung kommen. Du kannst von neuem anfangen, und morgen« – er hüstelte – »kannst du deinen Eltern sagen, wie alles geschehen ist. Sie werden dich verstehen.«

»Soll... soll das heißen, ich soll es ihnen sagen? Nicht du?«

»Genau das, meine Liebe. Wie müssen sie dir zugesetzt haben, um es herauszukriegen.«
»Ja, das haben sie.« Ihre Stimme klang wie von weit weg. »Aber sie glauben, daß es Angus war. Angus Cotton.«
»Was!« Er sprang entsetzt auf. »Du meinst... Haben sie ihm Fragen gestellt?«
»Ja. Vater hat ihn ins Haus kommen lassen. Und Emily... Emily ist gegangen. Die war in einer Verfassung!«
»Und du läßt deine Leute bei dem Glauben?«
»Nein, natürlich nicht! Ich habe ihnen klar und deutlich gesagt, daß er es nicht gewesen ist, aber sie wollten es mir nicht glauben. Irene ist nämlich zu uns gekommen und hat Mutter erzählt, daß sie uns mehrmals miteinander gesehen hat. Und Ray und Michael haben uns auch einmal gesehen.«
»Irene war bei euch und...« Seine Stimme erstarb.
»Ja, und nach allem, was ich gehört habe, war sie über all dies richtig erfreut.« Nun klang Bitterkeit aus Vanessas Stimme. »Sie hat mich nie gemocht und war eifersüchtig, weil Susan eine so gute Partie macht... Ich glaube, sie hofft insgeheim, daß diese Geschichte ihre Heirat vermasseln wird. Mutter und Vater befürchten dasselbe. Deshalb wollen sie mich ja verstecken. Bei Großtante Jean in Schottland. Wenn ich aus London zurück bin.« Sie sprach nun abgestumpft, als würde sie das, was man für sie arrangiert hatte, akzeptieren.
Er fragte ruhig: »Hast du Angus getroffen?«
»Nur gestern vormittag. Im Arbeitszimmer meines Vaters. Er war fürchterlich zornig.«
Brett machte hierzu keine Bemerkung, tastete jedoch nach ihrer Hand, zog sie hoch und sagte: »Komm jetzt, Liebes, komm. Und glaube mir: Alles geht in Ordnung. Morgen früh kannst du ihnen die Sache erklären. Und dann wird alles in Ordnung sein.«
»Und... und was wird aus dir?«
»Mach dir deshalb keine Sorgen, Liebes, es wird sich alles lösen lassen, du wirst sehen.« Er führte sie am Flußufer entlang, durch den Wald zur kleinen Pforte. Dort blieben

sie stehen. Er zog sie in die Arme, preßte die Lippen auf ihre Stirn, hielt sie so einen Moment fest, dann sagte er mit belegter Stimme: »Ich möchte bloß, daß du dir eines für immer merkst. Egal, was auch geschieht, erinnere dich daran: Ich liebe dich. Ich habe dich seit langem geliebt, aber ich wurde mir dessen erst in den letzten paar Monaten bewußt. Ich danke dir, Liebes.«
Als er sie von sich fortdrängte, murmelte sie: »Werde ich dich morgen sehen?« Und dabei weinte sie bitterlich.
»Ja, natürlich.«
Nachdem sie verschwunden war, blieb er etwa zehn Minuten wie angewurzelt stehen, dann ging er ganz langsam in den Wald zurück. Durch den Seiteneingang betrat er das Haus wieder und ging nach oben. Aber nicht auf sein Zimmer, sondern zu seiner Frau.
Er öffnete leise die Tür, machte Licht an und blieb abwartend stehen. Irene blinzelte, rappelte sich im Bett hoch und sagte: »Ja? Was gibt's denn... Oh!« Sie blickte ihn aus zusammengekniffenen Augen an und fragte: »Ist was mit Michael? Ist ihm übel?«
»Nein, es ist nichts mit Michael.« Langsam schloß er die Tür und ging auf ihr Bett zu; als er das Fußende erreichte, hatte sie bereits die Bettdecke bis unters Kinn gezogen. Diese Handlungsweise hätte unter Umständen auf eine furchtsame Frau schließen lassen können, aber es lag nicht die Spur von Furcht in ihrer Stimme, als sie sagte: »Wir haben doch schon hundertmal darüber gesprochen. Nein! Hörst du? Nein!«
Er stand da und starrte sie wortlos an. Langsam formten sich ihre schmalen Lippen zu einem Spitzmund, der sie älter erscheinen ließ, als sie tatsächlich war.
Sie zischte ihm nun zu: »Du bist keine fünf Minuten zurück, und schon fängst du wieder damit an. Ich hätte gedacht, daß du endlich zur Vernunft kommst.«
»Soll ich dir etwas sagen?« Seine Stimme klang ruhig, sogar freundlich. »Ich würde dich nicht nehmen wollen, Irene, und wenn du splitterfasernackt einen Fandango hinlegen würdest. Ich habe eine nackte Frau diesen Tanz

ausführen sehen, als ich im Ausland war. Sie war dick und häßlich, ihre Haut glänzte vor Fett, außerdem roch sie schlecht. Aber weißt du, was? Wenn ich die Wahl hätte, würde ich lieber sieben Tage die Woche mit ihr schlafen, als dich auch nur mit dem kleinen Finger anzurühren. Überrascht dich das, Irene?«

Ihre Unterlippe hing schlaff herunter. »Du hast getrunken«, sagte sie leise. »Du hast es nie vertragen, etwas zu trinken.«

»Nein, ich habe nicht getrunken. Und das weißt du auch. Ich bin stocknüchtern und habe die Absicht, mit dir zu reden. Wir haben seit Jahren nicht mehr miteinander geredet. Und es wird heute das letztemal sein, daß wir miteinander reden, und dafür bin ich dankbar.« Er machte eine Pause, und sie starrten einander an, ohne mit der Wimper zu zucken, bis er sagte: »Weißt du, was du bist, Irene? Im wesentlichen bist du nichts anderes als ein mißgünstiges, engstirniges, gemeines Biest. Du bist eine Frau, die sich ihre gesellschaftliche Stellung in dieser Stadt ausschließlich aufgrund des Namens meines Vaters, meiner Familie erkämpft hat. Du bist borniert, ungebildet, unintelligent und hast nicht die mindeste Spur von Erziehung. Du hast versucht, all dies vorzutäuschen, und es ist dir gelungen, einigen Menschen Sand in die Augen zu streuen, so daß sie tatsächlich glauben, du seist ihresgleichen. Aber es sind nur ein paar. Vor allem aber bist du eines, Irene: grausam. Grausamkeit ist gewissermaßen dein Steckenpferd.«

Ihre Lippen bebten, als sie einwarf: »Bist… bist du jetzt fertig?«

»Nein, bei weitem nicht. Jetzt komme ich erst zum springenden Punkt: unseren Nachbarn. Jonathan hat mich vor Jahren schändlich behandelt, aber was geschah, war mein eigener Fehler. Jonathan hat mich nur deshalb überflügeln können, weil er ehrgeizig war. Im Unterschied zu mir. Du hast ihm und seiner Familie nie verziehen. Vor allem Jane nicht. Und weißt du, warum? Weil sie, die ein Snob reinsten Wassers, eine Streberin und was weiß ich noch alles sein mag, im Gegensatz zu dir einer anständigen Familie entstammt.«

»Hinaus!«

»Ich gehe nicht, bevor ich fertig bin, Irene. Wie ich bereits sagte, wollen wir miteinander reden. Das heißt, *ich* werde reden. Du bist in gewisser Hinsicht Jonathan ebenbürtig. Beide entstammt ihr der Gosse von Fellburn. Dein Vater war zwar Hilfsschullehrer – Jonathans Vater aber hatte einen kleinen Krämerladen und sein Großvater... Du hast nie gewußt, daß ich darüber im Bild war, aber sein Großvater war – wie dein Urgroßvater – Altwarenhändler in Bog's End. Beide fuhren mit dem offenen Karren und einem Esel davor übers Land und sammelten Alteisen, Schrott und Abfälle. Sie müssen ein komisches Gespann abgegeben haben, etwa wie Dick und Doof, stell' ich mir vor, nur nicht ganz so berühmt.«

Ihr Haar war in Lockenwicklern fest aufgerollt, so daß die Kopfhaut zum Vorschein kam und darunter schimmerten die Adern wie dicke blaue Schnüre durch.

Abermals musterten sie sich, sie mit weitaufgerissenen, haßerfüllten Augen, während aus seinem Blick Verachtung, Spott, Bitterkeit und Trauer sprachen. Er trat von einem Bein aufs andere, ehe er fortfuhr: »Dein Ärger darüber, daß Susan in den Hochadel einheiraten und damit zur besten Gesellschaft Zugang finden soll, hat dir schlaflose Nächte verschafft, nicht wahr? Also hast du dir den Kopf zermartert, wie diese Pläne auf irgendeine Art zerstört, vereitelt werden könnten. Und tüchtig, wie du bist, hast du auch etwas gefunden. In dem Moment, als du Vanessa mit Angus Cotton sprechen gesehen hast. In deiner durch und durch bösartigen Gesinnung hast du dir sofort den passenden Reim darauf gemacht. Sie sprachen natürlich nur deshalb miteinander, weil sie etwas miteinander hatten. Was tut eine Irene Brett in einem solchen Fall? Sie stürzt nach nebenan und bringt ganz beiläufig Cottons Name ins Gespräch: der muß ja der Vater von Vanessas Kind sein, nicht wahr? ... *Nicht wahr?*« Er machte sich plötzlich mit einem Schrei Luft. Aber sie zischte

ihm zu: »Sei still! Willst du das ganze Haus aufwekken?«
»Würde ich gern tun. Ich habe dir etwas sehr Interessantes zu eröffnen.« Darauf folgte längeres Schweigen, bis er – diesmal mit leiser Stimme – fortfuhr: »Erstens einmal frage ich dich auf Ehr' und Gewissen: Glaubst du tatsächlich, daß Vanessa etwas mit Angus Cotton hatte?«
»Dazu brauchst du mich gar nicht so feierlich zu fragen«, sagte sie spitz. »Es gibt ja genügend Beweise dafür. Ich habe sie des öfteren beisammengesehen. Und die beiden Jungen...«
»Ja, ja, ich weiß. Die Kinder haben sie auch beisammengesehen. Aber er ist trotzdem nicht der Vater ihres Kindes.«
»Woher willst du das wissen? Wochenlang warst du fort und hast dir mehr als genug Zeit mit dem Heimkommen gelassen...«
»Das stimmt: Weil ich mich vor meinen Verpflichtungen drücken wollte! Das will ich noch immer.«
»Wovon redest du eigentlich?«
»Wenn du nicht so entsetzlich schwer von Begriff wärst, Irene, wäre es nicht nötig, daß ich es erst aussprechen muß: Ich bin der Vater von Vanessas Kind.«
Langsam ließ sie sich zurücksinken. Einen Moment lang dachte sie, daß sie irgendeine Art von Anfall bekommen werde. Sie mußte erst abwarten, bis ihr Herz aufhörte, wie verrückt zu pochen. Dann murmelte sie: »Du bist verrückt. Liebestoll. Es kann nicht anders sein, wenn du Vanessa haben wolltest. Und ich zweifle nicht daran, daß du das wolltest, daß du sie begehrt hast. Seit Jahren denkst du an nichts anderes als an Sex. Aber daß du es gewagt haben solltest, diese Gedanken auch in die Tat umzusetzen, das glaube ich dir nicht...«
»Doch, ich habe es gewagt. Ich spürte einen kurzen, aber um so herrlicheren Moment lang, was Leben ist. Unten im Gartenhaus.«
Ihre funkelnden Augen durchbohrten ihn geradezu, als sie zischte: »Ich – ich glaube dir nicht. Das erfindest du

einfach. Das sind – Wunschgedanken. Ja, genau. Ich befasse mich jede Woche bei Gericht mit Menschen, die behaupten, dieses oder jenes getan zu haben, nur weil sie es gern tun würden, sich aber davor fürchten. Ohne jeden Zweifel hast du dir einen solchen ›herrlichen‹ Moment gewünscht – aber ich kenne dich doch. Du hättest es niemals gewagt, niemals!«

»Nun, ich kann dir nur das Gegenteil versichern, Irene. Und Vanessa hat nur auf meine Rückkehr gewartet, um mit der Wahrheit herauszurücken. Sie hat sich sehr, sehr tapfer benommen. Sie wollte, daß ich sie von hier fortbringe. Und, du kannst es mir glauben: Genau das hätte ich von Herzen gern getan. Wenn ich jünger wäre, bessere Nerven und mehr Kapital hätte. Dennoch wäre sie mit mir nicht glücklich geworden. Sie ist für einen jungen Menschen geschaffen, und den wird sie auch bekommen. Ein Mädchen wie sie muß letzten Endes einfach ihr Glück finden. Weißt du auch, weshalb? Weil sie ein guter Mensch ist. Und gute Menschen sind dazu geschaffen, glücklich zu werden, selbst wenn sie Landstreicher und Taugenichtse sein sollten. Das habe ich immer wieder erlebt... Natürlich gibt es Ausnahmen. Ich war zum Beispiel zu gut zu dir. Und meine Familie war gut zu dir. Aber die letzten Lebensjahre meiner Mutter hast du zu den kläglichsten gemacht, die man sich nur vorstellen kann. Ebenso wie unsere Ehejahre. Nun, es ist zu Ende. Oder wenigstens beinahe. Übrigens will ich dir bei dieser Gelegenheit lieber gleich sagen, daß ich vor einiger Zeit ein neues Testament gemacht habe. Merkwürdig – irgendwie muß ich gewußt haben, daß dies kommen wird. Ich habe eine Klausel darin aufnehmen lassen, daß im Fall eines Verkaufs Haus und Grundstück nicht voneinander getrennt werden dürfen. Es muß alles zusammen verkauft werden, und der Erlös wird in ein Treuhandvermögen verwandelt, das bis zu Michaels einundzwanzigsten Geburtstag gesperrt bleibt. Dann soll es zwischen den drei Jungen aufgeteilt werden. Einige meiner Lieblingsmöbelstücke habe ich ausschließlich Paul ver-

macht. Du, meine Liebe, wirst bis zu Michaels Großjährigkeit die Zinsen des Geldes bekommen. Danach wirst du von der Gnade deiner drei Söhne abhängen.«
Sie war nicht imstande, etwas zu antworten. Ihr ganzer Körper zitterte wie im Fieber. Als er sagte: »Leb wohl, Irene«, und sich langsam umdrehte, wußte sie, was er tun würde. Das einzige, was sie nicht wußte war, wie es geschehen würde. Aber sie erhob sich weder, noch sagte sie ein einziges Wort, um ihn davon abzuhalten.

5

Vanessa hatte bis beinahe zwei Uhr morgens an ihrem Schlafzimmerfenster gesessen, und als sie schließlich zu Bett ging, konnte sie nicht einschlafen, zumindest lange Zeit nicht. Als sie ihre Mutter energisch sagen hörte: »Vanessa! Es ist acht Uhr. Steh auf!«, glaubte sie, nur wenige Minuten geschlafen zu haben.

Um halb neun ging sie ins Frühstückszimmer hinunter. Seit zwei, drei Tagen war ihr morgens nicht mehr übel, im Gegenteil, sie empfand regelrechten Hunger. Gleichzeitig erschien es ihr nicht recht, überhaupt etwas zu essen.

Sie war allein im Frühstückszimmer. Ihr Vater befand sich bestimmt bereits in seinem Arbeitszimmer, das er nie vor neun Uhr zu verlassen pflegte. Auf der elektrischen Wärmeplatte stand ein Teller mit Eiern und Speck, fein säuberlich mit einer Serviette zugedeckt. Während sie sich davon nahm, dachte sie: Ich werde keinen Bissen hinunterbringen. Ich kann einfach nicht! Aber dann aß sie alles auf und trank zwei Tassen Kaffee und machte sich dazu noch einen Extratoast mit Butter und Marmelade.

Die Sonne schien hell und freundlich ins Zimmer, und sie sah sich um, als erblicke sie es zum erstenmal. Es war ein schöner Raum, vor allem in den Farben. Die Wände waren hellgrau, die schweren Atlasvorhänge rosa und der Teppich auf dem blankgebohnerten Parkettboden champagnerfarben. Von der Anrichte her glänzte das Silber, das ihre Mutter nun bald verschließen würde, wenn es niemanden mehr zum Putzen gab. Und die modernen

Stühle trugen Bezüge in demselben Rosa, wie die Vorhänge es aufwiesen. Dies hier war schon immer ihr Lieblingszimmer gewesen, und vielleicht würde sie es sehr bald nicht mehr oder gar nie mehr zu sehen bekommen. Sie hatte sich vorgenommen, ihren Eltern – nach der Enthüllung der Geschichte zwischen ihr und Brett – mitzuteilen, daß sie eine Stelle annehmen wolle: irgendeine. Vor allem aber, daß sie das Kind zur Welt bringen wolle. Denn die Vorstellung, dies in sechs Monaten tun zu müssen, empfand sie als weniger furchterregend als jene, es sich jetzt nehmen zu lassen. Sie wußte natürlich genau, daß nach derlei Eröffnungen ihr Vater seine ganze Autorität ins Treffen führen würde und daß er sie, wenn er sie schon nicht dazu zwingen könnte, nach London zu gehen, irgendwo anders hinstecken würde. Es war ihm sicherlich egal, wohin sie ging, wenn sie ihm nur aus den Augen kam und die bevorstehende Hochzeit ihrer Schwester in keiner Weise störte.

Eins war Vanessa jetzt schon klar: Daß sie sich hinsichtlich des Babys ihrem Vater gegenüber nicht behaupten würde können, vor allem dann nicht, wenn er wußte, daß Brett der Vater war. Diese Enthüllung würde ihn nur noch mehr außer Rand und Band bringen. Er würde es als persönliche Beleidigung ansehen, und sie wagte sich seine Reaktion hierauf gar nicht auszumalen. Es war schon eine stärkere Autorität als Zuflucht nötig, und sie wußte, daß sie eine solche in Dr. Carr finden würde. Zu ihm mußte sie gehen und ihm sagen, daß sie dieses Kind haben wolle, daß sie es sich nicht nehmen ließe! Und er würde ihr beipflichten und sie in ihrem Willen bestärken. Dann sollte ihr Vater nur versuchen, sie nach London zu schicken! Abtreibungen waren strafbar, egal, ob man eine solche an sich vornehmen ließ oder Beihilfe dazu leistete: auf dergleichen stand Gefängnis.

Sekundenlang reckte sie ihr Kinn angriffslustig in die Luft, um jedoch schon im nächsten Moment das Gesicht in der Hand zu bergen und sich fest in den Daumenballen zu beißen, damit sie nicht einfach losheulte. Wenn sie

sich doch nur mit jemandem hätte aussprechen können. Sie kam sich schrecklich einsam und verlassen vor. Gleich darauf rügte sie sich aber für ihre Wankelmütigkeit. Denn noch gestern um dieselbe Zeit hatte sie sich nur danach gesehnt, Brett wiederzusehen und war hundertprozentig sicher gewesen, daß er sie von hier fortbringen werde. Und als sie in der zurückliegenden Nacht erfahren hatte, daß er nichts dergleichen vor hatte noch tun würde, war ihr ganz schlecht geworden vor Enttäuschung. Selbst wenn sie ihn nun so vor sich sah, wie er war – ein wenig zaudernder, unsicherer, schüchterner, viel zu alter Mann –, war sie immer noch ganz krank vor Enttäuschung und Furcht vor dem, was nun mit ihr geschehen würde. Und doch hatte sie frühmorgens beim Wecken wiederum Erleichterung empfunden, daß sie nicht mit ihm fortgehen, ihn nicht heiraten müsse.
Während sie sich noch wünschte, der Tag möge doch bald um sein und gleichzeitig die Auswirkungen, die ihre Eröffnungen zur Folge haben würden, fürchtete, hörte sie plötzlich einen gellenden Schrei.
Als sie auf die Terrasse eilte, schien die ganze Luft von diesem Schrei erfüllt zu sein. Ihre Mutter kam aus dem Salon gestürzt, ihr Vater aus seinem Arbeitszimmer. Beide fragten fast gleichzeitig: »Was ist denn los? Wer hat denn da geschrien?«
Dann ging Jonathan Ratcliffe die Auffahrt hinunter und sagte über die Schulter: »Es muß nebenan gewesen sein. Michael, vermute ich.«
Das Schreien schien aus den Baumkronen zu dringen. Vanessa folgte ihren Eltern, und als sie an der kleinen Pforte angelangt waren, die zum Nachbargrundstück führte, sahen sie Irene und Colin Brett am Rand des Wäldchens stehen. Irene preßte die geballte Faust gegen die Wange, blickte zum Baumhaus empor und Colin tat dasselbe. Dann rief er: »Michael! Michael, hörst du! Komm herunter. Oder ich hole dich. Komm herunter.«
»Was ist denn? Was ist denn los?« Vanessas Eltern liefen hinüber auf das Wäldchen zu; sie folgte ihnen mit eini-

gen Metern Abstand. Als weitere Schreie aus den Baumkronen drangen, kletterte Colin die gebrechliche Leiter hoch.
»Was ist passiert, Irene? Was hat er nur?«
Irene Brett drehte sich um und sah erst Jonathan und dann Jane Ratcliffe an. Dann schluckte sie und schüttelte zweimal den Kopf, ehe sie merkwürdig beherrscht antwortete: »Er... er hat seinen Vater im Keller gefunden. Arthur... Arthur hat sich erhängt.«
Einen Moment lang standen sie wie erstarrt da. Schließlich sagte Jonathan: »Mein Gott!« Und Jane hob die Hände und bedeckte in einer für sie charakteristischen Geste damit das Gesicht; das tat sie immer, wenn ihr die Worte fehlten. Dann traten beide auf Irene zu und sprachen leise auf sie ein. Aber diese schien sie überhaupt nicht wahrzunehmen, sie blickte zwischen ihnen durch – direkt auf Vanessa. Und sagte abermals: »Arthur hat sich im Keller erhängt, hörst du?«
Sowohl Jonathan als auch Jane Ratcliff waren überzeugt davon, daß sie momentan durch den Schock völlig von Sinnen war. Aber Vanessa erkannte sofort, daß sie ihr damit zu verstehen gab: Daß sie wisse, weshalb ihr Mann sich erhängt hatte. Der Haß, der in Irenes Blick lag, schnellte ihr wie ein Pfeil entgegen. Vanessa drehte sich auf dem Absatz um und floh in den Garten. Und ihre Eltern ließen sie gewähren, weil sie wußten, daß ihre Tochter Arthur Brett sehr gern gehabt hatte.

Arthurs Tod übte auf Vanessa eine merkwürdige Wirkung aus. Wieder in ihrem Zimmer angelangt, fühlte sie ihm gegenüber nur eines: Empörung. Die Vernunft sagte ihr, daß sie schon vor Wochen so empfinden hätten müssen, als sie wußte, daß sie von ihm ein Kind bekam. Dieser Zustand hatte das nicht zuwege gebracht. Sein vorsätzlicher Tod jedoch tat es nun.
In diesem Moment sah Vanessa ihn so, wie Irene ihn gesehen hatte. Und sie haßte ihn. Sie sagte sich, daß sie es längst hätte wissen müssen – schon, als er an ihrer Schul-

ter geweint hatte – daß er weder Mut noch Charakter besaß. Nichts. Mit seinen Tränen hatte er nur ihr Mitleid erregen wollen. Und das war ihm auch gelungen. Sie hatten sie dazu veranlaßt, ihn zu streicheln, zu umarmen, zu trösten. Vanessa war froh, daß er tot war, ja, sie war froh darüber. Sie stand vor dem großen Garderobenspiegel und nickte sich selbst zu, ihrem schmalen, kreidebleichen Gesicht, ihrem langbeinigen, dünnen, unbeholfenen Körper, der unter dem Kleid bereits eine leichte Wölbung zu zeigen begann.
Sie warf sich aufs Bett, barg das Gesicht in den Kissen und fragte sich, was sie jetzt tun würde. Sollte sie es ihnen sagen, oder sollte sie dies Irene überlassen? Er hatte es Irene mitgeteilt, das stand für sie fest. Er mußte es ihr in der vergangenen Nacht gesagt haben, nachdem er sie verlassen hatte. Sie wußte, was nun geschehen würde. Ihre Eltern würden Irene ins Haus zurückbringen, und dort würde sie ihnen erklären, weshalb ihr Mann Selbstmord begangen hatte. Daß es alles nur wegen ihrer Tochter sei. O Gott, mein Gott! Genau wie ihre Mutter barg Vanessa ihr Gesicht in beiden Händen.
Ungefähr eine Stunde später kehrten ihre Eltern heim. Vanessa war froh, daß sie ihnen allein gegenüberstand; Susan hielt sich für eine Woche bei Brians Familie auf. Sie schauderte bei dem Gedanken an das Gesicht ihrer Schwester, wenn herauskam, wer ihr das Kind angehängt hatte. Ihr Spott, ihr Ekel wären zuviel gewesen. Schlimmer noch als die Annahme, daß Angus derjenige gewesen war. Denn Angus war wenigstens jung.
Vanessa stand da und wartete darauf, daß die Eltern in den Salon kommen würden. Sie sah zu, wie ihr Vater im großen Lehnstuhl Platz nahm. Und ihre Mutter auf der Couch. Und sie wartete und wartete, aber keiner von ihnen blickte sie an. Dann hörte sie ihre Mutter den Vater fragen: »Was, um alles in der Welt, kann ihn nur dazu veranlaßt haben? Die Geschäftsreise war doch erfolgreich, oder? Es ist doch nichts schiefgegangen dabei?«
»Keine Spur. Es konnte gar nichts schiefgehen: Das Zeug

verkauft sich von allein. Er hat noch und noch Aufträge erhalten. Er hätte nur sechs Wochen ausbleiben sollen, das wäre mehr als ausreichend gewesen. Aber als ich hörte, daß Cribber auf keinen Fall vor einem halben Jahr wieder einsatzfähig sein würde, habe ich Brett angerufen und vorgeschlagen, daß er vielleicht auch noch nach Deutschland und Italien fahren könnte. Er schien ziemlich erfreut darüber gewesen zu sein. Ja, knapp vor seiner Rückkunft hat er mich sogar noch telefonisch gefragt, ob ich einverstanden damit wäre, wenn er seinen Urlaub anschließen würde.«

»Glaubst du, daß während seines Urlaubs etwas geschehen ist?«

»Wie soll ich das wissen?« Er stand auf. »Irene hat behauptet, keine Ahnung zu haben. Aber ich fühle, daß sie etwas weiß, das sieht man ihr an. Sie ist schon ein harter Brocken, diese Frau. Seit Jahren haben sich die beiden nicht mehr vertragen. Ich würde es noch eher verstehen, wenn er nach tagelangen endlosen Auseinandersetzungen mit ihr diesen Schritt getan hätte. Aber er ist doch gestern erst zurückgekommen... Nun, ich muß ins Büro. Es wird gut sein, wenn du dich mal nach ihr umsiehst. Man muß ihr schließlich jetzt an die Hand gehen. Und was den Jungen betrifft – das wird ihm sein Leben lang anhängen.«

Damit ging er in die Halle, und kurz darauf folgte ihm Jane Ratcliffe, das heißt bis zur Salontür. Dort schien sie zum erstenmal zu bemerken, daß auch Vanessa im Zimmer war. Sie drehte sich um und sagte zu ihr: »Du kannst im Salon und im Eßzimmer abstauben. Um halb zwölf will sich eine Frau vorstellen. Führ sie ins Frühstückszimmer. Und sollte ich da gerade drüben sein, dann ruf dort an.«

Irene hatte also geschwiegen. Und sie würde es ihnen sicher auch nicht sagen... Vanessa stand vor der halboffenen Salontür und fragte sich, was sie nun tun sollte. Gestand sie ihnen nicht die Wahrheit, so würden sie nach wie vor Angus dafür verantwortlich machen. Aber im anderen Falle würden sie ihr die Schuld an Bretts Selbstmord geben. Das konnte sie nicht auch noch ertragen. Es sah ganz so aus, als wolle Irene die wahren Umstände nicht bekanntwerden lassen. Denn sie hatte genügend Zeit gehabt, um es ihnen zu sagen. Was sollte sie nur tun? Sie mußte es sich überlegen.

Fünf Tage darauf wurde Arthur Brett beerdigt. Der Arzt hatte als Todesursache geistige Verwirrung angegeben. Am Tag des Begräbnisses, an dem alles, was in der Stadt Rang und Namen hatte, vertreten war, brachte die Abendzeitung einen ganzseitigen bebilderten Bericht darüber. Es hieß da, Arthur Brett wäre der Nachkomme einer der ältesten Familien der Grafschaft gewesen. Seit zweihundertfünfzig Jahren hätte es in Fellburn Bretts gegeben, und Vorfahren dieser Bretts hätten einst beträchtliche Ländereien in der Umgebung der Stadt besessen. Schließlich habe Mr. Bretts Großvater eine Alice Affleck geheiratet, deren Familie die Maschinenfabrik Affleck & Tate gegründet hätten.
Nachdem Jonathan Ratcliffe diesen Bericht gelesen hatte, reichte er das Blatt seiner Frau. Als sie damit fertig war, legte sie die Zeitung aus der Hand und sagte: »Das klingt alles schön, gut und erhebend, aber sie steht jetzt praktisch ohne einen Penny da. Merkwürdig, daß er dieses Testament abgefaßt hat. Er muß sie regelrecht gehaßt haben.«
»Um das herauszufinden, brauchte man nicht die Testamentseröffnung abzuwarten, nicht wahr?« antwortete er schroff. »Er hat jedoch nicht nur ihr damit einen Schlag versetzt, sondern auch mir. Nach allem zu schließen, was Colin gesagt hat, ist das Nachbargut jetzt unverkäuflicher denn je. Das heißt: Wer das Haus nicht kauft, kann auch keine Handbreit Boden erhalten. Wirklich clever ausgedacht.«
»Hättest du es sonst kaufen wollen?«
»Selbstverständlich! Was für eine Frage. Das Haus mag ich natürlich nicht. Ich würde es auf der Stelle niederrei-

ßen lassen. Es stürzt ohnehin beinahe schon von selbst zusammen.«

»Hat Colin Gründe genannt, die gegen einen Verkauf sprächen?«

»Nein. Aber er muß dazu mit Paul völlig einig sein. Und der ist, was das Haus anlangt, genauso albern wie sein Vater.«

»Wirst du ihr eine Rente aussetzen?«

»Ja, sie bekommt das Übliche, zuzüglich dessen, was er eingezahlt hat.«

»Nichts weiter?«

»Da ich ein Wörtchen mitzureden habe, werde ich dem Ausschuß den Vorschlag machen, den Betrag in entsprechender Weise aufzurunden. Aber je mehr sie bekommt, um so länger wird sie voraussichtlich auch hier bleiben. Wie du weißt, legt Irene vor allem Wert auf Prestige.« Er stand auf. »Nun, darüber werden wir uns später noch unterhalten. Es ist genügend Zeit, in diesem Punkt eine Einigung zu erzielen. Momentan haben wir wahrlich andere Sorgen. Hast du es Vanessa gesagt?«

»Natürlich.«

»Und ist sie bereit?«

»Sie hat sich ausgeschwiegen.«

»Hast du ihr befohlen, ihre Sachen zu packen?«

»Das schon, aber – Jonathan...«

»Was gibt's?«

»Ich weiß nicht recht. Meinst du nicht auch, daß Dr. Carr etwas unternehmen könnte? Du weißt doch, sie hat gesagt, daß...«

»Ihre Einstellung interessiert keineswegs. Hingegangen ist sie offensichtlich nicht. Sonst hätte er sich garantiert mit mir in Verbindung gesetzt.«

»Allzuviel Zeit war noch nicht dazu. Es war doch erst gestern.«

»Wenn sie bei ihm gewesen wäre, hätte er mich zumindest angerufen. Und glaube mir, ich habe mich auf diesen Anruf gebührend vorbereitet. Ich weiß ein, zwei Dinge über Carr, die ihn schon dazu veranlassen werden, den

Mund zu halten... Übrigens: Hast du deiner Tante Jean geschrieben?«
»Ja, ich habe sie sogar gebeten, postwendend zu antworten.«
»Schön, damit wäre ja alles erledigt. Sie wird dann direkt von der Klinik dorthin fahren.«
»Sie weigert sich aber.«
»Wirklich?« Er preßte die Lippen zu einem schmalen Strich zusammen. »Nun, es ist deine Sache, dafür zu sorgen, daß sie's tut. Du wirst sie selbst danach in Empfang nehmen und kannst ihr auf alle Fälle eintrichtern, daß es gut für sie wäre, zu gehorchen. Oder vielleicht macht es mehr Eindruck auf sie, wenn ich es ihr sage. Hol sie herunter.«
Als seine Frau zur Tür ging, fragte er: »Du hast sie doch nicht allein oben gelassen? Heute nachmittag, meine ich.«
Sie drehte sich um: »Nein, natürlich nicht«, antwortete sie. »Susan ist ja da.«
Er nickte. Dann sagte er leise: »Ich traue ihr zwar nicht zu, sich aus dem Haus zu schleichen, um diesen Einfaltspinsel zu treffen, aber man kann ja nie wissen. Verdienen würde sie ja, daß wir ihn dazu zwingen, sie zu heiraten. Das wäre ein großartiger Denkzettel... Geh jetzt und hol sie.«
Jonathan Ratcliffe hatte sich wieder mit dem Rücken zum Kamin aufgestellt und die Arme gekreuzt. Er blickte erst hoch, als die Tür aufging und seine Frau eintrat. Mit der einen Hand bedeckte sie ihr Gesicht, mit der anderen hielt sie ihm wortlos einen Brief hin. Er ging ihr entgegen, riß ihn ihr aus der Hand und las:
»Liebe Eltern,
ich fahre nicht nach London. Ich werde das Kind bekommen. Dr. Carr hat mich darin bestärkt. Ich habe es Euch gestern abend gesagt, aber Ihr habt mir nicht geglaubt. Was ich Euch nicht gesagt habe, ist, daß er, falls Ihr mich dazu zwingt, in eine Klinik zu gehen, etwas unternehmen wird. Ich werde mir, wie ich euch ebenfalls

sagte, Arbeit suchen. Mein Sparbuch nehme ich mit. Da ich nicht will, daß Ihr Euch meinetwegen Sorgen macht, werde ich Euch jede Woche schreiben. Es wird schon alles klappen. Ich habe dafür vorgesorgt, daß ich bei einer Freundin wohne. Es tut mir leid, daß ich Euch so viele Schwierigkeiten mache, auch wegen Susan. Sagt ihr bitte, daß ich aufrichtig hoffe, daß ihre Hochzeit trotzdem termingemäß stattfinden kann und daß sie glücklich wird. Bitte, glaubt mir, daß es mir sehr, sehr leid tut, Euch beunruhigt zu haben. Vanessa«

Das war zuviel. Diesmal rief er wahrhaftig Gott im Himmel an. Fassungslos griff er sich an den Kopf und ächzte: »Wo ist sie? Seit wann ist sie fort? Frage Susan!« Letzteres schrie er beinahe heraus.

»Susan ist mit Brian ausgegangen.«

»Ich dachte, sie sei oben und...«

»Ich auch! Aber wahrscheinlich hat sie die Nerven verloren und...«

»Gott im Himmel!« sagte er abermals und ging auf und ab. Dann strich er den Brief glatt, den er bereits zusammengeknüllt hatte, und zitierte: »›Ich habe dafür vorgesorgt, daß ich bei einer Freundin wohne.‹« Er fuhr auf seine Frau los und brüllte sie an: »Freundin! Was für eine Freundin? Wer weiß denn über ihren Zustand Bescheid? Das soll wohl heißen ›Freund‹, wie? Cotton, oder?«

»Nein, nein, Jonathan! Vanessa würde niemals zu Emily gehen... ich meine, zu ihm.«

»Dann verrat mir gefälligst, um welche Freundin es sich handelt!« Und als sie ihn ratlos anstarrte, marschierte er schnurstracks aus dem Zimmer. Sofort lief sie ihm nach und rief: »Wohin gehst du denn, Jonathan?«

Er war schon auf dem Weg zur Garage, als er sich umdrehte und sie ankläffte: »Was glaubst du wohl, wie? Ich dreh ihr den Hals um. Und ihm auch, das schwör' ich. Wir werden ja zum Gespött der ganzen Stadt, wenn eine unserer Töchter in eine Adelsfamilie einheiratet und die andere zu diesem Pack nach Bog's End zieht. Schwanger auch noch dazu.«

»Jonathan!« Auch ihre Stimme war nun lautstark und unnachgiebig. »Mach keinen Skandal! Nicht in diesem Viertel. Beherrsch dich, um Himmels willen.«
Er stieg in den Wagen, holte tief Luft, sah sie an, senkte den Kopf und sagte ruhiger: »Ja, du hast recht. Beherrschung ist nötig. Aber warte nur, bis ich sie wieder hier habe. Dann werden wir ja sehen. Ich prügle sie windelweich, darauf kannst du dich verlassen. Himmelherrgott noch mal!«
Daß er pausenlos lästerte, war für seine Frau der Beweis dafür, wie sehr ihn die Geschichte getroffen hatte.

Ryder's Row war für Jonathan Ratcliffe keine unbekannte Gegend. Nach großen Gesellschaften hatte er Emily schon öfter heimgebracht. Aber als er jetzt in der schäbigen, engen Straße vor dichtgeparkten, größtenteils schrottreifen Wagen mit seinem Bentley kaum wenden konnte, begann er zu kochen. In einer solchen Straße wohnen, aber Autobesitzer sein!
Zweimal klopfte er an die Haustür, das zweitemal mit der geballten Faust. Dann hörte er jemanden rufen: »Stell das ab, ja? Es ist jemand an der Haustür.« Die Musik aus dem Radio- oder Fernsehapparat wurde daraufhin leiser; die Tür schwang auf, und in der spärlichen Gangbeleuchtung sah er sich der hochaufragenden, mächtigen Gestalt Angus Cottons gegenüber. Er war in Hemdsärmeln, sein Kragen stand offen, und die breite, dichtbehaarte Brust machte Jonathan Ratcliffe noch wütender. Das war der Mann, der es gewagt hatte, etwas zu berühren, was ihm gehörte, was ein Teil von ihm war. Abermals wünschte er, körperlich mit diesem Kerl tauschen zu können, nur für eine einzige Minute.
»Ich komme meine Tochter holen«, stieß er hervor.
»Was ist? Was wollen Sie, zum Teufel noch mal?«
»Fragen Sie nicht so dämlich. Sie wissen genau, was ich will. Wo steckt sie?«
»Allmächtiger. Sie müssen einen sitzen haben, Mann.«

»Wer ist es denn, Angus?« erklang da Emilys Stimme, und schon tauchte sie im Hintergrund auf. Als sie den Besucher erkannte, rief sie aus: »Ja, gnädiger Herr!« Aber sofort fiel ihr Angus ins Wort, indem er schrie: »Was heißt hier, gnädiger Herr!« Weißt du, weshalb er gekommen ist? Er will seine Tochter holen. Bei uns!«
»Van?«
»Jawohl, Van. Er glaubt, daß sie hier ist. Jetzt frag ich dich: Sind die stur oder nicht?« Damit wandte er sich wieder an Ratcliffe und brüllte ihn an: »Was kommen Sie zu mir? Sie glauben mir ja doch nicht!«
»Schrei nicht so«, mahnte Emily leise und barsch. »Soll vielleicht die ganze Straße zusammenlaufen?«
»Mir ist es verdammt egal, wer das erfährt. Ich fürcht' mich vor nichts, und ich schäm mich nicht. Weswegen auch? Sie ist Ihnen also davongelaufen, ja?«
Als Ratcliffe nichts darauf antwortete, schrie Angus: »Bravo, das hätt' ich ihr nicht zugetraut.«
Einen Moment lang stand Jonathan Ratcliffe verblüfft da. Er hatte nicht im mindesten daran gezweifelt, Vanessa hier anzutreffen. Er nahm Cotton nicht ab, daß dieser nichts mit Vanessas Zustand zu tun habe; aber daß sie nicht hier war, glaubte er ihm. Folglich drehte er sich auf dem Absatz um und ging zu seinem Wagen, obwohl Emily ihm nachrief: »Kommen Sie doch herein, und überzeugen Sie sich selbst!« Angus trat auf die Straße und blickte dem Bentley bis zur Straßenecke nach. Vor Wut am ganzen Leib zitternd, kehrte er dann in die Küche zurück, wo seine Mutter auf ihn wartete, und fragte grimmig: »Nun, was sagst du dazu?«
Emily schüttelte seufzend den Kopf, ließ sich schwer auf den nächsten Stuhl sinken und meinte: »Alles, was ich sagen kann, Junge, ist daß sie hundertprozentig davon überzeugt sind, du warst derjenige«.
»Soll ich dir was sagen, Mam?« Er beugte sich zur ihr vor. »Wenn ich vor ein paar Monaten gewußt hätte, was ich heute weiß, wäre ich es gewesen.«

»Sag nicht so was, Angus!«
»Ich sag's aber, Mam. Und ich meine es auch so. Du meine Güte: Ich habe das Mädchen auf ein Postament gestellt. Konnt' gar nicht hoch genug sein. Dabei hätte Kniehöhe vollauf genügt, jawohl. Unter den paar Jungfrauen, die wir noch haben, stand sie ganz oben. Hoch über allen andern. Und inzwischen hat sie's die ganze Zeit über mit einem pickeligen Schuljungen getrieben.«
»Woher weißt du, daß es ein Schuljunge war?«
»Ich weiß es nicht, aber es liegt doch auf der Hand, nicht? Wäre sie regelmäßig mit einem von der Art der Braintree-Blase gegangen, dann hätte sie's sicherlich gesagt. Wen kann sie als Klosterschülerin denn schon groß kennen? Sicher hat sie den Jungen auf dem Schulhof getroffen: da gibt es ja eine Menge Hecken und Golf- und Tennisplätze.«
»Angus, reiß dich doch zusammen.«
»Nun, eine zweite unbefleckte Empfängnis war es jedenfalls nicht, oder?«
»Ach, Angus«, sagte Emily leise. »Versuch nicht, mich zum Lachen zu bringen. Es ist nicht zum Lachen.«
»Nein, bei Gott, das ist es wahrhaftig nicht.« Damit setzte er sich, und nach einer Weile sagte er, als spräche er mit sich selbst: »Ich möchte nur wissen, wo sie hingegangen ist.«
»Sie werden sie schon finden. Und wenn sie die Polizei einschalten müßten.«
»Glaub ich nicht, daß sie das tun.«
»Natürlich werden sie's tun«, widersprach Emily laut. »Sie ist sechzehn – nein, in ein, zwei Tagen siebzehn, wenn ich nicht irre: also noch ein Kind.«
»Ein Kind, hach!« Angus stand auf, verließ die Küche und ging auf sein Zimmer. Dort setzte er sich an seinen kleinen Tisch, stützte den Kopf in die Hände, blickte auf Zeichenpapier und Bleistifte nieder, und seine Angriffslust begann langsam zu verrauchen. Schließlich streckte er die Hand aus, holte ein Sprachlehrbuch aus dem Regal

und betrachtete es. Vanessa war der Grund gewesen, daß er es gekauft hattte. Und die Hoffnung, daß er eines Tages doch ins Zeichenbüro gelangen würde. Für die Werkstatt genügten die Kenntnisse seiner Muttersprache vollauf, aber er hatte eben nicht beabsichtigt, dort alt zu werden. Er konnte zeichnen, war sogar ein guter Zeichner, und ehrgeizig auch noch dazu: also konnte praktisch nichts schiefgehen. Hatte er gedacht. Dabei lagen seine diesbezüglichen Pläne jetzt gewissermaßen hinterm Mond. Er hatte sämtliche Schiffe hinter sich verbrannt und sich auf Gedeih und Verderb aufs Transportwesen eingelassen. Er war mit Fred Singleton handelseinig geworden. Schon morgen sollte er seinen Lastwagen abholen und anfangen. Und an alledem trug mehr oder weniger nur Vanessa Ratcliffe Schuld...

Wo steckte sie bloß? Wohin war sie gegangen? Sicherlich nicht zu Freunden der Familie, sonst wäre ihr Vater nicht hierhergekommen und hätte herumgeschrien. Dieser unverschämte Kerl! *Er* war seiner Sache sicher, damit hatte es sich! Angus ergriff das Buch und stopfte es wieder ins Regal. Gott, würde er es dem Kerl gern heimzahlen. Sein halbes Leben würde er dafür hingeben oder seine Seele dem Teufel verschreiben, wenn das möglich wäre. Aber welche Chance hatte er, abgesehen davon, daß er hingehen und ihn abknallen könnte. Er verstand, warum manche Menschen eines gewaltsamen Todes sterben mußten. O ja, er verstand es jetzt!

Im selben Moment ging die Tür auf, Rosie steckte den Kopf herein und fragte: »Ich habe gehört, daß du Besuch gehabt hast?«

Angus stand auf, verzog das Gesicht und erwiderte: »Tja, du hast was versäumt. Du hättest nicht ins Kino zu gehen brauchen.«

»Mama hat frischen Tee gemacht. Komm, trink eine Tasse.« Sie ging lächelnd auf ihn zu. »Heute bist du zum letztenmal Angus Cotton, der Werkstättenleiter. Ab morgen früh bist du Angus Cotton von ›Cotton & Singleton, Transportunternehmer‹, vergiß das nicht, Junge.«

Sie gab ihm einen leichten Stoß, und er grinste und antwortete: »Mhm, stell dir nur vor.«
»Komm schon.« Sie zog ihn zur Tür. »Ich gehe mit dir jede Wette ein, daß du diesen Abend nie vergessen wirst. Nicht war, Mam?« rief sie Emily zu, als sie in die Küche kamen. »Wenn er einmal eine Prachtvilla und einen Rolls davor stehen hat, wird er an diesen Abend zurückdenken und sagen: ›Erinnert ihr euch?‹, genauso, wie es die ehemals armen Kerle im Fernsehen immer tun, wenn sie's endlich geschafft haben. Na ja«, fügte sie dann in ihrem üblich nüchternen Ton hinzu. »Soll natürlich ein Scherz sein.«
»Ist es aber nicht«, fiel Emily prompt ein. »Ich hab' schon immer gesagt: aus dem Jungen wird eines Tages was, der macht seinen Weg.«
Angus zuckte angesichts dieser Prophezeiung nur die Achseln. Als sie alle bei Tisch saßen, sagte Rosie plötzlich: »Möchte wissen, wo sie hingegangen ist. Sie wird's kalt finden in der großen, weiten Welt, diese Miß Vanessa. Es wird ihr zumute sein, als hätte man sie in eine Tiefkühltruhe gesteckt.«
Genauso, dachte Angus: Als hätte man sie in eine Tiefkühltruhe gesteckt.

6

Susans Hochzeit war überstanden. Es war eine große Sache gewesen; die halbe Grafschaft hatte daran teilgenommen. Über Vanessas Abwesenheit war keine Bemerkung gemacht worden. Erziehung veranlaßte die Menschen dazu, taktvoll zu sein, zumindest vor den Leuten.

Jane Ratcliffe erklärte die Abwesenheit ihrer Tochter damit, daß sie mit Freunden auf den Kontinent gereist sei. Natürlich war es der unpassendste Zeitpunkt, ausgerechnet jetzt nicht daheim zu sein, aber einer der Teilnehmer war in letzter Minute ausgefallen und Vanessa wäre geradezu versessen darauf gewesen, mitzumachen. Ihr stecke eben die Abenteuerlust im Blut, diesem Wildfang. Und sie schriebe allwöchentlich die interessantesten Briefe.

Die Leute, denen Jane Ratcliffe dies erzählte, lächelten und nickten und sagten, wie nett es für Vanessa sei; eigentlich genau das, was alle jungen Mädchen tun sollten: Reisen machen und Erfahrungen sammeln.

Jane Ratcliffe fragte sich, ob sich hinter diesen verbindlichen Antworten irgendwelche Hintergedanken verbargen. Genauso, wie sie sich fragte, wo ihre Tochter wohl tatsächlich stecken mochte. Zwei Poststempel hatten auf London verwiesen, ein anderer auf Brighton, dann auf Eastbourne, schließlich sogar auf Torquay. Sie war gezwungen gewesen, Vanessas Zeilen und deren ersten Brief Dr. Carr zu zeigen, weil er anfing. Schwierigkeiten zu machen. Er hatte sich gebärdet, als hätten sie sie beseitigt. Sein Benehmen begann sie schon zu ängstigen,

aber dann hatte Jonathan die Sache in die Hand genommen und ihn in seine Schranken verwiesen.
Jonathan sagte, er wolle nichts mehr mit Vanessa zu tun haben, ein für allemal. Er wolle sie nie mehr wiedersehen. Jane selbst war nicht so hart; schließlich war Vanessa ihre Tochter, und sie war so jung. Sie hatte noch immer das Gefühl, daß man die Sache der Polizei übergeben müsse, aber Jonathan verlor fast den Verstand, als sie die Sprache darauf brachte. Vielleicht auch, weil der Polizeipräsident Mitglied seines Klubs war, und Jonathan hielt große Stücke auf seine Stellung im Klub. Dennoch würde es ein schlechtes Licht auf sie werfen, wenn Vanessa ihr Baby in eine Kinderkrippe steckte und dieser Umstand ans Licht käme. Aber sie konnte Jonathan nicht dazu bringen, ihren Standpunkt zu teilen. Vanessa sei im entferntesten Winkel des Landes, sagte er, als er die letzte Marke betrachtete. Dort solle man sie belassen. Bedeutend besser so, als daß sie sich hier vor ihren Augen mit diesem Tölpel verbinden würde. So viel Verstand hätte sie offensichtlich doch zumindest besessen, um sich von ihm loszumachen.
Das Haus kam ihr ganz leer vor ohne Susan und Ray, der nun ins Internat ging – auch das war eine Entscheidung Jonathans gewesen. Sie wußte nicht recht, was sie mit sich anfangen sollte. Sie würde sich irgendeiner karitativen Tätigkeit widmen müssen, um ihre reichlich bemessene Zeit auszufüllen. Der Haushalt war kein Problem mehr. Sie hatte Glück gehabt und eine tüchtige Kraft bekommen, die ebenso gut, wenn nicht besser war als Emily. Jahrelang hatte sie gedacht, die Welt würde stehenbleiben, wenn sie Emily verlöre, aber anscheinend war wirklich jedermann zu ersetzen. Das hatte sich wieder einmal herausgestellt.

DRITTER TEIL

Eine merkwürdige Ehe

I

Es war Rosie, die als erste herausfand, wo sich Vanessa aufhielt. Sie war mit Stan nach Newcastle gefahren, um ins Kino zu gehen, und da noch etwas Zeit blieb, schlenderten die beiden ein bißchen durch die Gegend.
Angus war daheim, hatte sich jedoch nicht umgezogen, sondern war gerade dabei, seinen Wagen im Schuppen, den Singleton als Garage gemietet hatte, zu überholen. Er hatte ihn billig gekauft, und dementsprechende Erfahrungen machen müssen. In den vergangenen drei Monaten hatte er eine Menge über Autobestandteile dazugelernt. Beinahe hätte er bankrott gemacht, denn die Karre war schon in der ersten Woche viermal zusammengebrochen. Er wußte, daß er schlecht eingekauft hatte, und war fest entschlossen, für das nächstemal daraus zu lernen. Aber das dauerte sicher noch einige Zeit. Vierzig Pfund pro Woche könnten sie leicht verdienen, hatte Fred erklärt. Das höchste, was sie zusammenbekommen hatten, waren jedoch dreißig gewesen. Die vergangenen Wochen waren es sogar nur vierundzwanzig. Beide arbeiteten Tag und Nacht, aber ihre Fahrzeuge hatten nicht genügend Fassungsraum und waren nicht stark genug. Es machte Angus buchstäblich krank, daß ihnen dadurch in den letzten vier Wochen einige Aufträge entgangen waren. Dennoch wußte er, daß selbst mit funkelnagelneuen Wagen zwei Männer allein nicht weit kommen konnten. Er brauchte zumindest ein halbes Dutzend Wagen und genauso viele Fahrer. Aber ebensogut hätte er sich den Mond wünschen können.
Nach dem, was er zur Zeit zu sparen imstande war,

würde es ihn gut ein Jahr kosten, einen weiteren Wagen zu kaufen, und auch den nur aus zweiter Hand. Er hätte natürlich einen Kredit aufnehmen können, aber er wollte damit gar nicht erst anfangen. Er war gegen Ratenzahlungen, weil er schon zu oft mitangesehen hatte, wie die armen Tröpfe dabei alles verloren hatten, wenn sie einmal mit den Zahlungen in Verzug kamen. Nein, er wollte bar zahlen. Es war wohl eine Enttäuschung, warten zu müssen, aber damit mußte er sich eben abfinden. Außerdem war da noch etwas. Wenn er sich einmal auf Ratengeschäfte einließ, würde Fred ihn damit festnageln. Er hatte bereits erkannt, daß man bei ihm unbedingt resolut sein mußte; er war nicht nur leichtsinnig, sondern auch ein allzu großer Schlappschwanz.

Mißmutig blickte Angus auf das Heft, in das er seine Abrechnungen eintrug, als die Tür aufging und Rosie noch in Ausgehaufmachung hereinkam. »Stell dir nur vor«, sagte sie ganz aufgregt, »heute hab' ich sie gesehen.«

»Wen denn?«

»Miß Van natürlich.«

Mit ernster Miene fragte er: »Wo?«

»In Newcastle. Komm in die Küche, damit ich es nicht zweimal erzählen muß.« Damit drehte sie sich um und ging hinaus. Er folgte ihr, aber langsam.

»Also los«, sagte Emily. »Wo hast du sie gesehen? Flunker nicht lang herum, erzähl schon.«

»Das hättet ihr nie erraten, nicht in hundert Jahren! Stimmt's, Stan?« Sie blickte von Stan zu ihrem Bruder, aber Angus sagte nichts, sondern wartete bloß. Schließlich sah sie wieder ihre Mutter an und fuhr beinahe fröhlich fort: »Also: Sie verkauft. In einem Gemüseladen. Aber in dem miesesten, dreckigsten Laden, den man sich nur vorstellen kann. Hab' ich recht, Stan?«

»Doch nicht Miß Van, niemals!«

»Doch, doch, Mam. Sie *war's*, Stan, stimmt's?«

Stan nickte und sagte: »Stimmt.« Das war alles. Er zählte nicht zu den gesprächigsten Typen.

»Wir kamen gerade von der Busstation, weil Stan sich

den Fluß und ich mir die neuen Wohnungen ansehen wollte, dort, wo früher die Kyle Street war, wißt ihr. Dort sind wir also herumspaziert, bis wir zu ein paar Straßen kamen, in denen man die Häuser noch nicht abgerissen hatte, eine richtig widerliche Gegend, ehrlich.«
»Weiter, spann uns nicht so auf die Folter.« Emily wurde ungeduldig.
»Ich bin ja schon dabei. Mam. Das hab' ich euch bloß deshalb erzählt, damit ihr euch die ganze Szenerie vorstellen könnt. Also, da erblickten wir diesen kleinen Laden, wo man sozusagen alles bekommt, ihr kennt das ja: Kerzen, Brennholz, Obst, Gemüse und so weiter. In einer Schachtel vor dem Laden gab es Granatäpfel, und Stan bekam Lust darauf und ich auch. Wir dachten, es würde dann wieder so sein wie zu der Zeit, wo wir noch Kinder waren und Granatäpfel auf der Straße mampften. Heraußen bediente eine alte Frau und drinnen ein junges Ding, und als ich so durch die Auslage blickte, erkannte ich sie: Es war Miß Van.«
»Unmöglich, Rosie. Die kann überall einen Job kriegen. Wozu sollte sie in einem Krämerladen arbeiten? Die kann in die größten Läden der Stadt gehen und...«
»Mam!« sagte Rosie langsam und ungeduldig. »Die kann nicht in einen großen feinen Laden gehen, und sie bekommt auch nicht mehr überall Arbeit, so wie sie aussieht... mit dem Bauch.«
»Du lieber Gott, natürlich! Hast du mit ihr gesprochen?«
»Natürlich nicht. Ich hab' mich außer Sichtweite gehalten, und Stan kennt sie ja nicht. Du weißt, ich hab' sie nie besonders gemocht, aber da hat sie mir leid getan. Ich möchte nicht eine Minute in einem derart gräßlichen Schuppen arbeiten.«
Angus sagte plötzlich: »Du könntest dich ja geirrt haben.«
»Ich bin doch nicht verrückt, Angus. Ich kenne sie ebenso gut wie du.«
»Wo ist der Laden?« fragte Angus.

»Äh… ich weiß nicht, wie die Straße heißt. Du vielleicht, Stan?«
Stan schüttelte den Kopf und sagte: »Nein, aber es muß in der Nähe der Murphy Street sein. Ein großer, offener Platz und dahinter eben, zwischen Geröll und Schutt.« Dann fügte er hinzu: »Gehört hab' ich ja schon eine Menge über sie, aber gesehen habe ich sie nie vorher. Für das, was sie alles mitgemacht hat, sieht sie immer noch gut aus und…«
»Sei auf der Hut!« warnte Rosie ihn und versetzte ihm einen Rippenstoß, worauf beide herzlich lachten. Emily und Angus blieben jedoch ernst.
»Gehst du in den Klub, Angus?« fragte Rosie dann, und er antwortete: »Schon möglich. Aber erst einmal geh ich ins Bad.«
»Du hast doch gerade gestern gebadet«, sagte Rosie laut.
»Na und. Bade ich eben heute wieder.« Sein Tonfall besagte: Worauf willst du hinaus? Er sah sie eine Minute lang an, ehe er sich umdrehte und auf sein Zimmer ging. Emily beugte sich zu Rosie hinüber und flüsterte ihr zu: »Du hättest nichts davon sagen sollen.«
»Warum denn nicht, Mam?« fragte sie ganz erstaunt.
Mit noch leiserer Stimme sagte Emily: »Sei nicht albern, ich schließe mit dir jede Wette ab, daß er was unternimmt, wenn sie sich in einer schlimmen Lage befindet.«
»Aber Mam!« erwiderte Rosie beinahe empört. »Wo man ihm das Kind in die Schuhe schieben will? Der ist doch nicht bescheuert!«
»Du kennst ihn nicht so gut wie ich. In einigen Punkten *ist* er bescheuert. Sonst hätte er May zum Beispiel schon vor Jahren geheiratet.«
Rosie wandte langsam den Kopf, warf einen Blick auf die Tür zu Angus' Zimmer und tuschelte dann: »Du meinst… du meinst, er hat was für sie übrig?« Es klang ungläubig, und ihre Mutter flüsterte scharf zurück: »Ich meine nichts dergleichen. Er weiß, wohin er gehört. Aber

wenn sie in der Klemme sitzt, tut sie ihm garantiert leid. Sie hat ihm immer schon leid getan, und er hat ihr mehr als einmal geholfen. So ist er nun mal. Ob man das jetzt bescheuert nennt oder nicht.«

In der darauffolgenden Woche kam Angus jeden Abend zur üblichen Zeit heim. Er wusch sich im Spülbecken oder nahm Handtuch und Seife und ging drei Straßen weiter ins öffentliche Bad, je nachdem, was er untertags befördert hatte. Montag abend blieb er daheim; Dienstag ging er in den Klub – Stan informierte Rosie darüber am nächsten Tag –, Mittwoch abend blieb er abermals daheim. Donnerstag ging er ins Kino, und Freitag abend besuchte er das Hunderennen. Freitag nachmittag jedoch fuhr er mit seinem Lastwagen regelmäßig hinüber nach Newcastle.

Er hatte die Murphy Street rasch gefunden und parkte seinen Wagen in der Nähe des Müllplatzes. Nachdem er sich den Rock abgebürstet und die Kappe aufgesetzt hatte, suchte er den Krämerladen, und als er an der nächsten Ecke die Kisten mit Granatäpfeln, Zwiebeln und halbverfaulten Tomaten erblickte, warf er einen Blick durch die Auslage und entdeckte im Ladeninnern eine ältere Frau. Er biß sich auf die Lippen, trat ein und wartete, bis er an die Reihe kam.

»Womit kann ich dienen?« fragte sie.

»Ein Pfund Äpfel, bitte.«

Während sie die Äpfel auswog, warf er einen Blick ins Hinterzimmer, konnte aber auch dort niemanden entdecken. »Sie hatten doch ein junges Mädchen zur Aushilfe, nicht?« fragte er schließlich.

Sie spähte ihn aus zusammengekniffenen Augen an, ohne etwas darauf zu erwidern. Also fragte er nochmals: »Es stimmt doch, oder?«

»Was geht Sie das an?«

»Ich kenne sie zufällig. Könnte ich kurz mit ihr sprechen?« Wiederum versuchte er, einen Blick ins Hinterzimmer zu werfen.

»Sie ist nicht da. Sie ist daheimgeblieben, weil ihr schlecht war.«
»Schlecht?«
»Genau das.«
»Sie... Sie meinen, daß das Baby schon...«
»Nein, das ist noch nicht fällig. Wenn Sie auch darüber Bescheid wissen, nehme ich doch nicht an, daß Sie...«
Sie fixierte ihn von oben bis unten, beendete jedoch den Satz nicht. Aber er tat es für sie: »...daß ich der Vater bin. Das meinen Sie doch, nicht wahr?«
»Ich habe nichts dergleichen gesagt.«
»War gar nicht nötig. Wo wohnt sie?«
»Weshalb sollte ich Ihnen das verraten?«
Er beschloß, ihr die Wahrheit zu sagen. Denn Leute ihrer Art konnten den Mund halten, und außerdem wäre er sonst vergeblich hergefahren und würde abermals eine schlaflose Nacht zubringen. »Nun, wissen Sie, die Wahrheit ist, daß meine Mutter für ihre Familie gearbeitet hat, und sie macht sich Sorgen, seit sie davongelaufen ist.«
»Also wollen Sie heimgehen und ihr erzählen, wo sie wohnt, damit ihre Angehörigen sie holen kommen?«
»Nichts dergleichen. Meine Mutter arbeitet nicht mehr für diese Leute und hat keineswegs die Absicht, sie auf ihre Spur zu hetzen. Ich möchte sie einfach sehen und mit ihr reden.«
Abermals sah ihn die Frau eindringlich an, dann meinte sie: »Merkwürdig, daß Sie sie gefunden haben. Ihre Leute haben sich nicht viel Mühe mit dem Suchen gemacht. Ich weiß ja nicht, wie sie sind, aber daß sie sie in diesem Zustand derart im Stich lassen – wo sie doch selbst noch ein halbes Kind ist –, also das will mir nicht in den Kopf. Sie steht im Laden wie ein Gänseblümchen auf der Wiese, wenn Sie mich fragen.«
Der Vergleich war gut, den mußte er sich merken.
»Bloß ein Glück, daß sie auf Nell Crawford gestoßen ist, als sie ein Zimmer suchte. Wenn sie so mutterseelenallein in der Gegend auf Zimmersuche gegangen wäre,

selbst in ihren Zustand, hätten sie sie nicht lange ungeschoren gelassen, das steht fest. Aber Nell ist in Ordnung. Und sauber.«
»Wo wohnt denn diese Nell Crawford?« fragte er.
»In der Batterby Bay Road 132«, sagte sie. Jeder in diesem Stadtteil könne ihm den Weg zu Nells Haus zeigen.
Batterby Bay Road! O Gott! Von allen Straßen der Welt mußte sie ausgerechnet in der Batterby Bay Road landen. Möglich, daß diese Nell Crawford – wer immer sie sein mochte – tatsächlich ein sauberes Haus ihr eigen nannte. Aber wenn es in der Batterby Bay Road stand, dann war es bestimmt das einzige in der Art, da ging er jede Wette ein.
Angus bedankte sich ganz automatisch und ging zur Tür, als sie ihm nachrief: »Sie haben die Äpfel noch nicht bezahlt!«
»Oh, entschuldigen Sie«, meinte er. »Was macht's?«
»Einen Shilling und vier Pence.«
Er gab ihr das Geld, verließ den Laden, ging zu seinem Lastwagen, setzte sich ins Führerhaus und biß sich die Lippen. Batterby Bay Road – guter Gott! Dort schulte man gewisse Dämchen ein, das war stadtbekannt; da taten sie gewissermaßen ihre ersten Schritte. Er war mit fünfzehn das erstemal die Batterby Bay Road entlanggegangen. Es war ein Samstagabend gewesen, und er hatte sich mit drei Kameraden auf den Weg gemacht.
Sie waren anfangs betont gemächlich hindurchgeschlendert, aber in bedeutend rascherem Tempo am Ende der Straße angelangt, als sie sie betreten hatten. Damals hatten sie sich mächtig stolz gefühlt, weil sie in die Batterby Bay Road gegangen waren, und noch wochenlang große Töne darüber gespuckt. Aber alle vier waren vor den Huren erschrocken, die es dort in sämtlichen Kategorien gab: große, kleine, magere, dicke, junge und alte. Keiner von ihnen hatte je vorher etwas mit einer Frau gehabt. Sie hatten zwar immerzu davon gesprochen, aber das war pure Prahlerei gewesen. Und trotz des Riesenangebots der Batterby Bay Road hatten sie auch in jener Nacht gekniffen.

Er hielt direkt vor Nr. 132. Es entpuppte sich als ein großes, terrassenförmig angelegtes Haus mit einer Doppelfront, das zweifellos einst das Heim einer gutbürgerlichen Familie gewesen war. Nun hausten in seinen zehn Räumen voneinander separierte Bewohnerinnen, deren Namen im Flur von einem schmuddeligen Fetzen Papier undeutlich abzulesen waren. Selbst der Teil, auf dem ›V. Ratcliffe‹ stand, wies Fingerabdrücke auf. Die Glastür, die auf den Korridor führte, war abgesperrt, wie Angus feststellen mußte. Also sah er sich um und bemerkte eine Klingel. Er hörte zwar keinen Ton, als er draufdrückte, aber binnen kurzer Zeit näherten sich schlurfende Schritte, und eine unwillige Stimme ertönte von jenseits der Tür. »Haben Sie ihren Schlüssel nicht mit?«
Dann starrte die Frau Angus an und fügte hinzu: »Oh! Was wollen Sie, Mister? Ich bin momentan vollkommen besetzt.«
»Ich komme Miß Ratcliffe besuchen.«
Sie musterte ihn nun auf dieselbe Weise, wie die alte Frau im Laden und meinte schließlich: »Was Sie nicht sagen. Tatsächlich? Und was wollen Sie von ihr?«
»Das ist doch wohl meine Angelegenheit«, erwiderte er und wollte schon eintreten. Aber die Frau hielt ihn mit einer Kraft zurück, die ihn überraschte.
»Nicht so eilig, mein Junge, nicht so eilig. Und schreiben Sie sich eins hinter die Ohren: Wenn Sie was Krummes vorhaben, dann sind Sie bei mir auf dem falschen Dampfer.«
Er schloß sekundenlang die Augen, legte den Kopf schief und sagte dann: »Hören Sie, gute Frau, alles, was ich will, ist mit Miß Ratcliffe reden. Ich kenne sie zufällig. Wollen Sie ihr bestellen, daß Angus Cotton da ist?«
Sie schüttelte mißbilligend den Kopf und sagte: »Meinetwegen brauchen Sie nicht so zu schreien, ich bin ja nicht taub. Warten Sie hier.«
Als sie die Treppe hinaufging, sah er ihr nach und bemerkte, daß sie – etwa auf der Hälfte angelangt – stehenblieb, ihn abermals von Kopf bis Fuß maß, als ob sie aus

ihm nicht klug werden könnte, und dann erst ihren Weg forsetzte.

Es dauerte volle fünf Minuten, bis sie zurückkam, und ihr Benehmen war nach wie vor unverändert. »Im letzten Stock auf Nummer acht. Passen Sie auf Ihren Kopf auf, sonst stoßen Sie an der Decke an.«

Er war froh, daß sie ihn gewarnt hatte. Schon im dritten Stock war es sehr dunkel, und das letzte Stück mußte er sich einfach vorantasten, bis er durch das aus einer Dachluke einfallende schwache Licht die Tür mit der genannten Nummer erblickte.

Ehe er anklopfte, biß er sich auf die Lippen. Da wurde auch schon geöffnet: Vanessa stand vor ihm und sah ihn an. Sie trug ein lose sitzendes Hauskleid, und er sah, daß sie eben erst aufgestanden sein mußte. Ihr Gesicht bestand, wie ihre Mutter es schon einmal beschrieben hatte, nur aus Augen. Früher einmal hatte er geglaubt, daß kein weibliches Wesen Haare wie sie besäße: ein sattes Kastanienbraun mit einem Schimmer von Dunkelrot. Heute schimmerte nichts mehr; es sah stumpf und strähnig aus. Als ihre Lippen zu zittern begannen, sagte er: »Hallo, Van.«

»Hallo, Angus.« Sie schluckte mühsam, als sie seinen Namen aussprach. Dann trat sie beiseite und fragte: »Willst… willst du nicht hereinkommen?«

Er trat in die Dachstube ein und versuchte zu ignorieren, wie es hier aussah; aber gleich der allererste Eindruck ließ ihn diesen Verschlag mit dem Zuhause vergleichen, das sie verlassen hatte. Es ist nicht zu glauben, ging es ihm durch den Kopf: Seine eigenen vier Wände ließen eine Menge Wünsche offen, aber im Vergleich dazu waren sie der reinste Palast. Unter der Dachschräge stand ein schmales Eisenbett, daneben waren ein einziger Stuhl und ein kleiner, viereckiger Holztisch; außerdem gab es einen Hängeschrank. Unter einem winzigen, mit vier Scheiben versehenen Fenster stand eine morsche Kommode. Auf dem Fußboden befand sich ein Tablett aus Zinn mit einem Gaskocher und einem Teekessel

darauf. Als Angus sich umdrehte, ließ Vanessa den Kopf sinken und flüsterte: »Sag nichts, Angus. Sprich es nicht aus.« Dann fügte sie, immer noch mit gesenktem Kopf, hinzu: »Willst du dich nicht setzen?« Sie deutete auf den Stuhl und nahm gleichzeitig am Fußende des Bettes Platz.
Nachdem er sich gesetzt hatte, verschränkte er die Hände über den Knien und dachte krampfhaft darüber nach, wie er beginnen sollte.
Schließlich fragte sie: »Wie geht es Emily?«
Nicht einmal antworten konnte er sofort; nach einigem Zögern erwiderte er: »Oh, es geht ihr gut.«
»Hat... hat sie eine neue Stelle?«
»Nein, nein. Ich will nicht mehr, daß sie arbeiten geht. Sie hat in ihrem Leben genug geschuftet.«
»Freilich, ja.«
Abermals verfielen sie in Schweigen und die naßkalte, schlechte Luft machte selbst dem absolut nicht verwöhnten Angus zu schaffen. Die Wände des Hauses mußten seiner Meinung nach mit Schmutz imprägniert sein. Er sehnte sich danach, das Fenster aufzureißen, aber dazu war es hier zu frostig. Verstohlen sah er sich nach einer Beheizungsmöglichkeit um, bis er am Kopfende des Bettes einen kleinen Gasofen bemerkte.
Als sie dann beide gleichzeitig zu reden anfingen, hielt er lächelnd inne, und sie sagte: »Ich wollte dich fragen, wo du jetzt arbeitest.«
»Oh.« Er setzte sich gerade. »Ich habe mich selbständig gemacht, mit einem Kollegen namens Singleton. Wir haben ein Transportunternehmen eröffnet, weißt du. Mit den Aufträgen und so klappt es ganz gut.« Er wollte sie wenigstens in dieser Hinsicht beruhigen.
»Da bin ich aber froh, Angus. Es... es hat mit furchtbar leid getan, daß ich dir so viele Unannehmlichkeiten bereitet habe.«
»Deshalb brauchst du dir keine Sorgen zu machen, wirklich. Im Grunde genommen ist es sowohl Mutter als auch mir nur gut bekommen. Sie ist wie neu geboren, seit

sie sich ausruhen kann, und ich bin jetzt schließlich mein eigener Herr.«
»Da bin ich aber froh«, sagte sie abermals.
Nun wurde seine Miene ernst, und er sah sie einen Moment offen an, ehe er fragte: »Und wie geht es dir?«
Als sie nichts darauf antwortete, beugte er sich vor und sagte leise: »Das hier ist kein Aufenthaltsort für dich, Van. Warum gehst du nicht wieder nach Hause?«
»Nein, nein, das will ich nie mehr, Angus.«
»Aber weshalb nicht? Es ist schließlich deine Familie.«
Sie betrachtete ihn eine Zeitlang, ehe sie antwortete: »Ja, es ist meine Familie. Aber selbst wenn ich auf die Straße gegangen wärc, hätten sie mich nicht schlechter behandeln können. Die Vorstellung, daß ich ein Kind bekomme, hat sie so erschreckt, daß sie ganz darauf vergessen haben, sich auszumalen, wie mir das alles mitspielen würde. Sie waren einzig und allein um ihr Prestige besorgt. Vater war sogar fest entschlossen, daß ich es mir wegmachen lassen müsse. Aber ich wollte das nicht.« Aus ihrer Stimme klang eine bisher nie gekannte Festigkeit.
»Weißt du, Van, ich glaube, daß er in diesem Punkt sogar recht hatte, wirklich. Ich war fast nie mit dem, was er tat oder sagte, einverstanden. Um ehrlich zu sein, muß ich zugeben, daß ich ihn nie mochte! Aber da hat er recht. Dann könntest du wieder von neuem beginnen.« Sie sah zu Boden, und er stotterte weiter: »Du weißt schon, was ich meine. Du bist jung, du hättest alles vergessen und sie für dich sorgen lassen können. Dann hätten sie sich bestimmt um dich gekümmert.«
Sie blickte ihm fest in die Augen und entgegnete: »Sie hätten für mich gesorgt, aber wie? Sie wollten mich gleich nach der Klinik zu meiner verschrobenen alten Tante nach Schottland verbannen, bei der man tagaus, tagein keine Menschenseele zu Gesicht bekommt, außer dem Geistlichen, der sonntags seit Jahren die lange Fahrt zu ihr hinaus unternimmt, um mit ihr zu beten, immer

in der Hoffnung, daß er nach ihrem Tod alles erben werde. Das nächste Dorf ist meilenweit entfernt: ich war vergangenes Jahr auf eine Woche dort. Denn meine Mutter möchte nämlich auch gern testamentarisch bedacht werden.« Das letzte klang zynisch. »Offensichtlich wollte sie sie über mich weichkriegen, verstehst du. Aber schon nach zwei Tagen dachte, ich, ich würde dort den Verstand verlieren.«

Während Angus ihr lauschte, mußte er überrascht feststellen, daß – so jung sie auch aussehen mochte – das Mädchen, das er gekannt hatte, nicht mehr existierte. Das war natürlich zu erwarten gewesen: Wenn Frauen Kinder bekamen, waren sie eben keine Mädchen mehr. Seine Mutter hatte schon recht: In manchen Dingen war er richtig bescheuert. In die sich abermals in dem winzigen Raum ausbreitende Stille fragte er: »Du warst krank?« Und sie antwortete : »Ich habe mich erkältet. Der Laden, in dem ich arbeite, ist ziemlich feucht und zugig.«

»Ja, ich weiß.« Er nickte.

»Wie... wie hast du ihn gefunden?« erkundigte sie sich verblüfft.

»Rosie hat ihn entdeckt. Sie ist mit Stan vergangenen Samstag dort vorbeigekommen und hat dich gesehen.«

»Wird... wird sie darüber reden? Ich meine, Angus, ich... ich möchte nicht, daß jemand davon erfährt. Weißt du, ich schreibe jede Woche heim und lasse die Briefe in London oder Devon oder noch weiter weg aufgeben. Das tut Mr. Noakes von nebenan für mich.« Sie deutete auf die Tür. »Er ist Fernlastfahrer. Entweder wirft er sie selbst ein, oder er bittet einen seiner Kollegen, es für ihn zu tun.«

So, Fernlastfahrer war dieser Mr. Noakes. Und was versprach er sich für seinen Freundschaftsdienst? Fernlastfahrer waren ja bekannt dafür, jedes Weibsstück aufzulesen, das per Autostop mitwollte. Vanessa wußte offensichtlich gar nicht, worauf sie sich da einließ. Zweifellos würde Mr. Noakes sie nicht lange darüber in unklaren lassen. Möglich, daß er bis nach ihrer Niederkunft warte-

te; es hing alles davon ab, wie dringend er eine Frau brauchte.
Sie schien seine Gedanken erraten zu haben, denn sie fügte hinzu: »Er ist ein sehr freundlicher älterer Mann, weißt du.«
Als Angus merkte, daß sie zitterte, sagte er: »Dir ist kalt. Du bist meinetwegen aufgestanden. Kannst... kannst du nicht den Ofen anzünden?«
»Doch. Ich habe ihn ohnehin bis vor kurzem brennen lassen. Aber es wurde zu warm, deshalb habe ich ihn abgedreht.«
Er glaubte ihr kein Wort, aber er wechselte das Thema und fragte: »Wo ißt du denn?«
»Gewöhnlich in einem Kaffeehaus in der Stadt. Und abends daheim. Kalt. So komme ich ganz gut durch.«
»Van«, sagte er und stand auf, »ich muß jetzt gehen. Es wartet noch eine Fuhre auf mich. Aber ich käme dich gern wieder besuchen. Darf ich?«
Sie schüttelte langsam den Kopf. »Nein, Angus. Ich glaube nicht, daß es richtig wäre. Wenn meine Leute es jemals erfahren würden, kannst du dir ja die Reaktion vorstellen. Es wäre für sie nur eine Be...«
»Ich weiß schon«, unterbrach er sie. »Ich kann es mir ohne weiteres zusammenreimen. Aber sie hätten verdammt unrecht damit, nicht?« Er senkte den Kopf und fügte hinzu: »Tut mir leid.« Als er sie ansah, lächelte sie leise. Es war das erstemal, daß sich ihre Mundwinkel nach oben verzogen, seit er sie wiedergesehen hatte. Und dann sagte sie ruhig: »Du brauchst dich nicht zu entschuldigen, Angus. Du kannst dir nicht vorstellen, wie sich mein Wortschatz in den letzten Monaten erweitert hat. Es – es geht nicht darum, ob ich dich sehen möchte oder nicht, Angus: es war wunderbar, dich wiederzusehen. Aber... ich möchte dir nicht noch mehr Schwierigkeiten machen, und du weißt, daß es ja doch nur wieder darauf hinausliefe...«
»Nun«, meinte er kurz, »überlaß das ruhig mir. Jetzt paß einmal auf: Du gehst schnurstracks wieder ins Bett, und

ich komme später nochmals vorbei und bring' dir was zu essen. In der Zwischenzeit erklärst du der Dame da unten, daß meine Absichten völlig ehrbar sind.« Da er sofort spürte, daß er das Unrichtige gesagt hatte, fuhr er betont fort: »Nun, für mich ist es jetzt höchste Zeit. Da drüben wartet so viel Schotter auf mich, daß ich 'ne Menge Ärger kriege, wenn ich nicht bald aufkreuze. Auf bald also. Geh schön zu Bett. Ich kann nicht genau sagen, wann ich wiederkomme, aber so ungefähr nach sechs. Ja, ja, so spät, wird's auf alle Fälle.«
Sie stand am Fußende des Bettes, umklammerte die Eisenstange mit beiden Händen und sagte leise: »Wiedersehen, Angus.«
Auf dem Weg nach unten vergaß er die niedrige Decke, stieß sich den Kopf an, fluchte und sprang, immer zwei Stufen auf einmal nehmend, die Treppe hinunter.
Obwohl ihm bereits zwei Fuhren durch die Lappen gegangen waren, machte er pünktlich Schluß, stellte den Wagen in der Garage ab und ging ohne den Umweg nach Hause direkt ins öffentliche Bad, wo er sich Handtuch und Seife geben ließ. Um halb sechs kam er heim und setzte sich sogleich zu Tisch.
»Willst du dich nicht erst waschen?« fragte Emily.
»Seh ich etwa nicht sauber aus?« Er wandte ihr den Kopf zu. »Ich war gleich auf dem Weg hierher im Bad.«
Kaum hatte sich die Tür hinter ihm geschlossen, sagte Rosie: »Der mit seinen Bädern. Er wird sich noch auflösen vor lauter Waschen! Letzten Endes käme es doch billiger, eins in der Waschküche zu installieren. Das hat er schon vor Jahren vorgeschlagen.«
»Was hat er's denn so eilig?« Emilys Stimme klang gedämpft. »Das Hunderennen beginnt doch nicht vor acht.«
»Warum fragst du ihn nicht selbst?«
Als er zehn Minuten später in die Küche trat, erkundigte sich Emily ganz nebenbei: »Wohin gehst du denn heute, Junge?« Ohne mit der Wimper zu zucken, antwortete er: »Ich schau bei einem Kumpel vorbei, wegen eines Wa-

gens. Meiner läßt mich noch die Wände hochklettern. Der fährt ja nur mehr, wenn man hinten anschiebt.«
»Ein Wagen?« Emily zog argwöhnisch die Brauen hoch. »Du hast noch nie was davon gesagt.«
»Konnt' ich auch nicht. Ich habe selbst erst heute nachmittag davon gehört. Ein Arbeitskollege vom Bauplatz hat es mir gesteckt, daß das eventuell ein günstiger Kauf sein könnte.«
»Du meine Güte, günstig! Das hast du beim jetzigen auch behauptet.«
»Nun, diesmal werde ich die Augen offenhalten. Auf bald.« Als er das Haus verließ, war ihm klar, daß sie einander nun anblickten und sich über ihn wunderten. Dabei wollte er es eine Zeitlang belassen, bis er selbst wußte, was er unternehmen sollte. Er mußte was unternehmen – aber was, das wußte er noch nicht genau.

2

Dies war sein sechster Besuch in der Batterby Bay Road Nr. 132. Heute hatte er zwei Portionen Fisch mit Pommes frites dabei, zwei Flaschen Bier, einen Laib Brot, ein halbes Pfund dänische Butter und ein halbes Pfund Käse. Es war Montag, und sie hatten gerade ihre Fuhren aufgenommen.

Er klopfte an ihre Tür und trat nach dem ›Herein‹ ein. Seit Freitag abend hatte er sie nicht mehr gesehen, und Samstag hatte er lange gearbeitet, um die verlorene Zeit einzubringen. Auch, um den Argwohn seiner Mutter zu besänftigen, die sich schon fragte, weshalb er nicht mehr in den Klub ging. Sonntag war er lange liegen geblieben, wonach das übliche Sonntagsprogramm abgewickelt wurde. Er war mit Stan auf ein paar Glas Bier gewesen, danach hatte er die Küche Rosie und Stan überlassen, während seine Mutter sich oben hingelegt hatte, und war auf sein Zimmer verschwunden. Und abends waren sie alle gemeinsam in den Klub gegangen: Wie seine Mutter behauptete, waren die Sonntagabende dort jetzt amüsanter, als die Samstage. Aber nun war er hier, wo seine Gedanken jede Minute der abgelaufenen Woche inklusive des Wochenendes verweilt hatten.

Er blickte Vanessa an. Sie sah anders aus. Sie trug nicht mehr das lose hängende Hauskleid, sondern ein extra für eine Wöchnerin zugeschnittenes braunes Wollkleid.

Es lag auf der Hand, daß sie ihn nicht so zeitig erwartet hatte, denn als er eintrat, ging sie zum Schrank und wollte das Hauskleid herausnehmen. Er bat sie, es nicht zu tun. Sie sah ihn überrascht an, als er seine Einkäufe auf dem Tisch ausbreitete, und da fügte er hinzu: »Du brauchst vor mir nichts zu verbergen.« Als er sich zu ihr umwandte, stand sie genauso da, wie ihre Mutter dazustehen pflegte. Sie hatte eine Hand auf die Wange gelegt und sagte: »Oh, Angus...!« Worauf er nur kurz erwiderte: »Was heißt ›oh, Angus‹? Deck schnell auf und laß uns essen, solange es noch warm ist. Ich habe heute Rochen gekauft, obwohl ich nicht weiß, ob du ihn magst oder nicht. Mir schmeckt er jedenfalls.«

Sie hatte noch niemals Rochen gekostet und konnte sich nicht daran erinnern, ihn daheim vorgesetzt bekommen zu haben. Aber sie antwortete tapfer: »Ja, ich mag ihn auch.« So viel Dankbarkeit empfand sie ihm gegenüber, daß sie selbst gebratene Hunde verspeist hätte, wenn er welche mitgebracht hätte. Flink deckte sie den Tisch, indem sie ihren einzigen normal großen Teller vor ihn und einen kleinen für sich hinstellte. »Du wirst zwei normale Teller besorgen müssen, hm?« sagte er.

»Ja, wirklich. Für Besucher ist hier nicht vorgesorgt.«

»Weder für Besucher noch für Mieter, wenn du mich fragst.« Er blickte sich verächtlich um.

»Es ist besser als andere Quartiere, Angus.«

Er schluckte rasch und sagte dann: »Du willst mich wohl aufziehen.«

»Bestimmt nicht, Angus. Ich habe weiter unten Zimmer gesehen – einfach fürchterlich. Außerdem arbeiten die Leute, die hier wohnen, wenigstens.«

»Tun die in den andern Häusern es etwa nicht?« fragte er.

»Doch.« Sie hielt die Augen gesenkt. »Ich nehme an, daß das auch eine Art Arbeit ist.«

»Ach, diese Art meinst du.« Um dem Gespräch eine andere Wendung zu geben, sagte er unvermittelt: »Weißt du, was? Heute gehen wir einmal aus.«

»Wie bitte?«

»Du hast ganz richtig gehört: Wir gehen aus.«

»O nein, Angus, unmöglich. Was ist, wenn man uns miteinander sieht?«

»Fürchtest du dich etwa davor?« Er legte Messer und Gabel auf den Tisch. Rasch beteuerte sie: »Nicht, was du meinst, Angus! Nein, ich fürchte mich davor, daß es dann jemand Vater stecken könnte, und dann würde nichts in der Welt ihn davon überzeugen, daß...«

»Hör mal, Van, nimm endlich zur Kenntnis, daß er längst überzeugt davon ist. Nicht einmal der Allmächtige selbst könnte ihn mehr von dieser Einbildung abbringen. Ich hab' dir doch erzählt, wie er bei uns aufgetaucht ist, als du davongelaufen warst. Und wenn er auch geglaubt hat, daß du zu jenem Zeitpunkt nicht bei uns im Haus warst, so war er doch felsenfest der Ansicht, daß ich genau wüßte, wo du seist – das kann ich beschwören.«

»Siehst du. Und ich will eben nicht, daß sich das als wahr herausstellt, Angus.«

»Also, wir wollen einmal eines klarstellen, Van. Dieses Quartier ist für dich auf die Dauer untragbar. Du kannst nicht tagtäglich aus diesem stinkenden Laden hierherkommen und dich sieben Abende pro Woche hier begraben, bis das Kind endlich da ist. Und damit wären wir beim zweiten Punkt. Es hat keinen Sinn, diesbezüglich den Kopf in den Sand zu stecken.« Er blickte auf ihr gesenktes Gesicht nieder. »Was soll geschehen, wenn es soweit ist? Willst du es adoptieren lassen?« Er wartete ab, bis sie stammelte: »Ich... ich glaube, es wäre das Beste. Aber ich weiß es noch nicht. Einmal denk ich so, dann wieder anders. Es kommt mir irgendwie verdreht vor, all dies durchzumachen, um das Baby dann einfach zur Adoption freizugeben. Dann wäre es doch wirklich gescheiter gewesen, auf das einzugehen, was sie von Anfang an wollten...«

»Wäre es auch«, warf er ein. »Wie ich schon sagte: In diesem Punkt habe ich mit deinem Vater ausnahmsweise übereingestimmt. Das hätte dir eine Menge Kummer und Sorgen erspart. Denn so wie es jetzt ist, kann es nicht bleiben, das weißt du ja. Wo könntest du denn hier ein Kind unterbringen? Du müßtest es in den Laden mitnehmen und in einem Körbchen in den Hinterhof stellen. Das geht, das haben schon andere getan. Ich habe meine Babyzeit im Waschkorb verbracht, wenn meine Mutter waschen ging. Oder unterm Küchentisch, wenn sie bei Leuten putzte, und einmal sogar drei Wochen lang in einem Hühnerstall, weil die Alte, für die sie damals arbeitete, Kinder nicht ausstehen konnte und der Hühnerstall am Ende des Gartens der einzige Ort war, wo meine Mutter mich verstauen konnte.« Er lächelte nun. »Du siehst also, mit diesem Teil der Geschichte könntest du zur Not fertig werden. Das Problem ist deine derzeitige Unterkunft. Du müßtest das Wasser ein Stockwerk herauftragen und es auch wieder ausleeren gehen. Und vergiß nicht: Ein Baby braucht eine Menge Wasser – denk nur an die vielen Windeln. Das will alles genau überlegt sein, Van.«

Sie hielt den Kopf weiterhin gesenkt, als sie antwortete: »Ich tu die ganze Zeit nichts anderes, als darüber nachzudenken.«

»Gibt es niemanden, zu dem du gehen könntest? Ich meine von euren Verwandten oder Freunden?«

»Nicht einen, der nicht bestürzt darüber wäre, wenn ich bei ihm auftauchte, und der sich nicht sofort mit meinem Vater in Verbindung setzen würde.« Nun sah sie ihn voll an und sagte ruhig: »Aber ich werde es schon schaffen. Ich hab's bisher getan und werde es auch weiterhin tun.«

»Ach was!« sagte er ungeduldig. »Die ganze Geschichte fängt doch überhaupt erst an, Van. Überdies hast du doch keine Ahnung, wie man mit einem Baby umgeht. Hast du wenigstens Vorsorge für den Moment getroffen, wenn es kommt?«

»Ja, ja, ich bin hingegangen. Ins Krankenhaus, meine ich. Aber dann waren so viele Leute dort, da... da hatte ich Angst, es könnte mich jemand sehen.«

»Du kannst dich doch nicht für immer verstecken!«

»Das... das werd' ich auch nicht. Nur so lange, bis es auf der Welt ist. Dann ist die Geschichte erledigt, und niemand kann mehr etwas dagegen unternehmen.«

»Außer dich dazu drängen, es adoptieren zu lassen. Diesen Kurs wird er nämlich unter Garantie einschlagen.«
»Ich glaube nicht, daß Vater das tun würde. Wahrscheinlicher ist, daß er mich niemals wiedersehen will. Ich bin ziemlich sicher, daß er mich wegjagen würde, wenn ich heimkäme.«
»Wie hat sich denn deine Mutter benommen?«
»Sie tut, was Vater sagt. So wie immer.«
Angus stand auf und ging auf die Mitte der Dachstube zu; das mußte er tun, wenn er sich nicht abermals den Kopf anschlagen wollte. Er wanderte zweimal hin und her, ehe er wieder den Mund auftat, und dann drehte er ihr den Rücken und fragte: »Dieser Kerl... Könnte er dich denn nicht heiraten?«
Er wartete auf ihre Antwort; als jedoch nichts dergleichen erfolgte, wandte er sich um und sah sie an. Vanessa saß da und starrte auf ihre Hände, die auf ihrem gewölbten Leib lagen. Er ging auf sie zu, hockte sich vor ihr hin, legte die Hand unter ihr Kinn, hob es hoch und fragte nochmals: »Kann er es wirklich nicht?«
»Nein«, sagte sie und schüttelte den Kopf.
»Warum?«
»Es ist... es ist unmöglich.«
»Das schon.«
Sie blickten sich einen Moment lang in die Augen. Dann erhob er sich, holte tief Atem und sagte in ziemlich ratlosem Ton: »Nun, so kann es jedenfalls nicht weitergehen, das ist unmöglich.«
»Anderen geht es genauso. Und sie überleben es.«
»Tja, aber andere sind nicht wie du.«
»Du würdest dich wundern, Angus. Ich habe im Krankenhaus junge Dinger gesehen mit einem Ausdruck in den Augen, daß... Ich kann nur sagen: Du würdest dich wundern.«
»Ich wundere mich über gar nichts, Van. Jedenfalls interessiert es mich nicht, was mit anderen Mädchen geschieht. Im Moment interessiert mich einzig und allein, was aus dir wird.«

Sie sah zu ihm auf, ihre starre Miene wurde quasi lebendig, ihr Körper krümmte sich, sie schlug die Hände vors Gesicht und weinte bitterlich.
Als er die Arme um sie schlang und seine Hände ihre Schultern unter dem Kleid fühlten, erstarrte er sekundenlang. Aber dann umarmte er sie nur um so fester und sagte: »Nun, nun. Ist schon gut.« Aber je mehr er sie zu beruhigen trachtete, desto heftiger weinte sie. »Vanessa«, sagte er in beschwörendem Ton und strich ihr das feuchte Haar aus der Stirn. »Hör auf, hör doch auf – du darfst dich nicht so aufregen! Das ist nicht gut für dich. Auch nicht für das Kind. Beruhige dich, komm.«
Aber sie konnte sich nicht beruhigen, sie konnte nicht aufhören. Sie hatte schon oft und oft in diesen vier Wänden geweint, nächtelang, aber es war eine andere Art des Weinens gewesen. Dies hier war eine wahre Sturzflut, ein Orkan, der ihren ganzen Körper nur so schüttelte. Angus fing an, sich unbehaglich zu fühlen, und befürchtete, daß man nebenan etwas hören könnte. Dieser Noakes glaubte am Ende, er würde Van etwas antun. Er sagte in flehendem Ton: »Van, Van! Nicht. Ach, wein doch nicht so, bitte.«
Er führte sie zum Bett, drückte sie darauf und redete ihr zu: »Ganz ruhig. Ist ja schon gut. Leg dich ein bißchen hin, komm.«
Sie tat wie geheißen, vergrub das Gesicht in den Händen und versuchte, das unbändige Schluchzen zu unterdrükken. Er ergriff eines ihrer Handgelenke und wünschte, seine Mutter wäre in diesem Moment hier. Die hätte schon gewußt, was in einem solchen Fall zu tun sei. Wenn Van so weitermachte, würde sie noch richtig krank werden. Sie weinte nicht nur, es war beinahe ein hysterischer Anfall. Dagegen half nur eines, hatte er irgendwo gelesen: Man mußte einem Hysteriker eine Ohrfeige geben. Nun, das brachte er natürlich nicht zuwege. Aber einen Schock, und darauf kam es jetzt vor allem an, konnte er ihr schon versetzen. Tja, so konnte er der Sache vielleicht beikommen.

Er hatte sich das ganze Wochenende über damit herumgeschlagen, wie er es ihr sagen und wie sie wohl darauf reagieren würde. Nun, jetzt war der richtige Moment, um es auszuprobieren. Mit sanftem Ruck zog er ihr die Hände vom Gesicht, nahm es in seine Hände und sagte mit fester Stimme: »Hör mal, Van, was ich dich zu fragen habe. Hör mir bitte zu. Also... willst du mich heiraten?«
Es wirkte. Das haltlose Schluchzen ging in stoßweises leiseres Weinen über, sie zitterte am ganzen Leib und starrte ihn an, mit zusammengekniffenen Augen. Fassungslos. Dann stammelte sie: »Was... was hast du gesagt?«
»Du hast sehr gut gehört. Aber ich wiederhole es gern noch mal: Willst du mich heiraten? Unter normalen Umständen hätte ich dir diese Frage niemals gestellt, das wissen wir beide. Aber du lebst zur Zeit nicht unter normalen Umständen, nicht wahr? Was keineswegs heißen soll, daß das, was ich dir anzubieten habe, das reine Honiglecken ist, nein, wahrscheinlich alles andere als das. Aber – aber hier kämst du wenigstens heraus. Und ich müßte mir nicht pausenlos den Kopf über dich zerbrechen, mich nicht jede Stunde des Tages fragen, was mit dir los ist und ob dir nicht etwas zustößt in diesem Kaninchenbau von Zuhältern und Huren. Unser Haus ist bestimmt kein Palast, dir wird es dort wahrscheinlich wie im Armeleuteviertel vorkommen, aber du meine Güte: Besser als das da ist es, und meine Mutter würde sich um dich kümmern. Also, wie wär's damit?«
»Oh, Angus, Angus.« Abermals verzog sich ihr Gesicht; er schüttelte jedoch nur unsanft ihre Hände und sagte barsch: »Überleg es dir. Ich will nicht auf der Stelle ein Ja oder Nein hören, sondern möchte, daß du es dir in aller Ruhe überlegst. So, wie ich die Sache allerdings sehe, meine ich, daß man, wenn man nahe daran ist, abzusaufen, auch mit einer Planke, an der man sich anklammern kann, zufrieden sein müßte.«
Sie entzog ihm ihre Hände, bedeckte ihr Gesicht und

weinte abermals, aber leise. Er stand auf, trat an den Tisch, drehte ihr den Rücken zu und sagte: »Ich weiß, daß es einen Abstieg für dich bedeutet. Auch wenn man mich in unserer Gegend beinahe als eine gute Partie bezeichnet, so bin ich für dich doch nur ein armer Hund. Und ich sag' dir lieber gleich, daß es, wenn du dich dazu entschließen könntest, zu uns zu kommen« – er sagte jetzt nicht ›mich zu heiraten‹ – »wahrscheinlich ein ziemliches Getöse gibt und du einiges durchzustehen hättest. Und zwar von verschiedenen Seiten. Deine Leute würden dich nach diesem Schritt glatt abschreiben, und meine dürften argwöhnisch sein. Also, ich warne dich: Überleg es dir gut. Ich komme morgen abend wieder. Aber wohlgemerkt: Glaub nicht, daß ich dich auch nur im mindesten erpressen will. Wenn du nein sagst, kriegst du mich trotzdem weiter zu sehen, da kannst du ganz beruhigt sein.«
Als er sich umdrehte, lehnte sie erschöpft an dem Eisenpfosten des Bettes. Er ging auf sie zu, streckte die Hand aus und strich ihr mit einer sanften Gebärde das Haar hinters Ohr. Aber als er sie berührte, und abermals Tränen in ihren Augen schimmerten, sagte er leicht kratzbürstig: »Komm, hör jetzt auf damit. Ich bin schon weg. Das wäre für heute alles. Überschlaf es, und morgen abend sehen wir uns wieder.« An der Tür drehte er sich noch einmal um und mahnte: »Überleg es dir gut, Van. Normalerweise ist es fürs ganze Leben.«
Unten am Fuß der Treppe angelangt, wischte er sich den Schweiß von der Stirn. Du lieber Gott! Wo, um alles in der Welt, hatte er den Mut dazu hergenommen? Und wenn sie nein sagte, was dann? Tja, was dann? Er wußte, was dann passieren würde. Sein bißchen Selbstbewußtsein wäre in diesem Fall flöten. Er würde dann lauter schreien, öfter fluchen, bei jeder sich nur bietenden Gelegenheit laut herauslachen, aber hinter dieser Maske würde er sich ins Innerste zurückziehen und sich selbst verachten.
Er ging nicht direkt nach Hause, sondern machte im

nächsten Pub halt, um einen doppelten Whisky zu trinken. Als er dann daheim anlangte, war Gott sei Dank nur seine Mutter da.
Sie begrüßte ihn ziemlich kurz angebunden, als er ihr gegenüber vor dem Kamin Platz nahm und wartete ab. In gewisser Hinsicht wußte sie, was nun kommen würde, wenn sie es auch immer noch nicht glauben wollte.
»Ich habe Van besucht, Mam«, sagte er.
»Ganz was Neues«, brummte sie nur und blätterte die Illustrierte durch, in der sie bei seinem Eintritt gelesen hatte.
»Hör mal!« Er zeigte mit ausgestrecktem Zeigefinger auf sie, als hielte er einen Revolver in der Hand. »Fang mir nicht so an.«
»Du bist ein verdammter Narr.« Damit stand sie unvermittelt auf. Und er schrie: »Na schön, ich weiß, daß ich ein Narr bin, aber ich bin nicht der erste und werde nicht der letzte sein. Willst du mir jetzt zuhören oder nicht?«
Sie ging zur Anrichte, holte sich eine Tasse aus dem Schrank, trat an den Herd, hob dort die seit einer Stunde stehende Teekanne hoch, kehrte zum Tisch zurück und schenkte sich eine Tasse Tee ein, der wie Teer aussah, so schwarz war er.
»Ich frag' dich nochmals«, sagte er, indem er gleichfalls aufstand und sich herausfordernd an den Tisch lehnte. »Wirst du mich jetzt gefälligst zu Ende anhören oder nicht?«
»Hab' ich etwa eine andere Wahl? Offensichtlich muß ich dich zu Ende anhören, ob es mir nun paßt oder nicht.«
Er bemühte sich, seine Selbstbeherrschung zu bewahren, und sagte mit rauher Stimme: »Sie befindet sich in einem gräßlichen Zustand, Mam. Rosie hat gesehen, wo sie arbeitet. Das ist schon schlimm genug. Aber wenn du erst das Haus sehen würdest, in dem sie wohnt, du würdest es einfach nicht glauben, Mam, wirklich.«
»Und wessen Schuld ist das?«
»Es geht hier nicht um Schuld oder nicht Schuld, Mam.

Übrigens habe ich immer geglaubt, du magst sie, du hättest sie von der ganzen Blase da droben am liebsten gehabt.«
»Gut, ich hab' sie gern gehabt, aber die Vorstellung, daß du dich mit ihr einläßt, gefällt mir trotzdem nicht. Man hat dir für etwas die Schuld in die Schuhe geschoben, was du nicht getan hast, und was passiert? Du gehst hin und lieferst dich ihnen glatt aus. Glaubst du denn, daß auch nur eine Menschenseele dir abnehmen würde, daß du nicht der Vater bist, wenn du das tust?«
»Weißt du, was?« sagte er leise. »Ich scher' mich den Teufel drum, was die Leute glauben. Sie glauben auf alle Fälle immer das, was sie wollen, egal, was einer sagt oder was ich sage oder was selbst Gott der Allmächtige sagen mag. Aber von dir hab' ich eigentlich angenommen, daß du anders bist, besonders unter solchen Umständen.«
»Was hast du erwartet? Daß ich jetzt die getreue alte Magd mit dem goldenen Herzen spiele, genau wie im Schundroman?« Sie beugte sich vor und stieß ihn mit dem Zeigefinger hart gegen die Brust. »Das paßt nicht zu mir. Meine Art Nächstenliebe fängt daheim an. Was ich davon besitze, wird hier mehr als zur Genüge gebraucht. Und was sie anlangt, so soll sie sich an ihr Elternhaus wenden und zusehen, daß sie dort ihre Portion Nächstenliebe bekommt – basta.«
»Nun, Van denkt da anders, Mam. Und ich auch.«
»Tatsächlich. Was du nicht sagst!«
»Tja, tatsächlich.«
»Und was kannst du schon gegen diese unglückliche Geschichte unternehmen, frage ich dich, außer dich zum Narren zu machen?«
»Es handelt sich nicht darum, was ich dagegen unternehmen kann, Mam, sondern was ich unternehmen werde. Ob ich mich jetzt damit zum Narren mache oder nicht.«
Sie sah ihn fest an, bevor sie fragte: »Du willst also mit ihr leben?«
»Mit ihr leben?« Es klang direkt schockiert. »Nein, ich

werde nicht mit ihr leben, ich werde sie heiraten.« Innerlich fügte er hinzu: ›Wenn sie mich haben will.‹ Aber das sagte er natürlich nicht laut.
»Allmächtiger!« Langsam sank sie auf ihren Stuhl zurück. Das hatte sie nicht erwartet! Sie hatte erwartet, daß er sagen würde, er werde sich um sie kümmern, oder sonst was in der Art. Ja sogar, daß er sie fragen würde, ob er sie herbringen dürfe, damit sie sich um sie kümmern könnte... Aber heiraten – sie! Ihr Sohn, Angus Cotton, die Tochter des Direktors von Affleck & Tate heiraten! Jonathan Ratcliffes Tochter! Er war verrückt, völlig verrückt. Und das sagte sie ihm auch. »Du bist plemplem. Du weißt nicht, was du redest. Du! Du willst Vanessa Ratcliffe heiraten? Ach, Junge!« Sie schüttelte langsam den Kopf und lächelte beinahe traurig.
»Laß mich mit deinem ›Ach, Junge‹ in Frieden. Was stimmt denn nicht an mir? Gut, ich habe im Vergleich mit ihr keine Schulbildung und so weiter. Aber wessen Fehler ist das? Doch nicht meiner. Außerdem ist es noch nicht zu spät dazu. Und was spielt im Grunde genommen Schulbildung schon für eine Rolle! Was zählt, ist ja doch nur das Geld. Das hilft einem weiter, bringt einen voran, verändert einen. Ich hab's gesehen.«
»Halt den Mund«, erwiderte sie barsch.
»Hör mal!« sagte er empört. »Komm mir jetzt nicht damit, daß ich den Mund halten soll, Mam. Ich werde verdienen, ich werde Geld machen, ich werde mich ändern, denn ich werde lernen, noch und noch, und dann...«
»Schuster, bleib bei deinem Leisten«, spöttelte sie.
»Ist das alles, was du dazu zu sagen hast? Dann schätzt du mich ja geringer ein, als dieses ganze Pack da droben!«
Sie sah ihn mitleidig an. »Junge, ich wollte immer, daß etwas aus dir wird, daß du bei Affleck eine Position erreichst. Ich bin nur deshalb jahrelang da droben geblieben, damit du diese Chance hast. Achtzehn Jahre habe ich bei denen zugebracht, den besten Teil dieser achtzehn Jahre. Du kannst jetzt sagen, daß sich das nicht auf mich ausgewirkt hat. Aber ich habe eine Menge gelernt.

Zum Beispiel, daß Öl und Wasser sich um keinen Preis der Welt mischen lassen. Und ich sag' es dir lieber offen, Angus: Wenn sie dich tatsächlich nimmt, dann muß sie schon verdammt verzweifelt sein.«
Es dauerte, bis er diese Wahrheit hinuntergewürgt hatte. Er biß sich auf die Lippen, schluckte und meinte dann ruhig: »So ist es, Mam. Sie ist wirklich recht verzweifelt. Und was das andere betrifft: Du hast mir ganz schön die Leviten gelesen. Aber laß es dir gesagt sein. Eines Tages werde ich dich überraschen, du wirst schon sehen. Du und alle anderen. Von unseren Nachbarn bis hinauf zu den Ratcliffes werdet ihr alle noch Augen machen. Das ist ein Versprechen. Und wenn ich etwas verspreche, dann halte ich es auch.«
Sie rührte lange in ihrer Tasse, und als sie sprach, war ihre Stimme ebenso ruhig wie die seine. »Wenn du es zu etwas bringst, Junge, wird sich niemand mehr darüber freuen als ich, das weißt du.«
»Wenn, wenn! Aber im Grunde deines Herzens bist du überzeugt davon, daß ich nicht die geringste Chance dazu habe, stimmt's?«
Sie fragte nur: »Wo willst du denn mit ihr wohnen?«
»Hier natürlich. Wo sonst?«
»O nein, unmöglich!« rief sie energisch. »Das kannst du nicht. Wo soll sie sich denn hier aufhalten?«
»Ich hab' mein eigenes Zimmer, oder? Es ist groß genug für zwei.«
»Ach, Angus«, sagte sie in beinahe flehendem Ton, »was glaubst du denn, wie mein Leben dann aussehen würde! Wenn ihr beide schon wie Öl und Wasser seid, dann vergiß gefälligst nicht, daß ich aus demselben Stoff gemacht bin wie du. Du wirst morgens aus dem Haus gehen und ich muß den ganzen Tag mit ihr zubringen. Nein, das kommt nicht in Frage.« Sie schüttelte heftig den Kopf und sah schweigend zu dem vor ihr stehenden Sohn auf, der ihr so etwas antun wollte. Sie wartete darauf, daß er von diesem Plan abrücken würde. Aber er sagte nur: »Wohin könnte ich sie bringen, meinst du wohl? Für

zwei Haushalte kann ich unmöglich aufkommen, das weißt du. Und daß ich dich nie verlassen werde, ebenfalls. Wenn du mir all meine Pläne auch noch so sehr vermasselst, ich werde dich nie im Stich lassen, das steht nun mal fest.«

»Ich will dir mal was sagen«, erwiderte sie kratzbürstig: »Du kannst mich verlassen, wann immer du willst, Junge. Ich kann schon für mich sorgen: ich hab' ja zum Glück immer noch zwei Hände.«

»Ich weiß, ich weiß. Und zwei Füße, die dich kaum noch tragen.« Er sah auf ihre immer noch verschwollenen Beine nieder. »Jedenfalls werde ich mich nirgendwo anders mit Vanessa einquartieren, sondern sie hierher bringen.« Seine Stimme klang fest und entschlossen. »Und hier wird sie bleiben, bis ich imstande bin, andere Arrangements zu treffen – solche, die euch beiden passen werden, dir und ihr. Und mir. Dann werden wir uns in aller Ruhe darüber unterhalten, früher nicht.« Als er sich von ihr abwandte, appellierte sie hilflos: »Hast du denn nicht an Rosie gedacht? Sie wird durchdrehen. Sie hat sie nie leiden können.«

Angus stand in der Küchentür, sah sie an und sagte: »Das tut mir leid für sie. Aber sie hat ja Stan. Es ist Zeit, daß die beiden heiraten.«

Er wollte in sein Zimmer gehen; da schleuderte sie ihm ihren letzten Pfeil nach. »So? Es ist Zeit. Und was ist mit May?« rief sie. »Was ist mit May, frag' ich dich?«

Abermals drehte er sich um und sagte mit Schärfe: »Oh, zur Hölle mit May. Zur Hölle mit ihr und allen!«

Als er die Tür zuschlug, schrie sie: »Du hast ihr übel mitgespielt, das weißt du! Jahrelang war sie dir gut genug, und jetzt kümmerst du dich nicht mehr um sie. Aber du wirst dafür bezahlen müssen, mein Lieber. So leicht kommt keiner davon.« Damit drehte sie sich um, umklammerte den Kaminsims und starrte in das flackernde Kohlenfeuer. Ihre Welt lag in Stücke geschlagen.

3

Drei Tage später besuchte Angus Dr. Carr. Er war der einzige, den er kannte, der Vanessa gut gesinnt war und ihm vielleicht raten konnte, wie sie beide ohne Zustimmung ihrer Eltern heiraten könnten.

Er war in der öffentlichen Bücherei gewesen und hatte im Gesetzbuch nachgeschlagen, aber nichts gefunden, was ihn in dieser Sache näher belehrt hätte. Und zu einem Priester wollte er erst dann gehen, wenn er wußte, wie die Sache rechtlich aussah. Da er seit seiner Taufe in keiner Kirche mehr gewesen war, machte ihn die Vorstellung, ein Pfarrhaus betreten zu müssen, verlegen.

Dr. Carrs whiskyvernebelte Augen blickten Angus über den Scheibtisch hinweg aufmerksam an. Sein Interesse war in dem Augenblick wach geworden, wo der Junge den Namen Vanessa Ratcliffes erwähnt hatte, und er war sowohl erstaunt als auch belustigt, als er hörte, was sein Gegenüber zu unternehmen gedachte. Das würde Jonathan Ratcliffe garantiert an der allerempfindlichsten Stelle treffen! Der Arzt fühlte in sich eine Fröhlichkeit, wie sie der Whisky niemals hervorzubringen imstande war. Aber ehe er dem jungen Mann einen Rat erteilen wollte, fragte er ihn geradeheraus: »Sind Sie der Vater des Kindes?«

»Nein, bin ich nicht«, lautete die Antwort ebenso geradeheraus.

»Schön. Sie wissen aber, daß man Sie dessen bezichtigen wird, wenn Sie Vanessa heiraten.«

»Das ist mir egal.«

Dr. Carr sah Emily Cottons Sohn prüfend an. In gewisser Hinsicht war er ein gutaussehender Bursche, groß, kräftig, vertrauenerweckend... Eines ließ sich jedoch nicht leugnen: Die Arbeiterklasse hatte ihm hundertprozentig ihren Stempel aufgedrückt. Fast schade... Er sagte: »Meiner Erfahrung nach ist es so: Für eine standesamtliche Heirat würden Sie die Einwilligung ihrer Eltern benötigen. Aber wenn das Aufgebot dreimal in der Kirche verkündet wird, ohne daß jemand Einspruch gegen diese Heirat erhebt, kommen Sie durch. Dann ist es legal. Das hat sich bei uns so eingebürgert. Es ist natürlich ein Trick, aber er wird immer wieder gehandhabt. Klappt das nicht, bleibt uns immer noch das Gericht. Dann stellen Sie ihn einfach vor die Alternative, und wie ich Ratcliffe kenne, wird er alles unterzeichnen, weil bei Vanessas Zustand der Urteilsspruch von vornherein feststehen würde. Welchem Pfarrsprengel gehören Sie an?« Und beantwortete diese Frage gleich selbst: »Ach ja, Sie müssen zu St. Edward gehören. Besuchen Sie irgendeine Kirche regelmäßig?«

»Nein.«

»Haben Sie es jemals getan?«

»Nein.«

»Wo sind Sie getauft worden?«

»Ich glaube, in St. Edward. Genau weiß ich es nicht, aber meine Mutter wird es wissen.«

»Nun, wie ich die St.-Edward-Kirche kenne, ist sie so gut wie ausgestorben. Außer ein paar alten Jungfern geht kein Mensch dorthin. Ich glaube kaum, daß der Name Ratcliffe auffallen wird. Es wäre jedenfalls einen Versuch wert. Ich rate Ihnen, den dortigen Geistlichen aufzusuchen. Er ist genau wie seine Kirche: sehr, sehr alt. Daß er undeutlich spricht, dürfte sich in Ihrem Fall als äußerst nützlich erweisen. Gehen Sie mit Vanessa hin. Dann fällt es überhaupt nicht auf. Sie sind ein Paar wie jedes andere auch.« Er erhob sich, drückte Angus die Hand und schloß: »Viel Glück auf alle Fälle.« Er fügte nicht hinzu: Sie werden es brauchen! Das lag ohnehin auf der Hand.

Am nächsten Abend brachte Angus Vanessa mit seinem Lastwagen zum Pfarrhaus, und in einem modrig riechenden, schwach beleuchteten Raum bestellte er ihr Aufgebot. Der Geistliche wiederholte den Namen zweimal: »Ratcliffe. Ratcliffe...« Dann sah er sie an und sagte: »Hm. Sie werden Ihre Geburtsurkunde und die Einwilligung Ihrer Eltern brauchen.« Angus und Vanessa waren nicht sicher, ob er sie erkannt hatte oder nicht. Angus hegte insgeheim den Verdacht, daß er vielleicht gar nicht so senil war, wie er aussah.

Als sie aus dem Tor traten, versteckte Vanessa den Kopf tief im Mantelkragen. Sie schien sich davor zu fürchten, aufzublicken. Oder schämte sie sich? überlegte Angus. Er schob sie in den Wagen und brachte sie heim in die Ryder's Row.

Wiederum war nur Emily zu Hause. Rosie hatte sich glatt geweigert, mit ihrer zukünftigen Schwägerin zusammenzutreffen. Obwohl Emily gesagt hatte, es sei bei weitem besser, daheim zu bleiben und es ein für allemal hinter sich zu bringen, hatte sie erwidert: »Nicht für mich. Für dich vielleicht, du mußt es wohl.«

Und nun stand Emily befangen in ihrer eigenen Küche und blickte dem Mädchen entgegen, das sie praktisch aufgezogen hatte und das nun eine Fremde für sie war. Erstens einmal hatte sie sich körperlich verändert. Natürlich hatte sie um die Mitte herum zugenommen, auch ihr Gesicht war aufgedunsen, und das ließ sie älter wirken, als sie war. Zweitens aber sah Emily, daß das Mädchenhafte völlig verschwunden war. Da stand ein junges Ding vor ihr, das in der Klemme saß; das hatte sie berechnend gemacht. So kam es Emily jedenfalls vor. Und so brachte sie Vanessa ein Gefühl der Verstimmung entgegen.

»Also, Mam, da sind wir.« Angus sah Emily an, dann wandte er sich zu Vanessa und sagte: »Setz dich, setz dich doch.« Aber Vanessa setzte sich nicht, sondern starrte Emily genauso an, wie Emily sie anstarrte, und sagte nur leise: »Hallo, Emily.«

»Hallo.« Nun existierte kein ›Miß Van‹ mehr, nicht einmal ›Van‹.

Angus spürte, daß die Situation peinlicher zu werden

drohte, als er erwartet hatte, und fand, daß es das beste wäre, die beiden auf einige Zeit allein zu lassen. Also rief er munter: »Hört mal, ich bin hungrig wie ein Wolf. Ich lauf' an die Ecke und hole gebackenen Fisch, einverstanden?« Er warf Vanessa einen fragenden Blick zu, und sie nickte und versuchte, zu lächeln, denn sie wußte, daß er sein bestes tat, um die Sache ins Lot zu bringen.

Nachdem die Tür ins Schloß gefallen war, saßen die beiden Frauen eine Weile schweigend da, bis Vanessa schließlich begann: »Es tut mir leid, Emily.«

»Tjaja. Und dazu hast du auch allen Grund. Du hast einer Menge Leute Unannehmlichkeiten bereitet.« Sie durchquerte die Küche, ehe sie fortfuhr: »Wenn er nicht der Vater ist, weshalb heiratest du ihn dann?«

»Weil... weil ich Angus gern habe, und weil er wollte, daß wir heiraten.«

»Du hast ihn gern, so?« Emily blieb stehen. »Viele Menschen haben Angus gern. Ihn gern haben genügt nicht, es soll ein Leben lang ausreichen. Du weißt selbst, daß es nicht genug ist, ihn gern zu haben, wenn er für dein Kind und für dich sorgen soll. Mit Gernhaben allein kommt man nicht durch. Nicht einmal einer von seiner Art. Und dann erst du. Es ist dir doch klar, daß man dir überall Hindernisse in den Weg legen wird, oder?«

»Ja, Emily, das weiß ich.«

»Sieh dich um – sieh dich nur um, Kind!« Sie beugte sich über sie. »Hier sollst du leben. Hier lebt er. Ich will dir mal was zeigen.« Sie zog Vanessa mit sich durch den engen Gang, stieß die Tür zu Angus' Zimmer auf, machte Licht und sagte: »Das ist sein Zimmer. Und das wird von nun an auch deines sein. Sieh es dir gut an!«

Vanessa sah sich um. Verglichen mit dem Raum, den sie vor kurzem verlassen hatte, war dies hier der reinste Luxus.

»Wir haben schon jetzt nicht Platz genug hier. Nun stell dir erst vor, wenn du und ein kleines Kind zusätzlich da sind. Noch etwas muß ich dir zeigen. Besser, ich tu's gleich.« Damit schob sie Vanessa in die Küche zurück

und deutete auf eine kleine Tür. »Da drinnen ist die Spülküche, wenn wir schon von Platzmangel reden. Gleichzeitig können da höchstens zwei von uns hinein. Überdies geht die Tür in den Hof, und ganz hinten ist das Klo. Hier sagt man nicht Toilette, sondern Klo. Ob du krank oder gesund bist, ob es schön ist oder regnet. du mußt entweder über den Hof aufs Klo gehen oder dir einen Nachttopf zulegen. Tjaja, so leben viele Menschen heute noch, meine Liebe.«
Vanessa schloß die Augen. Emily, die ihren Arm gepackt hatte, ließ sie los, wandte sich brüsk um und sagte: »Ich zeig dir absichtlich, worauf du dich einläßt, und nehme dabei kein Blatt vor den Mund. Du bist aufgewachsen mit gekachelten Badezimmern und Toiletten, mit Puder, Parfüm, Badesalz, Cremes und weiß Gott was noch alles. Das hier, meine Liebe, ist sehr, sehr verschieden von dem, was du gewohnt bist.«
Vanessa wußte nicht, was sie zu ihrer Verteidigung hätte vorbringen können; es gab in Wirklichkeit nichts zu sagen. Sie wußte nur eins: daß sie Emily besänftigen wollte. »Ich habe jetzt monatelang ohne all das gelebt, Emily«, antwortete sie. »Glaub mir, daß ich froh sein werde, hier bleiben zu dürfen, wenn... wenn du mich haben willst.«
»Wenn ich dich haben will?« Emilys Miene war ausdruckslos. »Ich habe keine andere Wahl, Kind, oder? Ich weiß schon, daß es mein Haus ist. Mein Name steht im Mietvertrag. Aber Angus ist der Hausherr, seit mein Mann tot ist – sogar schon vorher, denn mein Mann war jahrelang krank. Und obwohl ich immer behaupte, durchaus für mich sorgen zu können, steh' ich schon viel zu lang auf meinen ewig verschwollenen Beinen. Eines Tages lassen sie mich völlig im Stich. Besser werden die nicht mehr, das weiß ich. Es ist Wasser. Das wird leider immer schlimmer. Da nützen alle Medizinen der Welt nichts, und kein Arzt kann mich auskurieren. Ich bin jahrelang in der Küche deiner Mutter gestanden. Nur aus dem einzigen Grund: Damit dein Vater meinem Jungen

weiterhilft. Und sieh nur, wohin es mich gebracht hat! Soll ich dir mal was sagen?« Abermals beugte sie sich zu Vanessa herunter. »Ich kann das alles einfach nicht glauben. Mir kommt es vor, als ob ich träume oder etwa im Kino sitze. Die Tochter eines einflußreichen Mannes heiratet den Sohn der Köchin. Das wird jedenfalls in der Zeitung stehen, wenn es herauskommt. Zumindest in der Lokalzeitung. Außer, dein Vater unternimmt etwas dagegen, weil er dort als Mitaktionär Einfluß hat, nicht wahr?«

Vanessa sprach kein Wort. Sie versuchte mit aller Macht, nicht loszuweinen, denn sie wußte, wenn sie es tat, würde Angus Emily die Schuld daran geben. Sie setzte sich auf den nächstbesten Stuhl, stützte das Gesicht in die Hand und murmelte mit gebrochener Stimme: »Emily, ich habe gesagt, daß es mir leid tut, und das stimmt auch. Aber... aber ich bin sehr müde und komm' mir richtig verloren vor. Als... als Angus mich erstmals besuchte, da habe ich schon daran gedacht, Schluß zu machen. Ich hatte damals drei Tage lang gelegen, weil mir so schlecht war, und der einzige Mensch, den ich zu Gesicht bekam, war meine Wirtin, und auch sie ist nur einmal zu mir heraufgekommen. Ich wollte wahrhaftig sterben. Wenn ich Tabletten gehabt hätte, ich hätte sie genommen. Angus war der erste Mensch, der nach Wochen ein freundliches Wort zu mir gesagt hat, außer der alten Frau im Gemüseladen, wo ich gearbeitet habe. Und die war eine barsche Person.« Sie sah zu Emily auf und hätte um ein Haar gesagt: Genau wie du.

Abermals herrschte Schweigen zwischen ihnen, und Emily drehte sich zum Feuer und starrte hinein. Nach einiger Zeit seufzte sie tief auf und antwortete leise: »Nun, was geschehen ist, ist geschehen. Aber es hat keinen Sinn, jetzt zu behaupten, daß ich dich mit offenen Armen willkommen heiße, denn das kann ich nicht. Und dann ist da noch Rosie. Die bringst du in eine sehr schwierige Lage, das ist dir doch klar?«

»O nein, Emily, wie kannst du das sagen! Ich bin immer gut mit ihr ausgekommen.«
»Ich weiß schon, du hast freundlich mit ihr gesprochen. Aber sie war in deiner Gegenwart immer wie auf den Mund gefallen, erinnere dich nur. Hat Rosie sich jemals so mit dir unterhalten wie Angus? Nein. Es besteht ein ebenso großer Unterschied zwischen Rosie und dir wie zwischen ihm und dir. Nur daß er eben ein Mann ist. Zwischen Mann und Frau kann es zumindest äußerlich klappen, auch wenn der Unterschied noch so groß ist, was Herkunft und so weiter betrifft. Aber zwischen zwei Frauen niemals. Du warst meiner Rosie immer und in allem überlegen. Und Rosie ist nicht dumm, meine Liebe.«
Sie trat an den Tisch heran, beugte sich ganz nahe zu Vanessa herunter und fragte in ruhigem Ton: »Es ist nicht seines, nicht wahr?«
»Nein, Emily.«
»Nun, warum hast du nicht gesagt wer es war, oder denjenigen dazu gekriegt, dich zu heiraten?«
Sie starrten einander an, und dann sagte Vanessa: »Das konnte ich nicht, Emily.«
»Weiß Angus Bescheid?«
»Nein.«
»Findest du das ihm gegenüber fair?«
Vanessa blickte zu Boden; dann antwortete sie: »Fair oder nicht fair. Ich kann es ihm nicht sagen. Niemals!«
Emily richtete sich wieder auf und trat ein paar Schritte zurück. »Jedenfalls bist du noch lange nicht über dem Berg. Du weißt, was geschehen wird, wenn dein Vater Wind von der Sache bekommt. Er wird das Haus stürmen und...«
»Das glaube ich nicht, Emily. Er wird seine Augen davor verschließen. Für die bin ich einfach gestorben: zumindest für ihn. Soviel steht fest. Ich bin mir erst vor kurzem klar darüber geworden, daß er mich nie gemocht hat.«
Bei diesen Worten wurde die Tür aufgerissen, Angus kam mit drei Papiertüten herein, und schon war die Küche von Fisch- und Pommes-frites-Geruch erfüllt.

»Hast du die Teller noch nicht vorgewärmt?« fragte er seine Mutter. »Was habt ihr denn die ganze Zeit getrieben?« Er sprach laut und schnell, um die allgemeine Verlegenheit zu bemänteln.
»Leg es einen Moment ins Backrohr«, sagte Emily. »Die Teller sind gleich warm.«
Wenige Minuten darauf saßen sie um den Tisch herum und aßen Fisch und Pommes frites. Zumindest Emily unternahm den Versuch, aber plötzlich stand sie auf, nahm ihren Teller und schob ihn ins Rohr zurück, während sie sagte: »Vor knapp zehn Minuten habe ich erst Tee getrunken. Ich esse später.« Und damit ging sie in die Spülküche.
Angus warf Vanessa rasch einen Blick zu. Sie hatte aufgehört zu essen. Er streckte seine Hand aus, drückte die ihre und flüsterte: »Es wird schon alles gut werden.«
Eine Viertelstunde später verließen sie das Haus. Auf der Rückfahrt nach Newcastle wechselten sie kaum ein Wort miteinander, und erst als sie wieder in dem schmuddeligen Zimmer standen, fragte er sie: »Wie hat sie's aufgenommen?«
»Nicht sehr gut, Angus.«
»Sie wird sich schon daran gewöhnen. Das dauert. Ich kenne meine Mutter.«
»Es ist ihr gegenüber nicht fair. Ich... wir könnten doch sicher irgendwo ein Zimmer auftreiben...«
»Wir werden nirgendwo ein Zimmer auftreiben, Vanessa. Wenn du meine Frau wirst, wohnst du auch bei mir daheim. Ich lasse meine Mutter nicht im Stich. Heutzutage tun das viel zu viele. Bei uns zum Beispiel wimmelt es rundherum von alten Leuten, die allein leben. Sie hat es ihr Leben lang schwer genug gehabt. Und im Moment mache ich es ihr auch nicht gerade leicht, das weiß ich. Also werde ich es nicht dadurch noch verschlimmern, daß ich von zu Hause wegziehe. Das habe ich dir doch bereits ganz genau erklärt...«
»Ich weiß, Angus, ich weiß. Aber ich habe eben darüber nachgedacht, und deshalb hab' ich mich gefragt, ob es

klug ist, wenn wir…?« Sie sah ihm in die Augen, und nach einem kurzen Moment sagte er: »Du wirst meine Frau, das ist abgemacht. Also nimm die Dinge, wie sie kommen, der Reihe nach. Die nächste Hürde, die du nehmen mußt, wird Rosie sein. Mit ihr wird es nicht so einfach sein, wie es mit meiner Mutter war, darauf mußt du schon gefaßt sein… So, jetzt muß ich aber wieder zurück, denn morgen heißt es zeitig aus den Federn. Ich komme morgen abend um die gleiche Zeit.«
Er verabschiedete sich nicht so von ihr, wie ein Mann sich von seiner zukünftigen Frau zu verabschieden pflegt, sondern lächelte ihr nur flüchtig nickend zu. Dann ging er. Sie setzte sich auf die Bettkante, schlug die Hände vors Gesicht und murmelte unter Tränen: »O Gott, o Gott, was mach' ich nur? Es ist nicht fair ihm gegenüber. Ach, Brett, was hast du mir da bloß eingebrockt!«

4

Jonathan Ratcliffe hörte durch Mr. Wilton von dem Aufgebot in St. Edward. Mr. Wilton stand mit tief bekümmerter Miene vor seinem Schreibtisch und erklärte ihm, wie er davon erfahren habe. Einer der Arbeiter aus den Werkstätten hatte eine Mutter, die in St. Edward zur Kirche ging. Sie hatte den Namen verkünden hören und sich einen Reim darauf gemacht. Mr. Wilton fand sogleich, daß Mr. Ratcliffe es erfahren sollte.
Jonathan Ratcliffe sah seinen Angestellten wortlos an; dann bedankte er sich bei ihm und deutete ihm durch eine entsprechende Geste an, daß er gehen könne. Als Mr. Wilton bei der Tür angelangt war, hätte er ihn am liebsten zurückgerufen, um ihn zu bitten, die Sache für sich zu behalten; aber er wußte nur allzu gut, daß sein Personalchef der letzte war, der den Mund halten würde.
Er ergriff ein stählernes Lineal und versuchte, es mitten entzwei zu brechen. Diese gemeine Kröte! Dieses intrigante, freche Frauenzimmer! Erst vor drei oder vier Tagen hatte sie sich brieflich bei ihrer Mutter dafür bedankt, daß sie ihr den erbetenen Geburtsschein, den sie angeblich für den neuen Arbeitgeber brauchte, geschickt hatte. Nicht im Traum wäre ihnen eingefallen, wofür sie ihn in Wahrheit benötigte. Und obwohl ihr letzter Brief in Islington abgestempelt worden war, mußte sie sich immer noch in der Stadt aufhalten. Mein Gott! Sie konnte überhaupt nie in Islington gewesen sein; mußte man doch zumindest drei Wochen in der Pfarrgemeinde gemeldet sein, in der man heiraten wollte. Diese Lügne-

rin, diese Verräterin... Ihm fehlten die Worte. Er trug der Sekretärin auf, ihn sofort mit seiner Frau zu verbinden.
Alles, was Jane Ratcliffe auf seinen Anruf hin sagte, war: »O nein, nein! Wieso denn nur, wie ist das möglich?« Und dann fragte sie ihn, wie gewöhnlich: »Was wirst du tun?«
»Das sage ich dir, wenn ich heimkomme«, erwiderte er barsch und schmiß den Hörer hin.
Und er sagte es ihr, kaum daß er das Haus betreten und sich kurz erkundigt hatte, ob sie allein seien, worauf sie nur eifrig mit dem Kopf genickt hatte.
»Hältst du das für möglich?« schnaubte er.
Diesmal schüttelte sie den Kopf. »Ich kann es mir gar nicht vorstellen. Wie hat sie es nur angestellt, uns aus so vielen verschiedenen Städten Briefe zu schicken?«
»Das hat höchstwahrscheinlich er für sie in die Wege geleitet.« Und dann kam er der Wahrheit sehr nahe, als er meinte: »Sicher kennt er diverse Chauffeure, Fernlastfahrer oder so. Die können ja überall Briefe einwerfen... Wenn ich mir vorstelle, wie du ihr die Geburtsurkunde hingeschickt hast und sie dann wieder in dieselbe Stadt zurückgeschickt wurde...«
»Wie hätte ich ahnen sollen... Was werden wir tun?«
»Ich werde der Sache schon einen Riegel vorschieben. Ohne unsere Einwilligung läuft überhaupt nichts. Das hat er wahrscheinlich vergessen. Aber ich weiß ja, worauf er hinaus will. Er denkt, wenn er sie erst einmal geheiratet hat, dann werden ihm mit meiner Hilfe bei Affleck Tür und Tor offenstehen. Das dürfte sich jedoch als der größte Irrtum seines Lebens erweisen!«
»Meinst du wirklich, daß das dahintersteckt?« ließ sie eine Art Versuchsballon los, worauf er sie sofort anfuhr: »Und ob ich das meine! Ich kenne doch diese Typen. Er glaubt, ich werde den Gedanken, daß sie in derselben Stadt lebt, nicht ertragen. Und damit hat er recht. Dem werde ich seine Pläne jedoch versalzen.« Er schlug sich mit der Faust in die Innenfläche seiner Hand und schrie: »Sie muß wahrhaftig einen Dachschaden haben! Aber

wenn sie erst einmal wieder daheim ist, werde ich schon dafür sorgen, daß ihr die Augen aufgehen, darauf kannst du dich verlassen!«

»Du willst sie nach Hause holen?«

»Genau das. Und dann bringen wir sie zu Tante Jean, und du bleibst mit ihr dort, solange es nötig ist.«

»Mein Gott, Jonathan! Ich... ich kann doch Ray nicht allein lassen und den ganzen Haushalt und...«

»Sorg dich nicht. Darum werde schon ich mich kümmern.«

Es war, als hätte die Mutter durch die bloße Nennung seines Namens ihren Sohn herbeigezaubert: plötzlich stand er wie aus dem Boden gewachsen in der dunkelsten Ecke des zur Küche führenden Korridors. Das war etwas, was seinen Vater beinahe am meisten an ihm ärgerte: daß der Lümmel ständig lauschte. Darum schrie er ihn sofort an: »Komm her! Aber ein bißchen dalli!«

Als Ray langsam näher schlenderte, fragte Jonathan Ratcliffe zornig: »Hast du schon wieder mal gehorcht?«

»Nicht absichtlich, Vater. Ich bin gerade aus der Küche gekommen und...«

»Ich habe es dir schon hundertmal gesagt, du sollst dich gefälligst bemerkbar machen. Oder?«

»Ja, Vater.«

»Was hast du gehört?«

Der Knabe ließ die Blicke von der Mutter zum Vater schweifen und platzte heraus: »Daß Vanessa Angus Cotton heiraten wird.«

Als Jonathan Ratcliffe daraufhin hörbar mit den Zähnen knirschte, lenkte seine Frau rasch ein: »Egal, was er gehört hat, jetzt kann er auch nichts mehr anrichten.«

Nachdem ihr Gatte in den Salon stolziert war, schob sie den Jungen in die Küche. Dort sagte sie zu ihm: »Eins schreib dir hinter die Ohren, Ray: Du hast mit Michael auf keinen Fall darüber zu sprechen, verstanden? Vergiß nicht, daß er noch ein kleiner Junge ist. Du solltest niemals Dinge, die du hier aufschnappst, weitererzählen. Das hab' ich dir schon oft und oft gesagt, nicht wahr?«

»Ja, Mutter.« Ray sah sie fest an. Er fürchtete sich nicht im mindesten vor seiner Mutter. Im Grunde genommen nicht einmal vor seinem Vater – nun ja, ein bißchen vielleicht. Er wußte etwas, das er seinem Vater gern gesagt hätte, nur um zu beobachten, wie er daraufhin rot anlaufen, ja beinahe ersticken würde; so wirkte er immer, wenn er einen Wutanfall bekam. Ray hatte die Sache längst vergessen gehabt, aber als er vorhin gehört hatte, daß Vanessa Angus heiraten würde, kam sie ihm wieder in Erinnerung. Wenn Onkel Arthur sich nicht umgebracht hätte, wäre er längst mit der Sache herausgerückt, denn irgendwie war er überzeugt davon, daß Onkel Arthurs Selbstmord damit in Zusammenhang stand.
Beinahe ebenso viel Vergnügen, wie seinen Vater zu überraschen, bereitete es ihm jedoch, seine Mutter zu überraschen. Darum meinte er verschwörerisch: »Ich hätte nie gedacht, daß Vanessa Angus heiraten würde. Ich glaubte, sie würde Onkel Arthur heiraten.«
»Wie bitte?«
»Ich sagte, ich hätte gedacht, daß Vanessa Onkel Arthur heiraten würde. Daß er mit Tante Irene Schluß machen und danach Vanessa heiraten würde, wie's die Leute nach einer Scheidung machen. In meiner Klasse waren drei Jungs, deren Eltern sich scheiden ließen.«
Jane Ratcliffe setzte sich hin, umklammerte die Schultern ihres Sohnes und blickte ihm sprachlos ins Gesicht. Zwar bewegten sich ihre Lippen, aber eine Zeitlang brachte sie kein Wort hervor. Schließlich flüsterte sie: »Was redest du da nur daher, Ray? Komm, sag mir auf der Stelle, was du weißt. Wie kommst du bloß auf die Idee, Vanessa hätte Onkel Arthur heiraten sollen?«
»Nun ja«. Er zog die Schultern hoch und runzelte die Brauen. »Schließlich haben sie sich geküßt und miteinander geschmust.«
Jane Ratcliffe tat etwas, was sie nie zuvor getan hatte: Sie beutelte ihren Sohn so heftig, als ob er eine Ratte wäre, und zum erstenmal innerhalb seines kurzen Lebens ängstigte er sich vor ihr. Dann wurden ihre Hände ruhi-

ger, obgleich sie immer noch seine Schultern umfaßt hielt, und sie murmelte mit heiserer Stimme: »Raus mit der Sprache, Junge – ich will alles wissen, verstanden!«
Er warf trotzig den Kopf zurück und erwiderte: »Ich habe genau gesehen, wie sie sich geküßt haben.«
»Du hast *was* gese...?« Sie schluckte heftig. »Weiter.«
»Ich rutsch' nachts manchmal über die Regenrinne ins Freie, und einmal, als ich in meinem Baumhaus saß, hab' ich die beiden an der kleinen Pforte entdeckt. Sie haben miteinander getuschelt und dann hat er sie geküßt.«
»Und?«
»Ein andermal bin ich ihr nachgeschlichen, da sah ich sie und Onkel Brett im Gartenhaus. Sie sind auf den Stufen gesessen und haben sich unterhalten, und danach haben sie sich geküßt und so weiter.«
Es überraschte ihn, seine Mutter fluchen zu hören. Bisher hatte nur Emily derlei Ausdrücke gebraucht.
Nach einem langanhaltenden Schweigen fragte sie: »Weshalb hast du mir das nicht schon früher erzählt?«
»Na ja – ich wollte Vanessa nicht verraten. Ich wußte, ihr würdet es falsch auffassen. Und dann ist Onkel verreist, und ich hab' die Sache vergessen, bis er wieder zurückgekommen ist.«
»Was geschah, als er zurückkam?«
Er senkte den Kopf, ehe er antwortete: »Sie ist in den Wald gelaufen – aber ich bin ihr nicht gefolgt, weil ich auf Michael gewartet habe. Er hatte versprochen, sich 'rauszuschleichen, und ich dachte mir, er würde Angst kriegen, wenn ich nicht da wäre, und einfach wieder ins Haus zurückgehen. Wir wollten im Baumhaus übernachten.«
»Schon gut, schon gut. Und weiter?«
»Dann hab' ich Onkel Brett und Vanessa wieder an der kleinen Pforte gesehen. Sie hat bitterlich geweint, und er hat sie wieder geküßt.«
Er blickte auf den Scheitel seiner Mutter nieder. Es dauerte lange, bis sie sich aufrichtete und mit merkwürdig klingender Stimme befahl: »Komm.«

Als sie den Salon betraten, ließ sie ihren Mann gar nicht erst zu Wort kommen, sondern sagte in einem Tonfall, der gegen seinen Willen seine Aufmerksamkeit erregte: »Ray hat dir etwas zu berichten.«
»Und zwar?«
»Ich glaube, es wird besser sein, wenn du dich setzt.«
Er betrachtete seine Frau irritiert und setzte sich wortlos, worauf sie Ray vor ihn hinschob und ihrem Sohn befahl: »Wiederhol vor deinem Vater, was du soeben mir erzählt hast... alles.«
Jonathan Ratcliffe sagte kein Wort, als sein Sohn zögernd loslegte; aber als er geendet hatte, sprang er auf, stieß den Jungen zur Seite, stürzte aus dem Zimmer, durchquerte die Halle und lief in sein Arbeitszimmer. Eine Sekunde darauf folgte Jane Ratcliffe ihm nach. Bei seinem Anblick war sie auf das Schlimmste gefaßt. Er sah aus, als würde ihn jeden Moment der Schlag treffen. Sein Gesicht war von erschreckender Fahlheit, so daß sie verschüchtert schwieg, um ja nicht das Falsche zu sagen. Und damit reizte sie ihn nur noch mehr.
Als er zu sprechen begann, war sie überrascht darüber, daß er keineswegs von seiner Tochter, sondern von Arthur Brett zu reden anfing, und nicht darüber, was Arthur Vanessa, sondern was Arthur ihm angetan hatte. »Verstehst du, weshalb er es getan hat?« fauchte er. »Aus purer Bosheit. Nur um mir eins auszuwischen. Er hat es die ganze Zeit über geplant, um auf diese Weise sein Eigentum zurückzubekommen. Ich habe immer gewußt, daß er eines Tages etwas anstellen würde. Er hat die Sache damals vor Jahren viel zu ruhig, zu glatt aufgenommen. Innerlich muß er die ganze Zeit über gekocht haben. Während er uns ins Gesicht lächelte, hat er die Geschichte bis ins Detail ausgebrütet. Er wollte etwas tun, um mich zu erniedrigen, und hat genau gewußt, wie er das anstellen muß. Und den richtigen Zeitpunkt dafür hat er sich gleichfalls genau ausgerechnet, damit die Bombe nur ja kurz vor der Hochzeit losgeht. Begreifst du das denn nicht?«

Nein, sie begriff es nicht, sie konnte es nicht so betrachten, nicht völlig auf seine Art und Weise jedenfalls. Ausnahmsweise erkannte sie die wahre Situation: Sie sah einen nicht mehr jungen, unglücklichen Mann vor sich, der mit der Gefühlsbetontheit eines Mädchens im dafür empfänglichsten Alter spielte. Deshalb wagte sie einzuwenden: »Du solltest es nicht auf diese Weise sehen, Jonathan. Ich bin sicher, er...«
»Du und sicher – ich bitte dich! Ich weiß alles. Eins paßt zum andern. Erst hat er mein Angebot, die Auslandsreise zu machen, abgelehnt. Dann hat er diese Teufelei angezettelt und sich gedacht, daß es besser sei, sich aus dem Staub zu machen. Dieses Schwein, dieses dreckige Schwein! Er hoffte, daß die Geschichte während seiner Abwesenheit herauskommen würde, daß sie genau dann ihre Schwangerschaft bemerken würde... Er *hoffte,* daß sie es sein würde, darauf hatte er es ja abgezielt. Denk an meine Worte!« Jonathan Ratcliffe fuchtelte mit ausgestrecktem Zeigefinger herum. »Das ist es, was er vorhatte, ihre Schwangerschaft. Dann wollte er zurückkommen und sich ins Fäustchen lachen.«
»Aber« – sie hatte das Gefühl, ihn einfach überzeugen zu müssen – »er hat sich das Leben genommen, Jonathan. Er hat sich nicht ins Fäustchen gelacht – er nahm sich das Leben!«
»Ja, zum Trotz, damit die Menschen, die die wahren Zusammenhänge nicht kannten, sagen sollten, er hätte es aus Enttäuschung getan, weil ich ihn überflügelt habe. Genau das wollte er. Er hat seit Jahren über diese Ungerechtigkeit gebrütet, das sag' ich dir.«
Sie wußte, daß es nichts nützte, mit ihm zu debattieren; Jonathan hatte stets seine vorgefaßte Meinung und dachte das, was er denken wollte. Aber sie sprach wenigstens aus, was sie von dem Moment an, da Ray ihr die Geschichte erzählt hatte, empfand: »Und wir haben die ganze Zeit über Angus beschuldigt...«
Er starrte sie an und versuchte, seine durcheinandergeratenen Gedanken zu ordnen: Angus, Angus Cot-

ton. Und der würde sie glatt heiraten. Nun, das bestätigte ihm nur, was er ohnehin vermutet hatte: Dieser Tölpel war entschlossen, um jeden Preis seinen Weg zu machen. Noch vor zehn Minuten hatte er überlegt, wie er ihm die Hölle heiß machen könnte, aber nun... Nein, nein, jetzt wollte er ihm keinen Knüppel vor die Füße werfen – sollte er doch tun, wonach ihn verlangte. Wichtig war nur eines: Nicht die leiseste Spur dieser ungeheuerlichen Entdeckung durfte publik werden.

Es lag auf der Hand, daß Vanessa diesem Angus Cotton nicht gesagt hatte, wer der Vater war. Und daß er ihr vertraute – darauf vertraute und baute, daß er letzten Endes schon gut dabei abschneiden würde. Ein Typ wie Cotton tat nichts umsonst; er war ehrgeizig, ein richtiger Streber. Da er selbst einer war, konnte ihm nichts die Überzeugung rauben, daß er die einschlägigen Merkmale hierfür bei anderen auf den ersten Blick zu erkennen vermochte.

Seine Frau fragte nun: »Was willst du ihretwegen unternehmen? Ich meine, wegen dieser Heirat!«

Jonathan Ratcliffes Nerven hatten sich noch nicht genügend beruhigt, als daß er ihr in die Augen hätte blicken können. So erwiderte er schnaufend: »Ich lasse sie einfach machen.«

»Heißt das, du wirst nichts dagegen unternehmen?«

»Genau das.« Er wandte sich ihr nun wieder zu. »Ich würde den beiden sogar meine Einwilligung geben, denn diese Sache darf um keinen Preis der Welt durchsickern, hörst du? Hol jetzt den Jungen herein. Man muß ihm unbedingt eintrichtern, daß er niemand gegenüber ein Sterbenswort davon verlauten lassen darf. Wenn Vanessa den Mund halten konnte, dann müssen wir das auch zustande bringen. Ich – wir würden zum Gespött der ganzen Stadt werden, wenn etwas davon durchsickerte. Alles, was bisher ans Licht der Öffentlichkeit gedrungen ist, wäre nichts im Vergleich mit der Tatsache, daß ausgerechnet Brett« – er knirschte mit den Zähnen –, »dieses dreckige Schwein, ihr das Kind gemacht hat.«

»Glaubst du nicht, daß sie nebenan einen gewissen Verdacht haben, ja es vielleicht sogar wissen? Irene, Colin und Paul?«

»Sei nicht albern«, wehrte er mit verächtlicher Miene ab. »Meinst du wirklich, Irene könnte so etwas für sich behalten? Und haben etwa wir es vermutet?«

»Nein. Aber was Irene anlangt, glaube ich schon, daß sie es für sich behalten könnte, wenn sie es wüßte.«

»Unsinn! Diese Art von Frau nicht. Geh und hol jetzt den Jungen. Und noch etwas: Laß ja Susan gegenüber kein Wort darüber fallen, hast du verstanden?«

»Das brauchst du mir nicht erst zu sagen«, erwiderte sie.

Sie betrat nicht sogleich den Salon, sondern blieb einen Moment in der Halle stehen, um sich zu sammeln. Seit Wochen waren die Gefühle, die sie für ihre umherirrende Tochter hegte, nicht mehr so verhärtet wie anfangs. Sie malte sich aus, wie sie sich um eine passende Stelle abmühte, ständig wechseln mußte, stets die immer näher rückende Geburt des Kindes vor Augen. Und nun war das, was sie insgeheim als Falschheit bezeichnet hatte, gänzlich fortgewischt, und die alte Zärtlichkeit begann sich wieder zu melden. Zugegeben, sie hatte sich von diesem bedeutend älteren Mann herumkriegen lassen, aber das war noch lange kein Grund, weshalb sie jetzt einen Menschen wie Angus Cotton heiraten sollte. Einen Mann, der in allem und jedem der krasseste Gegensatz zu ihr war, zu der Art, wie sie aufgewachsen und erzogen worden war. Einen Menschen, der alles andere als ein Gentleman war. Sie würde sich damit abfinden können, das Kind zu akzeptieren, da sie nun wußte, daß es Arthurs Kind war: schließlich und endlich gehörte Arthur ihrer Gesellschaftsklasse an. Aber Emilys Angus, dieses ungehobelte, taktlose, ungebildete Individuum... Das wäre für ihre Tochter ein katastrophaler Abstieg!

Es bedeutete Jane Ratcliffe einen gewissen Trost, daß sie wenigstens in diesem Punkt mit ihrem Mann einer Meinung war.

5

Sie heirateten an einem Samstag vormittag um zehn. Weder Emily war anwesend noch Rosie. Aber Stan fungierte als Angus' Trauzeuge, und der Mesner gab den zweiten ab. Nachdem die kurze Trauungszeremonie vorbei war, konnte Vanessa es einfach nicht glauben, daß sie verheiratet sei, noch dazu mit Angus Cotton.

Als sie in der Sakristei stand, überfiel sie ein übermächtiges Verlangen, sich umzudrehen und zur Kirchentür hinauszulaufen, aus der Stadt zu fliehen, so viel Zwischenraum wie nur überhaupt möglich zwischen ihn und sich zu legen. Dabei mochte sie Angus. Er war der einzige, der gut zu ihr gewesen war, der zu ihr gehalten hatte; der einzige, der ihren Zustand akzeptiert und keine Fragen gestellt hatte, zumindest nicht mehr nach jenem Abend, an dem er sie gefragt hatte, ob sie seine Frau werden wolle. Und nun war sie also mit ihm verheiratet, und die Ungeheuerlichkeit dieses Schrittes ragte drohend über ihr auf wie ein dunkler Baldachin.

Dennoch hatte sie das Gefühl, mit Angus leben zu können – sogar halbwegs glücklich und zufrieden –, wenn es ihnen nur vergönnt gewesen wäre, unter sich zu bleiben. Statt dessen mußten sie in das winzige Haus zurückkehren, in dem Emily – und Rosie – allgegenwärtig waren. Und deshalb fürchtete sie sich. Vor beiden.

Die letzten drei Wochen hatte sie bei Stans Mutter gewohnt, um die Anforderungen des Aufgebots zu erfüllen. Stans Mutter war eine ruhige Frau, die keine Fragen stellte und größtenteils übers Wetter sprach und über ihren Sohn. Vanessa wünschte insgeheim, daß sie dorthin zurückkehren könnte. Oder daß sie zumindest – wie die Dinge nun einmal lagen – das erste tatsächliche Zusammentreffen mit Schwiegermutter und Schwägerin so rasch wie möglich hinter sich bringen könnten. Aber Angus hatte es so arrangiert, daß sie ihren Hochzeitstag in Newcastle zubrachten. Sie fragte sich nicht, weshalb; sie wußte nur, es hing mit Emily und Rosie zusammen.

Und genau das war der Fall. Angus bedankte sich bei Stan und sagte, daß sie später mal unbedingt einen darauf trinken müßten, ohne sich auf einen bestimmten Zeitpunkt festzulegen. Stan schüttelte Vanessa etwas unbeholfen die Hand, wünschte ihr viel Glück und machte sich dann mit unverhohlener Eile auf die Socken.

In diesem Augenblick hätte sich Angus mehr als jemals zuvor eine richtig große Gesellschaft gewünscht. Sein größter Traum – ein Mädchen wie Vanessa Ratcliffe zu heiraten – war von den Tatsachen noch übertrumpft worden: er hatte *sie* selbst geheiratet! Dieser Umstand hatte ihn zum Schweigen gebracht, befangen gemacht, stolz und traurig zur gleichen Zeit. Traurig darüber, daß seine Mutter sich geweigert hatte, mit in die Kirche zu kommen.

Am Abend zuvor war daheim der Teufel los gewesen. »Du bleibst also tatsächlich dabei?« hatte sie gefragt, und zwar keineswegs leise. »Allmächtiger, Mam!« hatte er zurückgebrüllt: »Hast du's noch immer nicht in deinen Kopf hineingekriegt? Ich heirate Vanessa morgen, was auch geschehen mag. Morgen, hörst du?« Und darauf hatte sie plötzlich ganz ruhig gesagt, was die Sache noch schlimmer machte: »Nun, ich hoffe, mein Junge, daß es dir nicht eines Tages noch leid tun wird.«

Anschließend war May aufgetaucht. Sowohl seine Mutter als auch seine Schwester schienen sie als letzten Strohhalm zu betrachten. Keine von ihnen hatte May je gemocht; sie war ihnen zu gewöhnlich. Nun, auch unter den Bewohnern von Ryder's Row 24 gab es gewisse Gradeinteilungen.

May hatte am Küchentisch gestanden, als er zum Ausgehen gekleidet aus seinem Zimmer kam, um sich mit Vanessa zu treffen, und hatte gesagt: »Hallo, Angus.« Und er hatte ein bißchen einfältig gegrinst und erwidert: »Hallo, May. Wie geht es dir?« Worauf sie geantwortet hatte: »Was glaubst du wohl!« So hätte sie niemals geantwortet, nicht in seinen vier Wänden, wenn nicht seine Mutter und Rosie ihr den Rücken gestärkt hätten.
Die zwei Verschwörerinnen waren nach oben gegangen und hatten sie beide allein gelassen, und May hatte ihn gefragt: »Stimmt es, daß du morgen heiratest?«, und er hattc ruhig geantwortet: »Ja, May. Es tut mir leid, wahrhaftig. Aber es stimmt.« Und hierauf hatte sie in ebenso ruhigem Ton erwidert: »Du weißt wohl, was du bist, Angus Cotton? Ein gemeiner, ganz erbärmlicher Lügner, ein widerliches Schwein, jawohl. Jahrelang war ich dir für einen bestimmten Zweck gut genug, nicht wahr? Jedesmal, wenn ich dir davongelaufen bin, um mit einem braven, anständigen Jungen auszugehen, bist du aufgetaucht und hast mit den Fingern geschnipst und von mir erwartet, daß ich sofort wieder angerannt komme. Und jetzt das! Aber bilde dir ja nicht ein, daß du so einfach davonkommst. Es wird dir auf irgendeine Weise schon eines Tages heimgezahlt werden, darauf kannst du dich verlassen!«
Da hatte er sie gefragt, ob sie nun zu Ende wäre, und sie hatte geantwortet: »Noch lange nicht. Du wärst längst verheiratet, und zwar mit mir, nicht wahr, wenn ich nicht so hirnverbrannt gewesen wäre und dir die Wahrheit gesagt hätte.« Ihre Stimme war nun von Bitterkeit erfüllt: »*Du* natürlich kannst es Nacht für Nacht treiben, mit wem und mit wie vielen du nur willst – einfach, wie es dir paßt, nicht? Aber weil ich dir in einem Anfall von Aufrichtigkeit von den beiden andern erzählt habe, bist du abgedampft und hast dich aus der Affäre gezogen.«
Als er nichts darauf geantwortet hatte, war sie zur Tür gegangen und hatte sich dort noch einmal umgewandt:

»Nun, ich wünsche dir viel Freude an ihr, und nach allem, was ich gehört habe, wirst du sie bitter nötig haben. Es wird nicht lange dauern, und du wirst dir wie ein armseliger Wicht vorkommen, das heißt, wenn sie ihr Kind erst einmal zur Welt gebracht haben wird. Dann wird sie ihre fünf Sinne sofort beisammen haben und keinen Rettungsgürtel mehr benötigen. Es macht einen Unterschied, wenn man einmal ein Kind hat. Das sollte gerade ich am besten wissen, nicht? Wenn sie erst einmal aufwacht und sieht, welch Riesentölpel sie da geheiratet hat, wird sie sich fragen, ob sie völlig verrückt gewesen sei. Und aufwachen wird sie, darauf kannst du Gift nehmen. Und dann sieh dich vor, du verdammtes Großmaul.«
Was ihn mehr als all ihre Worte beunruhigte, war die Art, wie sie sich plötzlich umsah, den Kopf in den Nacken warf und mit höhnischem Lachen hinzusetzte: »Hierher willst du sie bringen? Du meine Güte! Nicht einmal ich hätte das ausgehalten. Da kann man dir nur viel Glück wünschen, du Ärmster. Das wirst du nämlich brauchen. Und zwar eine ganze Menge! Bilde dir ja nicht ein, daß die Gnädigste dir allzuoft erlauben wird, daß du auf deine Rechnung kommst – jedenfalls nicht auf die dir liebgewordene Art und Weise, so mit allem Drum und Dran.« Und sie funkelte ihn boshaft an, daß er einfach losprusten mußte. Oh, May hatte es immer verstanden, ihn zum Lachen zu bringen. Vanessa würde das nie fertigbringen…
Und nun saßen sie nebeneinander im Bus, und er sah sie an und fragte: »Alles in Ordnung?« Sie lächelte schwach und antwortete: »Doch, ja, Angus.« Nach einer Weile schlug er vor: »Wir werden irgendwo einen Bissen essen, und dann machen wir einen kleinen Bummel.« Er machte eine Pause. »Gibt es irgend etwas, was du gern hättest?«
»Was meinst du damit?«
»Nun, etwas für dich.« Er lächelte ihr in die Augen. »So eine Art Hochzeitsgeschenk.«

»Nein, Angus, danke dir vielmals.«
»Gar nichts?« Das Lächeln verschwand von seinem Gesicht.
»Nun«, sagte sie, senkte den Kopf und schüttelte ihn leicht. »Ich habe noch nicht darüber nachgedacht. Vielleicht später.«
»Ach so.« Abermals sah er vor sich hin.
Sie gingen miteinander essen und dann ins Kino. Dort saßen sie artig nebeneinander, ohne daß er auch nur ihre Hand ergriffen hätte. Er hatte sie überhaupt noch nie berührt, ausgenommen in dem Moment, als er ihr den Ring an den Finger steckte. Er hatte sie nach der Trauungszeremonie nicht einmal geküßt, was offensichtlich sogar dem Geistlichen aufgefallen war, obwohl er keine Bemerkung gemacht hatte. Was er nachts tun würde, wußte Angus nicht. Die getrennt stehenden Betten würden jedenfalls eine Hilfe sein.
Da war auch der Teufel los gewesen, als das zweite Bett geliefert worden war. Seine Mutter hatte losgekeift: »Heiratest du sie nun, oder heiratest du sie nicht? Wenn du meinen Rat hören willst, Junge, dann halte es von allem Anfang an so, wie du es künftig haben willst. Wie man sich bettet, so liegt man, heißt es ganz richtig. Und wenn du in der ersten Nacht nicht von deinem Recht als Ehemann Gebrauch machst – ob nüchtern oder sternhagelvoll, wohlgemerkt –, ist die Chance nicht allzu groß, es beim zweiten- oder drittenmal leichter zu schaffen.«
Sie benahm sich und redete daher wie ein ganz ordinäres Weib. Das sagte er ihr auch unverblümt. Aber sie machte sich keinen Deut daraus, sondern beharrte darauf, daß es keinen Sinn habe, Wände aufzurichten und den Neutralen zu spielen und daß er schon noch darauf kommen werde, damit selbst alles abzuwürgen. Diese Worte erweckten eine Spur von Angst in ihm, daß sie am Ende vielleicht recht haben mochte...
Es war gegen sieben Uhr, als sie aus dem Kino kamen; ein eisiger Sprühregen begrüßte sie. Unter der nächsten Straßenlampe blieb er stehen und fragte Vanessa:

»Möchtest du vielleicht irgendwo noch eine Tasse Tee trinken, hm?«
Sie stülpte den Mantelkragen hoch, blickte einen Moment zu ihm auf und antwortete dann: »Ich würde lieber heimgehen, Angus.«
Er lächelte breit: »Eine gute Idee, jawohl.«
Insgeheim hatte er vor, ihre Heimkehr solange wie möglich hinauszuschieben, in der Hoffnung, daß dann sowohl seine Mutter als auch Rosie bereits zu Bett gegangen sein würden. Am nächsten Morgen sah sicher alles anders aus. Als Vanessa jedoch vom Heimgehen sprach, mußte er ihr recht geben: Besser, es so rasch wie möglich hinter sich zu bringen. Eines war so gut wie sicher: Rosie würde nicht daheim sein; vielleicht waren sie und Mutter im Klub. Stan würde schon dafür sorgen. Im Grunde war er ein netter Kerl.
Es dauerte bedeutend länger, mit dem Zug von Newcastle nach Fellburn zu gelangen, als mit seinem Lastwagen. Dann mußten sie noch den Bus nehmen, der sie bis ans Ende ihrer Straße brachte. Es goß in Strömen, als sie ausstiegen; er ergriff ihren Arm und drängte sie unter das Schutzdach des Bahngeländes, unter dem sie beinahe bis vor die Haustür gelangten. Gerade wollte er das holprige Pflaster mit ihr überqueren, da blieb er wie angewurzelt stehen. Er hatte die Singerei bereits am oberen Straßenende gehört, aber nicht im Traum daran gedacht, daß es aus seinem Haus kommen könne. Die Conways von nebenan ließen Abend für Abend Fernsehen und Radio lautstark laufen, aber das war es diesmal nicht. Es waren Gesang und menschliche Stimmen, darüber bestand kein Zweifel.
Als er die Haustür aufstieß, schlug der Lärm wie eine riesige Woge über ihnen zusammen. Einer überschrie den andern, sie waren eben dabei, die letzte Strophe eines Gassenhauers zu Ende zu grölen. Er packte Vanessas Arm noch fester, als er in den schwach erleuchteten Flur starrte. Du lieber Himmel! Seine Mutter war hergegangen und hatte sich Gesellschaft geholt. Was ihm, noch

ehe er sie zu Gesicht bekommen hatte, eines deutlich verriet: daß sie betrunken sein mußte. Ansonsten konnte sie absolut nichts dazu bewegen, die Nachbarschaft ins Haus zu laden. Das hatte sie erst zweimal getan – jedesmal war sie fuchsteufelswild gewesen.
Noch vor Vanessa stand er in der Küchentür und besah sich die Gesellschaft. Es überraschte ihn, Stan darunter zu erblicken, aber dessen Miene sagte ihm sofort: Ich konnte nichts dagegen ausrichten. Und das konnte er selbst mit Leichtigkeit erkennen. Denn auch Rosie hatte einen sitzen.
Da hockten Alif Piggott und seine bessere Hälfte vom unteren Straßenende und Bill Wilson samt Frau aus der Nachbarschaft. Bill hielt seine uralte Ziehharmonika auf den Knien; heute waren sie allesamt weder aufs Radio noch aufs Fernsehen angewiesen. Seine Mutter hatte immer gesagt, wie verhaßt ihr der Klang von Bills Ziehharmonika sei; aber nun sang und schunkelte sie drauflos, als ob ihr nichts auf der Welt lieber wäre. Als das Lied mit mehreren falschen Tönen endete, drehten sich die Besucher der Reihe nach um und begrüßten ihn mit einem Schwall von Glückwünschen. Zur Braut sagten sie kein Wort; sie glotzten sie nur an, nicht ihr Gesicht, sondern ihren gewölbten Leib. Und dann grinsten sie.
»So habe ich mir eine Hochzeit immer vorgestellt!« rief Emily, ihrem Sohn unverwandt in die Augen sehend, Vanessa würdigte sie keines Blickes. »Los, Kinder, singen wir noch mal das Lied vom doofen Hampelmann, damit es was zu lachen gibt in unserm urgemütlichen Häuschen.«
»Au ja, Mama. Das Lied vom doofen Hampelmann«, rief Rosie mit sich überschlagender Stimme. Und schon fing Bill auf seiner Ziehharmonika zu spielen an. Und alle krähten lauthals, allen voran Emily:

»Der doofe Hampelmann,
seht ihn euch richtig an,
der fällt doch prompt herein
das arme Schwein-Schwein-Schwein…«

Blanke Wut wallte in Angus auf. Hastig stieß er Vanessa vor sich her, an Alf Taggarts Stuhl, dann an Stan vorbei, bis zu seiner Zimmertür, die er mit Schwung aufriß. Nachdem sie eingetreten waren und er die Tür zugeschlagen hatte, murmelte er ihr mit gepreßter Stimme zu: »Es kommt alles in Ordnung, das verspreche ich dir. Bleib jetzt hier drinnen.«

Als Angus wieder in die Küche kam, sang seine Mutter:

»Dem macht man leicht was vor,
weint man ihm nur ins Ohr,
dann tut er, was er kann,
der Hampel...«

Weiter kam sie nicht, derart legte ihr Sohn nun los: »Hör auf, hör sofort auf! Auf der Stelle!«

»Aber wieso denn?« erwiderte sie in unverfrorenem Ton. »Es ist eine Hochzeit, oder? Eine prächtige Hochzeitsfeier. Da darf jedermann fröhlich sein. Hab' ich nicht recht, Bill? Was meinst du, Rosie? Darf man bei einer Hochzeit sauertöpfisch sein, he?«

»Nie im Leben!« schrie Rosie prompt und trällerte:

»Der doofe Hampelmann,
seht ihn euch...«

Da aber hatte Angus seine Schwester bereits fest beim Schopf gepackt, und nur der ihm rasch in den Arm fallende Stan konnte mit Mühe verhindern, daß Bruder und Schwester ernsthaft aneinander gerieten.

»Ruhig Blut, Angus, ruhig Blut!« beschwor Stan den vor Wut Kochenden.

»Hinaus!« brüllte Angus und warf den Piggotts und den Wilsons Blicke zu, die sie hastig aufspringen ließen. »Verschwindet, verdammtes Pack, allesamt.« Worauf in Mr. Piggott der Mann erwachte, der es dem frechen Jungen unbedingt zeigen mußte. »Hör mal, du Großmaul...« begann er.

»*Hinaus!*«

»Was glaubst du wohl, wessen Haus das ist?« Emily zerrte Angus am Rockzipfel. Er drehte sich sofort um, rannte sie beinahe nieder und schrie: »Halt ja den Mund, das sag' ich dir!« Dann wandte er seine Aufmerksamkeit wieder Rosie zu, die leicht blinzelnd dastand, und herrschte sie an: »Geh nach oben. Verschwinde. Aber rasch!«

»Du wirst mich nicht herumkomm...«

Stan zog Rosie rasch zur Tür und redete auf sie ein: »Laß ihn, Rosie. Tu, was er sagt. Geh jetzt nach oben. Ich komme morgen wieder.«

»Du Feigling, du – schämst du dich nicht?«

»Geh schön, Rosie, los jetzt.« Damit schob Stan sie in den Flur.

Schließlich blieben nur noch Angus und Emily in der Küche zurück. Es war, als würden im nächsten Moment ob der Bitterkeit, die zwischen ihnen herrschte, die Wände einstürzen. Emily hatte wieder am Küchentisch Platz genommen, stützte die Arme auf und wackelte kläglich mit dem Kopf. Angus starrte in einem Gemisch von Liebe, Mitleid und Verständnis auf sie nieder und bemühte sich krampfhaft, den Haß, den er noch eine Minute zuvor für sie empfunden hatte, zu vergessen. Er beugte seinen mächtigen Schädel zu ihr hinunter und stieß zwischen den Zähnen hervor: »Das war eine verdammt miese Vorstellung, die ihr mir da geliefert habt.«

Langsam hob sie die vom Trinken leicht verschleierten Augen, blickte ihren Sohn stumm an und brachte dann mit belegter Stimme mühsam hervor: »Das muß ich mit meinem Sprößling gemeinsam haben. Der hat mir auch eine verdammt miese Vorstellung geliefert, all die Tage über und heute besonders.« Er richtete sich auf, ohne sie aus den Augen zu lassen, und sagte schließlich: »Wir wollen morgen miteinander sprechen, wenn du wieder nüchtern bist.«

Sie erhob sich schwankend, machte ein paar Schritte und murmelte: »Möglich, daß ich im Moment betrunken bin, mein Junge. Aber morgen werde ich ausgenüchtert sein – du jedoch nicht. Dinge werden dir passieren, daß du dir richtig besoffen oder wie in einem bösen Traum vorkommen wirst – denk an meine Worte. Du bildest dir im Moment ein, daß sie deinen Namen angenommen hat. Aber das hat sie nicht, Junge. Du hast ihren angenommen, und wenn du versuchen solltest, mit ihr Schritt zu halten, wirst du dir deinen verdammten Hals brechen. Von mir aus tu's, ich werd' mich nicht einmischen.«

Damit torkelte sie an ihm vorbei, ohne seine Antwort abzuwarten. Er drehte sich um und sah ihr nach, wie sie den Flur überquerte und die Treppe hochkletterte, bis ihre verschwollenen Beine seinen Blicken entschwanden. Dann trat er an den Kamin, starrte ins verglimmende Feuer, und schlug sich plötzlich mit einer heftigen Bewegung mit der geballten Faust vor die Stirn. Dies zwang ihn dazu, die Augen fest zusammenzupressen und die Faust einige Minuten reglos in die Luft zu halten, ehe er die Hand fallenließ.

Nun war es völlig still im Haus. Er warf einen Blick auf seine Zimmertür, dann befolgte er die jahrelange Routine und eilte ans Hofende, um sein Geschäft zu erledigen.

Als er in die Küche zurückkam, blieb er einen Moment unschlüssig stehen. Sollte er Vanessa empfehlen, dasselbe zu tun? Wie anders wäre das mit May gewesen; bei ihr wäre er keinen Moment lang in Verlegenheit geraten, wenn er das Klo erwähnt hätte; wahrscheinlich hätten sie beide darüber bloß gelacht. Er ging in sein Zimmer.

Vanessa hatte noch nicht einmal ihren Mantel abgelegt; sie saß auf seinem Stuhl vor seinem kleinen Tisch und hielt ihre Handtasche auf den Knien. Ihr Gepäck stand genau dort, wo er es am vergangenen Abend hingestellt hatte. Er ging auf sie zu und sagte: »Es ist alles in Ordnung. Sie hat ein bißchen zu viel getrunken.« Er verschwieg ihr, daß so etwas äußerst selten vorkam; das hätte die Sache nur noch verschlimmert. Statt dessen rang er sich ein Lächeln ab und fügte hinzu: »Morgen wird sie wieder die alte sein, Vanessa.«

»Das wird sie nicht, Angus.«

»Was meinst du damit?«
»Daß... nun ja, könnten wir nicht doch...?«
»Nein, Vanessa.« Er schüttelte den Kopf. »Wir haben es bereits besprochen, oder? Ich muß einfach für sie sorgen, nicht nur, was das Finanzielle anlangt. Denn das würde sie zur Not auch allein schaffen. Was sie in Wirklichkeit braucht, bin ich. Sie hat mich immer gebraucht. Ich habe dir ja die Geschichte von meinem Vater erzählt. Im Grunde genommen war immer ich der Mann in ihrem Leben. Sie hat niemanden andern. Und sie war immer nur für mich da. Was auch geschehen mag, ich bin nun mal mit ihr verbunden, ich sitze hier fest, ob ich nun mag oder nicht. Manchmal hab' ich das gern, und dann wieder, wie zum Beispiel heute, mag ich's überhaupt nicht.«
Vanessa saß da und sah ihn an. Ihr war übel, und sie fühlte sich erschöpft, sowohl in seelischer als auch in körperlicher Hinsicht. Sie fragte sich vage, warum ihr das passieren mußte, weshalb sie sich jemals dazu überreden hatte lassen, seine Frau zu werden. Ununterbrochen entdeckte sie neue Seiten an ihm, Dinge, die sie heimlich abstießen; seine Heftigkeit, seine Unreife, das Ausmaß seiner Unwissenheit. Aber er hatte auch Pluspunkte aufzuweisen, wenn man das so nennen wollte: das Verantwortungsgefühl, das er Emily gegenüber hegte, und das, wie ihr schien, all seine anderen Gefühle bei weitem übertraf, selbst seine Liebe zu ihr.
Rein intuitiv – denn er hatte es niemals in Worte gekleidet – wußte sie, daß er sie liebte, daß er sie immer schon geliebt hatte und daß er sich, obwohl er sie aufgestöbert hatte, als sie sich in äußerster Bedrängnis befand, dennoch geschmeichelt fühlte, daß sie seinen Heiratsantrag angenommen hatte. Er bemäntelte es nur durch ein betont ungezwungenes Verhalten ihr gegenüber, vielleicht um ihr die Angst zu nehmen. Denn sie fürchtete sich vor ihm, vor seinem Körper und vor dem, was er mit ihr anstellen würde.
»Komm.« Er streckte ihr die Hand entgegen, zog sie in

die Höhe und meinte: »Du wirst müde sein. Es war ein langer Tag. Mach dich fertig zum Schlafengehen.«
Vielleicht war es das rein instinktive, kurze Zurückzukken ihrer Hand, das ihn dazu veranlaßte, brüsk hinzuzufügen: »Keine Angst, Vanessa. Dein Bett steht dort drüben.« Damit deutete er auf die seinem Bett gegenüberliegende Zimmerecke. »Zumindest für den Moment.« Obwohl er nicht verstand, weshalb er auf das Kind Rücksicht nahm: Es hieß doch immer, daß Frauen in diesem Zustand ein bißchen Zärtlichkeit nur gut tue; sicher bedeutete es eine Art Trost für sie. Möglich. Bestimmt sogar, wenn sie es von allem Anfang an so gehalten hätten – aber sie jetzt in Besitz nehmen, das konnte er nicht. Er blickte ihr einen Moment lang offen in die Augen. Sie sah weder wie Vanessa Ratcliffe noch wie Miß Van noch wie Vanessa Cotton aus. Sie war ein blutjunges Mädchen mit einem hochgewölbten Leib und hatte vor Müdigkeit tiefe Ringe unter den Augen.
Er wandte sich von ihr ab und sagte: »Wenn du übrigens wohin mußt, das ist ganz hinten im Hof.« Ihr Gesicht sank auf die Brust, sie ging auf die Tür zu und nahm den um das Haar geschlungenen Schal ab. Als sie ihn über einen Stuhl hängen wollte, blieb sie damit an einer kleinen auf dem Kaminsims stehenden Vase hängen, die sie nur mit Mühe vor dem Sturz bewahren konnte.
Vanessa war die Geschichte mehr als peinlich, denn sie hatte im ersten Moment erkannt, daß es sich hierbei um jene blaue Flötenvase aus venezianischem Glas handelte, die ihre Mutter als so besonders geeignet für Rosen bezeichnet hatte. Und die eines Tages wie vom Erdboden verschwunden war. Damals hatten sie, wie so oft, eine neue Zugehfrau auf Probe gehabt, und Emily hatte seelenruhig erklärt: »Es hat keinen Sinn, die danach zu fragen. Die grapschen immer. Damit muß man sich abfinden.«
Langsam stellte Vanessa die Vase an den Platz zurück, mitten unter all den anderen Kram. Als sie den Kopf hob, sah sie, wie Angus sie anblickte.

Himmelherrgott noch mal! fluchte er in sich hinein. Das sah seiner Mutter wieder mal ähnlich. Sie konnte es nicht lassen, da und dort eine Kleinigkeit einzustecken. Nichts von Wert natürlich und nichts, was von Bedeutung gewesen wäre. In dieser Beziehung paßte sie genau auf. *Er* hätte daran denken und diese Dinge verräumen müssen! Angus erinnerte sich blitzartig an die silberne Teekanne mit dem Milchkrug im Küchenschrank. Die mußte er unbedingt morgen früh packen und in den Müll werfen. O Gott, was würde noch alles passieren?!

Nachdem Vanessa den Hof betreten hatte, ging Angus in die Spülküche und setzte Kaffeewasser auf. Vielleicht würde ihr das helfen. Als der Kaffee fertig war, stellte er Kanne und Tassen auf ein Tablett, trug es in sein Zimmer und wartete. Plötzlich fiel ihm auf, daß mindestens zehn Minuten verstrichen sein mußten, seit sie aus dem Haus gegangen war. Die Hintertür! Vielleicht hatte sie ihn auf Nimmerwiedersehen durch die Hintertür verlassen! Er rannte mit Riesenschritten in die Küche zurück, und als er die Tür in den Hof öffnete und sie davorstehen sah, lehnte er sich eine Sekunde an den Türpfosten an und schloß die Augen. Dann riß er sich zusammen und fragte: »Alles in Ordnung?«

»Ja, ja, natürlich«, erwiderte sie mit einem schwachen Lächeln.

»Ich hab' uns was zu trinken gemacht.« Er ging ihr ins Zimmer voran und schloß dann hinter ihr die Tür.

Während sie ihren Kaffee tranken, machte er ein paar komische Bemerkungen, um die Verlegenheit, die sich ihrer bemächtigt hatte, zu bemänteln. Diese Verlegenheit hatte absolut nichts mit Sex zu tun; es war die Unbeholfenheit, die sich zwischen zwei völlig verschiedenen Menschen breitzumachen pflegt, die man auf engste Tuchfühlung gebracht hat. Nach einer Weile stand er auf, hängte seine Jacke an die Innenseite der Tür und sagte: »Alles wird sofort hübscher aussehen, wenn du dich ein bißchen darum kümmerst, weißt du? Ich denke da an neue Vorhänge und so. Mutter hat diesbezüglich absicht-

lich nichts unternommen, weil sie dachte, du würdest es gern nach deinem eigenen Geschmack einrichten.«
Auch Vanessa erhob sich. Sie fühlte sich nun besser und innerlich ruhiger. Offensichtlich hatte der heiße Kaffee ihr gutgetan. Sie sah ihn aufmerksam an. Ohne Jacke sah er noch kräftiger aus; unter dem Hemd zeichneten sich seine Bizeps deutlich ab. Seine Arme sahen lang und kräftig aus, genauso wie seine Hände und Schultern. ›Irischer Kanalräumer‹ hatten seine Arbeitskollegen ihn genannt. Damit mochten sie wohl, was sein Aussehen anlangte, recht haben; aber da er rücksichtsvoll und gut war, war sie für jede Freundlichkeit, die er ihr erwies, dankbar. Und nun stand er vor ihr und wiederholte in beruhigendem Ton: »Mach dir keine Sorgen! Morgen früh wird alles anders sein. Ich meine« – und er deutete mit einer Kopfbewegung zur Decke. Sie antwortete zwar nicht, aber in einem jähen Impuls, der sie einst veranlaßt hatte, Bretts Wange zu küssen – mit dem Ergebnis, daß sie nun mit Angus Cotton verheiratet war –, neigte sie sich vor und berührte mit den Lippen schmetterlingsgleich seinen Mundwinkel.
Es war das erstemal, daß sie in hautengen Kontakt gerieten, und die Wirkung war gewissermaßen elektrisierend. In der nächsten Sekunde hatte er sie fest an sich gepreßt; ihr Körper wurde zurückgebogen, er hielt sie wie ein Schraubstock umklammert und bedeckte ihren Mund mit Küssen. Innerhalb kürzester Zeit standen sie jedoch wieder getrennt voneinander da und sie schnappte nach Luft, während er sich mit dem Handrücken den Schweiß von der Stirn wischte.
»Das hättest du nicht tun sollen«, keuchte er. »Es war alles in Ordnung, bis du es getan hast. Du willst wohl Schwierigkeiten haben, wie? Was glaubst du wohl, was ich bin, hm? Nun« – er machte sich Luft, indem er den Finger zwischen Hals und Kragen steckte –, »wenn ich es auf dich abgesehen habe, werde ich dich nehmen, und zwar, wenn es mir paßt. Merk dir das: Wenn es mir paßt!«

Vanessa brachte keinen Ton heraus, sondern starrte ihn nur an. Sie hatte damit bloß eine Art Dank ausdrücken wollen für alles bisherige. Sie hatte sich noch nie richtig bedankt bei ihm. Er machte es ihr so schwer. Ihre Augen folgten ihm, wie er zum Schalter ging und das Licht ausmachte. Dann erklang seine Stimme aus der Dunkelheit: »Geh zu Bett«, sagte er. Und sie ging zu Bett. Wie ein Kind, das Hiebe bekommen hatte und sich vor einer Wiederholung seiner Lektion fürchtete, kleidete sie sich aus, fuhr jedoch, da sie noch nicht ausgepackt hatte, wieder in den Unterrock, griff nach der Bettdecke, glitt rasch zwischen die Leintücher und lag dann steif und angespannt da. Dabei lauschte sie den eigenen Herzschlägen, die ihr in die Ohren dröhnten – so laut, daß sie die Atemzüge von Angus übertönten.
Und zwei Meter von ihr entfernt lauschte Angus auf ihre Atemzüge. Er lag auf dem Rücken und starrte nach oben. Seine Mutter hatte recht gehabt: er war schon ein verdammter Narr. Hätte er doch nur ein Doppelbett gekauft. Dann würde sie jetzt an seiner Seite liegen, und er könnte wenigstens ihre Hand halten. Oh, du Einfaltspinsel, schalt er sich selbst, du machst dir doch bloß was vor. Händchenhalten – von wegen! Wo dieser hingehauchte Kuß ihn schon derart außer Rand und Band gebracht hatte. Wahrhaftig, seine Mutter kannte das Leben!
In die nun einsetzende Stille drang plötzlich ein Geräusch, das nicht aus der gegenüberliegenden Zimmerecke kam, sondern von der Zimmerdecke. Es war ein Geräusch, das Angus seit vielen Jahren nicht mehr gehört hatte, nicht seit jener Nacht, in der sein Vater gestorben war: das Weinen seiner Mutter. Mit einem Schwung drehte er sich zur Seite und zog die Decke über den Kopf. Hatte es jemals eine Hochzeitsnacht wie diese gegeben, verdammt noch mal? Nein! Unter aller Garantie hatte es noch niemals eine solche gegeben.

6

Vanessa hatte sich früher immer gefragt, warum niemand den Monat November mochte. Sie liebte es, im Regen spazierenzugehen, sie mochte den Wind, wenn er im riesigen Kamin jammerte und polterte, während sie in ihrem behaglichen Bett lag. Besonders hatten es ihr die Monate November, Dezember und Januar angetan, weil sie sie immer mit der Vorstellung an prasselndes Kaminfeuer in Salon und Eßzimmer verband. Im Winter blieb einem wenigstens Zeit zum Lesen. Nach den Hausaufgaben pflegte sie sich vor dem Feuer – am liebsten in ihrem Zimmer – zusammenzurollen, Pommes frites zu knabbern oder Karamels zu naschen und zu schmökern. Aus Schokolade machte sie sich weniger.

Nun war der November abermals ins Land gezogen, und Vanessa betrachtete ihn so wie wohl die meisten Menschen: als einen Monat des Regens, des Nebels, der Kälte, der Hagel- und Schneeschauer und des schwachen Lichts: langweilig und lästig.

An diesem speziellen Mittwoch morgen stand sie um zehn in der Mitte der Küche und sagte sich – nicht zum erstenmal: Ich werde noch verrückt! Ich werde den Verstand verlieren, und sie werden mich einfach wegbringen! Sie war nun knapp über drei Wochen verheiratet, und in seelischer Beziehung hatte sie in dieser Zeit größere Qualen erlitten als in all den Wochen seit jener Nacht mit Brett im Gartenhaus. Sie hatte gelernt, daß es die verschiedensten Arten von Qualen gab. Erst einmal die, die dieses kleine Haus mit sich brachte, wo jedes Wort, das nicht im Flüsterton vorgebracht wurde, oben ebenso gehört werden konnte wie umgekehrt, wo fünf Schritte in der Länge und vier in der Breite so ziemlich alles waren, was man in seinen eigenen vier Wänden unternehmen konnte.

Sie kannte jeden einzelnen Zentimeter des Erdgeschosses dieses Hauses, aber nichts vom oberen Stockwerk. Selbst wenn sie sich allein im Haus aufhielt – und das war verhältnismäßig oft der Fall –, wagte sie es nie, nach oben zu gehen; da droben befanden sich Emilys und Rosies Zimmer, und sie wollte den beiden auf keine Weise näher kommen, als es unbedingt sein mußte. Die Verstimmung der Frauen erfüllte die Luft, wenn sie daheim waren, und blieb noch lange haften, wenn sie frühmorgens das Haus verließen. Denn Emily ging nun wieder arbeiten.

Die erste Woche hatte sie größtenteils allein mit Emily verbracht und die sagte nur dann ein, zwei Worte zu ihr, wenn es unbedingt nötig war. »Willst du ihm nicht sein Frühstück zubereiten?« hatte sie am ersten Morgen Vanessa gefragt.

»Ich – ich weiß nicht, was er gern hat. Das überlasse ich lieber dir, Emily.«

»Das hast du dir so gedacht, alles was recht ist! Du bist jetzt seine Frau, also hast du für ihn zu sorgen.«

Sie hatte eine Welle des Zorns gegen Emily in sich hochsteigen gespürt, jedoch versucht, sich zu beherrschen. Aber trotz aller diesbezüglichen Anstrengungen konnte sie es nicht verhindern, daß ihre Stimme hochmütig klang, als sie sagte: »Du weißt ganz genau, daß ich nichts vom Haushalt verstehe, Emily.«

»Das hättest du dir früher überlegen müssen. Und sprich lieber nicht in diesem Ton mit mir, wir sind nicht mehr in eurem Haus droben.«

»Ich spreche doch in gar keinem besonderen Ton mit dir, Emily«, lenkte Vanessa beinahe flehentlich ein. »Ich möchte nur, daß du mir zeigst, wie ich es machen soll.«

»Tut mir leid, dazu habe ich keine Zeit. Ich muß mich

jetzt nach einer Stelle umsehen«, erwiderte Emily kühl.
Vanessa hatte insgeheim aufgestöhnt. Also war Angus' Befürchtung eingetroffen: Sie würde sich wieder eine Stelle suchen.
Aber das war erst der Anfang. Es folgten die Abende, wenn Angus müde und hungirg heimkam und das, was Vanessa ihm gekocht hatte, kaum anrührte; sie verlegte sich alsbald auf Fisch und Pommes frites oder Erbsen und Pasteten, das bekam man fertig zu kaufen. Und dann sagte sie: »Ich werde einen Kochkurs besuchen. Nachher, weißt du«; er hatte genickt und ihr zugelächelt. Aber er hatte ihr nicht gesagt: Du wirst etwas anderes zu tun haben, als in einen Kochkurs zu gehen. Nachher...
Sowohl in dem Bemühen, ein Gespräch mit ihm zu führen, als auch, um seinen Geschmack herauszubekommen, fragte sie ihn nach seiner Lieblingsspeise. Doch als er antwortete: »Ein schönes, saftiges Steak mit Nierenpudding«, hatte sie nur »Oh!« gesagt. Die Chance, daß sie ein schönes saftiges Steak mit Nierenpudding zustandebringen könnte, war ebenso groß, als hätte man von ihr *Crêpe suzette* verlangt.
Schließlich hatte sie sich ein Kochbuch gekauft. Doch mußte sie beim Durchblättern bald feststellen, daß es in diesem Haus nicht eine einzige der angeführten Zutaten gab. Also war sie am darauffolgenden Tag in die Stadt gefahren, um das Nötigste einzukaufen. Denn in die kleinen Kramläden in der Nachbarschaft ging sie nicht gern. Die Blicke, mit denen sie dort empfangen wurde, besagten allzu offen: Ach das ist die, die soviel Unheil da drüben angerichtet hat.
Während sie auf der Hauptstraße auf einen Bus wartete, bemerkte sie plötzlich an der Kreuzung zwei Frauen, die sie aus einem Autofenster heraus intensiv musterten. Es handelte sich um Mrs. Herring und Mrs. Young, die Mütter von Kathie und Rona. Sie war unzählige Male bei beiden eingeladen gewesen und stets auf die reizendste Weise behandelt worden; aber nun starrten sie sie aus

hart wirkenden, blicklosen Augen an, als wären sie blind und würden sie überhaupt nicht bemerken.

Vanessa sah weg. Das war alles, was sie mitten in der Schlange der an der Haltestelle Wartenden tun konnte. Am liebsten wäre sie davongelaufen. Sie war sich bisher nie als ›schlechtes‹ Mädchen vorgekommen, aber jetzt schon. Am liebsten wäre sie in den Erdboden versunken.

Es traf sich unglücklich, daß dieser Vorfall so knapp auf einem Streit zwischen Angus und Emily am Abend davor folgte.

»Wohin gehst du?« hatte Angus seine Mutter gefragt.

»Aus«, hatte Emily barsch erwidert.

»Du gehst in letzter Zeit aber reichlich viel aus, findest du nicht?«

»Das ist doch wohl meine Angelegenheit. Du lebst, wie es dir gefällt, und ich lebe, wie es mir gefällt. Kannst du mir einen einzigen Grund nennen, weshalb ich nicht ausgehen sollte?«

»Jawohl!« schrie er sie an. »Nicht einen, hundert Gründe, du widerliche alte Hexe.«

»Nenn mich ja nicht ›widerliche alte Hexe‹, sonst kannst du was erleben. Ich schlag' dir den Schädel ein, so wahr mir Gott helfe.«

»Versuch's nur, versuch's.«

Vanessa stand hinter der Zimmertür, preßte das Gesicht in die Hände und betete wie ein Kind, daß sie damit aufhören würden. Das Geschrei und Gezeter, das tagtäglich das Haus bis unters Dach erfüllte, bestürzte sie zutiefst. Was hier als ganz normaler Gesprächston galt, hatte sie daheim nur selten zu hören bekommen, und auch nur dann, wenn ihr Vater einen seiner Wutausbrüche gehabt hatte.

Als es Vanessa gar zur arg wurde, stopfte sie sich die Ohren zu, aber als sie die Zeigefinger wieder herauszog, hörte sie Angus gerade brüllen: »Du hast es gar nicht nötig, arbeiten zu gehen, das weißt du ganz genau.« Und Emily antwortete: »Du wirst an deiner Großtuerei noch einmal ersticken, das sag' ich dir. Von wegen sechzehn Pfund! Kriegt man ja spielend zusammen – überhaupt, wenn man sein eigener Herr ist, oder?«

»Es war eben eine schlechte Woche, das hab' ich dir doch gesagt... Wir haben noch keine Verträge, aber das kommt alles bald. Außerdem: Was hat das mit dir zu tun, was ich verdiene oder nicht verdiene? Ich zahle die Miete und komm' für jede verdammte Auslage auf – also wovon redest du eigentlich?«

Als die Tür zugeschlagen wurde, noch ehe Angus zu Ende gesprochen hatte, ertönte Rosies Stimme: »Du solltest dich was schämen, Angus, so mit ihr zu reden!«

»Du hältst gefälligst die Klappe. Von dir lass' ich mir überhaupt nichts sagen, du Rotznase. Worauf willst denn du dir etwas einbilden – möchtest du mir das verraten?«

»Und ob ich dir das verraten will, Bruderherz. Ich weiß ganz genau, worauf ich mir was einbilden kann, schreib dir das gefälligst hinter die Ohren. Ich bin nicht wie gewisse andere Leute, die sich bei der erstbesten Gelegenheit anbumsen lassen und...«

Als das Geräusch von Schlägen an Vanessas Ohr drang, warf sie sich aufs Bett und vergrub das Gesicht im Polster. Ein paar Minuten später hob sie dann den Kopf, sicher würde man jetzt Rosies Weinen hören; aber die kreischte nur los: »Du großmäuliger Schlappschwanz, du! Heb nur noch ein einziges Mal die Hand gegen mich, und ich tu das, was Mam dir angedroht hat: Ich schlag' dir den Schädel ein, ich warne dich!«

Vanessa hatte auf der Bettkante gesessen und die Hände auf ihren gewölbten Leib gepreßt. Sie fühlte sich ganz betäubt und wußte, daß sie sich niemals daran gewöhnen würde... Gleichzeitig verblüffte sie der Umstand, daß Menschen Jahr um Jahr so miteinander lebten. Denn Emily und Rosie und Angus hatten ja nicht erst in dem Moment, da sie hier eingezogen war, damit begonnen, einander anzuschreien. In dieser Gegend schienen die Menschen sich nur schreiend zu verständigen. Frühmorgens schrien sie einander schon Grüße über die enge Gasse zu, als wären sie meilenweit voneinander getrennt. Selbst die Mieter des neuen Wohnblocks am Ende der Straße schrien aus ihren höher gelegenen Fenstern einfach auf den Spielplatz herunter, wenn sie ihren Kindern etwas zu sagen hatten. Das Leben hier kam ihr wie ein einziges, kaum erträgliches Geschrei vor, wo es doch schon aus reinem Platzmangel bloß aus Flüstern hätte bestehen sollen. Vielleicht war es gerade diese Enge, die in ihnen den Wunsch entstehen ließ, einfach loszubrüllen, als könnten sie auf die Art ausbrechen.

Es dauerte keine Viertelstunde, bis Angus ins Zimmer trat, und, nachdem er Vanessas bleiches Gesicht erblickt hatte, sie anblaffte: »Schau nicht so verschreckt drein, ich bitte dich. Es ist ja keiner umgebracht worden.«

»Das wundert mich.«

Er war herumgewirbelt und wollte schon etwas entgegnen, verkniff es sich jedoch. Das war genau jener Tonfall gewesen, den sie, wie sie inzwischen wußte, ihm gegenüber nie anwenden durfte; der Tonfall, den sie früher einmal Emily gegenüber angewandt hatte, wenn sie verärgert war: er wirkte hochmütig, geringschätzig. Und deshalb wunderte sie sich auch nicht, daß er bedeutend kühler als sonst erwiderte: »Ich hab' dir schon einmal gesagt, das hat nichts zu bedeuten. Es wird sich alles legen. Ich kenne meine Mutter.«

»Und Rosie?«

»Ach, die! Rosie ist einfach eifersüchtig auf dich. Außerdem war ich schon immer zu weich. Und wie gesagt: Sie ist eifersüchtig auf dich, das ist alles.«

Danach hatte er vor seinem kleinen Tisch Platz genommen, seine Lehrbücher zur Hand genommen und zu zeichnen begonnen, während sie ihre Strickerei hervorholte. Sie hatte einen Babyanzug in Arbeit; nähen und stricken konnte sie ganz gut. Das war das einzig Brauchbare, was man ihr in der Klosterschule beigebracht hatte. Es wäre freilich besser gewesen, sie hätten sie in Hauswirtschaft unterrichtet, aber das war nur jenen vorbehal-

ten, die sich berufsmäßig damit befassen wollten. Für sie hatte ja keine Notwendigkeit bestanden, diese Fächer zu belegen. Vanessa lächelte spöttisch vor sich hin. Ihr hatte man Klavierspielen und Fremdsprachen eingetrichtert. Sie hätte von Herzen gern all ihre Kenntnisse – wie bescheiden sie auch sein mochten – dafür hingegeben, wenn sie dafür imstande gewesen wäre, einen anständigen Fleischpudding zuzubereiten.
Einige Zeit hatten sie schweigend beisammen gesessen, als er sich plötzlich unvermittelt an sie wandte und sagte: »Was ich brauchen würde, wären noch ein paar Lieferwagen, abgesehen von zwei neuen, um die alten Karren zu ersetzen. Heute ist mir nur deshalb ein prima Geschäft entgangen, weil wir nicht groß genug dafür waren. Der Mann sagte mir, man brauche dazu sechs Wagen, aber er würde gern ein Auge zurücken, wenn wir zumindest vier hätten.«
Sie interessierte sich zwar nicht für sein Geschäft oder für Wagen, die er hatte oder nicht hatte, aber sie fragte doch: »Kannst du nicht auf die Bank gehen und dir Geld holen?«
»Du lieber Gott, Van!« Er lächelte sie mitleidig an. »Ich hab' nur mehr hundertfünfundzwanzig Pfund in bar. Ich besitze kein Bankkonto. Bei meinen Geschäften gibt es ausschließlich Barzahlung. Das ist besser wegen der Steuer, weißt du. Und du schlägst mir vor, zur Bank zu gehen. Redest du einen Unsinn daher!«
Sie legte ihre Strickerei beiseite und antwortete wohlüberlegt so, daß er nicht wieder zornig werden konnte: »Ich bin nicht so dumm, wie du glaubst, Angus.«
»Das habe ich auch gar nicht behauptet, Liebling.« Er beugte sich über die Stuhllehne zu ihr hinüber. »Du hast nur eben eine völlig andere Einstellung zu allen Dingen, das ist es.«
»Nicht zu Bankangelegenheiten«, protestierte sie. »Was ich vorhin gemeint habe, war, ob du nicht einfach hingehen und ein Darlehen aufnehmen könntest. Ich weiß schon, daß du kein Geld auf dem Konto hast.«

Er drehte den Stuhl so herum, daß er sie ansehen konnte und seine Knie beinahe die ihren berührten. »Oh, ich verstehe. Aber ich frage dich: Was hab' ich als Sicherheit anzubieten, hm? Das Haus hier gehört mir nicht. Nicht, daß es viel zu bedeuten hätte, wenn es der Fall wäre, aber immerhin. Alles, was ich besitze, sind zwei praktisch schrottreife Lieferwagen, wovon einer noch zu allem Überfluß Fred gehört.«

»Hat denn der keine Sicherheiten anzubieten?«

»Eine Frau und sechs kleine Kinder, falls du das meinst.«

Sie überlegte und sagte dann: »Du hast doch vor einiger Zeit eine Versicherung erwähnt.«

»Ach, darauf willst du hinaus. Die ist erst in acht Jahren fällig. Und was kommt dabei schon heraus? Dreihundert Pfund.«

»Auf wie lange mußtest du dich binden?«

»Auf fünfzehn Jahre. Und ich habe erst für sieben eingezahlt.«

»Würden sie das nicht als teilweise Absicherung akzeptieren?«

»Wenn ich noch nicht mal die Hälfte bezahlt habe? Ich weiß darüber nicht Bescheid. Aber«, er machte eine ruckartige Kopfbewegung, wie immer, wenn ihn etwas intensiv beschäftigte, »ich verstehe dich. Das wäre vielleicht eine Möglichkeit. Du hast mir einen guten Tip gegeben.« Er lächelte breit, beugte sich näher zu ihr und sagte nun mit leiser Stimme, die für sie allein bestimmt war: »Wie fühlst du dich?« Das waren die einzigen Worte, mit denen er seine Zärtlichkeit zum Ausdruck brachte.«

»Oh, gut«, antwortete sie.

»Das sagst du immer. Und wenn du aus dem letzten Loch pfeifen würdest, dann würdest du auch noch behaupten, daß es dir gutgeht, weil man das eben so sagt, nicht?«

»Aber wenn dem so ist.«

»Erzähl mir nichts. Du fühlst dich in Wirklichkeit hundsmiserabel und verdammt elend... Oh!« Er schüttelte mißbilligend den Kopf. »Jetzt hab' ich dir doch versprochen, in deiner Anwesenheit nicht mehr zu fluchen...«

»Das macht mir weiter nichts aus.«

»Doch. Wenn ich sage, daß ich zu fluchen aufhöre, dann muß ich mich auch daran halten – wenigstens vor dir.«

Sie hätte am liebsten erwidert: Je mehr du es versuchst, desto mehr wird es den Unterschied zwischen uns unterstreichen. Ändere dich nicht. Es ist besser so.

Er sah auf seine Hände nieder – auf die abgebrochenen Nägel und die hornigen Fingerspitzen – und sagte: »Im Moment ist natürlich alles recht hart für dich. Aber glaub mir, wenn die Sache erst vorbei ist... Dann werden wir ausgehen und erst richtig das Leben genießen. Ich werde dich ganz groß ausführen, das versprech ich dir! Herrje, wird uns das Spaß machen... Oh« – er ließ sie gar nicht erst zu Wort kommen – »um das Baby wird *sie* sich kümmern. Sie wird im siebenten Himmel sein, wieder was Kleines aufziehen zu können, das sag' ich dir. Bis dahin wird sich das Geschäft auch gut angelassen haben, und ich gehe jede Wette ein, daß sehr bald ein Auto vor unserer Tür steht. Kein neues, das nicht, denn ich muß erst einmal jeden Pfennig ins Geschäft stecken, das verstehst du doch? Denn es soll und wird ganz groß werden!« Er nickte heftig zur Bekräftigung, als hätte sie ihm widersprochen, und schloß: »Wenn du je an Prophezeiungen geglaubt hast, dann laß dir das von mir prophezeien: Es wird ganz groß werden, weil ich es so will. Und ich bekomme immer, was ich will.« Damit senkte er den Kopf, streckte seine Hände nach ihr aus und berührte sie sanft.

Vanessa zitterte jedesmal in solchen Momenten. Sie fühlte sich keineswegs abgestoßen von ihm; dennoch konnte sie nicht verhindern, daß ein Schauer sie überlief, wenn er sie berührte. Und er merkte es auch. Jedesmal. Sie wußte, daß es ihn zornig machte. Und daß er sich große Mühe gab, es nicht zu zeigen.

Angus hatte an diesem Morgen das Haus bereits um sieben Uhr verlassen, noch ehe Emily oder Rosie heruntergekommen waren. Als das der Fall war, hörte Vanessa die beiden reden. Absichtlich laut und deutlich.
Vanessa fühlte sich an diesem Morgen richtiggehend krank. Ihr war nicht nur übel, es hatte auch eine tiefe Depression von ihr Besitz ergriffen. Ständig gingen ihre Gedanken im Kreis. Es war ihr unmöglich, vorwärtszublikken. Wenn sie sich jedoch die Vergangenheit in Erinnerung rief, dann war alles voller Glanz und Helligkeit. Sie hatte ein wundervolles Heim gehabt, wundervolle Eltern; sogar ihren Vater sah sie im Geiste als freundlichen, gütigen Mann vor sich. Und die Mutter war mitfühlend und liebevoll. Als Susans Brautjungfer hätte sie ganz bestimmt ein großartiges Kleid bekommen. Nie vorher hatte sie Susans Freundinnen oder gar die Braintrees wundervoll gefunden, aber nun, in der Rückschau, waren sie durchwegs reizend und freundlich; keiner von ihnen hob die Stimme ungebührlich beim Sprechen. Jeder wußte sich zu benehmen, war artig, zuvorkommend. Ach ja: Was hatte sie nur von dieser wunderbaren Vergangenheit getrennt? Brett war es gewesen. Er hätte wissen müssen, was geschehen würde… Aber sie durfte nicht Brett allein dafür verantwortlich machen. Sie hatte ihn immer gern gemocht, ja sie konnte ruhig sagen, daß sie Brett geliebt hatte. Er war vom Scheitel bis zur Sohle ein Gentleman, außer wenn er… Ihr Inneres schloß das Bild jener Momente automatisch aus, in denen Brett aufgehört hatte, ein Gentleman zu sein.
Emilys Stimme durchdrang den Nebel ihrer Depression, als sie Rosie zurief: »Die Zeiten haben sich eben geändert, Kind, die Zeiten haben sich geändert. Ich habe Stunde um Stunde geschrubbt und gescheuert, bevor du zur Welt kamst, ich bin nicht den lieben langen Tag auf meinem Hintern gesessen. Wahrhaftig, die Zeiten haben sich geändert!«
Nachdem die Haustür endlich zum zweitenmal ins Schloß gefallen war und Vanessa das Haus für sich allein

hatte, stand sie auf und kleidete sich an. Sie wußte, was sie tun würde, und sie wußte, daß sie es längst hätte tun sollen. Das wäre besser gewesen, statt Angus zu heiraten. So hatte sie nur Kummer über ihn gebracht und ihn von seiner Familie getrennt. Wie Rosie ihr mehr als einmal klargemacht hatte, waren sie einmal eine glückliche Familie gewesen.

Als sie angezogen war, ging Vanessa zum Laden an der Ecke. Dort hatten sie keine große Packung Aspirin, nur die zu vier Streifen. Im nächsten Geschäft kaufte sie eine Schachtel mit fünfundzwanzig Stück, und dann stand sie in der Küche, und die Aspirintabletten lagen allesamt vor ihr auf dem Tisch.

Sie wußte, daß sie Angus ein paar Worte hinterlassen mußte: also ging sie ins Zimmer und blickte sich nach einem Stück Zeichenpapier um, aber es fand sich keines auf dem Tisch. Ein Papierstreifen lag zwischen zwei Büchern. Sie zog ihn hervor und stellte erstaunt fest, daß es sich um eine Grammatik handelte. Vanessa lächelte mitleidig. Er versuchte es, er versuchte es wirklich, dieser Angus. Vielleicht hätte sie ihm dabei helfen sollen. Nein, er hätte ihr niemals erlaubt, ihm bei seinen Grammatikübungen behilflich zu sein, weil dies die Tatsache aufgedeckt hätte, daß er in dieser Hinsicht Hilfe benötigte. Er hatte seinen Stolz, den durfte man nicht verletzen. Sie nahm den Papierstreifen und einen Bleistift, ging damit in die Küche, setzte sich und schrieb:

»Es tut mir leid, Angus. Es war ein großer Fehler. Ich hätte ihn Dich niemals begehen lassen dürfen. Emily hatte recht. Es wäre nie gut ausgegangen. Ich danke Dir für all Deine Freundlichkeit und Hilfsbereitschaft. Du brauchst nichts zu bedauern, glaub mir, denn Du bist der einzige Mensch, der mir in all den schrecklichen Monaten ein gutes Wort gegeben hat. Danke, Angus! Vanessa«

Sie las durch, was sie geschrieben hatte, empfand aber, daß sie sich nicht klar genug ausgedrückt, ihm nicht genügend gedankt hatte. Dann ging sie in die Spülküche, kam mit einem Glas Wasser zurück, öffnete die Aspirinschachteln der Reihe nach, warf dreißig Tabletten ins Wasser und rührte langsam um. Es dauerte lange, bis sie sich aufgelöst hatten. Und während sie darauf wartete, dachte sie: Ich möchte wissen, ob ich Brett wiedersehen werde. Merkwürdig, daß wir beide denselben Weg einschlagen. Natürlich, aufhängen hätte ich mich nie können, das hätte ich niemals fertiggebracht. Als die Flüssigkeit eine milchige Masse bildete, in der winzige Partikelchen herumwirbelten, hob sie das Glas an den Mund. Ihre Hand fing an zu zittern, schließlich ihr ganzer Körper. Und sie wußte, wenn sie noch eine einzige Minute zögerte, würde sie es nicht zuwegebringen.

Dann war das Glas leer. Vanessa fröstelte und sie schluckte heftig, um den üblen Nachgeschmack zu bekämpfen. Sie legte die Arme auf den Tisch und saß da, starrte auf den Brief, den sie geschrieben hatte, und fragte sich, wie lange es wohl dauern würde, bis die Tabletten ihre Wirkung tun würden.

7

Sie machten in der Kantine Pause: Freda Armstrong, ihre engste Kollegin, und noch zwei Mädchen. Man saß an dem üblichen Ecktisch, und Freda triefte geradezu vor Mitleid mit Rosie. »Du siehst wirklich gräßlich aus, Rosielein«, sagte sie. »Bist du vielleicht grün im Gesicht! So schlecht warst du noch nie beisammen. Du solltest heimgehen. Hab' ich nicht recht?«
Eines der Mädchen nickte und meinte: »Ich an deiner Stelle würde zur Vorarbeiterin gehen, Rosie. Sag ihr einfach, daß dir zum Umfallen zumute ist, das versteht sie schon. Die hat selbst immer solche Geschichten, ihr wißt doch.«
»Ich wäre heute unter normalen Umständen gar nicht gekommen, aber dann hätte ich mit der da daheimbleiben müssen. Du meine Güte, was ist das jetzt für ein Leben bei uns. Ihr könnt euch das gar nicht vorstellen.«
»Sitzt sie immer noch derart auf dem hohen Roß?« fragte ein anderes Mädchen, und Rosie erwiderte prompt: »Nicht bei mir – ich würde ihr glatt eine herunterhauen, wenn sie's täte, das weiß sie genau. Deshalb geht sie mir auch aus dem Weg. Aber unser Angus, der ist ja wohl der verdammteste aller Narren und... Oh, mein Gott, ist mir schlecht.«
»Wenn du's unbedingt nicht ohne Ehering tun willst, dann solltest du heiraten, Rosie, und zwar rasch. Dann wird's mit der Geschichte sofort besser, glaub mir.«
»Zumindest nach dem ersten Kind«, sagte ihre Nachbarin.
»Kommt mir nur ja nicht damit«, sagte Rosie und rich-

tete sich auf. »Verheiratet. Kinder. Ich *lebe* jetzt damit. Davon will ich nichts mehr hören, also haltet gefälligst den Mund.«

Sie schwiegen eine Weile, bis Rosie sich abermals vor Leibschmerzen zusammenkrümmte. Kurz darauf rappelte sie sich mühsam hoch und ächzte: »Ich geh' mich krank melden.«

Ein paar Minuten darauf sagte sie der Vorarbeiterin, daß sie heimgehen wolle. Und kaum eine Viertelstunde später betrat sie ihr Wohnhaus. Sie hatte immer noch Schmerzen, und es war ihr grauenhaft übel, aber in dem Moment, wo sie die Küchentür aufmachte und Vanessa mit aschfahlem Gesicht dasitzen sah, mit all den Aspirinschachteln vor sich auf dem Tisch, vergaß sie ihre eigenen Beschwerden blitzschnell. »Allmächtiger!« Sie schlug die Hand vor den Mund. Dann stürzte sie hinzu und schrie: »Was hast du nur getan?«

Vanessa bewegte zwar die Lippen, wollte etwas sagen, brachte jedoch keinen Laut hervor. Langsam sank ihr Kopf auf die Arme.

»O Gott!« schrie Rosie, zog Vanessa hoch, schüttelte sie und stöhnte: »Du Wahnsinnige, du! Was hast du getan – was hast du nur getan? Oh, mein Gott!« Als sie Vanessa losließ, sank diese über den Tisch. Da erblickte Rosie den Brief, warf nur einen flüchtigen Blick darauf und schrie: »Mam! Mam!« Sie schoß zwischen Spülküche und Flur hin und her wie verrückt. Natürlich, ihre Mutter war auf der Arbeit. Sollte sie zu Mrs. Wilson nach nebenan gehen? Nein, nein, die konnte ja den Mund nicht halten, das würde nur Schwierigkeiten geben. Sie mußte den Arzt verständigen und ihre Mutter herbeiholen – aber wenn sie Vanessa sich selbst überließ, starb diese vielleicht. Was tut man in solchen Fällen nur, um Himmels wissen? Man läßt sie erbrechen. Natürlich. Man mußte sie dazu bringen, alles wieder von sich zu geben. Womit nur? Oh, mein Gott! Abermals zog Rosie Vanessa hoch und schüttelte sie. »Steh auf, Van«, flehte sie, dabei zum erstenmal wieder den alten Kosenamen verwendend.

»Hörst du mich? Komm doch, komm.« Im Nu war Rosie in Tränen aufgelöst.
Salzwasser, das war's! Rosie stürzte zum Küchenschrank, holte ein Paket Salz hervor, schüttelte ein Drittel davon in einen Krug, den sie mit warmem Wasser aus dem Kessel anfüllte. Während sie dies tat, weinte und fluchte sie durcheinander: »Verdammte Närrin! Ich wußte ja, daß etwas in der Art passieren würde. Ach, Angus, man sollte dich zusammenschlagen, jawohl, das sollte man. Du hättest sie niemals hierherbringen dürfen. Sie kann das nicht aushalten, sie ist nicht dazu geschaffen. Herrgott – wenn sie stirbt! Komm, so komm doch!« Sie packte Vanessa an der Schulter, und als das nichts nützte, sondern ihr Kopf einfach nach vorn baumelte, packte sie sie am Haar, zog ihr mit einer heftigen Bewegung den Kopf hoch, drückte sie mit dem Knie an die Stuhllehne an und flüsterte ihr eindringlich zu: »Trink das, Van. Dann wirst du erbrechen, und dann kommt alles heraus. Kannst du mich hören?«
Die Hälfte der Flüssigkeit lief Vanessa übers Kinn, die andere Hälfte drang ihr jedoch in die Kehle, bis sie nach Luft schnappte und schluckte.
Nun versuchte Rosie, Vanessa auf die Beine zu bringen, aber es war unmöglich. Abermals plumpste sie auf den Tisch.
Es blieb einfach nichts anderes übrig, als den Arzt und ihre Mutter zu holen. Rosie besaß die Telefonnummer ihrer Mutter. Wenn sie rasch ein Taxi auftrieb, könnte sie innerhalb von zehn Minuten hier sein. Nach einem letzten Blick auf die leblose Gestalt raste Rosie aus dem Haus, die Straße hinunter bis ans Eck, wo eine Telefonzelle stand. Sie wählte hastig und fragte, ob sie Mrs. Cotton sprechen könne: es sei dringend.
Als ihre Mutter endlich den Hörer aufnahm, sagte Rosie hastig: »Mam, du mußt sofort heimkommen. Denk dir, sie hat versucht, sich umzubringen. Nimm dir ein Taxi, hörst du?«
Statt einer Antwort herrschte am andern Ende Schwei-

gen. Rosie brüllte: »Hast du gehört, was ich gesagt habe, Mam?« Ihr war, als würde ihre Mutter antworten: »Ja, ich hab's gehört.« Dann klickte es. Sie war ganz außer Atem und nun selbst nahe daran, einfach umzukippen, als sie Dr. Carr anrief. Zum Glück befand er sich gerade in seiner Praxis. »Dr. Carr, sind Sie's?« fragte Rosie, und als er das bejahte, haspelte sie weiter: »Erinnern Sie sich an Vanessa Ratcliffe? Sie – sie hat meinen Bruder Angus geheiratet...«

Auf sein abermaliges Bejahen rief Rosie angsterfüllt: »Sie hat versucht, sich in unserm Haus – umzubringen.«

»Womit?« kam es mit aller Schärfe zurück.

»Mit Aspirin.«

»Was haben Sie unternommen?«

»Ich habe ihr Salzwasser eingeflößt – mehr ist mir nicht eingefallen.«

»Ich bin sofort bei Ihnen.«

»Danke, Doktor.«

Rosie schlug die Tür der Telefonzelle zu, überquerte mit Riesenschritten die Straße, entging nur mit Mühe dem um die Ecke biegenden Autobus und gelangte schließlich wieder ins Haus. Es war totenstill, und Rosie blickte einen Moment lang auf die über dem Tisch liegende Gestalt, preßte die geballten Fäuste auf den Mund und flüsterte: »Stirb nicht! Um Gottes willen, stirb nicht!«

Ihr fiel nichts ein, was sie hätte tun können, und sie starrte sie nur an. Da sie sie allein ja doch nicht auf die Beine bringen konnte, war es vielleicht am besten, sie einfach liegen zu lassen.

Emily traf als erste ein. Seit dem Anruf konnten nicht mehr als fünf Minuten vergangen sein. Sie mußte sofort losgeeilt sein, denn sie trug weder Mantel noch Hut, sondern hatte ihr blaues Kattunkleid an und eine große weiße Latzschürze darübergebunden. Genau wie Rosie blieb sie einen Moment in der Tür stehen und betrachtete sekundenlang die leblose Gestalt. Ihr Gesicht war kreidebleich. Dann flüsterte sie beinahe auf dieselbe Weise wie zuvor Rosie: »Allmächtiger...! Hast du

irgendwas unternommen?« Ihre Lippen bebten, als sie diese Frage stellte.
»Ich – ich hab' ihr Salzwasser eingeflößt, damit sie erbricht, aber es hat nicht gewirkt.«
»Geh an die andere Seite. Wir müssen sie hochziehen. In Bewegung bringen. Sie muß gehen. Hast du den Arzt verständigt?«
»Ja, er muß jeden Moment hier sein.«
So gut sie konnten, zogen sie gemeinsam Vanessa hoch; Rosie legte ihr den Arm um die Schulter, Emily um die Hüfte, und so brachten sie es mit aller Mühe zustande, zweimal in der Küche mit ihr auf und ab zu marschieren. Dann konnten sie nicht mehr weiter. Als sie sie wieder auf den Stuhl setzten, erlitt Vanessa einen Brechreiz, und das ganze Salzwasser und etwas von der Aspirinlösung drang aus ihrem Mund.
»So ist's gut. Nur 'raus damit, Kind. Raus damit!« Emily fing an, ihr mit kreisenden Bewegungen den Rücken zu reiben, während sie mit einschmeichelnder Stimme auf sie einredete: »Komm Kind, versuch's noch mal. Egal, wie der Fußboden aussieht. Immer 'raus damit.«
»Heb sie nochmals hoch«, wies sie dann Rosie an, und als sie sich wieder daranmachten, Vanessa Bewegung zu verschaffen, ging die Tür auf und Dr. Carr trat ein.
»Hat sie es erbrochen?« fragte er unvermittelt.
»Nur ganz wenig, Doktor«, sagte Emily.
»Wieviel hat sie genommen?«
»Da liegen die Schachteln.« Sie zeigte auf den Tisch. »Zwanzig, dreißig... Ich weiß es nicht.«
Er öffnete rasch seine Tasche und zog eine Spritze auf. Dann machte er Vanessas Arm frei und drückte die Nadel behutsam hinein. »Holt eine Schüssel oder was ähnliches«, befahl er, ohne den Kopf zu wenden.
Sogleich lief Rosie in die Spülküche, kam mit einer Schüssel zurück und stellte sie zu Vanessas Füßen.
»Sollen wir versuchen, mit ihr auf und ab zu gehen, Doktor?« fragte Emily.
»Nein, sie wird in einer Minute erbrechen... das hoffe

ich wenigstens.« Er warf Emily einen umnebelten Blick zu und erkundigte sich: »Was hat sie dazu veranlaßt?«
Emily senkte die Lider und murmelte hastig etwas Unverständliches. Und der Arzt sagte in beißendem Ton: »Sie wissen es nicht? Sie wissen es nicht??«
Emily warf in ihrer gewohnt aggressiven Art den Kopf in den Nacken, antwortete dann jedoch mit abgewandtem Gesicht: »Es hat rundherum eine Menge Schwierigkeiten gegeben, Doktor. Aber glauben Sie mir – es ist nicht allein meine Schuld.«
»Natürlich nicht, das weiß ich auch. Aber Sie hätten ihr helfen können.« Er schlug Vanessa leicht auf die Wangen, erst auf die eine, dann auf die andere Seite. Dabei hielt er ihr den Kopf hoch. »Sie haben ihr garantiert die Hölle heiß gemacht, ich kenne Sie doch.«
Abermals schmiß Emily den Kopf trotzig zurück; dann sagte sie nach einer kurzen Pause: »Sie horchen wohl überall herum und richten sich nach dem, was die Leute sagen, was?«
»Das ist gar nicht nötig. Ich kann mich auch so sehr gut vorstellen, was sie mitgemacht hat. Angus hat etwas sehr Anständiges getan, wenn man eine so altmodische Phrase heute noch anwenden kann, sich edel verhalten, sozusagen. Nicht, daß es von seiner Seite reiner Altruismus gewesen wäre. Dennoch hat er getan, was viele andere nicht getan hätten – egal, wie's in seinem Innern dabei ausgesehen haben mag. Aber Sie haben bestimmt nichts unversucht gelassen, um es zu zerstören, Emily.«
»Also, hören Sie mal, Doktor...«
»Schreien Sie nicht mit mir. Das scheinen Sie bereits mehr als zur Genüge getan zu haben.«
»Was wissen denn Sie davon...« Emily drehte ihm den Rücken.
Aber der Arzt ließ sich nicht beirren. »Ziemlich viel. Wir alle haben unser Kreuz mit uns herumzuschleppen. Auch wenn man es mir nicht zugetragen hätte – Ihre Reaktion auf die ganze Geschichte kann ich mir leicht

ausmachen, Emily. Sie scheinen zu vergessen, daß ich Sie seit fünfundzwanzig Jahren kenne.«
Am liebsten hätte sie gesagt: ›Und ich dich, du Trunkenbold.‹ Aber es war nicht der richtige Zeitpunkt für eine derartige Antwort. Vielleicht hatte sie schon mehr solcher Antworten gegeben, als ihr zustand. Nun ja, im Grunde genommen hatte er recht. Aber wer war er schließlich, daß er sich ihr gegenüber soviel herausnehmen durfte?
Vanessas Würgen und Röcheln veranlaßte Emily, sich hastig umzuwenden, und als sie sah, welche Unmengen von Flüssigkeit dem Mädchen übers Kinn sprudelten, dankte sie innerlich dem Himmel.
»O Gott, o Gott, mein Gott«, stöhnte Vanessa. Dr. Carr beschwichtigte: »Ist schon in Ordnung.« Dabei drückte er ihren Kopf an seine Brust und strich ihr, als sie abermals aufjammerte, das Haar aus der Stirn. »Immer ruhig bleiben. Es ist gleich vorbei. Danach wirst du dich besser fühlen.«
Vanessa öffnete die Augen, blickte sich verwirrt um und murmelte: »Mir ist ja so schlecht.«
»Freilich. Aber es ist nur zu deinem Besten«, sagte er begütigend, nickte Emily zu und befahl: »Jetzt bringen wir sie einmal ins Bett.«
Emily und Rosie entkleideten sie gemeinsam. Keine von ihnen sprach ein Wort, bis der am Fußende des Bettes stehende Arzt fragte: »Was macht denn Angus jetzt?«
»Er arbeitet im Transportgewerbe. Mit Fred Singleton zusammen. Sie haben sich selbständig gemacht.
»Könnt ihr ihn erreichen?«
Emily sah Rosie an, und Rosie sagte: »Sie fahren zur Zeit für Farrer.«
»Nun, dann würde ich an eurer Stelle dort anrufen und ihn heimholen. Ich finde, er sollte das sehen.«
»Ja, Doktor.« Sofort rannte Rosie aus dem Zimmer. Sie hatte ihre eigenen Bauchschmerzen völlig vergessen.
Emily, die an der Tür stand, fragte leise: »Wird es dem Kind schaden, Doktor?«

Er zog die Brauen hoch: »Das muß sich erst zeigen. Es könnte die ganze Sache beschleunigen... Hat sie sich schon im Krankenhaus angemeldet?«
»Nicht daß ich wüßte.«
»Da hätten Sie aber dafür sorgen sollen, Emily.« Er schnitt ein Gesicht, aber dieses Benehmen erregte nun keinerlei Widerspruch mehr in Emily, weil sie genau wußte, daß er recht hatte. Deshalb sagte sie nur: »Tja, wahrscheinlich wäre das meine Aufgabe gewesen. Ich hätte vieles tun sollen, aber wie ich nun mal beschaffen bin, hab' ich's nicht getan.«
»Wie Sie beschaffen sind! Das heißt, daß Sie ein verbohrtes, herzloses, dummes Frauenzimmer sind. Und das wissen Sie auch, stimmt's?«
»Ja, schon gut, Doktor. Sie brauchen es mir nicht extra unter die Nase zu reiben. Jeder sollte meiner Meinung nach getrost vor seiner eigenen Tür kehren!« Sie starrten sich an. Dann fügte sie in ruhigerem Ton hinzu: »Wie hätte ich wissen sollen, daß sie's so weit treibt?«
Auch seine Stimme klang ruhiger, als er sagte: »Sie haben sie seit Jahren gekannt. Ihre Herkunft, ihr ganzes behagliches, ruhiges, kultiviertes Leben. Wenn Sie ihr bißchen Verstand nur ein klein wenig zusammengenommen hätten, hätten Sie wissen müssen, wie dieser Kontrast ihr mitspielen mußte.« Er blickte sich kopfschüttelnd in dem winzigen Zimmer um.
»Sie schien sich damit abgefunden zu haben. Ich dachte mir, sie würde sich schon eingewöhnen und das beste aus ihrer schlimmen Lage machen. Van ist kein Mensch, der aus sich herausgeht. Wie hätte ich es erraten sollen?«
»Sie mit Ihrer Menschenkenntnis wissen doch sehr gut, daß die ärgsten Konflikte nicht auf der Hand liegen, sondern im Innern ausgefochten werden. Sie war nicht imstande, sich durch Brüllen und Schimpfen Luft zu verschaffen. So etwas ist nicht üblich in ihren Kreisen. Das wissen Sie, Emily. Die fechten ihre Schlachten im geheimen aus, nicht so wie hier. Es ist eine große Erleichterung, wenn man sich alles von der Seele schreien und

weinen kann. Darum kommt in dieser Gegend auch nur höchst selten ein Selbstmordversuch vor, während es in Brampton Hill oben vergangenes Jahr gleich vier Selbstmordfälle gegeben hat. Einer davon war, wie Ihnen bekannt sein dürfte, Mr. Brett. Wenn die da droben auch nur ein einzigesmal eine derartige Auseinandersetzung hätten, wie es bei Ihnen jeden Samstagabend gang und gäbe ist, wären sämtliche Familienbande auf immer zerrissen. Vanessa entstammt einer völlig anderen Welt, Emily. Das hätte Ihnen doch klar sein müssen... Aber es ist nicht zu spät.«
Vanessa stöhnte nun auf, und als Dr. Carr an ihr Bett trat und ihre Stirn berührte, murmelte sie: »Angus, es tut mir leid...«
»Sorg dich nicht. Sprich jetzt nicht, sondern schlaf schön. Du bist spätestens morgen wieder in Ordnung«, sagte er, als hätte er es noch mit der kleinen Vanessa von früher zu tun.
Sie öffnete die Augen, schüttelte sacht den Kopf und flüsterte halb verwundert: »Doktor Carr...«
»Schlaf jetzt, Kind.«
Dann kam Rosie zurück. Noch völlig außer Atem rief sie keuchend: »Sie haben versprochen, es ihm zu sagen, wenn er die nächste Fuhre abholen kommt.«
Der Arzt ging in die Küche, und Emily, die ihm folgte, bat Rosie: »Bleib einen Moment bei ihr, ja?«
Dann zog sie die Tür fest hinter sich zu, ehe sie fragte: »Was werden Sie jetzt tun? Müssen Sie Meldung erstatten?«
»Das sollte ich, ja.«
»Aber müssen Sie?« Sie sah ihn fest an.
Er hielt ihrem Blick eine volle Minute stand, ehe er fragte: »Weiß irgend jemand außer uns etwas von diesem Vorfall?«
»Ich sag' Ihnen sofort Bescheid.« Damit ging sie ins Schlafzimmer, kehrte innerhalb einer Minute wieder zurück. »Nein, Rosie war gescheit genug, niemandem ein Wort davon zu sagen. Sie hat sogar von der Telefonzelle

aus angerufen, war also nicht einmal bei den Nachbarn. Die werden dann eben glauben, es handelt sich um eine Fehlgeburt.«

Er nickte ihr zu. »Was hat Rosie denn gesagt, als sie in Angus' Firma anrief?«

Abermals ging Emily bei Rosie nachfragen und kam mit der Antwort zurück: »Nur, daß es Vanessa schlecht gehe, das ist alles.«

Dr. Carr betrachtete Emily nachdenklich. Dann sagte er: «Es besteht die Möglichkeit, daß sie einen zweiten Versuch unternimmt. Ich kann aber nicht dafür einstehen, daß wir sie dann nochmals rechtzeitig zum Erbrechen bringen können.«

»Nein, nein«, wehrte Emily ab. »Sie wird es kein zweitesmal versuchen – dafür werde ich sorgen. Ich bleibe von nun an daheim und werde mich um sie kümmern, das verspreche ich Ihnen.«

»Nun, dann wollen wir das beste hoffen.« Er seufzte, nahm seinen Mantel vom Stuhl, zog ihn an und sagte, während er zur Tür ging: »Ich bin gegen halb zwei wieder in meiner Praxis. Schicken Sie Angus zu mir.«

»Ja, Doktor.« Emily folgte ihm zögernd und murmelte dabei schuldbewußt: »Vielen Dank, Doktor. Ich verspreche Ihnen, daß es ab jetzt anders wird und daß ich mich um sie kümmern werde.«

»Sie sind beinahe zu spät gekommen, Emily. Vergessen Sie das nicht.«

Sie schloß die Augen, schüttelte den Kopf und sagte: »Keine Angst, Doktor. Ich vergesse es schon nicht so schnell.«

Eine halbe Stunde später bremste der Lieferwagen scharf vor dem Haus, und Angus platzte zur Tür herein.

»Was ist los?« fragte er. »Was ist mit ihr passiert?«

»Es geht ihr schon wieder gut«, sagte Emily, die hinterm Küchentisch stand. »Geh nicht sofort hinein. Rosie ist bei ihr. Lies erst mal das hier.« Dabei schob sie ihm Vanessas Brief hinüber. Es hatte keinen Zweck, die Sache vor ihm zu verschleiern: Sowie Vanessa sich nur ein biß-

chen erholt haben würde, würde sie ihn sofort fragen, ob er den Brief bekommen hätte.
Er stand mit offenem Mund da, nachdem er die Zeilen gelesen hatte, strich sich ein ums andere Mal durchs Haar und murmelte dann nur: »O nein. Nein...«
Emily kniff die Lippen zusammen, um zu verbergen, wie ihr Mund bebte, und starrte ihren Sohn an. Die dunklen Bartstoppeln rings um sein Kinn hoben sich scharf von seinem totenblassen Gesicht ab. Eine graue Staubschicht lag auf seinem Haar und seinen Schultern. Er sah elend aus. Sie fürchtete seinen Angriff – sie fürchtete sich davor, die Wahrheit ins Gesicht geschleudert zu bekommen: daß sie die Schuld daran trage. Und sie wartete schweigend. Zu ihrer größten Überraschung brach er dieses Schweigen keineswegs, sondern durchquerte langsam die Küche und ging in sein Zimmer.
Rosie saß am Kopfende des Bettes, hatte die Hände fest zwischen die Knie gepreßt und sah aus wie ein sehr sehr verängstigtes, junges Ding. Auch sie wartete ganz offensichtlich auf Vorwürfe. Sie schaute ihren Bruder an, erhob sich, als er ans Bett trat, und stand unschlüssig da. Sie machte den Versuch, etwas zu sagen, brachte jedoch kein Wort hervor. Er schenkte ihr keinen Blick, und nach einer Weile schlich sie sich in die Küche hinaus.
Angus betrachtete das lange, schmale, bleiche Gesicht. Vanessas Haar breitete sich über das ganze Kissen aus und war feucht und zerzaust. Er konnte es nicht begreifen, daß sie versucht hatte, ihrem Leben ein Ende zu bereiten. Er war nicht in der Lage, einen einzigen klaren Gedanken fassen zu können. Dann versuchte er, sich Fragen zu stellen und sich selbst verschiedenes zu erklären. O ja, er hätte merken müssen, wie sehr sie sich in die Enge getrieben fühlte. Aber wie nur? Sie war immer so ruhig gewesen, hatte nie viel gesprochen, und wenn sie es tat, wies nichts auf ihre Gefühle hin.
Er war eben ein richtiger Dickhäuter; wenn man ihm nicht direkt die Nase darauf stieß, wußte er von nichts. Es war verrückt gewesen, sie zu heiraten – und sie dann

noch dazu hierher zu bringen. Aber was hätte er machen sollen? Sie überhaupt nicht heiraten? Einfach weiter freundlich und hilfsbereit zu ihr sein, bis sie wieder auf eigenen Beinen stehen konnte. Er hatte ja immer wieder auf sie eingeredet, sie geradezu bedrängt, die Verlegenheit, in der sie sich befand, einfach ausgenützt.

Angus kniete neben dem Bett nieder, nahm ihre mageren Hände zwischen die seinen, die schwielen- und schmutzbedeckt waren, und flüsterte: »Van – ach, Van!« Am liebsten hätte er den Kopf auf ihre Brust sinken lassen und losgeheult.

Als sie weder ein Wort sagte noch sich bewegte, merkte er, daß sie schlief. Da erhob er sich langsam und ging in die Küche.

Emily und Rosie standen auf Armeslänge von ihm entfernt beisammen und blickten ihn an, als er zur Tür hereinkam. Er wußte, daß sie erwarteten, er würde nun Krach schlagen – aber er konnte es nicht. Dazu fehlte ihm einfach die Kraft. Außerdem – wozu hätte es schon geführt, wenn er jetzt seiner Mutter die Schuld gab. Sie hatte ihrer Natur gemäß gehandelt, genau wie er und Rosie es getan hatten. Während er auf den Küchentisch zuging, fragte er: »Wer hat sie gefunden?«

Seine gemäßigte Redeweise löste Rosie sofort die Zunge, und sie antwortete: »Ich. Ich bin früher heimgegangen, weil ich solche Magenkrämpfe hatte, und als ich hereinkam, saß sie da.« Sie deutete auf den Küchenstuhl. »Ich – ich hab' wirklich geglaubt, ich werde verrückt.« Sie schüttelte den Kopf. »Dann hab' ich Mam angerufen.« Ihre Hand deutete auf Emily, die ihren Sohn unverwandt ansah. »Und dann«, schloß Rosie, »verständigte ich den Doktor.«

»Was hat er gesagt?« Angus drehte sich zu seiner Mutter um, die sich mit der Zungenspitze über die Lippen fuhr. Sie würde nicht wiederholen, was der Doktor gesagt hatte; nein, bestimmt nicht. Der würde ihm höchstwahrscheinlich ohnehin reinen Wein einschenken, wenn er bei ihm vorsprach. So rang sie sich also zu der Antwort:

»Er hat gesagt, du sollst gegen halb zwei zu ihm in die Praxis kommen.«
»Glaubt – glaubt er, daß es sich schädlich auf das Kind auswirken wird?«
Emily sah einen Moment zu Boden. »Er hält es zumindest für möglich. Wir müssen abwarten.«
Angus ließ sich abrupt auf den nächsten Stuhl fallen, starrte vor sich hin und fragte: »Haben wir irgendwas Hochprozentiges daheim?«
Emily schüttelte den Kopf. »Nein. Aber Rosie läuft hinunter und holt dir was. Nicht, Rosie?«
»Sicher. Dauert keine Minute.«
Beide waren ganz offensichtlich eifrig darauf bedacht, ihn zu besänftigen.
»Laß nur, macht ja nichts«, sagte er. »Kaffee tut's auch. Schwarzer.« Damit stützte er den Kopf in die Hand. Nach einer Weile stand er jedoch ebenso rasch wieder auf, wie er sich hingesetzt hatte, blickte ins Feuer und sagte ruhig: »Wir werden verschiedenes ändern müssen, Mam.«
Es dauerte einige Sekunden, ehe sie antwortete. Und dann sagte sie kurz: »Ja.«
»Ich muß sie von hier fortbringen.«
»Das wäre das Beste«, sagte sie.
»Ich – ich kann es nicht gleich tun, nicht sofort, meine ich. Ich muß erst etwas Passendes suchen.«
»Das verstehe ich.« Emily lehnte sich an den Tisch und grub die Nägel in die Tischplatte. »Aber bis dahin«, fuhr sie fort, »werde ich schon dafür sorgen, daß sie wieder auf die Beine kommt.«
Er drehte sich um und blickte ihr direkt in die Augen, sprach aber kein Wort. Emily gab ihren Entschluß bekannt: »Ich werde Rosie bitten, Mrs. McVeigh anzurufen. Hab' ohnehin nie gern für sie gearbeitet, sie ist entsetzlich knausrig. Ich werde froh sein, wieder daheimbleiben zu können.«
Es überraschte sie und machte sie zur gleichen Zeit beinahe fassungslos, als er sagte: »Danke, Mam.«

»Nicht«, sagte sie rauh und wandte sich brüsk von ihm ab. »Streu jetzt nur ja keine glühende Kohle auf mein Haupt. Innerlich machst du ja doch mich für alles, was passiert ist, verantwortlich. Und wenn ich's dir auch bestimmt nicht allein in die Schuhe schieben will, so vergiß nicht, daß nicht *ich* damit angefangen habe. Jedenfalls«, fuhr sie rasch fort, ohne ihn erst zu Wort kommen zu lassen, »ist es nun mal geschehen, und ich bin alles andere als stolz auf meinen Anteil daran. Aber, wie ich bereits gesagt habe: Solange sie hier bleibt, werde ich mich um sie kümmern.«

Rosie kam mit dem Kaffeetablett aus der Spülküche und blieb am Tisch stehen, während Angus sich drei Löffel Zucker in die Tasse tat. Am liebsten hätte sie ihrem Bruder eingestanden, wie leid ihr das Ganze tat und daß sie nicht gewußt hätte, was tun, wenn Vanessa nun gestorben wäre...

Statt dessen sagte sie ganz ruhig: »Ich hab' ihn extra stark gemacht.« Und es klang wie eine Bitte um Vergebung.

Angus anwortete ebenso ruhig: »Schon gut, Rosie.« Und das klang wie eine Absolution.

Dann saßen sie alle drei zusammen, niedergeschmettert, betäubt, aber in Eintracht.

Es war so, wie er Van die ganze Zeit über versichert hatte: Alles würde schon irgendwie in Ordnung kommen. Aber als es ihm plötzlich durch den Kopf schoß, wie wenig dazu gefehlt hatte, daß es nie, nie mehr in Ordnung gekommen wäre, mußte er rasch aufstehen und in den Hof hinausgehen.

8

Drei Wochen darauf verlor Vanessa ihr Baby. Dr. Carr hatte sie Freitag abend ins Krankenhaus geschickt, und am Sonntag nachmittag hatte sie eine Totgeburt. Acht Tage später wurde sie aus der Klinik entlassen. Angus brachte sie im Taxi heim, und sowie Vanessa das Haus betreten hatte, merkte sie auch schon, daß etwas anders war. Besonders in ihrem Zimmer. Es hingen neue Vorhänge an den Fenstern, die Möbel waren aufpoliert worden, und ein kirschfarbener Spannteppich bedeckte den Fußboden. Die Wände waren mit einer ungemusterten hellgrauen Tapete bekleidet, und die alten Bilder waren verschwunden. Noch immer stand an jeder Wand ein Einzelbett, doch leuchteten ihr nun zitronenfarbene, freundlich wirkende Bezüge entgegen. Vanessa blieb in der Türe stehen, sah Angus an, lächelte schwach und sagte: »Wie hübsch! Danke.«

Er hätte gewünscht, daß sie ihm nicht immer dankte, jedenfalls nicht auf diese höfliche, unpersönliche Art. Er sagte: »Rosie hat die Farben ausgesucht. Ich bin in so was nicht sehr geschickt und meine Mutter schon gar nicht.« Damit drehte er sich zu der in der Küchentür stehenden Schwester um, und Vanessa rief auch ihr ein Danke zu, ruhig, höflich und verbindlich, wie es gut zu einer älteren Frau gepaßt hätte. Von seiten eines jungen Mädchens klang es allerdings merkwürdig.

Rosie nickte und lächelte verlegen. Sie konnte sich nicht vorstellen, daß ihr die Schwägerin jemals richtig ans Herz wachsen würde. Im Grunde mochte man jemanden, mit dem man es nicht aufnehmen konnte, ja nie. Aber sie verabscheute ihren Anblick jetzt zumindest nicht mehr. Das war schon etwas. Sie kam einen Schritt näher und sagte: »Ich dachte mir, daß Kirschrot und Grau gut zusammenpassen würden.«

»Tut es auch. Es sieht reizend aus.« Vanessa trat nun vollends ein und ging auf den für zwei Personen gedeckten Tisch zu. Es standen zwei Tassen, ein Milchkrug und eine Zuckerdose darauf; alles paßte zusammen, was vorher nie der Fall gewesen war. Dann gab es einen Teller mit Butterbroten und eine Keksdose. Vanessa betrachtete es sich ruhig, dann wandte sie sich zu Emily um. Die sagte: »Ich dachte, ihr würdet gern hier herinnen essen.«

»Nein, Emily.« Entschieden schüttelte Vanessa den Kopf, was die anderen zum Schweigen veranlaßte, bis Angus sagte: »Es ist schon in Ordnung so, mach dir keine Kopfzerbrechen. Wir werden hier essen.«

»Nein, Angus, bitte nicht.« Sie sah ihm einen Moment lang in die Augen; dann drehte sie sich zu Emily um und sagte abermals: »Nein! Wir essen gemeinsam. Genau wie früher.«

»Schön, wie du willst«, meinte Angus mit der für ihn so charakteristischen ruckartigen Kopfbewegung, als würde er nur höchst widerstrebend auf ein ganz außergewöhnliches Ansinnen eingehen. Aber die drei Frauen erkannten – jede auf ihre Art –, daß er über diese Entscheidung ebenso erfreut wie erleichtert war.

Ihr Leben verlief nun anders. Es herrschte eine bedeutend bessere, ja oft sogar fröhliche Stimmung im Haus. Aber während Angus vorher das Empfinden gehabt hatte, daß diese Heirat eine feststehende Tatsache für alle Zeiten sei, fühlte er sich nun keineswegs mehr so sicher in dieser Beziehung. Denn als die Tage verstrichen und Vanessa wieder völlig genas, hatte er das Gefühl, sie könnte jeden Tag aus seinem Leben verschwinden. Es gab nichts, womit er sie hätte festhalten können. Sie war inzwischen unabhängig von ihm. Es war nun nicht mehr nötig,

für sie und ihr Kind zu sorgen. Vanessa konnte, frei wie sie nun war, überall hingehen und sich jede nur erwünschte Stelle suchen. Sie sah wunderbar aus, hatte die reinste Mannequinfigur, war noch keine achtzehn Jahre alt und wußte überhaupt noch nicht, was das Leben bedeutete: sie hatte noch gar nicht zu leben angefangen.
Jeden Abend eilte er krank vor Sorge heim, sie könne am Ende nicht mehr da sein. Er fühlte, daß es für all dies nur eine einzige Lösung gab: Er mußte sie in die gleiche Lage bringen, aus der sie eben erst befreit worden war. Dann würde alles wieder sein wie vorher.
»Gehen Sie vorsichtig mit ihr um«, hatte Dr. Carr ihn ermahnt. »Sie ist von anderer Wesensart wie Sie. Das müssen Sie zur Kenntnis nehmen, ob es Ihnen nun paßt oder nicht.« Er hatte sich kein Blatt vor den Mund genommen, dieser Dr. Carr. »Ihre Mutter hat sich ihr gegenüber höllisch schlecht benommen, um keinen ärgeren Ausdruck zu gebrauchen«, hatte er gepoltert. »Ich habe in eurem Bezirk an die dreihundert Patienten, vier davon allein in eurer Straße, eine nebenan sogar. Man kann den Leuten nicht das Reden verbieten, ich kenne sie, weiß Gott. Drum gebe ich Ihnen ja den Rat: Gehen Sie behutsam mit ihr um. Es wird sich letzten Endes bezahlt machen.«
Nun, er war zwei Monate lang vorsichtig und behutsam mit ihr umgegangen; dabei platzte er beinahe. Es gab keine May mehr, zu der er hätte gehen können, um sein Verlangen zu stillen, und von der Straße hatte er sich nie eine aufgelesen, das war nicht seine Art. Dazu hatte er viel zuviel Angst, sich dabei vielleicht etwas zu holen.
Folglich überlegte er unentwegt, wie er sie wohl verführen könnte. Er heckte Plan um Plan. Am besten würde wohl sein, wenn sie am Samstagabend fein ausgingen, in irgendein fabelhaftes Restaurant. Und nach einem besonders guten Abendessen und einer Flasche Wein würde sie dann später schon… Nun ja, das würde an ihm liegen.
So wie er es in den vergangenen zwei Monaten Woche für

Woche getan hatte, sprach Angus auch diesmal im Wohnungsvermittlungsbüro vor, ob man nichts ihren Wünschen halbwegs Entsprechendes für sie gefunden hätte. Diesmal begrüßte ihn Reg Walker, der zufällig früher einmal gleichfalls in der Ryder's Row gewohnt hatte, mit den Worten: »Nein, weit und breit keine passende Wohnung, mein Lieber. Aber ich wüßte gern, ob Sie nicht an einem Haus oder Bungalow interessiert wären.«

»Das liegt noch in ferner Zukunft«, sagte Angus. »Vor einem Haus oder einem Bungalow brauche ich erst mal ein paar Lieferwagen.«

»Schade«, zuckte Reg Walker die Schultern. »Gestern wurde uns nämlich ein Bungalow angeboten, ein richtiger Gelegenheitskauf. An der Peripherie, den meisten Leuten etwas zu weit abgelegen. Ein altes Ehepaar hat dort gewohnt. Nachdem die beiden Leutchen kurz nacheinander gestorben sind und der einzige Sohn in Australien lebt, hat er die Sache telegrafisch zum Verkauf freigegeben. Erinnern Sie sich zu fällig an Arthur Ridley? Er und seine Frau hatten die kleine Eisenwarenhandlung Ecke Wolf Lane.«

»Ja.« Angus nickte. »Ich erinnere mich an sie.«

»Nun, das waren seine Eltern. Arthur Ridley hat mir aus Australien geschrieben, daß ich den Bungalow samt Einrichtung verkaufen soll. Außer der Versicherungssumme, die gerade fürs Begräbnis reichte, ist das alles, was er geerbt hat. Und da er einmal sehr schlechte Erfahrungen mit einem Anwalt gemacht hat, will er nie mehr mit derlei Leuten zu tun haben. So habe ich also die Sache gekriegt.«

»Hm.« Angus überlegte. »Und was kostet es?«

»Nun, man muß es innen und außen gründlich überholen lassen, und auch der Garten ist völlig verwildert. Wenn alles hergerichtet wäre, würde es glatt viertausend einbringen, und das wäre noch billig.«

»O Gott.« Angus schüttelte den Kopf und lachte nur.

»Ich will offen sein, Angus.« Reg Walker beugte sich eifrig vor. Ich habe Arthur Ridley einen Preis von zweitausendfünfhundert vorgeschlagen, und er war einverstanden. Also, um den Betrag ist es zu haben. Glauben Sie mir, das ist heutzutage eine ausgesprochen günstige Gelegenheit. Es gehören nämlich noch drei Viertel Morgen Grund dazu, und Sie wissen ja selbst, was der Boden zur Zeit wert ist.«

Abermals machte Angus nachdenklich: »Hm!«, nur schüttelte er jetzt weder den Kopf noch lachte er mehr. Die letzten Wochen hatten sich nicht schlecht angelassen; Fred und er hatten pro Kopf in den vergangenen Wochen sogar siebzig Pfund beiseite legen können. Natürlich mußte man an die Steuer denken. Aber es gab schließlich Samstagsfuhren und Sonntagsextras, letzteres sogar dreimal im Monat, wenn er wollte. Da saß das Geld immer locker. Das letztemal hatte es ihnen achtzig Pfund eingebracht. Die Dinge begannen sich gut zu entwickeln, nur konnte er keine großen Sachen übernehmen, ehe er nicht mehr Wagen hatte; die brauchte er weit dringender als ein Haus. Trotzdem fragte er: »Haben Sie schon eine Annonce aufgegeben?«

»Mhm. Morgen steht es in der Zeitung.«

Angus biß sich auf die Lippen. »Wann könnte ich es mir denn ansehen?«

»Wann Sie wollen. Ich fahre Sie von mir aus auch sofort hinaus.«

»Wenn man etwas tun will, soll man's am besten gleich tun«, sagte Angus.

Und so fuhren sie los, um sich den Bungalow anzusehen, und Angus teilte sofort Regs Ansicht, daß es sich um einen günstigen, ja sogar äußerst günstigen Kauf handeln würde. Der Bungalow bestand aus sechs Räumen, mit Badezimmer und Garage, man hatte einen herrlichen Blick auf den Fluß und ein gutes Stück Land obendrein dazu. Angus stand auf der Straße und blickte über den verwachsenen Garten auf das Dach des Gebäudes. Das gab den Ausschlag. Wenn es auch gleichbedeutend mit einem Lebewohl für seine Lastwagen war, wenigstens für einige Zeit, denn seine Mutter würde er auf alle Fälle

weiter unterstützen müssen. Dabei bedeutete es garantiert erst den Anfang, den Bungalow zu kaufen. Steuern müßten beglichen werden und auch ansonsten würden eine Menge Kosten entstehen. Von der Einrichtung gar nicht zu reden, denn die jetzige war mehr als bescheiden.
Angus netzte sich die Lippen und sagte zu Reg Walker: »Können Sie mir bis fünf Uhr Überlegungsfrist einräumen?«
»Geht klar«, sagte Reg. »Ich werde es bis dahin keinem Menschen gegenüber erwähnen. Aber um fünf müssen Sie sich entschieden haben. Länger kann ich es nicht hinausschieben, sonst kommt es nicht mehr rechtzeitig in die Zeitung. Und wenn es dort erst mal drinsteht, ist es weg, das garantiere ich Ihnen.«
»Sie haben mein Wort darauf«, sagte Angus.

Er kam erst nach halb sieben heim. Emily wartete bereits mit dem Essen. »Du bist aber spät dran«, murrte sie. »Ich dachte schon, ihr seid euch unterwegs begegnet.«
Sofort sah Angus zur Zimmertür. »Ist Van denn nicht daheim?«
»Nein. Sie ist am frühen Nachmittag aufgebrochen und wollte ein paar Besorgungen machen oder dergleichen.«
Als er langsam auf sein Zimmer zuging, rief sie ihm nach: »Zieh dir erst die Stiefel aus. Denk an den schönen Teppich. Ich hab's dir schon hundertmal gesagt.« Er hielt inne, dann setzte er sich vor den Kamin, zog die schweren Stiefel aus und schlüpfte in die Hausschuhe.
»Und wasch dich anschließend... Oder willst du noch ins Bad?«
»Nein... Sie ist um die Zeit doch noch nie ausgewesen.«
»Vielleicht ist sie nach Newcastle gefahren.« Emily machte sich am Herd zu schaffen.
»Was will sie denn dort? Gibt's hier etwa nicht genügend Geschäfte? Weißt du, was sie vorhatte?«
Emily zog die Pastete aus dem Bratrohr und schnupperte

befriedigt. Sie hatte die schönste Kruste, die man sich nur denken konnte, richtig goldbraun. Sie sagte: »Zerbrich dir doch nicht gleich weiß Gott wie den Kopf, wenn sie mal fünf Minuten fortgeht...«

»Es handelt sich nicht um fünf Minuten. Schließlich ist sie bereits nachmittags aus dem Haus gegangen.«

»Na und? Du bist ja heute auch nicht gerade zeitig dran. Im Gegenteil: Eine gute Stunde später als sonst. Wo warst du denn solange?«

Er stand auf, ging in die Spülküche, zog das Hemd aus und fing an, sich zu waschen, ehe er rief: »Ich war mir einen Bungalow ansehen.«

Sie stand in der Tür und musterte ihn verdutzt. »Einen Bungalow?« sagte sie lauter als sonst.

»Genau. Reg Walker hat da eine günstige Sache an der Hand, die hat er mir angeboten. Bis fünf Uhr wollte er Bescheid haben.«

»Wieviel kostet's?«

»Zweitausendfünfhundert.«

»Du meine Güte!«

»Es ist viertausend wert, sogar in dem jetzigen Zustand. Man muß es natürlich herrichten lassen.«

»Das wird auch noch eine Stange Geld kosten. Was soll dann aus den Wagen werden, die du haben wolltest.«

»Die müssen eben warten. Eins nach dem andern.«

Er griff nach dem Handtuch, hielt einen Moment inne, drehte sich dann um und meinte: »Du brauchst dich nicht zu sorgen, Mam. Ich werde für alles aufkommen, was du haben willst.«

»Jetzt hör mir mal gut zu«, sagte sie in dem gleichen aggressiven Ton wie früher. »Kümmere dich gefälligst um deine eigenen Angelegenheiten. Ich kann für mich selbst sorgen. Außerdem: Wozu gibt's eine Arbeitslosenunterstützung? Ich seh' nicht ein, warum ich die nicht auch einmal kriegen soll. Jeder in unserer Straße hat sie schon mal bezogen. Du sorg für dich und sie. Jedenfalls, wenn Stan und Rosie heiraten, und das müssen sie schließlich einmal, werden sie hier wohnen. Also laß dir meinetwegen keine grauen Haare wachsen und dich nur ja von nichts abhalten.«

Er nickte ihr nur zu.

Ein paar Minuten darauf war er wieder in der Küche und sagte: »Stell das Essen noch auf ein paar Minuten ins Rohr, bis ich mich umgezogen habe. Bis dahin wird sie wahrscheinlich auch wieder daheim sein.«

In seinem Zimmer brannte das Feuer hell im Kamin; es war behaglich und sah nun bedeutend besser aus als je zuvor. Insgeheim war er über all die Veränderungen entzückt, aber Van mußte es immer noch winzig vorkommen. Wie ein Käfig...

Wo sie nur stecken mochte. War sie auf und davon? Er knabberte nervös an seinen Nägeln. Das wäre so was, wahrhaftig! Er kaufte einen Bungalow für sie, und sie machte sich aus dem Staube. Alles am gleichen Tag. Was würde er ohne sie anfangen? Wie könnte er ohne sie weiterleben? Wie war alles gelaufen, bevor er sie hatte? Und doch, er würde sie niemals in diesem Sinn ›haben‹. Wochenlang hatte er in diesem Zimmer mit ihr gelebt, ohne sie zu besitzen. All dies gehörte zu seinem Plan für Samstag abend. Er war hirnverbrannt, völlig verrückt. Zum Teufel mit all der Behutsamkeit und Dr. Carrs guten Ratschlägen! Er hätte sich sein Recht bereits vor Wochen verschaffen sollen, das hätte die Sache geregelt. Dann wäre sie im Moment höchstwahrscheinlich schwanger, wie sich's gehörte. Herrje, es war genauso, wie seine Mutter gesagt hatte: Er war ein Waschlappen, ein verdammter Narr. Die letzten paar Wochen hatte er sich die Seele aus dem Leib gearbeitet, um das Geld für die Lastwagen zusammenzubekommen. Und was hatte er nun getan? Reg Walker fünfzig Pfund Vorschuß hingeblättert und ihm für morgen weitere zweihundertfünfzig versprochen. Das verschlang sein gesamtes Kapital und würde ihn um ein, zwei Jahre zurückwerfen; vielleicht kam er sogar nie mehr auf die Beine. Nun, es geschah ihm nur recht... Und würden sie sich ringsum nicht krummlachen über ihn, wenn es herauskam, daß sie ihn mir

nichts, dir nichts verlassen hatte? Darauf hatten sie doch nur gewartet. Wahrscheinlich sogar Wetten abgeschlossen, sicher sogar – er kannte sie doch.
Angus ließ den Kopf sinken und stöhnte unterdrückt auf, so elend fühlte er sich.
Plötzlich hörte er seine Mutter draußen sagen: »Hallo! Wir dachten schon, du seist verlorengegangen.« Mit einem Satz war er an seinem Tisch, und als sie die Tür aufmachte, leerte er scheinbar seelenruhig seine Hosentaschen aus, Banknoten und Kleingeld.
»Hallo«, begrüßte er sie lächelnd. »Du siehst aber erfroren aus. Wo bist du nur gewesen?« Er lächelte noch immer, als er auf sie zuging.
»Ich bin nach Newcastle gefahren.«
»Oh. Mam hat sich so was gedacht.«
Sie legte Hut und Mantel ab. »Es ist bitterkalt«, sagte sie.
»Wirklich. Wie schön, daß ein Feuer im Kamin ist.« Sie beugte sich vor, hielt die Hände über die Flammen und sprach über die Schulter zurück: »Du bist heute auch spät heimgekommen, nicht?«
»Mhm. Hatte noch geschäftlich zu tun. Eine kleine Fuhre... Was wolltest du denn in der Stadt? Besorgungen machen?«
Sie drehte sich um, zuckte die Achseln, zupfte ihr malvenfarbenes Wollkleid über dem nun flachen Bauch zurecht und antwortete dann: »Ich hab' mich nach Arbeit umgesehen.«
Als er kein Wort darauf erwiderte, meinte sie: »Sei jetzt bitte nicht ärgerlich.«
»Ärgerlich? Ich? Ich bin keineswegs verärgert. Worum handelt es sich denn?«
»Um eine Stelle als Verkäuferin bei Daintree.«
»So? Nun, das ist ein ausgesprochen feiner Laden.«
»O ja.« Sie nickte eifrig. »Wirklich nett. Du hast doch nichts dagegen?«
Wenn er seiner Sache nicht so sicher gewesen wäre im Hinblick auf das, was er bezüglich des Bungalows – vor allem aber bezüglich Samstag abend – vorhatte, hätte er

nun garantiert erwidert: Ob ich was dagegen habe? Das will ich meinen, sehr viel sogar! Wenn du mit deiner Freizeit nichts anzufangen weißt, dann werde ich schon dafür sorgen, daß du nicht zum Verschnaufen kommst, wart's nur ab! Statt dessen sagte er nur: »Ich habe eine Art Überraschung für dich, Van.«

»Ja?« Sie wartete ab.

»Wie würde dir ein Bungalow gefallen, hm?«

»Ein Bungalow!« Sie strahlte ihn an.

»Tja, ich habe einen gekauft.«

Sie machte einen Schritt auf ihn zu. »Du hast einen Bungalow gekauft? Was für... was für einen denn?« Sie sagte natürlich nicht: Du kaufst einfach einen Bungalow, ohne daß ich ihn mir vorher ansehen hätte können? Vielleicht gefällt er mir gar nicht...

»Einen großen. Mit sechs Räumen und allem Drum und Dran. Es blieb keine Zeit, dich rechtzeitig zu verständigen. Ich mußte mich bis vorhin fünf Uhr entscheiden. Es ist ein wirklicher Gelegenheitskauf, weißt du. Ich fahre dich morgen früh hinaus, damit du ihn dir ansehen kannst.«

Sie blickte ihn gespannt und mit heiterer Miene an.

»Er liegt ein bißchen außerhalb. In der Gegend der Collier Road, auf dem Hügel droben. Man hat von dort einen herrlichen Blick auf den Fluß.«

Der Fluß. Sofort schnürte sich ihr die Kehle zusammen, und das Lächeln verschwand aus ihrem Gesicht, als sie sagte: »Das klingt ja wunderbar. Ist er sehr teuer?«

»Nein – zweitausendfünfhundert. Dabei ist er viertausend wert, sogar im momentanen Zustand. Wenn erst alles hergerichtet ist, kann man gut und gern zweitausend draufschlagen.«

Van blickte zur Tür und sagte leise: »Aber deine Mutter...«

»Sie weiß es schon. Und sie ist froh darüber.«

»Wollt Ihr beiden denn alles kalt werden lassen?« erklang im selben Moment Emilys Stimme aus der Küche. Die beiden schnitten Gesichter, dann lachten sie leise,

und Angus schob seine Frau zur Tür, wobei er sagte: »Ich komme sofort.«
Als Vanessa durch den Flur ging, kam Rosie die Treppe herunter. Sie fragte sie sofort leise: »Hast du die Stelle bekommen?«
Vanessa nickte.
»Was zahlt man dir?«
»Sechseinhalb Pfund.«
Rosie zuckte die Achseln und meinte: »Viel ist das gerade nicht. Schließlich kommt noch das Fahrgeld dazu.«
»Das ist nur für den Anfang, weil ich so eine Art Einarbeitung brauche. Später dann wollen sie mich am Umsatz beteiligen. So nach zwei Monaten ungefähr.«
»Und was meint er?«
»Oh, er hat nichts dagegen.«
Rosie staunte. »Wenn das keine Überraschung ist!«
»Was ist eine Überraschung?« fragte Angus, aus der Tür tretend, wobei er sich das Hemd fertig zuknöpfte. Rosie erwiderte schnippisch: »Geht dich nichts an.«
»Weiß sie es schon?« fragte Angus, als sie in die Küche kamen, und blickte von seiner Mutter zu Vanessa. Vanessa schüttelte den Kopf und seine Mutter sagte: »Nein, es war noch keine Gelegenheit dazu, sie ist ja gerade erst heruntergekommen.« Also wandte er sich an Rosie und berichtete: »Ich habe einen Bungalow gekauft.«
»Einen Bungalow? Hast du einen Haupttreffer in der Lotterie gemacht? Einen Bungalow! Wann denn?«
Als sie am Tisch Platz genommen hatten, erklärte er seiner Schwester kurz, wie alles gekommen war. Prompt sprach Rosie genau das aus, was alle insgeheim dachten: »Das heißt mit einem Wort, daß du die Lastwagen jetzt nicht anschaffen kannst, zumindest eine Zeitlang. Reparaturen kosten eine Unmenge Geld, und dann werdet ihr Möbel brauchen und so weiter. Gut, daß du die Stelle heute bekommen hast.« Sie nickte Vanessa zu, und diese antwortete: »Ja, wirklich.« Sie selbst hatte völlig die

Lastwagen vergessen, obwohl sie sich in den letzten Wochen unentwegt in Gedanken damit beschäftigt hatte. Die Stelle, die sie heute angenommen hatte, stand im Grunde im engsten Zusammenhang mit diesem Problem.

Nachdem sie die Mahlzeit beendet hatten, sagte Angus, der plötzlich dazu entschlossen war, seine persönlichen Angelegenheiten ein bißchen in den Vordergrund zu schieben: »Wie wär's, wenn wir heute alle in den Klub feiern gingen? Freitagabend lohnt es sich schließlich immer.«

Weder Emily noch Rosie erwiderten etwas darauf, aber nach einer winzigen Pause meinte Vanessa: »Fein. Das ist eine gute Idee.«

»Ach, mir ist heute gar nicht danach zumute.« Emily lehnte sich zurück. »Meine Füße bringen mich noch um.«

Dabei hätte es Emily wahrhaftig nicht allzusehr belastet, in den Klub zu gehen. Ja, sie wäre heute abend sogar besonders gern hingegangen, um sich zu zerstreuen. Das war genau das, was sie derzeit brauchte: Gutaufgelegte Menschen, die sich die Kehle aus dem Leib schrieen. Aber als sie das letztemal gemeinsam in den Klub gegangen waren, hatte es sich nicht gerade als großer Erfolg herausgestellt. Es war sozusagen Vanessas Einführung in ihre Art von Unterhaltung gewesen; die Kleine hatte auch die ganze Zeit über brav gelächelt und sich den Anschein gegeben, als ob ihr das Ganze Freude mache. Aber Emily, die sie von Kindesbeinen an kannte, wußte genau, daß sie nur so tat und ihre wahren Gefühle verbarg. Emily bemerkte sehr wohl, daß Vanessa ihre Meinung, was lautstarke Gesellschaft, Gesang und Gelächter anlangte, niemals teilen konnte.

Rosie legte ebensowenig wie ihre Mutter Wert darauf, von Vanessa in den Klub begleitet zu werden. Deshalb schlug sie einfach vor: »Führ Van doch einmal richtig groß aus – zu Donovan. Das wäre die richtige Gelegenheit, um ihren neuen Job gebührend zu feiern.«

Donovan! Angus stieß das Kinn angriffslustig in die Höhe und wiederholte: »Donovan. Tja.« Er sah Vanessa an. »Möchtest du zu Donovan gehen, hm?«
»Ich war noch nie dort. Ich weiß gar nicht, wie das ist.«
Sofort erklärte Rosie eifrig: »Donovan ist einfach prima. Dort gehen Samstagabend immer die Rugbyspieler hin. Angus ist früher auch hingegangen, was?«
»Nun ja«, sagte Angus und schüttelte leicht verlegen den Kopf. »Ich war ein paarmal dort. Aber« – sein Blick streifte Vanessa – »Samstagabend würde ich dich nicht dorthin führen.« Dann beugte er sich zu ihr und sagte in scherzendem Ton: »Aber heute ist schließlich Freitag. Der ist ideal für Donovan.«
»Muß man... muß man ein Abendkleid anziehen oder...?«
»Nichts dergleichen«, antwortete er.
»Zieh das Blaue an, das Angus dir zu Weihnachten gekauft hat«, schlug Rosie vor. »Es ist hübsch und warm, und die Farbe steht dir besonders gut. Du siehst einfach umwerfend darin aus.«
Vanessa lächelte Rosie zu: Wenn sie nur von allem Anfang so zu mir gewesen wären, schoß es ihr durch den Kopf.
Sie schämte sich noch immer, daß sie versucht hatte, sich das Leben zu nehmen. Sie hatte das Gefühl, daß ihre Handlungsweise das Eingeständnis dafür gewesen war, daß sie Schiffbruch erlitten hatte. Sie war genau wie Brett. Brett hatte ihr ein Kind angehängt, und dann hatte er sich aus der Affäre gezogen. Weil er die Konsequenzen nicht ertragen konnte. Sie waren einander würdig: Nett, aber schwach. Seine Schwäche hatte das Kind zum Leben erweckt, und ihre Schwäche hatte es getötet. Gleichgültig, was Dr. Carr auch Gegenteiliges sagen mochte – sie würde immer das Gefühl haben, daß das Kind wegen ihres Selbstmordversuchs sterben hatte müssen. Es war zu Tode geschockt worden, als es eben zum Leben erwachen wollte...
»Du bist doch dafür, nicht?« Angus brachte sie mit dieser

Frage wieder in die Gegenwart zurück, und sie antwortete eifrig: »Ja, ja, natürlich, ich würde riesig gern gehen. Das heißt, wenn wir nicht zu spät dran sind. Ich muß mich erst anziehen, und es ist bereits sieben vorbei.«
»Oh, in solchen Lokalen ist vor neun, zehn Uhr ohnehin nichts los.«
»Nun, dann sitz hier nicht herum«, sagte Emily mit Nachdruck. »Und hör auf, dich vollzustopfen«, fügte sie hinzu und nahm Angus den Teller fort. »Wozu gebt ihr sonst das schöne Geld für ein großartiges Abendessen aus!«
Eine halbe Stunde danach waren die beiden angezogen, und als sie zum Ausgehen bereit in der Küchentür auftauchten, dachte Emily: So verschieden sie auch sein mögen – wenn sie herausgeputzt sind, ist so gut wie nichts davon zu bemerken. Sie blickte voll Stolz auf Angus: Er trug nichts von dem grellen Zeug, das in dieser Gegend sonst bevorzugt wurde. *Er* hätte ebensogut aus Brampton Hill stammen können. Von Kleidung verstand er etwas, ihr Angus. Und wie man sich zu benehmen hatte. Auch früher war er schon hie und da zu Donovan gegangen und hatte sich mit spielender Leichtigkeit unter die Stammgäste gemischt. Oh, sie befürchtete nicht im geringsten, daß er sich in dem feinen Restaurant nicht so gebührend benehmen könnte.
»Tschüs«, sagte Vanessa und sah von Emily zu Rosie. Und die beiden sagten gleichfalls forsch und munter: »Tschüs, ihr zwei. Unterhaltet euch gut.«
»Bleib nicht auf, bis wir kommen, Mam«, mahnte Angus in der Tür, und Emily erwiderte lautstark: »Aufbleiben? Deinetwegen etwa? Mach dich nicht lächerlich. Verschwindet gefälligst.«
Als sie an der Haltestelle standen und auf den Bus warteten, sah Angus Vanessa an und sagte: »Etwas fehlt.«
»Was denn?«
»Ein Wagen. Zu Donovan fährt man nicht mit dem Bus. Dort ist alles voller Autos.«
»Wir könnten ja eine Haltestelle vorher aussteigen und

so tun, als hätten wir unseren Wagen am Straßenende geparkt.«
Sanft stieß er sie in die Seite und sagte anerkennend: »Du verstehst's.« Er war so glücklich wie noch nie zuvor.
Im Bus fragte ihn Van direkt aufgeregt: »Kann man dort tanzen?«
»Tja, eine kleine Tanzfläche gibt es schon, aber...« Er sah sie von der Seite an. »Du kannst tanzen? Komisch, das hab' ich dich noch nie gefragt, ob du tanzt.«
»Ich habe sogar Tanzunterricht genommen«, sagte sie und zog die Brauen hoch.
»Aber ausgegangen bist du noch nicht. Ich meine, tanzen.« Er fühlte sich vortrefflich. Da konnte er ihr endlich etwas beibringen, denn er war ein sehr guter Tänzer und trotz seiner breiten Statur flink und behende.
»Ein einziges Mal«, sagte sie.
»Tatsächlich?« fragte er in gutmütigem Spott. Dann fügte er hinzu: »Das eine sag' ich dir: Wenn du mir auf die Zehen trittst, schrei ich wie am Spieß.«
Als sie lachend auf seine riesigen Füße niedersah, durchströmte ein niegekanntes Glücksgefühl seinen ganzen Körper; am liebsten hätte er sie gepackt und fest an sich gepreßt. Ohne ihr etwas zu tun. Nur an sich drücken, wie Onkel Dick es mit Tante Ann zu tun pflegte. Die beiden waren über zwanzig Jahre miteinander verheiratet gewesen, und immer war er verliebt und zärtlich mit ihr umgegangen, und sie hatte ebenso verliebt und zärtlich zu ihm aufgelacht. Tante Ann war eine kleine, rundliche Frau gewesen, und doch verband die beiden immer etwas ganz Besonderes. Angus erinnerte sich, wie er zum Begräbnis seines Onkels gefahren war: Damals hatte er Van im Zug getroffen. Mein Gott, das schien eine Ewigkeit her zu sein. Hätte er sich damals etwa träumen lassen, daß sie und er... Nein, wahrhaftig, eher hätte er sich vorstellen können, auf den Mond zu fliegen.
Sie kletterten aus dem Bus, und als sie am Parkplatz des Restaurants anlangten und die Wagen dort dicht neben-

einanderstanden, wußte Angus sofort, daß heute abend was los war.
»Vielleicht... vielleicht bekommen wir gar keinen Tisch«, sagte er kleinlaut. »Ich hätte ihn vorher bestellen müssen. Zu dumm, daß ich nicht rechtzeitig daran gedacht habe.«
»Ich glaube nicht, daß das viel genützt hätte. Sicher muß man auf Tage voraus bestellen. Aber wir können es ja auf alle Fälle versuchen.« Sie lächelte ihm tröstlich zu, und ihre Blicke blieben längere Zeit auf seinem Gesicht haften. Sie schämte sich nicht, mit ihm auszugehen; das war es, wofür sie dankbar war. Auch dafür, daß er nicht mit lauter Stimme lospolterte. Daheim, ja da brüllte er leicht herum. Aber außerhalb des Hauses waren seine Manieren ganz anders. Er gab sich Mühe, ihr Angus, o ja, er gab sich die größte Mühe. Sie hätte gewünscht, daß er sich von ihr helfen lassen würde. In den vergangenen Wochen hatte sie eine Menge über den Mann gelernt, den sie geheiratet hatte. Sie wußte zum Beispiel, daß er ständig in der Angst lebte, sie könnte ihn verlassen, nun, wo es nichts mehr gab, das sie zu halten imstande war. Nur eine Ehe, die man mit Leichtigkeit wieder auflösen konnte, da sie bis heute nicht ›konsumiert‹ worden war. Außerdem wußte sie genau, daß er nicht wollte, daß sie arbeiten gehe, damit sie nicht am Ende einen andern Mann kennenlerne. Sie fing an, all seine kleinen Gewohnheiten, seine Stimmungen zu verstehen, aber das milderte die Angst, die sie vor ihm hatte, nicht im mindesten. Diese Angst würde sich entweder verstärken oder erlöschen, wenn er etwas von ihr fordern würde; und der Zeitpunkt hierfür stand knapp bevor. Das spürte sie. Sehr knapp sogar.
Nachdem sie an der Garderobe ihre Mäntel abgegeben hatten, gingen sie Seite an Seite durch die Cocktail-Bar, überquerten die mit dicken Teppichen ausgelegte Halle, in der es diverse Sitzgruppen gab, bis sie schließlich in den Speisesaal gelangten. Da blieb er plötzlich stehen und sagte: »Möchtest du vorher vielleicht einen Drink

an der Bar?« Vanessa antwortete: »Nein, nein, lieber nicht.« Sie war aufgeregt, direkt nervös und merkwürdigerweise bedeutend befangener als er.
»Guten Abend, Sir. Guten Abend, Madam«, sagte der Ober. »Haben Sie einen Tisch reservieren lassen?«
»Leider nein«, sagte Angus. »Wir sind einfach vorbeigekommen. Auf gut Glück.« Seine Stimme klang sorglos und munter.
»Aha!« Der Oberkellner sah Angus erwartungsvoll an, und Angus sagte: »Ich wäre Ihnen sehr verbunden, wenn Sie einen hübschen Tisch für uns auftreiben könnten.« Diese Worte klangen wie ein Versprechen, und der Ober reagierte auch sogleich: »Nun, Sir, wir haben Glück. Es hat vor wenigen Minuten eine Absage gegeben... Ein sehr hübscher Tisch. In der Nische dort drüben. Wenn Sie mir bitte folgen wollen, Madam.«
Der Tisch war wirklich gut plaziert. Durch ein schmiedeeisernes Gitter vom größten Getriebe abgeschirmt, gab er jedoch den Blick aufs Tanzparkett und auf das kleine Podium, auf dem vier Musiker saßen, frei.
Nachdem sie Platz genommen hatten, holte Angus tief Atem, zupfte seine Jacke zurecht und sagte: »Nett, nicht?«
»Sehr sogar.« Sie nickte ihm über den Tisch hinweg zu. Kaum hatte die Band eingesetzt, kam ein anderer Kellner und überreichte Angus die Weinkarte.
»Also...«, begann er, nachdem er darauf geblickt hatte, und sah sie fragend an. »Was möchtest du gern?«
»Einen Sherry«, sagte sie.
»Süß oder herb, Madam?« erkundigte sich der Kellner.
»Herb, bitte.«
Angus fügte kurz entschlossen hinzu: »Dann zwei, bitte.«
»Und anschließend, Sir? Möchten Sie Wein zum Essen?«
»O ja, natürlich.« Abermals warf Angus einen Blick auf die Weinkarte. Er verstand nichts von Weinen. Er konnte auf Anhieb einige im Lande hergestellte Biersorten nen-

nen, aber was Weine anlangte, war er völlig umwissend. Er spürte, wie die Hitze der Verlegenheit ihm den Nakken emporschlich, rettete sich aber geschickt davor, richtig rot zu werden, indem er zu Vanessa hinüberblickte und rasch fragte: »Hast du einen bestimmten Lieblingswein?«

Rein instinktiv wußte sie sofort, daß er Hilfe benötigte, und so antwortete sie: »O ja. Ich hätte gern einen ›Graves Supérieur.‹« Sie sah Angus an, als warte sie seine Entscheidung ab. Er atmete erleichtert auf und bestellte sofort, wobei er die Weinmarke beinahe so aussprach, wie Vanessa es getan hatte.

»Sehr wohl, Sir.«

Als sie wieder allein waren, betrachtete er sie mit insgeheimer Bewunderung. Sie kannte sich aus in Weinen. Der Unterschied zwischen ihnen war wieder einmal klar zutage getreten.

Sie beugte sich vor und flüsterte, als hätte sie seine Gedanken lesen können: »Ich weiß nur deshalb etwas über Weine, weil Vater mit Mutter darüber zu beraten pflegte, wenn Leute zum Essen zu uns gekommen sind.« Bei den letzten Worten erstarb ihre Stimme; nun hatte sie das Falsche gesagt! Soweit sie sich erinnern konnte, war es das erstemal, daß sie ihren Vater ihm gegenüber erwähnt hatte. Seit sie verheiratet waren, jedenfalls. Das konnte am Ende die gute Stimmung stören. Sie sagte rasch: »Entschuldige.«

»Aber weshalb denn? Du brauchst dich nicht dafür zu entschuldigen, daß du dich in Weinsorten auskennst.« Er machte eine flüchtige Handbewegung und ignorierte den Umstand, daß sie ihren Vater erwähnt hatte.

Dann bestellten sie das Essen. Hier kannte er sich aus. Das war fester Boden für ihn – dachte er zumindest. Bis er die Speisenkarte ansah. »Wie wär's als Einleitung mit einem Shrimp-Cocktail?« fragte er sie vorsichtig.

»Großartig«, antwortete sie.

»Zwei Shrimp-Cocktails.«

»Und als Hauptgang, Sir?«

Abermals schielte Angus hinüber zu Vanessa. Sie warf einen Blick auf die Speisenkarte, die größtenteils in französischer Sprache abgefaßt war.
Auch er konzentrierte sich wieder auf die Speisenkarte, ziemlich lange sogar. Dann sagte er gelassen: »Für mich ein Steak, halb durchgebraten.«
»Sehr wohl, Sir. Und Sie, Madam?«
Sie sagte nicht *Chicken sauté à la Marengo*, sondern: »Brathuhn mit Reis, bitte.«
Als das vorbei war, atmeten sie beide, wenn auch aus verschiedenen Gründen, auf.
Es hatten bereits einige Paare zu tanzen begonnen; unwillkürlich begann sie mit den Fingern den Takt auf den Tisch zu klopfen. Da sagte er lachend: »Du willst doch nicht etwa gleich aufstehen und es ihnen zeigen, bevor du etwas gegessen hast?«
Sie lächelte ihm verhalten zu, als einige Paare mit lautstarkem Gelächter aus der Cocktail-Bar kamen und sofort beim Einsetzen der Band zu tanzen begannen.
Angus beobachtete das Treiben mit gönnerhafter Miene und meinte: »Ich dachte, das sei nicht erlaubt. Das Tanzparkett gehört eigentlich nur für Gäste des Restaurants.«
Als das Gelärme und Gelächter die Musik übertönte, bemerkte er: »Die haben alle einen sitzen. Sieht mir doch sehr nach Samstagabend aus.«
»Du warst schon früher an Samstagen hier?«
»Ein- oder zweimal, nach dem Spiel.«
»Bis heute hatte ich keine Ahnung, daß du Rugby gespielt hast.«
Er lächelte ein bißchen krampfhaft und meinte: »Es gibt eine Menge Dinge, die du nicht weißt, was mich betrifft, Van.«
Als sie seinem Blick auswich, zog er die Sache rasch ins Scherzhafte und fügte hinzu: »Ich besitze zum Beispiel eine Lebensrettungsmedaille. Ich bin einmal in einen eineinhalb Meter tiefen Tümpel getaucht und hab' einen Lausejungen herausgeholt.« Als sie losprustete, sagte er:

»Das ist Tatsache. Da stand so eine Rasselbande beisammen, und einer schrie plötzlich, daß ihr Willie ertrinke. Da bin ich hingerannt und kopfüber hineingesprungen. Es dauerte beinahe eine Viertelstunde, bis ich wieder hochkam, so hab' ich mir den Kopf dabei angeschlagen.«
»Ist jemand dabei ertrunken?«
»Keine Ahnung, ich hab's bis zum heutigen Tag nicht herausbekommen.« Sie lachten nun beide aus vollem Hals.
»Aber das ist noch nicht alles«, sagte er. »Was glaubst du wohl, woher das hier stammt?« Dabei schob er sich das strohfarbene Haar aus der Stirn und deutete auf die Narbe.
»Ich weiß es nicht. Aber ich hab' mich schon oft gefragt, wie du dazu gekommen bist.«
»Das war die Belohnung für eine gute Tat. Ich stand auf dem Oberdeck eines Busses, als eine Frau mit einem Einkaufskorb nach unten klettern wollte. Ich nahm ihn ihr ab, damit sie sich besser festhalten konnte. Ich war damals ein großer, stämmiger Junge von fünfzehn und bot ihr an: ›Geben Sie nur her, Missis. Ich trag's Ihnen 'runter.‹ – ›Danke, meine Junge‹, sagte sie und ging mir voran. Plötzlich stolperte ich und knallte mit der Stirn an die Haltestange. Ich kann dir sagen: Nie im Leben habe ich so viel Gemüse durcheinanderkollern gesehen. Das war ein Zirkus.«
Sie lachte, daß es sie nur so schüttelte. Ihre Schultern waren gekrümmt, sie schlug sich mit der Hand auf den Mund und stammelte: »Oh, Angus, hör auf!« Das machte ihn ganz glücklich. Er war also imstande, sie zu unterhalten. Sie sah richtig übermütig drein; so kannte er sie überhaupt nicht. Er hatte sie überhaupt noch nie lachen sehen. Also fuhr er eifrig fort: »Das ist noch gar nichts. Ich könnte wahrhaftig Bücher darüber schreiben. Jedesmal, wenn ich etwas Gutes anstellen wollte, hab' ich Ohrfeigen dafür einstecken müssen.« Sofort fühlte er, daß dies eine taktlose Bemerkung war und hoffte insgeheim, diesmal ausnahmsweise keine einstecken zu

müssen. Weil das Leben jetzt doch erst richtig anfing. »Wenn ich nur an das Feuer bei Mrs. Halliday denke«, sagte er. »Du kennst sie doch, sie wohnt fünf Häuser weiter unten. Eines Tages, als ich die Straße entlangkam, quoll Rauch aus ihrem Fenster, und sie kam schreiend herausgerannt und rief: ›Mein Gasofen brennt!‹ Natürlich ist der tapfere Angus Cotton sofort ins Haus gestürzt. Ich konnte gar nicht an den Ofen 'ran. ›Haben Sie Salz daheim!‹ rief ich. Mam hat Feuer immer mit Salz gedämpft, wenn der Kamin rauchte, weißt du. Und Mrs. Halliday schrie: ›Was?‹ Und ich brüllte: ›Salz!‹ Sie war eine vorbildliche Hausfrau und hatte alles daheim, was man nur brauchte. Jeder pflegte sich von ihr was auszuborgen. Jedenfalls deutete sie auf einen Topf, und ich griff ihn mir prompt – nur daß es nicht Salz, sondern Zucker war. Den schüttete ich ins Feuer. Glaub mir, es hat uns beinahe bis zum Bahndamm gefegt.«

Van hielt den Kopf gesenkt, die Hände fest in den Schoß gepreßt und hatte feuchte Augen. Sie blickte unter ihren dichten, kurzen Wimpern hervor und fragte: »Und wie ist es ausgegangen?«

»Die Feuerwehr mußte ausrücken. Ihre Küche ist völlig ausgebrannt. Monatelang wagte ich mich nicht einmal an ihrer Tür vorbei.«

Abermals sagte sie: »Oh, Angus.« Er war nett. Sie hatte immer gewußt, daß er nett war. Er versuchte, sie glücklich zu machen. Ach, wenn er nur…

Das Steak kam halb durchgebraten, wie bestellt, das Huhn war knusprig, die Beilagen köstlich. Sie aßen alles auf, was auf ihren Tellern war. Und danach suchten sie sich vom Teewagen Süßigkeiten aus. Schließlich wollten sie Kaffee trinken.

»Nehmen Sie ihn hier oben in der Halle, Sir?«

Sie entschlossen sich für die Halle, gingen um die kleine Tanzfläche herum, an dem Oberkellner vorbei, dem Angus mit einem freundlichen Wort eine zusammengefaltete Banknote zusteckte, und wurden abermals zu einem hübschen Platz geleitet.

Über die Kaffeetassen hinweg fragte Angus Van: »Gefällt es dir?«
»Es ist wunderbar, Angus, wirklich großartig. Weißt du, es ist das erstemal in meinem Leben, daß ich zum Diner aus bin. Ich hab' mich noch nie so unterhalten wie heute abend.«
Seine Blicke glitten über ihr strahlendes Gesicht. Die ganze Anspannung der letzten Wochen war daraus verschwunden; es sah weich und wunderschön aus. Es gab keine Frau ringsum, die ihr auch nur das Wasser hätte reichen können. Und dabei war das erst der Anfang: In zwei, drei Jahren würde sie ein Bild von einer Frau sein – voll erblüht. Ob ihr das klar war? Ob sie eine Ahnung hatte, wie sie auf andere Menschen wirkte? Er mußte sie um jeden Preis behalten – mit redlichen oder unredlichen Mitteln – er mußte sie behalten. So etwas, wie sie hatte er sich sein ganzes Leben lang gewünscht. Und er hatte sie bekommen. Aber wenn sie sich ihres Wertes bewußt wurde, wenn sie erwachte – würde er sie halten können? Denn die ungeschminkte Wahrheit war nun mal, daß sie noch nicht erweckt war, in keiner Beziehung. Sie war schwanger gewesen und doch noch unberührt.
Er stand unvermittelt auf, knöpfte sich den Rock zu und sagte: »Na, wollen wir mal, Van? Es ist ein Quickstep. Hast du jemals einen Quickstep getanzt?«
Sie schüttelte den Kopf. »Ich habe Twist getanzt, den kann ich«, sagte sie im Brustton der Überzeugung.
»Twist kann jeder«, zog er sie auf. »Aber Quickstep, das ist ganz etwas anderes. Ich habe erst unlängst im Fernsehen in der Reihe ›Leute von heute‹ gesehen, wie ein Junge den Arm um die Taille seines Mädchens gelegt hat dabei. Genau wie in alten Zeiten. Es kommt ja alles wieder. Und soll ich dir was verraten? Für unsere Begriffe hat es richtig unschicklich gewirkt!«
Damit hatte er sie aus dem Weg aufs Tanzparkett wieder zum Lachen gebracht. Dort legte er den Arm um sie und führte sie mit sanftem Schwung vor- und rückwärts.

Da sie von Haus aus über Leichtigkeit, Anpassungsvermögen und ein Gefühl für Rhythmus verfügte, waren sie bald aufeinander eingespielt, und sie strahlte förmlich, daß es so gut klappte. Zwei- oder dreimal stießen andere an sie an, und gelegentlich mußte Angus sich entschuldigen, weil ihm auf dem engen Raum dasselbe passierte; es war rappelvoll, lange ehe die Gesellschaft von vorhin wieder aus der Cocktail-Bar hereingestürmt kam.
Als sie durch ein stolperndes, lachendes Paar beinahe aus dem Gleichgewicht gebracht worden wären, fauchte Angus schließlich doch zornig: »Moment mal. Immer mit der Ruhe, ja?« Und er starrte auf den Rücken des Mannes, der Vanessa beinahe umgerannt hätte und der weit davon entfernt schien, nüchtern zu sein, so sehr hatte er den Kopf am Hals seiner Partnerin vergraben, während er sich vor Lachen nur so schüttelte. Aber Angus' Tonfall störte ihn in seiner Ausgelassenheit doch, denn er drehte sich plötzlich um und musterte sie. Dabei blieb ihm der Mund offenstehen, und er sagte: »Guter Gott! Cotton... Und du!« Er zog die Brauen hoch und starrte Vanessa unentwegt an. Dann brach er wieder in Gelächter aus und rief: »Also so was, würde man das für möglich halten? Vanessa Ratcliffe!« Damit schob er sich dicht an sie heran. »Du kennst mich doch. Erinnerst du dich nicht an Susans Fest? Brian Cornell. Komisch, dich hier zu treffen.«
»Ja, komisch«, sagte Angus trocken, legte den Arm fest um Vanessa und schob sie weiter.
In Sekundenschnelle tanzte Cornell wieder an Van heran und schrie ihr über die Musik und das Gelärme hinweg zu: »Wir müssen unbedingt zusammenkommen, ja?«
Angus antwortete nichts darauf, und ein paar Minuten später führte er Vanessa in die Halle zurück.
»Du kennst ihn?«
Sie verzog das Gesicht, als versuche sie krampfhaft, sich zu erinnern. »Ja, ja, ich hab' ihn schon wo gesehen. Er war, glaub' ich, auf einer von Susans Partys. Du... du kennst ihn auch?«

»Er war im Rugby-Team. Oder ist es immer noch, soviel ich weiß.« Er unterließ es, hinzuzufügen, daß Cornell zu jenen Individuen gehörte, die nur zu gewissen Gelegenheiten mit jemandem wie ihm sprachen: im Ankleideraum, wenn es sein mußte, oder wenn er – wie jetzt – betrunken war. Auf der Straße hätte er glatt durch ihn hindurchgesehen. Und da hieß es, daß es heutzutage keine Klassenunterschiede mehr gäbe. Ha! Er erinnerte sich daran, daß er ganz genau dasselbe gedachte hatte, als er Colin Brett damals auf dem Bahnhof begegnet war.
»Noch einen Kaffee?« fragte er sie.
»Ja, ich glaube, ich nehme noch einen.«
»Wie wär's mit einem Likör?« erkundigte er sich und beugte sich hinüber. »Möchtest du einen?«
»Nein«, wehrte sie energisch ab. »Und hör auf, das Geld zum Fenster hinauszuwerfen.« Sie lächelte ihn jedoch sanft dabei an. »Von jetzt ab wirst du jeden Penny bitter nötig haben.«
»Ich weiß«, sagte er. »Aber heute abend ist eine Ausnahme.«
Sie sahen sich an; dann sank ihr Kopf auf die Brust, sie rührte in der Tasse um und sagte: »Ich bin froh, daß ich die Stelle bekommen habe, Angus. Es wird uns ein Stück weiterhelfen, nicht?«
Einen Moment lang schwieg er, dann erwiderte er zögernd: »Ich will gar nicht, daß du arbeiten gehst, Van. Das weißt du doch, nicht wahr?«
»Aber ich kann nicht den ganzen Tag lang daheim hokken, Angus. Es gibt so gut wie nichts zu tun für mich.«
»Das wird alles anders werden, wenn du erst im Bungalow wohnst. Da kriegst du mehr zu tun, als du schaffen kannst.«
Abermals versanken ihre Blicke ineinander, bis er ausrief: »Ach was, reden wir jetzt nicht davon. Trink deinen Kaffee aus, dann kannst du mir wieder auf die Zehen steigen.«
Kaum hatte sie die Tasse hingestellt, ragte die große, umfangreiche Gestalt Brian Cornells hinter ihnen auf. »Ha,

ha!« rief er und legte jedem von ihnen eine Hand auf die Schulter. »Hab' ich euch erwischt.«
Angus blieb ruhig sitzen, legte den Kopf schief und starrte in das grinsende Gesicht des Angeheiterten.
»Du wirst sie doch eine Minute lang entbehren können, was?« sagte Cornell heiser, ohne den Blick von Vanessa zu wenden. »Komm, tanzen wir.«
»Sie tanzt nicht mehr.«
»Was!« Cornell richtete sich jäh auf. »Komm, komm, Cotton. Spiel da nicht den gestrengen Herrn und Gebieter. Das müßtest du allmählich hinter dir haben. Wie lange seid ihr miteinander verheiratet? Vier Monate? Sechs Monate? Jedenfalls habe ich sie längst vor dir gekannt.« Damit schlug er Angus lachend und nicht allzu sanft auf die Schulter.
»Du erinnerst dich doch an mich, nicht?« Er beugte sich über Vanessa, das Gesicht dicht an dem ihren. »Susans Party. Soll ich dir was sagen? Ich weiß noch genau, wie ich mir damals gedacht habe, daß du Susan nach Noten schlägst. Komm, Van, schenk mir diesen Tanz, hm?« Er packte ihren Arm, aber sie blieb sitzen.
»Laß sie los!« befahl Angus und sprang auf.
»Was? Um Himmels willen, Cotton, benimm dich gefälligst.« Zugleich stieß er Angus vor die Brust. »Mach mal halblang, Mann. Du nimmst dir zuviel heraus. Dort, wo sie herkommt, benimmt man sich nicht so.«
Seine lautstarke Stimme hatte die Aufmerksamkeit der übrigen Gäste erregt. Rechter Hand von ihnen saß zum Beispiel ein Mann, der sich bereits umgedreht hatte und alles gespannt verfolgte.
»Ich… ich möchte nicht tanzen, danke«, sagte Vanessa; dann blickte sie von Cornell zu Angus und fügte rasch hinzu: »Es ist Zeit, daß wir aufbrechen.«
Der beschwörende Blick, den sie Angus zuwarf, sagte klar und deutlich: Bitte, mach keine Szene! Und er gehorchte. Mit knirschenden Zähnen und geballten Fäusten wartete er reglos ab, daß Cornell gehen würde. Aber Cornell hatte gar nicht die Absicht, zu gehen. Er schlän-

gelte sich rasch und geschickt hinter Vanessas Stuhl und murmelte ihr zu: »Hat mich überrascht, dich zu sehen. Hätte nicht gedacht, daß sie dich aus den Slums da drunten 'rauslassen.«
In der nächsten Sekunde stand Brian Cornell wieder dort, wo er Sekunden vorher gestanden war, denn Angus hatte ihn an den Rockaufschlägen gepackt und mit einem Ruck hinter Vans Stuhl hervorgezogen.
»Komm nach draußen.«
»Geh zum Teufel«, knurrte Cornell und schüttelte Angus mit geringschätziger Miene ab.
»Kommst du nun mit oder nicht?«
»Besser wär's, Mann«, sagte ihr Tischnachbar, der sich offenbar sehr für die Vorgänge nebenan interessierte. Er war klein, um die Vierzig und gut angezogen.
»Ach, du bist's, Fowler«, sagte Cornell und drehte sich zu ihm um. »Halt dich besser da 'raus.«
»Kommst du jetzt mit hinaus, oder soll ich dir hier eine verpassen?«
»Ganz wie du willst, Freundchen. Aber vergiß nicht: Du hast es so gewollt«, sagte Cornell und kräuselte höhnisch die Lippen.
Als sie durch die Halle gingen, rief Cornell: »Arthur! Tony!« Aber als Arthur und Tony hinter der Theke hervorgekrochen kamen, hielt der Mann, den Cornell mit Fowler angesprochen hatte, sie an. »Laßt mal«, sagte er. »Das sollen die beiden da draußen unter sich ausmachen.«
»Was, zum Teufel, ist denn los?«
»Das könnt ihr Cornell fragen, wenn es vorbei ist.«
Es war sehr rasch vorbei. Draußen in der Nähe des Parkplatzes rechneten sie miteinander ab.
Wäre Cornell nüchtern gewesen, dann hätte er für Angus einen nicht zu unterschätzenden Rivalen abgegeben. Aber in seiner gegenwärtigen Verfassung verpufften seine wütenden Schläge in der Luft. Die von Angus jedoch keineswegs. Auf einen scharfgezielten Hieb gegen den Magen folgte blitzartig eine Linke ins Gesicht des Betrun-

kenen. Während Cornell mit gekrümmten Leib an die Mauer stolperte, trat Angus keuchend einen Schritt zurück.
Im Nu hatte sich um die beiden eine Menschenmenge gebildet, lauter Männer, mit Ausnahme Vans. Und als sie an Angus' Seite trat, schob er sie heftig zurück und murmelte nur: »Hol die Sachen.«
Sie zögerte sekundenlang, drehte sich dann aber gehorsam um, um ins Haus zu gehen, als sie im selben Augenblick einen von Cornells Freunden erblickte, der mit erhobenen Fäusten von hinten auf Angus einschlagen wollte – was ihm jedoch nicht gelang. Denn in einer zornigen Aufwallung, die ganz neu für Van war, sprang sie auf den Angreifer los und schrie: »Aufhören, du betrunkenes Schwein!« Ob es nun der Schlag war, den sie dem Verdutzten versetzte, oder die Überraschung darüber, von einer Frau angegriffen zu werden: Jedenfalls stolperte er ein paar Schritte zurück, und die Umstehenden begannen sofort zu kichern. Dieses Gekicher erstarb jedoch sehr rasch, als Brian Cornell sich schwerfällig erhob und sich an die Mauer stützte. Blut rann ihm aus dem Mundwinkel, und eines seiner Augen schwoll bereits sichtlich an.
Nun kam ein anderer Mann Cornell zu Hilfe, indem er Angus entgegentrat und ihn anschrie: »Du solltest dich was schämen. Wenn ein Polizist in der Nähe wäre, würde ich dich ihm glatt übergeben. Aber die sind ja nie da, wenn man sie braucht.«
Eine ruhige Stimme unterbrach den Zornigen: »Sie wenden sich an den Falschen – er hat ja nicht angefangen.«
»Ich hab' genau gesehen, wie es angefangen hat, ich war in der Halle. Er hat ihn zuerst angegriffen.«
»Aber nur, weil Cornell ihn herausgefordert hat.«
»Komm.« Angus schob Vanessa rasch an den Männern vorbei in die Halle, wo der Ober ihnen bereits entgegengeeilt kam. Diesmal lag kein Lächeln auf seinem Gesicht, sondern er sagte nur äußerst förmlich: »Was für ein unglücklicher Zwischenfall, Sir.«

»Sie sollten sich die Leute genauer ansehen, die hier hereinkommen. Und Betrunkenen sollten Sie auf keinen Fall mehr etwas zu trinken servieren.«
»Angus!« Vanessas Aufforderung war ein einziger Mahnruf. Er drehte sich auch sogleich zu ihr herum, biß sich auf die Lippen und sagte mit rauher Stimme: »Schön, schön. Hol deine Sachen.«
Es dauerte keine Minute, bis Vanessa Hut und Mantel herbeigeschafft hatte. Als sie wieder in die Halle kam, sprach Angus mit dem gutgekleideten kleinen Dicken; oder besser gesagt, der Dicke mit Angus. Nun wandte er sich an Vanessa: »Machen Sie sich wegen dieser Angelegenheit keine Sorgen. Ich habe Ihrem Mann soeben erklärt, daß ich jederzeit zu Ihren Gunsten aussagen würde, falls die Geschichte Folgen haben sollte.«
»Danke.« Sie neigte den Kopf, und er sagte lächelnd, indem er sie genau ansah: »Sie kennen mich nicht, aber ich weiß über Sie Bescheid. Zufällig bin ich mit den Braintrees verwandt.« Er schien zu spüren, wie die beiden erstarrten, denn er fügte rasch hinzu: »Allerdings nur ganz entfernt. Brian und mein Vater sind Cousins. Sie verkehren jedoch nicht miteinander. Wir waren nicht einmal zur Hochzeit eingeladen.« Er schnitt ein Gesicht, beugte sich zu ihr und fuhr fort: »Ich habe Sie sofort erkannt. Sie waren vor etwa drei Jahren bei den Taylors, als ich auch dort eingeladen war. Sie haben sich nicht sehr verändert. Meine Name ist Fowler, Andrew Fowler.«
Alles, was sie herausbrachte, war ein gehauchtes »Oh!«. Ihr Gesicht hatte sich gerötet. Sie wußte, daß er versuchte, nett zu sein, um die Wogen wieder zu glätten, aber sie wünschte, er würde es bleibenlassen. Denn nach ihrer Überzeugung mußte die reine Erwähnung, er sei mit ihrer oder mit Susans angeheirateter Familie verwandt, Angus zornig machen. Aber Angus schien über den Mann keineswegs verstimmt zu sein, sondern wünschte ihm nur höflich guten Abend. Als er sich zur Tür wandte, drehte der Mann sich um und sagte: »Ich gehe auch gleich.« Auf den Stufen des Hotels verließ er sie, indem

er hinzufügte: »Leben Sie wohl. Und zerbrechen Sie sich über diese Sache um Himmels willen nicht den Kopf. Cornell hat diese Abreibung wahrhaftig verdient.«
Sie überquerten die Auffahrt und gingen über den Parkplatz zur Bushaltestelle, die ganze Zeit über schweigend. Als sie dort warteten, fuhr Andrew Fowler in seinem Wagen an ihnen vorbei. Er blieb mit einem Ruck stehen, setzte zurück und fragte: »Kann ich Sie mitnehmen?«
Angus zögerte einen Moment, dann nickte er und bedankte sich, öffnete den Wagenschlag und half Vanessa ins Wageninnere.
»Wo darf ich Sie absetzen?«
»Oh, irgendwo in der Nähe der Caxton Bridge«, sagte Angus so ungezwungen wie möglich.
Als sie eine kurze Strecke gefahren waren, wandte Fowler den Kopf nach hinten und fragte: »Sie arbeiten auf Auftrag, nicht wahr?«
»Ja. Wieso wissen Sie das?«
»Nun, ich bin Architekt und erinnere mich, Sie im Büro bei Ralstons gesehen zu haben. Zufällig bemerkte jemand dort, daß Sie auf eigene Rechnung arbeiten.«
Das kann ich mir denken, dachte Angus. Sicher hat derjenige dann hinzugefügt: ›Das ist nämlich der Bursche, der die Ratcliffe-Tochter in andere Umstände gebracht hat…‹ Nur daß die Ausdrucksweise garantiert nicht so höflich gewesen war.
»Wie gehen die Geschäfte?«
»Danke, nicht schlecht. Könnte allerdings auch besser sein.«
»Wie viele Wagen haben Sie denn laufen?«
»Bloß zwei im Moment.« Er sprach, als gehöre die Firma ihm.
»Hm!« Einige Zeit war es still, bis Andrew Fowler bemerkte: »Wenn Sie nicht auf ewig von den großen Firmen abhängig sein wollen, brauchen Sie aber wirklich mehr als zwei.«
Als ob er das nicht wüßte.
Beim Halt an der Brücke händigte Andrew Fowler Angus

seine Visitenkarte aus und sagte: »Möglich, daß Sie sich mit mir in Verbindung setzen wollen, wenn die wegen heute abend irgendwas aushecken. Wie ich bereits sagte, bin ich gern bereit, meine Zeugenaussage abzugeben, daß man Sie provoziert hat. Cornell ist ein unangenehmer Patron, in jeder Beziehung – ich finde, es ist besser, Sie wissen Bescheid.«

»Ich bin im Bilde. Wir waren einmal miteinander im selben Rugby-Team.«

»Oh!«

»Aber auf alle Fälle besten Dank. Auch fürs Mitnehmen. Gute Nacht.«

»Gute Nacht«, sagte auch Vanessa. »Und danke schön.«

Er nickte den beiden zu und wünschte ihnen ebenfalls gute Nacht, dann fuhr er davon.

Sie gingen die Hauptstraße hinunter, überquerten die Kreuzung und eilten an der Eisenbahnbrücke vorbei ihre Straße hinauf. Knapp ehe sie die Haustür erreicht hatten, blieb Angus in der schwachen Beleuchtung einer Laterne stehen und sagte zu Van: »Es tut mir leid. Es... es war so ein schöner Abend, aber... aber es war im Grunde genommen nicht meine Schuld.«

»Das weiß ich doch, Angus! Er hat sich einfach gräßlich aufgeführt, und ich bin heilfroh, daß du ihn niedergeschlagen hast.« Es lag eine Heftigkeit in ihrer Stimme, die er noch nie vorher vernommen hatte; er lächelte leicht und fragte etwas überrascht: »Tatsächlich?«

»Natürlich. Am liebsten hätte ich ihn selbst niedergeschlagen.« Auch sie mußte nun lächeln. »Ich hab' dem andern einen ganz ordentlichen Stoß versetzt, weißt du.« Sie legte die Hand an die Wange, als sie hinzufügte: »So was hab' ich noch nie vorher getan. Aber... aber ich hab' mir im Moment nichts so sehr wie einen tüchtigen Knüppel gewünscht.«

Er streckte rasch die Hand nach ihr aus, preßte sie einen Moment an sich, und dann gingen sie ins Haus.

Emily war daheim; Rosie und Stan leisteten ihr Gesell-

schaft. Emily drehte sich überrascht um und meinte: »Ihr seid aber früh zurück.«
»War's nicht nett?« fragte Rosie.
»Sehr nett«, sagte Vanessa. »Wirklich.« Sie sah von der einen zur andern; dann begann sie zu lachen. Sie lehnte sich an den Tisch an und lachte und lachte.
Sie hatten sie niemals derartig lachen hören, ja sie hatte in diesem Haus noch nie den Mund zu einem wirklichen Gelächter geöffnet. Verblüfft beobachteten sie wie Van die Arme in die Seiten stützte, als das Lachen immer stärker wurde. Es kam beinahe einem hysterischen Ausbruch gleich, und sie wurden auch davon angesteckt. Angus ließ sich schwer auf den nächsten Stuhl niederplumpsen und warf den Kopf in den Nacken. Emily lachte ebenso wie Rosie und Stan, obwohl keiner von ihnen eine Ahnung hatte, worüber sie lachten; schließlich lachten sie um die Wette.
»Was ist denn nur? Sag uns, um Himmels willen, was so komisch ist«, prustete Rosie außer Atem, und als Vanessa keuchend vor Lachen kurz innehielt, brachte sie nur hervor: »Er... hat eine Rauferei gehabt.« Da stockte Emilys Lachen blitzartig, und sie schrie: »Allmächtiger! Das darf nicht wahr sein. Nicht im Donovan!«
Vanessa nickte heftig, als Rosie, die gleichfalls aufgehört hatte zu lachen, sagte: »Aber Angus! Eine Rauferei im Donovan? Dir trau ich zu, daß du dich bloß aufspielen wolltest!«
Vanessa, die immer noch nach Luft rang, versuchte, ihren Heiterkeitsausbruch, der ihr die Tränen über die Wangen laufen ließ, zu stoppen und keuchte: »Nein, nein, so war es ja gar nicht. Da war ein Kerl, der mich belästigt hat und überhaupt nicht damit aufhören wollte...« Sie warf Angus einen Blick zu und mußte abermals lachen. »Da hat – da hat er ihn aufgefordert, nach draußen zu gehen, und dort hat er ihm ein Auge blau geschlagen.« Damit fiel sie, nun auch völlig ermattet, gleichfalls auf einen Stuhl.
»Oh, mein Gott!« Emily war alles andere als belustigt.

Sie starrte Angus an und fragte: »Wer war es denn? Jemand Wichtiges?«
»Ach, Mam!« Auch Angus hatte aufgehört zu lachen. »Wichtig? Wer ist schon wichtig? Ja, ich glaube, man kann ihn als wichtigen Mann bezeichnen – ist dir jetzt leichter? Es war Brian Cornell.«
»Cornell? Der vom Warenhaus Cornell? Der, der die Ladenkette besitzt?«
»Ja, genau der.«
»Ich muß sagen, da hast du dir wenigstens einen Richtigen zum Zusammenschlagen ausgesucht.«
»Das kann man wohl behaupten, Mam. Und ich werde ihn wieder zusammenstauchen, wo immer ich mit ihm aneinandergerate.«
»Bravo!« sagte Stan. »Ich weiß Bescheid über die Cornells. Bierkönige. Die sind nicht von Pappe. Richtige Widerlinge.«
»Da sind wir ganz deiner Meinung, Stan«, pflichtete Angus bei.
»Ach, du meine Güte, ach, du meine Güte!« jammerte nun Emily. »Das wird dich noch in Teufels Küche bringen. Als ihr weggingt, hätte ich mir nie träumen lassen, daß euch so was zustoßen würde.«
»Wir haben gespeist wie die Götter«, sagte Vanessa nun.
»Was denn?« fragte Stan, im Bestreben, das Thema zu wechseln.
Vanessa erzählte es ihnen, jedes einzelne Detail. Und sie schloß: »Und getrunken haben wir dazu ›Graves Supérieur‹.«
»Grave… was? Was soll denn das nun wieder sein?« erkundigte sich Rosie.
»Eine Weinsorte. Angus hat sie ausgesucht.«
Rosie und Emily sahen Angus verblüfft an. Sie fragten ihn nicht, weshalb und wieso er über dieses Gravesdingsda Bescheid wisse, sie sahen ihn bloß an, und er strahlte ihnen offen entgegen. Er war plötzlich wieder glücklich, sehr glücklich. Van hielt zu ihm. Sie hatte ge-

sagt, daß er den Wein ausgesucht hätte. Er beugte sich vor, deutete mit dem Zeigefinger auf seine Mutter und sagte: »Und noch etwas, was du nicht glauben wirst, Mam. Sie hat dem einen Burschen glatt eins übergezogen.« Sein Daumen wies nun auf Vanessa. Sofort stand Vanessa wieder im Mittelpunkt, und Emily sagte ganz entsetzt: »Ist nicht wahr!«
»Doch.« Vanessa nickte eifrig und grinste.
»Da mußt du einen sitzengehabt haben«, sagte Rosie.
»Keineswegs. Ich hab' nur einen Sherry und zwei Glas Wein getrunken, weiter nichts.«
»War es auch dieser Cornell?« fragte Emily.
»Nein, ich weiß nicht, wer es war. Nur so viel, daß dieser Kerl, nachdem Angus Brian Cornell erledigt hatte, Angus von hinten zusammenschlagen wollte. Ich sah genau, wie er den Ansatz dazu machte, und da hab' ich ihm einen mächtigen Stoß versetzt, so gut ich eben konnte.«
Nach einigen Schrecksekunden war die Küche plötzlich erneut von Gelächter erfüllt. Es schwoll immer mehr an. Rosie lehnte den Kopf hilflos an den fülligen Busen ihrer Mutter, und so schüttelte es sie gemeinsam. Stan bog sich vor Lachen und Angus desgleichen, während Vanessa sich abermals die Tränen aus den Augen wischte.
Nie vorher hatte Vanessa dieses befreiende Gefühl echten Gelächters verspürt. Daheim hatten sie niemals gelacht, nicht wirklich jedenfalls. Gelächelt, das schon. Immerzu. Aber niemals herausgelacht. Sie konnte sich nicht daran erinnern, ihren Vater jemals aus vollem Hals lachen gehört zu haben. Sie hatte ihn höchstens einmal kichern sehen. Selbst Susan lachte niemals frei heraus. Das war in ihren Augen nicht fein. Und Ray? Ray konnte in Freude ausbrechen, aber nicht in Lachen. Niemand lachte wie diese Menschen hier, mit denen sie sich selbst und freiwillig verbunden hatte und die sie in diesem Moment liebte. Und im selben Augenblick erwachte auch ihre Liebe zu Angus.
Als sie etwa eine Stunde später in ihr Zimmer gingen,

sagte er, indem er eine Faust machte: »Ich hab's vorhin gar nicht bemerkt, aber meine Knöchel tun mir richtig weh.«

»Ich wette, daß ihm sein Gesicht noch bedeutend mehr weh tut.«

Sie standen auf dem Teppich vor dem Kamin; das Feuer war beinahe schon ausgegangen. Sie sahen sich an, dann streckte er die Hand nach ihr aus, berührte sanft ihre Wange und sagte leise: »Du warst heute großartig, wirklich großartig.«

Sie senkte die Lider, wandte sich ab und antwortete aufseufzend: »Man könnte meinen, ich hätte mich regelrecht geschlagen, so müde bin ich.«

Angus hatte es sich angewöhnt, das Licht auszumachen, wenn sie sich auszog. Er wußte, daß das von allem Anfang an eine verschrobene Idee war, aber nachdem er einmal damit angefangen hatte, war es einfach zur Gewohnheit geworden. Heute abend machte er es jedoch nicht aus. Er entledigte sich seiner Jacke, lockerte die Krawatte, dann griff er nach seinem Pyjama, der unter dem Kopfkissen lag.

Vanessa stand mit dem Rücken zu ihm. Sie hatte ihr Kleid ausgezogen und stand im Unterrock da. Es überraschte ihn zu sehen, wie sie das Nachthemd über den Kopf streifte, ein paar schlängelnde Bewegungen machte und Unterrock und Höschen zu Boden sanken. So machte sie das also!

Nun, er hatte keinerlei ›Entkleidungs-Kabine‹. Er brauchte auch keine. Nachdem er seine Wäsche abgelegt und den Pyjama angezogen hatte, schlüpfte sie ins Bett und sah ihn nicht an. Bis er zu ihr kam und sich neben sie setzte. Das Gewicht seines Körpers bog die Ecke der Matratze sofort herunter, so daß sie ganz automatisch leicht auf ihn zurollte. Während sie sich ansahen, drang das Gelächter von Emily und Rosie aus dem Zimmer über ihnen an ihr Ohr. Und ohne den Blick voneinander abzuwenden, sagte er: »Sie sind glücklich.«

Sie nickte ihm zu.

»Sie finden, daß du ausgesprochene Spitze bist.«
Van wußte nichts darauf zu erwidern. Sie hatten sie keineswegs immer ›ausgesprochene Spitze‹ gefunden. Vielleicht hatten sie jetzt, wo sie annahmen, daß sie ihresgleichen sei, ihre Meinung über sie geändert.
Er sagte: »Was für ein merkwürdiger Abend, nicht? Es ist eine Menge geschehen.«
Abermals nickte sie; sie war nicht imstande, ein Wort hervorzubringen.
»Wir könnten es schön miteinander haben, wunderschön, Van«, sagte er. Seine Hand streichelte ihre Wangen, den Hals, die Brustspitzen. Sie zitterte, bebte aber nicht vor ihm zurück. Er sagte sanft und beschwörend: »Van... Van!« Als sie weder etwas antwortete noch ihn ansah, wollte er schon hinzufügen: »Schön, dann lassen wir's eben.« Aber da wäre er sich albern vorgekommen. Sollte er wieder mal die halbe Nacht mit aufgepeitschten Sinnen daliegen, als wäre sein Inneres mit siedendem Öl gefüllt? Man mußte zu Taten übergehen. Er hatte sich schließlich dazu durchgerungen, daß es heute oder morgen nacht geschehen sollte. Wenn ihr Schweigen ihn heute aus der Fassung brachte, würde es ihn auch morgen aus der Fassung bringen. Und alle darauffolgenden Nächte.
Als er sich rasch vom Bett erhob, wurden ihre Augen riesig, und sie starrte ihm nach, als er das Zimmer durchquerte und das Licht ausmachte. Dann schlug er ihre Decke zurück, und in der nächsten Sekunde lag sie in seinen Armen, und sein Mund preßte sich sanft und liebevoll auf den ihren, und seine Hände liebkosten sie. Und es war ganz, ganz anders, als damals mit Brett...

9

»Es gefällt dir also nicht.«

Sie wandte sich von ihm ab, blickte sich abermals um und sagte: »Doch, doch – es ist sehr hübsch.« Am liebsten hätte sie gesagt, es sei wunderbar. Und es würde jedenfalls wunderbar, alles einzurichten. Sie war überzeugt davon, daß ihr das ausgezeichnet liegen würde und daß sie dazu keinen Menschen bräuchte. Und dann war da noch der Riesengarten. Angus konnte ihn umgraben, und sie konnte ihn mit Stauden und Immergrün und Rosen bepflanzen. Sie hätte ohne weiteres ihrer Freude Ausdruck geben können. Aber statt dessen sagte sie nur kühl: »Es ist sehr hübsch.«

»Was ist denn los? Ich weiß, daß alles nach frischer Farbe verlangt. Vermutlich wurde es seit dem Tag, an dem es erbaut worden ist, nicht mehr getrichen. Aber das kann man doch nachholen. Und dann schwör ich dir: Wenn erst alles hergerichtet ist, würden wir es um diesen Preis nicht bekommen. Nie.«

»Das ist es ja.« Sie drehte sich wieder zu ihm herum. »Wir können es uns nicht leisten.«

»Also hör mal! Überlaß das gefälligst mir.« Er war richtig aufgebracht. »Ich schaff' das schon. Wir bleiben garantiert nicht dort stehen, wo wir im Moment stehen. Die Firma wird sich schon noch entwickeln, du wirst sehen.« Und er streckte angriffslustig das Kinn vor.

Der Blick, den er ihr zuwarf, war von Selbstsicherheit erfüllt wie nie vorher. Und das ging schlagartig auf sie über. Diese Zuversicht hatten sie vorher beide nicht gekannt. Hing es damit zusammen, daß sie ihn am Abend davor

verteidigt hatte, auf seinen Angreifer losgegangen war? Oder weil sich die ewige Anspannung in ihr endlich in schallendes Gelächter aufgelöst hatte? Oder kam es daher, daß sie zum erstenmal mit ihm geschlafen hatte und nicht eine Sekunde lang vor ihm zurückgeschreckt war. Nicht daß sie selbst dies besonders genossen hätte. Als sie danach in seinen Armen gelegen hatte und er einschlief, indem er seinen Körper ganz dicht an den ihren preßte, hatte Van sich gefragt, weshalb man wegen dieser Dinge soviel Geschichten machte und warum sich die Menschen allesamt so danach sehnten. Und sie erinnerte sich an ihre eigene diesbezügliche Neugier, die sie nächtelang wachgehalten und reizbar gemacht hatte und sie zu einem willigen Opfer Bretts werden ließ, der ihre Schwäche ausnützte.
Sie mußte auch an die enormen Folgen dieses Aktes denken, die die unlogischsten und teuflischsten waren, die die Natur sich ausgedacht hatte. Eine Sekunde der Vereinigung, und schon entstand im Körper der Frau neues Leben. Und die weitere Unlogik bestand darin, daß das Gute oder Schlechte dieses Aktes von einer armseligen Zeremonie abhing, in deren Verlauf einem ein langweiliger Beamter mitteilte, daß man nun verheiratet sei, und einem als Beweis dafür ein schäbiges Stück Papier überreichte.
Aber was immer es auch sein mochte, das sie verändert hatte – sie war nun zweifellos eine andere, was Angus selbstverständlich mit ihrer ersten gemeinsamen Nacht in Zusammenhang brachte.
Sie sagte jetzt zu ihm: »Wieviel müßtest du für einen gebrauchten Lastwagen bezahlen?«
Er kniff die Augen zusammen. »Siebenhundert. Alles darunter wäre in einem ebenso erbärmlichen Zustand wie die, die ich habe. Aber worauf willst du damit hinaus?«
»Nimm das Geld, das du als Anzahlung hierfür bezahlen müßtest, und steck es in einen Wagen, Angus. Du kannst ihn ebenso auf Abzahlung kaufen wie das hier.«

Er stellte sich dicht vor sie hin. »Du würdest auf das da verzichten, damit ich einen Wagen kaufen kann?«
Der Ausdruck in seinen Augen verwirrte sie, so daß sie den Blick abwandte und leichthin antwortete: »Vielleicht habe ich es auf etwas Größeres abgesehen, und der einzige Weg, daß du es kriegst, ist, größere Geschäfte machen zu können.«
»Es ist dir doch klar, daß das bedeuten könnte, noch weiß Gott wie lange in der Ryder's Row wohnen zu müssen, oder?«
»Durchaus.«
»Und es macht dir nichts aus?«
Die Frage war natürlich albern, und er wußte es. Aber als sie wahrheitsgemäß antwortete: »Nicht soviel, wie es mir früher ausgemacht hat«, sah er ihr bewundernd in die Augen und sagte: »Ich tu's!« Es war ein Kompliment. Dann trat er einen Schritt zurück und schloß: »Du weißt doch, daß ich fünfzig Pfund verliere, wenn ich zurücktrete.«
Ihre Reaktion erfolgte blitzartig: »O nein. Die wird er dir schön zurückgeben.«
»Das glaube ich kaum.«
»Aber ich dachte, ihr kennt euch!«
»Das schon. Aber Geschäft ist Geschäft.«
»Dann komme ich mit. Und werde dir helfen, es ihm zu erklären.«
Er warf den Kopf in den Nacken und lachte. Dann sah er sie abermals an und meinte: »Ich glaube tatsächlich, daß du's tun würdest.«
»Nun«, sagte sie und ging ihm die schmale Halle zur Haustür voran, »du kannst ihm ja sagen, daß wir uns, wenn wir uns eines Tages für ein größeres Objekt interessieren sollten, seiner Firma bedienen werden.«
Er wirbelte sie mit Schwung herum, und in der nächsten Sekunde spürte sie seinen Mund auf dem ihren, dann auf ihren Augen, ihrem Hals, bis sie, von Panik erfüllt, vorsichtig zurückwich, weil sie ahnte, wohin seine Liebeswut sie führen würde. Tageslicht allein hinderte ihn ge-

wiß nicht, wo sie doch mutterseelenallein im Haus waren. Es gelang ihr schließlich, ihn sanft wegzuschieben und, nach Atem ringend, zu sagen: »Komm, beherrsch dich, Angus. Vergiß nicht: Fünfzig Pfund stehen auf dem Spiel.«
Er ließ seinen Blick über ihr erhitztes Gesicht schweifen, lachte polternd los, hakte sich bei ihr unter und sperrte die Haustür ab. Dann gingen sie den verwachsenen Weg zum Gartentor hinunter, wo Angus abrupt stehenblieb, sich zu Van niederbeugte, sein Gesicht an das ihre preßte und sagte: »Ich bin so glücklich, daß ich platzen könnte!«

Die Vorladung traf Mittwoch nachmittag ein und wurde von einem Polizisten zugestellt.
Üblicherweise wäre Angus an einem Mittwochnachmittag niemals daheim anzutreffen gewesen; aber er hatte sich früher freigemacht, weil er ihr den Lastwagen zeigen wollte, denn schließlich war sie es, die die Sache erst richtig in Schwung gebracht hatte.
Reg Walker hatte ihm die Anzahlung ohne große Einwendungen zurückgegeben: eine Fünfpfundnote hatte die Sache etwas erleichtert. Und am Samstag nachmittag waren er und Fred Singleton Lastwagen ansehen gegangen. Sie hatten auch etwas gefunden, nur hatte Angus ihn erst eine Stunde vorher erstehen können, nachdem der frühere Besitzer seine letzte Fuhre unter Dach und Fach gebracht hatte.
Vanessa und Emily hatten auf dem Gehsteig gestanden und die Neuerwerbung gebührend bewundert, mit dem Freds bisheriges Fahrzeug wahrlich in keiner Hinsicht konkurrieren konnte. Nun kehrten sie wieder in die Küche zurück, wo Emily ihnen sogleich Tee machte und sie alle miteinander über die Einstellung eines zusätzlichen Fahrers für den alten Wagen diskutierten. Angus war sehr an dieser Neueinstellung gelegen, aber Fred schien dies irgendwie zu widerstreben. Das wunderte Angus. Insgeheim sagte er sich, daß in den letzten Tagen etwas

mit Fred los war. Er hatte nicht mehr dasselbe Interesse fürs Geschäft wie anfangs. Da steckte vermutlich seine Frau, die ewige Nörglerin, dahinter. Sie konnte sich hier nie eingewöhnen, weil sie in Doncaster zu Hause war.
Angus erwiderte auf Freds Bemerkung, es sei riskant, einen zweiten Fahrer zu engagieren: »Ein Risiko muß man eben auf sich nehmen, mein Lieber. Ich hab's jedenfalls mit dem Wagen da draußen versucht.« Im selben Moment läutete es an der Haustür.
Emily ging aufmachen, und als sie wieder in die Küche kam, starrte sie Angus nur an, ehe sie sagte: »Für dich. Polizei.«
»Polizei?« Angus was verblüfft. Er hatte den Freitag abend völlig vergessen. Erschrocken murmelte er: »Sie werden uns doch nicht den neuen Wagen gestohlen haben?«
Emily schüttelte den Kopf, trat beiseite und schob Angus in den Flur. Dann erst wandte sie sich an Vanessa, die sogleich aufgesprungen war, und flüsterte ihr zu: »Es ist nicht wegen des Wagens.«
Sofort wußte Vanessa, worum es ging. Als Angus zurückkam, warf er die Vorladung auf den Tisch und hieb empört mit der Faust darauf. An Fred gerichtet, polterte er: »Dieser Kerl, dieser Cornell, ich hab' dir doch davon erzählt – er hat mich verklagt.« Er gab sich stets Mühe, vor Vanessa nicht zu fluchen, aber diesmal half alles nichts. »Der verdammte Hurensohn geht hin und klagt mich wegen Körperverletzung an. Du kannst mir glauben, Fred: Er hat mit alledem angefangen. Er ist gut einen halben Kopf größer als ich und stark wie ein Bulle. Und wenn er nicht stockbetrunken gewesen wäre, hätte ich so gut wie keine Chancen gegen ihn gehabt. Ich hab' seine Fäuste oft genug auf dem Spielfeld zu spüren bekommen, als wir noch im selben Team waren. Und so was geht hin und verklagt mich!«
»Meine Güte, Angus, dergleichen kannst du aber zur Zeit gar nicht brauchen«, sagte Fred und schob sich die Kappe aus der Stirn. »Eine Gerichtsverhandlung kostet

Unsummen, vor allem ein Anwalt. Und dann die Geldstrafe, mein Lieber. Höchstwahrscheinlich werden sie dich zu einer gehörigen Geldstrafe verdonnern.«
»Das glaubst du!« fuhr Angus wütend auf ihn los. »Ich werde denen genau erklären, wie sich die Geschichte zugetragen hat. Und Van auch – nicht wahr, Van?«
»Natürlich, Angus, natürlich.« Ihre Stimme war leise, aber fest.
»Also! Der wird diesmal nicht seinen Kopf durchsetzen. Bei mir nicht!«
»Auf Körperverletzung lautet die Anklage?« mengte sich nun Emily zum erstenmal ein.
»Genau.«
Emily schüttelte besorgt den Kopf, setzte sich und murmelte halb zu sich selbst: »Das ist schlimm... Du wirst Hilfe brauchen, mein Junge.«
»Die werde ich kriegen, mach dir keine Sorgen.«
»Meinst du nicht, daß du diesen Mr. Fowler aufsuchen solltest?« fragte da Vanessa.
Er starrte sie verblüfft an, dann meinte er: »Ja – natürlich! Du hast völlig recht. Komisch, der hat gleich befürchtet, daß die Geschichte Folgen haben könnte. Er hat gesagt, daß er jederzeit als Zeuge für mich aussagen würde, falls es ein Nachspiel gibt oder so. Aber ich hätte mir nie träumen lassen, daß es dazu kommt. Das zeigt nur wieder mal klar und deutlich, wie hundsgemein dieses ganze Pack ist. Es war ein sauberer Hieb, weiter nichts, ohne List und Hinterhalt. Das war alles.« Er richtete sich auf, stieß die Vorladung beiseite und sagte zu Vanessa: »Ich muß ohnehin in die Stadt, da werde ich bei dem Mann vorbeisehen. Vielleicht ist er da.«
»Ich komme mit.«
»Oh, das ist nicht nötig. Jedenfalls jetzt noch nicht.«
»Ich möchte aber gern.«
»Also, dann laß sie mitfahren«, schlug Emily vor, und Angus zuckte die Achseln, machte eine gleichgültige Miene, zuckte kurz mit den Schultern und verbarg hinter alldem, wie froh er darüber war, daß sie mitkam.

Zu Fred sagte er: »Ich werde mich sicher höchstens eine Viertelstunde verspäten, einverstanden?«
»Natürlich«, sagte Fred. »Nimm dir nur so viel Zeit, wie du willst.«
»Zeit ist Geld, und im Moment sieht es ganz so aus, als ob ich das nötiger hätte als je zuvor, wie?« Angus nickte der Runde vielsagend zu.

Andrew Fowlers Büro überraschte sie beide. Es befand sich in einem funkelnagelneuen Hochhaus, wirkte gediegen und geräumig und sah ausgesprochen nobel aus. Die Sekretärin fragte sie sofort, ob sie verabredet wären.
»Nein«, sagte Angus. »Aber Mr. Fowler hat mir ausdrücklich gesagt, daß ich ihn aufsuchen solle.«
Die Sekretärin sprach ein paar Worte ins Haustelefon, und nachdem sie den Hörer wieder aufgelegt hatte, bat sie Angus und Van, sich eine Minute zu gedulden. Aber da tauchte Andrew Fowler auch bereits in der Verbindungstür auf. Es schien ihn zu freuen, sie zu sehen. Er begrüßte sie und fügte sofort hinzu: »Unser Freund scheint nicht allzuviel Zeit verloren zu haben, stimmt's?«
»Da haben Sie recht«, erwiderte Angus und überreichte ihm die Vorladung.
»Kommen Sie herein.« Er trat beiseite und ließ die beiden in sein Büro eintreten, wo er Vanessa einen Stuhl zurechtschob und sie bat, Platz zu nehmen. Dann deutete er auf einen zweiten Stuhl für Angus. Er selbst lehnte sich an seinen Schreibtisch und blickte, nachdem er die Anklageschrift überflogen hatte, von einem zum andern: »Ich muß gestehen, ich bin absolut nicht überrascht. Dieser Cornell ist ein abscheulich rachsüchtiger Kerl. Aber Anklage auf schwere Körperverletzung ist wohl doch zu dick aufgetragen. Sicherlich hat er einen ausgezeichneten Anwalt. Da müssen Sie selbst so gut wie möglich vorbereitet sein. Haben Sie einen Anwalt?«
»Nein, und mir ist auch nicht nach Anwaltsrechnung zumute«, erwiderte Angus. »Ich möchte mich selbst ver-

teidigen. Ich werde strikt bei der Wahrheit bleiben, und auch meine Frau kann genau berichten, was vorgefallen ist. Außerdem... nun ja, dann ist da ja noch Ihre Aussage.«

»Auf mich können Sie zählen. Ich werde denen schon reinen Wein einschenken«, sagte Fowler lachend und fügte hinzu: »Aber so gern ich Ihnen zuhören würde, wie Sie sich selbst verteidigen, mein Lieber, würde ich es doch für bedeutend klüger halten, wenn Sie sich einen tüchtigen Anwalt nähmen.«

»Wieviel kann so was kosten?«

»Das hängt ganz von der Kategorie ab: fünfzehn, zwanzig Guineen. Wenn Sie verlieren, müssen Sie für die Kosten aufkommen. Außerdem kann die Geldstrafe recht geschmalzen ausfallen, wenn die mit ihrer Version durchkommen.«

»Wie hoch?«

»Oh, ich kann es nicht mit Sicherheit sagen. Aber mit fünfzig Guineen muß man schon rechnen.«

Sie blickten Vanessa an, die abgrundtief aufgeseufzt hatte. Sie lächelte mühsam und sagte zu Fowler: »Mein Gott, dabei hat er heute vormittag einen neuen Wagen gekauft.«

»Wirklich?« Fowler sah Angus interessiert an, dann fragte er: »Haben Sie auch einen zweiten Mann?«

Angus fuhr sich rasch mit der Zungenspitze über die Unterlippe und antwortete nach einer kleinen Pause: »Noch nicht. Aber ich habe die Zusage eines Kollegen.« Und er ergänzte: »Anscheinend muß ich mit dem Dutzend Wagen, das mir vorschwebt, rasch machen, bevor die mich erledigen.«

»Nun, ich glaube nicht, daß die Sache so schlimm steht. Es hängt sehr viel davon ab, wer bei der Verhandlung den Vorsitz führt und wie der es auffaßt.«

»Und... und es macht Ihnen wirklich nichts aus, für mich auszusagen?«

Andrew Fowler musterte den großen jungen Burschen. Er benahm sich ungestüm, ja ungehobelt, seine Sprache war

rauh, aber es war etwas an ihm, das unbedingt sympathisch wirkte. Das mußte es auch gewesen sein, was Jonathan Ratcliffes Tochter angezogen hatte. Er hätte gern nähere Details gekannt, wie es zu alldem gekommen war. Die würde er sicher mit der Zeit herausbekommen. Bis dahin behagte ihm die Vorstellung, dem Jungen an die Hand zu gehen.
Andrew Fowler war sich selbst gegenüber wie immer ehrlich genug, sich einzugestehen, daß sein menschenfreundliches Gehabe in bezug auf Cotton ihm insofern eine gewaltige Genugtuung verschaffte, als er es auf diese Weise seinen Verwandten heimzahlen konnte. Zumindest mit höchster Wahrscheinlichkeit – denn wer konnte das im voraus wissen? Vielleicht würde dieser ungeschliffene Diamant der vollständigen Vereinigung der Familien Ratcliffe und Braintree im Wege stehen. An den bisher eingetretenen Schwierigkeiten gemessen, mußte der junge Cotton den Ratcliffes jetzt schon gehörig im Magen liegen: denn hatte dieser Bursche ihr zartes Küken nicht vor ihren Augen aus der Zitadelle der Mächtigen herausgeholt? So war es doch. Und nach dem wenigen zu schließen, das er bisher von ihr zu sehen bekommen hatte, hatte sich besagtes Küken den neuen Verhältnissen vortrefflich angepaßt. Sie war drauf und dran, ihren rauhen Gesellen von Ehemann nach oben zu bugsieren. Er getraute sich glatt zu wetten, daß sie es gewesen war, die diesen Besuch bei ihm arrangiert hatte. Genauso wie aller Wahrscheinlichkeit auch sie es gewesen sein dürfte, die hinter der Sache mit dem neuen Lastwagen steckte. Es hieß, die Kleine sei gerade siebzehn. Sie sah älter aus: mindestens wie neunzehn. Wahrscheinlich war die Geschichte mit dem Kind daran schuld; und natürlich, daß Angus Cotton in Windeseile einen reifen Menschen aus ihr gemacht hatte.
Er grinste. Auf seine ruhige, gediegene Art mochte Andrew Fowler die Menschen – vor allem diese beiden. Egal, wie die Verhandlung ausgehen würde, es würde ihm Spaß machen, ihnen weiterzuhelfen. Und er würde dabei

garantiert nichts verlieren, dessen war er sicher. Nicht wenn der junge Cotton erst ein paar Wagen laufen hatte – dann bestimmt nicht. Also sagte er nun: »Übrigens habe ich mir vor kurzem einen Bauplatz auf der anderen Seite von Durham angesehen. Plastows haben den Auftrag zum Ausbaggern, sind aber eigentlich nicht groß genug dazu. Ich weiß, daß er oft sehr froh ist, wenn man ihm mal eine Extrasache abnimmt. Es kann immer passieren, daß einer seiner Leute ausfällt, besonders nach einer langen Fahrt. Da sind sie müde und wollen natürlich unterbrechen, oder es will einer mal Urlaub machen und so. Soll ich dort Ihren Namen empfehlen?«
»O ja, bitte, das wäre sehr nett.«
»Wie siehts denn zur Zeit mit Ihren Terminen aus?«
»Nun, der nächste Monat ist mit Baufuhren ausgebucht. Bei Peterson.«
»Gut, rufen Sie mich rechtzeitig an... Ach, fast hätte ich darauf vergessen: Wir sehen uns ja sicher noch vor der Verhandlung, nicht wahr?« Er richtete sich auf und sagte: »Und machen Sie sich keine allzu großen Sorgen. Ich an Ihrer Stelle würde mich mit einem Anwalt beraten. Millard ist besonders tüchtig. Millard & Fogerty, wissen Sie. Am Market Square.«
»Danke. Ich werde es mir überlegen.«
An der Tür drehte sich Angus nochmals um und sagte: »Danke nochmals für alles, Mr. Fowler.«
»War mir ein Vergnügen«, erwiderte dieser. »Und sollten Sie irgend etwas brauchen, zögern Sie nicht, wieder vorbeizukommen, abgemacht?«
»Abgemacht. Danke. Auf Wiedersehen.«
»Wiedersehen, Mrs. Cotton«, antwortete Fowler und deutete eine leichte Verneigung vor Vanessa an, und sie sagte ebenfalls: »Auf Wiedersehen, Mr. Fowler...« Sie hätte ihm gern gedankt, aber das hatte ja Angus bereits getan.
Im Wagen meinte Angus: »Es passiert einem nicht oft, daß man einem derart netten Menschen begegnet, nicht?«

»Nein. Ich finde ihn auch sehr nett. Und – er könnte dir riesig behilflich sein.«
Er warf ihr von der Seite rasch einen Blick zu, dann konzentrierte er sich wieder aufs Fahren, ehe er sagte: »Glaubst du?«
»Bestimmt.«
Angus schwieg nachdenklich. Plötzlich tauchte nämlich die Frage in ihm auf, weshalb dieser Fremde ihnen derart behilflich war. Hatte er am Ende vor, sich auf diese Weise zu etwas zu verhelfen, was ihm nicht gehörte? Man konnte diesen Kerlen nie über den Weg trauen, und Van zog schließlich die Blicke jedes Mannes auf sich. Fowler war ein Mann von Welt. Der kannte sich aus. Garantiert. So fragte er also scheinbar beiläufig: »Ist er verheiratet?«
Vanessa biß sich auf die Unterlippe und brachte es mit größter Anstrengung fertig, nicht zu lächeln oder gar zu lachen. Sie antwortete: »Ich weiß es nicht.«
»Aber du bist ihm doch schon früher begegnet. Jedenfalls hat er das behauptet.«
»Nun, wenn es wirklich der Fall war, dann erinnere ich mich nicht daran.« Dann fügte sie, gewissermaßen als Trost, hinzu: »Er gehört nicht zu jenen Typen, an die man sich erinnert, nicht?« Van lernte rasch...
Nach einiger Zeit sagte er: »Wenn wir beim Bahnhof vorbeikommen, werde ich nachfragen, ob die Ersatzteile schon angekommen sind, die ich bestellt habe. Es macht dir doch nichts aus, ein paar Minuten zu warten?«
Sie lächelte ihn an. »Nein, natürlich nicht.«
Als er am Bahnhof ausstieg, sagte er: »Ich brauch' nicht lange«, und sie antwortete: »Laß dir ruhig Zeit, Angus. Ich hole mir inzwischen am Zeitungsstand eine Illustrierte.«
»Nun, dann komm mit.« Er streckte die Arme nach ihr aus, umfaßte ihre Taille und hob sie aus der Kabine des Lieferwagens herunter. Wann immer er sie jetzt berührte, hegte er den Wunsch, sie zu küssen, und seine Hände ruhten länger auf ihrer Taille als unbedingt nötig. Sie

mußte lächeln. Es war fast genauso wie damals, als er sie aus der Schubkarre zu heben pflegte. Und genau wie damals verdüsterte ihre Mine sich plötzlich.
Sie starrte über seine Schulter. Da drehte er sich um und sah Jonathan Ratcliffe samt Frau in einiger Entfernung vorbeigehen. Trotz all seiner Stärke bekam er Herzklopfen und wurde von Angst erfüllt, als wolle man sie ihm entreißen.
Auch Vanessa schlug das Herz gewaltig gegen die Rippen; sie verspürte den unwiderstehlichen Drang, hinüberzulaufen. Sie wußte, daß ihre Mutter stehenbleiben würde, wenn ihr Vater nicht dabei gewesen wäre. Er war es, der sie zuerst bemerkt hatte, und sein Blick besagte klar und deutlich, daß er sie weder kannte noch kennen wollte.
Van sah ihnen nach, bis sie bei ihrem Wagen angelangt waren. Dann drehte sie sich um und war nicht imstande, der Tränen, die ihr über die Wangen liefen, Herr zu werden.
»Steig ein«, sagte Angus rauh und stieß sie beinahe in die Kabine zurück. Er wendete mit kreischenden Reifen und verließ das Bahnhofsgelände noch vor Jonathan Ratcliffe.
»Verdammte Bande!« knurrte er leise; Van blieb jedoch schweigsam, bis sie daheim vorfuhren. Als sie in die Küche kamen, fragte Emily sofort: »Was ist denn passiert?« Sie ging auf Vanessa zu, dann sah sie Angus rasch an. »Was ist los?«
»Als wir am Bahnhof vorbeikamen, hat sie ihre Leute gesehen. Und nach der Art, wie sie von ihr Notiz genommen haben, hätte sie ebensogut ein räudiger Hund sein können.«
Als Vanessa sich an den Tisch setzte und den Kopf auf die verschränkten Arme sinken ließ, legte Emily ihr die Hand auf die Schulter und meinte tröstend: »Laß nur, Kind. Die Zeit heilt Wunden.«
»Meine... meine Mutter wäre schon stehengeblieben. Ich – ich glaube wenigstens, daß sie's getan hätte«, stieß Van hervor, hob den Kopf und sah zu Emily auf.

»Bestimmt sogar. Aber Männer sind eben so, die kennen nichts. Und wir müssen uns nun mal nach ihnen richten, Kind. Eines Tages wirst du deiner Mutter begegnen, wenn sie allein unterwegs ist. Dann kannst du mit ihr reden. Du wirst sehen: Die Gelegenheit wird sich ganz von selbst ergeben!«
Vanessa warf nun Angus einen Blick zu. Seine Miene war hart und verschlossen. Deshalb sagte sie: »Ich verschmachte in Wirklichkeit nicht danach, sie zu sehen oder dergleichen. Das ist die reine Wahrheit, Angus. Ich würde nie zu ihnen zurückkehren, selbst wenn ich die Möglichkeit dazu hätte. Aber es war nur – weißt du, ihnen so über den Weg zu laufen...«
»Schon gut«, sagte er. Dann drehte er sich unvermittelt um und erklärte: »Also, ich geh jetzt.«
Sie stand rasch auf und folgte ihm in den Flur. An der Haustür sagte sie ruhig: »Angus – es ist schließlich meine Familie. Du« – sie senkte ihre Stimme nun zu einem Flüstern, »du würdest Emily bis zu deinem letzten Atemzug verteidigen. Das weißt du genau.«
»Freilich«, erwiderte er. »Aber nicht, wenn sie mich gerade in der größten Stunde der Not im Stich gelassen hätte. Da wäre ich fertig mit ihr gewesen, ein für allemal. Aber es ist schon in Ordnung, Van.« Er streckte die Hand aus und tätschelte ihre Wange. »Auf bald.«
Als Van wieder in die Küche kam, sagte Emily barsch: »Schenk ihm keine Beachtung, Kind. Männer betrachten diese Dinge anders. Natürlich mußt du ganz aus dem Häuschen sein, wenn sie dir über den Weg laufen. Es wäre unnatürlich, wenn es anders wäre. Jetzt geh schön und wasch dir die Tränen ab, und ich mach' dir eine gute Tasse Tee und werd' ein bißchen was backen. Heute will ich dir einmal zeigen, wie man's macht. Es wird langsam Zeit, daß du's lernst. Du kannst einen Zitronenkuchen und ein Früchtebrot backen. Er hat beides gern. Los.«
Vanessa ging in die Spülküche und ließ das kalte Wasser über ihr Gesicht laufen. Dabei fragte sie sich, warum sie ausgerechnet an diesem Tag ihren Eltern über den Weg

laufen mußte. Natürlich bestand immer die Möglichkeit, daß sie ihrer Mutter begegnete. Oder Susan. Bei ihrem Vater war es weniger wahrscheinlich, weil er den ganzen Tag in der Fabrik war. Sie hatte sich oft vorgestellt, wie ein solches unverhofftes Treffen wohl verlaufen würde und immer hatte sie gedacht, daß sie dann sicherlich miteinander reden würden. Einen Moment lang würden sie natürlich verlegen sein und nicht wissen, was sie sagen sollten; aber dann würden sie es überwinden und sich einmal aussprechen. Denn ihre Muter – so engstirnig sie auch sein mochte – war nicht so hart wie ihr Vater.
Aber daß sie ihnen allen beiden begegnen mußte, noch dazu in Anwesenheit von Angus, war schon mehr als verhängnisvoll. Wo Angus wegen der Klage ohnehin genügend Sorgen hatte. Und noch etwas kam hinzu: Sicher hatten ihre Leute bereits von der Rauferei gehört. Derlei Neuigkeiten machten schnell die Runde. Wenn es möglich war, so war sie deshalb in ihren Augen sicher nur noch tiefer gesunken.
Als das eisige Wasser ins flache Becken floß, kehrte urplötzlich in ihr die Sehnsucht nach all den Bequemlichkeiten ihres Zuhauses wieder, vor allem nach dem Badezimmer. Und bei diesem Gedanken bedauerte sie doppelt, den Bungalow abgelehnt zu haben. Oh, sie war all dessen oft müde. Sie hatte ein schönes Durcheinander aus ihrem Leben gemacht.
Als Verzweiflung von ihr Besitz zu ergreifen drohte, blickte Vanessa in den Spiegel über dem Ausguß, und was sie zu sehen bekam, gefiel ihr ganz und gar nicht. Ihr Gesicht war lang und schmal geworden, und sie wirkte blaß und elend. So hatte sie ausgesehen, als sie die Aspirintabletten geschluckt hatte. Im momentanen Schreck machte sie einen Schritt zurück. Sie durfte nicht mehr so sein. Nie mehr. Sie hatte genügend Menschen Schwierigkeiten bereitet. Ihre Eltern wollten sicher nie mehr etwas mit ihr zu tun haben; und auch sonst keiner aus der Gesellschaftsklasse, der sie entstammte. Anderer-

seits war sie sich nur allzu deutlich bewußt, daß man ihr in diesem Haus, in dieser Umgebung bestenfalls freundliche Toleranz entgegenbrachte. Als dazugehörig wurde sie nicht betrachtet, weder von Emily noch von Rosie. Es gab nur einen einzigen Menschen auf der ganzen weiten Welt, der immer zu ihr gehalten hatte, der sie brauchte. Und nicht nur auf sexuellem Gebiet. Auf seltsame Weise wußte sie, daß sie für ihn dasselbe bedeutete wie eine ganz kostbare Auszeichnung oder ein Ritterschlag. Männer bedurften nichts so sehr wie der Anerkennung, etwas geleistet, etwas erreicht zu haben, etwas, das andere Männer dazu veranlaßt, entweder zu ihnen aufzusehen oder sie zu hassen. Wie eben Angus ihren Vater haßte.

Angus und ihr Vater verkörperten auf allen Gebieten die größtmöglichen Gegensätze. Dennoch waren ihre Bestrebungen die gleichen: sie lechzten nach Anerkennung.

Es kam Vanessa merkwürdig vor, daß sie so viel von ihnen wußte, während die beiden selbst offensichtlich nicht die leiseste Ahnung davon hatten.

10

Die Verhandlung war für Donnerstag angesetzt, drei Wochen und einen Tag nach Eintreffen der Vorladung.
Die Anspannung war daheim in den letzten paar Tagen enorm gewachsen; wie Rosie am Vorabend lachend berichtet hatte, erweckte der Fall in der Stadt brennenderes Interesse als ein Cup-Finale. Sowohl die Mädchen in der Fabrik als auch die Leute aus der Nachbarschaft schlossen Wetten auf den Ausgang der Sache ab. Ob Cornell bei soviel Geld und Einfluß gewinnen würde? Oder Cotton, der seine Frau so heldenhaft verteidigt hatte? Jedermann rätselte eifrig herum.
Vanessa selbst war mehr als ängstlich. Bis um zwei Uhr nachmittags fragte sie sich am Mittwoch – sie hatte früher Geschäftsschluß – wie hoch die Geldstrafe wohl ausfallen mochte. An etwas anderes wagte sie gar nicht erst zu denken. Aber kaum war sie daheim angelangt, brach sich die bisher so mühsam unterdrückte Furcht Bahn. Immer wieder malte sie sich aus, was geschehen würde, wenn Angus zu einer Gefängnisstrafe verdonnert werden sollte. Sie hielt es einfach nicht mehr aus, die Hände in den Schoß zu legen und abzuwarten. Sie mußte etwas unternehmen.
Als sie die Küche betrat, sagte Emily sogleich: »Da bist du ja, Kind. Du hast Angus um knapp fünf Minuten verpaßt. Er ist überraschend heimgekommen. Denk dir nur, nicht der alte Cargill wird morgen auf der Richterbank sitzen, wie er angenommen hat, sondern Mrs. Brett, weil Cargill die Geschichte plötzlich aus der Hand gelegt hat... Was ist los? Fühlst du dich nicht wohl?«

»Bloß ein bißchen. Mir war schon im Zug übel.«
»Das kommt nur vom leeren Magen. Iß erst mal einen Bissen, dann wird dir gleich wieder besser sein.« Damit trat Emily an den Herd. »Natürlich liegt dir die Verhandlung auf der Seele. Aber du brauchst dich nicht aufzuregen, jetzt wird alles reibungslos verlaufen. Ich gehe jede Wette ein, daß die Anklage abgeschmettert wird – einfach so.« Sie drehte sich um und schnippte mit dem Finger. Dann holte sie das Essen aus dem Rohr. »Mr. Brett hat viel von unserm Angus gehalten. Es war ein schlimmer Tag für uns alle, als diese Sache passierte... Was ist denn, Kind?« Sie blickte Vanessa, die in die Spülküche eilte, verwundert nach. »Nun, besser, es ist draußen, was es auch sein mag.«
Ein paar Minuten später kehrte Vanessa zurück und fragte: »Hast du was dagegen, wenn ich mich auf ein paar Minuten hinlege, Emily? Ich könnte im Moment keinen Bissen hinunterbringen.«
»Geh nur, Kind, ruh dich aus. Ich bring dir eine Tasse Tee hinüber. Versuch vor allem, dich bis zum Abendessen damit zu begnügen. Er hat nämlich vor, dich auszuführen. Ins Kino oder in irgendein hübsches Lokal nach Newcastle. Denn wenn wir hier zusammenhocken, dann schnattern wir bis Mitternacht über die Geschichte, meint er. Und da hat er recht. Er kommt heute früher heim, er hat angeblich nur mehr ein paar Fuhren. Vor Montag fangen sie nichts Neues mehr an. Leg dich also schön hin.«
Vanessa schloß die Zimmertür, lehnte sich dagegen und preßte die Hand fest auf den Mund, als wollte sie das in ihr hochkommende Stöhnen auf diese Weise zum Schweigen bringen. Ausgerechnet Irene Brett mußte die Verhandlung leiten: Sie, die genau wußte, daß Brett der Vater ihres Kindes war. Vanessa hatte dieses Wissen sofort in ihren Augen gelesen. An dem Morgen, als Brett gefunden worden war. Ihr Blick war voll von unverhülltem Haß gewesen. Und sie war die Zielscheibe...
Gesagt hatte Irene allerdings kein Wort. Warum war sie

nicht zu ihnen herübergekommen und hatte sie öffentlich beschuldigt, ihr den Mann abspenstig gemacht zu haben? An seinem Tod schuld zu sein? Vanessa hatte sich diese Frage oft und oft gestellt. Aber nun tat sie es nicht mehr. Sie kannte den Grund dafür, daß Irene Brett geschwiegen hatte. Es mußte für eine Frau ihres Kalibers gallbitter schmecken, etwas verlieren zu müssen, das sie als ihr Eigentum betrachtet hatte, noch dazu an ein derart junges, unfertiges Ding ohne besondere Vorzüge oder Fähigkeiten. Sie hatte geschwiegen, weil sie die Schmach, hintergangen worden zu sein, nicht in aller Öffentlichkeit ertragen hätte.
Aber am nächsten Morgen konnte sie endlich ihr Mütchen kühlen. Sie würde sich bitter an ihr rächen, indem sie für Angus die Höchststrafe beantragen würde. Vanessa vermochte sich jetzt schon auszumalen, wie erstaunt er darüber sein würde, von Mrs. Brett derart behandelt zu werden.
Als Emily ihr den Tee ins Zimmer brachte, saß sie völlig angekleidet vor dem Feuer. Besorgt fragte Emily: »Warum ziehst du nicht wenigstens die Schuhe aus und legst die Beine hoch?«
»Es geht schon wieder, vielen Dank. Mir ist schon wieder ganz gut.«
»So siehst du aber gar nicht aus. Du hast nie viel Farbe gehabt, aber jetzt bist du weiß wie ein Leintuch. Natürlich sorgst du dich wegen morgen! Mir war auch schon richtig schlecht, kann ich dir verraten. Aber seit er mir das mit Mrs. Brett erzählt hat, fühl' ich mich bedeutend besser. Sie wird die Sache schon in Ordnung bringen. Manche Leute mögen sie nicht. Aber das ist nur normal. Wenn man den Richter spielt, ist man eben nicht beliebt, stimmt's? Trink das jetzt und hör auf meinen Rat: Leg dich ein bißchen hin.«
Als Vanessa wieder allein war, schlang sie die Hände fest um die Knie und wiegte sich langsam hin und her. Dann zog sie die Schuhe aus ung ging leise im Zimmer auf und ab... Sie mußte etwas unternehmen. Plötzlich hielt sie

inne. Sie würde einfach hingehen und mit ihr sprechen. Aber nein – nein! Das war gleichbedeutend damit, wieder nach Brampton Hill zu fahren, und sie konnte es nicht ertragen, in die Nähe ihres Elternhauses zu gelangen. Ob es möglich war, sie im Rathaus aufzusuchen? Allerdings war es gesetzlich verboten, mit dem Richter in Verbindung zu treten. Nun, man konnte es ja versuchen. Vielleicht nützte es etwas. Aber was sollte sie sagen, wenn sie ihr gegenüberstand?... Was konnte sie sagen? Sie etwa um Nachsicht mit Angus bitten? Nein, nein, das war bei Irene Brett sinnlos. Vanessa hob die Tasse an die Lippen und schlürfte den heißen Tee in einem Zug aus. Und als sie die Tasse wieder hinstellte, wußte sie, was sie tun würdc.

Ein paar Minuten später kam sie im Mantel in die Küche. Emily drehte sich überrascht um und fragte: »Wohin gehst du denn? Was ist los?«

»Du hast keine Briefmarken daheim, nicht?« erkundigte sich Vanessa geschickt; sie wußte genau, daß Emily nie welche hatte.

»Nein. Wozu auch, Kind?«

»Mir sind sie ausgegangen, und ich möchte einen Brief schreiben. Und Angus wird gleichfalls welche brauchen. Er muß heute abend zwei Briefe postfertig machen.«

»Du siehst mir zu klapprig zum Ausgehen aus. Ich werde sie dir holen.«

»Nein, nein, Emily, die Luft wird mir gut tun. Außerdem bin ich nur froh, was zu tun zu haben. Wenn ich zurückkomme, werde ich einen Happen essen, einverstanden?«

»Nun, wie du willst, ganz wie du willst«, kam es in alter Schroffheit zurück. Aber Vanessa hatte sich längst daran gewöhnt. Es hatte, wie Angus sehr richtig sagte, nichts zu bedeuten.

Sie ging zur Hauptstraße hinunter, überquerte den Fußgängerüberweg und landete schließlich vor dem Telefonautomaten. Sie kannte die Nummer. Eine ganze Weile starrte sie den Apparat an, ehe sie abhob. Dann warf sie die Münze ein und wählte. Sie wußte, es war nicht sehr wahrscheinlich, daß Colin oder Paul abnehmen würden. Und wenn es bei denen da droben noch genauso zuging wie eh und je, dann gab es um diese Zeit auch keine Zugehfrau mehr im Haus. Irene hatte ja kein Au-pair-Mädchen mehr gewollt, sondern sich damit begnügt, für zwei Vormittage pro Woche eine Putzhilfe anzuheuern. Also würde jetzt nur Irene dasein oder gar niemand.

Als sie jedoch Irene Bretts Stimme hörte, brachte sie keinen Laut hervor, sondern bewegte nur die Lippen.

»Fellburn 538506?«

»Mrs… Mrs. Brett?« Sie sagte weder Tante Irene noch Irene.

»Ja?« Es entstand eine Pause. »Wer spricht, bitte?«

»Vanessa… Cotton.« Beinahe hätte sie ›Ratcliffe‹ gesagt. Am anderen Ende der Leitung herrschte vollkommenes Schweigen. »Bist… bist du noch da?«

»Was willst du?«

»Ich möchte dir bloß was sagen. Nicht, daß Brett der Vater meines Kindes war – das weißt du bereits, oder?«

Die Leitung schien tot zu sein. Aber Vanessa wußte, daß Irene Brett lauschte. Also schluckte sie und fuhr fort: »Was ich dir sagen möchte, ist, daß ich – falls du deinen Groll gegen mich an Angus auszulassen gedenkst – mitten im Gerichtssaal aufstehen und den Grund, weshalb du das tust, offen herausschreien werde. Wenn du Angus ins Gefängnis schickst, wird er wieder herauskommen. Aber du wirst danach von allen in der Stadt geächtet und gemieden werden. Du wirst schon sehen, was…« Am anderen Ende wurde energisch aufgelegt; die Leitung war tot.

Vanessa lehnte sich an die Tür der Telefonzelle und schloß sekundenlang die Augen. Würde sie wirklich aufstehen und tun, was sie für den Fall, daß Angus ins Gefängnis mußte, angedroht hatte? Würde sie tatsächlich herausschreien: ›Das tut sie nur aus Haß, weil ihr Mann mir ein Kind gemacht hat…‹ Sie wußte es nicht. Sie

würde es nicht eher wissen, als bis der Moment gekommen war. Eines war ihr jedoch klar: Wenn sie *das* tat, würde es den bisherigen Skandal um ein Vielfaches übertreffen. Sowohl ihre Eltern als auch Susan und deren Familie würden damit in die größte Verlegenheit gestürzt werden. Und könnte es Angus denn noch nützen, wenn die Strafe einmal ausgesprochen war? Vielleicht nicht. Aber immerhin konnte sie ihm damit einmal mehr zeigen, wie sehr ihr sein Schicksal am Herzen lag. Allerdings: Würde es Angus ihr danken, wenn sie öffentlich den Namen des Vaters ihres Kindes preisgab? Er war zwar manchmal neugierig gewesen, hatte in dieser Beziehung jedoch niemals auch nur den geringsten Druck auf sie ausgeübt. Wie würde er darauf reagieren, wenn er erfuhr, daß es Mr. Brett gewesen war, der ihr so etwas angetan hatte. Der Mann, den er über alles bewundert hatte...
Nun, was immer sie am nächsten Tag tun würde: Hauptsache, es war ihr gelungen, Irene Brett davon zu überzeugen, daß sie sehr wohl imstande sei, ihre Drohung wahr zu machen.
Sie trat aus der Telefonzelle und ging die Straße entlang, bis sie sich gegenüber dem kleinen Postamt befand. Dort wartete sie darauf, die Straße überqueren zu können...
Sie hatte dabei nicht bemerkt, daß Angus gerade in dem Moment, als sie aus der Zelle trat, an ihr vorbeigefahren war. Es war bei dem Verkehr unmöglich, durch Zeichen oder Zuruf ihre Aufmerksamkeit zu erregen. Folglich umrundete er die Verkehrsinsel und fuhr am Postamt vor, als sie dasselbe betrat.
Beim Herauskommen lautete ihre erste Frage: »Wie lange bist du schon da?«
«Oh, bloß eine Minute. Ich hab' dich im Vorbeifahren gesehen und noch mal gewendet.« Er erwähnte nicht, die Sache mit der Telefonzelle – obwohl er sich fragte, wen sie wohl angerufen haben mochte – sondern erkundigte sich nur rasch: »Ist was mit Mutter?«
»Nein, natürlich nicht. Wie kommst du drauf? Du warst mittags ohnehin daheim, nicht?«

»Ja, schon.« Er starrte sie an. Sie war blasser als üblich, und ihre Augen wirkten größer denn je.
»Und du? Ist was mit dir?« fragte er.
»Mir war ein bißchen übel, als ich heimkam. Der Zug war gesteckt voll wie mittwochs immer. Ich mußte die ganze Strecke stehen. Bist du für heute fertig?«
»Ja«, antwortete er. »Komm, steig ein. Ich kann hier nicht stehenbleiben. Außerdem brauch ich dringend eine Tasse Tee.«
Nachdem er neben ihr Platz genommen hatte, fragte er in forciert munterem Ton: »Wohin, meine Gnädigste?«
Sofort auf ihn eingehend, sagte sie mit ernster Miene: »Ryder's Row vierundzwanzig, zu Cotton.«
»Sehr wohl, Madam.«
Während er losfuhr, mußte er immerzu denken: Weshalb hat sie nicht gesagt, mit wem sie telefoniert hat?
Als sie das Haus betraten, begrüßte sie Emily heiter: »Da seid ihr ja! Einer geht fort, zwei kommen zurück. Ich nehme an, ihr wollt erst mal eine Tasse Tee.«
»Das ist eine großartige Idee«, sagte er und nickte ihr zu.
Emily wandte sich an ihren Sohn: »Du solltest dafür sorgen, daß Van sich ein bißchen hinlegt. Sie ist nicht ganz in Ordnung.«
»Als ob sie jemals tun würde, was ich sage, hm?« Er warf es nur so hin.
Vanessa ging ins Zimmer, legte den Mantel ab und setzte sich, als die Tür aufging und er mit einer Tasse Tee in der Hand eintrat. Er nahm ihr gegenüber Platz, schlug die Beine übereinander und fragte wie beiläufig: »Mit wem hast du telefoniert?«
Er beobachtete wie sie den Mund öffnete und wieder schloß und ihre Miene sich änderte; sie war noch blasser geworden. Angus hakte nach: »Nun? Ich habe dich aus der Telefonzelle herauskommen sehen.«
Diese Feststellung überrumpelte sie derart, daß sie keine Lüge parat hatte. Er stand auf, ging langsam auf sie zu, die Tasse immer noch in der Hand haltend, und fragte, sie

einen Moment lang beobachtend, mit rauher Stimme: »Was soll die Geheimnistuerei?«
»Wieso Geheimnistuerei?«
»Van«, sagte er und bemühte sich, geduldig zu bleiben, »mit wem hast du telefoniert? Das ist eine ganz einfache Frage. Also gib mir gefälligst eine einfache Antwort darauf. Mit wem hast du telefoniert?«
Als sie überhaupt nicht antwortete, sondern sich von ihm abwandte, stellte er die Tasse geräuschvoll auf den Tisch und packte sie am Arm. Nachdem er sie zu sich herumgedreht hatte, blickte er ihr fest in die Augen und sagte: »Du bist doch nicht nur so in die Telefonzelle gegangen. Sondern um anzurufen. Wen?«
»Ein – ein Mädchen aus dem Kaufhaus.«
»Aber das Kaufhaus ist heute nachmittag geschlossen.« Seine Stimme klang unheilvoll.
»Ich weiß, daß wir Mittwochnachmittag zu haben. Ich – ich hab' sie daheim angerufen.«
»Wie heißt sie?«
Das war leicht. »Theresa Bumpstead.«
»Und ihre Nummer?«
Ob ihr eine Nummer einfiel? Von all den Millionen Nummern, die es im Lande gab, fiel ihr im Moment keine einzige ein. Alles, woran sie sich erinnern konnte, war, daß alle Newcastle-Nummern mit 53 anfingen. Also stotterte sie: »Fünf-drei...«
»Streng dich nicht an«, sagte er. Und fügte dann mit lauter Stimme hinzu: »Willst du mir die Wahrheit sagen oder nicht?«
Wenn sie jetzt gestanden hätte, Mrs. Brett angerufen zu haben, würde er sagen: Wozu, zum Teufel? Es ist ohnehin klar, daß sie auf meiner Seite steht. Und daran würde er bis zum nächsten Morgen glauben, bis er feststellen müßte, sich getäuscht zu haben.
»Du hast daheim angerufen. Oder?«
»O nein, Angus!« Sie rief es beinahe erleichtert aus. »Das würde ich nie tun.« Vanessa sah, wie sich seine Miene eine Minute lang entspannte. Dann zog er jedoch wieder

die Stirn kraus und sagte: »Also, dann war es irgendein Mann... Fowler. Hast du Fowler angerufen?«
»Ach, Angus!« Sie schloß die Augen, legte die Hand an die Wange und lächelte schwach. »Weshalb hätte ich Mr. Fowler anrufen sollen?«
»Weil er sich direkt was abbricht, um mir zu helfen, und ich mich schon die ganze Zeit über frage, weshalb. Bis ich mir sagte, daß ich nach dem wahren Grund nicht weit zu suchen brauche. Weshalb sollte er mir helfen wollen, wenn es nicht deinetwegen wäre, weil du entfernt mit ihm verwandt bist oder so... Das ist übrigens«, fuhr er fort, »sehr milde ausgedrückt. Glaube ja nicht, daß ich nicht bemerkt habe, wie er dich mit den Blicken verschlungen hat.«
»Sei nicht albern.« Nun klang ihre Stimme barsch. Es war die Stimme einer ungeduldigen Frau, die ihr unvernünftiger Mann nervös macht.
»Schön.« Er drehte sich um und trat an den Kamin. »Wenn es nicht Fowler war, dann erklär mir gefälligst, wer es sonst war. Denn auf eins kannst du dich gefaßt machen.« Er drehte sich unvermittelt um und blickte ihr grimmig in die Augen. »Ich werde so lange keine Ruhe geben, bis ich es weiß. So bin ich nun mal. Es wird mir ständig durch den Kopf gehen, bis die Sache immer gewichtiger wird. Ich hab' ein Talent, aus einer Mücke einen Elefanten zu machen. Das ist dir bereits bekannt. Also spiel nicht mit meinen Gefühlen.«
»Tu ich nicht, Angus. Es ist unfair von dir, so etwas zu behaupten. Ich spiele nie mit den Gefühlen anderer.«
Er ließ sich auf den Stuhl fallen. »Schön, ich will vernünftig sein. Fangen wir nochmals von vorn an, hm? Du bist zur Telefonzelle gegangen. Ich hab' dich herauskommen sehen. Also mußt du jemanden angerufen haben. Ich habe dir eine einfache Frage gestellt, du kannst mir keine einfache Antwort darauf geben, so sehe ich die Sache. Wenn du nichts zu verbergen hast – warum sagst du mir dann nicht wahrheitsgemäß, wen du angerufen hast?«

Sie starrte ihn stumm an; dann sagte sie langsam: »Gut, Angus. Ich werde dir sagen, wen ich angerufen habe... morgen nach dem Essen.«
Er kniff die Augen zusammen. »Nach der Verhandlung, meinst du? Hat es was damit zu tun?«
»Ja und nein. Es hängt mehr damit zusammen, als nur das.«
»Aber warum hast du...? Mit wem hast du dich in Verbindung gesetzt? Hör mal. Ich werde schon durchkommen – du brauchst dir keine Sorgen zu machen.« Er stand auf und ergriff ihren Arm. »Wenn diese ganze Geschichte mit mir zu tun hat, kannst du auf der Stelle Schluß damit machen. Erstens habe ich einen guten Anwalt, und dann wäre ja da auch noch unser Mr. Fowler.« Er brachte ein gepreßtes Lächeln zustande. »Und vor allem wird die Richterin auf unserer Seite sein: Mrs. Brett. Das liegt doch auf der Hand.«
Sie hielt die Augen gesenkt, als sie wiederholte: »Ich werde es dir morgen sagen, Angus. Hab' bitte bis dahin Geduld. Du kannst mir glauben: Es steht mehr auf dem Spiel als die Verhandlung. Aber ich verspreche dir, daß ich... daß du es morgen erfährst.«
Nachdem er sie einen Moment lang fest angesehen hatte, ließ er ihren Arm endlich los, schüttelte sie jedoch bei den Schultern und preßte leise zwischen den Zähnen hervor: »Du willst mich doch nicht verlassen, oder? Ist es das, was du mir sagen willst?«
Sie sah ihn an, lächelte leise und sagte ruhig: »Nein, Angus, das ist es bestimmt nicht.«
Er seufzte erleichtert auf und murmelte nach einer Weile: »Also gut, schieben wir es auf. Jedenfalls eine Zeitlang. Aber eines Tages wird es ja doch dazu kommen. Da wirst du einfach zu mir sagen: ›Ich habe genug. Ich gehe wieder zurück...‹ Und weißt du, was ich an diesem Tag tun werde? Ich werde dich umbringen. Das ist mein heiliger Ernst.« Er nickte zur Bekräftigung.
Sie machte lachend: »Hu!« Dann wurde ihr Lächeln, ohne daß sie es beabsichtigte, spöttisch, als sie sagte:

»Nun, dazu wird es schon nicht kommen. Ich möchte nämlich gern noch ein bißchen leben.«
Er konnte es nicht ertragen, daß seine todernste Feststellung derart auf die leichte Achsel genommen wurde. Also wandte er sich brüsk ab, verschanzte sich hinter seinem Tisch und las die Briefe, die vormittags eingetroffen waren, noch einmal. Das wichtigste war eine Anfrage über einen Kostenvoranschlag für die Räumung eines Bauplatzes, die ihm direkt zugeschickt worden war, und nicht, wie üblich, Fred. Denn Fred händigte ihm stets die gesamte Korrespondenz aus. Angus hatte das Gefühl, diese Anfrage Andrew Fowler zu verdanken. Und er wußte genau, daß nicht nur viel von den Preisen, die er einzusetzen beabsichtigte, abhing, sondern auch von der Art, wie er den Kostenvoranschlag aufsetzte und den Begleitbrief abfaßte.
Langsam holte er aus seiner Bücherstellage ein Büchlein mit der Aufschrift ›Wie drücke ich mich richtig aus‹ hervor, seufzte aber bald ratlos auf. Ägyptische Hieroglyphen hätten kein größeres Problem für ihn bedeuten können. Und so tat er endlich das, was er schon längst gern getan hätte, wozu er nur bisher viel zu stolz gewesen war. Er wandte sich an Van: »Wie du weißt, hab' ich mir dieses Buch da gekauft. Aber bei mir ist offensichtlich Hopfen und Malz verloren. Ich werd' daraus nicht klug, es ist ein Jammer«.
Sie stand sofort neben ihm, nahm ihm das Buch aus der Hand und sagte nach einem Blick darauf leise: »Ich würde dir riesig gern helfen, Angus. Es gibt eine Menge Dinge, von denen ich nichts verstehe. Aber in der Sprache war ich immer gut. Komm, wir könnten miteinander lernen, wenn du willst.«
Er bedeckte mit seiner riesigen Pranke ihre schmale weiße Hand, indem er sagte: »Es ist dir doch klar, daß das nur einer von meinen vielen Kniffen ist, um dich zu behalten, nicht wahr? Alles dient nur dem einen Zweck, dich festzunageln.« Dabei betrachtete er sie auf eine ganz besondere Weise, wie ein kleiner Junge, der darum bet-

telt, ernst genommen, gebraucht und geliebt zu werden. Aber er war kein kleiner Junge. Er war ein Mann, ein ungehobelter, rauhschaliger, aufgeblasener Kerl, der ihr mit dem Umbringen gedroht hatte für den Fall, daß sie auch nur die leiseste Absicht hegte, ihn zu verlassen.
»Weißt du, daß ich noch keinen Bissen gegessen habe?« sagte sie, um auf ein anderes Thema zu kommen. »Wir wollen deine Mutter nicht länger warten lassen und schließlich auch noch ausgehen.«
»Wer hat dir das wieder verraten? Ach, natürlich Mam. Die kann doch einfach den Mund nicht halten!« Und er stand rasch auf und stolzierte aus dem Zimmer. Gleich darauf hörte sie ihn brüllen: »Du mit deinem Mundwerk, Mrs. Cotton! Nicht die kleinste Überraschung läßt du mir übrig!«
Er bemäntelte seine Gefühle stets, so gut er konnte. Während der vergangenen halben Stunde hatte sie es mit dem eifersüchtigen, unentwegt Fragen stellenden Gatten und mit dem kleinen Jungen, der sie um Hilfe anging, zu tun gehabt. Eigentlich waren es zwei kleine Jungs gewesen: der eine eben den wilden Mann spielend und der andere unsicher und verzagt. Das, was in der Mitte lag, war Angus, ein Mann, der sich in größter Bedrängnis befand.
Tief im Herzen spürte Van, wie sich ein schmerzliches Gefühl immer weiter auszubreiten begann, bis es ihren ganzen Körper ausfüllte. Es lautete: Und wenn sie ihn einsperren…? Wenn er ins Gefängnis kam, was sollte sie dann tun? Sie würde verloren sein. Ja, ohne ihn würde sie verloren sein. Sie war – nun ja, sie war offensichtlich verliebt in ihn. Nein, nicht bloß verliebt. Sie liebte ihn! Wie war es nur dazu gekommen, daß sie Angus Cotton liebte? War es, weil er so… oder weil er nicht… Ach, es kam nicht darauf an, wie er beschaffen war. Was zählte, war die Gewißheit, daß sie, falls er ins Gefängnis kam, aufhören würde zu leben. Bis er wieder herauskam. So sehr liebte sie ihn.

Als Angus am nächsten Morgen mit Vanessa die Straße hinunterging, riefen ihm die Nachbarn der Reihe nach »Viel Glück, Junge!« zu. Es war, als hätten sie hinter ihren Haustüren direkt auf ihn gewartet.
Ein Witzbold meinte: »Zehn Jahre pelzen sie dir garantiert auf, Angus. Zehn Jahre und keinen Tag weniger. Du hättest ebensogut einen Zug ausrauben können.«
»Stimmt, Mr. Grant«, antwortete Angus im selben Tonfall. »Hätt' ich genausogut machen können.«
Ein anderer rief: »Beim Jüngsten Gericht sehen wir uns wieder, früher nicht.«
Und Angus konterte: »Würd' mich nicht wundern, Jim. Würd' mich keineswegs wundern.«
Als sie im Bus waren, sagte er zu ihr: »Die haben sich wenigstens durch die Bank gut unterhalten, was?« Auf dem Grund seines Blickes lag so etwas wie Schmerz. Und sie antwortete leise: »Ich glaub' nicht, daß sie's bös gemeint haben.«
»Du bist gut!« Er reckte das Kinn in die Luft. »Jetzt verteidigst du diese Bande auch noch! Ich kenne sie durch und durch, glaub mir. Sie kommen alle gelaufen, wenn einer in Schwierigkeiten ist. Aber das hält sie nicht davon ab, froh darüber zu sein, daß *du* in Schwierigkeiten bist und nicht sie... Verstehst du, was ich meine?«
O ja, sie verstand durchaus, und es überraschte sie, daß er die Menschen, unter denen er aufgewachsen war, so klar durchschaute.
Er sprach weiter: »So ist die menschliche Natur, weißt du. Ziehst du von hier fort, bist du ein Emporkömmling, eine undankbare Haut, ein treuloser Kerl. Bleibst du, wo du bist, nennen sie dich einen armen Tropf, der keinen Grips hat und es nie zu was bringen wird. Du kannst es ihnen einfach nicht recht machen. Früher hab' ich mir deshalb Sorgen gemacht, ob du's glaubst oder nicht.« Er wandte ihr sein Gesicht ganz zu. »Das kannst du dir wohl nicht vorstellen?«
»Doch, Angus, doch, ich kann es mir vorstellen.« Sie verspürte den Wunsch, seine Hand zu ergreifen, tat es aber

nicht. Jetzt machte er sich Sorgen. Er hatte es bereits getan, als er aufgestanden war. Er hatte keine Minute aufgehört zu reden, was ein Beweis dafür war, daß er sich Sorgen machte.

»Früher hab' ich mir Sorgen gemacht, weil ich Mam kein besseres Haus bieten konnte. Dann, weil ich keinen anständigen Job hatte. Danach, daß ich nicht rasch genug befördert werden könnte. Anschließend, daß man die Beförderung am Ende wieder rückgängig machen könnte. Auch jetzt, wo ich mein eigener Herr bin, mach' ich mir Sorgen, wenn das Geschäft gutgeht: Ob es dabei bleiben wird. Ob ich durchhalten werde. Ach ja, Van, immerzu mach' ich mir Sorgen. Und je mehr Sorgen ich mir mache, desto lauter schreie ich.« Nun grinste er kläglich. »Heute zum Beispiel hab' ich schon genug geschrien, meinst du nicht auch?«

Sie wußte nicht recht, sollte sie weinen oder lachen. Es war ihr nach beidem zumute. Also berührte sie nun doch leicht seine Hand, bis er die ihre schmerzlich fest drückte.

Am Marktplatz stiegen sie aus, wo die Leute am darauffolgenden Tag ihre Buden aufstellen würden, überquerten ihn und dann den blumengeschmückten Platz vor dem Rathaus, in dem die Verhandlung anberaumt war. Auf der untersten Stufe zum Gerichtssaal blieb er stehen und sagte zu ihr: »Möchtest du wirklich mit hineinkommen?«

»Ja, ich will unbedingt dabeisein.«

»Du hast einen besseren Magen als Mam. Komisch, nicht? Sie hat es nicht fertiggebracht, sich das anzuhören. Sie tut, als wollten sie mich stante pede aufhängen. Oh, da sind sie«, unterbrach er sich, als er in einiger Entfernung seinen Anwalt mit Andrew Fowler sprechen sah. Und er fügte hinzu: »Hoffentlich sehen sie nachher ebenso zufrieden aus.«

Die beiden Männer lachten gerade, als Angus und Vanessa näher kamen, hielten jedoch sofort inne. Angus machte Vanessa mit dem Anwalt bekannt, und dieser

neigte tief das Haupt und sagte: »Guten Tag, Mrs. Cotton.«
Sie fand es immer sonderbar, als Mrs. Cotton angesprochen zu werden.
»Unsere Gegner haben bereits Platz genommen«, sagte Andrew Fowler zu Angus. »Das Gesicht unseres hochgeschätzten Mr. Cornell weist immer noch Spuren der Schlägerei auf.« Er warf Angus rasch einen Blick von der Seite zu. »Es ist gut, daß der alte Cargill unpäßlich ist und man Mrs. Brett mit der Geschichte betraut hat.«
»Wirklich«, sagte der Anwalt. »Obwohl sie, als ich ihr vorhin oben begegnete, ausgesehen hat, als handle es sich um eine Mordanklage. Wahrscheinlich leidet sie unter Verdauungsstörungen. Für gewöhnlich ist sie recht fair, außer wenn es sich um Fahnenflucht oder Unterhaltspflicht handelt. Da stürzt sie sich drauf wie eine Löwin. Aber da Sie wegen keinem dieser beiden Delikte angeklagt sind, bin ich ziemlich sicher, daß sie auf unserer Seite sein wird.«
Er änderte nun den Tonfall, indem er sich direkt an Angus wandte und sagte: »Der wichtigste Punkt ist nach meinem Dafürhalten, daß Sie ihre Frau beschützt haben. Er hat sie belästigt. Und zwar mehrmals. Nicht einmal, sondern mehrmals. Sie haben ihn gewarnt, aber er hat diese Warnung nicht zur Kenntnis genommen. Daran müssen wir uns halten. Sie haben Ihre Frau einfach davor beschützt, belästigt zu werden. Mr. Fowler wird in diesem Sinne aussagen, wir haben ja bereits alles eingehend besprochen. Ach, es ist soweit.« Der am Saaleingang stehende Polizist hatte ihn durch eine Handbewegung aufgefordert, näher zu kommen, und so verließ der Anwalt die kleine Gruppe. Angus folgte langsam, mit Vanessa an der einen und Andrew Fowler an der anderen Seite. So betraten sie den Gerichtssaal.

Eine halbe Stunde später traten sie wieder auf den Gang heraus, bildeten einen Halbkreis und sahen einander fassungslos an. Mr. Millard, der Anwalt, sagte beinahe zor-

nig: »Es ist einfach absurd. Lächerlich! Sie hat rein alles vermasselt und sich wie eine Furie aufgeführt.« Er schüttelte entrüstet den Kopf. »Der alte Cargill wäre niemals so unbeugsam gewesen, nicht an seinem schlimmsten Tag. Sie hat glatt die Höchststrafe angesetzt.«
Angus schwieg niedergeschmettert. Er rief sich ins Gedächtnis zurück, wie Mrs. Brett ihn angesehen hatte, als sie sagte: »Sie haben Glück, daß ich keine Gefängnisstrafe über Sie verhänge. Diesmal will ich noch Gnade vor Recht ergehen lassen. Aber sollten Sie jemals wieder in einer ähnlich gelagerten Sache vor Gericht zitiert werden, dann kann ich Ihnen heute schon versichern, daß Sie nicht mehr so glimpflich davonkommen. Diese Stadt braucht Ruhe vor Ihrer Sorte. Viel zu lange haben wir uns bereits mit Großmäulern und Kraftmeiern abgefunden. Höchste Zeit, daß einmal reiner Tisch gemacht wird. Sonst passiert es noch, daß anständige Bürger abends nicht einmal mehr ausgehen oder mit alten Freunden zusammenkommen können, ohne in die ärgsten Schlägereien verwickelt zu werden...«
Es war, als spräche sie mit dem Falschen. Alles, was sie ihm sagte, hätte auf Cornell gepaßt. Und Angus war nicht der einzige, der so dachte; der ganze Gerichtssaal schien schockiert zu sein. Selbst Cornell war überrascht. Natürlich auch erfreut. Aber nichtsdestoweniger überrascht... Diese Mrs. Brett! Angus konnte es einfach nicht verstehen. Seit seiner Kindheit hatte er oft und oft mit ihr gesprochen. Und es war schließlich ihr Mann gewesen, der ihn stets protegiert hatte. Es war nicht zu fassen. Sie hatte geradeso getan, als würde sie ihn hassen! Hundert Pfund und die Gerichtskosten! Unglaublich. Dabei hätte sie ihn sogar auf sechs Monate ins Gefängnis schicken können. Das hatte sie gesagt. Was war nur los? Alle attackierten ihn. Von sämtlichen Seiten auf einmal.
Er blickte zum Ende des Flurs, wo sein Anwalt und Cornell sich offensichtlich freundschaftlich miteinander unterhielten, ruhig und liebenswürdig direkt. Irgendwie hatte er das Gefühl, daß das nicht richtig war. Und den-

noch kannte er das aus dem Fernsehen. Da taten sie im Gerichtssaal auch immer so, als würden sie einander im nächsten Moment an die Gurgel fahren, und wenn die Verhandlung vorbei war, klopften Staatsanwalt und Verteidiger einander kameradschaftlich auf die Schulter. Angus wollte fort von alledem, nur heim. Und in Ruhe nachdenken. Er hatte das Gefühl, daß sie ein schmutziges Spiel mit ihm getrieben hatten. Immer wieder mußte er denken: Diese Mrs. Brett! Schön, sie konnte ihn natürlich zu einer gehörigen Geldstrafe verdonnern. Aber ihn vor allen Leuten buchstäblich zur Sau zu machen, als wäre er ein stadtbekannter Raufbold allerschlimmster Sorte – also, das ging wirklich zu weit. Und weshalb nur? Weshalb? Unvermittelt sagte er zu Vanessa: »Komm, verschwinden wir.«

»Einen Moment.« Es war Andrew Fowler, der seinen Arm berührte. »Ich weiß, daß Sie jetzt wie vor den Kopf geschlagen sind«, sagte er in beruhigendem Ton. »Ich auch. Wir alle hier. Aber es ist vorbei und erledigt... Hören Sie, haben Sie dieser Tage nicht einen Brief von Fenwick bekommen?«

»Fenwick?« Angus mußte erst nachdenken, aber Vanessa warf sogleich ein: »Natürlich. Wegen eines Kostenvoranschlages.«

»Ach ja, den habe ich bekommen.«

»Nun, die Sache geht in Ordnung, darauf können Sie sich verlassen.« Andrew Fowler lächelte. »Planen Sie eine anständige Verdienstspanne für sich ein. Sie werden vielleicht ein paar Wagen und mehr Leute brauchen. Kommen Sie morgen bei mir vorbei. Wir sprechen dann darüber.«

»Gern, danke«, sagte Angus schwerfällig, als wäre er völlig betäubt. Vanessa hakte sofort mit ihrem liebenswürdigsten »Vielen Dank, Mr. Fowler« ein.

»Keine Ursache«, sagte er freundlich.

Er sah ihnen nach, wie sie die Stufen hinuntergingen. Dann verschwand das Lächeln aus seinen Zügen, und er biß sich auf die Lippen. Etwas war faul an der Sache.

Warum hatte Mrs. Brett derart reagiert. Nun war Cotton völlig verdattert – dabei hatte er ja direkt auf sie gezählt. Anscheinend war ihr Mann seinerzeit sein Gönner gewesen, als er noch bei Affleck & Tate arbeitete. Hatte sie sich deshalb so benommen, weil die Tochter ihrer Nachbarn sich einen solchen Fehltritt geleistet hatte? Das konnte ihr doch nichts bedeuten. Er wäre der Sache gern auf den Grund gegangen. Er liebte es nun mal, den Dingen auf den Grund zu gehen. Wissen bedeutet Macht, selbst wenn man sie nicht anwendete. Andrew Fowler fragte sich, auf welche Weise er die wahren Gründe herausbekommen könnte. Nun, sicherlich würde bald etwas geschehen, das ihm einen Anhaltspunkt geben würde: das war meist der Fall.
Drei Tage später hatte er nicht nur seinen Anhaltspunkt, sondern kannte das ganze Motiv, warum Irene Brett Angus Cotton derart mitgespielt hatte.

11

»Es ist eine Affenschande!« riefen ihm empörte Nachbarn über die Straße zu. »Wir haben es eben gehört, Angus. Eine richtige Sauerei. Hundert Pfund und die Kosten dazu. Einfach unglaublich!«
Emily konnte sich nicht mehr bremsen, als sie eintraten: »Das ist doch unmöglich! Mrs. Brett? Niemals. Hundert Pfund und die Gerichtskosten? O nein, Junge!«
»Hat sie mir aber aufgebrummt. Und das ist noch lange nicht alles, Mam. Du hättest sie hören sollen! Wenn sie wenigstens Cornell so behandelt hätte... Jeder hätte das verstanden, nicht wahr, Van?« Er wandte sich an Vanessa, aber sie sagte nichts, sondern nickte nur. »Sie hat mich vor dem ganzen Saal heruntergemacht und mit mir geredet, als wäre ich ständig in Raufhändel verwickelt und als sei kein Mensch vor mir sicher. Und sie hat mir gedroht, was passieren würde, wenn ich jemals wieder vor Gericht käme! Weißt du, wozu ich gute Lust hätte? Hinzugehen und sie zu fragen – ehrlich, Mam –, sie geradeheraus zu fragen, was sie gegen mich hat!«
Vanessa ging ins Zimmer, legte den Mantel ab und blieb abwartend stehen. Binnen kurzem würde er den Schock überwunden haben und auf ihre Abmachung vom Vortag zu sprechen kommen: Wen hast du also gestern angerufen? – Das wollte sie gar nicht erst abwarten, sondern die Sache gleich selbst bereinigen.
Als er ins Zimmer kam, drehte sie sich entschlossen, wenn auch etwas schwerfällig zu ihm um und begann, ihm direkt in die Augen sehend: »Ich kann dir sagen, warum sie es getan hat, Angus.«

»Du?« Er trat näher. »Du meinst, du weißt, weshalb sie sich mir gegenüber so schofel benommen hat?«
»Ja... Du – du wolltest doch wissen, mit wem ich gestern telefoniert habe. Nun – mit ihr.«
»Mit Mrs. Brett?« Er kniff die Augen zusammen.
»Ja, ich – ich habe sie angerufen, weil ich wußte, daß sie mir etwas heimzahlen wollte. Und das konnte sie am besten damit bewerkstelligen, daß sie dir eins auswischte. Ich hatte riesige Angst, daß sie dir eine Gefängnisstrafe erteilen würde. Deshalb habe ich ihr gedroht, daß ich glatt die Wahrheit im Gerichtssaal herausschreien würde, wenn sie es täte.«
»Herausschreien? Was denn herausschreien? Hast du den Verstand verloren?«
»Nein, keineswegs!« Ihre Stimme schrillte beinahe. Dann schlug sie sich mit der Hand auf den Mund, senkte den Kopf und sagte: »Sie haßt mich, weil... weil sie weiß, wer der Vater meines Kindes war.« Ihr Kopf sank noch tiefer; kaum hörbar schloß sie: »Es war Brett, ihr Mann.«
Unter den gesenkten Lidern nahm sie seinen Körper ab der Taille wahr. Er stand völlig reglos da. Schließlich zwang sie sein Schweigen dazu, den Kopf zu heben. Und als sie seinen Gesichtsausdruck bemerkte, wurde ihr kalt, eiskalt. Es war eine Mischung aus Unglauben und etwas, was sie bei ihm noch nie bemerkt hatte: Ekel. Er bleckte die Zähne und schnaufte: »Mr. Brett – und du!« Sie senkte abermals den Kopf und sagte in beinahe flehendem Ton: »Es ist einfach passiert. Er... er war so traurig und einsam und unglücklich...«
»Mein Gott!« Der Ausruf kam wie ein Peitschenknall. »Sind nicht alle alten, verheirateten Männer traurig, einsam und unglücklich? Das heißt doch noch lange nicht, daß man mit ihnen schlafen muß... Du und Brett! Er war doch so alt wie dein Vater... Brett!«
Während er sie fassungslos anstarrte, erinnerte er sich, daß er Mr. Brett immer gemocht hatte, wie gut und freundlich dieser stets zu ihm gewesen war. Aber gleich-

zeitig erinnerte er sich auch daran – und zwar mit einem richtig schockartigen Gefühl –, daß er sich immer, wenn er sich gefragt hatte, wer ihr wohl das Kind angehängt habe, einen gleichaltrigen Burschen vorgestellt hatte. Er hatte sich ausgemalt, wie es einen solchen Burschen eben in der allerersten Gefühlsaufwallung überkommen hätte, wie die beiden den Akt ohne jeglichen Genuß hinter sich gebracht und sich danach eiligst und peinlich berührt getrennt hätten... Insgeheim hatte er Van sogar bewundert, daß sie den armen Teufel niemals verraten hatte... Und nun war sie mit gar keinem Jungen beisammen gewesen, sondern mit einem Mann, der gut und gern ihr Großvater hätte sein können. Jawohl, ihr Großvater!

Am liebsten hätte er sie jetzt gepackt und gewürgt. Sie hatte ihn zum Narren gemacht. Sie hatte es zugelassen, daß jedermann ihm die Schuld zuschob, wo sie doch allem ein Ende hätte machen können, wenn sie nur mit der Wahrheit herausgerückt wäre. Aber als ihr Leib anzuschwellen begann, hatte sich Brett aus dem Staub gemacht, war verreist, hatte getan, als sei er in Geschäften unterwegs. Und nachdem er bei seiner Rückkunft die Katastrophe bemerkt hatte – was hatte er da getan? Er war hingegangen und hatte sich aufgehängt. Ein Jammer, daß er das nicht schon früher getan hatte. Wie oft er sie wohl besessen hatte?

Ein merkwürdiges Gefühl ergriff nun Besitz von ihm. Er wollte ihr weder in die Nähe kommen noch sie berühren. Als sie stammelte: »Angus, es tut mir leid. Sieh nicht so drein. Es ist rein zufällig so gekommen, nur weil...«, unterbrach er sie schroff: »Ich will nichts hören.« Und er setzte mit höhnisch geschürzten Lippen hinzu: »Aber eins will ich dir sagen. Ich dachte, ein junger Kerl hätte dich im Überschwang des Gefühls eben einmal umgelegt, und das konnte ich zur Not noch verstehen. Damit hab' ich mich irgendwie abgefunden. Aber nicht mit einem Mann wie Brett, der drei Söhne hat, von denen zwei bereits erwachsen sind.«

Er ging zur Tür; dort drehte er sich nach ihr um und sagte in einem für seine Verhältnisse geradezu erschreckend ruhigem Ton: »Du bist keinen Deut besser als die andern. Soll ich dir mal was sagen? May wollte ich von dem Moment an nicht heiraten, als ich herausbekam, daß sie's vor mir mit zwei andern Kerlen getrieben hat. Du wirst das unlogisch finden, wo ich doch mit ihr geschlafen habe, wenn mir danach zumute war. Aber so bin ich nun eben. Ich habe hinuntergeschluckt, was dir zugestoßen war, weil ich es für einen einmaligen, versehentlichen Ausrutscher zweier blutjunger Menschen hielt, nicht für ein Verhältnis mit einem verheirateten Mann in Bretts Alter. Der hat bestimmt alles geplant und wollte auf Nummer Sicher gehen. Und das konnte er bei dir auch, nicht wahr?«

Sie war so platt über sein Benehmen, daß sie nicht imstande war, ihm zu antworten. Alles, was ihre Eltern ihr an den Kopf geworfen hatten, die ganze Behandlung, die sie von seiten ihrer Freunde und Bekannten erfahren hatte müssen, all das vorher Durchgemachte, war nichts im Vergleich zu Angus' Reaktion.

Kaum hatte er die Tür hinter sich zugeschlagen, hörte Vanessa Gemurmel aus der Küche. Er erzählte es Emily.

Das wäre gar nicht nötig gewesen. Die hatte genug aufgeschnappt, als sie an der Küchentür gestanden hatte, um inzwischen zwei und zwei zusammenzählen zu können. Und nun fragte sie ihn: »Was wirst du tun?«

»Nichts.« Er sah zum Spülküchenfenster hinaus. »Zum Teufel mit alledem. Je mehr man im Dreck herumbuddelt, desto mehr stinkt es. Ich hab' im Moment die Nase voll davon. Mir reicht's.«

»Ich hab' mir immer eingebildet, es müßte einer von den Jungs gewesen sein.«

»Ich doch auch.« Er drehte sich um und sah sie an. »Deshalb hab' ich mir doch das alles aufgehalst. Glaubst du, ich hätte mir die Geschichte eingebrockt, wenn ich nur den leisesten Verdacht gehegt hätte, es könnte Brett ge-

wesen sein? Lieber hätte ich sie in der Hölle braten sehen, als das.«
»Mr. Brett… ein ruhiger, feiner, kultivierter Mann, hab' ich immer gedacht. Ein richtiger Gentleman.«
»Hör auf, Mam! Ein richtiger Gentleman. Die treiben's genauso wie wir. Selbst die Mitglieder der königlichen Familie werden auf diese Weise gezeugt, das ist nun mal so. Was mich verrückt macht, ist, daß man mich zum Sündenbock gestempelt hat. Und diese Furie heute im Gerichtssaal hat allem die Krone aufgesetzt. Jedenfalls hat Van in einem Punkt recht: Wenn sie sie gestern nicht angerufen und ihr gedroht hätte, wäre alles gutgegangen.«
Emily schauderte. Sie wußte: Das, was er sagte, traf zu. Er wäre sogar mit Leichtigkeit davongekommen. Diese Unheilstifterin! Was hatte sie ihrem Jungen nicht alles angetan. Hatte sie nicht einen Lastwagenfahrer aus ihm gemacht, wo er längst im Zeichenbüro sitzen könnte? Und dafür gesorgt, daß er zu einer Geldstrafe von hundert Pfund verurteilt worden war? Und – das Schlimmste von allem: Vor aller Welt hatte sie ihm die Sache mit dem Kind in die Schuhe geschoben und die ganze Zeit über verschwiegen, daß Mr. Brett der Schuldige gewesen war.
Sie war richtig in Zorn geraten, als Angus sagte: »Ich gehe jetzt.«
»Wohin?«
»Aufladen.«
»Wann kommst du zurück?«
»Ich weiß nicht.« Seine Stimme klang tonlos.
Sie gab ihm bis zur Hoftür das Geleit und sagte leise: »Geh dich nicht betrinken, Junge. Das löst dein Problem auch nicht.«
Er drehte sich um, sah sie noch einmal an und stapfte dann die dunkle Gasse hinunter.
Emily kehrte in die Spülküche zurück. Als sie so mit verschränkten Armen dastand, wurde aus ihrem Zorn hellodernde Wut. Merkwürdigerweise war dieselbe nicht

gegen Vanessa gerichtet, sondern gegen deren Eltern und die Bretts, gegen die ganze Familie: die beiden erwachsenen Söhne, die mit Blindheit geschlagen gewesen sein mußten, weil sie nicht erraten hatten, worauf ihr Vater es abgesehen gehabt hatte.

In dem Punkt stimmte sie mit Angus überein: So was geschah nicht von heute auf morgen. Es mußte gewisse Anzeichen dafür gegeben haben, daß dieser Brett ein Auge auf das junge Ding von nebenan geworfen hatte. Und dort? Wo hatten denn die ihre Augen gehabt! Ratcliffe, dieser aufgeblasene Emporkömmling, und seine bessere Hälfte. Was hatten sie ihr damals nicht alles an den Kopf geworfen? Emily rief sich jedes einzelne Wort ins Gedächtnis zurück.

Der Zorn drohte sie zu übermannen, verlieh ihr jedoch gleichzeitig Flügel. Schon war sie in ihrem Zimmer, fuhr in den Mantel, setzte den Hut auf, ergriff ihre Handtasche, vergewisserte sich mit einem Blick, daß das Geld für die Fahrt ausreichte, knallte die Haustür zu und machte sich auf den Weg nach Brampton Hill.

12

Irene Brett schenkte den Tee ausnahmsweise im Salon ein. Für gewöhnlich geschah das nur, wenn sie Gäste hatten. Aber Besuche waren jetzt spärlich gesät. Sie hielt sich deshalb an die komplette Teezeremonie, weil Paul daheim war. Es war der erste Tag seiner Osterferien und bereits am nächsten Tag wollte er sich mit einem Freund auf einen großen Ausflug begeben. Es blieb ihr also wenig Zeit, gebührenden Eindruck auf ihn zu machen, und dabei wußte sie nur zu genau, daß ihre Zukunft größtenteils in seiner Hand lag. Schließlich hing es von ihm ab, wie lange sie in diesem Haus wohnen bleiben könnten.
Wenn Colin alles geerbt hätte, wie es Rechtens gewesen wäre – schließlich war er der älteste Sohn –, dann hätte sie ein Gefühl der Sicherheit gehabt. Wogegen sie sich jetzt des Eindrucks nicht erwehren konnte, es mit einer jüngeren Ausgabe ihres Gatten zu tun zu haben. Sie hatte Colin dazu gedrängt, das Testament anzufechten, aber aus einem ihr nicht ganz verständlichen Grund wollte er dies nicht. Das war auch so etwas, was sie ärgerte: Obwohl die Brüder im Charakter so verschieden voneinander waren, bestand doch eine Seelenverwandtschaft zwischen den beiden, an der sie keinen Anteil hatte.
Ihr Bestreben ging im Moment dahin, Paul dazu zu überreden, einige von den wurmstichigen Antiquitäten zu verkaufen, damit sie zumindest das Erdgeschoß endlich einmal renovieren lassen konnte. Als sie dieses Thema Weihnachten zur Sprache gebracht hatte, hatte er weder ja noch nein dazu gesagt. Er war in diesem Punkt genau wie sein Vater: unentschlossen, viel zu weich, ein Versa-

ger... Sein Vater! Wenn sie an Arthur dachte, wußte sie, daß ihr Leben nicht ausreichen würde, um den in ihr lodernden Haß auf ihn jemals zu löschen. Sie hatte immer gewußt, daß sie heftiger Gefühle fähig war. Aber nie hätte sie angenommen, daß ein Schlappschwanz wie Arthur einen derart abgrundtiefen Haß in ihr erwecken könnte. Und dann dieses Weibsstück... Irene Brett mußte sich mit Gewalt davon losreißen, selbst in ihrem Innern jene Ausdrücke zu gebrauchen, die ihr beim Gedanken an sie nur so zuströmten. Wieder und wieder sah sie Vanessa im Gerichtssaal vor sich, wie sie sie angestarrt hatte: frech und schamlos. Ach, hätte sie es nur gewagt, Angus tatsächlich zu erledigen. Hätte sie ihrer Drohung nur Trotz geboten. Hätte sie bloß dafür gesorgt, daß er ins Gefängnis gekommen wäre.

»Hattest du heute viel zu tun?«

Sie drehte sich zu ihrem Sohn – der sie ständig an seinen Vater erinnerte – um und zwang sich, leichthin zu antworten: »Es ging. Lauter unangenehme Dinge. Manche Fälle sind wirklich mehr als ärgerlich.«

»Du nimmst das alles viel zu ernst.«

»Möglich.«

»Vielleicht solltest du mal Urlaub machen.«

»Du weißt, daß ich das nicht kann, Paul.«

Er schwieg, und das Gefühl von Schuld, das ihn stets befiel, wenn er jetzt mit ihr zusammen war, vergrößerte sich. Bestimmt würde sie im nächsten Moment abermals auf den Verkauf der Möbel zu sprechen kommen. Irgendwann mußte er wohl zustimmen – obwohl er die Dinge alle gern beim alten belassen hätte. Aber die Zeiten änderten sich. Früher oder später würde er das ganze Haus aus der Hand geben müssen, mit Grund und Boden, allem. Es war zu groß und zu kostspielig für eine Familie wie die ihre: eigentlich schon seit Jahren. Paul wünschte, mehr Mitgefühl für sie empfinden zu können, aber es wollte ihm nicht gelingen. Er hatte niemals verstanden, woher ihr dünner Körper diese ewige Betriebsamkeit nahm. Sicher geriet er zu sehr seinem Vater nach, als daß er sie hätte verstehen können. Armer Dad! Er hatte sich so wenig im Leben gewünscht, und doch war das, was er erhalten hatte, mehr als spärlich gewesen. Paul sehnte sich nach dem morgigen Tag, dem Tag der Abreise. Das Haus war nicht mehr dasselbe. Nichts war mehr dasselbe. Vielleicht war er allzu plötzlich erwachsen geworden. Vielleicht waren die Geschehnisse der vergangenen Jahre daran schuld. Wie auch immer – das Leben war längst nicht mehr so hell und strahlend wie einst; er fühlte, daß ein Schatten darüber gefallen war.

Als es draußen klingelte, erhob er sich und sagte: »Ich gehe schon.« Er lief durch die Halle und öffnete die Haustür: Vor ihm stand Emily Cotton. Verblüfft sagte er: »Hallo, Emily – nanu!«

»Ist deine Mutter daheim?« Sie vermied ihn direkt anzureden.

»Mutter? Ja, natürlich. Möchtest du sie sprechen?«

»Ja, ich möchte sie sprechen.«

Irgend etwas stimmte da nicht; Emily war in streitsüchtiger Stimmung. Also bat er sie herein, und als sie in der Halle stand, schloß er die Haustür und ging in den Salon. Dort informierte er leise seine Mutter: »Es ist Emily. Emily Cotton.«

Paul beobachtete, wie sich das eisige Blau ihrer Augen in Stahlgrau verwandelte und wie ihre Backenknochen hervortraten.

»Soll ich sie hereinführen?«

»Nein. Ich werde in der Halle mit ihr reden... Bleib hier.«

Als sie die Halle betreten und die Salontür hinter sich zugemacht hatte, warf sie der einfach gekleideten, unförmigen Frau nur rasch einen Blick zu und sagte so hochfahrend wie möglich, um von vornherein klarzustellen, daß sie die Lage beherrschte: »Ja, Emily? Was kann ich für Sie tun?«

«Kommen Sie mir nicht mit diesen Tönen, Mrs. Brett. Als ob Sie nicht genau wüßten, weshalb ich hier bin. Sie haben Nerven, weiß Gott. Wissen Sie, was Sie sind?«

Emily trat einen Schritt näher. »Eine rachsüchtige Furie, jawohl.«
»Wie können Sie es wagen, hier so herumzuschreien. Sie vergessen wohl, wo Sie sind!«
»Ich warne Sie ein letztes Mal: Kommen Sie mir nicht auf diese Tour! Nicht, nachdem Sie heute vormittag im Gerichtssaal vergessen haben, wo Sie sich befinden und weshalb man Sie dorthin gesetzt hat. Um der Gerechtigkeit willen, wohlgemerkt, und nicht, um Ihre lange aufgespeicherten Haßgefühle an den Mann zu bringen. Denn genau das haben Sie getan, oder etwa nicht? Und wenn Vanessa Ihnen nicht telefonisch angedroht hätte, daß sie vor allen Leuten herausschreien würde, wer der Vater ihres Kindes war, falls Sie Angus zur Höchststrafe verdonnern, dann hätten Sie ihm glatt eine Gefängnisstrafe aufgebrummt, stimmt's? Sie hätten ihn ohne weiteres auf sechs Monate ins Kittchen gebracht, nur um es ihr heimzuzahlen.«
»Seien Sie still! Verschwinden Sie!« zischte Irene wütend.
Aber Emily hatte nicht die Absicht, still zu sein oder zu verschwinden, ehe sie nicht gesagt hatte, was zu sagen war. Und das geschah auch. Und zwar noch lauter als bisher.
»Still soll ich sein – das könnte Ihnen so passen! Nicht, bevor ich mit Ihnen fertig bin. Ich wiederhole nochmals, daß Sie eine ganz gemeine, rachsüchtige Furie sind, das kann ich beschwören. Ihr Mann hat ein junges Ding drangekriegt, ein Schulmädchen. Und dann hat er sich das Leben genommen, weil er den Folgen nicht ins Gesicht sehen konnte. Und Sie haben es gewußt – Sie haben die ganze Zeit über gewußt, daß man meinen Jungen bezichtigen würde, ihr das Kind angehängt zu haben. Und Sie haben es dabei belassen. Denn eine Dame der Gesellschaft wie Sie, Vorsitzende von weiß Gott welchen Vereinen, Richterin noch dazu, kann sich doch nicht vor aller Welt bloßstellen lassen...«
»Hinaus! Hinaus mit Ihnen, haben Sie gehört!«

»Schon gut, schon gut. Ich kann ja zu Ihren Nachbarn gehen. Was glauben Sie, wie die sich dafür interessieren würden...«

»Das würden Sie nicht wagen!«

»So? Meinen Sie!« kläffte Emily los. »Sie wollen mir sagen, was ich wagen oder nicht wagen würde?«

»Ich verbiete es Ihnen!« Die beiden standen einander nun Brust an Brust gegenüber. »Hören Sie: Ich verbiete es Ihnen! Hier handelt es sich um eine Sache, die nur mich angeht... und Vanessa.«

»Das ist eben der Irrtum. Es geht nicht nur um eine Sache zwischen Ihnen und Vanessa, sondern um eine zwischen Ihnen und meinem Jungen. Sein Name wurde in der ganzen Stadt in den Dreck gezogen, weil er angeblich eine Affäre mit einer aus der Gesellschaft hatte. Vor einigen Jahrzehnten hätte man ihn wegen so was noch glatt ausgepeitscht. Der alte Ratcliffe hätte das mit Wonne getan. Etwas ähnliches ist in den dreißiger Jahren einem Burschen auf Brampton Manor passiert, das ist noch gar nicht so lange her, nicht wahr? Aber die Zeiten haben sich zum Glück geändert. Ausgenommen, was die Rechtsprechung anlangt. Da kann eine Schlange wie Sie sich noch immer als Richterin aufspielen und einen jungen Menschen mir nichts, dir nichts ins Unglück stürzen. Aber ich werde meinen Jungen reinwaschen, das verspreche ich Ihnen, und wenn es das letzte ist, was ich in diesem Leben tue. Die Leute sollen nicht mehr lang herumraten müssen, weshalb Sie ihm heute vormittag derart zugesetzt haben.«

»Wenn Sie nicht schleunigst achtgeben, was Sie sagen, werden Sie als nächste vor Gericht stehen«, sagte Irene, die nun am ganzen Leib zitterte.

»Schön, schicken Sie auch mir eine Vorladung. Verklagen Sie mich! Dann werden Sie mich aber dafür bestrafen müssen, daß ich die Wahrheit sage. ›Emily Cotton‹, wird es heißen, ›wird angeklagt, die Wahrheit gesagt zu haben, nichts als die Wahrheit.‹«

Im selben Moment wanderten Emilys Blicke von dem

bleichen Gesicht Irene Bretts zur offenen Salontür. Dort war plötzlich Paul aufgetaucht: derart verändert, daß sie eine Sekunde lang glaubte, seinen Vater vor sich zu sehen.
Sie drehte sich unvermittelt um, ging auf die Haustür zu, öffnete sie mit einem Ruck und wollte den beiden schon einen letzten Hieb zum Abschied versetzen, unterdrückte es aber, als sie sah, wie die beiden einander anstarrten. Sie hatte genug gesagt. Sie war zufrieden, jedenfalls in dieser Hinsicht. Die ›Ehrenrichterin‹ mußte jetzt – so oder so – mit ihrem Sohn fertig werden; und nach seinem Blick zu schließen, würde sie kein leichtes Spiel haben.
Noch immer am ganzen Leib vor Aufregung zitternd, marschierte Emily die Auffahrt hinunter und betrat durch das offenstehende Gittertor das Grundstück nebenan, in dem sie in den vergangenen achtzehn Jahren mehr Zeit verbracht hatte als in ihren eigenen vier Wänden. Sie beabsichtigte nicht im geringsten, den Lieferanteneingang zu benützen, sondern ging schnurstracks auf das Hauptportal zu. Als sie den vor der Auffahrt stehenden Wagen erblickte, dachte sie: Gut. Susan ist da… Dann drückte sie fest auf die Klingel.
Ein junges Hausmädchen mit Schürze öffnete ihr, und Emily wußte, daß man eine Gesellschaft gab. »Ja?« fragte die Bedienstete und maß sie von Kopf bis Fuß.
»Ist Ihre Gnädige daheim?«
»Was wünschen Sie?«
»Sagen Sie Mrs. Ratcliffe, daß Emily da sei und sie zu sprechen wünsche. Weiter nichts.« Sie kam der anderen, die die Tür schließen wollte, zuvor, indem sie rasch die Hand ausstreckte und hinzufügte: »Mich können Sie ruhig hineinlassen, keine Sorge. Ich habe schon hier gearbeitet, als Sie noch in den Windeln gelegen sind.«
Die Junge machte große Augen, erhob jedoch keinerlei Protest; sie hatte natürlich von Emily Cotton gehört. Emily folgte ihr langsam in die Halle und wartete. Alles sah hier so aus wie eh und je. Und irgendwie machte ihr

das Kummer. Als die Salontür aufging, kam das Mädchen allein heraus und sagte zu ihr: »Die Gnädige kommt in einer Minute.« Damit ließ sie sie stehen. Emily wartete. Volle drei Minuten dauerte es, bis ihre einstige Dienstherrin erschien.
Jane Ratcliffe machte die Salontür bedachtsam hinter sich zu, kam langsam näher und sagte ohne die Spur eines Lächelns: »Guten Tag, Emily.«
Emily erwiderte den Gruß nicht, sondern begann sofort: »Wissen Sie, weshalb ich hier bin...?« Beinahe hätte sie ›gnädige Frau‹ gesagt, hielt es aber im letzten Moment noch zurück.
»Nein, Emily, ich habe keine Ahnung.«
»Ich bin wegen einer Entschuldigung gekommen.«
»Weswegen?«
»Sie haben es gehört: wegen einer Entschuldigung.«
»Kommen... Sie lieber ins Frühstückszimmer.«
»O nein, ich gehe in kein Frühstückszimmer. Was ich zu sagen habe, wird hier geschehen, wo ich weiß, daß man an den Türen lauscht und ich somit Zeugen habe... Ist er daheim?«
»Wenn Sie damit meinen Mann meinen, Emily – nein, er ist nicht daheim.« Jane Ratcliffes Stimme zitterte.
»Das ist schade, wirklich schade. Ich hätte lieber mit ihm gesprochen als mit Ihnen. Aber Sie können ihm ja ausrichten, was ich zu sagen habe. Ich nehme an, Sie wissen, daß mein Junge heute vormittag vor Gericht mußte. Er war vorgeladen, weil er Ihre Tochter verteidigt hat. Zum zweitenmal, wohlgemerkt. Gegen einen Mann, der sie belästigt hat. Und was war der Dank? Daß er zu einer Geldstrafe von hundert Pfund plus den Gerichtskosten verurteilt wurde. Dabei hatte er noch Glück, daß er nur eine Geldstrafe bekam. Wenn Van gestern nämlich nicht Mrs. Brett angerufen und ihr gedroht hätte, mitten im Gerichtssaal aufzustehen und die Wahrheit herauszuschreien, falls sie es wagen würde, Angus zu einer Haftstrafe zu verurteilen, dann würde er jetzt wahrhaftigen Gottes im Gefängnis sitzen.«

»Emily, bitte! Kommen Sie mit mir ins Frühstückszimmer.«
»Wozu? Die Mühe können Sie sich sparen. Ich gehe dort nicht hinein. Außerdem bin ich noch lange nicht fertig. Sie wissen doch, was Van im Gerichtssaal herausgeschrien hätte, nicht?« Sie beugte sich drohend vor. »Den Namen des Mannes, der ihr das Kind angehängt hat: Mr. Brett. Ihr hochgeschätzter Nachbar, Mr. Brett! Der hat ihr das Kind gemacht. Und seine Frau hat es gewußt – sie hat es die ganze Zeit über gewußt, auch daß er deshalb Selbstmord begangen hat... Tjaja«, fuhr Emily nun mit etwas leiserer Stimme fort, als sie sah, wie Jane Ratcliffe sich ans Treppengeländer klammerte, »ich dachte mir, daß Sie eine Stütze brauchen würden. Aber daß ich oder mein Junge vielleicht eine Stütze gebraucht hätten, daran haben Sie nicht gedacht, was? Sie haben zugelassen, daß er zum Sündenbock gestempelt wurde. Nur weil er ein-, zweimal mit ihr gesehen wurde, hat man ihn glatt beschuldigt, Van umgelegt zu haben. Und dabei hat die ganze Zeit über ein Mann, der ihr Großvater hätte sein können, direkt unter aller Augen seinen Spaß mit ihr gehabt. Sie haben natürlich nichts davon gewußt. Einem Mann wie Mr. Brett vertraut man ja blind: er war ja ein Gentleman. Genau wie Mr. Brian Cornell. Das ist auch so ein Gentleman. Der kann sagen und tun, was ihm beliebt, er kommt davon. Aber ein noch so braver Mensch, wie mein Junge zum Beispiel, hat nicht die geringste Chance, weil er weder über Geld noch über eine Position verfügt.«
»Würden Sie jetzt bitte gehen!« sagte Jane Ratcliffe mühsam und sah sie dabei nicht einmal an. Emily antwortete: »Ich gehe, wenn ich reinen Tisch gemacht habe, früher nicht. Mein Angus ist ja wirklich ein verdammter, hirnverbrannter Narr. Denn obwohl er genau gewußt hat, was er sich damit einbrockt und daß er sich damit Ihnen quasi ausliefert, geht er hin und heiratet sie. Aus reinem Mitleid. Weil er sie in einem schmutzstarrenden, miesen Loch in Newcastle aufgestöbert hat. Kennen Sie die Bat-

terby Bay Road? Nein, kann ich mir auch nicht vorstellen! Aber Ihr Mann dürfte sie kennen. Denn es gibt ja praktisch keinen Mann in unserer Grafschaft, der die Batterby Bay Road nicht kennt. Dort stehen die Huren an den Hauswänden entlang. Und dort hat er sie gefunden und auf der Stelle geheiratet und in mein Haus gebracht. Ohne« – sie machte eine eindrucksvolle Pause – »daß er ihr ein Kind gemacht hat...«

Im selben Moment wurde die Salontür aufgerissen und Susan Ratcliffe – oder Braintree, wie sie nun hieß – gebot Emilys Redeschwall Einhalt, indem sie rasch auf ihre Mutter zuging, den Arm um sie legte und sagte: »Komm, meine Liebe, komm.«

Dann drehte sie sich zu Emily um und sagte: »Sie sollten jetzt lieber gehen. Sie sind Ihre Enthüllungen losgeworden. Jetzt ist es höchste Zeit, daß Sie verschwinden.«

Der junge Mann, der in der Tür stand, sagte kein Wort, sondern starrte Emily nur stumm an. Schließlich sagte sie: »Gut, ich gehe. Aber ich habe noch lange nicht alles gesagt. Die Stadt soll die Wahrheit zu hören kriegen. Ihr habt meinen Jungen behandelt, als wäre er weiß Gott was für ein Verbrecher. Dabei ist nicht einer unter euch, der ihm das Wasser reichen könnte, nicht ein einziger. Nun, wir werden ja sehen, ob der großartige tote Gentleman von nebenan sich gegen den lebendigen Angus Cotton behaupten kann.«

Es gab zweierlei Reaktionen auf Emilys Ausbruch.

Auf Bower Place schlug Jonathan Ratcliffe alle Bitten und Beschwörungen, von hier fortzuziehen, energisch in den Wind. Angus Cotton würde ihn nicht dazu veranlassen, die Flucht zu ergreifen! Sollte die Stadt nur erfahren, was los war. Er würde sich von diesem Tölpel nicht einschüchtern lassen, niemals!

Er kämpfte gegen Angus Cotton mehr an als je zuvor, weil er ihn schließlich doch besiegt hatte: Angus war im Recht, und man würde über ihn lachen, wenn auch möglicherweise hinter vorgehaltenem Handrücken. Der

junge Cotton hatte es auf sich genommen, Ratcliffes Tochter ein Kind angehängt zu haben, nur damit er sie heiraten und Fuß fassen konnte.
Jonathan war nach wie vor felsenfest davon überzeugt, daß Angus Cottons Motiv für die Heirat ausschließlich darin bestand, sich in seine Familie einzuschleichen.
Die zweite Reaktion stellte sich in der Küche zu Hause zwischen Emily und Angus ein. Er war aufs äußerste erschrocken, als sie ihm erzählte, wo sie gewesen war. Einen Moment lang brachte er kein Wort hervor; dann jedoch ergoß sich all sein Grimm über sie. Sie sei eine dumme alte Kuh, brüllte er. Warum, zum Teufel, könne sie sich nicht um ihre eigenen Angelegenheiten kümmern? Hatte es nicht bereits genügend Gerede gegeben, ohne daß sie auch noch in dieser Geschichte herumrührte? Schön, er wußte, daß er zu Unrecht verurteilt worden war – keiner wußte das besser als er. Aber das blieb einzig und allein seine Sache.
»Das ist der Dank!« schrie Emily zurück. »Du verdammter Kerl, du widerlicher, undankbarer Lümmel! Seit Monaten hat man ringsum deinen Namen in den Dreck gezogen. Jedermann hat gelästert: Der hat Nerven, ausgerechnet eine Klosterschülerin muß er umlegen, da hat er wenigstens sicher sein können, es mit einer Jungfrau zu tun zu haben, und so weiter. Kein Wunder, daß ich eisern entschlossen war, ihnen allesamt den Mund zu stopfen. So sollte von nun an keiner mehr über dich daherreden können, ich würde es ihnen schon zeigen. Sie sollten die Wahrheit erfahren, um jeden Preis. Und was krieg ich dafür, wie?«
»Nicht mal die Hälfte von dem, was dir zusteht, du dumme alte Vettel. Dir hätte man eins drüberziehen sollen, jawohl, das hätte man tun sollen!«
»Du wärst dazu imstande!« gellte ihre Stimme durchs Haus. Dann griff sie nach dem Wasserkrug, der auf dem Küchentisch stand, und wenn Vanessa nicht im selben Augenblick in die Küche gerannt gekommen wäre – die Sache hätte ein schlimmes Ende genommen. Aber Va-

nessa überschrie Mutter und Sohn. »Hört auf, hört sofort auf. Ihr macht mich krank, ihr beiden, krank, habt ihr gehört? Dieses ewige Gezänk und Geraufe, wie bei den wilden Tieren. Das seid ihr: wilde Tiere.«
Vielleicht brachte sie die Überraschung über diesen Ausbruch zum Schweigen, denn beide drehten sich wortlos um und starrten sie bloß an. Ihr Haar war zerrauft; ihre Kleider sahen unordentlich und verdrückt aus, als hätte sie in ihnen geschlafen; ihr Gesicht war aufgedunsen vom Weinen; sie wirkte müde und erschöpft, vor allem aber sah sie wie eine zornige Frau aus. »Schön«, sagte sie. »Ich bin die Ursache für all dies. Aber ich werde der Sache ein Ende machen. Ich gehe.« Sie blickte Angus nun direkt ins Gesicht. »Hörst du? Ich gehe.« Als er noch immer keine Bemerkung dazu machte, drehte sie sich um, kehrte ins Zimmer zurück und schlug die Tür zu.
Emily und Angus tauschten einen beschämten Blick aus, dann durchquerte Angus langsam die Küche und folgte Vanessa. Er blieb einen Moment mit dem Rücken zur Tür stehen und sah ihr zu, wie sie ihre Kleider aus dem Hängeschrank nahm. Während sie sie der Reihe nach in den Koffer legte, näherte er sich ihr und sagte grimmig: »Du bildest dir doch nicht ein, daß ich dich gehen lasse?«
Sie sah ihn mit einem Blick an, der ungewohnt war, nämlich so, wie May ihn etwa angesehen hatte, als sie ihm gesagt hatte, er solle zur Hölle fahren.
Er machte Anstalten, ihre Hand zu ergreifen, ehe sie den Koffer zumachen konnte, doch sie wich ihm aus. Monoton sagte er: »Du gehst nicht, kapiert? Du gehst nicht.«
»Du kannst mich nicht daran hindern. Wenn ich jetzt nicht gehen kann, dann eben, wenn du aus dem Haus bist. Die ganze Zeit kannst du mich nicht überwachen.«
Sie starrte ihn finster an, und er gab diesen Blick, ohne mit der Wimper zu zucken, zurück und sagte: »Erinnerst du dich meiner Worte, was ich für den Fall, daß du mich jemals verlassen würdest, mit dir tun würde? Vielleicht hast du gemeint, es sei ein Scherz. Aber das war es nicht.

Wenn du hier verschwindest, werde ich die ganze Gegend abklappern, bis ich dich gefunden habe, und dann werde ich dich zurückbringen. Jedesmal, wenn du weggehen wirst, werde ich dich wieder zurückholen, und wenn ich dich wortwörtlich an den Haaren nach Hause schleifen muß.«
Sie trat einen Schritt zurück und fragte: »Und warum? Warum willst du mich hier behalten? Gestern dachte ich noch, ich wüßte es, aber jetzt nicht mehr. Denn als ich dir die Wahrheit sagte, warst du nur eins: angeekelt, jawohl. Und zwar, weil Brett der Vater meines Kindes war. Wenn ich mit einem Jungen beisammengewesen wäre, hättest du die Sache akzeptiert. Mit so einem hätte ich zwanzig-, ja fünfzigmal schlafen können, und nichts wäre passiert. Du hättest es niemals erfahren. Aber weil es ein einziges Mal mit Brett geschehen ist – ein einziges Mal –, hast du dein Benehmen mir gegenüber vollständig geändert. Du hast genauso getan, als wäre es für dich völlig neu, daß ich ein Kind zur Welt gebracht habe. Oder als hättest du bisher angenommen, es wäre deins gewesen, und hättest nun aus heiterm Himmel feststellen müssen, daß es von Brett stammte. Da hättest du auch nicht schlimmer darauf reagieren können. Ich – ich kann dich nicht verstehen.«
»So, du kannst mich nicht verstehen? Großartig! Dann will ich dir mal was verraten: Ich verstehe mich selbst nicht, ich versteh' wahrhaftig nicht, weshalb ich mir deinetwegen Sorgen mache. Aber ich tu's eben! Du findest es merkwürdig, daß ich angeekelt war, als ich von der Sache mit Brett hörte. Ich war tatsächlich angeekelt, das ist das richtige Wort dafür. Nicht nur, weil er im Vergleich zu dir ein alter Mann war, sondern weil... nun ja, weil ich ihn gern hatte. Ich hab' ihn immer gern gehabt und war verrückt genug, partout zu ihm aufsehen zu wollen. Ich dachte, er repräsentiere etwas Großes, etwas Gutes, ja sogar etwas ganz Besonderes.« Seine Stimme wurde leiser. »Ich habe zu ihm genauso aufgeblickt, wie ich zu dir aufgeblickt habe...«

Es waren diese letzten Worte, die Vanessa vollends um ihre kämpferische Stimmung brachten. Sie wandte sich von ihm ab, setzte sich vor den kleinen Tisch in der Ecke, ließ den Kopf auf die Arme sinken und fing an zu weinen. Schmerzerfüllt und still.

Er blieb stehen und betrachtete sie. Die trotzige, herausfordernde Frau war verschwunden, und er sah sich wieder dem jungen, schutzlosen Mädchen gegenüber. »Einmal«, hatte sie gesagt... sie sei nur ein einziges Mal mit ihm beisammen gewesen. Er versuchte, sich an den Zeitpunkt von Bretts Auslandsreise zu erinnern. Es mußte ziemlich bald nach diesem Geschehnis gewesen sein, denn als er drei Monate später zurückkam, hatten sie sich schon krampfhaft nach jemandem umgesehen, dem sie es anhängen konnten. Brett mußte genau gewußt haben, daß eine Schwangerschaft im Bereich des Möglichen lag. Deshalb hatte er sich wie ein erschrecktes Kaninchen auf und davon gemacht, und zwar bei der erstbesten Gelegenheit. Angus erinnerte sich nun daran, wie Mr. Cribber ins Krankenhaus gekommen war. Mr. Bindley sollte damals als Ersatz für ihn ins Ausland fahren, das wußte er, weil er damals oft auf der Technik, wo Bindley abends unterrichtete, mit dem jungen Mann gesprochen hatte. Aber dann war Brett statt seiner gefahren.

Van war von allen völlig im Stich gelassen worden: von Brett, von ihrer eigenen Familie... Und nun, so mußte es ihr scheinen, gehörte auch er zu der Sorte. Ganz plötzlich kam es nicht mehr darauf an, wer der Vater des Kindes gewesen war; die Sache war aus und vorbei. Er öffnete den Kofferdeckel, nahm ihre Kleider heraus, eins nach dem andern, legte sie sich über den Arm, ging damit auf sie zu und sagte: »Häng sie auf.«

Sie hob ihr tränenüberströmtes Gesicht und sah ihn einen Moment lang an, ehe sie aufstand und ruhig erwiderte: »Nein, Angus, so einfach ist das nicht. Es ist mir egal, was du sagst oder tust. Ich gehe... Ich will nicht mehr länger schweigend dulden.«

»Schweigend dulden? Was meinst du damit?«

»Genau, was ich sage. Du hast mich geheiratet, weil ich dir leid tat. Ich... ich dachte, du liebst mich. Ich habe mir eingebildet, daß du mich brauchst. Aber nun weiß ich, daß das nichts als kindische Phantastereien waren. Der zweite Grund, weshalb du mich geheiratest hast, war, weil du's meiner hochnäsigen Familie zeigen wolltest. Oh, ich weiß«, sie schüttelte den Kopf, »ich weiß, daß du es ableugnen wirst, aber es ist wahr. Du hast ihnen allesamt bewiesen, vor allem meinem Vater, daß du heiraten kannst, wen du willst, daß du ihnen in nichts nachstehst. Also hast du mich geheiratet. Aber du hast in all den Monaten seither kein einziges zärtliches Wort zu mir gesagt. Natürlich« – ihre Stimme klang nun spöttisch – »du kannst küssen, du hast mich umarmt, bis ich kaum mehr Luft bekam. Du zeigst gern, wie stark und was für ein Kerl du bist. Aber du hast kein einziges Mal gesagt, daß du dir etwas aus mir machst. Ich hätte ebensogut diese May sein können, meine Vorgängerin.« Die Heftigkeit schwand aus ihrer Stimme, und sie schloß: »Es liegt dir in Wirklichkeit nichts an mir. Also, weshalb willst du, daß ich hier bleibe? Bloß um mich festzuhalten und prahlen zu können: ›Seht her, was ich habe – eine aus Brampton Hill!‹?«
Er schüttelte langsam den Kopf, sah verwirrt drein und antwortete mit einer ungewöhnlich bescheiden klingenden Stimme leise: »Das hast du dir alles ganz falsch zurechtgelegt, ganz falsch, Van. Zugegeben, ich war ziemlich durcheinander, als ich erfuhr, daß Brett es gewesen ist. Aber das ist jetzt vorbei. Und was das andere anlangt – meine Gefühle für dich und so –, das hast du völlig falsch aufgefaßt. Du möchtest verliebte, zärtliche Worte von mir hören. Ich kann das nicht. Es ist für mich beinahe unmöglich, in Worten auszudrücken, was ich für dich empfinde. Aber ich dachte, ich hätte es dir eben auf tausenderlei Art gezeigt. Falls es dir etwas bedeutet, will ich dir gerne eingestehen, welche Höllenangst ich tagtäglich ausstehe, daß du mich tatsächlich verlassen könntest. Und was das Zurückholen um jeden Preis, ja Um-

bringen betrifft, Van – das ist doch nur Gerede. Ein großmäuliger Kerl wie ich schreit eben viel daher, wenn der Tag lang ist. Eins verspreche ich dir: Wenn du jetzt zu dieser Tür hinausgehst, werde ich nicht versuchen, dich daran zu hindern. Ich werde wissen, daß du mich verläßt, weil du dies alles oder einfach mich nicht länger ertragen kannst. Und mach dir keine Gedanken darüber, daß ich dich auffordern würde, zurückzukommen. Ich werde es nicht tun. Denn welcher normale Mensch möchte hierher zurückkommen?« Er machte eine alles umfassende Handbewegung. »Nicht einmal das gewöhnlichste Mädchen aus dieser Gegend hätte sich mit dem abgefunden, womit du dich abgefunden hast. Das alles weiß ich und hab' immer wieder versucht, dir klarzumachen, daß ich es weiß, aber ich hab' nicht das Talent, mich in dieser Beziehung richtig auszudrücken. Das einzige, was ich dir sagen kann, ist – und ich hab' es nie vorher gesagt, nicht mit Worten jedenfalls –, daß ich dich liebe, daß ich dich geliebt habe, seit du ein Dreikäsehoch warst, und daß ich dich bis zu meinem letzten Atemzug lieben werde. Das heißt nicht, daß ich mir, falls du mich verläßt, keine andere nehmen werde. Ich bin ein Mann – ich brauche eine Frau. Aber das hat nichts mit Liebe zu tun. Lieben tue ich *dich*, begehren tue ich nur *dich!* Wenn du gehst, dann gehst du eben, aber wenn du bleibst, dann ...«
Die ganze Zeit über hielt er ihre Kleider im Arm, und nun legte er sie obenauf auf den Koffer. Als er sich umdrehte, stand sie dicht nehen ihm. Aber er rührte sich nicht. Nicht einmal, als sie die Hände verzweifelt vors Gesicht schlug und die Finger so fest gegen den Mund preßte, daß die Nase hervordrang, berührte er sie. Erst als sie sich vorneigte und den Kopf an seine Schulter sinken ließ, legte er den Arm um sie. Und dann vergrub er sein Gesicht in ihrem Haar und murmelte: »Ach, Van, Van. Mein Gott, weißt du denn wirklich nicht, was ich für dich empfinde?«
Ihr ganzer Körper bebte vor Schluchzen, und er sagte nun mit heiserer, gebrochener Stimme: »Dies ist ein neuer Be-

ginn. Wir wollen ganz von vorn anfangen und nicht mehr zurücksehen. Ich liebe dich, liebe dich, liebe dich – hörst du? Hab' ich immer getan, und werd' ich immer tun. Es ist mehr als Liebe, was ich für dich empfinde. Mir fehlen die Worte. Ich bete dich an, Van. Jawohl, das tu ich, ich bete dich an. Du mußt mir die richtigen Worte beibringen, Van. Bring sie mir bei, damit ich dir erklären kann, wie sehr ich dich vergöttere... Aber etwas kann ich dir jetzt gleich sagen, wofür meine momentane Sprache ausreicht. Nämlich« – er hielt sie auf Armeslänge von sich ab und blickte ihr tief in die tränenfeuchten Augen – »daß ich dir hier und heute etwas verspreche, das ich, koste es, was es wolle, halten werde. Ich hab' mir fest vorgenommen, dich dahin zurückzubringen, wohin du gehörst. Nach Brampton Hill oder sogar noch ein Stückchen darüber hinaus. Das ist ein feierliches Versprechen, mein Herz.«

Als sie abermals zu weinen begann, legte er es als Anzeichen dafür aus, daß diese Aussicht sie zutiefst freute. Doch in diesem Punkt irrte er gänzlich.

VIERTER TEIL

Versagende Wünsche

I

Es war eine Woche vor Weihnachten, beinahe achtzehn Monate von dem Tag an, an dem Angus Affleck verlassen hatte. Zwei wichtige Dinge waren seit jenem Zeitpunkt geschehen. Erstens – und das war das wichtigste – würde Van wieder ein Kind bekommen, und zwar konnte es täglich soweit sein. Zweitens – und das war kaum weniger bedeutungsvoll – war Angus Cotton nun Chef eines eigenen Transportunternehmens, der zehn mit seinem Firmennamen bemalte Wagen laufen hatte, über ein ansehnliches Bankguthaben verfügte und außerdem eine wohlgefüllte Schatulle besaß.
Angus' Aufstieg in der Welt der Unternehmer war äußerst rasant vor sich gegangen, selbst wenn man den Umstand berücksichtigte, daß ein tüchtiger Mann in dieser Branche verhältnismäßig rasch zu Erfolg und Vermögen kommen konnte. Seine Erfolgswelle hatte eingesetzt, als er sich als völlig erledigt betrachtete. An jenem Tag nämlich, an dem Fred Singleton ihn fragte, ob er ihm sein Fahrzeug abkaufen wolle, weil er dem Wunsch seiner Frau endlich nachgeben und zu ihren Leuten nach Doncaster übersiedeln wolle.
Fred hatte diese Bombe genau in dem Moment hochgehen lassen, als Angus einen großen Vertrag unterschrieben hatte, demzufolge er für die Schutträumung eines ganzen Häuserblocks, der abgerissen werden sollte, verantwortlich war. Diesen Vertrag hatte er ausschließlich durch die Hilfe Andrew Fowlers erhalten. Und er war sofort zu ihm gegangen und hatte ihm gesagt, daß er ihn nicht erfüllen könne. Ein Mann und ein Wagen konnten

einen solchen Auftrag unmöglich bewältigen, und er besaß im Moment nicht genügend Bargeld, um Freds Wagen zu kaufen. Andrew Fowler hatte sich das angehört und nur schlicht erwidert: »Weshalb ergreifen Sie nicht die Gelegenheit und machen auf eigene Faust weiter. Borgen Sie sich das Geld. Stellen Sie ein paar Leute ein, und versuchen Sie Ihr Glück.«
Wo, so hatte Angus gefragt, könnte er sich wohl ohne Sicherheiten Geld ausborgen?
»Bei mir«, hatte Fowler prompt geantwortet. »Zu fünf Prozent. Ich werde Ihnen weder zuviel noch zuwenig anrechnen. Ich bin bereit, es auf einen Versuch ankommen zu lassen, falls Sie dazu bereit sind. Und wie Sie gesehen haben, kann ich Ihnen eine Menge guter Aufträge zukommen lassen. Wenn Sie von dieser Möglichkeit Gebrauch machen, wird sich die Geschichte meiner Meinung nach für Sie lohnen. Und für mich auch.« Er hatte feierlich genickt. »Sollten Sie's also riskieren wollen, bin ich jederzeit zu einem Abkommen mit Ihnen bereit.«
Angus wußte damals nicht, ob Andrew stets ein Mann derartig schneller Entschlüsse war. Das war ihm im Grunde auch bis heute noch nicht klargeworden. Was er jedoch in jenem Augenblick sehr genau wußte, war, daß er, wenn er so weitermachte, sein Ziel in nicht allzuferner Zeit erreichen konnte.
»Rück herüber, Liebes«, sagte er und ließ sich auf den vor dem Kamin liegenden Teppich auf die Knie nieder. Als Vanessa aufstand, legte er die Arme um ihre Taille, preßte sein Gesicht auf ihren gewölbten Leib und rief: »Beeil dich, da drinnen, hörst du? Beeil dich gefälligst!«
Vanessa lachte und mahnte: »Angus, nicht! Paß auf. Du wirfst mich noch um.«
»Es wird langsam Zeit«, sagte er und fügte indem er nochmals sanft ihren Leib berührte, leiser hinzu: »Rühr dich endlich, du da drinnen. Es hat noch jemand anderer Anrechte auf die Dame, weißt du.«
Sie wandte sich ab und biß sich auf die Lippen, während

sie den Kopf gesenkt hielt. Er war in mancherlei Hinsicht ein ungehobelter Kerl, und sie bezweifelte, daß er sich diesbezüglich je ändern werde. Eins stand fest: Ihre sprachlichen Nachhilfestunden und ihr Bemühen, gute Bücher für ihn auszusuchen und ihn auch dazu zu bringen, sie zu lesen, hatten keinen merklichen Eindruck hinterlassen. Aber es machte ihr nichts aus. Sie liebte ihn. Sie liebte ihn, wie sie sich niemals vorstellen hatte können, jemanden zu lieben. Nie zuvor war sie sich klar darüber gewesen, was es bedeuten würde, zu lieben, wie sie ihn liebte: ein einfach allumfassendes, herrliches Gefühl. Dennoch war sie nicht glücklich.

Sie drehte sich nun um, blickte auf seinen gebeugten Kopf hinunter und sah zu, wie er mit dem Taschenmesser ein Fußbodenbrett lockerte und es schließlich heraushob. Darunter kam ein Kästchen zum Vorschein. Er öffnete es und begann, Fünfpfundnoten abzuzählen.

Als er bei acht angelangt war, fragte sie etwas überrascht: »Wieviel willst du ihm denn geben?«

»Hundert.«

»Hundert Pfund, Angus?«

»Hhm.«

»Aber – aber wird er denn soviel von dir nehmen?«

»Da geh' ich jede Wette ein.« Er grinste ihr mit einem raschen Blick zu.

Dann verstaute er seine eiserne Sparkasse wieder, zählte abermals das Geld nach und tat es dann in ein Kuvert.

Vanessa schüttelte den Kopf und sagte: »Ich kann nicht glauben, daß er es nimmt.«

»Da kannst du ganz sicher sein«, sagte er eifrig. »Nur so werden diese Kerle reich. Es gibt keine ehrlichen Geschäftsleute, ich meine: keinen, der sich ausschließlich an die Bücher und an das, was er hineinschreibt, hält. Solche Menschen streichen wohl ihren bescheidenen Gewinn ein, aber sie werden nicht klotzig reich. Unser netter Mr. Fowler hingegen hat garantiert die Absicht, klotzig reich zu werden. Und das schafft er auch, wo er seine Finger in so vielen Dingen stecken hat.«

»Aber anfangs hat er dir doch geholfen, ohne etwas zu nehmen.«

»Nun ja, das hat er, stimmt. Aber er ist eben ein weitblickender Mann, der weiß, auf welches Pferd er setzen muß. Und ich, ich habe auch meinen Teil gelernt. Heute weiß ich, wo Bartel den Most holt, darauf kannst du dich verlassen!« Und er reckte sein Kinn angriffslustig in die Luft.

»Und was wäre gewesen, wenn du ihm nichts zugesteckt hättest?«

»Was glaubst du wohl, hm? Dann hätte er mich einfach fallenlassen. Ich wäre ein netter, braver Einmannbetrieb geworden, der sich gerade eben mit Mühe über Wasser hält. Aber ich hätte nie erreicht, was ich jetzt erreicht habe und was Stan erreicht hat. Wir haben eben alle unser Glück versucht, und es hat sich bezahlt gemacht. Weißt du, wieviel Stan vergangene Woche eingenommen hat? Siebenundvierzig Pfund. Wohlgemerkt: Er schuftet auch genug. Rosie ist schon sauer auf ihn, weil er tagtäglich später heimkommt. Wenn sie bei ihren Samstagseinkäufen ein kleines Vermögen für Kleider, Hüte und Schuhe ausgibt, hat sie gegen seine Extraaufträge allerdings nichts einzuwenden, die feine Dame.«

Vanessa fragte nun: »Wie lange bleibst du aus? Sie kommen heute abend herüber.«

»Oh, ungefähr eine Stunde, würde ich sagen. Wir wollen bloß ein Glas miteinander trinken und ein bißchen schwatzen.«

»Warum erledigt er geschäftliche Dinge eigentlich nicht in seinem Büro?«

»Nicht diese Art von Geschäften, Liebling.« Er beugte sich zu ihr hinüber und kitzelte sie unterm Kinn. »Er ist ein sehr geriebener Bursche, dieser Mr. Fowler. Im Büro sitzt seine Sekretärin, und Sekretärinnen sind wie Wände, erklärt er immer: sie haben Ohren. Er ist, wie gesagt, geschickt und schlau und gerieben. Aber liebenswert. Weißt du, ich mag ihn. Man kann gar nicht anders, als ihn zu mögen, denn sein Spiel ist wenigstens ehrlich.

›Gehen wir ein bißchen am Fluß entlang‹, wird er vorschlagen, und dann promenieren wir am Kai und er wird mir wieder einen seiner unmißverständlichen Fingerzeige geben, wie vor einem Monat, wo er folgendermaßen damit herausgerückt ist: ›Wissen Sie, daß Threadgill zur Zeit überall Angebote einholt? Es geht um das Gebiet rings um Dark Town. Soll aufgeschlossen werden. Ihre zehn Wagen könnten es schaffen. Der Mann, auf den es dabei ankommt, ist ein gewisser Richardson. Hat eine Menge Einfluß – natürlich auch gewisse Schwächen. Für kleine Geschenke zum Beispiel. Einen tragbaren Fernsehapparat oder etwas Trinkbares.‹ Ich frage: ›Wein?‹ Und er darauf: ›O nein. Es muß schon was Härteres sein. Whisky zum Beispiel.‹ Und ich wieder: ›Ein, zwei Kisten?‹ – ›So ungefähr‹, ist die Antwort.«
»Deshalb hast du den Vertrag bekommen.«
»Auch deshalb. Aber er hat mich dabei auch sonst in jeder Weise unterstützt.«
»Und… und hast du dem Mann wirklich ein Geschenk geschickt?«
»Klar, hab' ich. Ich hab's dir deshalb nicht gesagt, weil ich mich wegen dieser Methoden ein bißchen geschämt habe. Aber was will man machen, nicht?«
Sie trat näher, sah ihm ins Gesicht und erkundigte sich: »War's ein Fernsehapparat oder Whisky?«
»Weder – noch. Du kommst im Leben nicht drauf, was ich ihm geschickt habe. Los, rat einmal.«
»Eine Armbanduhr?«
Er schüttelte den Kopf.
»Goldene Manschettenknöpfe?«
Abermals verneinte er.
»War es etwas für ihn persönlich?«
»Nicht direkt.«
»Ich geb's auf.«
»Also: So was ähnliches wie einen Esel.«
»Einen was?« Sie lachte übers ganze Gesicht. »Einen Esel?«
»Für seine kleine Tochter, sie hat sich's angeblich so ge-

wünscht. Hat mich zweiundsechzig Pfund gekostet. Dabei war's gar kein Esel, sondern ein Pony.«

»Oh, Angus!« Sie lehnte sich an ihn an, und nun lachten sie beide. »Und weißt du, was?« Sein Gelächter wurde stärker. »Gestern habe ich von Fowler gehört, daß er sich die Augen nach einem passenden Wagen dazu ausschaut. So einen richtig altmodischen, wie sie heute nirgends mehr aufzutreiben sind. Angeblich. Aber keine Bange. Ich lass' ihm was zusammenbasteln, und wenn's alte Bierfässer sind.« Sie schüttelten sich vor Lachen. Als er sie losließ, wischte sie sich die Tränen aus den Augen, dann legte sie die Hände auf ihren gewölbten Leib und fragte: »Aber wozu gehören dann die hundert Pfund?«

»Ich bin mir selbst noch nicht klar darüber.« Langsam wandte er ihr wieder sein Gesicht zu. »Wenn es das wird, was ich vermute, dann dürfte es mich sicher noch ein paar Scheinchen kosten. Keine Angst!« Er strich ihr beruhigend über die Wange. »Auf diese Weise kommen die besten Geschäfte zustande. Dein großer, ungehobelter, plumper Kerl von einem Ehemann hat in den letzten paar Monaten eine Menge gelernt und die Absicht, noch mindestens ebensoviel dazuzulernen. Aber was immer er auch lernen wird, er wird dafür sorgen, daß es sich bezahlt macht, denn – denn er hat seiner Frau etwas versprochen.« Er nahm ihr Kinn fest in seine Hand und drückte es zärtlich. »Und ich werde so lange keine Ruhe geben, bis ich dieses Versprechen gehalten habe.«

»Das ist aber nicht nötig, Angus. Bitte, ich hab' es dir schon oft und oft gesagt. Mir wäre lieber, du würdest deine Aufträge auf ganz normale Weise bekommen, ohne weiß Gott was für ein Risiko dabei einzugehen.«

»Risiko? Wer spricht von Risiko! Jetzt befinden Sie sich aber auf völlig falscher Fährte, Mrs. Cotton. Um es gleich richtigzustellen: Fowler geht mit mir am Fluß entlang, und ich kaufe ein Pony für Mr. Richardsons Tochter. Weshalb? Weil mir die Kleine gesagt hat, daß sie so was für ihr Leben gern hätte und ich zufällig eines zu einem vernünftigen Preis gesehen habe. Also gehe ich hin und

kaufe es. Bezahlt es Mr. Richardson? Natürlich bezahlt er es... So lautet die Geschichte, falls jemand danach fragen sollte. Kein Risiko weit und breit, wie du siehst.« Plötzlich verschwand das Lächeln aus seinen Zügen, und seine Miene verfinsterte sich. »Nein, nein, kein Risiko. Nur das Gefühl, Van, daß man ihnen allen miteinander einen Tritt versetzen möchte, wenn sie einem derlei Winke geben. Wenn ich höre, daß Kostenvoranschläge eingeholt werden, dann kostet mich das nur einen Lacher, das schwör' ich dir.«
Im selben Moment schlug die Haustür ins Schloß, und Rosies Stimme erklang ganz aufgeregt aus der Küche. Gleich darauf kamen Emily und Rosie ins Zimmer gestürzt; Emily schrie: »Was sagst du dazu! Rosie erzählt gerade, daß der alte Davis an der Ecke gestorben ist.«
»Wirklich?« Angus sah von einer zur andern, dann fragte er seine Schwester leicht ironisch: »Was erwartest du von mir? Daß ich ihm einen Kranz spendiere? Ich hab' ihn seit Jahren kaum mehr zu Gesicht bekommen.«
»Sei nicht albern, Angus!« brauste Rosie auf. »Denk doch nur: das Haus! Seit dem Tod seiner Frau hat er allein drin gewohnt. Und jetzt wird es leerstehen.«
»Ach so!« Er begriff. »Du bist wieder mal ganz schön auf Zack, Rosie. Zeit verlierst du keine, das muß man dir lassen.«
Sie kappelten spielerisch miteinander. Dann warf Vanessa ein: »Sicher wird es eine Vormerkliste geben.«
»Nicht für diese Gegend«, sagte Rosie spöttisch. »Keiner will mehr hierher ziehen. Trotzdem, Angus: Geh sofort hin. Tu was! Wenn Stan und ich nicht im vergangenen Monat diese Wohnung entdeckt hätten, wär ich selbst wie ein Schießhund dahinter her.«
»Wann ist er gestorben?« fragte Angus, indem er den Mantel vom Haken holte und zur Tür ging.
»Ungefähr vor einer halben Stunde, glaube ich. Ich habe Mrs. Green aus dem Haus kommen sehen. Sie hat ihn gerade gewaschen.«
»Mein Gott, dann ist er ja kaum noch kalt.«

»Warm oder kalt, das macht ihm jetzt auch nichts mehr aus!« rief Emily. »Braus ab. Das Haus wär' ein richtiger Glücksfall, Junge, dort gibt's sogar ein Bad.«
»Stimmt.« Er wandte sich an Vanessa. »Das mit dem Bad habe ich ganz vergessen. Es hat einen ordentlichen Rummel in unserer Gasse gegeben, als er es installieren ließ. Ich bin schon weg... Eine Minute!« Damit ging er in sein Zimmer, entnahm der Schreibtischlade drei Pfund und sagte dann zu den andern: »Ich werd' ein bißchen mehr brauchen. Hat einer von euch Kleingeld?«
Vanessa holte ihre Handtasche und fragte: »Wieviel brauchst du?«
»Gib mir, was du hast. Ein Fünfer dürfte genügen, damit ich das Bad kriege. Wenn nicht, kann ich's ja verdoppeln.«
»Spiel nur den großen Herrn!« rief Emily und eilte mit ihm bis zur Haustür, wo er ihr noch rasch zuraunte: »Schau auf Van, ja? Laß sie mir ja keine Minute aus den Augen.«
»Ich will dir mal was sagen«, erwiderte Emily und stützte die Arme in die Hüften. »Es sind schon früher Kinder zur Welt gekommen, und es werden auch später Kinder zur Welt kommen. Deins ist nur eins von Millionen.«
»Das glaubst du! Eins von Millionen! Also tu gefälligst, was ich sage. Bleib bei ihr und laß sie nicht allein. Du hast doch nicht vor, wegzugehen, nicht wahr?«
»Ich bin ja nicht bescheuert, Junge. Mach nur, erledige deine Geschäfte in aller Ruhe, ich erledige die meinen, und sie wird die ihren erledigen. Was ist los mit dir? Hast du etwa kein Mark mehr in den Knochen? Los, sieh zu, daß du den Vertrag bekommst. Und das Haus mit allem, was du nur kriegen kannst.«
Er nickte lächelnd: »Zu Befehl, Mrs. Cotton. Wird gemacht.« Damit stieg er in seinen zehn Jahre alten Rover ein, den er sich deshalb ausgesucht hatte, weil er ein guter, kräftiger Wagen und noch in bestem Zustand gewesen war. So war er nun mal: Lieber hatte er die Überreste

einer guten Sache, ehe er Geld für Schund ausgab. Bis er sich eine neue, gute Sache leisten konnte. Nicht so wertloses Blechzeug, o nein, nicht für seine Familie.

Vanessa, Rosie, Emily und Stan warteten in der Küche auf seine Rückkehr. Er hatte bedeutet, daß er ungefähr eine Stunde ausbleiben würde; aber da sie den Besuch beim Hausverwalter mit einkalkulierten, gaben sie noch eine Stunde drauf. Somit hätte er gegen acht Uhr wieder daheim sein müssen. Um neun war er jedoch noch nicht zurück. Und um halb zehn setzten bei Vanessa die Wehen ein. Emily begann zu fluchen. Was für rücksichtslose, gedankenlose Schweine diese Männer doch waren! Höchstwahrscheinlich hockte er in einem obskuren Wirtshaus und ›feierte‹. Dabei verkochte zu Hause das Abendessen, und sie starben bereits vor Hunger. Er dachte wieder mal nur an sich, dieser gräßliche Egoist. Der Teufel sollte ihn holen, wahrhaftig!
Um zehn Uhr fingen sie an, sich Sorgen zu machen. Um halb elf saß Vanessa in Hut und Mantel neben ihrem gepackten Koffer und wartete darauf, von Angus ins Krankenhaus gebracht zu werden.
»Wenn er betrunken heimkommt«, kündigte Emily an, »dann verprügle ich ihn, so wahr mir Gott helfe. Den kriegen wir heute nicht vor der Sperrstunde zu Gesicht, ihr werdet schon sehen. Das ist wieder mal so eine Nacht der Nächte!«
Rosie, die in der Küche auf und ab ging, blieb bei diesen Worten vor Stan stehen und sagte: »Wenn du mir so was antätest, Stan, dann würd' ich dir die Zähne einschlagen, das versichere ich dir.«
Stan grinste einfältig und meinte: »Etwas hat ihn aufgehalten. Du weißt genau, daß er ebenso besorgt ist, als wenn er das Kleine selbst bekäme.«
Keiner von ihnen erwähnte nur mit einem einzigen Wort, daß er ja auch einen Unfall gehabt haben könnte, aber die Vorstellung davon beherrschte Vanessas Gedanken pausenlos. In der letzten halben Stunde hatte sie ihre

Zuflucht zum Beten genommen. Es war, als säße sie wieder in der Klosterschule und lauschte dem Singsang der Nonnen: ›Heilige Maria, Muttergottes, Mutter der Barmherzigkeit... Heiliger Erzengel Michael, steh uns bei in den Tagen der Trübsal, sei unser Schirm gegen die Fallstricke des Teufels... Angus, oh, Angus, beeil dich, bitte, komm heim... Heilige Maria, Muttergottes, du bist gebenedeit unter den Weibern, und gebenedeit ist die Frucht deines Leibes Jesu... Laß ihn endlich heimkommen, ich flehe dich an...‹
Ihr letztes Gebet schien blitzartig erhört worden zu sein, im selben Moment fuhr der Wagen vor. Gleich darauf stand Angus in der Küche. Er war nicht betrunken, wie sie allesamt erwartet hatten, aber er schien auch nicht völlig nüchtern zu sein. Mit einer Handbewegung gebot er ihnen zu schweigen und rief: »Sagt nichts, kein Wort, das bitt' ich mir aus!« Er schien gar nicht zu bemerken, daß Vanessa bereits in Hut und Mantel dasaß: »Ich hab's geschafft, meine werten Anwesenden. Sie sehen einen erfolgreichen Geschäftsmann vor sich, der erst am Anfang einer glanzvollen Karriere steht. Ob ihr's glaubt oder nicht: Ich habe soeben den Vertrag mit der Henson-Baugesellschaft unterzeichnet. Damit bin ich glatt für zwei Jahre voll ausgebucht. Ich habe den Auftrag in Bausch und Bogen übernommen, ganz allein. Ich werde zwanzig Wagen und zwanzig Mann brauchen, jawohl. Und du« – er ging auf Vanessa zu – »wirst in ein tadelloses Haus mit Badezimmer übersiedeln. Aber wohlgemerkt: nur vorübergehend. Das ist erst der Anfang.« Er schwenkte den Zeigefinger vor ihrem blassen, tapfer lächelnden Gesicht hin und her. »Und nun, meine Herrschaften, die allerneuste Nachricht – sozusagen der Gipfel des Aufstiegs einer Klasse.« Er drehte sich zu seiner Mutter um, die am anderen Ende des Tisches stand, die Fäuste in die Hüften stützte und ihn mit grimmiger Miene betrachtete. »Mrs. Cotton senior, Ihrem Sohn wurde die größte aller großen Auszeichnungen verliehen. Du hast ja immer gesagt, daß es eines Tages dahin kommen würde. Gebt dem Jungen

eine Chance, hast du gesagt, und ihr werdet Augen machen. Und so ist es auch.« Er beugte sich über den Tisch zu ihr hinüber. »Man hat mich heute abend zum Mitglied der ›Tafelrunde‹ vorgeschlagen. Wie findest du das?« Er blickte – sich aufrichtend – von einem zum andern; sowohl Stolz als auch Spott lagen in seiner Miene. »Ich, Angus Cotton, wurde aufgefordert, die Fuhrunternehmer der Stadt dort zu repräsentieren, denn jeder Berufsstand, müßt ihr wissen, wird durch einen einzigen Mann vertreten.«

Was Emily in bezug auf die gehäuften Erfolgsmeldungen ihres Sohnes auch empfinden mochte, in diesem Augenblick sagte sie nur: »Jetzt halt endlich die Klappe, du Narr. Was glaubst du, was passiert ist, während du den ganzen langen Abend gefressen und gesoffen hast? Sie hat pausenlos die schlimmsten Wehen, und wir sitzen hier wie auf Nadeln und warten auf dich. Sie wollte nicht, daß Stan ein Taxi holt. So ist sie nun mal. Hirnverbrannt. Sie wollte von ihrem Mann ins Krankenhaus gefahren werden, davon war sie um keinen Preis der Welt abzubringen. Jetzt pack sie zusammen, schnapp den Koffer, wenn du dazu noch imstande bist, und ab geht die Post – deine Storys kannst du später loswerden!«

Es war, als hätte Angus Emilys Gezänk gar nicht gehört. Er blickte Vanessa an, und sie sah zu ihm auf und er brachte nur heraus: »Ach, Liebling.«

Rosie unterbrach ihn, indem sie rief: »Du hättest eigentlich wissen müssen, was geschieht und wann. Hast du denn keine Wehen gehabt, Mann?« Daraufhin brachen Stan und sie in schallendes Gelächter aus, das jedoch im Handumdrehen verstummte, als Vanessa sich plötzlich heftig zusammenzukrümmen begann.

»Schau doch nur hin!« schrie Emily. »Bring sie in den Wagen, und zwar so schnell du nur kannst.«

»Nein… n-e-i-n!« Vanessa weigerte sich, aufzustehen. Sie packte Angus an den Händen und grub ihm die Nägel ins Fleisch.

Als die Wehen nach ein paar Minuten noch immer nicht

nachließen, sah Emily von einem zum andern und sagte: »Du lieber Gott, nein!«
Aber sie hätte besser sagen sollen: Du lieber Gott, ja...
Als Angus versuchte, Vanessa aufzurichten, fiel sie ihm einfach zwischen den Beinen durch auf die Matte und keuchte völlig außer Atem: »Hol... hol den Arzt.«
Während Stan davonraste, um Dr. Carr herbeizuschaffen, versuchte jeder auf seine Art. Vanessa hochzukriegen und ins Schlafzimmer zu bringen. Aber als Angus die Arme unter sie schob, um sie aufzuheben, schrie sie in wahrer Todesangst: »Nein – nein!«
Es war Rosie, die befahl: »Hol die Daunendecke und Bettzeug, damit wir es ihr unterlegen können.«
Das brachten sie mit größter Mühe zustande, und es dauerte keine Viertelstunde, als Angus – auf der Matte vor dem Kamin in der Küche des Hauses, in dem er selbst zur Welt gekommen war – entsetzten Blicks den Kopf seines Sohnes zwischen den Beinen seiner Frau hervordringen sah.
Da kam auch schon Dr. Carr herbeigeeilt, um die Sache ordnungsgemäß zu Ende zu bringen. Angus ging in den Hof hinaus und erbrach sich fürchterlich, so übel war ihm. Und als er wieder zurückkam, hielt seine Mutter ein schreiendes Baby in den Armen. Er beachtete es gar nicht, sondern kniete sofort neben Vanessa nieder.
Vanessa lächelte. »Es ist – es ist ein Junge«, sagte sie schwach.
Er nickte ihr zu, ohne imstande zu sein, ein Wort hervorzubringen.
»War das ein Tag...« flüsterte sie.
Er nickte abermals.
»Weißt du, was?« fuhr sie mühsam fort. »Am liebsten würd' ich jetzt lachen.«
»Das kannst du morgen, mein Herz«, sagte er mit bebender Stimme. »Was du jetzt brauchst, ist Schlaf. Oh, da ist Doktor Carr wieder.« Er rückte sofort zur Seite und blickte verwirrt auf das, was rings um ihn vorging. Rosie sammelte das Bettzeug vom Boden auf, und seine Mutter

wies ihn an: »Hier, halt mal, bis ich einen Platz gefunden habe, wo ich das Kleine hinlegen kann. Mach dich ausnahmsweise nützlich.«
Er nahm das winzige Wesen, das er gezeugt hatte, in den Arm. Es sah alt und verrunzelt aus, rot und ganz und gar nicht hübsch. Aber es war sein Sohn, der auf einer armseligen Matte in einem völlig untauglichen Haus zur Welt gekommen war. Das hätte nicht geschehen dürfen; es war sein Fehler. Aber er würde Abhilfe schaffen, bei Gott, das würde er! Sein Sohn würde alles haben, was ein kleiner Junge nur brauchte, und später würde er die besten, teuersten Schulen besuchen: Internate, Hochschule, Universität, alles. Er würde sich an die Ryder's Row Nr. 24 oder auch Nr. 2 nicht einmal mehr erinnern. Angus Cottons Sohn würde ein Gentleman sein... Er wollte es ihnen schon zeigen. Allen.

2

Der Rover schwenkte lautlos und geschickt auf den Parkplatz gegenüber dem Seiteneingang des Klubs ein. Angus stieg aus, zupfte seinen hochmodern geschnittenen Überzieher zurecht und ging auf das Gebäude zu. Nicht zum Seiteneingang, o nein; zum Haupteingang des Ransome-Klubs.

Ransome war 1864 gegründet worden; das stand auf einer Kupfertafel, die diskret in einer Nische des Foyers angebracht war. Angeblich handelte es sich um einen völlig unpolitischen Klub, aber es geschah selten, daß ein bekanntes Mitglied der Labour Party in den Gästebüchern zu finden war. Eines war jedoch unter allen Umständen nötig, ob man nun Mitglied oder Gast bei Ransome werden wollte... Geld.

Der Name von Mr. Angus Frederick Cotton wurde seit mittlerweile sechs Monaten hier geführt. Er gehörte nicht zu den regelmäßigen Besuchern; manchmal verstrichen vierzehn Tage oder so, ohne daß er vorbeikam. Aber wann immer er den Klub aufsuchte, erschien er in seinem besten Anzug.

Wegen der Aufnahme von Mr. Angus Frederick Cotton hatte der Ransome-Klub eines seiner honorigsten Mitglieder verloren, nämlich Mr. Jonathan Ratcliffe. Als er eines Tages Cotton im Foyer traf, reagierte er derart heftig, als wäre er eben vom Schlag gerührt worden. Die Stadt hatte hierauf wieder ein amüsantes Gesprächsthema.

Überhaupt war man äußerst interessiert an den Beziehungen zwischen dem Haus von Angus Cotton – das sich

nach fünf Jahren noch immer an der Ecke der Ryder's Row befand – und Bower Place, Mr. Jonathan Ratcliffes Besitz auf Brampton Hill. Man sprach sowohl bei einem Glas Bier darüber als auch bei einem auserlesenen Sherry vor dem Abendessen, daß gegen Leute, die gut vorankamen, im Grunde genommen nichts einzuwenden war, solange sie sich nicht übermäßig viel einbildeten. Jonathan Ratcliffe war den freimütigen, biederen Einwohnern von Fellburn längst zu anmaßend geworden.
Da erwies sich der junge Angus Cotton doch von anderem Schlag: Das war ein überaus tüchtiger Bursche, der es zu etwas gebracht hatte, ohne sich weiß Gott was darauf einzubilden. Er wußte von allem Anfang an, worauf er hinauswollte, dieser Cotton. Nicht nur, daß er Jonathan Ratcliffes Tochter geheiratet hatte, obwohl sie schwanger gewesen war: und wohlgemerkt nicht von ihm – das war der springende Punkt! O ja, sogar ein äußerst wichtiger Punkt. Was hätte mehr zu seinen Gunsten sprechen können, als die Tatsache, daß er sich des Kindes eines andern Mannes hatte annehmen wollen. Nun, wie gesagt, nicht nur das – auch in geschäftlicher Hinsicht ließ sich sein Weg als ganz beispiellos bezeichnen: Er hatte als Angestellter eines drittklassigen Fuhrunternehmers angefangen, sich bald darauf mit zwei klapprigen Wagen selbständig gemacht, hatte die Zahl seiner Lastwagen auf vier, dann auf sechs erhöht und verfügte plötzlich quasi von heute auf morgen über einen enormen Wagenpark, der jedermann beeindruckte. Es war unmöglich, durch die Stadt zu fahren, ohne nicht alle paar Meter auf eines von Cottons Fahrzeugen zu stoßen. Dennoch hatte er niemals vergessen, woher er stammte. So sprachen die Biertrinker.
Noch nicht, sagten die Sherrytrinker, die ihn gleichfalls sehr genau beobachteten und indigniert feststellten, daß die Cottons nach wie vor in der Ryder's Row wohnten. Nicht mehr in dem kleinen, schäbigen Haus seiner Mutter, zugegeben. Auch trugen sowohl seine Frau wie seine beiden Kinder immer erstklassige Garderobe. Aber die

Ryder's Row war und blieb nun mal nicht die passende Adresse für ein Mitglied von Ransome.
Ja, beide Teile der Bevölkerung waren, wie erwähnt, äußerst an Angus Cottons Weiterkommen interessiert. Und er wußte es und kam mehr als gut voran.
Er ließ Hut und Mantel an der Garderobe, betrachtete sich im Spiegel über dem Waschbecken, strich mit den Händen leicht über sein diskret mit Brillantine geglättetes Haar, öffnete weit den Mund und preßte die Finger fest gegen das Wangeninnere, um sich auf diese Weise davon zu überzeugen, daß nirgends Bartstoppeln zu sehen waren. Dann rückte er seine Krawatte zurecht, zupfte die Jacke gerade und ging gemessenen Schritts in die Halle. Hier blickte er sich einen Moment um und fragte den vorbeikommenden Kellner: »Ist Mr. Fowler schon gekommen?«
»Ja, Sir. Er ist eben in den Braunen Salon gegangen.«
»Danke.«
Der Braune Salon verfügte über eine figurenreich ausgeschmückte Decke, die Wände waren mit einer verblichenen roten Tapete bedeckt, und ringsum hingen Porträts distinguiert blickender ehemaliger Klubmitglieder. Es gab tiefe Ledersessel und üppig gepolsterte kleine Sitzbänke, alles in Braun natürlich, wie schon der Name des Salons besagte. In einem etwas abseits stehenden Sessel saß Andrew Fowler. Als Angus eintrat, hob er grüßend die Hand.
»Hallo.« Angus nahm Fowler gegenüber Platz, dann sagte er: »Tut mir leid, daß ich gestern nicht kommen konnte. Ich mußte unbedingt selbst in Lessington nach dem Rechten sehen.«
Fowler nickte, lächelte und fragte dann: »Was nehmen Sie, mein Lieber?«
»Einen Kognak.« Angus hätte ein Bier vorgezogen, aber Bier wurde im Braunen Salon nicht getrunken; er hatte schnell gelernt.
Andrew Fowler winkte den Kellner herbei, gab die Bestellung auf, lehnte sich behaglich zurück und meinte

dann, immer noch lächelnd: »Geschieht Ihnen ganz recht, daß Sie es verpaßt haben.«
»Was verpaßt?«
»Nun«, sagte Fowler, »die Gelegenheit, jemanden kennenzulernen, den Sie meiner Meinung nach unbedingt kennenlernen sollten.«
»Also, erzählen Sie schon«, sagte Angus. »Ich sehe Ihnen ja an der Nasenspitze an, daß Sie's loswerden wollen. Kommen Sie mir aber jetzt ja nicht damit, daß das Rathaus in Newcastle niedergerissen werden und ich mir die ganze Geschichte unter den Nagel reißen soll.«
Beide lachten. Dann sagte Fowler: »Wie würde es Ihnen gefallen, auf Brampton Hill zu wohnen?«
»Was?«
»Sie haben richtig gehört: auf Brampton Hill.«
Angus' Miene war angespannt, sein Blick hart. »Hängt ganz davon ab, wo. Brampton Hill ist ein ziemlich langgestreckter Hügel, dort gibt es alle Arten von Häusern. Ich kann also im Moment nicht sagen, ob ich gern dort wohnen würde oder nicht. Kommt ganz darauf an.« Er lehnte sich gleichfalls zurück und fuhr sich mit zwei Fingern in den Kragen. »Es ist nicht mehr, was es einmal war. Viele der einstigen Prachtbauten hat man einfach in unzählige Wohnungen unterteilt.« Während er sprach, behielt er Fowler scharf im Auge. Er würde ihm nicht so leicht auf den Leim gehen, o nein. Es gab verschiedenes an Fowler, was er sich absolut nicht zusammenreimen konnte. Manchmal kam es ihm so vor, als spiele er mit ihm wie mit einer Marionette, und diese Vorstellung gefiel ihm gar nicht.
»›Haus Lärchen‹ ist zum Verkauf ausgeschrieben.«
Angus spürte, wie eine Hitzewelle in ihm hochstieg. Es war, als hätte er direkt in die Arterie eine Injektion bekommen. Sein Kopf schien anzuschwellen, und er wußte, daß er rot anlief. ›Haus Lärchen‹ – Bretts Besitz... Die Villa neben Jonathan Ratcliffes Wohnsitz. Seine Kinnbacken spannten sich derart an, daß es schmerzte. Er holte tief und ausgiebig Luft. War es das? War es das,

worauf er gewartet hatte? Wonach er gestrebt hatte? Er hatte ihr versprochen, sie dorthin zurückzubringen, wohin sie gehörte, selbst auf den Hügel hinauf. Aber er hätte sich niemals im Traum einfallen lassen, daß es eines Tages um ›Haus Lärchen‹ gehen könnte. Der Riesenbesitz – zum Verkauf ausgeschrieben. Herrgott, ja, das war es. Das war es, worauf er gewartet hatte! Er würde ihr das Anwesen zu Füßen legen.

»Was verlangen sie?« fragte er.

»Ich weiß es nicht genau. Höchstwahrscheinlich dürfte es zur Versteigerung kommen. Das wird durchaus was einbringen, viel sogar, schon allein wegen des riesigen Grundstücks: sechs Morgen Land – mit Blick auf den Fluß auch noch dazu.«

»Nun ja«, sagte Angus beinahe beschwörend. »Gar so eine tolle Gelegenheit ist das auch wieder nicht. Dort oben herrscht doch Bauverbot, soviel ich weiß, oder?«

»Über einen bestimmten Zeitabschnitt jedenfalls. Aber in dem Punkt wird man wohl mit sich reden lassen. Das Bauverbot wird schließlich nach und nach überall aufgehoben. Der Käufer kann die Sache ja ein paar Jahre so lassen, danach macht er immer noch seinen Schnitt, egal, was er jetzt dafür bezahlen muß.«

»Haben Sie keinerlei Ahnung, auf wieviel sich der Preis belaufen wird?«

Andrew Fowler sah einen Moment zur Decke, ehe er sagte: »Nun, das Haus bedarf sowohl innen als auch außen großer Reparaturen, habe ich gehört. Ich würde sagen: so um fünfzehntausend. Unter der Annahme, daß man zur Zeit nichts anderes mit dem Boden anfangen kann, als ihn als Garten zu benützen. Aber wenn auch nur das kleinste Gerücht durchsickert, daß man es in einigen Jahren als Bauland verwenden darf, falls wir einen Regierungswechsel haben sollten« – er zupfte sich nachdenklich an der Nase –, »schießt der Wert sofort in die Höhe. Da könnte er gut und gern auf dreißigtausend ansteigen.«

Angus pfiff leise durch die Zähne, dann erkundigte er sich: »Wer hat die Sache denn in der Hand?«

»Pearson.«
»Sie kennen doch Pearson, oder?«
»Ja, ich kenne ihn.«
»Könnten Sie diesbezüglich etwas unternehmen?«
»Möglicherweise.«
Angus warf plötzlich den Kopf hin und her, knirschte mit den Zähnen und murmelte: »Dann verzögern Sie's um Gottes willen nicht, Andrew. Ich hasse dieses Katz-und-Maus-Spiel. Könnten Sie was tun – ja oder nein? Spannen Sie mich nicht so auf die Folter!«
Andrew Fowler sah sogleich kühler drein: »Sie engagieren sich zu sehr, Angus. Das ist Ihr Fehler. Man muß kalten Blutes an derlei Aktionen herangehen, das macht sich letzten Endes stets bezahlt. Ich muß Ihnen noch etwas sagen. Es ist nicht allein das Geld, worüber Sie sich den Kopf zerbrechen müssen. Ratcliffe ist auch hinter der Sache her. Er hat bereits Pearson aufgesucht. Es ist möglich, daß es unter der Hand losgeschlagen werden könnte, noch ehe es überhaupt offiziell zum Verkauf ausgeschrieben wird.«
Angus fragte nicht, weshalb Ratcliffe nicht gleich zu seinen Nachbarn gegangen war, um direkt mit ihnen abzuschließen. Wahrscheinlich gab es seit jenem Tag, an dem seine Mutter beiden Familien einen Besuch abgestattet hatte, keinerlei Verbindung mehr zwischen diesen Häusern.
»Wissen Sie, was er bietet?«
»Sechzehntausend. Aber er verhandelt nicht selbst, sondern durch einen dritten. Äußerst schlau, nicht?«
Angus nahm einen Schluck aus seinem Glas, dann beugte er sich zu Fowler hinüber und sagte: »Ich werde siebzehn bieten.«
»Würde das Ihre Finanzen nicht sehr durcheinander bringen?«
»Das ist anzunehmen. Aber selbst wenn es hieße: Für siebenundzwanzig oder gar nicht, würde ich alles Menschenmögliche versuchen. Ich hab' nun mal vor, dieses Haus zu ergattern... Eine Bitte: Bestellen Sie doch Pear-

son, daß ich ihn umgehend aufsuchen und mich auf alle Fälle erkenntlich zeigen werde.«
»Das kann teuer kommen.«
»Was würden Sie vorschlagen? Fünfhundert?«
»Fünfhundert ginge.«
Beide holten tief Atem, dann sagte Fowler: »Da wäre noch eine weitere Sache, worüber ich mit Ihnen sprechen möchte, Angus. Wenn wir gerade dabei sind.«
»Los, reden Sie. Ich dachte mir schon, daß wir noch nicht am Ende sind.«
»Sie kennen mich aber gut.«
»Besser als jeden anderen, Andrew.« Angus grinste.
Fowler ignorierte die Anspielung und fuhr fort: »Solange Sie das Haus kaufen und als Wohnsitz benützen, gut und schön. Sollten Sie's jedoch eines Tages als Bauland veräußern... dann wäre meiner Meinung nach diesbezüglich eine kleine Vereinbarung angebracht.«
Angus sah seinen Protektor einen Moment an, ehe er sagte: »Das finde ich nur recht und billig. Wollen Sie es schriftlich haben?«
»Ich würde es für das Beste halten, Angus.«
»Wieviel Prozent?«
»Seien wir nicht habgierig, sagen wir das Handelsübliche.« Er lächelte. »Dreiunddreißigeindrittel.«
»Gut, trinken wir darauf.«
Andrew Fowler hob sein Glas und trank auf einen Zug aus, genau wie Angus. Dann stand er auf und meinte: »So, jetzt können wir in aller Ruhe essen. Übrigens – wie geht es Vanessa und den Kindern?«
»Großartig, danke.«
»Was wird sie zu diesem neuesten Abenteuer sagen?«
»Nichts, ich werde nichts davon verraten.«
»Was! Sie wollen ihr wirklich...«
»Kein Wort. Zumindest nicht, bevor alles abgemacht und unterzeichnet ist. Wie lange kann das dauern?«
»Oh, nur keine übertriebene Eile, Angus. Ich muß die Sache erst in Gang bringen. Und auch dann kann es sich noch ziemlich in die Länge ziehen. Es wird Anwaltsbe-

sprechungen geben, Grundbucheintragungen sind nötig, eins ergibt das andere, das braucht alles Zeit. Ich würde sagen: Von dem Augenblick an, wo wir die Sache in Angriff nehmen bis zur endgültigen Erledigung – ungefähr zwei Monate.«

»Zwei Monate?« Angus biß sich auf die Lippen und verließ, ohne sich dessen bewußt zu sein, den Braunen Salon im Sturmschritt, während er dachte: Ich werde zwei Monate kein Auge zumachen, ich werde keine Sekunde Ruhe finden, ehe es nicht mein ist, *mein*…

Angus' Schlaf war in den darauffolgenden acht Tagen tatsächlich seicht und unbeständig. Und der Preis von ›Haus Lärchen‹ schoß im selben Zeitraum von siebzehntausend auf dreiundzwanzigtausend hoch. Aber am achten Tag stellte er einen Scheck auf fünf Prozent der dreiundzwanzigtausend Pfund aus, und damit war die Anzahlung auf den Kaufvertrag des Anwesens in James Pearsons Büro hinterlegt.

Angus konnte es nun kaum mehr erwarten, Vanessa die ganze Geschichte zu erzählen; ein Gefühl warnte ihn jedoch, nicht eher den Mund aufzumachen, als bis die ganze Sache unter Dach und Fach war. Sonst würde sie möglicherweise – wenn er es ihr jetzt schon verriete – irgendein Hindernis in das glattlaufende Getriebe einbringen: vielleicht vorschützen, daß ihr neuer Wohnsitz in allzu großer Nähe von dem ihrer Familie war. Hatte die Sache aber erst einmal Brief und Siegel und er sich eine Verbindlichkeit von dreiundzwanzigtausend Pfund aufgelastet, dann blieb ihr wohl nichts anderes übrig, als sein Präsent anzunehmen. Mein Gott, er konnte den Tag schon gar nicht mehr erwarten, an dem sie sich neben ihren Leuten, die sie wie eine Aussätzige behandelt hatten, niederlassen würden. Was für ein Gefühl der Befriedigung mußte ihr das ihren Eltern gegenüber verleihen, und wenn es nur seinetwegen war, weil er exakt sein Versprechen gehalten hatte, noch dazu innerhalb ganz kurzer Zeit: sie dorthin zurückzubringen, wohin sie gehörte.

In seinem Innern hegte er keinerlei Zweifel darüber, wohin Vanessa gehörte. Sicherlich nicht in die Ryder's Row. Und wenn sie hundert Jahre alt werden würde, sie würde doch niemals dorthin passen. Sie würde immer von den andern abstechen und sie durch ihre bloße Anwesenheit genauso in Verlegenheit bringen, wie er Jonathan Ratcliffe durch seine bloße Nachbarschaft in Verlegenheit zu bringen gedachte.
Obwohl er sich unentwegt einredete, das Haus sei für Vanessa, wußte er doch ganz genau, daß er es im Grunde genommen für sich selbst haben wollte. Allein die Vorstellung, morgens in einem Bentley loszubrausen. Und welcher Bentley würde wohl dem andern Bentley ausweichen, auf der einzigen Zufahrtsstraße? Er konnte es gar nicht mehr erwarten, das auszuprobieren. Und noch etwas: Er würde natürlich seine Mutter bei sich haben, das war für ihn der unbedingte Gipfel, und nur mehr als recht und billig. Darauf konnten sie sich, weiß Gott, etwas einbilden. Sie würde auf Brampton Hill zurückkehren, aber nicht als Köchin, o nein, sondern als Gnädigste, die höchstens in die Küche kam, um Aufträge zu erteilen. Angus malte sich vorläufig noch nicht aus, welche Rolle Vanessa in diesem Arrangement spielen würde, aber eins war klar: Er würde mehrere Hausangestellte anheuern. Und einen Gärtner. ›Haus Lärchen‹ würde zum glanzvollsten Treffpunkt der Stadt werden. Seine Kinder würden die besten Schulen besuchen... Er würde Ratcliffe schon zeigen, wohin ein Angus Cotton es bringen konnte. Jener Angus Cotton, der nur deshalb Unternehmer geworden war, weil man es ihm in die Schuhe geschoben hatte, Ratcliffes Tochter ein Kind angehängt zu haben, womit seine ganze Karriere bei Affleck im Eimer war. Wenn er daran dachte, dann mußte er zugeben, daß er Ratcliffe, dem ›großen Boß‹, doch für etwas dankbar sein mußte, und eines Tages würde er seinen Dank auch abstatten. Indem er ihm ins Gesicht spuckte. Zum erstenmal an jenem Tag, an dem sie in ›Haus Lärchen‹ einzogen. Ach, wenn die Tage, die Wochen bis dahin doch nur

schneller vergehen wollten; er konnte es kaum mehr erwarten.
So, wie ihm im Moment zumute war, mußte er einfach mit jemandem darüber reden; also erzählte er die ganze Geschichte seiner Mutter.
Emily nahm gerade vor dem Küchenofen ein Fußbad, als er damit herausrückte, und war ob dieser Neuigkeit offensichtlich wie vom Schlag gerührt, denn sie ließ ihn einfach drauflosreden. Das Wasser wurde kalt, ihre Beine begannen blau zu werden und sich mit einer Gänsehaut zu überziehen – sie merkte nichts von alledem. Schließlich wurde er ungeduldig: »Nun sag doch endlich was. Sitz nicht da wie die Katze, wenn's donnert – sag was, Mam.«
Sie schloß die Augen, seufzte aus tiefstem Herzen, nahm das Handtuch vom Kamingitter, auf das sie es zum Vorwärmen gehängt hatte, stellte die Beine auf die Matte, drehte sich schließlich um, sah ihn an und meinte: »Du bist ganz und gar verrückt, Junge.«
Es entstand ein kurzes Schweigen, ehe er aufbrauste: »Also, findet man da noch Worte? Hast du gehört, was ich gesagt habe? Ich hab' ›Haus Lärchen‹ gekauft, Mam. Ich, Angus Cotton, hab' ›Haus Lärchen‹ auf Brampton Hill mit allem Drum und Dran gekauft. Und dein ganzer Kommentar dazu ist, ich sei verrückt. Weißt du nicht, was das zu bedeuten hat? Daß wir alle miteinander auf Brampton Hill wohnen werden.«
»Wer? *Ich?* O nein, mein Junge. Mich kannst du aus diesem Projekt schon streichen. Ich und auf Brampton Hill wohnen! Krieg das gefälligst endlich einmal in deinen Dickschädel: Mich bringst du nur noch ein einzigesmal dahinauf, wenn mich nämlich der Leichenwagen auf den Friedhof fährt. Und nicht einmal das ist sicher, weil es dorthin ja jetzt eine Abkürzung gibt.«
»Nun, wie können nicht dorthin übersiedeln und dich allein hierlassen, Mam.«
»Hör mir mal gut zu.« Sie stand auf. »Du bist nicht mein Hüter. Du bist verheiratet und hast Frau und Kinder.

Kümmere dich gefälligst um die – da hast du mehr als genug um die Ohren. Was ich tue, ist meine Sache. Dies hier ist mein Heim, und solange sie es nicht niederreißen, werde ich hier bleiben. Und dann werde ich dorthin übersiedeln, wo die Stadtverwaltung es bestimmt. Aber ich ziehe keinesfalls mit dir und Van nach Brampton Hill oder in ein anderes dieser großklotzigen Villenviertel, merk dir das... Und noch etwas, mein Lieber: Du hast gesagt, daß du es deshalb bisher vor ihr verheimlicht hast, weil du sie damit überraschen willst. Nun, wenn mich nicht alles täuscht, dann steht *dir* eine Überraschung bevor, ja ein richtiger Schock sogar. Was du nach eurem fünfjährigen Beisammensein immer noch nicht begriffen hast, ist, daß du mit einem Menschen verheiratet bist, der ganz, ganz anders ist als du.«

»Red um Himmels willen keinen Quatsch, Mam. Kein Mensch weiß das besser als ich!«

»Offensichtlich nicht, Junge. Wenn du glaubst, daß sie damit einverstanden ist, so einfach Tür an Tür mit ihrer Familie zu leben, scheinst du keinen blassen Dunst von ihr zu haben. Oh, ich weiß ja«, sagte sie und lächelte plötzlich, »ich weiß, weshalb du es tust. Ich weiß, weshalb du Bretts Haus gekauft hast, und ich nehme es dir nicht übel, o nein. Ich würde mich wahrscheinlich schief über diesen Streich lachen, wenn du eine andere mit hinaufnehmen würdest als Ratcliffes Tochter. Wenn deine Frau nicht verwandt wäre mit dem alten Ekel, würde ich mir mit Wonne in deinem Garten die Beine vertreten, bloß um es ihm zu zeigen. Aber du hast seine Tochter geheiratet. Und wenn ich deine kleine Van auch nur im mindesten verstehe, mein Lieber, dann wird sie diese Überraschung schon gar nicht mögen – denn sie ist, ehrlich gesagt, ziemlich taktlos.«

»Taktlos! Wie kannst du nur so was sagen, Mam! Ich bitt' dich, mach mich jetzt nicht nervös. Ich hab' dreiundzwanzigtausend Pfund dafür hingelegt. Ich komme gut und rasch voran, o ja, aber dreiundzwanzigtausend hat man nicht einfach im Handumdrehen. Und das ist noch

lange nicht alles. Die Reparaturen und all die Nebenauslagen, die nötig sein werden, um das Haus bewohnbar zu machen, werden mindestens noch mal so viel ausmachen.«
Emilys Stimme war noch immer ruhig; aber nun klang Verschmitztheit durch, als sie grinsend zu ihm sagte: »Das sollte dir eine Lehre sein, mit Tausendern nicht herumzuspielen. Wer hätte sich jemals träumen lassen, daß der rotznäsige Quadratschädel Angus Cotton, dessen Mutter jahrelang Ratcliffes Haushälterin war, nur so mit Tausendern herumwirft. Fünfundzwanzigtausend! Wo noch vor ein paar Jahren fünfundzwanzig Shilling ein wahres Gottesgeschenk für dich waren. Ich sag es zu deinem Besten, mein Junge, als deine dich von Herzen liebende Mutter: Gut, wirf nur mit Tausendern herum, wenn es dir Spaß macht, du verdienst sie dir hart genug. Aber bilde dir ja nicht ein, daß man mit Geld Van oder mich wie Schachfiguren herumschieben kann. Uns beide wirst du niemals dazu bringen, etwas zu tun, was uns gegen den Strich geht.« Sie schloß nachdenklich: »Wenn du meinen Rat hören willst, Angus, dann mach dich auf eine gewaltige Enttäuschung gefaßt. Bereite dich lieber heute als morgen darauf vor, denn es wird nicht ausbleiben, daß du bekommst, was dir zusteht. Nämlich daß all deine Seifenblasen platzen werden.«
»Ach, hol dich doch der Teufel!«
Als er wütend aus der Küche stürmte, schrie sie ihm nach: »Oder dich! Und sollten wir uns in der Hölle über den Weg laufen, dann red mich ja nicht an. Ich verkehre nicht mit jedem, auf keinem Fall mit Emporkömmlingen. Du gehst denselben Weg wie der Mann, den du bekämpfst – laß dir das gesagt sein.«
Kaum war die Haustür ins Schloß gefallen, eilte sie ins Vorderzimmer und beobachtete hinter dem Vorhang. wie ihr Sohn die Straße hinuntermarschierte. Ob er Van dazu würde überreden können, in ein Haus zu übersiedeln, das neben dem ihrer Eltern lag? Für Emily war und blieb es ein Geheimnis, was Vanessa in ihrem Sohn sah.

Daß sie selbst seinen Wert erkannte – nun gut. Sie wußte, daß er ein guter Mensch war; dickköpfig, anmaßend, streitsüchtig, ach ja, er geriet ganz nach ihr. Und sie wußte, wie sie beschaffen war, durchaus. Und da er Fleisch von ihrem Fleisch war, konnte sie ihn richtig einschätzen. Aber wie war es möglich, daß ein Mädchen wie Vanessa ihn richtig einzuschätzen vermochte? Was sah sie in ihm? Sie sprach nicht viel, eröffnete niemandem ihr Herz, schien überhaupt kein Eigenleben zu besitzen. Sie war seine Frau, die Mutter seiner Kinder, seine Sekretärin, tja, und dann noch seine Lehrerin. Jahrelang hatte sie ihm beigebracht, sich richtig auszudrücken, Grammatik und so. Sie hatte seine Bemühungen am Schreibtisch mitangesehen, ohne sich dazu zu äußern. Sie wollte etwas Gutes nicht zerstören. Obwohl keinerlei Besserung zu bemerken war, wenn er mit ihr sprach. Nein, da war er derselbe wie eh und je: grob und ungehobelt. Aber dieses Kind... Alles, was sie tat, geschah für ihn, und was erhielt sie dafür? Verdammt wenig, so viel merkte sogar sie. Längst schon hätte er sie in ein anständiges Haus bringen können. Aber er hatte es immer wieder aufgeschoben; zum Teil, so hatte sie gedacht, ihretwegen, weil er nicht von ihr wegziehen wollte. Aber jetzt erkannte sie den wahren Grund für seine Beharrlichkeit: Er hatte die ganze Zeit über große Pläne gewälzt – ein moderner Bungalow oder ein solides Haus war ihm nicht gut genug. Es mußte Brampton Hill sein; und nicht nur Brampton Hill, sondern auch eines der pompösesten Häuser; und nicht nur eines der pompösesten Häuser, sondern zugleich eine der größten Besitzungen, mit Wald und Garten und Blick auf den Fluß. Er kam viel zu rasch voran. Wenn ihm nicht bald Einhalt geboten wurde, platzte er noch eines Tages.

3

Es war am Nachmittag, als Emily die Straße hinunterging. Sie kannte Vanessas Einteilung genau. Da es nach vier Uhr war, würden Andrew und Annabella mit Mary Ridley im Park sein, und Vanessa würde in der Küche stehen, um das Abendessen vorzubereiten.

Sie fand sich auch tatsächlich in der hypermodern und praktisch ausgestatteten Wohnküche und sagte: »Hallo, Kind. Ist es nicht schwül heute? Und es wird regnen, bevor der Tag um ist, das verraten mir meine Beine.«

»Werden sie gar nicht besser?« Vanessa blickte auf Emilys dickangeschwollene Fußknöchel, die über den Rand der schwarzen Schnürschuhe herausquollen.

»Nein, Kind. Und das werden sie auch nicht eher, als bis ich im Sarg liege. Aber ich wette mit dir, um was du willst, daß sie dann im Handumdrehen abschwellen werden.«

»Oh, Emily!« Vanessa lachte. Sie mußte immer lachen und war stets glücklich, wenn Emily da war. Es war eine andere Art Glück als jenes, das sie mit Angus empfand; das war ein spannungsgeladenes Gefühl, immer noch. Sie sagte: »Rosie hat mich eben besucht. Sie war auf dem Weg zu Stodart und wird bald zurück sein. Auf dem Heimweg wollte sie bei dir vorbeisehen.«

»Stodart? Will sie schon wieder Schuhe kaufen? Noch ein Paar und noch ein Paar. Wieviel hat sie denn eigentlich schon?«

»Die letzte Zählung«, sagte Vanessa und zerschlug über dem Mehlberg ein Ei, »ergab achtzehn.«

»Himmel, achtzehn Paar Schuhe! Sie müßte ja ein Tausendfüßler sein, um die jemals abzutragen.«
Vanessa lachte abermals. »Sie hat Schuhe eben gern.«
»Die junge Dame hat auffallend viele Dinge gern. Das Geld ist ihr zu Kopf gestiegen. Wahrscheinlich, weil sie nie eins zum Ausgeben hatte. Haben die beiden wenigsten was auf der Bank? Sie wird's mir bestimmt nicht sagen – geht mich ja auch schließlich nichts an.«
»Oh, ich glaube, sie sorgen schon vor. Stan ist in Geldangelegenheiten sehr vernünftig.«
»Das muß er auch. Die macht ihn sonst noch pleite… Van.«
»Ja, Emily?« Vanessa wandte den Kopf um, ohne mit dem Teigkneten aufzuhören.
»Könntest du einen Moment aufhören? Ich habe ernstlich mit dir zu reden.«
»Ernstlich?« Vanessa wischte sich die Hände ab und folgte Emily, die kurzerhand ins Wohnzimmer voranging. »Komm, setzen wir uns auf eine Minute. Ich möchte es loswerden, ehe Rosie zurück ist. Es betrifft etwas, was nur uns beide angeht, verstehst du?«
Als sie Platz genommen hatten, beugte sich Emily zu Vanessa hinüber und wiederholte: »Nur uns beide, Kind. Ich möchte, daß du mir dein Wort darauf gibst, daß es unter uns bleibt.«
»Handelt es sich um… Angus, Emily?«
»Ja, um Angus. Oh, mach dir keine Sorgen, in *dieser* Hinsicht ist alles in Ordnung – sieh nicht gleich so ängstlich drein, Kind.« Sie streckte die Hand aus und beruhigte Van mit einer rauhen Geste. Dann sagte sie: »Jetzt gesteh mir einmal ehrlich, Kind: Hast du in letzter Zeit bemerkt, daß er irgendwie anders ist als sonst?«
Vanessa überlegte eine Minute und antwortete: »Doch. Er schläft kaum. Er scheint sich über irgend etwas aufzuregen. Seine Stimmung schwankt immerzu: einmal fängt er unvermittelt lauthals zu singen an, dann brütet er wieder vor sich hin. Jetzt, wo du mich fragst, muß ich sagen: Ja, ich habe was bemerkt.«

»Aber gesagt hast du nichts.«
»Nein, Emily.«
»Nun, ich glaub's gern, daß er aufgeregt und schwankender Stimmung ist. Er hält nämlich etwas vor dir geheim. Er hat etwas unternommen, was er dir erst sagen will, wenn die Sache einwandfrei feststeht. Und wenn es soweit sein wird, wird es zu spät sein, um noch etwas daran ändern zu können. Zumindest glaubt er das. Er ist dein Mann, Van, aber ich bin nicht der Meinung, daß er dich wirklich kennt. Ich habe oft das Gefühl, daß ich dich um ein großes Stück besser kenne als er. Natürlich kenne ich dich auch etwas länger, nicht wahr?« Sie lächelte.
»Worum geht es, Emily?« Vanessas Stimme klang ruhig; ihr Benehmen war gelassen. Sie war eine sehr zurückhaltende junge Frau geworden. Nur selten zeigte sie Fröhlichkeit, außer wenn sie mit den Kindern beisammen war und dann mußte sie allein mit ihnen sein, um sich richtig gehenlassen zu können. »Sag es mir«, bat sie nun. »Rasch, bitte. Denn Rosie wird jeden Moment zurück sein, und auch Angus dürfte bald eintreffen.«
»Nun, dann halte dich fest, Kind. Es handelt sich um folgendes: Er ist im Begriff, Bretts Besitz zu kaufen: ›Haus Lärchen‹.«
Emily sah, wie alle Farbe aus Vanessas Gesicht wich. Einen Moment befürchtete sie schon, sie würde ohnmächtig werden, und sie sagte rasch: »Bleib schön ruhig, Kind, nur immer mit der Ruhe. Werd mir jetzt nicht ohnmächtig, das wäre nicht der richtige Moment dazu. Du darfst jetzt auf keinen Fall die Nerven verlieren, wo es so sehr darauf ankommt, daß du klaren Verstand bewahrst.«
»›Haus Lärchen‹? Er kauft ›Haus Lärchen‹ für uns?« flüsterte Vanessa kaum hörbar.
»Für dich. Er will dir die Überraschung deines Lebens bereiten. Er hat sie sogar mir bereitet, als er damit herausgerückt ist. Er war völlig überdreht, wie ein Kind mit einem funkelnagelneuen Spielzeug. Seither hab' ich keine Minute aufgehört, mir Sorgen zu machen. Ich hab' ihm glatt

gesagt, daß er verrückt ist... Du willst doch bestimmt alles lieber, als in ›Haus Lärchen‹ überzusiedeln und dort wohnen, stimmt's?«

»Mein Gott, Emily! Ich? In Bretts Haus wohnen? O nein, nein!« Es war ein einziges Stöhnen. »Ich brächte es einfach nicht fertig. Ich könnte dort nicht leben, nicht einmal... nicht einmal, wenn es nicht direkt neben meinem Vaterhaus läge.« In ihren Vorstellungen war Bower Place immer noch ihr Vaterhaus. »Und stelle dir doch nur vor, was es für meine Eltern bedeuten würde. Sie könnten es nicht ertragen – sie würden ausziehen.«

»Tjaja, daran hab' ich auch schon gedacht.«

»Und... und sie hängen doch an ihrem Grund und Boden. Oh, Emily, wie konnte er nur? Wie konnte er?«

»Weil er verrückt ist – weil er spinnt! Er glaubt, weil du dort herkommst, willst du wieder dorthin zurück. Es hat keinen Sinn, ihm das auszureden. Aber das ist nicht der einzige Grund, weshalb er das Haus kaufen will. Der zweite Grund ist, daß er deinem Vater eins auswischen will. Das ist die Wahrheit: Er will es ihm zeigen.«

»Ich werde niemals dorthin ziehen, Emily.«

»Das weiß ich, Kind.«

»Er wird es einfach wieder verkaufen müssen.«

»Das wird ihn niederschmettern und ihm, wenn überhaupt etwas dazu imstande ist, seinen Hochmut nehmen, jawohl, seinen ganzen verrückten Schwung. Der Gedanke daran ist mir ehrlich verhaßt, denn schließlich ist er mein Sohn, und ich kann mir vorstellen, wie ihm zumute sein wird. Aber soweit ich die Sache überblicken kann, gibt es keinen anderen Ausweg. Ich hab' mir gedacht, ich sag's dir lieber. Denn wenn er einfach mit der Tür ins Haus gefallen kommt und du überhaupt keine Zeit zum Überlegen hast, könnte es leicht Krach geben. Und mit Krach ist das so eine Sache.« Sie lächelte nun. »Er und ich und wir hier alle in der Gegend können uns heute auf Leben und Tod bekriegen und streiten, daß sich die Balken biegen, und uns in der nächsten Minute doch wieder die Hand schütteln. Aber wenn ihr beide ernstlich aneinandergeraten würdet, dann würdest du nicht so leicht darüber hinwegkommen, nicht wahr?«

Vanessas Blicke wanderten vom schlechtgefärbten Haar über das frühzeitig gealterte, runzlige Gesicht ihrer Schwiegermutter, und sie dachte: Emily hat recht. Sie hat immer recht. Aber was sollte sie in dieser Sache nur tun, die für ihn garantiert den Höhepunkt all seiner Bestrebungen und Mühen bedeutete? Das war es also, worauf er gewartet, wofür er sich geschunden und abgerakkert hatte: Das war es, was er ihr schenken wollte. Wenn sie dieses Geschenk nicht annahm, mußte es auf eine Weise geschehen, daß der hierauf mit größter Sicherheit erfolgende Streit ihn nicht völlig vernichtete. Denn dies würde sie beide vernichten. Ihre Ehe stand zur Zeit ohnehin gewissermaßen auf des Messers Schneide. Trotz all ihrer Liebe und den beiden Kindern.

In diesem Moment hörten sie Geklapper im Flur, und nachdem Emily und Vanessa einander verschwörerisch angesehen hatten, verließen sie rasch das Wohnzimmer, und Emily begrüßte ihre Tochter mit: »Man sollte dich tüchtig an den Ohren ziehen, daß du dir schon wieder Schuhe kaufen gegangen bist.«

»Man kann niemals genug Schuhe haben«, krähte Rosie, genau wie die junge Dame im Werbefernsehen, und tänzelte in ihrer neuesten Errungenschaft um den Küchentisch herum. Dann blieb sie ruckartig vor Vanessa stehen, betrachtete sie und fragte: »Was ist übrigens mit Angus los in letzter Zeit? Stan sagt, daß er ihm wie ein Hund mit zwei Schwänzen vorkommt.«

Vanessa und Emily unterließen es, Blicke zu wechseln. Dann rief Rosie aus: »Du bist doch nicht« – sie schüttelte den Kopf, ehe sie hinzufügte: »... schon wieder...?«

»Nein, Rosie. Ich bin nicht ›schon wieder‹.« Vanessa lächelte.

»Nun, was ist es dann?«

»Ach.« Vanessa wandte sich zum Kamin. »Ich glaube, es liegt daran, daß die Geschäfte gut vorangehen.«

»Es ist nicht nur das. Stan sagt, sie gehen schon die läng-

ste Zeit gut, und er war trotzdem noch nie so. Er sei richtig aufgedreht, so, als wolle er jeden Moment mit dem Fallschirm abspringen.«
»Vielleicht tut er's«, sagte Emily und ging zur Tür. »Man weiß nie, was passiert. Ich hoffe nur, daß er nicht vergißt, die Leine zu ziehen, bevor er landet.«
Mit dieser zumindest Rosie rätselhaft anmutenden Bemerkung ließ Emily die beiden allein.

Das Leben schien völlig normal zu verlaufen – bis etwa eine Woche darauf. Es war Abend. Angus war spät dran, Vanessa hatte soeben die Kinder zu Bett gebracht und ihnen versprochen, daß der Vater ganz bestimmt noch auf einen Sprung zu ihnen hineinkommen werde. Aber als er endlich heimkam, schliefen sie schon fest.
Er sah müde und irgendwie abgespannt aus, und so ließ sie ihn erst mal in Ruhe essen, räumte dann den Tisch ab und sagte schließlich: »Ich möchte mit dir reden, Angus.«
»Reden?« Er warf ihr von unten her einen kurzen Blick zu. »Nun, dann schieß los.«
Sie schluckte heftig, ging einmal im Wohnzimmer auf und ab und sagte dann: »Ich habe gehört, daß du mir ein Haus kaufst...«
Sie sah, wie er den Kopf abwandte, hin und herschwenkte, und dann donnerte seine Faust auf den Tisch. Da wandte sie ein: »Sie mußte es mir sagen.«
»Diese Klatschtante. Immer muß sie alles ausplappern, noch nie hat sie was für sich behalten können, diese alte Hexe.« Schließlich hielt er inne, entspannte sich, drehte sich langsam zu ihr um, sah sie fragend an und fuhr in völlig verändertem, beinahe bittendem Ton fort: »Und was hältst du davon? Los, sag mir, was du davon hältst.«
»Ich... ich finde es großartig, daß du soviel Geld dafür auslegen konntest.«
»Ist das alles?« Seine Schultern strafften sich. »Bist du denn nicht aufgeregt? Du weißt doch, welches Haus ich

gekauft habe, nicht? Bretts Haus. Also!« Er streckte rasch die Hand nach der ihren aus und schwenkte sie hin und her. »Versteh mich nicht falsch, Van. Es geht nicht um persönlichen Haß, nicht gegen Brett. Ich möchte dich einfach dorthin zurückbringen, wohin du gehörst.«
»Ich – ich verstehe, Angus.»
»Wirklich? Nun...« Er schwenkte abermals den Kopf hin und her. »Ich glaube nicht, daß du's tatsächlich tust.«
»Doch, wirklich, ich finde es wunderbar. Nur eines...«
»Nur eines, so? Und was ist das?« Er blickte grimmig drein, denn er erwartete natürlich, daß ihre Antwort lauten würde, sie könne dort nicht leben. Aber das war es nicht, was sie sagte. Sondern: »Würdest du etwas für mich tun?«
»Alles.« Es klang riesig erleichtert. Die Spannung ließ nach, er ergriff ihre Hand und sagte liebevoll: »Alles in der Welt, Van, das weißt du doch. Das brauche ich dir nicht erst zu sagen.«
»Aber es ist etwas Großes. Du... du wirst vielleicht nicht verstehen, weshalb ich dich darum bitte.«
»Jedenfalls nicht, bevor du es mir sagst», meinte er lächelnd.
Sie blickte auf ihre verschränkten Hände hinunter, dann sagte sie leise: »Würdest du das Haus auf mich überschreiben lassen? Nicht auf uns, auf – auf mich?«
Diese Bitte war das letzte, das er von ihrer Seite erwartet hätte. Es klang direkt widersinnig. Am liebsten hätte er angenommen, sich verhört zu haben. Aber er hatte richtig gehört. Das Haus auf sie überschreiben lassen? Er wollte es ja einzig und allein für sie erwerben! Aber es muß sein Eigentum sein. Er wollte ›Haus Lärchen‹ besitzen, sein Name mußte auf dem Vertrag stehen. Das war der Sinn all der Plackerei, daß er ›Angus Cotton‹ in Großbuchstaben auf dem Vertrag stehen sah.
»Warum? Warum denn, sag es mir?« fragte er tonlos. »Wir beide, gut – aber du allein?«
Sie hob die Wimpern, sah jedoch an ihm vorbei, als sie sagte: »Vielleicht ist es nur – nur eine Laune von mir.«

Er starrte sie an. Eine Laune, sagte sie. Und wenn er dieser Laune nicht nachkam, was dann? Würde sie ihn dann für geizig oder kleinlich halten, ihr Leben lang? Und damit eine Mauer zwischen ihnen aufrichten, noch eine, die niedergerissen werden mußte? Er verbrachte sein Leben damit, Mauern niederzureißen. Die zwischen Brampton Hill und der Ryder's Row war nahezu gefallen – aber wenn er ihr diesen Wunsch nun nicht erfüllte, würde sie es ihm nicht immerfort vorhalten, wie Frauen es nun einmal taten? Stets hatte er ihr gesagt, daß alles, was er tat, für sie geschah. Nun mußte er es ihr beweisen, indem er ihr das Haus überschrieb.

Sie stand am Fenster und blickte auf die Straße. Reglos. Das konnte sie: Reglos dastehen, ohne auch nur mit einem Muskel zu zucken. Er starrte ihren Rücken lange an; ihre bloßen Umrisse genügten, um ihn zu jeder Tageszeit aufzuwühlen. Und das nach beinahe sechs Jahren. Ach, zum Teufel mit all der Grüblerei! Wer würde schon nachsehen, welcher Name auf dem Dokument stand? Das Haus würde für die ganze Stadt Angus Cottons Haus sein, und Van war nicht die Frau, die es überall ausposaunen würde, daß es auf sie allein überschrieben war. Sie war nicht wie seine Mutter. Die sollte was erleben, wenn er erst mit ihr abrechnete! Sie hatte ihm die ganze Überraschung verdorben. Wie aufregend hatte er es sich doch ausgemalt, Van hinauszufahren, wenn bereits alles unterzeichnet war, und ihr dann zu eröffnen: Sieh mal, es ist dein Eigentum. Ich habe es für dich gekauft. Hab' ich dir nicht versprochen, dich dahin zurückzubringen, wohin du gehörst?

Er sagte nun: »Wenn du es unbedingt so haben willst, dann soll es so sein. Ich werde es auf deinen Namen überschreiben lassen.«

Sie drehte sich um und sagte: »Danke, Angus, danke.«

Das war alles – bloß: »Danke, Angus.« Sie schlang nicht die Arme um seinen Hals, umarmte ihn nicht, sagte nicht, daß er der großzügigste Mann der Welt und daß es einfach wunderbar sei, was er in so kurzer Zeit alles erreicht habe. Nichts dergleichen. Nur: »Danke, Angus.« Nun ja, so war sie nun mal: kühl. Das war ein Teil ihres Wesens, diese Kühle. Wenn es jemals einen Moment geben könnte, wo er sie hassen würde, dann deshalb, weil sie so kühl war.

»Wie lange wird es dauern, bis alles abgemacht ist?« Sie hatte das Gesicht abgewandt, als sie diese Frage stellte. Und er sagte: »Ach, ein paar Wochen. Der Anwalt muß noch einige Änderungen vornehmen, und dann muß die Sache ins Grundbuch eingetragen werden. Es wird nicht allzulange dauern, vier, fünf Wochen höchstens.« Seine Stimme klang eintönig, als hätte er jedes Interesse an der Sache verloren. Er drehte sich um und fügte hinzu: »Ich glaub', ich geh jetzt in den Klub.«

Es entstand eine Pause, ehe sie antwortete: »Ja, das würd' ich auch an deiner Stelle tun. Da entspannst du dich ein bißchen.«

»Ich brauche keine Entspannung«, grollte er, drehte sich um und sah sie abermals an. Sein Gesichtsausdruck besagte, daß er jeden Moment explodieren konnte, dem sie dadurch vorbeugte, daß sie völlig ruhig zurückgab: »Schön, du brauchst keine Entspannung, aber ein bißchen Abwechslung. Geh nur. Du wirst dich besser fühlen, wenn du wiederkommst.«

Er sah sie groß an. Es lag etwas in der Luft, aber er konnte der Sache nicht auf den Grund kommen. Sie hätte gehobener Stimmung sein müssen, daß er ihr ein Dreiundzwanzigtausend-Pfund-Geschenk gemacht hatte. Sie hätte sich ganz anders benehmen müssen, ihn nicht völlig gleichgültig in den Klub schicken, als ob es sich um einen ganz gewöhnlichen Abend in einer ganz gewöhnlichen Woche gehandelt hätte. Als ob er ein ganz gewöhnlicher Kerl sei, ohne einen Penny in der Tasche. Er hatte das deutliche Gefühl, daß es irgendwie nicht mit rechten Dingen zugehe, genauso wie vor Jahren, als sich einfach alles und alle gegen ihn verschworen hatten. Er hätte sich gern eingehend mit ihr unterhalten, herausbekommen, was wirklich los war. Aber das ging bei Van nicht – nicht, wenn sie in dieser kühlen Stimmung war. Es gab jedoch jemanden, mit dem er sich unterhalten konnte, jederzeit. Die großmäulige, alte Hexe da unten. Er würde zum letzten Haus in der Straße hinuntermarschieren und ihr die Hölle heiß machen.

Als er auf der Straße stand, beschloß er, seiner Mutter doch keinen Besuch abzustatten. Die Stimmung, in der er sich befand, würde ihn gewiß dazu verleiten, sie anzuschreien, und sie schien in letzter Zeit nicht mehr imstande zu sein, so wie früher gegen ihn aufzubegehren. Er fluchte, kletterte in seinen Wagen und fuhr in den Klub. Es mußte schon eine ganze Menge zusammenkommen, wenn er zu Ransome gehen mußte, nur um ein bißchen Anerkennung einzuheimsen.

Als die Haustür ins Schloß gefallen war, setzte sich Vanessa rasch auf den nächsten Stuhl, schloß die Augen und dachte: Das ist erst der Anfang. Er wird mich umbringen wollen, wenn er den wirklichen Grund herausbekommt.

4

Der Tag war feucht und kühl. Frühmorgens hatte es bereits zu regnen begonnen, nun hatte ein heftiges Nieseln eingesetzt. Die Straße war schlüpfrig. Der Stadtverkehr ergoß sich in das schmutzige Grau.

Vanessa ging die Hauptstraße hinunter zu Tillers Garage und verlangte ein Taxi. Als sie Platz genommen hatte, umklammerte sie ihre Handtasche fest mit beiden Händen und saß aufrecht da, ohne sich anzulehnen. In ihrer Handtasche befand sich der Kaufvertrag über ›Haus Lärchen‹. Seit elf Uhr war er in ihrem Besitz, als der Anwalt ihn ihr mit einem Lächeln ausgehändigt und sie Angus damit überrascht hatte, daß sie sagte: »Ich möchte ihn für den heutigen Tag bei mir behalten.«

»Was ist los mit dir? Er gehört dir«, hatte Angus geantwortet. »Es ist besser, Mr. Black schließt ihn mit all dem Zeug bei sich ein.«

»Nur heute«, hatte sie erwidert. Und er hatte den Kopf geschüttelt und gesagt: »Schön, ganz wie du willst.«

Er hatte um halb zwölf eine Verabredung, wollte sie aber so gegen ein Uhr abholen, um dann mit ihr hinaufzufahren. Zu ihrem Haus. Er war leichtsinnig genug gewesen, sich das Gebäude noch nie von innen angesehen zu haben. Komisch, ein Haus zu kaufen, ohne es vorher von oben bis unten genau zu besichtigen…

Als sie dem Taxichauffeur »Brampton Hill, Bower Place, bitte« angegeben hatte, fröstelte es sie. Sie fuhr heim: zum erstenmal nach all den Jahren. In ihrem Innersten lauerte seit langem eine mit aller Macht unterdrückte Sehnsucht, ihrem Elternhaus einen Besuch abzustatten,

Mutter und Susan wiederzusehen. Ja, sogar Vater. Da sie ihren Vater gut kannte, war ihr wohl bewußt, daß sie – wenn es von ihm abhing – das Innere ihres ehemaligen Heims nie wieder zu Gesicht bekommen würde. Sicher hatte er sich unter den gegebenen Umständen längst darauf vorbereitet, das Haus, das er so liebte, zu verlassen. Und sicher kreidete er das ihr allein an. Es war ihr völlig klar, daß sie im Begriff stand, etwas Außergewöhnliches zu tun, etwas, das Angus verrückt machen würde, jedenfalls im Moment. Aber wie die Dinge nun einmal lagen, würde sie ihn niemals mit Worten davon überzeugen können, daß es für sie unmöglich war, Tür an Tür mit ihrer Familie zu leben, vor allem nicht in Bretts Haus. Angus war keineswegs gefühllos, im Gegenteil; aber in einigen Fällen war er ganz und gar blind für das, was richtig und korrekt war.

Sie fröstelte noch immer, als das Taxi sein Ziel erreichte. Sie hatte dem Fahrer befohlen, nicht die Auffahrt hinaufzufahren, sondern unten zu halten. Dort hatte sie ihn ausbezahlt, weil sie nicht wußte, wie lange sie bleiben würde.

Vanessa hatte ihre Visite zeitlich genauestens geplant. Sie mußten beim Mittagessen sitzen und würden nicht behaupten können, daß er nicht daheim sei.

Es war merkwürdig, an der Haustür zu läuten. Sie konnte sich nicht erinnern, jemals geläutet zu haben. Welche Art von Mädchen sie im Moment wohl haben mochten?

Und dann stand ihr Susan gegenüber. Eine rundlichere, älter gewordene Susan, der bei ihrem Anblick der Mund offenblieb und der beinahe die Augen aus dem Kopf fielen.

»Hallo, Susan.«

Susan brachte kein Wort hervor. Sie wandte den Kopf und warf einen raschen Blick hinter sich; dann flüsterte sie: »Vanessa!« Und dabei musterte sie sie von Kopf bis Fuß. Ihre jüngere Schwester war nun eine Frau, eine große, schlanke, schöne, äußerst gut gekleidete Frau. Susan empfand einen Moment lang so etwas wie heftigen Neid. Sie forderte sie nicht auf, einzutreten, sondern stand da und starrte sie an, bis Vanessa fragte: »Sind sie daheim?«

»Ja. Beim – beim Essen.«

»Möchtest du ihnen sagen, daß ich hier bin? Ich muß sie sprechen.«

»Vanessa«, warnte Susan kopfschüttelnd, »er ist in einer gräßlichen Verfassung. Du hast... ihr habt...«

»Ich weiß, ich weiß. Ich und die meinen. Deshalb möchte ich ja mit ihm sprechen. Die Dinge werden von nun an anders sein.« Sie lächelte ihre Schwester beruhigend an. In diesem Moment kam sie sich älter, oh, um so vieles älter als diese vor. Susan sah absolut nicht elegant, ja geradezu vernachlässigt, äußerst verstört und überraschend gewöhnlich aus. Diese Tatsache machte ihr ihre Aufgabe leichter, obwohl sie am ganzen Körper zitterte.

»Ich – ich werde dich ins... ich meine, es wird besser sein, wenn du ins Frühstückszimmer gehst. Ich – ich muß es ihnen erst schonend beibringen.«

»Schön, Susan.« Vanessa blickte sich in der Halle um, ehe sie das Frühstückszimmer betrat. Es war, als seien die Jahre wie ein Tag dahingeglitten und als sei alles, was sich seit damals abgespielt hatte, bloß ein Traum gewesen. Das Frühstückszimmer war unverändert, nur daß nicht mehr soviel Silber herumstand. Sie trat ans Fenster, sah hinaus und wartete. Sie wartete... wartete. Und dann trat ihre Mutter ein. Allein.

Sie blickten einander über die ganze Länge des Zimmers hinweg an, bis Vanessa langsam auf sie zuging und sagte: »Hallo, Mutter.«

Jane Ratcliffe biß sich auf die Unterlippe, schluckte leicht und antwortete dann: »Hallo, Vanessa.« Es war ein heiseres Flüstern, als wäre sie erkältet.

»Wie geht es dir, Mutter?«

»Ganz – ganz gut, danke.« Sie forderte ihre Tochter nicht auf, sich zu setzen; sie starrte sie nur an, überrascht über das, was sie sah. Sie hatte sie hier und da flüchtig in der Stadt zu Gesicht bekommen; einmal mit den Kindern; ein anderes Mal, vor einigen Jahren, wie sie aus dem Kaufhaus herausgekommen war, beladen mit Paketen. Aber diese Frau stand in keinerlei Beziehung zu dem Mädchen, das sie gekannt hatte. Diese Frau, die sich den gewöhnlichen Menschen da unten völlig angeschlossen hatte, sah unerhört selbstsicher drein, ja strahlte gewissermaßen Ruhe und Würde aus. Sie fragte nun steif: »Warum bist du gekommen? Hast du nicht bereits genug angerichtet?«

Es dauerte ein paar Sekunden, bis Vanessa antwortete: »Der Grund für mein Kommen ist, daß ich versuchen möchte, alles wieder so gut wie möglich in Ordnung zu bringen. Ich möchte Vater sprechen.«

Jane Ratcliffe schloß die Augen. »Das ist unmöglich. Er will dich nicht sehen.«

»Aber ich habe die feste Absicht, ihn zu sprechen. Ich muß ihn sprechen. Ich nehme nicht an, daß es für dich eine Neuigkeit bedeutet, daß Angus ›Haus Lärchen‹ gekauft hat.« Sie sah ihre Mutter, die nicht mit der Wimper zuckte, an. Dann fuhr sie fort: »Mein Mann hat es mir zum Geschenk gemacht. Es ist auf mich überschrieben, und ich kann damit tun und machen, was ich will. Ich habe vor, das Haus Vater zu demselben Preis zu verkaufen, den Angus dafür bezahlt hat. Er wollte es doch immer haben, und ich weiß, daß er es gekauft hätte, wenn Angus ihm nicht plötzlich zuvorgekommen wäre. Deshalb bin ich hier.«

Jane Ratcliffe blinzelte unsicher. Dann rief sie hörbar erleichtert aus: »Das ist sehr lieb von dir, Vanessa, sehr lieb! Ich werde hinübergehen und es ihm sagen.«

Abermals mußte Vanessa warten, aber diesmal nicht so lange. Und als die Tür aufging, trat ihr Vater, von ihrer Mutter gefolgt, ein.

Sie hatte ihn seit jenem Vormittag am Bahnhof nicht mehr gesehen. Damals hatte er nicht anders ausgesehen, wie sie ihn in Erinnerung hatte; aber nun war er verändert. Obwohl er erst Mitte fünfzig war, wirkte er wie ein alter Mann. Ein verbitterter alter Mann mit einem äußerst strengen Gesicht. Vanessa zwang sich dazu, das spannungsgeladene Schweigen, das sich auf den Raum herniedergesenkt hatte, zu brechen, indem sie sagte: »Hallo, Vater.«

Einen Moment lang sagte er kein Wort, dann preßte er aus sich kaum öffnenden Lippen hervor: »Jetzt triumphierst du, nicht wahr? Direkt aus der Gosse kommst du radschlagend mit einem Geschenk deines Mannes daher, wie ich gehört habe.« Er knirschte hörbar mit den Zähnen, ehe er mit kaum verhohlener Wut fortfuhr: »Du kannst deinem Mann das Geschenk zurückgeben und ihm ausrichten, daß er es noch immer mit demselben Mr. Ratcliffe zu tun hat, der einmal sein Chef gewesen ist. Sag ihm das. Und daß ich niemals von meiner Dienerschaft, Angestellten oder Gesindel Geschenke angenommen habe und daß ich auch auf meine alten Tage nicht damit anfange.«

Die Worte, die Vanessa hervorsprudelte, würgten sie geradezu, denn ihr Zorn war beinahe ebenso groß wie der seine. »Er weiß nichts davon. Er hat mich nicht zu dir geschickt – das würde er niemals tun, denn er findet dich widerlich. Aber ich habe gewußt, daß du es nicht ertragen würdest, wenn wir nebenan wohnen würden. Und was noch mehr zählt: Ich möchte nicht neben euch wohnen. Es war meine ureigenste Idee, dir das Haus anzubieten, weil du es immer haben wolltest. Aber er weiß nichts davon. Und was das Wort ›Gesindel‹ anlangt: Wage ja nicht, ihn dazu zu zählen. Er ist mehr wert als…«

Jonathan Ratcliffe unterbrach sie, indem er seine eisige Stimme wie eine Peitsche auf sie niedersausen ließ: »Ich habe dich nicht aufgefordert, hierher zu kommen. Wenn es nach mir gegangen wäre, hättest du mein Haus nicht einmal betreten dürfen. Also geh jetzt! Du hast dich vor vielen Jahren dazu entschieden, mit deinem Emporkömmling in der Gosse zu leben – ich wiederhole laut und deutlich: Gosse!« Er machte zwei Schritte auf sie zu. »Du bildest dir ein, daß er sich damit, daß er Geld scheffelt, in die Gesellschaft einkaufen kann. Nun, laß dir gesagt sein: Wo immer er auch hinkommem mag, wird er sich stets wie ein Schwein im Salon ausnehmen und eine Zielscheibe des Spottes sein.«

»Das würde dir so passen, nicht wahr?« Sie starrte ihn genauso an, wie er sie anstarrte. »Du haßt ihn. Du hast ihn immer gehaßt, so sehr, daß du nichts mehr wünscht, als daß all die bösen Dinge, die du sagst, wahr wären. Aber sie sind es nicht. Er kommt blendend voran, und zwar unerhört rasch. Und wo er hinkommt, bringt man ihm Anerkennung entgegen. Weiß du auch, warum? Weil er er selbst ist. Du hast ihn einen Emporkömmling genannt. Ich wüßte gern, ob dir bekannt ist, als was die Leute dich bezeichnen.«

»Vanessa!« Es war ihre Mutter, die nun sprach. »Würdest du bitte gehen.«

»Nein, ich werde nicht gehen, bevor ich nicht gesagt habe, was ich zu sagen habe.« Vanessa ließ den Blick weiterhin auf ihrem Vater ruhen, als sie fortfuhr: »Wenn es jemals einen Menschen gegeben hat, den du mit gutem Grund hättest hassen sollen, dann wäre es Brett gewesen. Aber selbst als du wußtest, was passiert war, hast du das nicht getan, weil du dich ihm gegenüber seit langer Zeit schuldig gefühlt hast. Du hast ihn aus dem Geschäft hinausgedrängt und ihn um seine rechtmäßige Position gebracht.«

»Vanessa, hörst du nicht! Verlaß das Haus noch diese Minute!«

Vanessa ging den Frühstückstisch entlang zur Tür. Es war ein langer Weg, und während sie ihn beschritt, sprach sie: »Brett hat sich niemals gegen dich behauptet. Er hatte nicht den Mut, sich gegen dich zu behaupten, nicht wie mein Angus« – sie betonte das Wort ›mein‹ – »sich gegen dich behauptet hat, obwohl er nur Emilys Sohn war und noch dazu dem ›Gesindel‹ entstammt, wie du es in deiner überaus menschenfreundlichen Art immer genannt hast.

Aber es gibt etwas, was ich in all den Jahren gelernt habe und was sich in diesem Moment wiederum bewiesen hat: Selbst wenn er aus der Gosse stammt, stellt er doch hundertmal mehr seinen Mann als du. Sein Name wird in dieser Stadt noch genannt werden, wenn der deine längst vergessen ist, ebenso vergessen, wie du deine eigene Familie, vor allem meinen Großvater Ratcliffe, vergessen hast.«

»*Hinaus!*« Jonathan Ratcliffes Hand tastete blindlings nach der Anrichte, um irgend etwas Greifbares zu finden, das er seiner Tochter an den Kopf werfen konnte. Sein Blick war starr auf Vanessa gerichtet, und Jane Ratcliffe stürzte sich wie ein aufgeregt flatterndes Huhn dazwischen und schrie Vanessa zu: »Geh, hörst du! So geh doch!«

Es war Susan, die nun ins Zimmer geeilt kam, ihre Schwester am Arm packte, sie in die Halle drängte und beinahe zur Tür hinausstieß, während sie kreischte: »Du warst verrückt, daß du hierhergekommen bist. Du weißt doch, daß er dir nie verzeihen wird. Du hast nur alles noch schlimmer gemacht. Und wenn du vorhattest, ihn dazu zu bewegen, das Haus zu verlassen, dann hast du es damit erreicht.«

Nur weil sie jeden Zentimeter der zum Haupttor führenden Auffahrt auswendig kannte, gelang es Vanessa, blind den Weg zu finden. Denn sie hatte die Hände vors Gesicht geschlagen, während sie vorwärtstaumelte. Als sie auf die Straße einbiegen wollte, raste ein Wagen auf sie zu und blieb mit kreischenden Bremsen direkt neben ihr stehen. Angus sprang heraus, pflanzte sich vor ihr auf und funkelte sie bleich vor Zorn an, was sie noch mehr erschreckte als der Zorn ihres Vaters zuvor.

»Du! *Du!*« Speichel troff von seinen Lippen, und als sie den Kopf neigte und, seinen Namen murmelnd, an seine Brust sank, regte er sich nicht, sondern knurrte nur: »Komm mir jetzt ja nicht mit deinem verdammten ›Oh, Angus‹ daher! Ich geh jetzt sofort da hinein und hol' mir auf der Stelle den Kaufvertrag zurück – egal, mit welchen

Mitteln. Und wenn ich dafür Lebenslänglich bekomme.«

Sie packte ihn schluchzend am Rockaufschlag. »Er... er hat ihn nicht. Der Vertrag ist... da drinnen.« Sie hob die Handtasche in die Höhe. Er entriß sie ihr mit einem Ruck, klappte sie auf und stellte mit einem Blick fest, daß das lange dicke Kuvert des Anwalts tatsächlich fest hineingepreßt war. Er keuchte nun derart, daß er husten und spucken mußte, wandte sich von ihr ab und lehnte sich, nach Atem ringend, an seinen Wagen.

Er hatte es nicht fassen können, als seine Mutter ihm berichtet hatte, wo Vanessa hingegangen sei. Sie hatte gesagt, sie wolle es ihm doch lieber stecken, damit er nicht aus allen Wolken stürze. Aus allen Wolken stürzen – das konnte man wohl sagen! Jahre hatte er geschuftet, um endlich mit diesem Bastard von einem Ratcliffe quitt zu werden, um Vanessa zu ihrem Recht zu verhelfen, und was tat sie? Sie raffte alles, was er durch unsägliche Anstrengungen, unzählige Sechzehn- bis Achtzehn-Stunden-Tage, durch ewiges Gerenne und Gezappel und Gejage, durch das Überbieten, Ausbooten, ja selbst Belügen und Betrügen der Konkurrenz mit allen, aber schon wirklich mit allen Mitteln – sei es mit oder ohne Hilfe Andrew Fowlers – erreicht hatte: all dies raffte sie einfach zusammen und händigte es ausgerechnet jenem Mann aus, den er am liebsten mit seinen eigenen Händen am nächsten Baum aufgeknüpft hätte.

Seine Mutter hatte es gewagt, ihm zu sagen, daß Vanessa ihn nur deshalb gebeten hatte, das Haus auf sie überschreiben zu lassen, weil sie zu ihrem Vater hingehen und es ihm zum gleichen Preis, zu dem er es erstanden hatte, weiterverkaufen wollte. Nicht genug damit, daß sie ihn in derart schamloser Weise überlistet hatte, war es ihr auch gelungen, selbst seine Mutter auf ihre Seite zu kriegen. Denn die alte Hexe hatte ihn glatt angeschrien, daß kein Mann, der bei klarem Verstand wäre, erwartet hätte, daß seine Frau tatsächlich Tür an Tür mit ihrer Familie leben würde, nach allem, wie sie sie behan-

delt hatten. Und daß nicht seine Frau sich revanchieren wolle bei denen, sondern nur er. Da hatte er zurückgebrüllt, daß Vanessa in ›Haus Lärchen‹ leben würde, und wenn er sie dort festbinden müßte. Und es solle nur einer kommen und ihn daran zu hindern versuchen, daß er sich den Kaufvertrag von Ratcliffe persönlich zurückhole, dann würde es einen Skandal geben, wovon man in der Stadt noch lange reden würde.
Und hier stand er nun, ein paar Schritte von seinem neuen Heim entfernt, und seine Frau heulte sich die Seele aus dem Leib. Er packte ihren Arm und stieß sie in den Wagen. Dann stieg er ein, wendete und fuhr ein Anwesen weiter, zu ›Haus Lärchen‹.
Vanessa war so verweint, daß sie gar nicht wahrnahm, wo sie sich befanden, bis der Wagen anhielt und sie zum Fenster hinaussah. Sie blinzelte erschrocken, drehte sich um und wimmerte: »O nein, nein, Angus.«
»Steig aus!« Er zerrte sie gewaltsam auf den Kiesweg. Dann ergriff er ihre Hand, stieg mit ihr die Stufen empor, steckte den Schlüssel ins Schlüsselloch, drehte zweimal um und stieß sie vor sich her.
Und dann standen sie in der Halle, Vanessa mit gesenktem Kopf, er aufblickend und sich umsehend. Er war in Arthur Bretts Haus. Nein: Er war in Angus Cottons Haus! Aber was er da sah, gefiel ihm nicht. Die Halle war groß und dunkel, die Holztäfelung völlig verschwärzt. Das gewundene Treppengeländer verlieh dem Ganzen ein überaus altmodisches Aussehen. Eines stand fest: Es war ein uraltes Gebäude und würde Tausende verschlingen, wenn man es richtig modernisieren wollte. Er ließ Vanessa stehen, ging auf die nächste Tür zu, öffnete sie und blickte in einen großen, hohen Raum mit reich verzierter Decke und Fenstern, die auf einen Dschungel, keinen Garten, hinausschauten. Abermals ging er an ihr vorbei und sah in das nächste Zimmer. Es war kleiner, und die Wände schienen seit Bestehen des Hauses nicht mehr tapeziert oder frisch ausgemalt worden zu sein. Mit kundigem Blick erkannte er die auf Holzfäule schließen

lassenden Ausbuchtungen in den hohen Wandleisten zu beiden Seiten des Kamins.

Vanessa stand reglos da, während er sich weiter im Erdgeschoß umsah. Als er wieder vor ihr stand, sagte er ruhig: »Es wird bestimmt gut aussehen, wenn erst alles hergerichtet ist.«

Nun blickte sie ihm gerade in die Augen. »Ich werde nie hier wohnen, Angus«, sagte sie. »Du kannst mich nicht dazu zwingen.«

»Warum hast du mich dann weitermachen und mich das verdammte Haus kaufen lassen?« schrie er sie an.

»Weil ich wußte, daß ich dich nicht daran hindern konnte. Du mußtest es kaufen. Du mußtest etwas tun, um mit meinem Vater auf gleicher Ebene zu stehen. Nun, das hast du geschafft. Als ich dich bat, es auf mich überschreiben zu lassen, habe ich gedacht, daß dies ein Weg sei, um deinen jahrelangen Haß enden zu lassen und um ihnen zu entgelten, was ich ihnen angetan habe. Denn ich mache mir in dem Punkt nichts vor, Angus. Was ich getan habe, hat an ihren Grundfesten gerüttelt. Das mag engstirnig sein. Vielleicht sind sie tatsächlich kleinlich, sogar schäbig – so sind sie nun mal. Aber gerade deshalb hat das, was ich getan habe, eine größere Wirkung auf sie ausgeübt, als es auf großzügigere Eltern ausgeübt hätte. Ihr ganzes Bestreben drehte sich um eine gesellschaftliche Position. Und gerade die habe ich zunichte gemacht. Ich ... ich will dir lieber gleich gestehen, daß ich seit Jahren zu ihnen gehen wollte. Ich wollte sie wiedersehen. Nicht weil ich sie liebte, sondern – nun ja, ich kann es in Wirklichkeit nicht erklären. Das sind diffizile Bindungen, Bande des Bluts, wie du willst. Jedenfalls habe ich mir gewünscht, sie wiederzusehen. Ich wollte wissen, ob sie mir verziehen haben. Und ich habe nun erfahren ..., daß sie mir nie vergeben werden. Mein Vater wird mich bis ans Ende seiner Tage hassen. Ich habe ein für allemal erkannt, daß er sich lieber umbringen lassen würde, als einem von uns auch nur den mindesten Dank zu schul-

den. Und – und das betrübt mich zutiefst. Ich kann nichts dagegen tun. So ist es nun einmal.«
Damit war ihm der Wind aus den Segeln genommen. Eine niegekannte Ruhe senkte sich auf ihn herab. Er kämpfte dagegen an, indem er sagte: »Wir könnten es ja niederreißen und neu aufbauen.«
»Nein, nein, Angus. Das würde nichts daran ändern. Weißt du, ich könnte es nicht ertragen, in ihrer Nähe zu wohnen. Und sie würden es ohnehin auf keinen Fall akzeptieren. Sie würden wegziehen.«
»Das habe ich gehofft.« Nun lag wieder Ironie in seiner Stimme. »Sie dazu zwingen zu können, von hier fortzuziehen – ihm zu zeigen, daß er nicht der einzige ist, der mit der Peitsche zu knallen und die Menschen wie dressierte Tiere springen zu lassen versteht.«
»Und was wäre damit erreicht? Er würde eben in ein größeres, schöneres Haus übersiedeln. Das Geld dazu könnte er sich jederzeit beschaffen. Sein Name hat einen guten Klang.«
»Soll das heißen, daß meiner keinen guten Klang hat?«
»Du weißt genau, daß es das nicht heißen soll.«
»Van – ich will dir nicht verhehlen, daß ich zu Bestechungen und diversen Drehs greifen mußte, um das hier zu erwerben. Es kommt nicht auf das Haus, sondern auf diesen Grund an. Dennoch habe ich dich die ganze Zeit über in diesem Haus, in das du gehörst, gesehen.«
»Ich gehöre nicht hierher, Angus. Außerdem habe ich es nie gemocht. Ich gehöre dorthin« – sie hielt inne – »ich gehöre dorthin, wo du hingehörst. Aber du gehörst nicht hierher. Sieh den Dingen endlich ins Gesicht, Angus!«
Er lief rot an, wandte sich von ihr ab und wäre am liebsten auf und davon gelaufen; aber sie legte die Hand auf seinen Arm und sagte sanft: »Ich habe seit langem erkannt, daß auch ich nicht hierhergehört habe. Ich war immer eine Außenstehende. Ich habe ebensowenig dafür gekonnt, hier geboren worden zu sein, wie du dafür kannst, in der Ryder's Row zur Welt gekommen zu sein.«

Sie sah ihm nach, als er auf die Tür zuging, sie öffnete und auf die überwachsene Terrasse hinaustrat. Langsam folgte sie ihm. Mit heftig klopfendem Herzen ging sie die Stufen hinunter, den schmalen Weg entlang, der in den Wald führte, die ganze Zeit über genau wissend, was er dachte: Daß sie sich hier irgendwo getroffen haben mußten – Brett und sie. Sie hatte es die ganze Zeit über gewußt, zumindest, seit sie erfahren hatte, daß er diesen Besitz gekauft hatte: Dieser Augenblick mußte einmal kommen. Dennoch betete sie insgeheim, er möge nicht weitergehen oder gar den Weg zum Fluß und zum Gartenhaus einschlagen.

Unter einer Eiche blieb er stehen. Beinahe auf dem gleichen Platz, an dem Brett sie an jenem letzten Abend, bevor er den Freitod gewählt hatte, zum Abschied geküßt hatte. Stumm vor Angus stehend, erwiderte Vanessa seinen bohrenden Blick; dann sagte sie mit brechender Stimme: »Komm weg von hier, Angus, bitte, bitte! Ich flehe dich an!«

Er drehte sich auf dem Absatz um, kehrte schweigend ins Haus zurück, durchquerte es und ging zum Wagen. Seine Kinnbacken waren angespannt, und sein Blick war hart.

Als sie am Fuß von Brampton Hill angelangt waren, brach Vanessa das Schweigen, indem sie fragte: »Würdest… würdest du mich zum Steinbruch hinausfahren, Angus?«

Er warf ihr einen raschen Blick zu, sah dann wieder geradeaus und brummte: »Warum zum Steinbruch?«

»Ich… ich möchte dir gern etwas zeigen.«

»Im Steinbruch?« Er sah sie ungläubig an.

»Ja, Angus, *ja!*« Das letzte Wort schrie sie geradezu heraus, und als er sie abermals musterte, sah sie durch die Windschutzscheibe und sagte immer noch ziemlich laut: »Wenn man dich nicht anbrüllt, scheinst du nichts zu begreifen.« Zu jedem andern Zeitpunkt hätte ihn das zu einem Lächeln veranlaßt, sogar zum Lachen, aber nun verzog er keine Miene. An der nächsten Straßenkreu-

zung bog er jedoch nicht auf die in die Stadt führende Hauptstraße ein, sondern fuhr geradeaus.
Fünfzehn Minuten später hielt er neben einer riesigen Baugrube an, stieg aus, ohne ihr den Wagenschlag zu öffnen, und blieb in angespanntem Schweigen abwartend neben der Motorhaube stehen. Sie stellte sich neben ihn und fragte: »Wieviel müßte man für diesen Baugrund samt dem kleinen Hügel dahinter deiner Meinung nach wohl zahlen?«
»Du meinst, wenn man das hier kaufen wollte?« Er schnitt ein Gesicht.
»Ja.«
»Um Himmels willen, wozu denn? Wozu sollte man einen Steinbruch kaufen, frag ich dich? Da kann man nichts mehr daraus machen, der ist völlig ausgebeutet.«
Sie ging wortlos an ihm vorbei, über einen mit Steinen ausgelegten, schmalen Weg, zu einer Gruppe von Nebengebäuden, die die einzigen Überreste des Landhauses waren, das einmal dort gestanden hatte, wo nun die Kiesgrube war. Die Böschung hinaufkletternd, ohne zurückzublicken, ob er ihr folgte, setzte sie ihren Weg hastig fort, bis sie oben angelangt war, wo sie stehenblieb und sich umsah.
Ungefähr einen Meter von ihr entfernt hielt Angus inne. Er zog es vor, ihr in diesem Moment nicht nahe zu kommen. Wenn sie vom Kaliber einer May gewesen wäre, hätte er sie längst verprügelt, das stand fest. Da ging sie hin und versuchte, einen Narren aus ihm zu machen! Aber Van war nicht May oder jemand von deren Art. Sonderbar, daß er jetzt an May dachte: seit Jahren zum erstenmal. Wahrscheinlich deshalb, weil sie es nie im Leben gewagt hätte, seine Pläne ernstlich zu durchkreuzen. Sein Wort wäre unter allen Umständen Gesetz für sie gewesen. Sie hätte ihn niemals gedemütigt.
Vanessa streckte nun die Hand aus. »Sieh nur«, sagte sie. »Da unten. Der Fluß. Wie eine Schlange, die sich um die ganze Stadt ringelt. Von hier kann man ihn von Anfang

bis Ende verfolgen, nicht? Und da drüben...« Sie deutete nach rechts. »Wo kann man derart weit ins Land hinaussehen? Meilen über Meilen.« Sie trat vor ihn hin, legte die Hände auf seine breite Brust und sagte dann: »Ich hätte gern, daß du unser Haus hier baust, Angus.«
Er zuckte zurück, schnitt ein Gesicht und schüttelte fassungslos den Kopf. Dann machte er sich gänzlich von ihr los, stampfte mit dem Fuß auf und rief: »Hier? Du mußt völlig von Gott verlassen sein!«
»Ich hätte... ich hätte es am allerliebsten hier, Angus.« Sie lächelte jetzt. »Ich kann es direkt vor mir sehen. Vergangene Woche war ich hier draußen, und habe alles genau abgemessen.«
»Du hast was?« Sein Gebrüll brach sich in der Kiesgrube.
»So ist's recht, schrei nur.« Sie nickte ihm zu. »Das Echo hier oben ist großartig.«
Er sprach nun etwas leiser: »Du warst hier und hast tatsächlich alles ausgemes...?«
Sie sah ihn an. Er wirkte beinahe furchterregend, so, als würde er in der nächsten Minute ersticken. Aber über Van war eine sonderbare Ruhe gekommen, völliger Frieden und die Gewißheit, daß sie die Lage hundertprozentig beherrschte. Und ihn.
»Ja, ich bin hier heraufgeklettert und habe alles ausgemessen. Ich möchte einen langgestreckten, geräumigen Flachbau, weißt du, mit einer zementierten Terrasse ringsum. Und das hier«, sie deutete auf die Kiesgrube, »wird ein kleiner See mit einem richtigen Boot darauf. Oder vielleicht zwei Booten. Und einem Sprungbrett. Genau hier.« Ihre Hand wies auf die gewünschte Stelle.
»Allmächtiger«, murmelte er, senkte den Kopf und griff sich an die Stirn.
»Was glaubst du, wie groß der Grund ist, einschließlich der Kiesgrube, hm?«
»Das ist doch nicht dein Ernst, oder?«
»Doch, Angus. Mehr als jemals zuvor.« Sie lächelte leise. »Weißt du, ich mache zum erstenmal im Leben etwas

allein… abgesehen vom Kinderkriegen.« Ihr Lächeln wurde noch breiter. »Also, wieviel ist das hier, was glaubst du?«
»Ungefähr vier Morgen Land.«
»Das reicht.« Sie legte den Kopf schräg. »Früher war hier Heideland, es ist noch gar nicht so lange her, ich kann mich gut daran erinnern. Wir werden wieder eine Heide draus machen, teilweise. Einen Heidekrautgarten und vielerlei Stauden, Rhododendren und Azaleen. Und auf der Anhöhe wird unser Haus stehen. Mit einem Hügel dahinter und einem Badesee davor.«
Damit ließ sie ihn stehen und ging die Böschung langsam hinunter, zu den ehemaligen Nebengebäuden. Die Tür des ersten stand halb offen. Van trat ein und sah sich um. Es waren drei Räume. Einer hatte früher als Büro gedient, die beiden anderen waren als Lagerräume verwendet worden, für Werkzeug und dergleichen. Sie malte sich bereits Emily hier aus, in Angus' Nähe, aber dennoch selbständig und unabhängig. Das sagte sie auch, als Angus eintrat.
Er stand da und starrte sie an. Sie sah anders aus als je zuvor, schöner und sogar fraulicher als zu jener Zeit, da sie guter Hoffnung gewesen war. Ruhig, gelassen, selbstsicher und reif. Ja, das war das richtige Wort: reif. Innerlich war er immer noch wütend auf sie, er verargte es ihr, daß sie ihn in eine solche Lage, daß sie sein stolzes Luftschloß zum Einsturz gebracht hatte, einfach so: Indem sie alles in Grund und Boden stampfte. Und dabei hatte sie noch die Stirn, ihn um Unterstützung zu bitten… Nein, sie erbat sie sich nicht, sie verlangte sie kurzerhand. Ihre Pläne waren längst fix und fertig, und er wußte bereits, daß er, wenn er sich erst abgekühlt und darüber nachgedacht hatte, einsehen würde, daß sie recht hatte, was den Bauplatz, ja sogar die Kiesgrube anlangte. Er erkannte, daß sie etwas besaß, worüber er niemals verfügen würde: Vorstellungskraft. Dabei hatte sie an seine Mutter und an alles gedacht. Das würde er ihr nie vergessen. Niemals.

Sie stand mit dem Rücken zu ihm und ließ ihn durch eine leise vorgebrachte Bemerkung aufschrecken. Sie sagte nämlich: »Du brauchst mich nicht mehr zu kaufen, Angus.«

»*Was?*«

»Du hast ganz richtig gehört. Du glaubst immer noch, du müßtest mich kaufen – du müßtest mir etwas geben, damit ich bei dir bleibe, etwas, womit du mich festhalten kannst. Ich besitze so viele Kleider, daß ich schon nicht mehr weiß, wohin damit. Und eine Menge Schmuck, den ich nie trage. Weißt du, Liebling, deine Vorstellungskraft ist ziemlich begrenzt, selbst, was deine eigenen Fähigkeiten, vor allem aber deine Anziehungskraft, betrifft. Ja, du reißt den Mund fürchterlich auf, was du alles kannst und bist und tun wirst. Aber in deinem Innersten hast du die ganze Zeit über Angst davor, daß du es nicht schaffen wirst. Das stimmt doch, nicht wahr?« Sie wartete eine Weile, und als er nichts darauf antwortete, fuhr sie fort: »Ich habe niemals wirklich mit dir gesprochen, dir niemals meine wahren Gefühle verraten. Und dessen warst du dir immer ganz genau bewußt. Aber jetzt möchte ich, daß du endlich etwas erfährst, und zwar, daß ich dich – ob ich es wußte oder nicht – bereits liebte, als wir geheiratet haben, und daß ich dich nicht mehr lieben kann... ich meine«, sie machte eine hastige Kopfbewegung, »ich kann dich nicht mehr lieben, als ich es ohnehin schon tue. Ich werde niemals imstande sein, dich mehr zu lieben, als in diesem Moment. Wenn du mir die ganze weitere Welt zu Füßen legen würdest, würde es auch nichts daran ändern. Und was dich anlangt, Angus, so möchte ich gar nicht, daß du dich änderst, egal, was du darüber denkst. Ich weiß, daß ich nur mit dir und nur durch dich glücklich sein kann. Lange Zeit hat es in mir sozusagen eine leere Stelle gegeben. Du hast sie nicht ausgefüllt, und die Kinder haben sie nicht ausgefüllt – also dachte ich, daß der Grund der sein müsse, daß ich meine Familie vermisse. Und das, was ich heute riskiert habe, hat sich ebenso darauf erstreckt, sie wiederzusehen und heraus-

zubekommen, ob das stimmt. Aber nun weiß ich, daß die Trennung zwischen mir und ihnen endgültig ist. Und diese leere Stelle ist auf merkwürdige Weise plötzlich ausgefüllt. Ich bin nicht mehr unglücklich darüber. Was ich bei all dem herausgefunden habe, ist, daß ich endlich mit meinem eigenen Leben anfangen möchte: mit meinen Plänen, unseren Plänen. Ich will nichts mehr von Rangunterschieden und von verschiedenen Klassen und all dem Zeug hören. Deine Mutter und Rosie haben zwar damit aufgehört, mit jedem Blick und mit jedem Wort zu unterstreichen, wie verschieden ich von ihnen bin, aber das geschah nur oberflächlich. Im Grunde haben wir uns nie vermischt. Ich gehöre in Wirklichkeit ebenso wenig zu ihnen, wie ich zu meiner Familie gehöre. Das ist aus und vorbei. Aber du und ich, Angus, wir sind anders. Wir haben uns aneinander abgeschliffen.« Ihre Stimme bebte, als sie schloß: »Ich liebe dich, Angus. Nicht bloß aus Dankbarkeit, wie du immer geglaubt hast.«
Sie zitterte am ganzen Leib, als er auf sie zukam, und als er ihr Gesicht zwischen seine großen, rauhen Hände nahm, legte sie die ihren fest und liebevoll darauf. Langsam ließ er den Kopf auf ihre Schulter sinken und murmelte heiser: »Danke, Van. Danke.« Nach einem Augenblick des Zögerns fügte er mit schwankender Stimme hinzu: »Ich liebe dich so sehr, daß ich den Verstand verlieren würde ohne dich. Das weißt du, nicht wahr?« Das Blut schoß ihr ins Gesicht, und ihr Herz klopfte so heftig, daß sie beinahe herausgeschrien hätte: Du wirst nie ohne mich sein, Liebling. Niemals! – Aber das war eine Antwort, die sie einem Arthur Brett geben hätte können, wenn sie ihn geheiratet hätte. Es war eine angenehm klingende, sehr förmliche Antwort. Was ihr jetzt auf der Zunge lag, war eine Antwort, die zu ihrer neuen Lebenshaltung passen sollte – so in der Art, wie Emily geantwortet hätte, die immer alles so prächtig ins rechte Lot zu setzen verstand. Und drum sagte sie: »Keine Angst, Angus. Mich wirst du schon nicht los. Oder ich will Emily Cotton heißen.«

Seine Reaktion hierauf fiel noch besser aus, als sie es zu hoffen gewagt hatte. Er sah sie einen Moment lang verdutzt an, dann warf er den Kopf in den Nacken und lachte derart, wie sie es schon lange nicht mehr bei ihm erlebt hatte. Dieses Lachen schien all seine mühevollen Streberjahre mit einem Schlag auszulöschen. Er hob sie in die Höhe, wie damals, als sie noch ein Kind gewesen war, und schwenkte sie so heftig durch die Luft, daß sie gleichfalls lauthals zu lachen begann, glücklich, gelöst und übermütig.

Dann hielten sie plötzlich inne. Sanft stellte er sie nieder, zog sie an sich und küßte sie: liebevoll, beinahe andächtig.

Aber Van schlang einfach die Arme um ihn und erwiderte seine Küsse mit herausfordernder Wildheit und zum erstenmal leidenschaftlich.

Bower Place und Ryder's Row verschmolzen miteinander.